Legenden

SERIE PIPER

Zu diesem Buch

»Legenden« – ein Buch der Visionen und Wunder. Die bekanntesten Helden der Fantasy erleben in diesem Band neue dramatische und überraschende Abenteuer. Diana Gabaldon verwickelt ihren Lord John Grey in eine übernatürliche Mordserie. George R. R. Martin setzt sein Fantasy-Epos »Das Land von Eis und Feuer« fort. Orson Scott Card schickt »Alvin den Schmied« auf die Reise durch ein phantastisches Amerika. Robin Hobbs »Zauberschiffe« starten zu neuen Abenteuern. Und Robert Silverberg kehrt zu seinem legendären »Majipoor«-Zyklus zurück. Fünf phantastische Kurzromane ziehen neue und alte Fantasy-Begeisterte in ihren Bann: Liebhaber geheimnisvoller historischer Stoffe ebenso wie Freunde großangelegter epischer Fantasy. Unverzichtbar für Fans und Neueinsteiger und ein großartiger Überblick über die Vielfalt des Genres.

Robert Silverberg, geboren 1935 in New York, zählt zu den bedeutendsten Science-Fiction- und Fantasy-Autoren unserer Zeit. Der Workaholic veröffentlichte unzählige Abenteuer in »Pulp«-Magazinen sowie über fünfzig phantastische Romane und durchlebte so viele Schaffenskrisen wie kaum ein anderer Autor. Robert Silverberg lebt in Oakland, Kalifornien. Weiteres zum Autor: www.majipoor.com

Legenden

LORD JOHN, DER MAGISCHE PAKT

und andere Abenteuer von Diana Gabaldon,
George R. R. Martin, Orson Scott Card, Robin Hobb und
Robert Silverberg

Herausgegeben von Robert Silverberg

Aus dem Englischen von
Wolfgang Thon, Andreas Helweg, Uwe Anton,
Barbara Schnell und Jürgen Langowski

Piper München Zürich

Von Robert Silverberg herausgegeben, liegen bei Piper vor:
Legenden. Lord John, der magische Pakt und andere Abenteuer (auch Serie Piper 6616)
Legenden. Das Geheimnis von Otherland und andere Abenteuer

FSC

Dieses Taschenbuch wurde auf FSC-zertifiziertem Papier gedruckt. FSC (Forest Stewardship Council) ist eine nichtstaatliche, gemeinnützige Organisation, die sich für eine ökologische und sozialverantwortliche Nutzung der Wälder unserer Erde einsetzt (vgl. Logo auf der Umschlagrückseite).

Ungekürzte Taschenbuchausgabe
Juni 2006

Titel der amerikanischen Originalausgabe:
»Legends II, 1. Teil«, Del Rey/Random House, New York 2004

Umschlagkonzept: Büro Hamburg
Umschlaggestaltung: Nele Schütz Design, München
Umschlagabbildung: Christophe Vacher via Agentur Schlück GmbH
Autorenfoto: Beth Gwinn
Satz: Filmsatz Schröter, München
Papier: Munken Print von Arctic Paper Munkedals AB, Schweden
Druck und Bindung: Clausen und Bosse, Leck
Printed in Germany
ISBN-13: 978-3-492-26616-1
ISBN-10: 3-492-26616-9

www.piper.de

Für George R. R. Martin,
der den Köder ausgelegt und mich in die Falle gelockt hat,
und für Terry Brooks
mit Dank für die mutige Hilfe von unerwarteter Seite.

Inhalt

Vorwort

Legenden ist ein Buch der Visionen und Wunder – ein Buch mit fünf exotischen, sinnlichen neuen Geschichten der bekanntesten und besten zeitgenössischen Schöpfer von Fantasy-Literatur, jede in dem speziellen Universum der Phantasie angesiedelt, das seinen Erfinder weltberühmt gemacht hat.

Fantasy ist der älteste Zweig der Literatur – so alt wie die menschliche Phantasie selbst. Es ist durchaus vorstellbar, dass derselbe künstlerische Impuls, der vor fünfzehn-, zwanzig- und sogar dreißigtausend Jahren die außergewöhnlichen Höhlenmalereien von Altamira und Chauvet hervorgebracht hat, ebenfalls erstaunlichen Geschichten von Göttern und Dämonen, Talismanen und Zaubersprüchen, Drachen und Werwölfen und wundersamen Ländern jenseits des Horizonts Leben einhauchte; Geschichten, die in Tierfelle gekleidete Schamanen gebannten Zuhörern im Europa der Eiszeit an den Lagerfeuern erzählten. Und auch im heißen Afrika, im prähistorischen China, im alten Indien, in Nord- und Südamerika: im Grunde überall, und das über einen Zeitraum von tausenden oder hunderttausenden von Jahren. Mir gefällt der Gedanke, dass der Impuls, Geschichten zu erzählen, universell ist – dass es Geschichtenerzähler gibt, seit Wesen auf dieser Welt existieren, die man als »Menschen« bezeichnen kann – und dass diese Geschichtenerzähler ihre Fähigkeit, Energie und Begabung die ganze lange Evolution hindurch speziell der Schöpfung außerordentlicher Fabeln und Wunder gewidmet haben.

Wenn man Fantasy als Literatur definieren kann, die eine Welt jenseits der gewöhnlichen Realität und den Kampf des Menschen beschreibt, sich der Herrschaft über jene Welt zu vergewissern, dann ist die älteste Geschichte, die uns überliefert wurde – das sumerische Epos vom Helden Gilgamesch, das ungefähr aus dem Jahre 2500 v. Chr. stammt –, in der Tat Fantasy, denn ihr Thema ist Gilgameschs Suche nach dem ewigen Leben.

Homers Odyssee, in der es von Gestaltwandlern, Zauberern, Hexen, Zyklopen und menschenfressenden Kreaturen mit vielen Köpfen nur so wimmelt, quillt ebenfalls über von phantastischen Elementen, genau wie eine Vielzahl anderer griechischer und römischer Sagen. Tasten wir uns an unsere eigene Zeit heran, begegnen wir dem grauenhaften Ungeheuer Grendel aus dem angelsächsischen *Beowulf*, der Schlange von Midgard, dem Drachen Fafnir und dem apokalyptischen Fenriswolf der altnordischen Sagen, dem unglücklichen, nach Unsterblichkeit strebenden Dr. Faust aus dem deutschen Volksbuch, den Myriaden Zauberern aus *Tausendundeine Nacht*, den überlebensgroßen Helden des walisischen *Mabinogion* und des persischen *Schahname* und einer unendlichen Vielzahl weiterer fremder und wunderbarer Schöpfungen.

Auch in der modernen, technischen Zeit verschwand die Neigung zur Erschaffung des Phantastischen nicht. Die Epoche, in der feine Mikroskope, Dampfmaschinen und Telegraphen entstanden, schenkte uns auch Lewis Carrols zwei unvergleichliche Geschichten über die Abenteuer von Alice in anderen Wirklichkeiten, H. Rider Haggards zahlreiche Romane über untergegangene Kulturen und Mary Wollstonecraft Shelleys *Frankenstein*. Und sogar im Jahrhundert von Luftverkehr und Atomenergie, Fernsehen und Computern, chirurgischen Eingriffen am offenen Herzen und Geschlechtsumwandlungen versorgte eine ganze Schar Phantasten des Maschinenzeitalters – James Branch Cabell und A. Merritt, Lord Dunsanay, E. R. Eddison, Mervyn Peake und L. Frank Baum, H. P. Lovecraft, Robert E. Howard und J. R. R. Tolkien, um nur einige der bekanntesten zu nennen –

die Welt auch weiterhin ausreichend mit außergewöhnlichen Geschichten.

Allerdings fand doch ein Umschwung im zwanzigsten Jahrhundert statt. Als die Science Fiction ihren Siegeszug begann, betrachtete man »reine« Fantasy (das heißt Fantasy, in der kein Versuch einer empirischen Erklärung der Wunder unternommen wurde) bald als ein Genre, das weitgehend für Kinder bestimmt war, ähnlich wie Sagen und Märchen.

Das änderte sich allerdings in den sechziger Jahren, als plötzlich eine Taschenbuchausgabe von J. R. R. Tolkiens Trilogie *Der Herr der Ringe* erschien (zuvor hatte ein störrischer Verleger sich einer Veröffentlichung im Taschenbuch widersetzt) und in Millionen Lesern einen unstillbaren Hunger nach Fantasy weckte. Ihr gewaltiger Erfolg löste eine Flut Hobbitesker Romane aus, weckte aber auch erneut das Interesse an klassischen Meisterwerken der »Adult Fantasy« und ermutigte jüngere Schriftsteller zur Erschaffung ihrer eigenen phantastischen Welten. Die vorliegende Auslese moderner Fantasy-Legenden stößt das Tor zu manchen dieser Welten auf.

Ende der sechziger Jahre begann Ursula K. Le Guin ihre eindringliche und feinfühlige *Erdsee* Serie, während sich Anne McCaffrey des uralten phantastischen Drachenmotivs für ihre *Pern*-Romane annahm, die an der Grenze zwischen Fantasy und Science Fiction angesiedelt sind. Einige Jahre später eroberte Stephen King eine erstaunlich große Leserschaft, indem er die archetypischen Ängste der Menschheit anzapfte und zu kraftvollen Romanen formte, die die dunkleren Bereiche der Fantasy besetzten. Terry Pratchett dagegen hat in überragender Weise das komische Potential satirischer Fantasy demonstriert. Schriftsteller wie Orson Scott Card und Raymond E. Feist haben mit ihren Büchern über Alvin Maker und mit der *Schlangenkrieg*-Saga eine riesige Anhängerschaft gefunden. In jüngster Zeit haben Robert Jordans monumentaler Zyklus vom *Rad der Zeit*, George R. R.

Martins Bücher über das *Lied von Eis und Feuer* und Terry Goodkinds Geschichten um das *Schwert der Wahrheit* einen ebenso festen Platz im Pantheon moderner Fantasy erobert wie Tad Williams Chronik von *Osten Ard*.

Robin Hobbs *Dschungelreich der Altvorderen* und Diane Gabaldons *Outlander*-Geschichten haben es bei Fantasy-Begeisterten neuerdings ebenso zu Ruhm gebracht wie Werke von Neil Gaiman und Elizabeth Haydon. Terry Brooks möchte ich dagegen schon fast als einen großen Veteran der Gattung ehren.

Für ihre Unterstützung bei der Vorbereitung dieses Buchs möchte ich meiner großartigen Ehefrau Karen danken, ebenso meinem Agenten Ralph Vicinanza und Betsy Mitchell von Del Rey Books für ihren klugen Rat und ermunternden Zuspruch.

Robert Silverberg

Diana Gabaldon

Die Highland-Saga

DER HIGHLAND-ZYKLUS

Feuer und Stein (1995)
Die geliehene Zeit (1996)
Ferne Ufer (1997)
Der Ruf der Trommel (1998)
Der magische Steinkreis (Begleitbuch, 2000)
Das flammende Kreuz (2002)
Ein Hauch von Schnee und Asche (Arbeitstitel, in Vorbereitung)

DIE LORD-JOHN-GREY-ROMANE (HISTORISCHE KRIMIS)

Die Flammen der Hölle (nur elektronisch, zurzeit nicht erhältlich)
Das Meer der Lügen (2003)

Mindestens zwei weitere Titel in Vorbereitung

Im Jahr 1946, kurz nach dem Ende des Zweiten Weltkriegs, reist eine junge Frau namens Claire Beauchamp Randall in die schottischen Highlands, um dort ihre zweiten Flitterwochen zu verbringen. Sie und ihr Mann Frank sind durch den Krieg getrennt worden – er war britischer Armeeoffizier, sie Feldkrankenschwester – und gewöhnen sich jetzt wieder aneinander, beleben ihre Ehe neu und denken darüber nach, eine Familie zu gründen. Diese Pläne enden jedoch zunächst in einer Sackgasse, als Claire eines Nachmittags bei einem Spaziergang einen Steinkreis durchschreitet und verschwindet.

Die erste Person, der sie begegnet, nachdem sie das Bewusstsein wiedererlangt hat, ist ein Mann in der Uniform eines Armeeoffiziers aus dem achtzehnten Jahrhundert – ein Mann, der ihrem Ehemann Frank verblüffend ähnlich ist. Das ist keine besondere

Überraschung, da Hauptmann Jonathan Randall Franks Urahn ist. Allerdings hat Black Jack, wie man ihn nennt, charakterlich keine Ähnlichkeit mit seinem Nachfahren, denn er ist ein perverser bisexueller Sadist. Während sie ihm zu entkommen versucht, fällt Claire einer Bande von Highland-Schotten in die Hände, die ihre eigenen Gründe haben, dem Hauptmann aus dem Weg zu gehen.

Die Ereignisse gipfeln darin, dass sich Claire gezwungen sieht, Jamie Fraser, einen jungen Highlander, zu heiraten, um nicht in Black Jack Randalls Hände zu fallen. In der Hoffnung, den Schotten irgendwann entfliehen und zu dem Steinkreis – und Frank – zurückgelangen zu können, erklärt sich Claire einverstanden – um dann festzustellen, dass sie sich allmählich in Jamie verliebt.

Die Bücher der Highland-Saga erzählen die Geschichte von Claire, Jamie und Frank und einer komplizierten Doppelehe, die in zwei unterschiedliche Jahrhunderte hineinreicht. Außerdem erzählen sie die Geschichte des Jakobitenaufstandes unter »Bonnie Prince Charlie«, des Endes der Highland-Clans und der Flucht, die die Highlander nach dem Gemetzel von Culloden in die viel versprechende Neue Welt treibt – eine Welt, die sich als genauso gefährlich wie die alte herausstellt. Und dabei erkundet die Highland-Saga die Nuancen, die Funktionsweise und moralische Komplexität der Zeitreise – und der Geschichte.

Die Serie enthält hunderte von realen und fiktiven Charakteren. Einer der vielschichtigsten und interessantesten von ihnen ist Lord John Grey, der uns zum ersten Mal in »Die geliehene Zeit« begegnet und in den folgenden Bänden erneut auftaucht. Als homosexueller Mann in einer Zeit, in der man aufgrund dieser Neigung gehängt werden konnte, ist Lord John ein Mensch, der daran gewöhnt ist, Geheimnisse zu haben. Außerdem ist er ein Ehrenmann mit tiefen Gefühlen – ganz gleich, ob diese erwidert werden oder nicht.

Lord John Greys Abenteuer sind Einschübe zwischen den Hauptbüchern der Highland-Saga – die im selben Zeitraum spielen (so komplex dieser sein mag) und im selben Universum von denselben Figuren handeln, sich jedoch ganz auf die Figur von Lord John Grey konzentrieren. Die vorliegende Geschichte ist die direkte Fortsetzung des im Sommer 2003 erschienenen ersten Lord-John-Krimis *Das Meer der Lügen*.

Diana Gabaldon

Lord John und der magische Pakt

Historische Anmerkung: In der Zeit von 1756 bis 1763 schloss sich Großbritannien mit seinen Verbündeten Preußen und Hannover zusammen, um gegen die vereinten Truppen Österreichs und Sachsens zu kämpfen – und gegen Englands Erzfeind Frankreich. Im Herbst 1757 wurde der Herzog von Cumberland gezwungen, sich bei Kloster Zeven zu ergeben, wodurch die Armeen der Verbündeten vorübergehend zerstreut wurden und sich die Soldaten des Preußenkönigs Friedrich des Großen von französischen und österreichischen Truppen umzingelt sahen.

KAPITEL 1
Der Schimmelreiter

Greys Deutschkenntnisse verbesserten sich in Windeseile, doch der Aufgabe, vor die er sich jetzt gestellt sah, waren sie alles andere als gewachsen.

Nach einem langen, langweiligen Tag voller Regen und Schreibtischarbeit hatte er vor seiner Schreibstube eine laute Auseinandersetzung gehört, und der Kopf des Hauptgefreiten Helwig war mit entschuldigender Miene in seiner Tür aufgetaucht.

»Major Grey?«, sagte er. »Es gibt ein kleines Verständigungsproblem.«

Im nächsten Moment war Helwig durch den Flur verschwunden wie ein Aal, der in den Schlamm gleitet, und Major John Grey, der englische Verbindungsoffizier des Ersten Hannoveranischen Infanterieregiments, fand sich als Mittler in einem Dreierdisput zwischen einem englischen Gefreiten, einer Zigeunerhure und einem preußischen Wirtshausbesitzer wieder.

»Ein kleines Verständigungsproblem« war Helwigs Beschreibung gewesen. So wie Grey es sah, lag das Problem im *Fehlen* jeder Verständigung.

Der Wirtshausbesitzer sprach den örtlichen Dialekt, und zwar derart schnell, dass Grey nur jedes zehnte Wort verstand. Der englische Gefreite, dessen Deutschkenntnisse wahrscheinlich die Wörter »ja« und »nein« sowie zwei oder drei grobe Formulierungen zum Abschluss unmoralischer Transaktionen nicht überstiegen, war vor Wut so gelähmt, dass es ihm auch seine Muttersprache so gut wie verschlug.

Die Zigeunerin, deren unübersehbare Vorzüge durch einen fehlenden Zahn kaum beeinträchtigt wurden, sprach ein Deutsch, das Greys in puncto Grammatik beinahe ebenbürtig war – nur ihr Vokabular war unvergleichlich farbiger und vielfältiger.

Während er die Hände benutzte, um abwechselnd das Gestotter des Gefreiten und die Ergüsse des Preußen zum Verstummen zu bringen, konzentrierte sich Grey sorgsam auf die Worte der Zigeunerin – ohne jedoch deren Quelle außer Acht zu lassen, was bedeutete, dass er ihre Erklärungen mit äußerster Vorsicht genoss.

»... und dann hat das widerliche Schwein von einem Engländer seinen [hier folgte ein unverständlicher Ausdruck in der Umgangssprache] in meine [unbekanntes Zigeunerwort] gesteckt! Und dann ...«

»Sie hat gesagt ... Sie hat gesagt, sie täte es für Sixpence, Sir! Das hat sie gesagt – aber, aber, aber dann ...«

»Diese-Barbarenferkel-haben-unter-meinem-Tisch-ihre-Widerwärtigkeiten-begangen-bis-er-umgefallen-und-ein-Bein-abgebrochen-ist-und-das-Geschirr-ist-auch-hin-sogar-meingroßer-Teller-der-auf-dem-Herbstmarkt-sechs-Taler-gekostet-hat-und-das-Fleisch-war-ruiniert-weil-es-auf-den-Boden-gefallen-ist-und-als-wäre-das-nicht-schlimm-genug-haben-sich-die-Hunde-mit-Geknurr-darauf-gestürzt-und-mich-gebissen-als-ich-versucht-habe-es-ihnen-zu-entreißen-und-die-ganze-Zeit-haben-diese-sittenlosen-Gestalten-wie-die-Hunde-auf-dem-Boden-kopuliert-und-DANN …«

Schließlich kam es zu einer Einigung. Grey verlangte von allen drei Parteien, sämtliches in ihrem Besitz befindliche Geld hervorzuholen. Reichlich widerstrebende Blicke und dramatische pantomimische Suchaktionen in Börsen und Taschen ergaben schließlich drei kleine Silber- und Kupferhäufchen, die er zielstrebig nach Größe und Materialwert sortierte, ohne die jeweiligen Währungen zu beachten, da diese aus mindestens sechs verschiedenen Fürstentümern zu stammen schienen.

Mit einem Blick auf den Schmuck der Zigeunerin, unter dem sich sowohl goldene Ohrringe als auch ein grober, aber breiter Goldring an ihrem Finger befanden, wies er ihr einen in etwa gleich großen Haufen zu wie dem Gefreiten, dessen Name seiner Antwort nach Bodger lautete.

Sobald Grey dem Wirt einen etwas größeren Haufen zugeteilt hatte, blickte er die drei Streithähne streng an, zeigte mit dem Finger auf das Geld und wies dann mit einem Ruck seines Daumens hinter sich, um anzuzeigen, dass sie die Münzen nehmen und verschwinden sollten, solange er sich noch unter Kontrolle hatte.

Das taten sie auch, und nachdem er sich einen höchst bemerkenswerten Zigeunerfluch für die Zukunft eingeprägt hatte, wandte sich Grey in aller Seelenruhe sogleich wieder seiner Korrespondenz zu.

26. September 1757
An Harold Graf Melton
Von Lord John Grey
Ortschaft Grundwitz
Königreich Preußen

Mylord,

bezugnehmend auf Deine Bitte um Auskunft über meine Lage möchte ich sagen, dass ich es gut getroffen habe. Meine Pflichten sind … Er hielt inne und überlegte, dann schrieb er *interessant* und lächelte sacht vor sich hin bei dem Gedanken daran, wie Hal das wohl interpretieren würde … *und die Umstände angenehm. Man hat mich zusammen mit einigen anderen englischen und deutschen Offizieren im Haus einer Prinzessin von Löwenstein untergebracht, der Witwe eines unbedeutenden preußischen Adligen, die ein hübsches Anwesen in der Nähe des Ortes besitzt.*

Zwei englische Regimenter haben hier Quartier bezogen; Sir Peter Hicks' 35. und die Hälfte des 52. Artillerieregiments – wie ich höre, unter dem Kommando von Oberst Ruysdale, dem ich jedoch noch nicht begegnet bin, da das 52. erst ein paar Tage hier ist. Da die Hannoveraner, denen man mich zugewiesen hat, sowie eine Anzahl preußischer Soldaten sämtliche brauchbaren Quartiere im Ort belegt haben, haben sich Hicks' Männer irgendwo weiter südlich einquartiert und Ruysdales im Norden.

Es heißt, dass sich die Franzosen weniger als zwanzig Meilen von uns entfernt befinden, doch wir rechnen nicht mit unmittelbaren Störungen. Andererseits kommt bald der Schnee und setzt den Kampfhandlungen ein Ende; es ist daher möglich, dass sie einen letzten Vorstoß unternehmen, bevor der Winter hereinbricht. Sir Peter bittet mich, Grüße auszurichten.

Er tauchte seinen Federkiel in die Tinte und wechselte das Thema.

Meinen herzlichen Dank an Deine liebe Frau für die Unterwäsche, deren Qualität allem, was man hier bekommt, weit überlegen ist.

An dieser Stelle war er gezwungen, die Feder in die linke Hand zu nehmen, um sich heftig an der Innenseite des linken Oberschenkels zu kratzen. Er trug gerade das deutsche Modell unter seiner Kniebundhose, und es war zwar ordentlich gewaschen und frei von Ungeziefer, doch es bestand aus grobem Leinen und schien mit einem Mittel gestärkt worden zu sein, das aus Kartoffeln hergestellt wurde und starken Juckreiz hervorrief.

Sag Mutter, dass ich noch unversehrt bin und keinen Hunger leide, schloss er und nahm das Schreibwerkzeug wieder in die rechte Hand. *Ganz im Gegenteil, die Prinzessin von Löwenstein hat eine ausgezeichnete Köchin.*

Dein Dich liebender Bruder

J.

Er versiegelte den Brief mit einem kräftigen Druck seines Halbmondsiegels, dann nahm er sich eine der Akten und einen Stapel Berichte vor und begann mit der Eintragung von Todesfällen und Desertationen. Unter den Soldaten war die Ruhr ausgebrochen; in den letzten zwei Wochen waren ihr mehr als zwanzig Mann zum Opfer gefallen.

Dieser Gedanke rief ihm die letzten Worte der Zigeunerin wieder in den Sinn. Es war darin von Blut und Gedärm die Rede gewesen, obwohl er fürchtete, dass ihm einige der Feinheiten entgangen waren. Vielleicht hatte sie einfach nur versucht, ihm die Ruhr in die Eingeweide zu schicken?

Er hielt kurz inne und spielte mit dem Federkiel. Es war höchst ungewöhnlich, dass die Ruhr bei kaltem Wetter auftrat; es war eigentlich eine Seuche der Sommerhitze, während der Winter die Jahreszeit der Schwindsucht, der Katarrhe, der Grippe und des Fiebers war.

Er neigte nicht im Geringsten dazu, an Flüche zu glauben, doch er glaubte an Gift. Eine Hure hatte reichlich Gelegenheit, ihren Kunden Gift einzuflößen … doch zu welchem Zweck? Er wandte sich einer anderen Akte mit Berichten zu und blätterte sie durch, sah aber keinen Anstieg bei den gemeldeten Räubereien oder Diebstählen – und den Kameraden der toten Soldaten wäre Derartiges mit Sicherheit aufgefallen. Die Habseligkeiten der Männer wurden im Fall ihres Todes versteigert, das Geld zur Begleichung ihrer Schulden verwendet und – falls noch etwas übrig war – ihrer Familie geschickt.

Er legte die Akte zurück, zuckte mit den Achseln und verwarf den Gedanken. Krankheit und Tod folgten den Soldaten dicht auf den Fersen, unabhängig von Jahreszeit und Zigeunerfluch. Dennoch, möglicherweise empfahl sich eine Warnung an den Gefreiten Bodger, Acht zu geben, was er aß, vor allem in Gesellschaft von Bordsteinschwalben und anderen zweifelhaften Damen.

Draußen hatte es sanft zu regnen begonnen, und das Geräusch, mit dem das Wasser auf die Fensterscheiben traf, rief gemeinsam mit dem beruhigenden Rascheln des Papiers und dem Kratzen der Feder ein angenehmes Gefühl gedankenloser Schläfrigkeit in ihm hervor. Das Geräusch von Schritten auf der Holztreppe riss ihn aus diesem tranceähnlichen Zustand.

Hauptmann Stephan von Namtzen, Landgraf von Erdberg, steckte seinen wohlgeformten blonden Kopf durch die Tür und duckte sich instinktiv, um sich nicht am Türsturz zu stoßen. Der Herr, der ihm folgte, hatte keinerlei derartige Schwierigkeiten, da er einen guten Kopf kleiner war.

»Hauptmann von Namtzen«, sagte Grey und erhob sich höflich. »Kann ich Euch behilflich sein?«

»Das ist Herr Blomberg«, sagte Stephan auf Englisch und wies auf den kleinen, rundlichen, aufgeregt wirkenden Menschen, der ihn begleitete. »Er würde gern Euer Pferd ausborgen.«

Das verblüffte Grey so sehr, dass er einfach nur »Welches?« fragte, nicht *Wer ist Herr Blomberg?* oder *Was will er denn mit meinem Pferd?*

Die erste dieser Fragen war sowieso weitgehend rhetorischer Natur. Herr Blomberg trug eine kunstvoll gearbeitete Amtskette um den Hals, die aus breiten, flachen Gold- und Emailgliedern bestand und an der ein siebenzackiger Stern hing, in dessen Mitte eine Emailplakette eine historische Szene zeigte. Die gravierten Silberknöpfe an Herrn Blombergs Rock und seine Schuhschnallen aus demselben Material kündeten hinreichend von seinem Reichtum. Die Amtskette bestätigte nur, dass er ein bedeutender Bürgerlicher war, kein Adliger.

»Herr Blomberg ist der Bürgermeister des Ortes«, erklärte Stephan, der sich die Dinge in der Reihenfolge ihrer Bedeutung vornahm, wie es seine Gewohnheit war. »Er benötigt einen weißen Hengst, um einen Sukkubus aufzuspüren und zu vernichten. Jemand hat ihm erzählt, dass Ihr ein solches Pferd besitzt«, schloss er mit einem Stirnrunzeln angesichts der Frechheit desjenigen, der dem Mann eine solche Auskunft gegeben hatte.

»Ein Sukkubus?«, fragte Grey, der die Gewichtung dieser Aussage sofort veränderte, wie es *seine* Gewohnheit war.

Herr Blomberg verstand kein Englisch, doch dieses Wort erkannte er offensichtlich, denn er nickte heftig, wobei seine altmodische Perücke auf und ab wippte. Dann hob er mit einer leidenschaftlichen Rede an, zu der er heftig gestikulierte.

Mit Stephans Hilfe begriff Grey, dass die Ortschaft Gundwitz in letzter Zeit Schauplatz einer Reihe von rätselhaften und verstörenden Ereignisse geworden war, in deren Mittelpunkt eine Anzahl von Männern stand, die behaupteten, im Schlaf Opfer einer jungen Frau von dämonischem Aussehen geworden zu sein. Als

Herr Blomberg von diesen Ereignissen erfuhr, war die Lage bereits ernst; ein Mann war gestorben.

»Unglücklicherweise«, fügte Stephan immer noch auf Englisch hinzu, »ist der Tote einer von den Unsrigen.« Er presste die Lippen fest aufeinander, um zu zeigen, wie unbehaglich ihm bei der ganzen Sache war.

»Den Unsrigen?«, fragte Grey, der sich nicht sicher war, was dieser Gebrauch des Wortes zu bedeuten hatte, außer dass das Opfer Soldat gewesen war.

»Einer von meinen Leuten«, klärte Stephan ihn auf und machte eine noch grimmigere Miene. »Einer von den Preußen.«

Der Landgraf von Erdberg befehligte dreihundert hannoveranische Fußsoldaten, die er von seinen eigenen Ländereien weg verpflichtet, mit eigenen Mitteln ausgerüstet und aus seiner Privatschatulle bezahlt hatte. Darüber hinaus hatte Hauptmann von Namtzen zwei Kompanien preußischer Kavalleriesoldaten unter sich und war vorübergehend Befehlshaber der Überreste einer Artilleriekompanie, deren Offiziere sämtlich an der Ruhr gestorben waren.

Grey hätte gern weitere Einzelheiten sowohl über den jüngsten Todesfall als auch – und vor allen Dingen – über die dämonischen Heimsuchungen erfahren, doch seine Fragen in dieser Hinsicht wurden durch Herrn Blomberg unterbrochen, der mit jeder Minute unruhiger geworden war.

»Es wird bald dunkel«, bedeutete der Bürgermeister ihnen auf Deutsch. »Wir wollen doch bei dieser Nässe nicht in ein offenes Grab stürzen.«

»Ein offenes Grab?«, wiederholte Grey, der plötzlich einen kühlen Luftzug im Nacken verspürte.

»Das ist wahr«, sagte Stephan mit einem mürrisch zustimmenden Kopfnicken. »Es wäre schrecklich, wenn sich Euer Pferd ein Bein bräche; es ist ein großartiges Tier. Nun denn, lasst uns gehen.«

»Was *ist* denn ein S-sukkubus, Mylord?« Tom Byrds Zähne klapperten, größtenteils vor Kälte. Die Sonne war längst untergegangen, und es regnete noch stärker. Grey spürte, wie ihm die Nässe durch die Schulterteile seines Offiziersrocks drang; Byrds dünne Jacke war schon völlig durchnässt und klebte am Oberkörper des jungen Leibdieners wie Metzgerpapier an einem Stück Rindfleisch.

»Ich glaube, es ist eine Art weiblicher ... Geist«, sagte Grey und vermied es sorgsam, den zutreffenderen Begriff »Dämon« zu benutzen. Die Tore des Kirchhofs klafften vor ihnen auf wie eine Kieferhöhle, und die Dunkelheit dahinter wirkte überaus unheilvoll. Da brauchte er dem Jungen nicht noch unnötig Angst einzujagen.

»Pferde mögen keine Gespenster«, sagte Byrd mit trotziger Stimme. »Jeder weiß das, Mylord.«

Er schlang zitternd die Arme um den Körper und drängte sich dichter an Karolus, der die Mähne schüttelte, als wolle er ihm beipflichten, und dabei Grey und Byrd mit reichlich Wasser übergoss.

»Du glaubst doch nicht etwa an Gespenster, Tom!«, versuchte Grey ihn scherzend zu beruhigen. Er strich sich eine nasse Haarsträhne aus dem Gesicht und wünschte sehr, Stephan möge sich beeilen.

»Es geht nicht darum, was *ich* nicht glaube, Mylord«, erwiderte Byrd. »Was, wenn der Geist dieser Dame an *uns* glaubt? Wer ist sie überhaupt?« Die Laterne in seiner Hand zischte und spuckte in der Nässe, obwohl sie eine Schutzblende besaß. Ihrem gedämpften Licht gelang es nicht, mehr als einen undeutlichen Umriss des Jungen und des Pferdes zu beleuchten, doch es fing sich im Schimmer ihrer Augen und verlieh ihnen ein verstörendes, übernatürliches Aussehen.

Grey blickte zur Seite und hielt Ausschau nach Stephan und dem Bürgermeister, der losgegangen war, einen Trupp von Schaufelträgern zusammenzustellen. Vor dem Wirtshaus, das am anderen Ende der Straße gerade eben zu sehen war, regte sich etwas. Das war vernünftig von Stephan. Männer, die reichlich Bier intus hatten, würden sich sehr viel eher für das anstehende Projekt begeistern als Nüchterne.

»Nun, ich glaube, es geht nicht nur um Gespenster«, sagte er. »Doch die Deutschen scheinen zu glauben, dass der Sukkubus … äh … der weibliche Geist … Besitz vom Körper eines kürzlich Verstorbenen ergreifen kann.«

Tom warf einen Blick auf die tintenschwarzen Tiefen des Kirchhofs und sah dann wieder Grey an.

»Oh«, sagte er.

»Ah«, erwiderte Grey.

Byrd zog sich den Hut tief in die Stirn, schlug sich den Kragen um die Ohren und zog den Strick des Pferdes dicht an die Brust. Jetzt war von seinem runden Gesicht nur noch ein nach unten verzogener Mund zu sehen, der jedoch Bände sprach.

Karolus stampfte mit dem Huf auf, verlagerte das Gewicht und schlug kurz mit dem Kopf. Ihn schien weder der Regen noch der Kirchhof zu stören, doch er wurde ungeduldig. Grey klopfte dem Hengst auf den kräftigen Hals und ließ sich von dessen kaltem, glattem Fell und seinem massigen Körper beruhigen. Karolus wandte den Kopf und blies ihm freundlich seinen warmen Atem ins Ohr.

»Wir sind gleich so weit«, sagte Grey beschwichtigend und fuhr mit den Fingern durch die nasse Pferdemähne. »Also, Tom: Wenn Hauptmann von Namtzen und seine Männer eintreffen, setzt du dich mit Karolus ganz langsam in Bewegung. Halte dich etwas vor ihm, aber lass den Strick durchhängen.«

Diese Vorgehensweise sollte verhindern, dass Karolus über einen Grabstein stolperte oder in offene Gräber fiel, indem man Tom dabei den Vortritt ließ. Im Idealfall, so hatte man Grey zu verstehen gegeben, ließ man das Pferd auf dem Kirchhof frei und gestattete ihm, nach Gutdünken über die Gräber zu spazieren, doch weder er noch Stephan waren bereit, Karolus in der Dunkelheit der Gefahr eines Sturzes auszusetzen.

Er hatte vorgeschlagen, bis zum Morgen zu warten, doch Herr Blomberg hatte sich nicht umstimmen lassen. Der Sukkubus musste ohne Verzögerung ausfindig gemacht werden. Grey war mehr als neugierig, Einzelheiten über die Übergriffe zu erfahren, aber bis jetzt hatte man ihm nicht viel mehr erzählt, als dass ein gewisser Privatgefreiter König tot im Quartier aufgefunden worden war und dass sein Körper Male getragen hatte, die keinen Zweifel an der Todesursache zuließen. Welche Art von Malen?, fragte sich Grey.

Er hatte eine klassische Bildung genossen und über Sukkubi und Inkubi gelesen, doch er hatte gelernt, ihre Erwähnung als drolligen Aberglauben zu betrachten, gleichzustellen mit anderem mittelalterlichem Papistenunsinn wie Heiligen, die mit den Köpfen unterm Arm umherschlenderten, oder Madonnenstatuen, deren Tränen die Kranken heilten. Sein Vater war ein Rationalist gewesen, der sich an die Naturgesetze hielt und fest an die Logik der sichtbaren Welt glaubte.

Seine zweimonatige Bekanntschaft mit den Deutschen hatte ihm jedoch gezeigt, dass diese zutiefst abergläubisch waren, sogar noch schlimmer als die einfachen englischen Soldaten. Selbst Stephan trug zu allen Zeiten ein kleines geschnitztes Abbild einer heidnischen Gottheit bei sich, um sich vor Blitzschlag zu schützen, und Herrn Blombergs Verhalten nach schienen die Preußen ähnliche Vorstellungen zu hegen.

Die Gruppe der Schaufelträger kam jetzt singend die Straße entlang, hell erleuchtet von flackernden Fackeln. Karolus schnaubte und stellte die Ohren auf; Karolus, so hatte man Grey gesagt, liebte Paraden.

»Nun denn.« Stephan ragte plötzlich neben ihm in der Dunkelheit auf und zeigte unter seiner breiten Hutkrempe ein selbstzufriedenes Gesicht. »Ist alles so weit, Major?«

»Ja. Dann also los, Tom.«

Die Mitglieder des Trupps – zum Großteil Tagelöhner, die mit Schaufeln und Hacken bewaffnet waren – hielten sich im Hintergrund und traten einander schwankend auf die Zehen. Tom, der vorsichtig die Laterne vor sich ausgestreckt hielt wie einen Insektenfühler, ging einige Schritte vorwärts, dann blieb er stehen. Er drehte sich um und zog an dem Strick.

Karolus blieb jählings stehen und weigerte sich, einen Schritt weiterzugehen.

»Ich hab's Euch ja gesagt, Mylord«, sagte Byrd, der jetzt fröhlicher klang. »Pferde hassen Gespenster. Mein Onkel hatte einmal einen alten Karrengaul, der ging keinen Schritt an einem Kirchhof vorbei. Wir mussten ihn zwei Straßen weiter führen, um ihn daran vorbei zu bekommen.«

Stephan gab ein angewidertes Geräusch von sich.

»Es ist kein Gespenst«, sagte er und schritt erhobenen Kinns voran. »Es ist ein Sukkubus. Ein Dämon. Das ist etwas ganz anderes.«

»Dämon?«, echote einer der Schaufelträger und zog plötzlich ein argwöhnisches Gesicht. »Ein *Teufel*?«

»Dämon?«, fragte Tom Byrd und warf Grey einen zutiefst ver letzten Blick zu.

»Etwas in der Art, glaube ich«, sagte Grey und hustete. »Falls so etwas überhaupt existiert, was ich bezweifle.«

Ein unsicheres Frösteln schien sich über das Trüppchen gelegt zu haben, als das Pferd seinen Unwillen so eindeutig demonstrierte. Man trat von einem Bein aufs andere, Gemurmel erhob sich, und Köpfe wandten sich zurück in Richtung des Wirtshauses.

Stephan, der diesen Hang zur Verzagtheit unter seinen Truppen erhaben übersah, tätschelte Karolus den Hals und ermunterte ihn auf Deutsch. Das Pferd schnaubte und wölbte den Hals vor, widersetzte sich aber weiterhin, als Tom vorsichtig an seinem Halfter zupfte. Stattdessen fuhr es mit seinem großen Kopf zu Grey herum und raubte Byrd dabei den Halt. Dem Jungen entglitt der Strick; er stolperte, versuchte vergeblich, die Laterne nicht fallen zu lassen, rutschte schließlich auf einem Stein aus, der im Schlamm versteckt war, und landete mit einem Platschen unsanft auf dem Hinterteil.

Dieses Missgeschick zeigte eine heilsame Wirkung auf die Schaufelträger, die vor Lachen brüllten und ihren Mut wiederfanden. Inzwischen waren einige der Fackeln im Regen erloschen, und alle waren durchnässt, doch jetzt wurden Ziegenlederflaschen und Tonkrüge aus diversen Taschen gezogen und Tom zur Stärkung angeboten, bevor sie kameradschaftlich weiter die Runde machten.

Auch Grey trank einen großen Schluck Pflaumenschnaps, dann reichte er den Krug weiter und gelangte zu einer Entscheidung.

»Ich reite ihn.«

Bevor Stephan protestieren konnte, hatte Grey Karolus' Mähne fest gepackt und sich auf den breiten Rücken des Hengstes geschwungen. Karolus schien Greys vertrautes Gewicht als beruhigend zu empfinden; die breiten weißen Ohren, die argwöhnisch zur Seite gezeigt hatten, stellten sich wieder auf, und das Pferd setzte sich bereitwillig in Bewegung, als Grey ihm die Beine in die Seiten drückte.

Auch Tom schien wieder Mut gefasst zu haben und lief los, um den baumelnden Halfterstrick zu ergreifen. Die Schaufelträger zollten ihnen lauthals Beifall, und dann folgte ihnen die Gruppe umständlich durch die offenen Tore.

Auf dem Kirchhof schien es viel dunkler zu sein, als es von außen den Anschein gehabt hatte. Außerdem auch viel stiller. Das Scherzen und Plaudern der Männer wich beklommenem Schweigen, das nur dann und wann durch einen Fluch unterbrochen wurde, wenn sich einer der Männer in der Dunkelheit den Fuß an einem Grabstein stieß. Grey vernahm das Prasseln des Regens auf seiner Hutkrempe und das Schmatzen und Klopfen der Pferdehufe, als Karolus gehorsam durch den Matsch stapfte.

Er blickte angestrengt nach vorn, um zu sehen, was jenseits des schwachen Lichtkreises lag, den Toms Laterne warf. Es war stockfinster, und selbst im Schutz seines Militärmantels war ihm kalt. Feuchtigkeit stieg auf, und Nebel erhob sich vom Boden. Grey sah, wie die Schwaden Toms Schuhe umwaberten und dann im Laternenschein verschwanden, andere umschwebten als gespenstischer Dunst die moosbewachsenen Steine auf verwahrlosten Gräbern, die schief standen wie faulige Zähne in einer Mundhöhle.

So, wie man ihm das Vorhaben erklärt hatte, besaßen Schimmelhengste die Macht, die Gegenwart des Übernatürlichen zu spüren. Das Pferd würde am Grab des Sukkubus stehen bleiben; dieses würde dann geöffnet werden, und man würde die nötigen Schritte zur Vernichtung der Kreatur unternehmen.

Grey war der Meinung, dass es diesem Vorschlag an einer Reihe logischer Voraussetzungen mangelte, angefangen damit – vergaß man einmal die Frage nach der Existenz von Sukkubi und warum irgendein vernünftiges Pferd sich mit ihnen abgeben sollte –, dass Karolus seinen Weg nicht selbst bestimmte. Tom bemühte sich nach Kräften, den Strick durchhängen zu lassen, doch solange er ihn in der Hand hatte, stand fest, dass das Pferd ihm folgen würde.

Andererseits, so überlegte Grey, war es unwahrscheinlich, dass Karolus *irgendwo* stehen blieb, solange Tom in Bewegung war. Und da dies so war, würde die ganze Übung allein darin gipfeln, dass sie alle das Abendessen verpassten und bis auf die Haut nass und kalt wurden. Andererseits nahm er an, dass sie noch nasser und kälter werden würden, wenn sie tatsächlich gezwungen wurden, irgendwelche Gräber zu öffnen und das folgende Ritual zu vollziehen, wie auch immer es aussah …

Eine Hand umklammerte seinen Unterschenkel, und er biss sich auf die Zunge – zum Glück, weil ihm dadurch sein Aufschrei im Hals stecken blieb.

»Seid Ihr wohlauf, Major?« Es war Stephan, der, hoch gewachsen und in einen dunklen wollenen Umhang gehüllt, an seiner Seite auftauchte. Er hatte seinen Helm mit dem Federbusch zurückgelassen und war durch einen breitkrempigen Hut vor dem Regen geschützt, mit dem er viel weniger eindrucksvoll und unnahbar aussah.

»Allerdings«, sagte Grey, der die Beherrschung wiedergefunden hatte. »Wie lange müssen wir noch so weitermachen?«

Von Namtzen zog eine Schulter hoch. »Bis das Pferd stehen bleibt oder bis Herr Blomberg zufrieden ist.«

»Bis Herr Blomberg Lust auf sein Abendessen bekommt, meint Ihr.« Er hörte die mahnende und beruhigende Stimme des Bürgermeisters ein Stück hinter sich.

Ein weißes Atemwölkchen schwebte unter von Namtzens Hutkrempe hervor, das Lachen dahinter war kaum hörbar.

»Er ist … entschlossener … als man vermuten möchte. Es ist seine Pflicht, es geht um das Wohl des Dorfes. Er wird genauso lange aushalten wie Ihr, das versichere ich Euch.«

Grey presste die Zunge gegen den Gaumen, um zu verhindern, dass ihm etwas Unkluges entfuhr.

Stephan hatte seine Hand immer noch um sein Bein gelegt, knapp oberhalb seines Stiefelrandes. Kalt wie sie war, schenkte ihm die Berührung keine Wärme, doch der Druck der kräftigen Hand war ihm zugleich Trost und etwas mehr.

»Das Pferd – es geht gut, nicht wahr?«

»Es ist großartig«, sagte Grey vollkommen aufrichtig. »Ich danke Euch nochmals.«

Von Namtzen winkte mit der freien Hand ab, ließ jedoch ein zufriedenes Grunzen tief in der Kehle hören. Er hatte – trotz Greys Protest – darauf bestanden, ihm den Hengst zum Geschenk zu machen. »Als Zeichen unserer Allianz und unserer Freundschaft«, hatte er mit Nachdruck gesagt und Grey dann auf beide Schultern geklopft, ihn brüderlich umarmt und ihn förmlich auf beide Wangen und den Mund geküsst. Zumindest musste Grey es als brüderliche Umarmung betrachten, solange die Umstände keinen anderen Schluss nahe legten.

Doch Stephans Hand umschloss immer noch seinen Unterschenkel, verborgen unter dem Mantelschoß.

Grey richtete den Blick auf die Kirche, die schwarz am anderen Ende des Kirchhofs aufragte.

»Es überrascht mich, dass uns der Priester nicht begleitet. Heißt er diese – Exkursion etwa nicht gut?«

»Der Priester ist tot. Ein Fieber, die Ruhr, vor über einem Monat. Man wird einen anderen schicken, aus Strausberg, aber er ist noch nicht hier.« Kein Wunder; eine große Anzahl französischer Soldaten lag zwischen Strausberg und dem Ort. Eine solche Reise würde sich als schwierig, wenn nicht gar als unmöglich erweisen.

»Verstehe.« Grey blickte hinter sich. Die Schaufelträger waren stehen geblieben, um einen frischen Krug anzusetzen, und waren zu sehr abgelenkt, um auch nur ihre Fackeln gerade zu halten.

»Glaubt Ihr an diesen – diesen Sukkubus?«, fragte Grey betont leise.

Zu seiner großen Überraschung antwortete von Namtzen nicht sogleich. Schließlich holte der Hannoveraner tief Luft, und seine breiten Schultern deuteten ein Achselzucken an.

»Ich habe schon … dann und wann seltsame Dinge gesehen«, raunte er schließlich. »Vor allem in diesem Land. Und es gab schließlich einen Toten.«

Die Hand auf seinem Unterschenkel drückte kurz zu und entfernte sich dann. Sie sandte Grey einen leisen Schauer den Rücken hinauf.

Er atmete die kalte, schwere, mit einer Spur von Rauch versetzte Luft tief ein und hustete. Der Geruch von Graberde, dachte er und wünschte, dieser Gedanke wäre ihm nicht gekommen.

»Ehrlich gesagt verstehe ich eines nicht«, sagte er und richtete sich im Sattel auf. »Ein Sukkubus ist ein Dämon, wenn ich nicht irre. Wie kommt es, dass eine solche Kreatur Zuflucht auf einem Kirchhof sucht, in geweihtem Boden?«

»Oh«, sagte von Namtzen und klang überrascht, dass das nicht auf der Hand lag. »Der Sukkubus ergreift Besitz von einem toten Menschen und ruht bei Tage in dessen Körper. Ein solcher Mensch muss natürlich korrupt und gerissen gewesen sein, lasterhaft und verdorben. Sodass der Sukkubus sogar auf dem Kirchhof die gewünschte Zuflucht findet.«

»Wie lange darf ein solcher Mensch denn verstorben sein?«, fragte Grey. Ihre Streifzüge könnten sich vielleicht erfolgversprechender gestalten, wenn sie sich geradewegs zu den frischeren Gräbern begaben. Dem Eindruck nach, den er im schwankenden Licht von Toms Laterne bekam, standen die meisten Steine in seiner unmittelbaren Nähe schon seit Jahrzehnten, wenn nicht gar Jahrhunderten an ihrem Platz.

»Das weiß ich nicht«, räumte von Namtzen ein. »Manche sagen, die Leiche steigt mit dem Sukkubus aus dem Grab; andere sagen, dass die Leiche im Grab bleibt und der Dämon nachts als Traum durch die Lüfte reitet und die Männer im Schlaf heimsucht.«

Tom Byrds Gestalt verschwamm im dichter werdenden Nebel, doch Grey sah, wie er die Schultern hochzog, bis sie beinahe seine Hutkrempe berührten. Er hustete noch einmal und räusperte sich.

»Ich verstehe. Und … äh … was genau habt Ihr vor, sollte sich eine passende Leiche finden?«

Hier befand sich von Namtzen wieder auf vertrauterem Boden.

»Oh, das ist einfach«, versicherte er Grey. »Wir öffnen den Sarg und treiben einen eisernen Pflock durch das Herz der Leiche. Herr Blomberg trägt einen solchen Pflock mit sich.«

Tom Byrd machte ein knurrendes Geräusch, und Grey hielt es für klüger, darüber hinwegzuhören.

»Ich verstehe«, sagte er. Die Nase tropfte ihm vor Kälte, und er wischte sie am Ärmel ab. Wenigstens hatte er jetzt keinen Hunger mehr.

Sie bewegten sich schweigend weiter. Der Bürgermeister war ebenfalls verstummt, wenn auch das entfernte Schlurfen und Glucksen hinter ihnen darauf hindeutete, dass ihnen die Schaufelträger treu folgten, gestärkt von weiterem Pflaumenbranntwein.

»Der Tote«, sagte Grey schließlich. »Der Gefreite König. Wo hat man ihn gefunden? Und Ihr habt Male an seinem Körper erwähnt – welche Art von Malen?«

Von Namtzen öffnete den Mund, um zu antworten, kam jedoch nicht mehr dazu. Karolus blickte plötzlich mit geblähten Nüstern zur Seite. Dann warf er mit einem lauten, erschrockenen »Hrrmpf« den Kopf hoch, sodass er fast Greys Gesicht getroffen hätte. Im selben Moment stieß Tom Byrd einen schrillen, kurzen Schrei aus, ließ den Strick los und lief davon.

Das kräftige Pferd spannte die Muskeln an, machte kehrt und raste los. Es übersprang eine kleine Engelsstatue, die ihm im Weg stand. Grey sah sie nur als bleichen Umriss aufragen, hatte aber keine Zeit, sich Sorgen zu machen, da sie auch schon unter den ausgestreckten Hufen des Hengstes vorüberstrich, den steinernen Mund wie vor Erstaunen weit aufgerissen.

Da er keine Zügel hatte und den Halfterstrick nicht zu fassen bekam, blieb Grey nichts anderes übrig, als mit beiden Händen in die Mähne des Hengstes zu fassen, die Knie zusammenzudrücken und wie eine Klette kleben zu bleiben. Hinter ihm ertönten Rufe und Schreie, doch er hatte für nichts anderes Aufmerksamkeit übrig als für den Wind in seinen Ohren und die Naturgewalt zwischen seinen Beinen.

Sie schossen wie eine auf- und abprallende Kanonenkugel durch die Nacht, trafen auf dem Boden auf und schossen himmelwärts, sodass es schien, als legten sie mit jedem Sprung Meilen zurück. Er beugte sich dicht über das Pferd und hielt sich fest. Die Mähne des Hengstes peitschte sein Gesicht wie Brennnesseln, und der Atem des Pferdes klang ihm laut in den Ohren – oder war es der eigene?

Mit tränenden Augen erspähte er ein flackerndes Licht vor sich und begriff, dass sie jetzt auf das Dorf zuhielten. In ihrem Weg stand eine knapp zwei Meter hohe Steinmauer; er konnte nur hoffen, dass das Pferd sie rechtzeitig bemerkte.

So war es. Karolus kam in einem Wirbel aus Schlamm und verwelkten Grasbüscheln rutschend zum Stehen, und Grey wurde auf seinen Hals geschleudert. Das Pferd stieg, landete wieder auf dem Boden, trabte ein paar Meter und blieb dann stehen. Dabei schüttelte es den Kopf, als versuche es, sich von dem baumelnden Strick zu befreien.

Mit schmerzvoll zitternden Beinen glitt Grey von Karolus' Rücken und ergriff mit kältesteifen Fingern den Strick.

»Du weißer *Riesenschurke*«, sagte er voll Freude, noch am Leben zu sein, und lachte. »Du bist ein großartiges Pferd!«

Karolus nahm dieses Kompliment mit geduldiger Anmut entgegen und stieß Grey leise wiehernd mit der Nase an. Das Pferd schien seinen Schrecken weitgehend vergessen zu haben, was auch immer ihn ausgelöst hatte; er konnte nur hoffen, dass es Tom Byrd ebenso erging.

Grey lehnte sich keuchend an die Wand, bis sein Herzschlag ein wenig langsamer wurde. Die Aufregung des Ritts hielt unvermindert an, doch er konnte sich jetzt einen Moment lang auf etwas anderes konzentrieren.

Am anderen Ende des Kirchhofs drängten sich die Fackeln dicht umeinander und erleuchteten den Nebel mit rötlichem Schein. Er sah die Schaufelträger, die Schulter an Schulter standen und allesamt höchstes Interesse an irgendetwas zeigten. Eine hoch gewachsene Gestalt kam durch den Nebel auf ihn zu, ein schwarzer Schattenriss im Leuchten der Fackeln dahinter. Zuerst erschrak er, denn die Gestalt sah unheimlich aus, und ein dunkler Umhang umwehte sie – doch es war natürlich nur Hauptmann von Namtzen.

»Major Grey!«, rief von Namtzen. »Major Grey!«

»Hier!«, rief Grey, als er wieder zu Atem gekommen war. Die Gestalt änderte leicht den Kurs und eilte mit langen Schritten auf ihn zu, während sie dann und wann irgendwelchen Hindernissen auswich. Wie in Gottes Namen war Karolus auf diesem Untergrund zurechtgekommen, ohne sich ein Bein zu brechen?

»Major Grey«, sagte Stephan und umfasste dessen Hände mit festem Griff. »John, seid Ihr wohlauf?«

»Ja«, sagte Grey und erwiderte den Händedruck. »Ja, natürlich. Was ist denn geschehen? Mein Leibdiener – Mr. Byrd – geht es ihm gut?«

»Er ist in ein Loch gefallen, aber er hat sich nicht verletzt. Wir haben eine Leiche gefunden. Einen toten Mann.«

Grey spürte, wie sein Herz plötzlich einen Satz tat.

»Was …«

»Nicht in einem Grab«, versicherte ihm der Hauptmann hastig. »Sie lag auf dem Boden, an einen Grabstein gelehnt. Euer Leibdiener hat das Gesicht des Toten ganz plötzlich im Schein seiner Laterne gesehen und einen Schreck bekommen.«

»Das überrascht mich nicht. Ist es einer von Euren Männern?«

»Nein. Einer von Euren.«

»Was?« Grey starrte zu dem Hannoveraner hinauf. Stephans Gesicht war nicht mehr als ein schwarzes Oval in der Dunkelheit. Er drückte Grey sanft die Hände und ließ sie los.

»Ein englischer Soldat. Kommt Ihr mit?«

Grey nickte und spürte die kalte Luft schwer in seiner Brust. Es war durchaus möglich; englische Regimenter lagen nicht länger als eine Stunde zu Pferd entfernt im Norden und Süden des Ortes. Außerhalb ihrer Dienstzeiten kamen die Männer oft in den Ort, um sich etwas Trinkbares, ein Würfelspiel oder eine Frau zu suchen. Das war schließlich auch der Grund für seine eigene Anwesenheit hier – er war Verbindungsoffizier zwischen den englischen Regimentern und ihren deutschen Verbündeten.

Die Leiche sah weniger schrecklich aus, als er vermutet hatte.

Der Mann war zwar zweifellos tot, machte aber einen vollkommen friedlichen Eindruck, während er halb sitzend am Knie einer gestreng wirkenden weiblichen Grabstatue lehnte, die ein Buch hielt. Es war weder Blut noch eine Wunde zu sehen, und doch spürte Grey, wie sich ihm vor Schreck der Magen zusammenzog.

»Ihr kennt ihn?« Stephan beobachtete ihn genau, das Gesicht so streng und klar wie die Antlitze der Grabdenkmäler, die sie umstanden.

»Ja.« Grey kniete neben dem Körper des Toten nieder. »Ich habe noch vor ein paar Stunden mit ihm gesprochen.«

Er hielt die Fingerrücken vorsichtig an den Hals des Toten – die Haut war klamm und schlüpfrig vom Regen, aber noch warm. Unangenehm warm. Er senkte den Blick und sah, dass die Hose des Gefreiten Bodger offen stand und sein Hemd zerknittert hervorlugte.

»Hat er seinen Schwanz noch, oder hat das Dämonenweib ihn gefressen?«, fragte eine leise Stimme auf Deutsch. Ein schwaches, entsetztes Kichern war von der Gruppe der Männer zu hören. Grey presste die Lippen zusammen und riss das nasse Hemd hoch. Er freute sich, als er sah, dass der Gefreite Bodger mehr als nur intakt war. Das freute auch die Schaufelträger, die Seufzer hörbarer Erleichterung ausstießen.

Grey richtete sich auf und wurde sich plötzlich seiner Müdigkeit und seines Hungers bewusst. Auch den Regen, der ihm auf den Rücken trommelte, bemerkte er erst jetzt.

»Wickelt ihn in Segeltuch; bringt ihn …« Wohin? Der Tote musste zu seinem Regiment zurückgebracht werden, aber nicht mehr heute Abend. »Bringt ihn zum Schloss. Tom? Zeig ihnen den Weg. Bitte den Gärtner, einen geeigneten Schuppen zu suchen.«

»Ja, Mylord.« Tom Byrd war fast genauso bleich wie der Tote und voller Schlamm, doch er hatte sich wieder im Griff. »Soll ich das Pferd mitnehmen, Mylord? Oder wollt Ihr es reiten?«

Grey hatte Karolus völlig vergessen und sah sich ausdruckslos um. Wohin war das Tier verschwunden?

Ein Schaufelträger hatte offensichtlich das Wort für Pferd aufgeschnappt und verstanden, und jetzt verbreitete es sich als deutsches Murmeln unter den Männern, die sich umsahen, ihre Fackeln hoben und die Hälse reckten.

Einer der Männer schrie überrascht auf und wies in die Dunkelheit. Ein Stückchen weiter war ein großer weißer Fleck zu sehen.

»Er steht dort auf einem Grab! Er hat angehalten! Er hat es gefunden!«

Alle setzten sich aufgeregt in Bewegung und drängten gleichzeitig nach vorn, und Grey fürchtete schon, dass das Pferd erneut scheuen und weglaufen könnte.

Diese Gefahr bestand nicht; Karolus war ganz damit beschäftigt, an den nassen Überresten einiger Kränze zu knabbern, die zu Füßen eines mächtigen Grabsteins aufgetürmt lagen. Dieser stand Wache über einer kleinen Gruppe von Familiengräbern – eines davon ganz neu, wie an den Kränzen und dem nackten Erdreich zu erkennen war. Im Fackelschein, der jetzt auf die Szene fiel, konnte Grey problemlos den Namen lesen, der schwarz in den Stein gemeißelt war.

BLOMBERG stand dort.

KAPITEL 2
Aber was genau tut *ein Sukkubus?*

Trotz der späten Stunde ihrer Rückkehr war Schloss Löwenstein hell erleuchtet von Kerzen und heimeligen Kaminfeuern. Die Zeit des Abendessens war längst vorbei, doch es standen Speisen in

Hülle und Fülle auf der Anrichte, und Grey und von Namtzen stärkten sich ausgiebig. Sie unterbrachen ihr spontanes Festmahl nur, um den restlichen Hausbewohnern, die sich vor Neugier kaum halten konnten, von den Abenteuern des Abends zu berichten.

»Nein! Herrn Blombergs *Mutter*?« Prinzessin von Löwenstein presste die Finger an den Mund, die Augen vor Schreck – und Entzücken – geweitet. »Die alte Agathe? Ich glaube es einfach nicht!«

»Das tut Herr Blomberg auch nicht«, versicherte ihr von Namtzen und langte nach einer gebratenen Fasanenkeule. »Seine Reaktion war äußerst… heftig?« Er drehte sich mit hochgezogenen Augenbrauen zu Grey um, dann wandte er sich wieder der Prinzessin zu und nickte zur Bestätigung. »Vehement.«

Grey hätte zwar »apoplektisch« für zutreffender gehalten, doch er nahm an, dass niemand den Begriff kannte, und hatte keine Ahnung, wie man das übersetzte. Sie sprachen alle Englisch, eine Höflichkeitsgeste gegenüber den anwesenden britischen Offizieren, unter denen sich ein Kavalleriehauptmann namens Billman, Oberst Sir Peter Hicks und ein gewisser Leutnant Dundas befanden, ein junger schottischer Offizier, der eine Vermessungsexpedition befehligte.

»Die alte Dame war eine Heilige, absolut eine Heilige!«, protestierte die alte, lange schon verwitwete Prinzessin von Löwenstein und bekreuzigte sich fromm. »Ich glaube es nicht, ich kann es einfach nicht glauben!«

Die junge Prinzessin warf ihrer Schwiegermutter einen kurzen Blick zu, dann wandte sie die Augen wieder ab – und sah Grey an. Die Prinzessin hatte leuchtend blaue Augen, die im Licht der Kerzen noch kräftiger leuchteten – und in denen der Schalk saß.

Die junge Prinzessin war seit einem Jahr verwitwet. Aus dem großen Porträt über dem Kaminsims im Salon schloss Grey, dass der verstorbene Prinz gute dreißig Jahre älter gewesen war als seine Frau; sie trug den Verlust offenbar mit Fassung.

»Du liebe Güte«, sagte sie und brachte es fertig, trotz ihrer Besorgnis fröhlich auszusehen. »Als ob die Franzosen nicht schon genug wären! Jetzt werden wir auch noch von Alptraumdämonen bedroht!«

»Oh, Ihr befindet Euch in bestmöglicher Sicherheit, Madam, das versichere ich Euch«, sagte Sir Peter zu ihr. »Wie sollte es auch anders sein? Mit so vielen tapferen Gentlemen im Haus!«

Die betagte Hausherrin warf Grey einen Blick zu und sagte auf Deutsch etwas über Gentlemen. Wegen ihres starken Akzents verstand Grey es nicht ganz, doch die junge Prinzessin errötete wie eine Pfingstrose in voller Blüte, und von Namtzen, der sich ebenfalls in Hörweite befand, verschluckte sich an seinem Wein.

Hauptmann Billman klopfte dem Hannoveraner hilfreich auf den Rücken.

»Gibt es etwas Neues von den Franzosen?«, fragte Grey, der es für besser hielt, das Gespräch wieder auf andere Themen zu bringen, bevor sich die Runde zu Bett begab.

»Sieht so aus, als trieben sich ein paar von den Schuften hier herum«, sagte Billman beiläufig. Dabei sah er die Damen an und verdrehte die Augen auf eine Weise, die andeutete, dass »ein paar« eine ausgesprochen dezente Untertreibung war. »Gehe davon aus, dass sie bald weitermarschieren und etwa morgen nach Westen ziehen.«

Oder nach Strausberg, um dort zu dem französischen Regiment zu stoßen, von dem man mir berichtet hat, dachte Grey. Er erwiderte Billmans vielsagenden Blick. Gundwitz lag in einer Talsohle – unmittelbar zwischen der französischen Stellung und Strausberg.

»Nun«, sagte Billman und wechselte munter das Thema, »Euer Sukkubus ist also entwischt, nicht wahr?«

Von Namtzen räusperte sich.

»Ganz so würde ich es nicht ausdrücken«, schränkte er ein. »Herr Blomberg hat sich natürlich geweigert, das Grab öffnen zu lassen, aber ich habe einige Männer damit beauftragt, es zu bewachen.«

»Das ist bestimmt kein begehrter Dienst, denke ich mir«, gab Sir Peter mit einem Blick zum nächsten Fenster zu bedenken, wo es selbst den vereinten Kräften mehrerer Lagen Seide, wollener Vorhänge und schwerer Fensterläden nicht gelang, das dumpfe Prasseln des Regens und ein gelegentliches fernes Donnerdröhnen zu verbannen.

»Eine gute Idee«, sagte einer der deutschen Offiziere auf Englisch – mit starkem Akzent, aber ganz korrekt. »Wir möchten ja nicht, dass Gerüchte die Runde machen, ein Sukkubus treibe unter den Soldaten sein Unwesen.«

»Aber was genau *macht* ein Sukkubus?«, erkundigte sich die junge Prinzessin und blickte erwartungsvoll von einem Gesicht zum nächsten.

Es folgte ein plötzliches allgemeines Räuspern und Nippen am Wein, und sämtliche anwesenden Männer versuchten, dem Blick der jungen Frau auszuweichen. Ein heftiges Prusten seitens der Hausherrin zeigte an, was *sie* von diesem feigen Benehmen hielt.

»Ein Sukkubus ist ein weiblicher Dämon«, erklärte die alte Dame mit präzisen Worten. »Er kommt des Nachts im Traum zu den Männern und vereinigt sich mit ihnen, um ihnen den Samen zu rauben.«

Die Augen der Prinzessin wurden kreisrund. Sie hatte es tatsächlich nicht gewusst, stellte Grey fest.

»Warum?«, fragte sie. »Was fängt er damit an? Dämonen bekommen doch keine Kinder, oder?«

Grey spürte, wie ein tiefes Gelächter in ihm aufsteigen wollte und ergriff hastig ein frisches Glas.

»Nun, nein«, beschwichtigte Stephan von Namtzen, der leicht errötet war, sich aber gut beherrschte. »Nicht ganz. Der Sukkubus gewinnt die … äh … Essenz« – er begleitete diese Worte mit einer schwachen, entschuldigenden Verneigung in Richtung der

Hausherrin – »und paart sich dann mit einem Inkubus – das ist ein männlicher Dämon, versteht Ihr?«

Die alte Dame zog ein grimmiges Gesicht und legte eine Hand auf die religiöse Medaille, die sie an ihrem Kleid trug.

Von Namtzen holte tief Luft, da er sah, dass alle an seinen Lippen hingen, und richtete den Blick auf das Porträt des verstorbenen Prinzen.

»Dann sucht sich der Inkubus wiederum eine Menschenfrau, paart sich mit ihr und schwängert sie mit dem gestohlenen Samen – und es entsteht Dämonenbrut.«

Leutnant Dundas, der sehr jung und wahrscheinlich Presbyterianer war, sah aus, als würde er von seiner Halsbinde erwürgt. Die anderen Männer, allesamt ziemlich rot im Gesicht, versuchten sich den Anschein zu geben, als sei ihnen das Phänomen, über das hier diskutiert wurde, bestens vertraut und als machten sie sich deswegen keine großen Gedanken. Die Hausherrin warf einen zweifelnden Blick auf ihre Schwiegertochter und sah dann hinauf zum Bild ihres verstorbenen Sohns, wobei sie die Augenbrauen hob, als führe sie ein stummes Zwiegespräch mit ihm.

»Ooh!« Trotz der späten Stunde und des zwanglosen Beisammenseins trug die Prinzessin einen Fächer bei sich, den sie jetzt entsetzt vor dem Gesicht entfaltete, sodass nur noch ihre großen blauen Augen weit geöffnet darüber hinweg lugten. Diese Augen hefteten sich flehend auf Grey.

»Und Ihr glaubt wirklich, Lord John, dass ein solches Geschöpf« – sie erschauerte mit entzückend bebendem Dekolleté – »hier in der Nähe sein Unwesen treibt?«

Er ließ sich weder von ihren Augen noch von ihrem Ausschnitt berücken, und obwohl ihm klar war, dass die schreckliche Vorstellung der Prinzessin wesentlich mehr Erregung als Angst bereitete, lächelte er beruhigend, ganz der unerschütterlich vernünftige Engländer.

»Nein«, sagte er. »Das glaube ich nicht.«

Wie um dieser standhaften Meinung zu widersprechen, traf ein Windstoß das Schloss, und ein Hagelschauer prasselte gegen die Fensterläden und fiel zischend durch den Schornstein. Der Hagel donnerte so laut auf Dach und Wände, dass das Geräusch für einen Moment jedes Gespräch übertönte.

Die Gruppe stand da wie gelähmt und lauschte dem Toben der Elemente. Greys Blick blickte zu Stephan hinüber; der Hannoveraner hob dem Sturm zum Trotz das Kinn und lächelte ihm kaum merklich zu. Grey erwiderte das Lächeln, dann wandte er den Blick ab – gerade rechtzeitig, um zu sehen, wie etwas Dunkles aus dem Kamin fiel und unter durchdringendem Kreischen in die Flammen stürzte.

Wie ein Echo folgte ein Aufschrei der Frauen – und möglicherweise auch der von Leutnant Dundas, obwohl Grey das nicht hätte beschwören mögen.

Irgendetwas zappelte und wand sich im Feuer, und der Gestank versengter Haut stieg allen scharf und beißend in die Nasen. Rein instinktiv griff Grey nach einem Schüreisen und fegte das Wesen aus dem Feuer auf den Steinboden vor dem Kamin, wo es wie verrückt um sich schlug und dabei ohrenbetäubende Geräusche von sich gab.

Stephan tat einen großen Schritt und zertrat das Tier, um der gruseligen Vorstellung ein Ende zu bereiten.

»Eine Fledermaus«, sagte er ruhig und zog den Stiefel zurück. »Schafft sie weg.«

Der Dienstbote, an den er diesen Befehl richtete, kam hastig herbei, bedeckte den geschwärzten Kadaver mit einem Taschentuch, hob ihn auf und trug ihn auf einem Tablett hinaus. Angesichts dieser Zeremonie entstand vor Greys geistigem Auge das völlig unpassende Bild der Fledermaus, wie sie beim Frühstück gebraten und mit Backpflaumen garniert ihren zweiten Auftritt erlebte.

Ein jähes Schweigen hatte sich über die Anwesenden gelegt. Es wurde vom plötzlichen Schlagen der Uhr unterbrochen, woraufhin alle erst zusammenfuhren und dann verlegen lachten.

Die Gesellschaft löste sich auf. Die Männer blieben höflich stehen, während sich die Frauen zurückzogen, dann unterhielten sie sich noch einige Minuten lang, während sie ihren Wein und ihren Brandy austranken. Ohne dass es ihn besonders überrascht hätte, fand Grey Sir Peter an seiner Seite.

»Auf ein Wort, Major«, sagte Sir Peter leise.

»Natürlich, Sir.«

Die Männer hatten sich in Zweier- und Dreiergrüppchen aufgeteilt; es fiel ihnen nicht schwer, sich ein wenig zur Seite zu begeben und sich den Anschein zu geben, als betrachteten sie eine erlesene kleine Erosstatue, die auf einem der Tische stand.

»Ich nehme an, Ihr bringt den Toten morgen früh zum Zweiundfünfzigsten zurück.« Sämtliche englischen Offiziere hatten einen Blick auf den Gefreiten Bodger geworfen und erklärt, er sei keiner der Ihren. Demnach konnte er nur zu Oberst Ruysdales zweiundfünfzigstem Regiment gehören, das sein Lager an der anderen Seite von Gundwitz aufgeschlagen hatte.

Ohne Greys Kopfnicken abzuwarten, sprach Sir Peter weiter, während er eine Hand geistesabwesend auf die Statue legte.

»Die Franzosen führen irgendetwas im Schilde; heute Nachmittag hat ein Späher von zahlreichen Truppenbewegungen berichtet. Sie bereiten sich auf den Abmarsch vor, aber wir haben noch keine Ahnung, wohin oder wann. Ich wäre glücklicher, wenn sich noch ein paar von Ruysdales Soldaten in Bewegung setzen würden, um die Brücke von Aschenwald zu verteidigen, nur für alle Fälle.«

»Ich verstehe«, sagte Grey vorsichtig. »Und Ihr hättet gern, dass ich Oberst Ruysdale eine entsprechende Nachricht überbringe.«

Sir Peter zog eine kleine Grimasse.

»Ich habe ihm bereits eine geschickt. Ich hielte es allerdings für hilfreich, wenn Ihr andeuten könntet, dass es auch in von Namtzens Sinne ist.«

Grey murmelte etwas Unverbindliches. Es war allgemein bekannt, dass Sir Peter und Ruysdale sich nicht verstanden. Es war gut möglich, dass der Oberst eher bereit wäre, einem deutschen Verbündeten einen Gefallen zu tun.

»Ich werde es gegenüber Hauptmann von Namtzen erwähnen«, sagte er, »obwohl ich davon ausgehe, dass er einverstanden ist.« Eigentlich hätte er sich jetzt gern verabschiedet, doch Sir Peter zögerte und deutete an, dass es noch etwas gab.

»Sir?«, sagte Grey.

»Ich glaube«, sagte Sir Peter, der sich umsah und die Stimme noch weiter senkte, »dass man vielleicht der Prinzessin ans Herz legen sollte – behutsam; es ist nicht nötig, Alarm zu schlagen –, dass der Hauch einer Möglichkeit besteht … falls die Franzosen *tatsächlich* das Tal durchqueren …« Er ließ seine Hand nachdenklich auf dem Kopf des Eros ruhen und richtete den Blick auf die anderen Einrichtungsgegenstände des Zimmers, unter denen sich eine Reihe seltener und kostbarer Sammelstücke befanden. »Vielleicht möchte sie ihre Familie an einen sicheren Ort bringen. Und es wäre auch kein Fehler, ihr vorzuschlagen, dass ein paar Gegenstände für eine Weile versteckt würden. Wir sähen es doch nicht allzu gern, dass so etwas den Schreibtisch eines französischen Generals zierte, wie?«

»So etwas« war der Schädel eines riesigen Bären – eines antiken Höhlenbären, hatte die Prinzessin ihre Gäste vorhin unterrichtet –, der separat auf einem kleinen, mit einem Tuch verhüllten Tisch stand. Der Schädel war mit gehämmertem Gold überzogen, in das primitive Muster geritzt waren, und Halbedelsteine waren an der Schnauze entlang in einer Linie angeordnet, die sich dann teilte, um die leeren Augenhöhlen zu umrahmen. Es war ein auffälliges Stück.

»Ja«, sagte Grey, »da bin ich ganz … oh! Ihr möchtet, dass ich mit der Prinzessin spreche?«

Sir Peter, der sein Ziel erreicht hatte, entspannte sich sichtlich.

»Sie scheint ganz hingerissen von Euch zu sein, Grey«, sagte er und fand allmählich zu seiner ursprünglichen Leichtigkeit zurück. »Ein Rat von Euch fände möglicherweise mehr Gehör, wie? Außerdem seid Ihr Verbindungsoffizier, nicht wahr?«

»In der Tat«, stimmte Grey zu, der alles andere als erfreut war, aber genau wusste, dass er einen Befehl erhalten hatte. »Ich kümmere mich so bald wie möglich darum, Sir.« Er verabschiedete sich von jenen, die sich noch im Salon aufhielten, und begab sich zu der Treppe, die in die oberen Stockwerke führte.

Die Prinzessin von Löwenstein schien in der Tat hingerissen von ihm zu sein; es überraschte ihn nicht, dass Sir Peter ihr Lächeln und ihre schmachtenden Blicke bemerkt hatte. Glücklicherweise schien sie von Stephan von Namtzen nicht minder hingerissen zu sein und ging sogar so weit, zu seinen Ehren regelmäßig Hannoveraner Spezialitäten auftischen zu lassen.

Oben auf dem Treppenabsatz zögerte er, bis er sicher war, welcher der steingefliesten Flure zu seiner Kammer führte. Zu seiner Linken fiel ihm eine huschende Bewegung ins Auge, und als er sich in diese Richtung wandte, sah er, wie sich jemand mit einem Sprung hinter einem großen Schrank versteckte.

»Wer ist da?«, fragte er scharf und bekam ein unterdrücktes Keuchen zur Antwort.

Er bewegte sich wachsam vorwärts und blickte um die Ecke des Schrankes, wo er einen kleinen, dunkelhaarigen Jungen an die Wand gepresst fand, beide Hände vor dem Mund, die Augen so groß wie Untertassen. Der Junge trug ein Nachthemd und eine Haube und war ganz offensichtlich aus seinem Kinderzimmer entwischt. Er erkannte das Kind, obwohl er es erst ein- oder zweimal gesehen hatte. Es war der kleine Sohn der Prinzessin – wie war noch der Name des Jungen? Heinrich? Reinhardt?

»Keine Angst«, sagte er sanft in seinem langsamen, wohlüberlegten Deutsch zu dem Jungen. »Ich bin ein Freund deiner Mutter. Wo ist dein Zimmer?«

Der Junge antwortete nicht, aber seine Augen huschten den Flur entlang und zurück. Grey sah keine offenen Türen, doch er hielt dem Jungen eine Hand hin.

»Es ist ziemlich spät«, sagte er. »Soll ich dich nicht ins Bett bringen?«

Der Junge schüttelte so heftig den Kopf, dass die Quaste seiner Nachthaube gegen die Wand schlug.

»Ich will nicht ins Bett. Da ist eine böse Frau. Eine Hexe.«

»Eine Hexe?«, wiederholte Grey und spürte, wie ihm ein seltsamer Schauer über den Rücken lief, als hätte jemand seinen Nacken mit einem kalten Finger berührt. »Wie hat denn diese Hexe ausgesehen?«

Das Kind starrte ihn verständnislos an.

»Wie eine Hexe«, sagte es.

»Oh«, sagte Grey, erst einmal aus der Fassung gebracht. Doch schon fing er sich wieder und winkte dem Jungen mit den Fingern. »Dann komm, und zeig sie mir. Ich bin Soldat, ich habe keine Angst vor Hexen.«

»Ihr werdet sie töten und ihr das Herz herausschneiden und es über dem Feuer braten?«, fragte der Junge begierig und löste sich von der Wand. Er streckte die Hand aus, um den Knauf des Dolches an Greys Gürtel zu berühren.

»Nun, vielleicht«, vertröstete ihn Grey. »Lass sie uns erst einmal suchen.« Er ergriff den Jungen unter den Armen und hob ihn hoch. Das Kind ließ es bereitwillig geschehen, schlang die Beine um Greys Hüften und schmiegte sich dicht an ihn, um sich zu wärmen.

Im Flur war es dunkel; nur eine Kerze flackerte am anderen Ende in einem Wandleuchter, und die Steine strahlten eine solche Kälte aus, dass auch Grey die Wärme des Kindes mehr als willkommen war. Es regnete immer noch stark. Ein kleines Rinnsal war durch die Fensterläden am Ende des Flurs gedrungen, und das flackernde Licht beleuchtete die Pfütze am Boden.

Donner dröhnte in der Ferne, das Kind schnappte nach Luft und warf die Arme um Greys Hals.

»Ist ja gut.« Grey klopfte ihm beruhigend auf den schmalen Rücken, obwohl auch sein Herz bei dem Geräusch einen Satz getan hatte. Zweifellos hatte das Lärmen des Sturms den Jungen geweckt.

»Wo liegt dein Zimmer?«

»Oben.« Der Junge zeigte zum anderen Ende des Flurs; wahrscheinlich gab es dort irgendwo eine Hintertreppe. Das Schloss war riesengroß und verwinkelt gebaut; Grey wusste gerade so viel über seinen Grundriss, wie nötig war, um sein eigenes Quartier zu finden. Er hoffte, dass sich der Junge besser auskannte, damit sie nicht gezwungen waren, die ganze Nacht durch die kalten Flure zu irren.

Als er sich dem Ende des Flurs näherte, blitzte es erneut. Eine gleißende weiße Linie zeigte ihm die Umrisse des Fensters – und machte deutlich, dass das Fenster offen stand und die Fensterläden nicht verriegelt waren. Dem Donnerdröhnen folgte ein Windstoß, und einer der losen Fensterläden schwang plötzlich zurück und ließ eiskalten Regen ein.

»Oh!« Der Junge klammerte sich fest an Greys Hals und erwürgte ihn fast.

»Ist ja gut«, murmelte Grey beruhigend und verlagerte seine Bürde, um eine Hand frei zu bekommen.

Dann lehnte er sich hinaus, um den Fensterladen zu ergreifen, und versuchte gleichzeitig, den Jungen mit seinem Körper abzuschirmen. Ein lautloser Blitz beleuchtete die Welt in einer Explosion aus Schwarz und Weiß, und er kniff geblendet die Augen zu. Hinter seinen Lidern wirbelte ein Feuerrad aus grellen Bildern. Der Donner rollte vorbei, und das Geräusch erinnerte derart an einen Karren voller Felsbrocken, dass er unwillkürlich aufblickte und fast erwartete, einen der alten Germanengötter hämisch durch die Wolken fahren zu sehen.

Doch das Bild, das er sah, war nicht der sturmzerzauste Himmel, sondern etwas anderes, das er bereits aus dem Augenwinkel erhascht hatte, als es blitzte. Er kniff die Augen fest zu, um wieder besser sehen zu können, und blickte dann nach unten. Sie *war* da. Eine Leiter, die an der Hauswand lehnte. Nun denn. Vielleicht *hatte* das Kind jemand Fremdes in seinem Zimmer gesehen.

»Warte«, sagte er zu dem Jungen, drehte sich um und stellte ihn auf den Boden. »Halt dich aus dem Regen heraus, während ich den Fensterladen schließe.«

Er lehnte sich in den Sturm hinaus, stieß die Leiter von der Hauswand weg, und sie fiel in die Dunkelheit. Dann schloss und verriegelte er die Fensterläden und nahm den zitternden Jungen wieder auf den Arm. Der Wind hatte die Kerze ausgeblasen, und er war gezwungen, sich zu der Abzweigung des Flurs vorzutasten.

»Es ist dunkel«, raunte der Junge mit zitternder Stimme.

»Ein Soldat hat keine Angst vor der Dunkelheit«, versicherte er dem Kind und dachte an den Friedhof.

»Ich habe keine Angst!« Die Wange des Jungen war an seinen Hals gepresst.

»Natürlich nicht. Wie heißt du denn, junger Herr?«, fragte er in der Hoffnung, den Jungen abzulenken.

»Siggi.«

»Siggi«, wiederholte er, während er sich mit einer Hand an der Wand entlangtastete. »Ich bin John. Johannes in eurer Sprache.«

»Ich weiß«, sagte der Junge zu seiner Überraschung. »Die Dienstmädchen sagen, Ihr seid ein hübscher Mann. Nicht so kräftig wie Landgraf Stephan, aber ansehnlicher. Seid Ihr reich? Der Landgraf ist ziemlich reich.«

»Ich muss nicht hungern«, erklärte Grey, der sich fragte, wie lang der verflixte Flur wohl sein mochte und ob er die Treppe erst dann entdecken würde, wenn er im Dunklen hinunterfiele.

Immerhin schien der Junge etwas von seiner Angst verloren zu haben; er kuschelte sich dicht an ihn, sodass sich seine Nachtmütze an Greys Kinn rieb. Er hatte einen deutlichen Geruch an sich. Nicht unangenehm – eher wie ein Wurf vier Wochen alter Welpen, dachte Grey, ein Geruch nach warmem Tier.

Dann kam ihm ein Gedanke – er hätte sofort danach fragen sollen.

»Wo ist denn dein Kindermädchen?« Ein Junge in diesem Alter schlief doch bestimmt nicht allein.

»Ich weiß es nicht. Vielleicht hat die Hexe sie gefressen.«

Im selben Moment, als der Junge diesen ermunternden Verdacht äußerte, flackerte ein Stück weiter ein willkommenes Licht auf, und Stimmen ertönten. Grey eilte darauf zu und fand endlich die Treppe zum Kinderzimmer, just als eine wild dreinblickende Frau in Nachthemd, Haube und Schultertuch mit einem tönernen Kerzenhalter zum Vorschein kam.

»Siegfried!«, rief sie. »Siggi, wo bist du gewesen? Was hat – oh!« Sie entdeckte Grey und fuhr zurück wie von einem Hieb vor die Brust getroffen.

»Guten Abend, Madam«, sagte er höflich. »Ist das dein Kindermädchen, Siggi?«

»Nein«, entgegnete Siggi voller Verachtung angesichts solcher Ahnungslosigkeit. »Das ist nur Hetty, Mamas Zofe.«

»Siggi? Siegfried, bist du's? Oh, mein Junge, mein Junge!« Das Licht, das von oben kam, wurde gedämpfter, als eine flatternde Gestalt die Treppe herunterstürzte, und die Prinzessin von Löwenstein nahm Grey den Jungen ab, umarmte ihren Sohn und küsste ihn so inbrünstig, dass er seine Schlafmütze verlor.

Jetzt kamen noch weitere Dienstboten die Treppe herunter, wenn auch weniger überstürzt. Zwei Hausdiener und eine Frau, möglicherweise ein Kammermädchen, alle mehr oder weniger entkleidet, aber mit Kerzen oder Binsenlichtern ausgestattet. Grey hatte offenbar das Glück gehabt, einem Suchtrupp zu begegnen.

Es folgte eine verworrene Diskussion, während Greys Erklärungsversuche von Siggis unzusammenhängendem Bericht unterbrochen wurden, begleitet von Ausrufen des Erschreckens und der Überraschung seitens der Prinzessin und Hettys.

»Eine Hexe?«, fragte die Prinzessin gerade und blickte beunruhigt auf ihren Sohn hinab. »Du hast eine Hexe gesehen? Hattest du einen bösen Traum, mein Kind?«

»Nein. Ich bin einfach nur aufgewacht, und da war eine Hexe in meinem Zimmer. Kann ich Marzipan haben?«

»Es wäre vielleicht ein nützlicher Vorschlag, das Anwesen zu durchsuchen«, gelang es Grey einzuwerfen. »Es ist möglich, dass die ... Hexe ... noch hier ist.«

Die Prinzessin hatte sehr feine, blasse Haut, die im Kerzenlicht schimmerte, doch bei diesen Worten nahm sie die kränkliche Farbe von Knollenblätterpilzen an. Grey warf einen vielsagenden Blick auf Siggi, woraufhin die Prinzessin das Kind augenblicklich an Hetty weiterreichte und ihrer Zofe auftrug, ihn in sein Kinderzimmer zu bringen.

»Sagt mir, was hier vor sich geht«, bat sie und packte Grey am Arm. Er kam der Aufforderung nach und beendete seinen Bericht seinerseits mit einer Frage.

»Wo ist das Kindermädchen?«

»Wir wissen es nicht. Ich bin ins Kinderzimmer gegangen, um vor dem Einschlafen noch einen Blick auf Siegfried zu werfen ...« Die Hand der Prinzessin fuhr zur Brust, als ihr bewusst wurde, dass sie ein wenig kleidsames Wollnachthemd nebst Haube, ein schweres Schultertuch und dicke, flauschige Strümpfe trug. »Er war nicht da; das Kindermädchen auch nicht. Jakob, Thomas ...« Sie wandte sich an die Hausdiener, nahm plötzlich die Dinge in die Hand. »Sucht sie! Erst drinnen, dann draußen.«

Fernes Donnergrollen erinnerte daran, dass es immer noch regnete, doch die Bediensteten verschwanden eilends.

In der plötzlichen Stille, die sie zurückließen, fühlte sich Grey ein wenig gespenstisch, so als wären die dicken Steinwände merklich näher gerückt. Ein einsamer Kerzenhalter, den jemand zurückgelassen hatte, stand auf der Treppe und verbreitete ein schwaches Licht.

»Wer könnte denn so etwas tun?«, fragte die Prinzessin, deren Stimme plötzlich leise und angstvoll klang. »Wollten sie Siegfried mitnehmen? Warum?«

Grey hatte allerdings den Eindruck, dass eine Entführung geplant gewesen war. Eine andere Möglichkeit kam ihm nicht in den Sinn, bis ihn die Prinzessin erneut am Arm packte.

»Meint Ihr … Meint Ihr … er ist es gewesen?«, flüsterte sie mit schreckgeweiteten Augen. »Der Sukkubus?«

»Das glaube ich nicht«, sagte Grey und ergriff ihre Hände, um sie zu beruhigen. Sie waren eiskalt – angesichts der Kälte im Innern des Schlosses kaum überraschend. Er lächelte ihr zu und drückte sanft ihre Finger. »Ein Sukkubus würde doch wohl kaum eine Leiter brauchen.« Er verzichtete darauf hinzuzufügen, dass ein Junge in Siggis Alter einem Sukkubus wahrscheinlich auch wenig zu bieten vermochte, wenn er die Natur dieser Kreaturen richtig verstanden hatte.

In das Gesicht der Prinzessin kehrte wieder etwas Farbe zurück, als sie die Logik seiner Worte erkannte.

»Nein, das ist wahr.« Ihre Mundwinkel zuckten, und sie versuchte zu lächeln, wenn auch ihr Blick immer noch angstvoll war.

»Es wäre vielleicht ratsam, eine Wache vor dem Zimmer Eures Sohnes zu postieren«, schlug Grey vor. »Obwohl ich davon ausgehe, dass die … Person … inzwischen verscheucht worden ist.«

Sie erschauerte, ob vor Kälte oder bei dem Gedanken an frei umherstreifende Eindringlinge, konnte Grey nicht sagen. Dennoch, der Gedanke, etwas tun zu können, verhalf ihr zu deutlich mehr Ruhe, und da dies so war, ergriff er sehr widerstrebend die Gelegenheit, ihr von Sir Peters Warnungen zu erzählen, denn er hatte den Eindruck, dass ein greifbarer Feind wie die Franzosen Phantasmen und zwielichtigen Bedrohungen vorzuziehen wäre.

»Ha, diese Froschfresser!«, rief sie und bestätigte seine Annahmen, während sie sich mit einem Hauch von Verachtung in der Stimme aufrichtete. »Sie haben schon öfter versucht, das Schloss einzunehmen. Sie haben es noch nie geschafft, und das wird sich auch jetzt nicht ändern.« Sie verlieh dieser Meinung mit einer kleinen Geste ihrer Hände Nachdruck und wies auf die Steinmauern, von denen sie umgeben waren. »Der Urururgroßvater meines Mannes hat das Schloss gebaut; wir haben einen Brunnen im Haus, einen Stall, Lebensmittelvorräte. Dieses Gebäude ist dazu gedacht, einer Belagerung standzuhalten.«

»Ich bin sicher, dass Ihr Recht habt«, sagte Grey lächelnd. »Aber Ihr solltet trotzdem vorsichtig sein.« Er ließ ihre Hände los und hoffte, dass das Gespräch damit beendet sei. Nun, da die Aufregung vorbei war, war ihm nur zu bewusst, dass er einen langen Tag hinter sich hatte und dass er fror.

»Ich werde vorsichtig sein«, versprach sie ihm. Dann zögerte sie kurz, unsicher, wie sie sich angemessen verabschieden sollte, trat sie einen Schritt vorwärts, stellte sich auf die Zehenspitzen, legte ihm die Hände auf die Schultern und küsste ihn auf den Mund.

»Gute Nacht, Lord John«, sagte sie leise auf Englisch. »Danke.« Sie drehte sich um und huschte mit gerafften Röcken die Treppe hinauf.

Grey stand verblüfft da und sah ihr nach. Das befremdliche Gefühl ihrer Brüste schien sich in seinen Körper gedrückt zu haben. Dann schüttelte er den Kopf und ergriff den Kerzenständer, den sie für ihn auf der Treppe stehen gelassen hatte.

Als er sich wieder aufrichtete, überkam ihn ein gewaltiges Gähnen, und die Erschöpfung des Tages fiel über ihn her wie eine ganze Ladung Bleikugeln. Er hoffte nur, in dem verwirrenden Labyrinth des Schlosses sein eigenes Zimmer wiederzufinden. Vielleicht hätte er die Prinzessin nach dem Weg fragen sollen.

Als er durch die Flure schritt, kam ihm die Flamme seiner Kerze angesichts der bedrückenden Dunkelheit der mächtigen Steinmauern von Schloss Löwenstein klein und unbedeutend vor. Erst als das Licht in der Pfütze auf dem Boden schimmerte, kam ihm plötzlich ein Gedanke: Jemand musste die Fensterläden geöffnet haben – von innen.

Am Kopf der Haupttreppe angekommen, traf Grey auf Stephan von Namtzen. Der Hannoveraner war ein wenig rot vom Brandy, doch immer noch klar im Kopf, und er hörte sich betroffen Greys Bericht an.

»Dreckskerle!«, knurrte er und spuckte auf den Boden, um zu unterstreichen, was er von den Entführern hielt. »Die Dienstboten durchsuchen alles, sagt Ihr – aber Ihr glaubt, dass sie nichts finden werden?«

»Vielleicht findet man ja das Kindermädchen«, sagte Grey. »Aber wenn der Entführer einen Verbündeten im Haus hatte – und das muss er haben … oder sie … Der Junge behauptet ja, er habe eine Hexe gesehen.«

»Ja, ich verstehe.« Von Namtzens Miene wirkte grimmig. »Vielleicht sollte ich mit der Prinzessin sprechen. Ich werde meine Männer anfordern, um das Haus zu bewachen. Wenn es hier drinnen einen Verbrecher gibt, dann kann er nicht entkommen.«

»Dafür wird die Prinzessin sicher dankbar sein.« Grey war auf einmal entsetzlich müde. »Ich muss Bodger – den Toten – morgen zurück zu seinem Regiment bringen. Oh, was das angeht …« Er erläuterte Sir Peters Wünsche, denen von Namtzen mit einer Handbewegung zustimmte.

»Habt Ihr irgendwelche Nachrichten, die ich den Soldaten an der Brücke überbringen soll?«, fragte Grey. »Da ich nun einmal in diese Richtung unterwegs bin.« Ein englisches Regiment lag im Süden des Ortes, das andere – Bodgers Einheit – im Norden, zwischen dem Ort und dem Fluss. Ein paar Meilen weiter war ein kleiner Trupp preußischer Artillerie unter Stephans Kommando stationiert, der die Brücke von Aschenwald bewachte.

Von Namtzen runzelte die Stirn und überlegte, dann nickte er.

»Ja, Ihr habt Recht. Es ist besser, wenn sie offiziell von dem …« Er sah plötzlich beklommen aus, und Grey beobachtete leicht amüsiert, dass Stephan das Wort »Sukkubus« nicht aussprechen mochte.

»Ja, besser, Gerüchte zu vermeiden«, stimmte er zu und rettete Stephan aus seiner Verlegenheit. »Apropos – meint Ihr, Herr Blomberg lässt seine Mutter exhumieren?«

In Stephans breitknochigem Gesicht leuchtete ein schalkhaftes Lächeln auf.

»Nein. Ich glaube, er ließe sich eher selbst einen Eisenpflock durchs Herz treiben. Aber es wäre gut«, fügte ernst er hinzu, »wenn jemand herausfände, wer hinter diesen Streichen steckt, und ihnen ein Ende setzt. Und zwar schnell.«

Grey sah, dass auch Stephan müde war. Sie standen schweigend beisammen und lauschten dem entfernten Hämmern des Regens. Beide spürten immer noch die kalte Berührung des Friedhofs in den Knochen.

Von Namtzen wandte sich plötzlich zu Grey um, legte ihm eine Hand auf die Schulter und drückte sie.

»Seid vorsichtig, John«, sagte er, und bevor Grey etwas sagen oder sich bewegen konnte, zog Stephan ihn an sich und küsste ihn auf den Mund. Dann lächelte er, drückte Grey noch einmal die Schulter und stieg mit einem leisen »Gute Nacht« die Treppe hinauf zu seinem Zimmer.

Grey schloss die Tür seines Zimmers hinter sich und lehnte sich an sie, als würde er verfolgt. Tom Byrd, der schlafend auf dem

Teppich vor dem Kamin zusammengerollt lag, setzte sich auf und starrte ihn blinzelnd an.

»Mylord?«

»Wer denn sonst?«, erwiderte Grey, den die Erschöpfung und Aufregung des Abends albern machten. »Hattet Ihr Besuch von dem Sukubus erwartet?«

Bei diesen Worten wich alle Schläfrigkeit aus Toms Gesicht, und er blickte beklommen zum Fenster, dessen Scheiben und Läden gegen die Gefahren der Nacht fest verschlossen waren.

»Ihr solltet darüber keine Witze machen, Mylord«, sagte er vorwurfsvoll. »Es ist schließlich ein Engländer umgekommen.«

»Du hast Recht, Tom; möge der Gefreite Bodger mir vergeben.« Grey fand den Tadel gerechtfertigt und war auch viel zu sehr von den Ereignissen überwältigt, um sich verletzt zu fühlen. »Dennoch, wir kennen die Ursache seines Todes nicht. Es gibt doch wohl noch keinen Beweis dafür, dass etwas Übernatürliches daran beteiligt war. Hast du etwas gegessen?«

»Ja, Mylord. Die Köchin war schon im Bett, aber sie ist aufgestanden und hat Brot und Suppe für uns geholt, und Bier. Wollte alles darüber wissen, was ich auf dem Kirchhof gefunden habe«, fügte er hinzu.

Grey lächelte vor sich hin; die Betonung des Wortes »ich« in diesem Satz ließ darauf schließen, dass Toms Proteste im Namen des verstorbenen Gefreiten Bodger nicht nur seinem Gefühl für Anstand, sondern auch seinem Besitzerstolz entsprangen.

Grey setzte sich, um sich von Tom die Stiefel und die immer noch nassen Strümpfe ausziehen zu lassen. Das ihm zugewiesene Zimmer war klein, aber warm und hell, und die Schatten des kräftig brennenden Feuers flackerten über eine gestreifte Damasttapete. Nach der nassen Kälte auf dem Kirchhof und der trostlosen Kühle der Steinkorridore im Schloss empfand er Dankbarkeit für die Hitze auf seiner Haut – ein Gefühl, das noch verstärkt wurde, als er einen Krug mit heißem Wasser zum Waschen entdeckte.

»Soll ich mit Euch kommen, Mylord? Morgen früh, meine ich?« Tom löste Greys Haare und kämmte sie. Dann und wann tauchte er den Kamm in ein Duftwasser aus Kastanienblättern und Kamille, das die Läuse vertreiben sollte.

»Nein, ich glaube nicht. Ich werde zuerst hinüberreiten und mit Oberst Ruysdale sprechen; einer der Dienstboten kann mir mit dem Toten folgen.« Grey schloss die Augen und fühlte sich allmählich schläfrig, wenn ihm auch immer noch kleine Schauer der Erregung durch Oberschenkel und Leib fuhren. »Ich wäre dir aber dankbar, Tom, wenn du dich mit den Dienstboten unterhalten würdest. Finde heraus, was sie sich erzählen.« Sie würden weiß Gott genug zu erzählen haben.

Sauber, gebürstet und gemütlich in Nachthemd, Nachtmütze und Überjacke gehüllt, entließ Grey Tom, auf dessen Armen sich verschmutzte Kleidungsstücke türmten.

Er schloss die Tür hinter dem Burschen und zögerte, starrte die polierte Holzfläche an, als wolle er hindurchschauen und sehen, wer draußen im Flur stand. Doch sein Blick traf auf das verschwommene Spiegelbild seines eigenen Gesichts, und er hörte Toms Schritte, die sich im Korridor entfernten.

Nachdenklich berührte er seine Lippen mit dem Finger. Dann seufzte er und verriegelte die Tür.

Stephan hatte ihn schon öfter geküsst – hatte zahllose Menschen geküsst, wie Grey beobachtet hatte. Der Mann liebte es, andere zu umarmen. Aber dies war doch wohl mehr gewesen als die brüderliche Umarmung eines Kameraden oder eines besonders guten Freundes. Grey konnte Stephans Hand immer noch auf der Schulter spüren. Oder machte er sich aus Erschöpfung und Verwirrung falsche Hoffnungen und interpretierte mehr in die Geste hinein, als sie tatsächlich bedeutete?

Und wenn er Recht hatte?

Er schüttelte den Kopf, zog die Wärmflasche zwischen den Laken hervor und kroch ins Bett. Dabei dachte er, dass von allen

Männern in Gundwitz allein er in dieser Nacht vor den Zuwendungen unternehmungslustiger Sukkubi sicher war.

KAPITEL 3

Ein Mittel gegen die Schlaflosigkeit

Das Hauptquartier des Zweiundfünfzigsten Regiments befand sich in Bonz, einem Dorf etwa zehn Meilen von Gundwitz entfernt. Grey fand Oberst Ruysdale im Schankraum des größten Wirtshauses, wo er sich zu einer dringenden Besprechung mit einigen anderen Offizieren aufhielt. Offensichtlich hatte er keine Zeit, sich mit der Leiche eines seiner Untergebenen zu befassen.

»Grey? O ja, kenne Euren Bruder. Was habt Ihr gefunden? Wo? Ja, gut. Wisst Ihr, äh … Sergeant Major Sapp. Ja, das ist es. Sapp wird wissen, wer …« Der Oberst machte eine undeutliche Handbewegung und deutete damit an, dass Grey die benötigte Hilfe zweifellos anderswo finden werde.

»Ja, Sir«, sagte Grey und rammte die Fersen in die Sägespäne. »Ich kümmere mich unverzüglich darum. Aber verstehe ich es richtig, dass es Entwicklungen gibt, von denen unsere Verbündeten unterrichtet werden sollten?«

Ruysdale starrte ihn mit kalten Augen und vorgeschobener Oberlippe an.

»Wer hat Euch das gesagt, Sir?«

Als ob man ihm das sagen musste. Am Rand des Dorfes wurden die Truppen gemustert, Trommler riefen zu den Waffen, auf der Straße brüllten die Korporäle, und die Männer strömten aus ihren Quartieren, als hätte jemand mit einem Stock in einem Ameisenhaufen gestochert.

»Ich bin Verbindungsoffizier, Sir, in Diensten von Hauptmann von Namtzens Hannoveranern«, erwiderte Grey, ohne die Frage zu beantworten. »Sie haben in Gundwitz Quartier bezogen; benötigt Ihr ihre Unterstützung?«

Ruysdale setzte bei dieser Vorstellung eine zutiefst beleidigte Miene auf, doch ein Hauptmann, der eine Artilleriekokarde trug, hustete taktvoll.

»Oberst, soll ich Major Grey unsere Situation insoweit erläutern, wie es nützlich ist? Ihr müsst Euch um wichtigere Angelegenheiten kümmern …« Er wies kopfnickend auf die Runde der versammelten Offiziere, die zwar einen hoch konzentrierten Eindruck machten, aber kaum im Begriff schienen, unverzüglich zur Tat zu schreiten.

Der Oberst schnaubte kurz und machte eine Geste, die man als Entlassung in Gnaden oder ebenso gut als Verscheuchen eines lästigen Insekts deuten konnte. Grey verbeugte sich und murmelte: »Euer Diener, Sir.«

Draußen befanden sich die Sturmwolken der letzten Nacht hastig auf dem Rückzug und huschten mit dem frischen, kalten Wind davon. Der Artilleriehauptmann wies mit einem Ruck seines Kopfes auf eine Schenke ein Stück weiter an der Straße.

»Gehen wir ins Warme, Major!«

Grey, der zu dem Eindruck gelangt war, dass dem Dorf keine unmittelbare Invasion bevorstand, nickte und folgte seinem neuen Begleiter in eine dunkle, verrauchte Höhle, die nach Pökelfleisch und vergorenem Kohl roch.

»Benjamin Hiltern«, stellte sich der Hauptmann vor, während er seinen Umhang ablegte und dem Wirt zwei Finger entgegenhielt. »Ihr trinkt doch etwas, Major?«

»John Grey. Danke. Dann haben wir also noch Zeit, etwas zu trinken, bevor wir überrannt werden?«

Hiltern lachte, nahm Grey gegenüber Platz und rieb sich mit dem Fingerknöchel die vor Kälte gerötete Nase.

»Wir haben so viel Zeit, dass unser großzügiger Gastgeber«

– er nickte zu der verwitterten Gestalt hinüber, die gerade mit einem Krug kämpfte – »ein Wildschwein jagen, braten und mit einem Apfel in der Schnauze servieren könnte, wenn Euch danach wäre.«

»Ich danke Euch, Hauptmann«, sagte Grey mit einem Blick auf den Wirt, der bei näherem Hinsehen nur ein unversehrtes Bein zu haben schien, während das andere von einem stabilen, wenn auch mitgenommen aussehenden Holzstumpf gestützt wurde. »Leider habe ich gerade gefrühstückt.«

»Wie schade. Ich noch nicht. Bratkartoffeln mit Rührei«, bestellte Hiltern auf Deutsch bei dem Wirt, der nickte und in einem noch zwielichtigeren Loch im hinteren Teil des Hauses verschwand. »Köstlich«, sagte Hiltern an Grey gewandt und zog ein Halstuch hervor, das er sich in den Hemdausschnitt steckte.

»In der Tat«, stimmte Grey höflich zu. »Nach dem Aufwand, der da draußen betrieben wird, kann man nur hoffen, dass Eure Truppe genau so gut verpflegt wird.«

»Oh, das.« Hilterns engelsgleiches Gesicht verlor ein wenig von seiner Fröhlichkeit. »Die armen Kerle. Wenigstens hat es aufgehört zu regnen.«

Als Antwort auf Greys hochgezogene Augenbrauen erklärte er ihm die Sachlage.

»Strafe. Es gab gestern eine Kricketpartie zwischen einer Mannschaft aus Oberst Bampton-Howards Truppe und unseren Jungs. Ruysdale hatte mit Bampton-Howard gewettet, um ziemlich viel, versteht Ihr?«

»Und Eure Mannschaft hat verloren. Ja, ich verstehe. Also müssen Eure Jungs ...«

»Zehn Meilen im Dauerlauf zum Fluss und zurück, mit voller Ausrüstung. Wenigstens bleiben sie so in Form und geraten nicht in Schwierigkeiten«, sagte Hiltern. Er schloss die Augen zur Hälfte und hielt die Nase dem Bratkartoffelgeruch entgegen, der sich in der Luft verbreitete.

»Verstehe. Dann geht man also davon aus, dass die Franzosen ihre Stellung verändert haben? Den letzten Berichten unserer Späher zufolge lagen sie ein paar Meilen nördlich des Flusses.«

»Ja, das hat ein paar Tage lang für ziemlich viel Aufregung gesorgt; wir dachten, sie kämen vielleicht in unsere Richtung. Aber sie scheinen ausgeschert zu sein – Richtung Westen.«

»Warum?« Grey spürte, wie es ihm unangenehm den Rücken hinunterlief. Es gab eine Brücke in Aschenwald, die sich für die Flussüberquerung anbot – aber es gab noch eine andere, mehrere Meilen weiter nördlich, in Gruneberg. Aschenwald wurde von einer preußischen Artilleriekompanie verteidigt; eine Abteilung Grenadiere unter Oberst Bampton-Howard hielt vermutlich die andere Querung.

»Jenseits des Flusses hält sich ein ganzer Haufen Franzmänner auf«, erwiderte Hiltern. »Wir vermuten, dass sie sich denen anschließen wollen.«

Diese Nachricht erregte Greys Aufmerksamkeit. Es war zudem eine Neuigkeit, die man dem hannoverschen und preußischen Kommando offiziell hätte mitteilen müssen – statt sie beim zufälligen Besuch eines Verbindungsoffiziers zu verbreiten. Sir Peter Hicks war sehr gründlich, was die Kommunikation unter den Alliierten betraf; offenbar fühlte sich Ruysdale in dieser Hinsicht zu nichts genötigt.

»Oh!«, sagte Hiltern, der seinen Gedanken erriet. »Ich bin sicher, dass er es Euch schon mitgeteilt hätte, wenn hier nicht solche Verwirrung herrschen würde. Und es erschien uns wirklich nicht dringend. Die Späher berichten, dass die Franzosen nur ihre Ausrüstung polieren und ihre Vorräte aufstocken. Sie müssen ja schließlich *irgendwo* hin, bevor es anfängt zu schneien.«

Er zog seine dunklen Augenbrauen hoch und lächelte als Entschuldigung – eine Entschuldigung, die Grey nach kaum mehr als einer Sekunde des Zögerns annahm. Wenn Ruysdale plante, es mit der Weitergabe von Nachrichten nicht so genau zu nehmen, war es nur gut, wenn sich Grey anderweitig auf dem Laufenden hielt – und Hiltern wusste offensichtlich bestens Bescheid.

Sie plauderten beiläufig, bis der Wirt mit Hilterns Frühstück kam, doch Grey erfuhr nichts mehr von Bedeutung – abgesehen von der Tatsache, dass sich Hiltern bemerkenswert wenig um den Tod des Gefreiten Bodger scherte. Außerdem hielt er sich bedeckt, was die »Verwirrung« betraf, die er erwähnt hatte und die er mit einer Handbewegung als »ein bisschen Durcheinander bei der Verpflegungsausgabe, todlangweilig« abtat.

Das Geräusch von Hufen und Rädern, die sich langsam bewegten, drang von der Straße herein, und Grey hörte eine laute Stimme, die mit deutlich hannoverschem Akzent nach dem Weg zum Stützpunkt der Engländer fragte.

»Was ist das denn?«, fragte Hiltern und drehte sich auf seinem Hocker um.

»Ich denke, der Gefreite Bodger kehrt heim«, erwiderte Grey und erhob sich. »Ich bin Euch zu Dank verpflichtet, Sir. Wisst Ihr, ob sich Sergeant-Major Sapp noch im Lager befindet?«

»Hm … nein«, erwiderte Hiltern mit belegter Stimme und vollem Mund. »Er ist zum Fluss.«

Das kam Grey ungelegen, denn er hatte keine Lust, sich den ganzen Tag lang hier aufzuhalten und auf Sapps Rückkehr zu warten, um ihm den Toten und die damit verbundene Verantwortung zu überlassen. Doch ihm kam ein anderer Gedanke.

»Und der Regimentsarzt?«

»Tot. Ruhr.« Hiltern schaufelte bedächtig Kartoffeln mit Ei in sich hinein. »Mmp. Versucht es bei Keegan. Er ist der Assistent des Arztes.«

Der Großteil der Männer war im Begriff, das Lager zu verlassen, und so dauerte es eine Weile, bis Grey das Zelt des Stabsarztes ausfindig gemacht hatte. Dort angelangt, ließ er den Toten auf einer Bank ablegen und schickte den Wagen unverzüglich zum Schloss zurück. Er ging keinerlei Risiko ein, den Gefreiten Bodger am Ende nicht mehr loszubekommen.

Keegan erwies sich als hagerer Waliser mit randloser Brille und rotem Lockenschopf, der nicht so recht zu ihm passen wollte. Er blinzelte durch seine Brille, als er sich über die Leiche beugte und sie mit einem schmutzigen Finger versuchsweise anstieß.

»Kein Blut.«

»Nein.«

»Fieber?«

»Wahrscheinlich nicht. Ich habe den Mann ein paar Stunden vor seinem Tod noch gesehen, und da schien er hinlänglich gesund zu sein.«

»Hm.« Keegan beugte sich über den Toten und blickte ihm neugierig in die Nasenlöcher, als vermutete er dort eine Antwort auf den vorzeitigen Tod des Gefreiten.

Grey runzelte die Stirn, als er die schmierigen Fingerknöchel und die dünne Blutkruste sah, die Keegans Manschette säumte. Nicht ungewöhnlich für einen Stabsarzt, aber der Schmutz störte ihn schon.

Keegan versuchte, mit dem Daumen ein Augenlid hochzuschieben, doch es widerstand ihm. Bodger war im Lauf der Nacht steif geworden; Hände und Arme waren zwar schon wieder erschlafft, doch Gesicht, Körper und Beine waren so hart wie Holz. Keegan seufzte und zog der Leiche die Strümpfe aus. Diese waren ziemlich abgetragen, unten voller Schmutzflecken, der linke Strumpf hatte ein Loch, und Bodgers großer Zeh lugte wie der Kopf eines neugierigen Wurms hervor.

Keegan rieb die Hand am Schoß seines ohnehin schon schmutzigen Rocks ab und hinterließ dabei weitere Streifen, dann fuhr er sich damit unter der Nase entlang und schnüffelte laut. Grey verspürte den Drang, einen Schritt von dem Mann fortzutreten.

Dann begriff er mit leiser Verblüffung, unter die sich Ärger mischte, dass er schon wieder an die Frau dachte. Frasers Frau. Fraser hatte kaum von ihr gesprochen – doch diese Zurückhaltung hatte seinen Worten nur noch mehr Bedeutung verliehen.

Eines späten Abends hatten sie im Gouverneursquartier des Gefängnisses von Ardsmuir länger als gewohnt über ihrem Schachspiel gesessen – ein hart erkämpftes Remis, das Grey mehr freute als jeder Sieg über einen schwächeren Gegner. Gewöhnlich tranken sie Sherry, doch nicht an diesem Abend. Er hatte einen besonderen Rotwein gehabt, ein Geschenk seiner Mutter, und hatte darauf bestanden, dass Fraser ihm beim Leeren der Flasche half, da sich der Wein, einmal geöffnet, nicht lange hielt.

Es war ein kräftiger Wein, und angeregt durch seine berauschende Wirkung und das spannende Spiel, hatte sich selbst Fraser ein wenig aus seiner ausgeprägten Zurückhaltung locken lassen.

Nach Mitternacht war Greys Bediensteter hereingekommen, um das Geschirr von ihrer Mahlzeit mitzunehmen. Beim Gehen war er im Halbschlaf über die Schwelle gestolpert, der Länge nach hingefallen und hatte sich heftig an einer Glasscherbe geschnitten. Fraser war aufgesprungen wie eine Katze, hatte den Mann ergriffen und eine Falte seines Hemdes auf die Wunde gedrückt, um die Blutung zu stillen. Doch als Grey den Stabsarzt hatte kommen lassen wollen, hatte er ihn aufgehalten und schroff angeherrscht, das könne er gern tun, wenn er den Jungen umbringen wolle. Andernfalls solle er ihn besser durch Fraser versorgen lassen.

Das hatte Fraser dann kundig und sanft getan, zuerst seine Hände und danach die Wunde mit Wein gewaschen, dann Nadel und Seidenfaden verlangt – und schließlich zu Greys Erstaunen den Faden ebenfalls in den Wein getaucht und die Nadel durch eine Kerzenflamme gezogen.

»So hat es meine Frau gemacht«, hatte er gesagt und vor Konzentration die Stirn ein wenig gerunzelt. »Da gibt es diese kleinen

Tierchen, die man Keime nennt, versteht Ihr, und wenn sie …« Er biss sich kurz auf die Unterlippe, als er den ersten Stich vornahm, und fuhr fort.

»Wenn sie in eine Wunde geraten, fängt diese an zu eitern. Deshalb muss man sich gut waschen, bevor man eine Wunde versorgt, und seine Instrumente mit Feuer oder Alkohol behandeln, um die Keime zu töten.« Er lächelte dem Bediensteten kurz zu, der weiß im Gesicht war und auf seinem Hocker schwankte. »Lass nie zu, dass dich ein Arzt mit schmutzigen Händen berührt, hat sie gesagt. Lieber schnell verbluten, als langsam am Eiter sterben, nicht wahr?«

Grey begegnete der Existenz von Keimen mit derselben Skepsis wie der von Sukkubi, doch hatte er seitdem jedem Mediziner sofort auf die Hände geschaut – und er hatte durchaus den Eindruck, dass die mehr auf Sauberkeit bedachten Mitglieder der Zunft möglicherweise weniger Patienten verloren, auch wenn er sich dem Thema nicht mit wissenschaftlicher Gründlichkeit gewidmet hatte.

Im vorliegenden Fall jedoch stellte Mr. Keegan keine Gefahr für den verstorbenen Gefreiten Bodger dar, und obwohl er angewidert war, protestierte Grey nicht, als Keegan die Leiche entkleidete und mit leisen Zischlauten die postmortalen Phänomene zur Kenntnis nahm, die so ans Tageslicht kamen.

Grey war bereits bekannt, dass der Gefreite im Zustand der Erregung gestorben war. Dieser Zustand schien von anhaltender Dauer zu sein, obwohl die Totenstarre der restlichen Gliedmaßen allmählich nachließ, und war der Anlass für ein weiteres, überraschtes Zischeln aus Mr. Keegans Mund.

»Na, wenigstens ist er glücklich gestorben«, murmelte Keegan und kniff die Augen zu. »Ach, du lieber Himmel!«

»Meint Ihr, dass dies … ein normales Vorkommnis ist?«, erkundigte sich Grey. Er war fest davon ausgegangen, dass der bemerkenswerte Zustand des Gefreiten Bodger nach dem Tod abklingen werde. Doch schien er bei Tageslicht betrachtet besonders deutlich zu sein. Allerdings war es möglich, dass dies nur an der Farbe lag, einem kräftigen, dunklen Purpurton, der sich krass von der blassen Haut des Körpers abhob.

Keegan berührte das Phänomen ganz vorsichtig mit dem Zeigefinger.

»Starr wie Holz«, bemerkte er überflüssigerweise. »Normal? Weiß nicht. Aber die Jungs, die ich hier zu sehen bekomme, sind meistens am Fieber oder an der Ruhr gestorben, und wenn ein Mann krank ist, steht ihm meist der Sinn nicht nach …« Er verfiel in eine nachdenkliche Betrachtung des Toten.

»Was hat denn die Frau gesagt?«, fragte er, als er sich kurz darauf aus seinen Gedanken aufrappelte.

»Wer, die Frau, mit der er zusammen war? Verschwunden. Wiewohl man ihr das nicht vorwerfen kann.« Immer vorausgesetzt, dass es eine Frau gewesen war, fügte er insgeheim hinzu. Andererseits, angesichts von Bodgers vorhergegangener Begegnung mit der Zigeunerin *konnte* man wohl davon ausgehen …

»Könnt Ihr die Todesursache feststellen?«, erkundigte sich Grey, als er sah, dass Keegan den gesamten Körper examinierte, obwohl sein faszinierter Blick immer wieder abschweifte zu … Farbe oder nicht, es war wirklich bemerkenswert.

Der Assistenzarzt schüttelte seine Löckchen, ganz damit beschäftigt, dem Toten das Hemd vom Leib zu zerren.

»Keine Verletzung, die zu erkennen wäre. Vielleicht ein Schlag vor den Kopf?« Er beugte sich dicht über den Toten, betrachtete blinzelnd dessen Kopf und Gesicht und stieß ihn hier und dort forschend mit dem Finger an.

Ein Trupp Uniformierter trabte auf sie zu. Die Männer befestigten hastig Schnallen und Knöpfe und hievten unter Flüchen Rucksäcke und Musketen von den Pferden. Grey zog seinen Hut ab und platzierte ihn strategisch geschickt auf der Leiche, um kein öffentliches Aufsehen zu erregen – doch niemand hatte auch nur einen Blick für die Szene neben dem Lazarettzelt übrig; ein Toter glich dem anderen.

Grey nahm den Hut wieder an sich und sah zu, wie die Männer sich entfernten, grollend wie ein kleines Gewitter auf dem Durchzug. Die meisten Soldaten waren bereits auf dem Exerzierplatz versammelt. Er sah sie in einiger Entfernung. Sie bewegten sich in einer langsamen, ungeordneten Masse, die sich beim Ruf des Sergeant-Majors schlagartig in saubere Formationen verwandeln würde.

»Ich kenne Oberst Ruysdale vom Hörensagen«, sagte Grey nach einer Gedankenpause, »wenn auch nicht persönlich. Ich habe gehört, dass er ein wenig schwer von Begriff sein soll, aber nicht, dass er ein kompletter Esel sei.«

Keegan lächelte und hielt den Blick auf seine Arbeit gerichtet.

»Das glaube ich auch nicht«, stimmte er zu. »Kein kompletter.«

Grey verharrte in einladendem Schweigen, eine Einladung, der der Arzt Sekunden später folgte.

»Er will sie zermürben, versteht Ihr. Sie sollen so müde zurückkommen, dass sie beim Abendessen einschlafen.«

»Ach ja?«

»Sie bleiben jede Nacht auf, versteht Ihr? Keiner will einschlafen, damit das Wesen – ein Saugibus, oder? – sie nicht im Traum besucht. Das ist zwar gut für die Wirtshausbesitzer, aber weniger gut für die Disziplin, wenn die Männer auf Patrouille einschlafen oder beim Exerzieren …«

Keegan blickte von seiner Untersuchung auf und betrachtete Grey mit Aufmerksamkeit.

»Ihr schlaft auch nicht gut, oder, Major?« Er tippte sich mit einem schmutzigen Finger unter das Auge und deutete dunkle Ringe an, dann kicherte er.

»Ich bin gestern Abend lange wach geblieben, ja«, erwiderte Grey gleichmütig. »Aufgrund der Entdeckung unseres Gefreiten Bodger.«

»Hm. Ja, verstehe«, murmelte Keegan und richtete sich auf. »Sieht ja so aus, als hätte sich der Saugibus an ihm satt gesaugt.«

»Dann wisst Ihr also von den Gerüchten um einen Sukkubus?«, fragte Grey und überhörte Keegans Versuch zu scherzen.

»Natürlich weiß ich davon.« Keegan machte ein überraschtes Gesicht. »Alle wissen davon. Habe ich das nicht gerade gesagt?«

Keegan wusste nicht, wie das Gerücht ins Lager geraten war, doch es hatte sich wie ein Buschfeuer ausgebreitet, und innerhalb von vierundzwanzig Stunden hatte jeder davon gehört. Der anfängliche Spott hatte sich in argwöhnische Aufmerksamkeit verwandelt, dann in zögernde Überzeugung, als weitere Geschichten von den Träumen und Qualen der Männer im Ort die Runde machten – und mit der Nachricht vom Tod des preußischen Soldaten war offene Panik ausgebrochen.

»Gehe ich recht in der Annahme, dass Ihr diese Leiche nicht gesehen habt?«, fragte Grey.

Der Waliser schüttelte den Kopf.

»Es heißt, dem armen Kerl wurde das Blut ausgesaugt – aber wer kann schon sagen, wie es dazu gekommen ist? Vielleicht war es ein Schlaganfall. So etwas habe ich schon öfter gesehen – das Blut kommt aus der Nase gespritzt, um den Druck vom Gehirn zu nehmen. Eine ziemliche Sauerei.«

»Ihr scheint mir ein vernünftiger Mensch zu sein, Sir«, sagte Grey und meinte es als Kompliment.

Keegan tat es mit einem leisen Schnauben ab, richtete sich auf und strich sich erneut mit den Handflächen über die Rockschöße.

»Wenn man so lange wie ich mit Soldaten zu tun hat, Major, ist man wilde Geschichten gewohnt, das kann ich Euch versichern. Vor allem Männer im Feldlager. Nicht genug zu tun, und jede gute Geschichte breitet sich aus wie Butter auf heißem Toast. Und wenn es um Träume geht …« Er warf die Hände in die Luft.

Grey nickte bestätigend. Soldaten hielten große Stücke auf Träume.

»Ihr könnt mir also nichts über die Todesursache des Gefreien Bodger sagen?«

Keegan schüttelte den Kopf und kratzte sich dabei die Flohstiche am Hals.

»Ich sehe nicht das Geringste, Sir, tut mir Leid. Abgesehen von dem … äh … Offensichtlichen.« Er wies mit einem gezierten Kopfnicken auf den Unterkörper des Toten. »Und das ist für gewöhnlich nicht tödlich. Aber Ihr könntet seine Freunde fragen. Nur für alle Fälle.«

Bei dieser rätselhaften Anspielung blickte Grey fragend auf, und Keegan hustete.

»Ich sagte doch, dass die Männer nicht schlafen, Sir. Sozusagen um zu verhindern, dass sich ein Saugibus eingeladen fühlt. Nun, ein paar von ihnen sind noch etwas weiter gegangen und haben die Dinge – sozusagen – selbst in die Hand genommen.«

Einige tatkräftige Seelen, berichtete Keegan, hatten sich überlegt, dass, wenn der Sukkubus hinter der männlichen Essenz her sei, man diese Versuchung am besten beseitige. »Sozusagen, Sir.« Zwar hatten die meisten Männer, die sich für diese Maßnahme entschieden, ihre Vorkehrungen diskret getroffen, doch die Männer lebten in beengten Verhältnissen. In der Tat waren es Beschwerden mehrerer Anwohner über massenhafte, grobe Sittenwidrigkeit der unter ihrem Dach einquartierten Soldaten gewesen, die zu Ruysdales Edikt geführt hatten.

»Ein nasser Friedhof ist sicherlich nicht der Ort, den ich mir für ein romantisches Stelldichein aussuchen würde, falls ich dazu Gelegenheit bekäme. Aber ich könnte mir vorstellen, dass sich ein paar Männer denken, sie könnten es dem Saugibus in seinem eigenen Revier zeigen. Und wenn der Gefreite – Bodger, sagt Ihr, heißt er, Sir? – … dabei vornüber gekippt ist … Nun ja, dann gehe ich davon aus, dass seine Kameraden schnellstens das Weite gesucht haben und nicht geblieben sind, um sich Fragen stellen zu lassen.«

»Ihr habt eine ungewöhnliche Denkweise, Mr. Keegan«, sagte Grey. »Ausgesprochen vernünftig. Ich gehe nicht davon aus, dass Ihr es wart, von dem der Vorschlag für diese ... Vorsichtsmaßname kam?«

»Wer, ich?« Keegan versuchte – vergeblich – Entrüstung an den Tag zu legen. »Welch eine Vorstellung, Major!«

»In der Tat«, sagte Grey und verabschiedete sich.

Weiter weg verließen die Soldaten geordnet den Exerzierplatz, und eine Marschkolonne nach der anderen setzte sich unter dem Klappern und Scheppern der Wasserflaschen und Musketen und dem Stakkato der Kommandorufe ihrer Korporäle und Sergeanten in Bewegung. Grey blieb für einen Moment stehen und sah ihnen zu, während ihm die Herbstsonne angenehm den Rücken wärmte.

Nach dem nächtlichen Toben des Sturms war ein klarer, stiller Tag angebrochen, der mild zu werden versprach. Allerdings ziemlich matschig, stellte er fest, als er den zerpflügten Boden des Exerzierplatzes und die Schlammklumpen sah, die von den Füßen der Läufer aufflogen und ihnen die Hosen vollspritzten. Der Marsch würde anstrengend werden und das Saubermachen hinterher eine Heidenarbeit. Möglich, dass Ruysdale diese Übung nicht als Strafe vorgesehen hatte, doch genau das wäre sie.

Als Artillerist, der er war, schätzte Grey das Gelände sofort daraufhin ab, ob es den Durchzug von Geschützwagen ermöglichte. Hoffnungslos. Der Boden war so weich wie nasser Käse. Selbst die Mörser würden im Handumdrehen einsinken.

Er wandte sich um und betrachtete die Hügel, auf denen sich angeblich die Franzosen verschanzt hatten. Wenn sie Kanonen besaßen, würden sie ihre Stellung wohl vorerst nicht ändern.

Dennoch erfüllte ihn die Situation mit einem Gefühl der Beklommenheit, das nicht weichen wollte, auch wenn er sich das nur ungern eingestand. Ja, wahrscheinlich hatten die Franzosen vor, nach Norden abzurücken. Nein, es gab keinen ersichtlichen

Grund, warum sie das Tal durchqueren sollten; Gundwitz besaß keinerlei strategische Bedeutung und war auch nicht groß genug, damit der Abstecher und eine Plünderung sich lohnten. Ja, Ruysdales Truppen lagen zwischen den Franzosen und dem Ort. Doch er blickte auf den verlassenen Exerzierplatz und die Soldaten, die in der Ferne verschwanden, und spürte ein Kribbeln zwischen den Schulterblättern, als stünde jemand mit einer geladenen Pistole hinter ihm.

»*Ich wäre etwas glücklicher, wenn Ruysdale eine zusätzliche Abteilung zur Verteidigung der Brücke entsenden würde.*« Hicks' Worte hallten in seinem Gedächtnis nach. Also spürte Sir Peter dieses Jucken auch. Möglich, dachte Grey, dass Ruysdale *doch* ein Esel war.

KAPITEL 4
Die Kanoniere

Mittag war vorbei, als Grey den Fluss erreichte. Aus der Entfernung wirkte die Landschaft verschlafen unter einer hoch stehenden, blassen Sonne, und der Fluss war von dicht stehenden Bäumen flankiert, deren Herbstlaub in antikem Gold und Blutrot schimmerte, ein Kontrast zum schwarzbraunen Flickwerk abgeernteter Felder und vertrockneter Wiesen.

Etwas näher jedoch, und der Fluss zerstreute den Eindruck bukolischer Lieblichkeit. Es war ein breites, tiefes Gewässer, schäumend und rasch fließend, vom Regen der letzten Zeit kräftig angeschwollen. Selbst aus einigem Abstand sah Grey entwurzelte Bäume und Büsche darin treiben und dann und wann den Kadaver eines kleinen Tiers, das in der Strömung ertrunken war.

Die preußische Artillerie war auf einer kleinen Erhebung platziert und hielt sich in einem Hain verborgen. Nur ein Zehnpfünder, bemerkte Grey beklommen, und ein kleiner Mörser – obwohl es hinreichende Vorräte an Geschossen und Pulver gab und diese lobenswert gut verwahrt wurden. Mit preußischem Ordnungssinn hatte man alles unter einem Leinendach vor dem Regen in Sicherheit gebracht.

Die Männer begrüßten ihn mit großer Herzlichkeit. Jede Ablenkung von der Langeweile der Brückenbewachung war ihnen willkommen – um so mehr, wenn jemand Bier mitbrachte wie Grey, der so umsichtig gewesen war, sich vor dem Verlassen des Feldlagers zwei große Ale-Schläuche zu besorgen.

»Ihr esst doch mit uns, Major«, sagte der hannoversche Leutnant, der das Kommando hatte. Er nahm sowohl das Bier als auch die Depeschen entgegen und wies mit einer eleganten Handbewegung auf einen Felsbrocken.

Seit dem Frühstück waren Stunden vergangen, und Grey nahm die Einladung gern an. Er zog seinen Rock aus, breitete ihn über den Felsbrocken, krempelte die Ärmel auf und schloss sich kameradschaftlich der Mahlzeit aus hartem Zwieback, Käse und Bier an und nahm dankend einige Bissen einer festen, würzigen Wurst entgegen.

Leutnant Dietrich, ein Herr in mittleren Jahren mit einem buschigen Bart und entsprechenden Augenbrauen, öffnete die Depeschen und las sie, während Grey seine Deutschkenntnisse an den Kanonieren erprobte. Doch hielt er beim Plaudern ein wachsames Auge auf den Leutnant gerichtet, denn er war neugierig, wie der Artillerist von Namtzens Depesche aufnehmen würde.

Die Augenbrauen des Leutnants waren ein bemerkenswertes Barometer seines inneren Befindens. Während der ersten Momente der Lektüre blieben sie, wo sie waren, dann hoben sie sich auf einen Scheitelpunkt des Erstaunens, wo sie eine ganze Weile verharrten, um schließlich mit kleinen, bestürzten Zuckungen wieder in ihre Ausgangslage zurückzufinden, während der Leutnant entschied, wie viel von dieser Information er seinen Männern klugerweise weitergeben sollte.

Der Leutnant faltete das Papier zusammen und warf Grey einen scharfen, fragenden Blick zu. Grey nickte kaum merklich; ja, er wusste, was in der Depesche stand.

Der Leutnant sah sich unter seinen Männern um und blickte hinter sich, als schätzte er ab, wie weit es durch das Tal bis zum Feldlager der Briten und dem Ort dahinter war. Dann richtete er den Blick wieder auf Grey, kaute nachdenklich an seinem Schnurrbart und schüttelte sacht den Kopf. Er würde nichts von einem Sukkubus erwähnen.

Im Großen und Ganzen hielt Grey das für klug und neigte zustimmend den Kopf. Es waren nur zehn Männer hier; wenn einer von ihnen die Gerüchte bereits kannte, kannten alle sie. Und der Leutnant schien sein Kommando zwar in der Hand zu haben, doch es war nicht zu leugnen, dass dies Preußen waren und nicht seine eigenen Männer. Er konnte nicht wissen, wie sie reagieren würden.

Der Leutnant steckte seine zusammengefalteten Papiere ein und kam herbei, um sich an der Unterhaltung zu beteiligen. Allerdings, so beobachtete Grey fasziniert, schien ihm der Inhalt der Depesche so auf der Seele zu liegen, dass sich das Gespräch – ohne wahrnehmbaren Anstoß in diese Richtung, aber mit dem unbeirrbaren Schwung einer Kompassnadel – dem Übernatürlichen und seinen Manifestationen zuwandte.

Es war ein schöner Tag, ringsum taumelten goldene Blätter zu Boden, der Fluss rauschte, und sie waren reichlich mit Bier versorgt. Und so boten die Geschichten von Gespenstern, blutenden Nonnen und Geisterschlachten am Himmel nicht mehr als gute Unterhaltung. Im kalten Schatten der Nacht würde das anders sein – obwohl die Geschichten auch dann nicht verstummen würden. Schlimmer als Kanonenschüsse, Bajonette oder Seuchen, war die Langeweile des Soldaten größter Feind.

Doch dann erzählte einer der Kanoniere die Geschichte eines prächtigen Hauses in seiner Heimatstadt, in dessen Zimmern zum Ärger der Hausbewohner bei Nacht die Schreie eines Kindergeistes widerhallten. Schließlich verfolgten sie die Geräusche zu einer bestimmten Wand zurück, entfernten den Putz und entdeckten einen zugemauerten Kamin, in dem die Überreste eines kleinen Jungen lagen – und daneben der Dolch, der ihm die Kehle durchtrennt hatte.

Mehrere Soldaten machten bei diesen Worten Gesten zur Abwehr des Bösen, doch in den Gesichtern zweier Männer sah Grey einen deutlichen Ausdruck der Beklommenheit. Diese beiden wechselten Blicke, dann wandten sie sich hastig ab.

»Habt ihr so etwas vielleicht schon einmal gehört?«, fragte Grey den jüngeren der beiden. Er lächelte und gab sich alle Mühe, harmlose Freundlichkeit auszustrahlen.

Der Junge – er konnte nicht älter als fünfzehn sein – zögerte, doch die Neugier seiner Kameraden war so groß, dass er nicht widerstehen konnte.

»Keine Geschichte«, sagte er. »Ich … wir …« Er wies kopfnickend zu seinem Kameraden hinüber. »Letzte Nacht im Sturm. Samson und ich haben am Fluss ein Kind weinen gehört. Wir sind mit einer Laterne hingegangen, um nachzusehen, doch da war nichts. Aber wir haben es trotzdem gehört. Es hörte nicht auf, obwohl wir hin und her gegangen sind und gesucht und gerufen haben, bis wir durch und durch nass und fast erfroren waren.«

»Oh, das habt ihr also gemacht!«, warf ein Soldat Mitte zwanzig grinsend ein. »Und wir dachten schon, du und Samson, ihr hättet's unter der Brücke getrieben.«

Das Blut schoss dem Jungen ins Gesicht, die Augen traten ihm fast aus den Höhlen, und er stürzte sich auf den Kameraden. Der fiel von seinem Sitz, und beide wälzten sich in einem Gewirr aus Fäusten und Ellbogen im Laub.

Grey sprang auf, trennte die Streithähne mit Fußtritten, ergriff den Jungen am Kragen und riss ihn hoch. Der Leutnant schrie sie wütend auf Deutsch an, doch Grey beachtete ihn nicht. Er schüttelte den Jungen, um ihn wieder zur Besinnung zu bringen, und flüsterte: »Lacht! Es war ein Witz.«

Er starrte dem Jungen in die Augen und beschwor ihn, zur Vernunft zu kommen. Die schmalen Schultern unter seinen Händen vibrierten, und die braunen Augen waren glasig vor Angst und Verwirrung.

Grey schüttelte den Jungen noch fester, dann ließ er ihn los und beugte sich über ihn, während er ihm zum Schein trockenes Laub von der Uniform schlug. »Wenn du dich so aufführst, merken sie es«, sagte er; seine Worte waren ein rasches Flüstern. »Um Himmels Willen, lach!«

Samson, der genug Erfahrung hatte, um zu wissen, was unter solchen Umständen zu tun war, tat genau das – er vertrieb witzelnde Kameraden mit den Ellbogen und beantwortete derbe Scherze mit noch derberen. Der Junge warf Grey einen Blick zu und schien endlich zu begreifen. Grey ließ ihn los, wandte sich wieder der Gruppe zu und sagte laut: »Wenn ich vorhätte, es mit jemandem zu treiben, würde ich auf gutes Wetter warten. Wer sich bei solchem Donner und Regen über *irgendetwas* hermacht, muss schon sehr verzweifelt sein!«

»Es ist schon lange her, Major«, sagte einer der Soldaten und bewegte die Hüften in obszönem Rhythmus. »Sogar ein Schaf im Schneesturm käme mir jetzt verführerisch vor!«

»Haha. Geh und mach's dir selbst, Wulfie. Das Schaf würde dir eine Abfuhr erteilen.« Der Junge war immer noch rot im Gesicht, und die Augen tränten ihm, doch er hatte sich wieder gefangen. Er rieb sich mit der Hand über den Mund und spuckte aus. Als die anderen lachten, zwang er sich zu einem Grinsen.

»Du *könntest* es dir doch selbst machen, Wulfie – wenn dein Ding so lang ist, wie du behauptest.« Samson warf Wulf einen anzüglichen Blick zu, und dieser streckte seine erstaunlich lange Zunge heraus und bewegte sie wollüstig.

»Das wüsstest du wohl gern!«

An diesem Punkt wurde der Schlagabtausch von zwei Soldaten unterbrochen, die keuchend die Anhöhe heraufkamen, nass bis zu den Hüften, ein großes totes Schwein im Schlepptau, das sie aus dem Fluss gezogen hatten. Diese Ergänzung des Abendessens wurde mit Beifallsrufen begrüßt, und die Hälfte der Männer machte sich sogleich daran, das Tier zu zerlegen, während die anderen mit nachlassender Aufmerksamkeit ihr Gespräch wieder aufnahmen.

Doch die Luft war ihnen ausgegangen, und Grey war im Begriff, sich zu verabschieden, als einer der Männer eine lachende Bemerkung über Zigeunerinnen machte.

»Was sagt Ihr da?«, fragte er den Mann auf Deutsch. »Zigeuner? Habt Ihr in letzter Zeit Zigeuner gesehen?«

»O ja, Major«, erwiderte der Soldat bereitwillig. »Heute Morgen noch. Sie sind über die Brücke gekommen, sechs Maultierwagen. Sie pendeln hin und her. Wir haben sie schon öfter gesehen.«

Grey versuchte, seiner Stimme einen ruhigen und beiläufigen Klang zu verleihen.

»Wirklich?« Er wandte sich an den Leutnant. »Haltet Ihr es für möglich, dass sie mit den Franzosen verkehren?«

»Natürlich.« Der Leutnant zog ein überraschtes Gesicht, dann grinste er. »Was sollen sie den Franzosen denn erzählen? Dass wir hier sind? Ich glaube, das wissen sie längst, Major.«

Er deutete auf eine Lücke zwischen den Bäumen, durch die Grey die englischen Soldaten aus Ruysdales Regiment sehen konnte, die in etwa einer Meile Entfernung am Ufer des Flusses aufliefen wie Treibholz, ihre Rucksäcke abwarfen und ins seichte Wasser wateten, um zu trinken, vom Laufen erhitzt und mit Schlamm verkrustet.

Es stimmte: Die Anwesenheit der englischen und hannoverschen Regimenter konnte niemanden überraschen; jeder, der mit einem Fernglas auf den Klippen stand, konnte wahrscheinlich die Flecken auf dem Fell von Ruysdales Hund zählen. Und was Nachrichten bezüglich ihrer Truppenbewegungen anging … nun, da weder Ruysdale noch Hicks die geringste Ahnung hatten, wann sie aufbrechen würden oder wohin, bestand keine große Gefahr, dass der Feind dies erfahren würde.

Er lächelte und verabschiedete sich freundlich von dem Leutnant, obwohl er sich vornahm, mit Stephan von Namtzen zu sprechen. Möglich, dass die Zigeuner harmlos waren – aber jemand sollte ein Auge auf sie haben. Immerhin konnten die Zigeuner jedem, der sie danach fragte, erzählen, dass nur wenige Männer die Brücke bewachten. Und irgendwie glaubte er nicht daran, dass Ruysdale ernsthaft über Sir Peters Bitte um Verstärkung nachdachte, auch wenn Grey sie überbracht hatte.

Er winkte den Kanonieren beiläufig zu, doch diese beachteten ihn kaum, da sie bis zu den Ellbogen in Blut und Schweinedärmen steckten. Der Junge hielt sich abseits und hackte Holz für das Feuer.

Grey ließ den Artillerieposten hinter sich und ritt zum Brückenkopf, wo er anhielt und Karolus' Zügel anzog, um einen Blick über den Fluss zu werfen. Das Land blieb noch ein Stückchen flach, dann erhob es sich zu sanften Hügeln, die in ein steiles Vorgebirge übergingen. Dort oben auf den Klippen lauerten wahrscheinlich immer noch die Franzosen. Er zog ein kleines Fernglas aus der Tasche und suchte sorgfältig die Spitze der Klippen ab. Auf den Höhen bewegte sich nichts: keine Pferde, keine Menschen, keine wehenden Banner – und doch schwebte dort oben eine schwache graue Dunstglocke, eine Wolke an einem ansonsten wolkenlosen Himmel. Der Rauch von Lagerfeuern, vielen Lagerfeuern. Ja, die Franzosen waren noch da.

Er ließ den Blick über die darunter liegenden Hügel schweifen und sah genau hin – doch wenn die Zigeuner auch dort waren, verriet keine aufsteigende Rauchsäule ihre Anwesenheit.

Er sollte das Lager der Zigeuner suchen und seine Bewohner selbst befragen – aber es wurde allmählich spät, und ihm war jetzt nicht danach. Er wendete das Pferd in Richtung des Ortes, ohne einen Blick auf den Hain zu werfen, der die Kanonen und ihre Bemannung verbarg.

Besser, wenn der Junge lernte – und zwar schnell –, seine Natur zu verbergen, sonst würde er bald für jeden Mann herhalten müssen, dem der Sinn danach stand. Und das würden viele sein. Wulf hatte Recht gehabt: Nach Monaten im Feld war ein Soldat nicht wählerisch, und mit seinen sanften roten Lippen und seiner zarten Haut war der Junge um einiges verlockender als ein Schaf.

Karolus schlug beunruhigt mit dem Kopf und verlangsamte seine Schritte. Greys Hände zitterten, während sie die Zügel viel zu fest umklammerten. Er zwang sich, sie zu entspannen, brachte das Zittern zum Stillstand und sprach ruhig auf das Pferd ein, das er wieder zu mehr Schnelligkeit antrieb.

Er war einmal überfallen worden, in einem Feldlager irgendwo in Schottland in den Tagen nach Culloden. Jemand hatte ihn in der Dunkelheit überwältigt und ihm von hinten einen Arm um die Kehle gelegt. Er hatte sich schon tot gewähnt, doch der Angreifer hatte andere Pläne. Der Mann hatte kein Wort gesagt, seine Sache mit rücksichtsloser Schnelligkeit erledigt und ihn Augenblicke später hinter einem Wagen liegen gelassen, sprachlos vor Schreck und Schmerz.

Er hatte nie herausbekommen, wer es gewesen war: ein Offizier, ein Soldat oder ein Unbekannter. Hatte nie erfahren, ob dem Mann etwas an seinem Aussehen oder Verhalten aufgefallen war, was ihn zu dem Übergriff verleitet hatte, oder ob er sich seiner einfach nur bemächtigt hatte, weil er gerade da war.

Doch ihm war klar gewesen, wie gefährlich es wäre, jemandem davon zu erzählen. Er hatte sich gewaschen, sich aufgerichtet und war festen Schrittes gegangen, hatte normal gesprochen und den Männern dabei ins Auge gesehen. Niemand hatte etwas von den Prellungen und Verletzungen unter seiner Uniform geahnt, von dem hohlen Gefühl unter seinem Brustbein. Und sofern der Angreifer mit ihm bei Tisch gesessen und das Brot mit ihm gebrochen hatte, hatte er nichts davon gewusst. Von diesem Tag an hatte er zu jeder Zeit einen Dolch bei sich getragen, und es hatte nie wieder jemand gegen seinen Willen Hand an ihn gelegt.

Die Sonne sank hinter ihm, der Schatten von Pferd und Reiter streckte sich vor ihm aus wie im Flug, wie im Flug rasten sie gesichtslos dahin.

KAPITEL 5
Dunkle Träume

Und wieder kam Grey zu spät zum Abendessen. Diesmal brachte man ihm jedoch ein Tablett, und er saß im Salon und aß, während sich die übrigen Hausbewohner und Gäste unterhielten.

Die Prinzessin sorgte dafür, dass es ihm an nichts fehlte, setzte sich eine Weile zu ihm und ließ ihm eine schmeichelhafte Aufmerksamkeit angedeihen. Doch er war erschöpft vom Tag im Sattel, und seine Antworten waren knapp. Bald ließ sie ihn allein, und er konnte sich ganz seiner friedlichen Auseinandersetzung mit etwas kaltem Wild und einer Quiche mit Pilzen und Zwiebeln widmen.

Er war fast fertig, als er eine große, warme Hand auf seiner Schulter spürte.

»Nun habt Ihr also die Kanoniere an der Brücke gesehen? Ist bei ihnen alles in Ordnung?«, fragte von Namtzen.

»Ja, bestens«, erwiderte Grey. Es hatte keinen Sinn – noch

nicht –, von Namtzen von dem jungen Soldaten zu erzählen. »Ich habe ihnen berichtet, dass Verstärkung aus Ruysdales Regiment kommen wird. Ich hoffe, das geschieht auch.«

»Die Brücke?« Die Hausherrin, die das Wort auffing, wandte sich stirnrunzelnd von ihrer Unterhaltung ab. »Ihr braucht Euch keine Sorgen zu machen, Landgraf. Die Brücke ist nicht in Gefahr.«

»Davon bin ich überzeugt, Madam«, sagte Stephan und knallte ritterlich die Absätze zusammen, als er sich vor der alten Dame verbeugte. »Ihr könnt versichert sein, dass Major Grey und ich Euch beschützen werden.«

Bei diesem Gedanken zog die alte Dame ein etwas pikiertes Gesicht.

»Die Brücke ist nicht in Gefahr«, wiederholte sie, berührte die fromme Medaille am Mieder ihres Kleides und blickte kampfeslustig von einem Mann zum nächsten. »Seit dreihundert Jahren hat kein Feind mehr die Brücke von Aschenwald überquert. Kein Feind wird sie je überqueren!«

Stephan blickte Grey an und räusperte sich leicht. Grey räusperte sich ebenfalls und lobte das Essen mit einem eleganten Kompliment.

Als die Hausherrin weitergegangen war, schüttelte Stephan hinter ihrem Rücken den Kopf und wechselte ein knappes Lächeln mit Grey.

»Ihr wisst von dieser Brücke?«

»Nein, stimmt etwas nicht damit?«

»Nur eine Geschichte.« Von Namtzen zuckte mit den Achseln, eine Geste milder Verachtung gegenüber dem Aberglauben anderer. »Es heißt, es gibt einen Wächter, eine Art Geist, der die Brücke verteidigt.«

»Aha«, sagte Grey und dachte beklommen an die Geschichten, die von den bei der Brücke stationierten Kanonieren erzählt wurden. Waren unter ihnen Männer von hier, fragte er sich, die die Geschichte kannten?

»Mein Gott«, sagte Stephan und schüttelte den Kopf, als würde er von Stechmücken angegriffen. »Diese Geschichten! Wie kann ein Mensch von Verstand so etwas glauben?«

»Ich gehe davon aus, dass Ihr nicht nur diese eine Geschichte meint«, sagte Grey, »sondern auch die vom Sukkubus.«

»Sprecht nicht davon!«, brummte von Namtzen finster. »Meine Männer werden zu Vogelscheuchen und fahren zusammen, wenn sie den Schatten eines Vogels entdecken. Sie fürchten sich bis zum letzten Mann, den Kopf auf ein Kissen zu legen, aus Angst, sie könnten sich umdrehen und dem Nachtgespenst ins Gesicht sehen.«

»Da sind Eure Männer nicht die Einzigen.« Sir Peter war dazugekommen, um sich noch ein Glas einzuschenken. Er hob das Glas und trank unter leichtem Erschauern einen großen Schluck. Hinter ihm nickte Billman niedergeschlagen zur Bestätigung.

»Verflixte Schlafwandler, alle miteinander!«

»Ah«, sagte Grey nachdenklich. »Wenn ich einen Vorschlag machen dürfte … Er stammt allerdings nicht von mir. Ein Vorschlag, den Ruysdales Stabsarzt erwähnte …«

In diskreter Lautstärke erklärte er ihnen Mr. Keegans Empfehlung. Die Reaktionen seiner Zuhörer waren weniger diskret.

»Was, Ruysdales Jungs polieren sich alle ihre Nudeln?« Grey befürchtete, Sir Peter werde gleich an seinem unterdrückten Gelächter sterben. Gut, dass Leutnant Dundas nicht anwesend ist, dachte er.

»Vielleicht nicht alle«, sagte er. »Offenbar aber so viele, dass wir uns darüber Gedanken machen sollten. Ich nehme an, Ihr habt … noch … kein ähnlichen Phänomen bei Euren Soldaten beobachtet.«

Billman, der die delikaten Pausen mitbekommen hatte, brüllte los vor Lachen. Von Namtzen stieß Grey vertraulich in die Seite und sagte mit gesenkter Stimme: »Vielleicht nicht dumm, diese Vorsichtsmaßnahme persönlich zu ergreifen, meint Ihr nicht?«

Die Frauen und die deutschen Offiziere, die sich bis jetzt einem Kartenspiel gewidmet hatten, richteten fragende Blicke auf die Engländer. Einer der Männer rief von Namtzen eine Frage zu, und so blieb es Grey glücklicherweise erspart, ihm antworten zu müssen.

Doch ihm kam ein Gedanke, und er packte von Namtzen am Arm, als dieser sich anschickte, sich den anderen zu einer Partie Bravo anzuschließen.

»Einen Augenblick, Stephan. Ich wollte schon länger fragen: Dieser Tote aus Eurem Regiment – König. Habt Ihr seine Leiche persönlich gesehen?«

»Nein, ich habe sie nicht gesehen. Aber mir wurde erzählt, seine Kehle sei fürchterlich zugerichtet gewesen – als sei ein wildes Tier auf ihn losgegangen. Und doch ist es nicht im Freien passiert; man hat ihn in seinem Quartier gefunden.« Er schüttelte erneut den Kopf und ließ Grey stehen, um sich dem Kartenspiel anzuschließen.

Grey beendete seine Mahlzeit bei einer freundschaftlichen Unterhaltung mit Sir Peter und Billman, während er den Verlauf des Kartenspiels unauffällig beobachtete.

Stephan trug heute Abend seine Paradeuniform. Ein kleinerer Mann wäre davon erdrückt worden; für das englische Auge waren die deutschen Vorlieben, was militärischen Dekor betraf, maßlos übertrieben. Doch mit seinem kräftigen Wuchs und seinem Löwenkopf war der Landgraf von Erdberg einfach nur … ein Blickfang.

Er schien nicht nur die Blicke von Prinzessin Louisa auf sich zu ziehen, sondern auch die dreier junger Frauen, Freundinnen der Prinzessin. Diese umringten ihn wie Drillingsmonde, die in seiner Umlaufbahn gefangen waren. Gerade griff er in seine Rockbrust und zog einen kleinen Gegenstand hervor, und sie drängten sich um ihn, um diesen zu betrachten.

Grey wandte sich Billman zu, der ihn etwas gefragt hatte, doch dann drehte er sich wieder um und versuchte, nicht allzu offensichtlich hinzusehen.

Er hatte versucht, die Gefühle zu unterdrücken, die Stephan in ihm erregte, aber erfahrungsgemäß waren diese Bemühungen zwecklos – die Gefühle stiegen doch an die Oberfläche. Manchmal wie eine explodierende Mörserkugel, manchmal wie der unaufhaltsame grüne Spross einer Krokuspflanze, der sich durch Schnee und Eis schob – doch sie kamen hoch.

Liebte er Stephan? Das war keine Frage. Er mochte und respektierte den Hannoveraner, aber es lag kein Wahnsinn darin, kein Sehnen. *Begehrte* er Stephan? Eine sanfte Wärme in seinen Lenden, als brodele sein Blut über kleiner Flamme, deutete darauf hin, dass dies zutraf.

Der antike Bärenschädel stand nach wie vor an seinem Ehrenplatz unter dem Porträt des alten Prinzen. Grey näherte sich dem Stück, um es zu betrachten, und beobachtete Stephan dabei mit halbem Auge.

»Ihr habt doch bestimmt noch nicht genug gegessen, John!« Eine zarte Hand auf seinem Ellbogen drehte ihn um, und er blickte in das Gesicht der Prinzessin, die kokett zu ihm auflächelte. »Ein kräftiger Mann, den ganzen Tag unterwegs – lasst mich die Dienstboten rufen, damit sie Euch etwas Besonderes bringen.«

»Ich versichere Euch, Hoheit ...« Doch sie wollte nichts hören, tippte ihn spielerisch mit ihrem Fächer an und rauschte davon wie eine vergoldete Wolke, um ihm eine Dessertspezialität zubereiten zu lassen.

Mit dem zweifelhaften Gefühl, wie ein gemästetes Kalb für die Schlachtbank vorbereitet zu werden, suchte Grey Zuflucht in der Gesellschaft von Männern und fand sich an von Namtzens Seite wieder, der gerade den Gegenstand zusammenklappte, den er den Frauen gezeigt hatte. Sie waren jetzt zu den Kartenspielern hinübergegangen, um ihnen über die Schulter zu blicken und Wetten abzuschließen.

»Was ist das?«, fragte Grey und wies kopfnickend darauf.

»Oh ...« Von Namtzen wirkte leicht bestürzt über die Frage, doch er reichte Grey nach kurzem Zögern eine kleine Lederschatulle mit Goldverschluss. »Meine Kinder.«

Es war eine Miniatur, von meisterlicher Hand gemalt. Die Köpfe zweier Kinder, dicht beieinander, ein Junge, ein Mädchen, beide blond. Der Junge, eindeutig etwas älter, mochte drei oder vier Jahre alt sein.

Im ersten Moment fühlte sich Grey, als hätte man ihm in die Magengrube geboxt; sein Mund öffnete sich, doch er war keines Wortes fähig. Oder zumindest dachte er das. Zu seiner Überraschung hörte er seine eigene Stimme, ruhig und voll höflicher Bewunderung.

»Sie sind wirklich sehr hübsch und Eurer Frau in Eurer Abwesenheit sicher ein Trost.«

Von Namtzen verzog leicht das Gesicht und zuckte kurz mit den Achseln.

»Ihre Mutter ist tot. Sie ist bei Elises Geburt gestorben.« Mit seinem großen Zeigefinger berührte er ganz sanft das winzige Gesicht. »Meine Mutter kümmert sich um sie.«

Grey brachte die angemessenen Beileidslaute hervor, doch er hätte nicht gewusst, was er sonst noch sagte, so verwirrend waren die Gedanken und Spekulationen, die seinen Kopf erfüllten.

So verwirrend, dass er das spezielle Dessert der Prinzessin – ein enormes Gebilde aus eingekochten Himbeeren, Brandy, Sandkuchen und Sahne –, das man ihm jetzt reichte, vollständig aufaß, obwohl er von Himbeeren Ausschlag bekam.

Er grübelte immer noch, als sich die Damen schon längst zurückgezogen hatten. Er schloss sich dem Kartenspiel an, wettete hemmungslos und spielte wild – und gewann mit der üblichen Perversität des Schicksals, obwohl er seinen Karten nicht die geringste Aufmerksamkeit schenkte.

Hatte er sich vollkommen geirrt? Möglicherweise. Stephans Verhalten ihm gegenüber hatte nie die Grenzen des Schicklichen überschritten – und doch …

Und doch kam es durchaus vor, dass Männer wie er heirateten und Kinder bekamen. Sicher wünschte sich ein Mann wie von Namtzen Erben, denen er einen Titel und Ländereien weiterzugeben hatte. Dieser Gedanke beruhigte Grey, und obwohl er sich gelegentlich an Brust oder Hals kratzte, achtete er jetzt mehr auf sein Spiel – und begann endlich zu verlieren.

Eine Stunde später beendete man das Kartenspiel. Grey verweilte noch, in der Hoffnung, dass Stephan das Gespräch mit ihm suchen würde, aber der Hannoveraner steckte in einer Auseinandersetzung mit Hauptmann Steffens fest, und schließlich ging Grey, der sich immer noch kratzte, nach oben.

Heute Abend waren die Flure hell erleuchtet, und er fand seinen Korridor ohne jede Schwierigkeit. Er hoffte, dass Tom noch wach war; vielleicht konnte ihm der junge Leibdiener etwas gegen den Juckreiz besorgen. Eine Salbe vielleicht oder – er hörte hinter sich Stoff rascheln, und als er sich umdrehte, sah er die Prinzessin auf sich zukommen.

Sie war erneut im Nachthemd – doch es war nicht das gewöhnliche Wollhemd, das sie in der Nacht zuvor getragen hatte. Diesmal war sie mit einem fließenden Gewand aus transparentem Batist bekleidet, das eng an den Brüsten anlag. Durch den dünnen Stoff waren die Brustwarzen deutlich zu sehen. Grey dachte, dass ihr trotz des reich bestickten Morgenmantels, den sie über das Nachthemd geworfen hatte, sehr kalt sein musste.

Sie trug keine Haube, und ihr Haar war gebürstet, aber noch nicht für die Nacht geflochten; es floss in hübschen goldenen Wellen von ihren Schultern. Trotz des Brandys wurde auch Grey irgendwie kalt.

»My Lord«, sagte sie. »John«, fügte sie hinzu und lächelte. »Ich habe etwas für Euch.« Er sah, dass sie etwas in der einen Hand hielt, eine kleine Schatulle.

»Eure Hoheit«, sagte er und unterdrückte den Drang, einen Schritt zurückzutreten. Ein sehr kräftiger Duft nach Tuberosen hüllte sie ein, ein Geruch, den er ganz besonders hasste.

»Mein Name ist Louisa«, sagte sie und trat einen weiteren Schritt auf ihn zu. »Wollt Ihr mich nicht mit meinem Namen anreden? Hier, unter vier Augen?«

»Natürlich. Wenn Ihr es wünscht – Louisa.« Guter Gott, wie war es nur dazu gekommen? Er hatte genug Erfahrung, um zu sehen, was sie vorhatte – er war ein schöner Mann, vermögend und aus guter Familie. Es war schon öfter vorgekommen – aber noch nie in Bezug auf eine Frau von königlichem Geblüt, die es gewohnt war, sich zu nehmen, was sie wollte.

Er ergriff ihre ausgestreckte Hand, scheinbar mit der Absicht, sie zu küssen, in Wirklichkeit aber, um sie auf Abstand zu halten. Was wollte sie von ihm? Und warum?

»Dies ist – um Euch zu danken«, sagte sie, als er den Kopf von ihren beringten Fingern hob. Sie drückte ihm die Schatulle in die andere Hand. »Und zu Eurem Schutz.«

»Ich versichere Euch, Madam, dass es keines Dankes bedarf. Ich habe nichts getan.« Himmel, war es das? Glaubte sie, zum Dank mit ihm ins Bett gehen zu müssen – oder hatte sie sich vielmehr eingeredet, es zu müssen, weil sie es wollte? Und sie wollte; er konnte ihr die Erregung an den leicht geweiteten blauen Augen, den erröteten Wangen, dem rasenden Puls am Hals ansehen. Er drückte sanft ihre Finger und ließ sie los, dann versuchte er, ihr die Schatulle zurückzugeben.

»Wirklich, Madam – Louisa –, ich kann das nicht annehmen; es ist doch sicherlich ein Familienkleinod.« Die Schatulle sah in jedem Fall wertvoll aus; so klein sie war, war sie doch bemerkenswert schwer – sie bestand entweder aus vergoldetem Blei oder aus purem Gold – und mit einigen grob geschliffenen Edelsteinen verziert, die er für kostbar hielt.

»Oh, das ist es auch«, versicherte sie ihm. »Es befindet sich seit Jahrhunderten im Besitz der Familie meines Mannes.«

»Oh, nun denn, sicherlich …«

»Nein, Ihr müsst es behalten«, sagte sie heftig. »Es wird Euch vor der Kreatur beschützen.«

»Kreatur. Ihr meint den …«

»Den Nachtmahr«, sagte sie mit gesenkter Stimme und blickte unwillkürlich hinter sich, als fürchte sie, etwas Böses lauere ganz nahe bei ihnen in der Luft.

Der Nachtmahr. Grey konnte nicht verhindern, dass ihm ein Schauer über den Rücken lief. Die Flure waren besser erleuchtet, aber ein geheimnisvoller Luftzug brachte die Kerzen zum Flackern und bewirkte, dass die Schatten wie wanderndes Wasser an den Wänden hinabliefen.

Er senkte den Blick auf die Schatulle. In den Deckel waren lateinische Buchstaben eingraviert, doch es hätte eines gründlichen Studiums der altmodischen Schrift bedurft, um herauszufinden, was sie bedeuteten.

»Es ist eine Reliquie«, sagte die Prinzessin und kam näher, als wollte sie auf die Inschrift deuten. »Vom Heiligen Orgevald.«

»Ah? Äh … ja. Außerordentlich bemerkenswert.« Er fand das alles ein wenig gruselig. Von allen fragwürdigen Papistenpraktiken war diese Angewohnheit, Heilige in Stücke zu hacken und ihre Überreste an allen Enden der Erde zu verstreuen, eindeutig die widerwärtigste. Aber warum sollte die Prinzessin einen solchen Gegenstand besitzen? Die von Löwenstein waren Lutheraner. Natürlich, es *war* sehr alt – zweifellos betrachtete sie es als nicht mehr als einen Familientalisman.

Sie stand sehr dicht bei ihm, ihr Parfüm stieg ihm unangenehm in die Nase. Wie wurde er die Frau nur los? Die Tür zu seinem Zimmer war keinen Meter weit entfernt; er verspürte einen starken Drang, sie zu öffnen, mit einem Satz hineinzuspringen und sie zuzuschlagen, doch das war natürlich nicht möglich.

»Ihr werdet mich beschützen, meinen Sohn beschützen«, murmelte sie und blickte unter ihren goldenen Wimpern vertrauensvoll zu ihm auf. »Also werde ich Euch beschützen, mein lieber John.«

Sie schlang die Arme um seinen Hals und küsste ihn leidenschaftlich. Schiere Höflichkeit verlangte von ihm, dass er die Umarmung erwiderte, doch seine Gedanken rasten und suchten fieberhaft nach einem Ausweg. Wo zum Teufel waren die Dienstboten? Warum unterbrach sie denn niemand?

Dann unterbrach sie doch jemand. Ein schroffes Husten erklang neben ihnen, und Grey löste die Umarmung erleichtert – ein Gefühl, das nicht von langer Dauer war, denn als er aufblickte, sah er, dass der Landgraf von Erdberg dicht neben ihnen stand und sie unter seinen dichten Augenbrauen anfunkelte.

»Verzeihung, Eure Hoheit«, sagte Stephan in eisigem Tonfall. »Ich wollte Major Grey sprechen; ich wusste nicht, dass jemand hier ist.«

Die Prinzessin war errötet, aber völlig gefasst. Sie strich ihr Nachthemd glatt und richtete sich so auf, dass ihre schönen Brüste bestens zur Geltung kamen.

»Oh«, sagte sie ganz kühl. »Ihr seid es, Erdberg. Keine Sorge, ich wollte mich gerade vom Major verabschieden. Er ist jetzt ganz der Eure.« Ein leises, wissendes Lächeln zuckte um ihre Mundwinkel. Sie legte Grey genüsslich eine Hand auf die erhitzte Wange und ließ die Finger über seine Haut gleiten, als sie sich abwandte. Dann schlenderte sie – verfluchtes Weibsbild, sie *schlenderte* mit schwingendem Morgenmantel davon.

Es herrschte tiefes Schweigen im Flur.

Grey unterbrach es schließlich.

»Ihr wünschtet mich zu sprechen, Hauptmann?«

Von Namtzen musterte ihn kalt, als überlege er, ob er ihn zertreten sollte.

»Nein«, sagte er dann. »Es kann warten.« Er machte auf dem Absatz kehrt und schritt davon, allerdings wesentlich geräuschvoller als die Prinzessin.

Grey presste eine Hand an die Stirn, bis er sicher war, dass ihm der Kopf nicht zersprang. Dann schüttelte er sich und stürzte zur Tür seines Zimmers, bevor ihm noch etwas widerfahren konnte.

Tom saß auf einem Hocker am Feuer und flickte eine Hose, deren Nähte Schaden genommen hatten, als Grey einem der deutschen Offiziere Säbelfechtbewegungen demonstriert hatte. Bei Greys Eintreten blickte Tom sogleich auf, doch wenn er etwas von der Unterhaltung im Flur mitbekommen hatte, bezog er sich mit keinem Wort darauf.

»Was ist denn das, Mylord?«, fragte er stattdessen beim Anblick des Gegenstands in Greys Hand.

»Was? Oh, das.« Grey stellte die Schatulle mit leicht angewidertem Gefühl ab. »Eine Reliquie des Heiligen Orgevald, wer immer das sein mag.«

»Oh, ich kenne ihn.«

»Wirklich?« Grey zog eine Augenbraue hoch.

»Ja, Mylord. Unten im Garten gibt es eine kleine Kapelle, die ihm geweiht ist. Ilse – sie ist eine von den Küchenmägden – hat sie mir gezeigt. Er ist hier sehr bekannt.«

»Aha.« Grey begann sich zu entkleiden. Er warf seinen Rock über den Stuhl und machte sich an die Westenknöpfe. »Wofür ist er denn bekannt?«

»Er hat dafür gesorgt, dass sie keine Kinder mehr umbringen. Soll ich Euch helfen, Mylord?«

»Was?« Grey hielt inne und starrte den jungen Leibdiener an, dann schüttelte er den Kopf und fuhr fort, die Knöpfe zu öffnen. »Nein, erzähl weiter. Welche Kinder denn?«

Tom standen die Haare zu Berge, was oft der Fall war, wenn ihn ein Thema beschäftigte. Er hatte dann die Angewohnheit, mit der Hand hindurchzufahren.

»Nun, wisst Ihr, Mylord, es gab hier eine Sitte: Wenn man ein wichtiges Gebäude errichtete, kaufte man ein Kind von den Zigeunern oder nahm sich einfach eins, vermute ich, und mauerte es im Fundament ein. Vor allem bei Brücken. Das verhindert, dass jemand Böses herüberkommt, versteht Ihr?«

Grey fuhr mit dem Aufknöpfen fort, diesmal langsamer. Es prickelte ihm unangenehm im Nacken.

»Und ich nehme an, das Kind – das ermordete Kind – hat dann geweint?«

Tom zeigte ein überraschtes Gesicht über so viel Scharfsinn.

»Ja, Mylord. Woher wisst Ihr das nur?«

»Das spielt keine Rolle. Der Heilige Orgevald hat dieser Sitte also ein Ende gesetzt, ja? Das war nett von ihm.« Er warf einen Blick auf die kleine Goldschatulle, diesmal freundlicher. »Es gibt eine Kapelle, sagst du – wird sie benutzt?«

»Nein, Mylord. Sie ist ein Lager für lauter Kram, den niemand mehr braucht. Oder vielmehr – sie wird nicht mehr für Andachten oder so genutzt. Aber manchmal gehen Leute hin.« Tom errötete ein wenig und widmete sich stirnrunzelnd wieder seiner Arbeit. Grey vermutete, dass Ilse ihm eine andere Möglichkeit gezeigt hatte, die verlassene Kapelle zu nutzen, doch er beschloss, der Sache nicht nachzugehen.

»Ich verstehe. Konnte Ilse dir sonst noch etwas Wichtiges erzählen?«

»Das kommt darauf an, was Ihr wichtig nennt, Mylord.« Toms Blick haftete immer noch an seiner Nadel, aber an der Art, wie er die Zähne in die Oberlippe grub, erkannte Grey, dass er etwas ganz besonders Faszinierendes erfahren hatte.

»Im Augenblick ist mir das Wichtigste mein Bett«, sagte Grey und entledigte sich endlich seiner Weste, »aber erzähl es mir trotzdem.«

»Ihr wisst wohl, dass das Kindermädchen immer noch verschwunden ist?«

»Ja.«

»Wusstet Ihr, dass ihr Name König war und sie die Frau des Hunnensoldaten war, den der Sukkubus erwischt hat?«

Grey hatte es Tom fast abgewöhnt, die Deutschen als »Hunnen« zu bezeichnen, zumindest wenn sie in Hörweite waren, doch er beschloss, diesen Rückfall zu überhören.

»Nein, das wusste ich nicht.« Grey löste langsam seine Halsbinde. »Haben das alle Hausangestellten gewusst?« Viel wichtiger: Wusste es Stephan?

»O ja, Mylord.« Tom hatte die Nadel weggelegt und blickte auf, begierig, seine Neuigkeiten loszuwerden. »Also, der Soldat, er hat hier oft gearbeitet, im Schloss.«

»Wann? Dann war er ein Mann von hier?« Es war vollkommen üblich, dass Soldaten sich ein Zubrot verdienten, indem sie in ihrer Freizeit Arbeiten für die Ortsbewohner erledigten, doch Stephans Männer waren hier noch keinen Monat lang stationiert. Aber wenn das Kindermädchen die Frau des Mannes war …

»Was für eine Arbeit hat er denn verrichtet?«, fragte Grey. Er war sich nicht sicher, ob dies irgendetwas mit Königs Ableben zu tun hatte, wollte sich jedoch einen Augenblick Zeit verschaffen, um die Nachricht einzuordnen.

»Zimmermann«, erwiderte Tom prompt. »Ein Teil der Böden in den oberen Etagen hatte den Holzwurm und musste ersetzt werden.«

»Hm. Du weißt ja bemerkenswert gut Bescheid. Wie lange bist du denn mit Ilse in der Kapelle gewesen?«

Tom warf ihm einen Blick voll reiner Unschuld zu.

»Mylord?«

»Gleichgültig. Weiter. Hat der Mann hier gearbeitet, als er umgebracht wurde?«

»Nein, Mylord. Er ist vor zwei Jahren mit dem Regiment abgezogen. Er ist vor einer Woche oder so vorbeigekommen, sagt Ilse, aber nur um seine Freunde bei den Dienstboten zu besuchen. Er hat hier nicht gearbeitet.«

Grey war jetzt bei der Unterhose angelangt, die er mit einem erleichterten Seufzer ablegte.

»Himmel, welch ein perverses Land, in dem man die Unterwäsche stärkt. Kannst du nicht mit der Wäscherin reden, Tom?«

»Tut mir Leid, Mylord.« Tom bückte sich, um die abgelegte Unterhose aufzuheben. »Ich wusste das Wort für Stärke nicht. Ich dachte zwar, ich wüsste es, aber was ich gesagt habe, hat sie nur zum Lachen gebracht.«

»Nun, sieh zu, dass du Ilse nicht zu sehr zum Lachen bringst. Die Dienstmägde zu schwängern ist ein Missbrauch der Gastfreundschaft.«

»O nein, Mylord!«, versicherte Tom ihm ernst. »Wir waren viel zu sehr mit Reden beschäftigt, um zu …«

»Gewiss wart ihr das«, sagte Grey gleichmütig. »Hat sie sonst noch etwas erzählt?«

»Vielleicht.« Tom hatte das Nachthemd schon gelüftet und zum Wärmen vor das Feuer gehängt; er hielt es hoch, damit Grey es sich über den Kopf ziehen konnte, und dieser ließ den weichen Wollflanell dankbar über die Haut gleiten. »Aber es ist nur Gerede.«

»Hm?«

»Einer der älteren Hausdiener, der oft mit König zusammenarbeitete, unterhielt sich nach Königs Besuch mit einem anderen Dienstboten, und Ilse hörte, wie er sagte, der kleine Siegfried werde ihm immer ähnlicher – König, meine ich, nicht dem Hausdiener. Aber dann hat er gemerkt, dass sie zuhörte, und schnell den Mund gehalten.«

Grey, der im Begriff gewesen war, nach seiner Nachtmütze zu greifen, hielt inne und starrte ihn an.

»Ach nein«, sagte er. Tom nickte und schien sich bescheiden über die Wirkung seiner Neuigkeiten zu freuen.

»Das ist doch der alte Ehemann der Prinzessin, nicht wahr, über dem Kamin im Salon? Ilse hat mir das Bild gezeigt. Sieht wirklich alt aus, oder nicht?«

»Ja«, sagte Grey und lächelte sacht. »Und?«

»Er hatte keine Kinder außer Siegfried, obwohl er vorher schon zweimal verheiratet war. Und Master Siegfried wurde auf den Tag sechs Monate nach dem Tod des alten Knaben geboren. So etwas fordert immer Gerede heraus, nicht wahr?«

»Das würde ich auch sagen.« Grey schob seine Füße in die Hausschuhe, die ihm hingehalten wurden. »Danke, Tom. Du hast deine Sache mehr als gut gemacht.«

Tom zuckte bescheiden mit den Achseln, doch sein rundes Gesicht strahlte wie von innen erleuchtet.

»Soll ich Euch einen Tee holen, Mylord? Oder einen schönen Glühwein?«

»Danke, nein. Geh zu Bett, Tom, du hast dir den Schlaf verdient.«

»Nun gut, Mylord.« Tom verbeugte sich; angesichts des Beispiels der Schlossbediensteten verbesserten sich seine Manieren zunehmend. Er ergriff die Kleider, die Grey auf dem Stuhl abgelegt hatte, um sie zum Ausbürsten mitzunehmen, blieb dann allerdings stehen, um die kleine Reliquienschatulle zu betrachten, die Grey auf dem Tisch stehen gelassen hatte.

»Das ist aber hübsch, Mylord. Eine Reliquie, sagt Ihr? Ist das nicht ein Körperteil von jemandem?«

»So ist es.« Grey setzte an, Tom zu bitten, die Schatulle mitzunehmen, hielt aber inne. Sie war zweifellos wertvoll; besser, wenn sie hier blieb. »Wahrscheinlich ein Finger oder ein Zeh, der Größe nach zu schließen.«

Tom beugte sich über die Schatulle und blinzelte die verblassten Buchstaben an.

»Was steht hier, Mylord? Könnt Ihr es lesen?«

»Wahrscheinlich.« Grey nahm die Schatulle und hielt sie dicht an die Kerze. Im richtigen Winkel gehalten, wurden die abgeriebenen Buchstaben erkennbar. Dasselbe geschah mit der gravierten Zeichnung auf dem Deckel, die Grey bis jetzt nur für dekorative Schnörkel gehalten hatte. Die Worte bestätigten, was er sah.

»Ist das nicht ein …«, murmelte Tom, der die Zeichnung mit großen Augen anstarrte.

»Ja, das ist es.« Grey stellte die Schatulle mit spitzen Fingern hin. Sie betrachteten sie einen Moment schweigend.

»Äh … woher habt Ihr das, Mylord?«, fragte Tom schließlich.

»Die Prinzessin hat es mir gegeben. Als Schutz gegen den Sukkubus.«

»Oh!« Der junge Leibdiener verlagerte das Gewicht auf einen Fuß und warf Grey einen Seitenblick zu. »Äh … glaubt Ihr, es wird helfen?«

Grey räusperte sich.

»Ich sage dir eins, Tom: Wenn mich der Phallus des Heiligen Orgevald nicht schützt, dann schützt mich gar nichts.«

Endlich allein, sank Grey in den Sessel am Feuer, schloss die Augen und versuchte, sich so weit zu fassen, dass er nachdenken konnte. Durch die Unterhaltung mit Tom hatte er zumindest ein wenig Abstand gewonnen und konnte die Angelegenheit mit der Prinzessin und Stephan gelassener betrachten – nur dass sie sich jeder Betrachtung entzog.

Ihm war leicht übel, und er setzte sich auf, um sich ein Glas Pflaumenbranntwein aus der Karaffe auf dem Tisch einzuschenken. Das half, Magen und Kopf zu beruhigen.

Bedächtig nippend, saß er da und bemühte sich, den persönlichen Bezug der Angelegenheit einmal außer Acht zu lassen.

Toms Entdeckungen tauchten die Dinge in ein neues und höchst bemerkenswertes Licht. Wenn Grey je an die Existenz eines Sukkubus geglaubt hatte – und er war ehrlich genug zuzugeben, dass es solche Momente gegeben hatte, sowohl auf dem Friedhof als auch in den nur spärlich und flackernd beleuchteten Fluren des Schlosses –, so glaubte er nicht länger daran.

Der Entführungsversuch war eindeutig das Werk von Menschenhand, und die Enthüllung der Beziehung zwischen den beiden Königs – dem verschwundenen Kindermädchen und ihrem verstorbenen Mann – deutete nicht minder klar darauf hin, dass der Tod des Gefreiten König Teil derselben Affäre war, ganz gleich, welcher Hokuspokus darum gemacht worden war.

Greys Vater war gestorben, als er zwölf war, doch es war ihm gelungen, auch seinem Sohn seine Bewunderung für die Philosophie der Vernunft einzuflößen. Neben dem Prinzip, sich auf das Wesentliche zu beschränken, hatte er ihn auch mit der nützlichen Frage nach dem *Cui bono?* vertraut gemacht.

Die klar auf der Hand liegende Antwort darauf war Prinzessin Louisa. Ging man einmal davon aus, dass die Gerüchte stimmten und dass König der Vater des kleinen Siegfried war, dann wollte die Frau sicher nichts weniger, als dass König zurückkam und sich genau dort aufhielt, wo peinliche Ähnlichkeiten auffallen konnten.

Grey hatte keine Ahnung vom deutschen Vaterschaftsgesetz. In England war ein ehelich geborenes Kind vor dem Gesetz der Nachkomme des Ehemannes, selbst wenn alle Welt wusste, dass seine Frau untreu gewesen war. Auf diese Weise waren mehrere Herren in seiner Bekanntschaft zu Kindern gekommen, obwohl er sich vollkommen sicher war, dass diese Männer nie auch nur daran gedacht hatten, das Bett ihrer Frauen zu teilen. Hatte Stephan vielleicht …

Er packte diesen Gedanken beim Kragen und schob ihn beiseite. Außerdem war Stephans Sohn das Ebenbild seines Vaters, wenn der Maler der Miniatur seinem Vorbild gerecht geworden war. Obwohl ein Maler natürlich das Bild erzeugen würde, das sein Auftraggeber wünschte, der Realität zum Trotz …

Er griff zum Glas und trank daraus, bis er sich atemlos fühlte und ihm die Ohren summten.

»König!«, sagte er laut und bestimmt. Ob das Gerücht stimmte oder nicht – und da ihn die Prinzessin geküsst hatte, glaubte er fest daran: Sie war kein Mauerblümchen! – und ob Königs Wiederauftauchen nun eine Bedrohung für Siggis Legitimität darstellte oder nicht, die Anwesenheit des Mannes war gewiss unwillkommen.

Unwillkommen genug, um ihn zu töten?

Warum, wenn er bald wieder fort wäre? Die Truppen würden wahrscheinlich im Lauf der nächsten Woche weiterziehen – mit Sicherheit im Lauf des Monats. War etwas vorgefallen, das die Entfernung des Gefreiten König dringend gemacht hatte? Vielleicht hatte König nichts von seiner Vaterschaft gewusst – und dann bei seinem Besuch im Schloss die Ähnlichkeit des Jungen mit ihm selbst entdeckt und beschlossen, Geld oder Gefälligkeiten von der Prinzessin zu erpressen?

Und um den Kreis zu schließen – war die ganze Geschichte mit dem Sukkubus nur ins Spiel gebracht worden, um Königs Tod zu verschleiern? Wenn ja, wie? Das Gerücht hatte die Phantasie der Soldaten und der Ortsbewohner erstaunlich beflügelt – und Königs Tod hatte zu panischem Verhalten geführt –, doch wie war das Gerücht in die Welt gesetzt worden?

Er ließ diese Frage erst einmal links liegen, da es keine rationale Möglichkeit gab, sich damit zu befassen. Was jedoch den Todesfall betraf …

Er konnte sich ohne Schwierigkeiten vorstellen, dass die Prinzessin Königs Tod ausgeheckt hatte; ihm war schon oft aufgefallen, dass Frauen keine Gnade kannten, wenn es um ihren Nachwuchs ging. Dennoch … die Prinzessin hatte wohl kaum ein Soldatenquartier betreten und mit ihren eigenen lilienweißen Händen einen Mann erledigt.

Wer war es gewesen? Jemand, der der Prinzessin zutiefst ergeben war. Obwohl es andererseits ja niemand aus dem Schloss gewesen sein musste. Gundwitz war zwar keine schwärende Eiterbeule, wie London es war, doch der Ort war immer noch groß genug, um eine hinreichende Anzahl an Schurken zu ernähren. Möglich, dass man einen von ihnen zu dem eigentlichen Mord verleitet hatte – wenn es Mord gewesen war, rief er sich ins Gedächtnis. In seinem Eifer, zu einem Schluss zu gelangen, durfte er die Anfangshypothese nicht aus dem Blick verlieren.

Und darüber hinaus ... Selbst wenn die Prinzessin sowohl hinter dem Gerücht um den Sukkubus als auch hinter dem Tod des Gefreiten König steckte – wer war die Hexe in Siggis Zimmer? Hatte wirklich jemand versucht, das Kind zu entführen? Der Gefreite König war bereits tot; er konnte eindeutig nichts damit zu tun haben.

Er fuhr sich mit der Hand durch die Haare und massierte die Kopfhaut, um seinen Gedanken auf die Sprünge zu helfen.

Loyalität. Wer war der Prinzessin am treusten ergeben? Ihr Butler? Stephan?

Er zog eine Grimasse, erwog den Gedanken jedoch sorgfältig. Nein. Er konnte sich keinen Umstand vorstellen, unter dem sich Stephan an einer Verschwörung zur Ermordung eines seiner eigenen Männer beteiligte. Grey mochte ja in Bezug auf den Landgrafen von Erdberg so manchen Zweifel hegen, aber nicht an seiner Ehre.

Diese Überlegung führte wieder zum Verhalten der Prinzessin ihm selbst gegenüber. Handelte sie, weil sie sich von ihm angezogen fühlte? Grey war bescheiden, was die eigenen Reize anging, aber auch so ehrlich zuzugeben, dass er einige davon besaß und dass er auf Frauen ziemlich attraktiv wirkte.

Wenn die Prinzessin tatsächlich für Königs Entfernung gesorgt hatte, hielt er es eher für wahrscheinlich, dass ihr Verhalten ihm gegenüber als Ablenkungsmanöver gedacht war. Es *gab* jedoch noch eine andere Erklärung.

Er hatte selbst beobachtet, dass häufig das offensichtliche Resultat einer Handlung auch ihr beabsichtigtes Resultat war. Das Endresultat jener Begegnung im Flur war, dass Stephan von Namtzen ihn in den Armen der Prinzessin entdeckt hatte und über diese Entdeckung sichtlich verärgert gewesen war.

Hatte Louisas Motiv einfach nur darin bestanden, von Namtzen eifersüchtig zu machen?

Und wenn Stephan eifersüchtig *war* … auf wen?

Im Zimmer war es unerträglich stickig geworden, und er stand auf, trat ans Fenster und entriegelte die Fensterläden. Der Mond war voll, ein großes, fruchtbares gelbes Rund, das tief über den dunklen Feldern stand und sein Licht über die Schieferdächer von Gundwitz und die Masse der helleren Leinenzelte dahinter warf.

Schliefen Ruysdales Truppen heute Nacht tief und fest, erschöpft von der vielen gesunden Bewegung? Er hatte das Gefühl, dass ein wenig davon auch ihm gut täte. Er stützte sich am Fensterrahmen ab und drückte, bis die Muskeln seiner Arme zu bersten drohten. Er stellte sich vor, wie es wäre, in diese erfrischende Nacht zu entfliehen, nackt und lautlos wie ein Wolf zu rennen, über weiche Erde, die kühl unter seinen Füßen nachgab.

Kalte Luft umströmte seinen Körper, sodass ihm die Haare auf der Haut zu Berge standen, doch er fühlte sich, als schmelze sein Inneres. Durch die Hitze des Feuers und des Branntweins war die ursprünglich willkommene Wärme des Nachthemds drückend geworden; ihm brach überall der Schweiß aus, und der Wollstoff hing schlaff an ihm herunter.

Von plötzlicher Ungeduld erfasst, zog er es aus und stellte sich vor das offene Fenster, angespannt und rastlos, und die kalte Luft liebkoste seine nackte Haut.

Etwas surrte und raschelte im Efeu und flog dann vollkommen lautlos so dicht und so schnell an seinem Gesicht vorbei, dass er nicht einmal Zeit hatte zurückzufahren, obwohl er fast laut aufgeschrien hätte.

Fledermäuse. Die Kreaturen waren augenblicklich verschwunden, lange bevor sein erschrockener Verstand sich genügend gefasst hatte, um sie zu benennen.

Er lehnte sich suchend ins Freie, aber die Fledermäuse wurden sofort von der Dunkelheit verschluckt, rasende Jäger. Es war kein Wunder, dass an einem Ort, an dem es so von Fledermäusen wimmelte, Legenden von Sukkubi entstanden. Das Verhalten der Kreaturen hatte tatsächlich etwas Übernatürliches an sich.

Auf einmal kamen ihm die Wände des kleinen Zimmers unerträglich beengend vor. Er konnte sich vorstellen, selbst ein Dämon der Luft zu sein, sich aufzuschwingen, um die Träume eines Mannes heimzusuchen, von einem schlafenden Körper Besitz zu ergreifen und ihn zu reiten. Ob er bis England fliegen konnte?, fragte er sich. War die Nacht lang genug?

Die Bäume am Rand des Gartens bewegten sich beklommen hin und her, vom Wind gezaust. Die Nacht selbst schien von einer herbstlichen Unruhe aufgewühlt, von der Gegenwart bewegter, sich wandelnder, gärender Dinge.

Sein Blut war immer noch erhitzt und hatte jetzt den Siedepunkt erreicht, doch es gab kein Ventil dafür. Er wusste nicht, ob Stephans Wut ihm selbst galt – oder Louisa. In keinem Fall jedoch konnte er von Namtzen gegenüber offen seine Gefühle zeigen; es war zu gefährlich. Er kannte die Einstellung der Deutschen gegenüber Sodomiten nicht, hielt es aber für unwahrscheinlich, dass sie toleranter war als der Standpunkt der Engländer. Ob standhafte Protestantenmoral oder der wildere katholische Mystizismus – er warf einen kurzen Blick auf die Reliquienschatulle –, von keiner Seite konnte er Sympathien für seine eigenen Vorlieben erwarten.

Doch das bloße Nachdenken über eine Enthüllung und ihre plötzliche Unmöglichkeit hatte ihm etwas Wichtiges gezeigt.

Stephan von Namtzen zog ihn an und erregte ihn, doch es lag nicht an seinen körperlichen Eigenschaften, die außer Zweifel standen. Es war vielmehr der Grad, in dem ihn diese Eigenschaften an James Fraser erinnerten.

Von Namtzen war ungefähr so groß wie Fraser, ein kraftvoller Mann mit breiten Schultern, langen Beinen und einer starken Ausstrahlung. Allerdings war Stephan schwerfälliger, gröber gebaut und weniger anmutig als der Schotte. Und Stephan wärmte Grey zwar das Blut, doch das änderte nichts daran, dass der Deutsche ihm nicht das Herz entflammte.

Schließlich legte Grey sich auf das Bett und löschte die Kerze. Er lag da und sah dem Spiel des Feuers auf den Wänden zu, doch was er sah, war nicht das Flackern der Flammen, sondern das Spiel der Sonne auf rotem Haar, der Schweißglanz auf einem bronzenen Körper …

Eine kurze, rücksichtslose Handhabung nach Mr. Keegans Empfehlung hinterließ ihn erschöpft, wenn auch immer noch nicht friedvoll. Er lag da, starrte in die Schatten an der Holzdecke hinauf und konnte wenigstens wieder denken.

Die einzige Schlussfolgerung, die sich aus allem ergab, lautete, dass er dringend mit jemandem sprechen musste, der Königs Leiche gesehen hatte.

KAPITEL 6
Hokuspokus

Den letzten Wohnsitz des Gefreiten König herauszufinden war einfach. Da sie schon lange daran gewöhnt waren, dass man Soldaten bei ihnen einquartierte, bauten die Preußen ihre Häuser vernünftigerweise mit einer separaten Kammer eigens für diesen Zweck. In der Tat betrachtete die Bevölkerung diese Einquartierungen nicht als Zumutung, sondern als Segen, da die Soldaten nicht nur für Kost und Logis bezahlten und oft Arbeiten wie das Holz- oder Wasserholen erledigten, sondern auch ein viel besserer Schutz gegen Diebe waren als jeder große Wachhund, und das ohne die Kosten.

Stephans Akten waren natürlich vorbildlich geführt; er konnte jederzeit jeden seiner Männer erreichen. Zwar empfing er Grey ausgesprochen frostig, doch er leistete seiner Bitte sofort Folge und schickte ihn zu einem Haus im Westen des Ortes.

Einen Augenblick lang zögerte von Namtzen sogar und fragte sich offenbar, ob es die Pflicht von ihm verlangte, Grey bei seiner Erledigung zu begleiten, doch der Hauptgefreite Helwig erschien mit einem neuen Problem – er brachte es im Schnitt auf drei pro Tag –, und Grey blieb sich mit seiner Aufgabe selbst überlassen.

Soweit Grey sehen konnte, war das Haus, in dem König gewohnt hatte, nichts Besonderes. Doch der Hausbesitzer war bemerkenswert, denn er war ein Zwerg.

»Oh, der arme Mann! So viel Blut habt Ihr noch nie gesehen!«

Herr Huckel reichte Grey etwa bis zur Hüfte – eine ganz neue Erfahrung, so weit auf einen erwachsenen Gesprächspartner hinunter zu blicken. Dennoch war Herr Huckel ein kluger Mann und konnte sich gut ausdrücken – noch eine neue Erfahrung für Grey; Zeugen einer Gewalttat neigten dazu, jeden Rest von Verstand zu verlieren und entweder sämtliche Einzelheiten zu vergessen oder aber sich unmögliche einzubilden.

Herr Huckel dagegen zeigte ihm bereitwillig die Kammer, in der sich der Todesfall ereignet hatte, und beschrieb ihm, was er gesehen hatte.

»Es war spät, Sir, und meine Frau und ich waren zu Bett gegangen. Die Soldaten waren unterwegs – oder zumindest dachten wir das.« Die Soldaten hatten gerade ihren Sold erhalten und waren größtenteils damit beschäftigt, ihn in Wirtshäusern oder Bordellen wieder loszuwerden. Die Huckels hatten keinerlei Geräusche im Zimmer der Soldaten gehört und daher angenommen, dass die vier, die bei ihnen einquartiert waren, sich nicht im Haus befanden.

Doch irgendwann nach Mitternacht waren die guten Leute durch fürchterliche Schreie geweckt worden, die aus der Kammer drangen. Es war jedoch nicht der Gefreite König, der schrie, sondern einer seiner Kameraden, der im Zustand fortgeschrittener Trunkenheit heimgekommen und in ein blutdurchtränktes Chaos gestolpert war.

»Er hat hier gelegen, Sir. Genau so.« Herr Huckel winkte mit den Händen, um die Lage anzudeuten, die die Leiche am anderen Ende der behaglichen Kammer eingenommen hatte. Jetzt war an der Stelle nichts außer einigen unregelmäßigen dunklen Flecken auf dem Boden zu sehen.

»Nicht einmal Seifenlauge hat geholfen«, erklärte Frau Huckel, die an die Zimmertür gekommen war, um zuzusehen. »Und wir mussten das Bettzeug verbrennen.«

Zu Greys großer Überraschung war sie nicht nur normal groß, sondern auch sehr hübsch, und helles, weiches Haar lugte unter ihrer Haube hervor. Sie runzelte die Stirn und sah ihn anklagend an.

»Kein Soldat will mehr hier wohnen. Sie glauben, der Nachtmahr holt sie auch!« Das war eindeutig Greys Schuld. Er verbeugte sich entschuldigend.

»Ich bedaure das, Madam«, sagte er. »Sagt mir, habt Ihr den Toten gesehen?«

»Nein«, erwiderte sie prompt, »aber ich habe das Gespenst gesehen.«

»Tatsächlich«, sagte Grey überrascht. »Äh, wie hat es – sie – es denn ausgesehen?« Er hoffte, dass er keine neue Variante von Siggis logischer, aber wenig hilfreicher Beschreibung »wie ein Nachtgespenst« zu hören bekäme.

»Also, Margarethe«, sagte Herr Huckel und legte seiner Frau warnend die Hand auf den Arm, »vielleicht war es ja gar nicht …«

»Doch, das war es!« Sie richtete ihr Stirnrunzeln jetzt auf ihren Mann, schüttelte seine Hand jedoch nicht ab, sondern legte die ihre darüber, bevor sie ihre Aufmerksamkeit wieder Grey schenkte.

»Es war eine alte Frau, Sir, das weiße Haar zu Zöpfen geflochten. Ihr Schultertuch war im Wind verrutscht, und ich sah es genau. Es gibt zwei alte Frauen hier, das ist wahr – aber die eine geht nur noch am Stock, und die andere geht gar nicht mehr. Diese … Gestalt hat sich sehr schnell bewegt, etwas vornüber gebeugt, aber leichtfüßig.«

Herr Huckel schaute bei dieser Beschreibung immer beklommener drein und öffnete den Mund, um seine Frau zu unterbrechen, doch er bekam keine Gelegenheit dazu.

»Ich bin mir sicher, dass es die alte Agathe war«, sagte Frau Huckel und senkte die Stimme zu einem unheilvollen Flüstern. Herr Huckel verzog das Gesicht und schloss die Augen.

»Die alte Agathe?«, fragte Grey ungläubig. »Meint Ihr Frau Blomberg – die Mutter des Bürgermeisters?«

Frau Huckel nickte, ohne eine Miene zu verziehen, mit einem Ausdruck ernster Gewissheit.

»Es muss etwas unternommen werden«, deklamierte sie. »Alle fürchten sich des Nachts – sowohl ins Freie zu gehen als auch im Haus zu bleiben. Männer, deren Frauen im Schlaf nicht über sie wachen wollen, schlafen bei der Arbeit oder beim Essen ein …«

Grey dachte kurz daran, Mr. Keegans Patentmittel zu erwähnen, sah jedoch davon ab und wandte sich stattdessen an Herrn Huckel, um ihn um eine genaue Zustandsbeschreibung der Leiche zu bitten.

»Ich habe gehört, dass seine Kehle durchlöchert war wie von Tierzähnen«, sagte er, und Herr Huckel machte schnell ein Zeichen gegen das Böse und erbleichte ein wenig, während er mit dem Kopf nickte. »War die Kehle ganz aufgerissen, als wäre der Mann von einem Wolf angegriffen worden? Oder …« Doch Herr Huckel schüttelte bereits den Kopf.

»Nein, nein! Nur zwei Stellen – zwei Löcher. Wie Schlangenfänge.« Er drückte sich selbst zur Untermalung zwei Finger an den Hals. »Aber so viel Blut!« Er erschauerte und wandte den Blick von den Flecken auf dem Boden ab.

Grey hatte nur einmal, als er noch jünger war, gesehen, wie ein Mann von einer Schlange gebissen wurde – doch er konnte sich nicht an Blut erinnern. Allerdings war der Mann auch ins Bein gebissen worden.

»Waren es denn große Löcher?«, beharrte Grey. Er wollte den Mann nicht drängen, sich lebhaft an unangenehme Einzelheiten zu erinnern, war aber entschlossen, so viel wie möglich herauszufinden.

Mit einiger Mühe fand er heraus, dass die Bisswunden groß gewesen waren – vielleicht einen Zentimeter im Durchmesser – und sich an der Vorderseite von Königs Hals befunden hatten, etwa auf halber Höhe. Er ließ es sich von Huckel zeigen, und zwar wiederholt, nachdem man ihm versichert hatte, dass der Tote keine andere Wunde aufgewiesen hatte, als man ihm zum Waschen entkleidete.

Er ließ den Blick über die Zimmerwände schweifen, die frisch gekälkt worden waren. Dennoch war unten in Bodennähe schwach ein großer, dunkler Fleck zu sehen – wahrscheinlich war König an dieser Stelle im Todeskampf gegen die Wand gerollt.

Er hatte gehofft, dass die Beschreibung der Leiche des Gefreiten König es ihm ermöglichen würde, eine Verbindung zwischen den beiden Todesfällen auszumachen – doch die einzige Ähnlichkeit schien zu sein, dass sowohl König als auch Bodger in der Tat tot und ihre Todesumstände ungeklärt waren.

Er dankte den Huckels und wollte sich gerade verabschieden, als ihm klar wurde, dass Frau Huckel ihren Gedankengang wieder aufgenommen hatte und ernst mit ihm sprach.

»… eine Hexe rufen, um die Runen zu deuten«, sagte sie.

»Ich bitte um Verzeihung, Madam?«

Gekränkt holte sie tief Luft, verkniff sich jedoch einen offenen Tadel.

»Herr Blomberg«, wiederholte sie und sah Grey streng an. »Er wird eine Hexe rufen, um die Runen zu deuten. Sie werden die Wahrheit hinter allem herausfinden!«

»Er wird *was*?« Sir Peter blinzelte Grey ungläubig an. »Hexen?«

»Nur eine, glaube ich, Sir«, versicherte Grey Sir Peter. Nach allem, was Frau Huckel erzählt hatte, hatte sich die Lage in Gundwitz zugespitzt. Das Gerücht, dass Herrn Blombergs verstorbene Mutter den Sukkubus beherberge, ging wie ein Lauffeuer durch den ganzen Ort, und der Bürgermeister drohte von der öffentlichen Meinung überwältigt zu werden.

Doch Herr Blomberg war ein prinzipientreuer Mann und dem Gedenken seiner Mutter zutiefst ergeben. Er weigerte sich mithin resolut, ihren Sarg exhumieren und ihre Leiche schänden zu lassen.

Die einzige Lösung, auf die Herr Blomberg in seiner Verzweiflung gekommen war, schien darin zu bestehen, die wahre Identität und das wahre Versteck des Sukkubus aufzudecken. Zu diesem Zweck hatte der Bürgermeister eine Hexe rufen lassen, die Runen deuten sollte …

»Was ist das?«, fragte Sir Peter verwirrt.

»Ich bin mir nicht ganz sicher, Sir«, gab Grey zu. »Ein Wahrsagerwerkzeug, nehme ich an.«

»Tatsächlich?« Sir Peter rieb sich zweifelnd mit dem Finger unter der langen, schmalen Nase entlang. »Klingt ziemlich zweifelhaft, oder? Diese Hexe könnte doch alles behaupten!«

»Ich schätze, Herr Blomberg geht davon aus, dass die Dame, wenn er die … äh … Zeremonie bezahlt, vielleicht eher dazu neigt, etwas zu sagen, das ihn in seiner Situation begünstigt«, meinte Grey.

»Hm. Gefällt mir immer noch nicht«, meinte Sir Peter. »Gefällt mir überhaupt nicht. Könnte Ärger geben, Grey, das seht Ihr doch sicher auch so?«

»Ich glaube nicht, dass Ihr den Mann daran hindern könnt, Sir.«

»Vielleicht nicht, vielleicht nicht.« Sir Peter dachte heftig nach, die Stirn unter der Perücke gerunzelt. »Ah! Nun, wie ist das … Ihr geht zu ihm und bringt es in Ordnung, Grey. Sagt Herrn Blomberg, er kann seinen Hokuspokus haben, aber er muss es hier tun, im Schloss. So können wir die Sache unter Verschluss halten, dafür sorgen, dass es keine unangebrachte Aufregung gibt.«

»Ja, Sir«, sagte Grey. Er unterdrückte tapfer einen Seufzer und machte sich auf den Weg, seine Order auszuführen.

Als er in seinem Zimmer anlangte, um sich zum Abendessen umzukleiden, fühlte sich Grey schmutzig, reizbar und durch und durch erschöpft. Es hatte fast den ganzen Nachmittag gedauert, Blomberg ausfindig zu machen und ihn zu überreden, sein … Himmel, was war es noch? Seine Runendeutung? … im Schloss abzuhalten. Dann war er Helwig, der Landplage, begegnet, und bevor er entfliehen konnte, war er mitten in einen Riesenstreit mit einer Gruppe Maultiertreiber verwickelt worden, die behaupteten, von der Armee nicht bezahlt worden zu sein.

Dies wiederum hatte Besuche in zwei Feldlagern nach sich gezogen, die Inspektion von vierunddreißig Maultieren, erschöpfende Gespräche mit Sir Peters und von Namtzens Zahlmeistern – und ein weiteres, eisiges Gespräch mit Stephan, der sich verhalten hatte, als sei Grey persönlich für die ganze Angelegenheit verantwortlich, und sich dann mitten im Satz umgedreht und Grey entlassen hatte, als könne er seinen Anblick nicht ertragen.

Er warf seinen Rock von sich, schickte Tom heißes Wasser holen und zerrte gereizt an seiner Halsbinde, während er sich wünschte, er könne auf jemanden einprügeln.

Es klopfte an der Tür, und er erstarrte. Seine Verärgerung verschwand augenblicklich. Was sollte er tun? So zu tun, als sei er nicht da, war die nahe liegende Vorgehensweise für den Fall, dass es Louisa in ihrem durchsichtigen Batisthemd oder Schlimmerem war. Doch wenn es Stephan war, der gekommen war, um sich entweder zu entschuldigen oder um weitere Erklärungen zu fordern?

Das Klopfen war erneut zu hören. Es war ein ordentliches, festes Klopfen. Kein Klopfen, das man von einer Dame erwarten würde – vor allem nicht von einer Dame, die auf ein Rendezvous aus war. Gewiss würde die Prinzessin eher diskret kratzen …

Das Klopfen erklang erneut, unverblümt und fordernd. Grey holte tief Luft, versuchte, sein Herzklopfen zum Schweigen zu bringen, und riss die Tür auf.

»Ich wünsche Euch zu sprechen«, sagte die Hausherrin und segelte ins Zimmer, ohne eine Einladung abzuwarten.

»Oh«, sagte Grey, dem plötzlich jegliche Deutschkenntnisse abhanden gekommen waren. Er schloss die Tür und wandte sich der alten Dame zu, wobei er sich instinktiv das Hemd wieder zuknöpfte.

Sie übersah die stumme Geste, mit der er auf den Stuhl wies, stellte sich vor das Feuer und durchbohrte ihn mit stählernem Blick. Den Anblick der Hausherrin *en deshabille* hätte er wirklich nicht ertragen können.

»Ich bin gekommen, um Euch zu fragen«, sagte sie ohne Umschweife, »ob Ihr vorhabt, Louisa zu heiraten.«

»Das habe ich nicht vor«, erklärte er und erinnerte sich wundersam prompt wieder an sein Deutsch. »Nein.«

Eine ihrer angedeuteten grauen Augenbrauen zuckte in die Höhe.

»Ach nein? Darüber denkt sie aber ganz anders.«

Er rieb sich mit der Hand über das Gesicht und suchte nach einer diplomatischen Antwort – die er in den Stoppeln auf seinem Kinn fand.

»Ich bewundere Prinzessin Louisa sehr«, sagte er. »Es gibt nur wenige Frauen, die ihr das Wasser reichen können.« Gott sei Dank, fügte er in Gedanken hinzu. »Doch ich bedaure, dass ich nicht frei bin, Verpflichtungen einzugehen. Ich habe … eine Absprache. In England.« Seine Absprache mit James Fraser war dergestalt, dass ihm Fraser auf der Stelle den Hals brechen würde, wenn er ihn je berührte oder ihm das Herz ausschüttete. Es war allerdings mit Sicherheit eine Absprache, so klar wie irischer Kristall.

Die Hausherrin betrachtete ihn mit einem derart durchdringenden Blick, dass er am liebsten mehrere Schritte zurückgetreten wäre. Doch er behauptete seine Stellung und erwiderte ihren Blick mit geduldiger Aufrichtigkeit.

»Hmpf!«, brummte sie schließlich. »Nun denn. Das ist gut.« Ohne ein weiteres Wort machte sie auf dem Absatz kehrt. Bevor sie die Tür hinter sich schließen konnte, streckte er die Hand aus und ergriff ihren Arm.

Sie fuhr zu ihm herum, überrascht und entrüstet über seine Unverfrorenheit. Doch er achtete nicht darauf, gebannt von dem, was er gesehen hatte, als sie sich umdrehte.

»Verzeihung, Eure Hoheit«, sagte er. Er berührte die Medaille, die an ihrem Mieder steckte. Er hatte sie schon hundertmal gesehen und schon immer vermutet, dass sie das Abbild eines Heiligen zeigte – was sie wohl auch tat, wenn auch sicher nicht in der traditionellen Art.

»Der Heilige Orgevald?«, erkundigte er sich. Das Bild war schemenhaft eingraviert und konnte leicht für etwas anderes gehalten werden – wenn man die größere Version auf dem Deckel der Reliquienschatulle nicht kannte.

»Gewiss.« Die alte Dame funkelte ihn mit glitzerndem Blick an, schüttelte den Kopf und verließ das Zimmer, wobei sie die Tür fest hinter sich schloss.

Zum ersten Mal kam Grey der Gedanke, dass Orgevald, wer

immer er gewesen war, womöglich nicht immer als Heiliger gelebt hatte. Mit dieser Überlegung ging er zu Bett und kratzte sich geistesabwesend an den Flohbissen, die er sich bei den Maultieren geholt hatte.

KAPITEL 7
Hinterhalt

Der nächste Tag dämmerte kalt und windig herauf. Im Vorbeireiten sah Grey Fasane, die sich im Schutz der Büsche zusammenkauerten, Krähen, die sich auf den Stoppelfeldern an den Boden pressten, und Schieferdächer voller Tauben, deren aufgeplusterte Körper sich auf der Suche nach Wärme dicht aneinander drängten. Obwohl man ihnen Hirnlosigkeit nachsagte, musste er denken, dass die Vögel vernünftiger waren als er.

Vögel kannten keine Dienstpflichten – doch es war weniger die Pflicht, die ihn an diesem rauen, kühlen Morgen antrieb. Es war teils schlichte Neugier, teils offizieller Argwohn. Er war auf der Suche nach den Zigeunern, er war auf der Suche nach *einer* Zigeunerin: der Frau, die sich mit dem Gefreiten Bodger gestritten hatte, kurz vor seinem Tod.

Wenn er ganz ehrlich war – und er glaubte, sich das erlauben zu können, solange es in der Zurückgezogenheit des eigenen Kopfes geschah –, hatte er noch ein anderes Motiv für seinen Ritt. Es wäre völlig normal, wenn er an der Brücke anhielt, um ein freundliches Wort mit den Kanonieren zu wechseln und sich persönlich davon zu überzeugen, wie es dem Jungen mit den roten Lippen ging.

Zwar waren dies zweifellos alles gute Gründe, doch das wahre Motiv für seine Expedition war schlicht sein Wunsch, dem Schloss zu entkommen. Er fühlte sich nicht sicher in einem Haus mit

Prinzessin Louisa, von ihrer Schwiegermutter ganz zu schweigen. Seine Schreibstube im Ort konnte er auch nicht aufsuchen, weil er fürchtete, Stephan dort zu begegnen.

Die ganze Situation kam ihm wie eine einzige Farce vor, und doch konnte er nicht aufhören, darüber nachzudenken – über Stephan nachzudenken.

Hatte er sich in Bezug auf Stephans Zuneigung etwas vorgemacht? Er war vermutlich nicht weniger eitel als andere Menschen, und doch hätte er schwören können … Seine Gedanken drehten sich immer wieder im selben ermüdenden Kreis. Jedesmal wenn er sie endgültig verwerfen wollte, spürte er erneut das überwältigende Gefühl der Wärme und der lässigen Inbesitznahme, mit dem ihn Stephan geküsst hatte. Das hatte er sich nicht eingebildet. Und doch …

In dieser lästigen und doch unentrinnbaren Schlinge verfangen, erreichte er am späten Vormittag die Brücke, nur um dort festzustellen, dass der junge Soldat nicht im Lager war.

»Franz? Auf Proviantsuche vielleicht«, sagte der hannoversche Leutnant achselzuckend. »Oder hat Heimweh bekommen und ist davongelaufen. Das kommt bei den ganz Jungen öfter vor.«

»Hat Angst bekommen«, meinte einer der anderen Männer, der das Gespräch mitbekam.

»Angst wovor?«, fragte Grey scharf. Ob die Geschichte vom Sukkubus die Brücke trotz allem erreicht hatte?

»Der hat doch Angst vor seinem eigenen Schatten«, sagte der Mann, den er als Samson in Erinnerung hatte, und verzog das Gesicht. »Er hört nicht auf, von dem Kind zu reden, er hört nachts ein weinendes Kind.«

»Dachte, du hättest es auch gehört, oder nicht?«, warf der Leutnant ein, der sich nicht besonders freundlich anhörte. »An dem Abend, als es so stark geregnet hat?«

»Ich? Ich hab da gar nichts gehört außer Franzens Gewimmer.« Eine Lachsalve folgte diesen Worten, und Greys Herz zog sich schmerzhaft zusammen. *Zu spät*, dachte er. »Als es geblitzt hat«, fügte Samson ausdruckslos hinzu, als er seinen Blick auffing.

»Er ist nach Hause gelaufen«, erklärte der Leutnant. »Soll er gehen; wir können hier keine Feiglinge gebrauchen.«

Im Verhalten des Mannes lag eine leise Unruhe, die seine Selbstsicherheit Lügen strafte, und doch konnte Grey nichts tun. Er hatte keine direkte Befehlsgewalt über diese Männer, konnte nicht anordnen, eine Suchaktion durchzuführen.

Beim Überqueren der Brücke musste er unwillkürlich einen Blick in die Tiefe werfen. Der Wasserspiegel war nur leicht gesunken. Die Wassermassen stürzten immer noch vorbei, trugen abgerissenes Laub und kaum erkennbares, völlig durchnässtes Treibgut mit sich. Er wollte nicht anhalten, um nicht dabei ertappt zu werden, dass er ins Wasser starrte, und doch blickte er so genau wie möglich hinunter und erwartete fast, den zarten Körper des Jungen zerschmettert auf einem Felsen liegen zu sehen oder die blinden Augen eines Ertrunkenen zu entdecken, der sich unter Wasser verfangen hatte.

Aber er sah nichts als das übliche Treibgut, das ein Hochwasser mit sich trug, und mit einem leisen Seufzer der Erleichterung setzte er seinen Weg zu den Hügeln fort.

Er wusste nichts außer der Richtung, die die Zigeunerwagen eingeschlagen hatten, als sie das letzte Mal gesehen worden waren. Es war höchst unwahrscheinlich, dass er sie fand, doch er suchte hartnäckig und blieb immer wieder stehen, um die Landschaft mit seinem Fernglas abzusuchen oder nach Rauchsäulen Ausschau zu halten.

Letztere tauchten dann und wann auf, entpuppten sich jedoch stets als Landarbeiterhütten oder Holzkohlenmeiler, deren Bewohner beim Anblick seines roten Rockes entweder prompt verschwanden oder ihn anstarrten und sich bekreuzigten. Und keiner von ihnen gab zu, von den Zigeunern gehört, geschweige denn, sie gesehen zu haben.

Die Sonne sank, und er begriff, dass er bald umkehren musste, um nicht mitten im Freien von der Nacht überrascht zu werden. Er hatte Zündmaterial und eine Flasche Ale in seiner Satteltasche, aber nichts zu essen, und die Vorstellung, hier zu stranden, war ihm höchst unangenehm, vor allem, da die französischen Streitkräfte nur ein paar Meilen westlich lagen. Wenn die britische Armee Späher hatte, so hatten die Frösche mit Sicherheit auch welche, und er war leicht bewaffnet mit nur einem Paar Pistolen, einem arg zerbeulten Kavalleriesäbel und seinem Dolch.

Da er Karolus auf dem sumpfigen Boden keiner Verletzungsgefahr aussetzen wollte, ritt er eines seiner anderen Pferde, einen kräftigen Braunen, der den wenig schmeichelhaften Namen Hognose trug, aber sehr verlässlich und trittsicher war. So trittsicher, dass Grey nicht auf den Boden zu achten brauchte und versuchte, seine Aufmerksamkeit, die unter der fortgesetzten Anspannung litt, ganz der Umgebung zu widmen. Das Laub auf den Hügeln ringsum verschmolz zu einem Flickenteppich, dessen Muster sich im heftigen Wind ständig veränderte. Immer wieder glaubte er, Dinge zu sehen – menschliche Gestalten, Tiere in Bewegung, das kurze Auftauchen eines Wagens –, die sich jedoch als Täuschung entpuppten, wenn er sich auf sie zu bewegte.

Der Wind heulte ihm unablässig in den Ohren und verlieh den Truggestalten, die ihn plagten, zusätzlich Geisterstimmen. Er rieb sich mit der Hand über das Gesicht, das vor Kälte taub geworden war, und bildete sich eine Sekunde lang ein, wie Franz das Jammern des Geisterkindes zu hören. Er schüttelte den Kopf, um den Eindruck zu verjagen – doch er blieb.

Er brachte Hognose zum Stehen, wandte den Kopf von rechts nach links und lauschte aufmerksam. Er war sich sicher, dass er es hörte – aber was war es? Im Stöhnen des Windes waren keine Worte auszumachen, doch ein Geräusch war da, dessen war er sicher.

Allerdings schien es aus keiner bestimmten Richtung zu kommen; sosehr er sich auch anstrengte, er konnte es nicht ausmachen. Das Pferd jedoch hörte es auch – er sah, wie der Braune die Ohren spitzte und unruhig bewegte.

»Wo?«, fragte er leise und legte dem Pferd die Zügel auf den Hals. »Wo ist es? Kannst du es finden?«

Das Pferd verspürte offenbar wenig Neigung, das Geräusch aufzuspüren, sondern eher, sich davon zu entfernen; Hognose wich zurück, stampfte auf dem sandigen Boden umher und ließ ganze Büschel nasser gelber Blätter auffliegen. Grey brachte das Pferd jäh zum Stehen, schwang sich hinab und schlang die Zügel um einen kahlen Schößling.

Geleitet vom Widerwillen des Pferdes, sah er, was er zuvor übersehen hatte: die aufgewühlte Erde eines Dachsbaus, halb versteckt von den wuchernden Wurzeln einer großen Ulme. Einmal darauf konzentriert, konnte er mit Gewissheit sagen, dass das Geräusch von dort kam. Und der Teufel sollte ihn holen, wenn er je einen Dachs gehört hatte, der solchen Lärm machte.

Die Pistole gezogen und geladen, hielt er langsam auf die Erdverwerfung zu und behielt dabei die umstehenden Bäume argwöhnisch im Blick.

Es war tatsächlich ein Weinen, aber kein Kind; eine Art gedämpftes Wimmern, unterbrochen von stoßartigen Atemgeräuschen, wie verletzte Menschen sie oft verursachen.

»Wer ist da?«, fragte er und blieb mit erhobener Pistole knapp vor der Öffnung des Baus stehen. »Seid Ihr verletzt?«

Jemand holte überrascht Luft, dann folgten augenblicklich Krabbelgeräusche.

»Major? Major Grey? Seid Ihr das?«

»Franz?«, fragte er verblüfft.

»Ja, Major! Helft mir, helft mir bitte!«

Nachdem er die Pistole gesichert und wieder in den Gürtel gesteckt hatte, kniete er nieder und blickte in das Loch. Ein Dachsbau ist gewöhnlich tief und führt fast zwei Meter geradewegs in die Tiefe, bevor er eine Biegung macht und seitwärts in die Wohnhöhle übergeht. Dieser Bau war keine Ausnahme. Das dreckverschmierte, tränenüberströmte Gesicht des jungen preußischen Soldaten starrte zu Grey auf, und sein Kopf befand sich einen guten Fuß unterhalb der Kante des engen Lochs.

Der Junge hatte sich im Fallen das Bein gebrochen, und es war nicht einfach, ihn herauszuhieven. Grey schaffte es endlich, indem er aus seinem Hemd und dem des Jungen eine Schlinge fertigte, die er mit einem Seil am Sattel des Pferdes festband.

Schließlich hatte er den Jungen am Boden liegen, wo dieser, mit seinem Rock zugedeckt, in kleinen Schlucken aus der Aleflasche trank.

»Major ...« Franz hustete und spuckte. Er versuchte, sich auf seinen Ellbogen aufzustützen.

»Schsch, versuch nicht zu reden!« Grey klopfte ihm tröstend den Arm und fragte sich, wie er ihn am besten zur Brücke zurückbekam. »Es wird alles ...«

»Aber Major – die Rotröcke! Die Engländer!«

»Was? Wovon redest du?«

»Tote Engländer! Es war der kleine Junge, ich habe ihn gehört, und ich habe gegraben, und ...« Die Geschichte des Jungen sprudelte auf Deutsch aus ihm heraus, und es dauerte eine ganze Weile, bis Grey ihn genügend beruhigt hatte, um seine Worte zu entwirren.

Franz hatte, so verstand Grey, wiederholt das Weinen an der Brücke gehört, doch seine Kameraden hörten es entweder nicht oder wollten es nicht zugeben und hatten ihn stattdessen gnadenlos damit aufgezogen. Am Ende hatte er beschlossen, allein loszugehen und nachzusehen, ob er eine Quelle für das Geräusch finden konnte – vielleicht der Wind, der durch ein Loch heulte, wie sein Freund Samson gemeint hatte.

»Aber das war es nicht.« Franz war immer noch blass, doch auf der durchscheinenden Haut seiner Wangen glühten kleine Flecken. Er hatte am Fundament der Brücke herumgestöbert und schließlich am anderen Ufer am Fuß eines Pfeilers einen kleinen Felsspalt entdeckt. Da er glaubte, dies sei möglicherweise der Ursprung des Weinens, hatte er sein Bajonett hineingesteckt und nachgebohrt – und der Fels hatte sich prompt gelöst, und er hatte eine Höhlung im Innern des Pfeilers vorgefunden, die einen kleinen, runden, sehr weißen Schädel enthielt.

»Und noch andere Knochen, glaube ich. Ich bin nicht geblieben, um nachzusehen.« Der Junge schluckte. Er war einfach weggelaufen, zu sehr in Panik, um nachzudenken. Als er endlich innegehalten hatte, vollkommen atemlos und mit Beinen wie Gallert, hatte er sich hingesetzt, um sich auszuruhen und zu überlegen, was er tun sollte.

»Sie konnten mich ja nur einmal dafür verprügeln, dass ich weggelaufen war«, erklärte er mit dem Hauch eines Lächelns. »Also dachte ich mir, ich bleibe einfach noch etwas länger weg.«

In dieser Entscheidung hatte ihn die Entdeckung eines Walnusshains bestärkt, und Franz war hügelan geklettert und hatte Nüsse und wilde Heidelbeeren gesammelt – Grey sah, dass seine Lippen immer noch von dunkelblauen Saftflecken verfärbt waren.

Das Geräusch von Gewehrschüssen hatte ihn bei seinem friedlichen Zeitvertreib unterbrochen. Er hatte sich flach auf den Boden geworfen und war dann so weit gekrochen, bis er über die Kante eines kleinen Felsvorsprungs blicken konnte. Unter sich hatte er in einer Talmulde einen kleinen Trupp Engländer gesehen – im Kampf auf Leben und Tod mit österreichischen Soldaten.

»Österreicher? Bist du sicher?«, fragte Grey erstaunt.

»Ich weiß, wie Österreicher aussehen«, versicherte ihm der Junge ein wenig entrüstet. Da er zudem auch wusste, wozu Österreicher fähig waren, hatte er sich prompt zurückgezogen, war aufgestanden und so schnell wie möglich in die entgegengesetzte Richtung gerannt – um dann in seiner Hast in den Dachsbau zu fallen.

»Du hast Glück gehabt, dass der Dachs nicht zu Hause war«, bemerkte Grey, dem inzwischen die Zähne klapperten. Er hatte die Überreste seines Hemds wieder an sich genommen, doch es bot nur unzureichenden Schutz gegen die sinkende Temperatur und den durchdringenden Wind. »Aber du hast von toten Engländern gesprochen.«

»Ich glaube, sie waren alle tot«, sagte der Junge. »Ich habe aber nicht nachgesehen.«

Grey hingegen musste nachsehen. Er ließ den Jungen unter einem Laubhaufen versteckt zurück, band das Pferd los und wandte es in die Richtung, die Franz ihm gezeigt hatte.

Für den Fall, dass ihm Österreicher auflauerten, musste er sorgfältig und vorsichtig vorgehen, und so war es beinahe Sonnenuntergang, als er die Talmulde fand.

Es waren Dundas und seine Landvermesser; er erkannte ihre Uniformen auf den ersten Blick. Unter leisen Flüchen schwang er sich vom Pferd und huschte von einem reglos daliegenden Mann zum nächsten, von vergeblicher Hoffnung erfüllt, als er die zitternden Finger an schlaffe Wangen und erkaltende Leiber drückte.

Zwei lebten noch: Dundas und ein Korporal. Der Korporal war schwer verwundet und bewusstlos; Dundas war von einem Gewehrkolben am Kopf getroffen worden und hatte einen Bajonettstich in die Brust davongetragen, aber die Wunde hatte sich zum Glück geschlossen. Der Leutnant war bewegungsunfähig und litt große Schmerzen, doch er war noch nicht dem Tode nahe.

»Hunderte von diesen Kerlen«, krächzte er atemlos und packte Greys Arm. »Habe … ganzes Bataillon … gesehen … mit … Kanonen. Unterwegs zu … den Franzosen. Fanshawe … ist hinterher. Ausspioniert. Hat gehört. Verdammter Sukk … Sukk …« Er hustete heftig und versprühte mit dem Speichel eine Blutfontäne, doch es schien ihm das Atmen vorerst zu erleichtern.

»Es war alles geplant. Sie haben Huren – Spione. Haben mit Männern geschlafen, ihnen O-opium gegeben. Träume. Panik, nicht wahr?« Er hatte sich halb aufgesetzt und rang um Worte, damit ihn Grey verstand.

Grey verstand nur zu gut. Ihm war einmal Opium verabreicht worden, von einem Arzt, und er erinnerte sich lebhaft an die verrückten erotischen Träume, die darauf gefolgt waren. Verabreichte man es Männern, die wahrscheinlich noch nie von Opium gehört hatten, ganz zu schweigen davon, es probiert zu haben – und setzte man gleichzeitig Gerüchte über eine Dämonin in die Welt, die in Träumen über die Männer herfiel ... Vor allem, wenn es ein Wesen aus Fleisch und Blut gab, das genau die richtigen Spuren hinterließ, um einen Mann davon zu überzeugen, dass er Opfer einer solchen Kreatur geworden war ...

Überaus wirksam und eine der besten Einfälle zur Demoralisierung eines Feindes vor dem Angriff, die ihm je untergekommen waren. Und genau das schenkte ihm neue Hoffnung, während er Dundas versorgte und die Röcke der Toten über ihn breitete, den Korporal an seine Seite schleifte, damit sie sich aneinander wärmen konnten, und einen abgelegten Rucksack nach Trinkwasser durchsuchte.

Wenn die vereinten Einsatzkräfte der Franzosen und Österreicher eine Übermacht darstellten, waren solch hinterhältige Maßnahmen überflüssig – der Feind würde die Engländer und ihre deutschen Verbündeten einfach überrollen. Doch wenn das Kräfteverhältnis sich eher die Waage hielt – und es war schließlich immer noch notwendig, sie über diese enge Brücke zu schleusen –, dann, ja, dann war es wünschenswert, auf einen Feind zu treffen, der nächtelang nicht geschlafen hatte, dessen Männer müde und zermürbt waren, dessen Offiziere kein Gespür für mögliche Bedrohungen hatten, weil sie zu sehr mit ihren eigenen Schwierigkeiten zu kämpfen hatten.

Er konnte es sich deutlich vorstellen: Ruysdale war damit beschäftigt, die Franzosen zu beobachten, die munter auf den Klippen hockten und sich gerade genug bewegten, um vom Anmarsch der Österreicher abzulenken. Die Österreicher würden sich über die Brücke hermachen – wahrscheinlich bei Nacht –, und dann würden ihnen die Franzosen auf dem Fuß folgen.

Dundas zitterte. Er hatte die Augen geschlossen und grub die Zähne in die Unterlippe, weil ihn jede Bewegung schmerzte.

»Christopher, könnt Ihr mich hören? Christopher!« Grey schüttelte ihn, so sanft er konnte. »Wo ist Fanshawe?« Er kannte Dundas' Männer nicht; wenn Fanshawe gefangen genommen worden war oder ... Doch Dundas schüttelte den Kopf und deutete mit einer schwachen Geste auf einen der Toten, der mit eingeschlagenem Schädel dalag.

»Geht«, flüsterte Dundas. Sein Gesicht war grau, und das nicht nur vom schwindenden Licht. »Warnt Sir Peter!« Er legte einen zitternden Arm um den bewusstlosen Korporal und nickte Grey zu. »Wir ... warten.«

KAPITEL 8
Die Hexe

Grey starrte sekundenlang in das Gesicht seines Leibdieners, bevor er auch nur begriff, was er da ansah, geschweige denn, warum.

»Hä?«, stieß er aus.

»Ich *sagte*«, wiederholte Tom mit einigem Nachdruck, »trinkt das, Mylord, sonst fallt Ihr noch auf die Nase, und das darf doch nicht sein, oder?«

»Nicht? Oh. Nein. Natürlich nicht.« Er nahm den Becher und sagte dann verspätet: »Danke, Tom. Was ist das?«

»Das habe ich Euch schon zweimal gesagt, und ich werde nicht versuchen, den Namen noch einmal auszusprechen. Aber Ilse sagt, es wird Euch auf den Beinen halten.« Er beugte sich vor und schnüffelte beifällig an der Flüssigkeit, die braun und schaumig zu sein schien – was darauf hindeutete, dass sie Eier enthielt.

Er folgte Toms Beispiel und roch ebenfalls daran. Obwohl ihm von dem Geruch die Augen tränten, fuhr er nur leicht zurück. Hirschhornsalz vielleicht? Es enthielt eine ganze Menge Brandy, ganz gleich, was es sonst noch sein mochte. Er musste auf den Beinen bleiben. Und so spannte er die Bauchmuskeln an, legte den Kopf zurück und leerte den Becher in einem Zug.

Seit fast achtundvierzig Stunden war er nun schon wach, und die Welt ringsum legte eine gewisse Tendenz an den Tag, erst zu verschwimmen und dann wieder scharf zu werden wie das Bild in einem Fernglas. Außerdem wurde er immer wieder kurzfristig taub und hörte nicht mehr, was man zu ihm sagte – und Tom hatte Recht, das durfte nicht sein.

Er hatte sich letzte Nacht die Zeit genommen, Franz zu holen und auf das Pferd zu setzen – zugegebenermaßen unter einigem Gezeter, da Franz noch nie auf einem Pferd gesessen hatte –, und ihn zu der Stelle gebracht, wo Dundas lag, denn er hielt es für besser, wenn sie zusammen waren. Er hatte Franz seinen Dolch in die Hand gedrückt und ihn als Wächter über den Korporal und den Leutnant zurückgelassen, der zu diesem Zeitpunkt immer wieder das Bewusstsein verlor.

Dann hatte Grey seinen Rock übergestreift und war zurückgekehrt, um Alarm zu schlagen, war auf dem Rücken eines Pferdes, das sich mit letzter Kraft auf den Beinen hielt, im Licht des untergehenden Mondes über pechschwarzen Boden gestürmt. Zweimal war er vom Pferd gefallen, weil Hognose stolperte. Es hatte ihm die Knochen durchgerüttelt und die Nieren in Gallert verwandelt, doch glücklicherweise war er beide Male äußerlich unverletzt geblieben.

Erst hatte er die Kanoniertruppe an der Brücke alarmiert, war dann weiter zu Ruysdales Feldlager geritten, hatte jedermann geweckt und mit dem Oberst gesprochen, obwohl man ihn daran hindern wollte, den Mann zu wecken, hatte einen Rettungstrupp zusammengestellt, war zurückgeritten, um Dundas und die anderen zu bergen, und war kurz vor der Dämmerung in der Talmulde eingetroffen, wo er den Korporal tot vorfand. Dundas, dessen Kopf in Franzens Schoß gebettet war, lag im Sterben.

Hauptmann Hiltern hatte natürlich jemanden zum Schloss geschickt, um Sir Peter in Kenntnis zu setzen, doch Grey musste Sir Peter und von Namtzen persönlich Bericht erstatten, als er am Mittag mit dem Rettungstrupp zurückkehrte. Daraufhin waren die Offiziere und ihre Männer wie Fledermäuse ausgeschwärmt, und der gesamte Militärapparat hatte sich wie eine große Maschine in Bewegung gesetzt, die ächzend und stöhnend, aber mit erstaunlicher Geschwindigkeit zum Leben erwachte.

So fand sich Grey bei Sonnenuntergang allein im Schloss wieder, mit leerem Kopf, ermattetem Körper und ohne weitere Aufgabe. Niemand hatte Verwendung für einen Verbindungsoffizier; Kuriere huschten zwischen allen Regimentern hin und her und trugen Befehle weiter. Er hatte keinen Dienst auszuüben, niemanden zu befehligen, niemandem zu dienen.

Er würde am Morgen mit Sir Peter Hicks reiten, als Teil seiner persönlichen Garde. Doch jetzt brauchte ihn niemand; jeder ging seinen eigenen Angelegenheiten nach; Grey war vergessen.

Er fühlte sich seltsam, nicht unwohl, sondern so, als wären die Gegenstände und Menschen ringsum nicht ganz real, nicht ganz fest, wenn er sie berührte. Besser, wenn er ein wenig schlief, das wusste er – doch er konnte nicht, nicht während die ganze Welt ringsum in Aufruhr war und ihn ein drängendes Gefühl beschlich, ohne jedoch zum Kern seines Verstandes durchzudringen.

Tom sprach ihn an, und Grey bemühte sich angestrengt, ihm zuzuhören.

»Hexe«, wiederholte er und versuchte verzweifelt zu begreifen. »Hexe. Du meinst, Herr Blomberg hat immer noch vor, seine – Zeremonie abzuhalten?«

»Ja, Mylord.« Tom bearbeitete Greys Rock mit einem Schwamm und versuchte stirnrunzelnd, einen Pechflecken von dessen Schoß zu entfernen. »Ilse sagt, er wird nicht ruhen, bis er den Namen seiner Mutter von jedem Verdacht befreit hat, und der Teufel soll ihn holen, wenn er sich von den Österreichern aufhalten lässt.«

Ein plötzlicher Gedanke durchdrang den Nebel in Greys Kopf wie ein Sonnenstrahl.

»Himmel! Er weiß es nicht!«

»Was denn, Mylord?« Tom wandte sich um und sah Grey neugierig an, Schwämmchen und Essig in der Hand.

»Der Sukkubus. Ich muss es ihm sagen – erklären.« Doch noch als er die Worte aussprach, wurde ihm klar, wie wenig Einfluss eine solche Erklärung auf Herrn Blombergs eigentliches Problem haben würde. Sir Peter und Oberst Ruysdale mochten die Wahrheit akzeptieren, aber es war sehr viel weniger wahrscheinlich, dass sich die Bewohner des Ortes damit abfinden würden, an der Nase herumgeführt worden zu sein, und noch dazu von Österreichern!

Grey wusste genug über Gerüchte und Gerede, um zu ahnen, dass alle Erklärungen der Welt nicht ausreichen würden. Noch schlimmer, wenn diese Erklärungen durch Herrn Blomberg in Umlauf gebracht würden, der in der Angelegenheit eindeutig voreingenommen war.

Selbst Tom sah ihn mit zweifelnd gerunzelter Stirn an, als er ihm rasch alles erklärte. *Aberglaube und Sensationslust sind immer so viel verlockender als Wahrheit und Vernunft.* Die Worte hallten in seinem Kopf wider, als hätte man sie ihm ins Ohr gesprochen, in demselben humorvoll-reumütigen Tonfall, in dem sein Vater sie vor vielen Jahren gesprochen hatte.

Er rieb sich mit der Hand fest über das Gesicht und spürte, wie seine Lebensgeister allmählich wieder erwachten. Vielleicht hatte er doch noch eine Aufgabe in seiner Rolle als Verbindungsoffizier zu erfüllen.

»Diese Hexe, Tom, die Frau, die die Runen deuten soll – was auch immer in Gottes Namen das bedeutet. Weißt du, wo sie steckt?«

»O ja, Mylord.« Tom hatte jetzt sein Schwämmchen gesenkt und sah Grey aufmerksam an. »Sie ist hier – im Schloss. In der Vorratskammer eingesperrt.«

»In der Vorratskammer eingesperrt? Warum?«

»Nun, die Tür hat ein gutes Schloss, Mylord, um zu verhindern, dass die Dienstboten – oh, Ihr meint, warum sie überhaupt eingesperrt ist? Ilse sagt, sie wollte nicht kommen, hat laut und deutlich nein gesagt und wollte nichts davon hören. Aber Herr Blomberg wollte *davon* nichts hören und hat sie mit Gewalt herbringen und bis zum Abend einsperren lassen. Er holt den Rat und den Magistrat des Ortes und alle Würdenträger, deren er habhaft werden kann, sagt Ilse.«

»Bring mich zu ihr.«

Tom klappte der Mund auf. Er schloss ihn mit einem Ruck und betrachtete Grey von oben bis unten.

»Doch nicht *so*. Ihr seid ja nicht einmal rasiert.«

»Ganz genau so«, versicherte ihm Grey und steckte seine Hemdschöße in den Hosenbund. »Und zwar sofort.«

Die Kammer mit den Fleischvorräten war verschlossen, aber wie Grey geahnt hatte, wusste Ilse, wo der Schlüssel aufbewahrt wurde, und sie war nicht immun gegen Toms Charme. Die Kammer selbst lag hinter der Küche, und es war ein Leichtes, sie unentdeckt zu erreichen.

»Du brauchst nicht weiter mitzukommen, Tom«, sagte Grey leise. »Gib mir die Schlüssel. Wenn mich jemand hier findet, behaupte ich, ich habe sie mir genommen.«

Tom, der sich vorsichtshalber mit einer Röstgabel bewaffnet

hatte, umklammerte die Schlüssel in der anderen Hand noch fester und schüttelte den Kopf.

Die Lederscharniere der Tür schwangen lautlos auf. Jemand hatte der Gefangenen eine Kerze gegeben; sie erleuchtete die kleine Kammer und warf phantastische Schatten der aufgehängten Schwäne und Fasane, Enten und Gänse an die Wände.

Der Trank hatte Greys Körper und Geist neue Energie verliehen, ohne jedoch das Gefühl des Unwirklichen zu vertreiben, das sein Bewusstsein erfüllte. Daher war er nicht sonderlich überrascht, als er die Frau sah, die sich ihm zuwandte, und die Zigeunerhure erkannte, die sich ein paar Stunden vor dem Tod des Gefreiten Bodger mit diesem gestritten hatte.

Offenbar erkannte sie ihn ebenfalls, doch sie sagte nichts. Sie ließ ihre Augen voll kühler Verachtung über ihn wandern und wandte sich dann ab, offenbar in ein stummes Zwiegespräch mit einem abgetrennten Schweinekopf vertieft, der auf einem Porzellanteller lag.

»Madam«, sagte er so leise, als könnte seine Stimme das tote Geflügel plötzlich zum Flug anstiften, »ich möchte mit Euch sprechen.«

Sie beachtete ihn nicht und verschränkte die Hände kunstvoll hinter dem Rücken. Das Licht glitzerte golden auf den Ringen in ihren Ohren und an ihren Fingern – und Grey sah, dass einer davon ein einfaches Goldband mit dem Schutzsymbol des Heiligen Orgevald war.

Plötzlich überkam ihn eine Vorahnung, obwohl er doch nicht an Vorahnungen glaubte. Er spürte die Dinge ringsum in Bewegung, Dinge, die er weder verstehen noch beeinflussen konnte, Dinge, die sich von selbst an ihren ordnungsgemäßen, vorgegebenen Platz begaben wie die kreisenden Sphären im Planetarium seines Vaters – und er hätte gern dagegen protestiert, konnte es aber nicht.

»Mylord.« Toms zischendes Flüstern riss ihn aus seiner kurzen

Orientierungslosigkeit, und er sah den Jungen mit hoch gezogenen Augenbrauen an. Tom starrte die Frau an, die immer noch abgewandt stand, deren Profil jedoch sichtbar war.

»Hanna«, sagte er und wies kopfnickend auf die Zigeunerin. »Sie sieht aus wie Hanna, Siggis Kindermädchen. Ihr wisst, Mylord, die Frau, die verschwunden ist!«

Die Frau war bei der Erwähnung von Hannas Namen brüsk herumgefahren und starrte die beiden Männer finster an.

Grey spürte, wie sich seine Rückenmuskeln ganz leicht entspannten, als hätte ihn eine unsichtbare Macht am Kragen gepackt und hochgehoben. Als wäre auch er einer der bewegten Gegenstände und würde jetzt an seinen vorgesehenen Platz befördert.

»Ich habe Euch etwas vorzuschlagen, Madam«, sagte er ruhig und zog ein Fass mit eingesalzenem Fisch unter einem Regal hervor. Er setzte sich, griff hinter sich und schloss die Tür.

»Verschont mich mit Eurem Gerede, Soldatenschwein!«, stieß sie mit kalter Verachtung hervor. »Und was dich angeht, du kleiner Hundefotz …« Ihre Augen verdunkelten sich unangenehm, als sie Tom ansah.

»Ihr seid gescheitert«, fuhr Grey fort und achtete nicht auf das Gekeif. »Und Ihr seid in beträchtlicher Gefahr. Der Plan der Österreicher ist uns bekannt; Ihr könnt doch hören, wie sich die Soldaten auf die Schlacht vorbereiten, oder?« Es stimmte; die Klänge der Trommeln und entfernten Rufe, das Stampfen vieler marschierender Füße war selbst hier zu hören, obwohl die Steinmauern des Schlosses den Lärm dämpften.

Er lächelte ihr freundlich zu, und seine Finger berührten die silberne Halsbinde, die er beim Verlassen seines Zimmers noch ergriffen hatte. Sie hing über seinem halb zugeknöpften Hemd, das Zeichen eines Offiziers im Dienst.

»Ich biete Euch Euer Leben und Eure Freiheit. Dafür …« Er hielt inne. Sie sagte nichts, doch eine ihrer geraden schwarzen Augenbrauen hob sich langsam.

»Ich möchte Gerechtigkeit«, sagte er. »Ich möchte wissen, wie der Gefreite Bodger gestorben ist. Bodger«, wiederholte er angesichts ihres verständnislosen Blicks und begriff, dass sie seinen Namen wahrscheinlich gar nicht gekannt hatte. »Der englische Soldat, der gesagt hat, Ihr hättet ihn betrogen.«

Sie rümpfte verächtlich die Nase und verzog wütend und belustigt den Mundwinkel, sodass eine Falte entstand.

»Der! Gott hat ihn umgebracht. Oder der Teufel, sucht es Euch aus. Oder, nein ...« Die Falte vertiefte sich, und sie streckte die Hand mit dem Ring aus, fast bis zu seinem Gesicht. »Ich glaube, es war mein Heiliger. Glaubt Ihr an Heilige, Soldatenschwein?«

»Nein«, sagte er ruhig. »Was ist geschehen?«

»Er hat mich aus einem Wirtshaus kommen sehen und ist mir gefolgt. Ich habe es nicht gemerkt. Er hat mich in einer Gasse eingeholt, aber ich habe mich losgerissen und bin auf den Kirchhof gelaufen. Ich dachte, dorthin würde er mir nicht folgen, aber er hat es doch getan.«

Bodger war wütend und erregt gewesen und hatte darauf bestanden, sich die Befriedigung zu verschaffen, die sie ihm zuvor verweigert hatte. Sie hatte um sich getreten und sich gewehrt, doch er war stärker als sie gewesen.

»Und dann ...« Sie zuckte mit den Achseln. »Pff. Er hört mit dem auf, was er tut, und macht ein Geräusch.«

»Was denn für ein Geräusch?«

»Woher soll ich das wissen? Männer machen alle möglichen Geräusche. Furzen, Stöhnen, Rülpsen ... pff.« Sie ballte die Finger zur Faust und schüttelte sie dann aus, eine Geste, die alle Männer und ihr Tun als nichtig abtat.

Jedenfalls war Bodger dann auf die Knie gesunken und umgefallen, immer noch an ihr Kleid geklammert. Die Zigeunerin hatte seine Finger hastig gelöst und war davongelaufen, während sie dem Heiligen Orgevald für sein Eingreifen dankte.

»Hm.« Eine plötzliche Herzschwäche? Schlaganfall? Keegan

hatte gesagt, so etwas sei möglich – und es gab keine Beweise, die der Zigeunerin widersprochen hätten. »Also nicht wie der Gefreite König«, sagte Grey und beobachtete sie dabei genau.

Ihr Kopf fuhr auf, und sie starrte ihn an, die Lippen fest zusammengepresst.

»Mylord«, sagte Tom leise hinter ihm. »Hannas Name ist doch König.«

»Ist er nicht!«, fauchte die Zigeunerin. »Er ist Mulengro, genau wie der meine!«

»Eins nach dem anderen, bitte, Madam«, sagte Grey und unterdrückte das Bedürfnis aufzustehen, weil sie über ihn gebeugt stand und ihn anfunkelte. »Wo *ist* Hanna? Und in welcher Beziehung steht sie zu Euch? Schwester, Kusine, Tochter …?«

»Schwester«, sagte sie und biss das Wort ab wie ein Stück Nähgarn. Ihre Lippen waren so schmal wie eine Naht, doch Grey fasste sich erneut an seine Halsbinde.

»Das Leben«, sagte er. »Und die Freiheit.« Er beobachtete sie genau und sah, dass Unentschlossenheit ihr Gesicht überlief wie flackernde Schatten die Wände. Sie konnte nicht wissen, wie machtlos er war. Er konnte sie weder verurteilen noch freilassen – und auch niemand anders würde es tun, da alle im anrollenden Mahlstrom des Krieges gefangen waren.

Schließlich bekam er seinen Willen, wie er es vorausgesehen hatte, und saß da und hörte ihr zu, sein Zustand weder Trance noch Traum, sondern ein ruhiges Hinnehmen, als die Teile der Geschichte Stück für Stück vor ihn hinfielen.

Sie war eine der Frauen, die von den Österreichern rekrutiert worden waren, um das Gerücht um den Sukkubus zu verbreiten – und so, wie sie sich beim Erzählen über die Unterlippe leckte, hatte sie es mit Wonne getan. Ihre Schwester Hanna war mit dem Soldaten König verheiratet gewesen, hatte ihn jedoch abgewiesen, da er treulos war wie alle Männer.

Grey, dem die Gerüchte bezüglich Siggis Vater durch den Kopf gingen, nickte nachdenklich und bat sie mit einer Handbewegung fortzufahren.

Das tat sie. König war mit den Soldaten fortgezogen, doch dann war er zurückgekehrt und hatte die Kühnheit besessen, das Schloss zu besuchen und zu versuchen, Hannas Feuer neu zu entfachen. Aus Angst, dass es ihm gelingen könnte, ihre Schwester zu verführen – »Hanna ist schwach«, sagte sie achselzuckend, »sie *vertraut* den Männern!« –, hatte sie König eines Nachts einen Besuch abgestattet, um ihm mit Opium versetzten Wein einzuflößen, wie sie es mit den anderen getan hatte.

»Nur dass es diesmal eine tödliche Dosis war, nehme ich an.« Grey hatte den Ellbogen auf die verschränkten Knie aufgestützt, die Hand unter dem Kinn. Die Müdigkeit war zurück; sie lauerte in der Nähe, vernebelte ihm jedoch noch nicht die Gedanken.

»So hatte ich es geplant, ja.« Sie stieß ein kurzes Lachen aus. »Doch er hat den Opiumgeschmack erkannt. Er hat damit nach mir geworfen und mich an der Kehle gepackt.«

Woraufhin sie nach dem Dolch gegriffen hatte, den sie stets im Gürtel trug, und auf ihn eingestochen hatte – durch seinen offenen Mund nach oben, wo sie sein Gehirn durchbohrte.

»So viel Blut habt Ihr noch nie gesehen«, versicherte die Zigeunerin Grey, ein unbewusstes Echo der Worte von Herrn Huckel.

»O doch, das glaube ich schon«, sagte Grey höflich. Er fuhr seinerseits mit der Hand zur Hüfte – doch natürlich, er hatte seinen Dolch ja bei Franz gelassen. »Aber fahrt doch bitte fort. Die Spuren wie von Tierfängen?«

»Ein Nagel«, sagte sie und zuckte mit den Achseln.

»Dann war er es – König, meine ich –, war er es, der versucht hat, den kleinen Siggi zu entführen?« Tom, ganz in die Enthüllungen der Frau vertieft, konnte nicht verhindern, dass ihm diese Frage entfuhr. Er hustete und versuchte, sich im Schatten zu verbergen, doch Grey bedeutete ihm, dass dies eine Frage war, die auch ihn beschäftigte.

»Ihr habt mir nicht gesagt, wo Eure Schwester ist. Aber ich vermute, dass Ihr diejenige wart, die der Junge in seinem Zimmer gesehen hat.« ›*Wie hat sie denn ausgesehen*‹, hatte er gefragt. ›*Wie eine Hexe*‹, hatte das Kind erwidert. Sie sah nicht so aus, wie sich Grey eine Hexe vorstellte – doch was war das schon, eine Hexe, außer der Einbildung eines Geistes mit beschränkter Phantasie?

Sie war groß für eine Frau, dunkelhaarig, und in ihrem Gesicht vereinigte sich eine fremde Sinnlichkeit mit einem stark abweisenden Zug – eine Mischung, die viele Männer sicher faszinierend fanden. Grey glaubte nicht, dass Siggi dies aufgefallen wäre, doch irgendetwas *war* ihm offensichtlich aufgefallen.

Sie nickte. Er sah, dass sie mit ihrem Ring spielte und ihm prüfende Blicke zuwarf, als überlege sie, ob sie ihm eine Lüge auftischen sollte.

»Ich habe die Medaille der Schwiegermutter der Prinzessin gesehen«, sagte er höflich. »Ist sie geborene Österreicherin? Ich vermute jedenfalls, dass Ihr und Eure Schwester Österreicherinnen seid.«

Die Frau starrte ihn an und sagte etwas in ihrer Sprache, das wenig schmeichelhaft klang.

»Und Ihr haltet *mich* für eine Hexe!«, sagte sie, offenbar eine Übersetzung ihres Gedankens.

»Nein, dafür halte ich Euch nicht«, erwiderte Grey. »Aber andere tun es, und das ist der Grund, warum wir hier sind. Wenn möglich, Madam, lasst uns unser Geschäft zum Abschluss bringen. Ich gehe davon aus, dass bald jemand kommt, um Euch zu holen.« Das Schloss war beim Abendessen; Tom hatte Grey vorhin ein Tablett gebracht, doch er war zu müde gewesen, um zu essen. Die Runendeutung war zweifellos als Unterhaltungseinlage nach dem Essen geplant, und bis dahin musste er ausgesprochen haben, was er wollte.

»Nun denn.« Die Zigeunerin betrachtete ihn, und ihre Ehrfurcht vor seiner Klarsicht ging allmählich wieder in die übliche Verachtung über. »Es war Eure Schuld.«

»Ich bitte um Verzeihung.«

»Es war Prinzessin Gertrude – die Schwiegermutter. Sie hat gesehen, wie Louisa – diese Schlampe …« Sie spuckte beiläufig auf den Boden und fuhr dann fort. »Wie sie Euch schöne Augen gemacht hat, und hatte Angst, sie würde Euch heiraten und nach England gehen, um dort reich und in Sicherheit zu leben. Doch wenn sie das täte, nähme sie ihren Sohn mit.«

»Und die alte Dame wollte nicht von ihrem Enkelsohn getrennt werden«, sagte Grey langsam. Ob die Gerüchte stimmten oder nicht, die Hausherrin liebte den Jungen.

Die Zigeunerin nickte. »Also hat sie uns aufgetragen, dass wir den Jungen mitnehmen – meine Schwester und ich. Bei uns wäre er in Sicherheit, und nach einer Weile, wenn die Österreicher Euch alle umgebracht oder vertrieben hätten, würden wir ihn zurückbringen.«

Hanna war als Erste die Leiter hinabgestiegen, um den Jungen trösten zu können, falls er vom Regen aufwachte. Doch Siggi war früher aufgewacht und hatte den Plan vereitelt, indem er wegrannte. Hanna war nichts anderes übrig geblieben als zu flüchten, als Grey die Leiter umstürzte, und ihre Schwester im Schloss versteckt zurückzulassen, von wo sie bei Tagesanbruch mithilfe der Hausherrin entkommen war.

»Sie ist bei unserer Familie«, sagte die Zigeunerin mit einem weiteren Achselzucken. »In Sicherheit.«

»Der Ring?«, fragte Grey und wies kopfnickend auf das Schmuckstück der Zigeunerin. »Steht Ihr in Diensten der alten Prinzessin? Ist das seine Bedeutung?«

Nach ihrem langen Geständnis fühlte sich die Zigeunerin nun offenbar ganz ruhig. Sie schob lässig einen Teller mit geschlachteten Tauben beiseite, setzte sich auf ein niedriges Regal und ließ die Füße baumeln.

»Wir sind Roma«, sagte sie und richtete sich voller Stolz auf. »Die Roma dienen niemandem. Doch wir kennen die Trauchtenbergs – die Familie der Schlossherrin – seit Generationen, und es gibt eine Tradition zwischen uns. Es war ihr Ururgroßvater, der das Kind gekauft hat, das die Brücke bewacht – und das Kind war der jüngere Bruder meines Ururururgroßvaters. Den Ring hat mein Vorfahr damals zur Besiegelung der Abmachung bekommen.«

Grey hörte Tom vor Verwirrung leise grunzen, kümmerte sich jedoch nicht darum. Die Worte trafen ihn mit der Gewalt eines Fausthiebs, und er konnte im ersten Moment nichts sagen. Das Ganze war einfach entsetzlich. Er holte tief Luft und kämpfte gegen die Vorstellung an, die Franzens Worte plötzlich hervorriefen – der kleine weiße Schädel, der ihn aus dem Hohlraum in der Brücke angestarrt hatte.

Geschirrklappern aus der nahen Küche rief Grey wieder in die Gegenwart zurück, und er begriff, dass die Zeit knapp wurde.

»Nun denn«, sagte er so energisch wie möglich, »ein letztes bisschen Gerechtigkeit, und unsere Abmachung gilt. Agathe Blomberg.«

»Die alte Agathe?« Die Zigeunerin lachte, und trotz ihres fehlenden Zahns wirkte sie sehr reizvoll. »Wie lachhaft! Wie konnten sie nur eine solch alte Schachtel für einen Dämon des Verlangens halten? Ein Klappergespenst, ja, aber ein Sukkubus?« Sie brach in lautes Gelächter aus, und Grey sprang auf und packte sie an der Schulter, um sie zum Schweigen zu bringen.

»Seid still!«, fuhr er sie an. »Gleich wird jemand kommen.«

Da hörte sie auf, obwohl sie immer noch vor Belustigung schnaubte.

»Und?«

»Wenn Ihr Euren Hokuspokus veranstaltet«, sagte er bestimmt, »was auch immer es ist, wozu sie Euch hergebracht haben, dann wünsche ich vor allem, dass Ihr Agathe Blomberg von jedem Verdacht losspricht. Es ist mir gleich, was Ihr sagt oder wie Ihr es anstellt – das überlasse ich ganz Euren Fähigkeiten, die sicherlich beträchtlich sind.«

Sie starrte ihn an, blickte auf seine Hand hinab, die auf ihrer Schulter lag, und schüttelte sie ab.

»Das ist alles?«, fragte sie sarkastisch.

»Das ist alles. Dann könnt Ihr gehen.«

»Oh, ich kann gehen? Wie überaus freundlich!« Sie stand da und lächelte ihn an, doch war es kein freundliches Lächeln. Ganz plötzlich kam ihm der Gedanke, dass sie keinerlei Sicherheiten von ihm gefordert hatte, ihn noch nicht einmal um sein Wort als Ehrenmann gebeten hatte – wenn er auch davon ausging, dass ihr das sowieso nichts wert gewesen wäre.

Es war ihr gleichgültig, begriff er. Sie hatte ihm kein Wort von alldem gesagt, um sich selbst zu retten – sie hatte einfach keine Angst. Glaubte sie, die alte Prinzessin würde sie beschützen, entweder um ihrer alten Bande willen oder weil sie von der gescheiterten Entführung wusste?

Vielleicht. Vielleicht baute sie auch auf etwas anderes. Und wenn ja, dachte er lieber nicht darüber nach, was es sein mochte. Er erhob sich von dem Fischfass und schob es unter das Regal zurück.

»Agathe Blomberg war auch eine Frau«, sagte er.

Sie erhob sich ebenfalls und sah ihn an, während sie nachdenklich an ihrem Ring rieb.

»Das stimmt. Nun, dann tue ich es vielleicht. Warum sollte man ihren Sarg ausgraben und ihren armen alten Kadaver durch die Straßen zerren?«

Er spürte Tom hinter sich, den es offenbar sehr drängte zu gehen; das Geschirrgeklapper war noch lauter geworden.

»Was jedoch Euch angeht …«

Er sah sic an, erschrocken über ihren Tonfall, in dem jetzt etwas anderes lag. Weder Spott noch Gift noch irgendein anderes ihm bekanntes Gefühl.

Ihre Augen waren riesig, schimmernd im Kerzenschein, doch so dunkel, dass sie leer zu sein schienen. Ihr Gesicht blieb ohne Ausdruck.

»Ich will Euch etwas sagen. Ihr werdet nie eine Frau befriedigen«, sagte sie leise. »Niemals. Jede Frau, die Euer Bett teilt, wird nicht länger als eine einzige Nacht bleiben, und wenn sie geht, wird sie Euch verfluchen.«

Grey rieb sich mit dem Fingerknöchel über die Bartstoppeln an seinem Kinn und nickte.

»Höchstwahrscheinlich, Madam«, sagte er. »Guten Abend.«

EPILOG

Sooft die Trompete erklingt

Die Schlachtordnung war festgelegt. Die Herbstsonne war kaum aufgegangen, und im Lauf der nächsten Stunde würden die Truppen ihrem Schicksal an der Brücke von Aschenwald entgegenmarschieren.

Grey stand im Stall und überprüfte Karolus' Zaumzeug. Er zog den Sattelgurt nach und verstellte die Trense, während er die Zeit bis zu seinem Aufbruch verstreichen ließ, als sei jede Sekunde ein unersetzlicher, höchst kostbarer Tropfen seines Lebens.

Draußen vor den Ställen herrschte Kopflosigkeit. Leute rannten hierhin und dorthin, sammelten ihre Habseligkeiten zusammen, suchten nach Kindern, riefen nach Frauen und Eltern, verstreuten wieder die eben eingesammelte Habe, abgelenkt und achtlos. Das Herz klopfte ihm in der Brust, und dann und wann liefen ihm kleine Schauer an der Rückseite der Beine entlang und trafen sich dazwischen, wo sich seine Hoden ballten.

In der Ferne schlugen die Trommeln und riefen die Truppen zur Ordnung. Ihr Grollen schlug in seinem Blut, in seinem Mark. Bald, bald, bald. Ihm war eng um die Brust; es war schwer, tief durchzuatmen.

Er hörte die Schritte nicht, die sich im Stroh des Stalls näherten. Doch angespannt, wie er war, spürte er die Bewegung der Luft in seiner Nähe. Es war jene Ahnung, dass sich etwas näherte, die ihm dann und wann das Leben gerettet hatte. Er fuhr herum, die Hand am Dolch.

Es war Stephan von Namtzen, farbenprächtig in voller Uniform, den gefiederten großen Helm unter einem Arm – doch im Unterschied zu seiner Kleidung war seine Miene nüchtern.

»Es ist fast Zeit«, sagte der Hannoveraner leise. »Ich möchte gern mit Euch sprechen – wenn Ihr bereit seid, mich anzuhören.«

Grey ließ die Hand langsam von seinem Dolch sinken und atmete tief durch.

»Ihr wisst doch, dass ich bereit bin.«

Von Namtzen senkte den Kopf anstelle einer Antwort, sprach aber nicht sogleich, da er anscheinend nach Worten suchen musste – obwohl sie jetzt Deutsch sprachen.

»Ich werde Louisa heiraten«, sagte er schließlich. »Wenn ich Weihnachten noch lebe. Meine Kinder …« Er zögerte, die freie Hand flach auf der Brust seines Rockes. »Es wird gut sein, wenn sie wieder eine Mutter haben. Und …«

»Ihr braucht mir keine Gründe zu nennen«, unterbrach ihn Grey. Er lächelte den kräftigen Deutschen voll offener Zuneigung an. Es war keine Vorsicht mehr nötig. »Wenn das Euer Wunsch ist, wünsche ich Euch Glück.«

Von Namtzens Gesicht hellte sich ein wenig auf. Er senkte leicht den Kopf und holte Luft.

»Danke. Ich habe gesagt, ich werde heiraten, wenn ich dann noch lebe. Wenn nicht …« Seine Hand ruhte immer noch auf seiner Brust, über der Miniatur seiner Kinder.

»Sollte ich überleben und Ihr nicht, werde ich zu Eurer Familie reisen«, sagte Grey. »Ich werde Eurem Sohn sagen, wie ich Euch kennen gelernt habe – als Soldat und als Mann. Ist das Euer Wunsch?«

Der Hannoveraner blieb ernst, doch eine tiefe Wärme machte seinen Blick weicher.

»So ist es. Ihr kennt mich vielleicht besser als sonst jemand.«

Er stand still da und sah Grey an, und ganz plötzlich setzte das gnadenlose Verstreichen der Zeit aus. Draußen herrschten immer noch Verwirrung, Hast und Gefahr, und die Trommeln schlugen laut, doch im Innern des Stalls herrschte großer Friede.

Stephan hob die Hand von seiner Brust und streckte sie aus. Grey ergriff sie und spürte die Liebe zwischen ihnen. Er hatte dass Gefühl, dass ihre Herzen und Körper völlig verschmolzen – wenn auch nur für diesen einen Augenblick.

Dann lösten sie sich voneinander, jeder wich zurück, jeder sah das Aufblitzen der Trostlosigkeit im Gesicht des anderen, und beide lächelten reumütig bei diesem Anblick.

Stephan wandte sich schon zum Gehen, als Grey etwas einfiel.

»Wartet!«, rief er, drehte sich um und durchwühlte seine Satteltasche. Er fand, wonach er suchte, und drückte es dem Deutschen in die Hände.

»Was ist das?« Stephan drehte die kleine, schwere Schatulle mit fragender Miene hin und her.

»Ein Zauber«, sagte Grey lächelnd. »Ein Segen. Mein Segen – und der des Heiligen Orgevald. Möge er Euch schützen.«

»Aber …« Von Namtzen runzelte zweifelnd die Stirn, und er versuchte, Grey die Reliquienschatulle zurückzugeben, doch dieser weigerte sich, sie anzunehmen.

»Glaubt mir«, sagte er auf Englisch, »sie wird Euch mehr nutzen als mir.«

Stephan sah ihn an, nickte, steckte die Schatulle in die Tasche und ging. Grey wandte sich wieder zu Karolus um, der langsam unruhig wurde, mit dem Kopf schlug und leise schnaubte.

Das Pferd trat fest mit dem Huf auf, und die Erschütterung durchlief Greys lange Beine. »Kannst du dem Pferd Kräfte geben?«, zitierte er, und seine Hand strich über die geflochtene Mähne des

Hengstes. »Kannst du seinen Hals in Donner kleiden? Es stampft auf den Boden und ist freudig mit Kraft und zieht aus, den Geharnischten entgegen. Es spottet der Furcht und erschrickt nicht und flieht nicht vor dem Schwert.«

Er beugte sich vor und presste die Stirn an die Schulter des Pferdes. Kräftige Muskeln wölbten sich unter der Haut, warm und drängend, und der Moschusgeruch des erregten Pferdes erfüllte ihn. Dann richtete er sich auf und klopfte auf das angespannte, zuckende Fell.

»Sooft die Trompete erklingt, spricht es: Hui! und wittert den Streit von ferne, das Donnern der Führer und Schreien.«

Grey hörte die Trommeln wieder, und seine Handflächen wurden feucht.

Historische Anmerkung: Im Oktober 1757 marschierten die Streitkräfte Friedrichs des Großen und seiner Verbündeten rasch voran und durchquerten das Land, um die Heere der Franzosen und Österreicher zu besiegen, die sich im sächsischen Rossbach gesammelt hatte. Die Ortschaft Gundwitz blieb unbehelligt; kein Feind überquerte die Brücke von Aschenwald.

George R. R. Martin

Das Lied von Eis und Feuer

Die Herren von Winterfell / Das Erbe von Winterfell (1996)
Der Thron der Sieben Königreiche /
Die Saat des goldenen Löwen (1998)
Sturm der Schwerter / Die Königin der Drachen (2000)
A Feast for Crows (in Vorbereitung)
A Dance with Dragons (noch nicht erschienen)
The Winds of Winter (noch nicht erschienen)

Das Lied von Eis und Feuer, ursprünglich als Trilogie konzipiert, ist inzwischen auf sechs Bücher angewachsen. Wie J. R. R. Tolkien es einst ausdrückte, wuchs die Geschichte beim Erzählen.

Die Handlung spielt auf dem großen Kontinent Westeros, in einer Welt, die der unseren sowohl ähnelt als sich auch von ihr unterscheidet, in der die Jahreszeiten sich über Jahre und manchmal Jahrzehnte ausdehnen. Westeros stemmt sich im Westen der bekannten Welt gegen das Meer der Abenddämmerung und reicht von dem roten Sand Dornes im Süden bis zu den schneebedeckten Gipfeln der eisigen Länder des Nordens, wo selbst in den langen Sommern Schnee fällt.

Die Kinder des Waldes waren die ersten bekannten Einwohner von Westeros im Zeitalter der Dämmerung: eine Rasse, klein von Gestalt, die im grünen Wald lebte und eigenartige Gesichter in die knochenweißen Wehrholzbäume schnitzte. Dann kamen die Ersten Menschen über eine Landbrücke von einem größeren Kontinent im Osten, sie brachten Bronzeschwerter und Pferde mit und führten über Jahrhunderte Krieg gegen die Kinder des Waldes, ehe sie schließlich mit der älteren Rasse Frieden schlossen und sich deren alte, namenlose Götter zu Eigen machten.

Es folgten weitere Eindringlinge. Die Andalen überquerten die

Meerenge auf Schiffen, und mit Eisen und Feuer überzogen sie die Königreiche der Ersten Menschen, vertrieben die ›Kinder‹ aus ihren Wäldern und fällten viele der Wehrholzbäume. Sie brachten ihren eigenen Glauben mit und verehrten einen Gott mit sieben Wesenheiten, dessen Symbol der siebenzackige Stern war. Nur im hohen Norden gelang es den Ersten Menschen unter Führung der Starks von Winterfell, die Neuankömmlinge abzuwehren. Überall sonst triumphierten die Andalen und gründeten eigene Königreiche. Die Kinder des Waldes verschwanden, die Ersten Menschen hingegen vermischten sich mit den Eroberern.

Die Rhoynar trafen einige tausend Jahre nach den Andalen ein und kamen nicht als Eindringlinge, sondern als Flüchtlinge. In zehntausend Schiffen überquerten sie das Meer auf der Flucht vor der wachsenden Macht Valyrias. Die Herrscher von Valyria beherrschten fast die gesamte bekannte Welt; sie waren Zauberer von großer Macht, die über das Wissen verfügten, Drachen zu züchten und sie dem eigenen Willen zu unterwerfen. Jedoch schon vierhundert Jahre bevor *Das Lied von Eis und Feuer* beginnt, ging Valyria unter und wurde in einer einzigen Nacht vollständig zerstört. Im Anschluss daran breiteten sich im valyrischen Reich Zwist, Barbarei und Krieg aus.

Westeros, jenseits der Meerenge gelegen, blieb die Verwüstung zum größten Teil erspart. Inzwischen waren von den einst hunderten von Königreichen nur sieben geblieben – aber auch sie sollten nicht mehr lange bestehen. Ein Erbe des untergegangenen Valyrias namens Aegon Targaryen landete mit einer kleinen Armee, seinen beiden Schwestern (die auch seine Gemahlinnen waren) und drei großen Drachen an der Mündung des Blackwater. Auf dem Rücken der Drachen gewannen Aegon und seine Schwestern Schlacht um Schlacht und unterwarfen mithilfe von Feuer, Schwert und Verhandlungen sechs der sieben Königreiche von Westeros. Der Eroberer sammelte die geschmolzenen, verbogenen Klingen seiner gefallenen Feinde ein und ließ aus ihnen einen monströsen hoch aufragenden Stuhl mit vielen scharfen Kanten errichten: den Eisernen Thron, von dem aus er fortan regierte: Aegon, der Erste seines Namens, König der Andalen, der Rhoynar und der Ersten Menschen und Herr der Sieben Königslande.

Die Dynastie, die Aegon und seine Schwestern begründeten, hielt sich fast dreihundert Jahre an der Macht. Ein Targaryen-König, Daeron II., fügte Dorne dem Reich hinzu und vereinigte damit ganz Westeros unter einem einzigen Herrscher. Dieses Ziel erreichte er durch Heirat, nicht durch Eroberung, denn der letzte Drache war schon ein halbes Jahrhundert zuvor gestorben. Die Erzählung *Der Heckenritter* spielt am Ende der Herrschaft des Guten Königs Daeron, etwa hundert Jahre vor dem ersten *Eis-und-Feuer*-Roman, zu einer Zeit, als Frieden im Reich herrscht und die Targaryen-Dynastie im Zenit steht. Diese Geschichte erzählt, wie sich Dunk, der Knappe eines Heckenritters, und Ei, ein Junge, der von wesentlich höherer Abkunft ist, als es den Anschein hat, beim großen Turnier auf dem Ashford-Wasen zum ersten Mal begegnen. *Das Verschworene Schwert*, die nun folgende Erzählung, setzt ungefähr ein Jahr später an.

George R. R. Martin

Das verschworene Schwert

Eine Erzählung aus den Sieben Königslanden

In einem Eisenkäfig an der Kreuzung verrotteten zwei Tote in der Sommersonne.

Ei blieb unter ihnen stehen und betrachtete sie. »Wer, glaubt Ihr, mögen die gewesen sein, Ser?« Sein Maultier Maester war dankbar für die Pause und knabberte, ungeachtet der beiden riesigen Weinfässer auf seinem Rücken, an dem trockenen braunen Teufelsgras entlang des Weges.

»Räuber«, erwiderte Dunk. Da er auf Donner saß, war er den toten Männern wesentlich näher. »Schänder. Mörder.« Unter den Achseln zeigten sich dunkle Flecken auf dem grünen Stoff seines alten Hemdes. Der Himmel war blau, die Sonne brannte herab, und seit dem Aufbruch am Morgen schwitzte er unablässig.

Ei nahm den Strohhut mit der breiten Krempe vom Kopf. Darunter glänzte sein kahler Schädel. Mit dem Schlapphut verscheuchte er die Fliegen. Hunderte krabbelten über die Leichen, und weitere summten träge durch die reglose heiße Luft. »Sie müssen schon etwas recht Übles angestellt haben, wenn man sie in einen Krähenkäfig gesperrt hat.«

Manchmal war Ei so weise wie ein Maester, dann wieder benahm er sich wie ein zehnjähriger Junge. »Es gibt solche und solche Lords«, fuhr Dunk fort. »Und einigen genügt schon ein geringfügiger Grund, um einen Mann mit dem Tod zu bestrafen.«

Der Eisenkäfig war kaum groß genug für einen Mann, und doch hatte man zwei hineingezwängt. Sie hockten Gesicht an Gesicht da, Arme und Beine ineinander verschränkt und die Rücken an die heißen schwarzen Stangen gedrückt. Einer hatte versucht, den anderen zu essen und an dessen Hals und Schulter geknabbert.

Die Krähen hatten sich über beide hergemacht. Als Dunk und Ei um den Hügel gekommen waren, hatten sich die Vögel in einer dichten schwarzen Wolke erhoben, und Maester hatte gescheut.

»Wer immer sie waren, sie sehen aus, als seien sie halb verhungert gewesen«, sagte Dunk. *Skelette in Haut, und die Haut ist grün und verwest.* »Vielleicht haben sie Brot gestohlen oder im Wald eines Lords gewildert.« Die Dürre hielt schon das zweite Jahr an, die meisten Lords zeigten immer weniger Duldsamkeit gegenüber Wilderern, und schon zuvor hatten sie bei diesem Verbrechen kaum Nachsicht gekannt.

»Vielleicht gehörten sie auch zu einer Bande von Vogelfreien.« In Dosk hatten sie das Lied eines Harfenspielers gehört, »Der Tag, an dem sie den Schwarzen Robin hängten.« Seitdem hatte Ei hinter jedem Busch ritterliche Verbannte gesehen.

Dunk hatte während seiner Zeit in den Knappendiensten des alten Mannes einige Vogelfreie kennen gelernt. Er war nicht sehr darauf erpicht, weiteren zu begegnen. Keiner von ihnen hatte sich sehr ritterlich benommen. Er erinnerte sich an einen Gesetzlosen, den zu hängen Ser Arlan geholfen hatte, und der hatte Ringe gestohlen. Männern schnitt er dazu einfach die Finger ab, um an die Schmuckstücke zu gelangen, bei Frauen biss er lieber. Über den kannte Dunk keine Lieder. *Vogelfreie oder Wilderer, welchen Unterschied macht das? Tote sind eine armselige Gesellschaft.* Er ließ Donner langsam um den Käfig traben. Die leeren Augen schienen ihm zu folgen. Einer der Toten ließ den Kopf hängen und hatte den Mund geöffnet. *Er hat keine Zunge,* bemerkte Dunk. Vermutlich hatten die Krähen sie gefressen. Krähen pickten stets zuerst die Augen aus, hatte er gehört, aber vielleicht kam die Zunge als Zweites an die Reihe. *Vielleicht hat sie ihm auch ein Lord herausreißen lassen, für irgendetwas, was er gesagt hat.*

Dunk fuhr sich mit den Fingern durch sein wuscheliges Haar, das von der Sonne gebleicht war. Den Toten konnte er nicht mehr helfen, und die Weinfässer mussten nach Standfast gebracht werden. »Aus welcher Richtung sind wir gekommen?«, fragte er und sah von einer Straße zur anderen. »Ich bin ganz durcheinander.«

»Standfast liegt in jener Richtung, Ser.« Ei wies sie ihm.

»Also dort entlang. Bis zum Abend können wir da sein, aber nicht, wenn wir hier den ganzen Tag Fliegen zählen.« Er gab Donner die Sporen zu spüren und lenkte das große Schlachtross auf die linke Abzweigung zu. Ei setzte den Schlapphut auf und zog scharf an Maesters Zügel. Das Maultier hörte auf zu grasen und folgte ohne Widerspruch. *Ihm ist auch heiß*, dachte Dunk, *und diese Weinfässer sind sicherlich schwer.*

Die Sommersonne hatte die Straße hart wie Ziegel gebrannt. Die Rillen von den Karrenrädern waren so tief, dass sich ein Pferd schnell das Bein brechen konnte, deshalb lenkte Dunk Donner auf den erhöhten Streifen dazwischen. Von Dosk waren sie in tiefschwarzer Nacht aufgebrochen, weil es nachts kühler war, und Dunk hatte sich im Dunkeln den Knöchel verstaucht. Ein Ritter müsse lernen, mit Schmerzen zu leben, hatte der alte Mann immer gesagt. *Ja, Bursche, und mit gebrochenen Knochen und Narben. Die gehören zur Ritterschaft gleichermaßen wie Schwerter und Schilde.* Wenn Donner sich allerdings ein Bein brechen sollte … nun, ein Ritter ohne Pferd war einfach kein Ritter.

Ei folgte ihm mit Maester und den Weinfässern im Abstand von vielleicht fünf Schritten. Der Junge lief barfuß, mit einem Fuß in der Rille und einem daneben, dadurch hüpfte er bei jedem Schritt auf und ab. Den Dolch trug er in einer Scheide an der Hüfte, die Stiefel hatte er am Rucksack festgeknotet, das braune Hemd zusammengerollt und um den Bauch geschlungen. Unter einem breitkrempigen Strohhut lugte sein schmutziges Gesicht hervor, die Augen waren groß und dunkel. Er zählte zehn Jahre und noch nicht ganz fünf Fuß an Größe. In letzter Zeit wuchs er schnell, doch würde es eine Weile dauern, bis er Dunks Größe erreicht hätte. Er sah aus wie ein Stallbursche, der er jedoch nicht war, und ähnelte dafür nicht im Mindestem dem, was eigentlich sein Leben ausmachte.

Die Toten blieben hinter ihnen zurück, und trotzdem weilte Dunk in Gedanken noch bei ihnen. In diesen Zeiten wimmelte es im Reich von Gesetzlosen. Für ein Ende der Dürre ließen sich keine Anzeichen erkennen, und das gemeine Volk hatte sich zu tausenden auf Wanderschaft begeben, um einen Ort zu finden, an dem es regnete. Lord Blutrabe hatte allen befohlen, zu ihrem Land und ihren Lords zurückzukehren, doch die wenigsten gehorchten. Viele gaben Blutrabe und König Aerys die Schuld an der Trockenheit. Sie sei eine Strafe der Götter, sagten sie, denn den Brudermörder träfe ihr Fluch. Wenn sie ein wenig Verstand hatten, sagten sie es freilich nicht laut. *Wie viele Augen hat Lord Blutrabe?*, lautete ein Rätsel, das Ei in Oldtown gehört hatte. *Tausend Augen und eins.*

Vor sechs Jahren hatte Dunk ihn in King's Landing selbst gesehen, wie er auf einem hellen Pferd mit fünfzig Rabenzähnen hinter sich die Straße des Stahls entlangritt. Das war, ehe König Aerys den Eisernen Thron bestiegen und ihn zur Hand gemacht hatte, und dennoch hatte Lord Blutrabe bereits eine beeindruckende Gestalt abgegeben, wie er so in Rauchgrau und Rot gekleidet einherkam und Dark Sister stolz an der Hüfte trug. Mit seiner blassen Haut und dem knochenweißen Haar sah er aus wie ein lebender Toter. Auf seiner Wange prangte ein weinfarbenes Muttermal, das angeblich an einen roten Raben erinnerte, obwohl Dunk darin nur einen eigenartig geformten Flecken verfärbter Haut erkannte. Er starrte Blutrabe so nachdrücklich an, dass dieser seinen Blick bemerkte. Der Zauberer des Königs betrachtete ihn eingehend, während er vorbeiritt. Er hatte nur ein Auge, und das war rot. Anstelle des anderen befand sich nur die leere Augenhöhle, eine Hinterlassenschaft von Bitterstahl auf dem Feld des Roten Grases. Trotzdem beschlich Dunk das Gefühl, der Zauberer schaue ihm mit beiden Augen geradewegs in die Seele.

Ungeachtet der Hitze fröstelte ihn bei dieser Erinnerung. »Ser?«, rief Ei. »Fühlt Ihr Euch nicht wohl?«

»Nein«, antwortete Dunk. »Ich leide nur genauso unter Hitze und Durst wie sie.« Er zeigte auf ein Feld neben der Straße, wo die Melonen in Reihen an der Pflanze schrumpelten. Im Rain klammerten sich Geißköpfe und Teufelsgras ans Leben, doch die Früchte hatten bereits aufgegeben. Dunk wusste, wie sich die Melonen fühlen mussten. Ser Arlan pflegte zu sagen, ein Heckenritter brauche niemals Durst leiden. »Nicht, solange er einen Helm hat, in dem er Regen auffangen kann. Regenwasser ist das Beste, was man trinken kann.« Der alte Mann hatte wohl nie einen Sommer wie diesen erlebt. Dunk hatte seinen Helm in Standfast gelassen. Bei dieser Hitze war er zu schwer zum Tragen, und es gab auch keinerlei Regen, den man damit einfangen konnte. *Was soll ein Heckenritter tun, wenn selbst die Hecken braun werden, vertrocknen und sterben?*

Vielleicht würde er ein Bad nehmen, wenn sie den Fluss erreichten. Er lächelte bei der Vorstellung, wie schön es sich anfühlen würde, einfach ins Wasser zu springen und tropfnass und mit breitem Grinsen im Gesicht wieder herauszukommen, während das Wasser über die Wangen und aus den Haaren rann und das Hemd am Leib klebte. Ei würde sicherlich auch baden wollen, obwohl der Junge eher kühl und trocken wirkte, eher staubig und gar nicht verschwitzt. Der Bursche schwitzte nie sehr stark. Ihm gefiel die Hitze. In Dorne lief er mit nacktem Oberkörper herum und wurde so braun wie ein Dornischer. *Das ist sein Drachenblut,* erklärte sich Dunk dies. *Wer hätte je von einem schwitzenden Drachen gehört?* Am liebsten hätte er sich auch das Hemd ausgezogen, nur wäre das nicht schicklich gewesen. Ein Heckenritter konnte sogar nackt reiten, wenn er wollte; er brauchte sich vor niemandem zu schämen als vor sich selbst. Ein andere Sache war es, wenn man sein Schwert verschworen hatte. *Wenn man Fleisch und Met eines Lords nimmt, fällt alles, was man tut, auf ihn zurück,* hatte Ser Arlan gern verkündet. *Leiste stets mehr, als man von dir erwartet, niemals weniger. Schrecke niemals vor einer Pflicht oder einer Entbehrung zurück. Und vor allem, bereite dem Lord, dem du dienst, niemals Schande.* In Standfast bedeutete »Fleisch und Met« Huhn und Bier, allerdings begnügte sich Ser Eustace selbst mit diesen einfachen Speisen.

Dunk behielt sein Hemd an und litt unter der Hitze.

Ser Bennis vom Braunen Schild wartete an der alten Holzbrücke. »Seid Ihr also doch zurückgekehrt!«, rief er. »Ihr wart so lange fort, dass ich schon glaubte, Ihr seiet mit dem Silber des alten Mannes davongelaufen.« Bennis saß auf einem zotteligen alten Gaul und kaute Bitterblatt, wodurch sein Mund so aussah, als wäre er voller Blut.

»Wir mussten bis nach Dosk, um Wein zu finden«, erklärte Dunk. »Die Kraken haben Little Dosk überfallen. Sie haben Schätze und Frauen verschleppt, und die Hälfte von dem, was sie nicht mitgenommen haben, verbrannten sie.«

»Dieser Dagon Greyjoy müsste endlich gehängt werden«, meinte Bennis. »Nur, wer soll ihn aufknüpfen? Habt Ihr den alten Kneifarsch Pate getroffen?«

»Uns wurde berichtet, er sei tot. Die Eisenmänner hätten ihn umgebracht, als er sie daran hindern wollte, seine Tochter mitzunehmen.«

»Bei den sieben verfluchten Höllen.« Bennis drehte den Kopf zur Seite und spuckte aus. »Ich hab seine Tochter mal gesehen. Ist es nicht wert, für sie zu sterben, wenn Ihr mich fragt. Dieser Narr Pate schuldet mir ein halbes Silberstück.« Der braune Ritter sah genauso aus wie bei ihrem Aufbruch; und schlimmer, er roch auch noch genauso. Jeden Tag trug er die gleiche Kleidung: eine braune Kniehose, ein unförmiges Hemd aus grobem Stoff und

Stiefel aus Pferdeleder. Wenn er seine Rüstung angelegt hatte, hängte er sich über das rostige Kettenhemd einen braunen Wappenrock. Sein Schwertgurt bestand aus einer Lederkordel, und sein runzliges Gesicht hätte aus dem gleichen Material bestehen können. *Sein Kopf sieht aus wie eine dieser geschrumpften Melonen, an denen wir vorbeigekommen sind.* Sogar seine Zähne waren braun, wenn man von den roten Flecken absah, die das Bitterblatt hinterließ. Aus all diesen Brauntönen stachen seine eng stehenden Augen hervor: sie waren hellgrün, argwöhnisch und funkelten vor Boshaftigkeit. »Nur zwei Fässer«, bemerkte er. »Ser Nutzlos wollte vier.«

»Wir dürfen uns glücklich schätzen, diese zwei aufgetrieben zu haben«, erwiderte Dunk. »Die Dürre hat jetzt auch im Arbor Einzug gehalten. Es heißt, die Trauben werden schon am Stock zu Rosinen, und die Eisenmänner überfallen –«

»Ser?«, unterbrach ihn Ei. »Das Wasser ist verschwunden.«

Dunk war es gar nicht aufgefallen, weil er sich bisher nur mit Bennis beschäftigt hatte. Unter den krummen Holzbrettern der Brücke waren nur Sand und Steine geblieben. *Wie seltsam. Das Wasser stand niedrig, als wir losritten, aber es gab welches.*

Bennis lachte. Er konnte auf zwei Arten lachen. Manchmal gackerte er wie ein Huhn, und dann wieder wieherte er lauter als Eis Maultier. Diesmal handelte es sich um sein Hühnerlachen. »Ist ausgetrocknet, während Ihr unterwegs wart, schätze ich. Das kommt bei Dürre schon mal vor.«

Dunk war entsetzt. *Also kein kühles Bad.* Er schwang sich aus dem Sattel. *Was wird bloß aus der Ernte?* Die Hälfte der Brunnen in der Weite war ausgetrocknet, in den Flüssen stand das Wasser niedrig, selbst im Blackwater und im mächtigen Mander.

»Ekliges Zeug, dieses Wasser«, sagte Bennis. »Habe es einmal getrunken, und mir wurde hundeelend. Wein ist besser.«

»Nicht für Hafer. Nicht für Gerste. Nicht für Karotten, Zwiebeln und Kohl. Sogar Weintrauben brauchen Wasser.« Dunk schüttelte den Kopf. »Wie konnte der Fluss so schnell austrocknen. Wir waren bloß sechs Tage unterwegs.«

»War sowieso nicht viel Wasser drin, Dunk. Es gab Zeiten, da hätte ich größere Bäche gepisst.«

»Nicht *Dunk*«, sagte Dunk. »Das habe ich Euch doch gesagt.« Er fragte sich, weshalb er sich überhaupt aufregte. Bennis war ein unverbesserliches Lästermaul und machte sich nur zu gern über ihn lustig. »Ich heiße Ser Duncan der Hohe.«

»Und wer nennt Euch so? Euer kahler Jüngling?« Er sah Ei an und gab sein Hühnerlachen zum Besten. »Ihr seid immerhin größer als bei Eurem Aufbruch nach Pennytree, aber trotzdem bleibt Ihr für mich immer noch *Dunk.*«

Dunk rieb sich den Nacken und starrte auf die Steine. »Was sollen wir machen?«

»Den Wein nach Hause bringen und Ser Nutzlos erzählen, dass sein Fluss ausgetrocknet ist. Im Standfast-Brunnen gibt es noch Wasser, also wird er nicht verdursten.«

»Nennt ihn nicht Nutzlos.« Dunk mochte den alten Ritter. »Ihr schlaft unter seinem Dach, also zollt ihm ein wenig Achtung.«

»Eure Achtung genügt für uns beide, Dunk«, sagte Bennis. »Ich nenne ihn so, wie es mir gefällt.«

Die silbrig grauen Bretter knarrten laut, als Dunk über die Brücke ging und stirnrunzelnd Sand und Steine unter sich betrachtete. Zwischen den Felsen glänzten ein paar braune Pfützen, von denen keine größer war als seine Hand. »Tote Fische, da und da, siehst du sie?« Der Geruch erinnerte ihn an die Leichen an der Kreuzung.

»Ich sehe sie, Ser«, antwortete Ei.

Dunk hüpfte hinunter in das Bett des Flusses, hockte sich hin und drehte einen Stein um. *Trocken und warm oben, feucht und schlammig unten drunter.* »Das Wasser kann noch nicht lange verschwunden sein.« Er erhob sich und schleuderte den Stein gegen das überhängende Ufer, wo er beim Aufprall braunen Staub aufwirbelte. »Am Ufer ist der Boden bereits aufgeplatzt, aber in der Mitte ist er weich und matschig. Gestern haben diese Fische noch gelebt.«

»Dunk der Dummkopf hat Pennytree Euch immer genannt. Ich erinnere mich gut daran.« Ser Bennis spuckte einen Schwall Bitterblatt auf die Felsen. Es glänzte schleimig rot in der Sonne. »Dummköpfe sollten nicht versuchen zu denken, denn dafür haben sie einen zu dicken Kopf.«

Dunk der Dummkopf, stur wie eine Burgmauer. Aus Ser Arlans Mund hatten die Worte liebevoll geklungen. Er war ein gütiger Mann gewesen, sogar beim Schelten. Wenn Ser Bennis vom Braunen Schild sie sagte, hatten sie einen anderen Beiklang. »Ser Arlan ist seit zwei Jahren tot«, sagte Dunk, »und ich heiße Ser Duncan der Hohe.« Kurz verspürte er den Drang, dem braunen Ritter die Faust ins Gesicht zu schlagen und die roten und verfaulten Zähne zu zerschmettern. Bennis vom Brauen Schild wäre sicherlich ein harter Gegner, aber Dunk überragte ihn um anderthalb Fuß und war bestimmt fast fünfzig Pfund schwerer. Vielleicht war er ein Dummkopf, aber er war groß. Manchmal hatte er das Gefühl, er würde sich den Kopf an jeder zweiten Tür in Westeros stoßen, nicht zu vergessen die Deckenbalken in Gasthäusern von Dorne hoch bis zum Neck. Eis Bruder Aemon hatte ihn in Oldtown gemessen, und ihm fehlte nur ein Zoll zu sieben Fuß, doch das war vor einem halben Jahr gewesen. Inzwischen war er möglicherweise weiter gewachsen. Der alte Mann hatte immer gesagt, Wachsen sei die Sache, die Dunk am besten machte.

Er ging zu Donner und stieg wieder auf. »Ei, bring den Wein nach Standfast. Ich werde mal nachschauen, was mit dem Wasser passiert ist.«

»Flüsse trocknen eben aus«, meinte Bennis.

»Ich will es mir nur einmal anschauen …«

»So, wie du unter den Stein geguckt hast? Ihr solltet keine Steine umdrehen, Dummkopf. Man weiß nie, was darunter hervorkriecht. In Standfast haben wir schöne Strohmatratzen. An den meisten Tagen gibt es Eier, und zu tun haben wir nicht mehr, als Ser Nutzlos zuzuhören, wenn er seine Geschichten darüber erzählt, wie großartig er früher war. Lasst es sein, sag ich Euch. Der Fluss ist ausgetrocknet, das ist alles.«

Wenn Dunk eines war, dann eben stur. »Ser Eustace wartet auf seinen Wein«, sagte er zu Ei. »Sag ihm, wohin ich mich aufgemacht habe.«

»Ja, Ser.« Ei zog an Maesters Zügel. Das Maultier zuckte mit den Ohren, trabte jedoch sofort los. *Es will die Weinfässer loswerden.* Dunk konnte ihm den Wunsch nicht verübeln.

Der Fluss floss nach Norden und Osten, wenn er Wasser führte, also lenkte Dunk Donner nach Südwesten. Er war noch kein Dutzend Schritte vorangekommen, da holte Bennis ihn ein. »Ich komme besser mit und passe auf, dass Ihr nicht gehängt werdet.« Er schob sich frisches Bitterblatt in den Mund. »Das rechte Ufer hinter diesen Sandweiden ist Spinnenland.«

»Ich bleibe auf unserer Seite.« Dunk wollte keinen Ärger mit der Lady von Coldmoat. In Standfast hörte man unheimliche Dinge über sie. *Die Rote Witwe* wurde sie genannt, weil sie schon so viele Ehemänner begraben hatte. Der alte Sam Stoops behauptete, sie sei ein Hexe, eine Giftmischerin und Schlimmeres. Vor zwei Jahren hatte sie ihre Ritter über den Fluss geschickt, um einen Osgrey-Mann zu ergreifen, der Schafe gestohlen hatte. »Als M'lord nach Coldmoat ritt, um ihn zurückzufordern, wurde ihm gesagt, er solle auf dem Grund des Burggrabens nach ihm suchen«, hatte Sam erzählt. »Sie hatte den armen Dake mit Steinen in einen Sack einnähen lassen und ihn versenkt. Danach hat Ser Eustace Ser Bennis in seine Dienste gestellt, um die Spinnen von seinem Land fern zu halten.«

Donner trabte langsam und gemächlich unter der brennenden Sonne dahin. Der Himmel war blau und hart, nirgendwo war auch nur die Spur einer Wolke zu sehen. Der Fluss wand sich um Felsen und einsame Weiden, durch kahle braune Hügel und Felder mit totem und sterbendem Getreide. Eine Stunde flussaufwärts von der Brücke aus ritten sie am Rande eines kleinen Osgrey-Forstes, der Wats Wald genannt wurde. Aus der Ferne sah das Grün einladend aus und ließ Dunk von schattigen Senken und murmelnden Bächen träumen, doch die Bäume, bei denen sie schließlich ankamen, waren dünn und knorrig und ließen die Äste hängen. Einige der großen Eichen warfen das Laub ab, die Hälfte der Pinien war so braun wie Ser Bennis, und um die Stämme lagen kreisförmig tote Nadeln. *Schlimm, wirklich schlimm*, dachte Dunk. *Ein Funken, und der ganze Wald brennt wie Zunder.*

Im Augenblick jedoch war das Unterholz entlang des Gescheckten Wassers noch dicht: Dornenbüsche, Brennnesseln, Wildrosen und junge Weiden. Anstatt sich hindurchzuschlagen, wechselten sie durch das trockene Flussbett auf die Coldmoatseite, wo die Bäume gefällt worden waren, um Platz für Weideland zu schaffen. Im mageren braunen Gras und zwischen den verwelkten Wildblumen weideten einige Schafe mit schwarzen Nasen. »Ich kenne kein Tier, das so dumm ist wie ein Schaf«, meinte Ser Bennis. »Glaubt Ihr, die sind mit Euch verwandt, Dummkopf?« Da Dunk nicht antwortete, gab der braune Ritter wieder sein Hühnerlachen von sich.

Eine Stunde weiter südlich stießen sie auf den Damm.

Er war nicht so groß, wie man es von solchen Bauten gewöhnt ist, trotzdem wirkte er stabil. Zwei dicke Holzsperren waren quer über den Fluss von Ufer zu Ufer gelegt worden, sie bestanden aus Baumstämmen, die sogar noch die Rinde aufwiesen. Die Zwischenräume waren mit Steinen und Erde ausgekleidet. Hinter dem Damm stieg das Wasser über das Ufer und floss in einen Graben, der sich durch Lady Webbers Felder zog. Dunk stellte sich in den Steigbügeln auf, um sich einen besseren Überblick zu verschaffen. In der gleißenden Sonne zeigten sich vielleicht zwei Dutzend kleiner Kanäle, die sich wie ein Spinnennetz in alle Richtungen verzweigten. *Die stehlen uns unseren Fluss.* Bei dem Anblick stieg Entrüstung in ihm auf, vor allem, als er begriff, dass die Bäume zudem sicherlich aus Wats Wald stammten.

»Seht Ihr, was Ihr angerichtet habt, Dummkopf?«, sagte Bennis. »Ihr konntet es nicht bei dem ausgetrockneten Fluss belassen, nein. Vielleicht hat die Sache mit Wasser angefangen, aber jetzt endet sie mit Blut. Mit Eurem und meinem höchstwahrscheinlich.« Der braune Ritter zog das Schwert. »Nun lässt es sich nicht mehr ändern. Da sind Eure dreimal verfluchten Grabenbauer. Also jagen wir ihnen mal einen hübschen Schrecken ein.« Er gab seinem Pferd die Sporen und galoppierte durch das Gras.

Dunk blieb keine andere Wahl, als ihm zu folgen. Ser Arlans Langschwert hüpfte an seiner Hüfte, ein gutes Stück Stahl. *Wenn diese Grabenbauer auch nur ein bisschen Verstand haben, werden sie weglaufen.* Donners Hufe warfen Erde auf.

Einer der Männer ließ beim Anblick der heranstürmenden Ritter die Schaufel fallen, doch das war alles. Es mochten zwanzig Arbeiter sein, kleine und große, alte und junge, die alle von der Sonne braun gebrannt waren. Sie bildeten eine Reihe, als Bennis langsamer wurde, und umklammerten ihre Spaten und Hacken. »Das hier ist Coldmoat-Land«, rief einer.

»Und das ist ein Osgrey-Fluss.« Bennis zeigte mit dem Langschwert zum Wasser. »Wer hat diesen verfluchten Damm gebaut?«

»Maester Cerrick«, sagte einer der jüngeren.

»Nein, widersprach ein älterer. »Der graue Jüngling hat ein bisschen hierhin und dorthin gezeigt und gesagt, tut dies und das, aber gebaut haben wir ihn.«

»Dann könnt ihr ihn auch genauso gut wieder einreißen.«

Die Mienen der Grabenbauer wurde düster und trotzig. Einer wischte sich den Schweiß mit dem Handrücken von der Stirn. Keiner sagte ein Wort.

»Ihr hört wohl nicht gut«, sagte Bennis. »Muss ich erst ein paar Ohren abschneiden? Wer will als Erster?«

»Das ist Webber-Land.« Der alte Mann war ein hagerer Kerl, gekrümmt und stur. »Ihr habt kein Recht, es zu betreten. Wenn Ihr irgendwem das Ohr abschneidet, wird M'lady Euch in einem Sack ersäufen.«

Bennis ritt näher an ihn heran. »Ich sehe hier keine Lady, nur ein paar geschwätzige Bauern.« Er setzte dem Alten die Schwertspitze auf die nackte Brust, gerade so fest, dass ein Blutstropfen hervorquoll.

Er geht zu weit. »Nehmt den Stahl zurück«, warnte Dunk ihn. »Es ist nicht seine Schuld. Der Maester hat ihnen die Arbeit aufgetragen.«

»Wegen der Ernte, Ser«, mischte sich ein Bursche mit abstehenden Ohren ein. »Der Weizen stirbt, sagte der Maester. Und die Birnbäume auch.«

»Nun, entweder sterben die Birnbäume oder ihr.«

»Euer Gerede flößt uns keine Furcht ein«, sagte der alte Mann.

»Nein?« Bennis ließ sein Langschwert sirren, und auf der Wange des alten Mannes öffnete sich ein Schnitt vom Ohr bis zum Kinn. »Ich habe gesagt, entweder die Birnbäume sterben oder ihr.« Das Blut rann über die eine Gesichtshälfte.

Das hätte er nicht tun sollen. Dunk musste seinen Zorn herunterwürgen. Bennis stand in dieser Angelegenheit auf der gleichen Seite wie er. »Haut ab!«, rief er den Grabenbauern zu. »Kehrt in die Burg Eurer Lady zurück.«

»*Lauft!*«, drängte Ser Bennis.

Drei warfen die Spaten zu Boden und rannten durch das Gras davon. Ein anderer jedoch, ein braun gebrannter und kräftiger Kerl, packte seine Hacke fester und sagte: »Sie sind doch nur zu zweit.«

»Spaten gegen Schwerter, so kämpfen nur Narren, Jorgen«, sagte der alte Mann und hielt sich das verwundete Gesicht. Blut rann zwischen seinen Fingern hervor. »Diese Sache ist noch nicht zu Ende. Glaubt das nicht.«

»Ein Wort noch, und es geht mit dir zu Ende.«

»Wir wollen euch nichts tun«, sagte Dunk und schaute dem alten Mann ins blutende Gesicht. »Was wir wollen, ist unser Wasser. Sag das deiner Lady.«

»Oh, das werden wir ihr sagen, Ser«, versprach der muskulöse Kerl, der immer noch die Hacke hielt. »Das werden wir.«

Auf dem Rückweg ritten sie durch Wats Wald und waren dankbar für den Schatten, den die Bäume spendeten. Dennoch war es unerträglich heiß. Vermutlich gab es Wild hier, doch außer Fliegen sahen sie kein Lebewesen. Die summten vor Dunks Gesicht und krabbelten um Donners Augen herum, was das große Schlachtross gehörig verärgerte. Die Luft stand still und war stickig. *In Dorne waren die Tage zwar trocken, aber in der Nacht wurde es so kalt, dass ich im Mantel gefroren habe.* In der Weite waren die Nächte kaum kühler als die Tage, obwohl sie sich ein ganzes Stück weiter nördlich befanden.

Während er sich unter einem Ast duckte, pflückte Dunk ein Blatt und zerkrümelte es zwischen den Fingern. Es fiel auseinander wie ein tausend Jahre altes Pergament. »Den Mann zu verletzen war unnötig«, sagte er zu Bennis.

»War doch nur ein Kratzer auf der Wange, damit er lernt, seine Zunge im Zaum zu halten. Ich hätte ihm die Kehle durchschneiden sollen, nur wären die anderen dann wie die Hasen davongelaufen, und wir hätten sie alle niederreiten müssen.«

»Ihr hättet zwanzig Männer getötet?«, fragte Dunk ungläubig.

»Zweiundzwanzig. Das sind zwei mehr als all Eure Finger und Zehen, Dummkopf. Ihr müsst sie alle umbringen, sonst erzählen sie Märchen.« Sie wichen einem umgestürzten Baum aus. »Und dann hätten wir Ser Nutzlos nicht erzählen müssen, wer sein stinkiges Flüsschen ausgetrocknet hat.«

»Ser *Eustace*. Ihr hättet ihn angelogen?«

»Ja, warum nicht? Wer sollte ihm schon etwas anderes berichten? Die Fliegen?« Bennis grinste und zeigte die roten Zähne. »Ser Nutzlos verlässt den Turm nie, außer um bei den Brombeeren mit den Jungen zu schwätzen.«

»Ein verschworenes Schwert schuldet seinem Lord die Wahrheit.«

»Es gibt solche Wahrheiten und solche, Dummkopf. Manche sind nicht nützlich.« Er spuckte aus. »Die Götter machen Dürren. Ein Mensch kann gegen die verdammten Götter nichts ausrichten. Gegen die Rote Witwe jedoch schon … Wenn wir Nutzlos erzählen, dass das Miststück sein Wasser genommen hat, wird er eine Ehrensache daraus machen, es sich zurückzuholen. Wartet nur ab. Er wird denken, er müsse *etwas unternehmen.*«

»Er sollte ja auch. Unsere Bauern brauchen das Wasser für ihre Felder.«

»*Unsere* Bauern?« Ser Bennis lachte wiehernd. »War ich gerade scheißen, als Ser Nutzlos Euch zu seinem Erben ernannt hat? Wie viele Bauern besitzt Ihr, na? Zehn? Und da wäre dann schon der schwachsinnige Bengel von der schielenden Jeyne mitgezählt, der nicht weiß, an welchem Ende man die Axt halten muss. Macht nur Ritter aus ihnen, und dann haben wir schon halb so viele wie die Witwe, wenn man ihre Knappen und ihre Bogenschützen und die anderen nicht einrechnet. Ihr braucht beide Hände und beide Füße, um sie zu zählen, und die Finger und Zehen Eures glatzköpfigen Jungen dazu.«

»Ich brauche keine Zehen zum Zählen.« Dunk hatte die Hitze satt, die Fliegen und die Gesellschaft des braunen Ritters. *Vielleicht ist er früher an der Seite von Ser Arlan geritten, doch das ist Jahre her. Dieser Mann ist gemein geworden, falsch und feige.* Er gab seinem Pferd die Sporen und trabte davon, um Ser Bennis' Gestank hinter sich zu lassen.

Standfast konnte man allenfalls aus Höflichkeit als Burg bezeichnen. Obwohl es trotzig auf einem steinigen Hügel stand und meilenweit im Umkreis gesehen werden konnte, handelte es sich lediglich um einen Wohnturm. Vor einigen Jahrhunderten war dieser teilweise eingestürzt und hatte einen Wiederaufbau erfordert, daher waren an der Nord- und Westwand die Steine oberhalb der Fenster grau, die alten darunter hingegen schwarz. Bei dem Neubau hatte man entlang der Dachkante Zinnen hinzugefügt; auf den anderen beiden Seiten hockten uralte groteske Steinfiguren, denen Wind und Wetter so sehr zugesetzt hatten, dass man ihre ursprüngliche Gestalt nicht mehr erkennen konnte. Das Dach war flach, die Pinienbretter krumm und schief und voller Löcher.

Zum Turm auf dem Hügel führte ein gewundener Pfad hinauf, so schmal, dass man nur hintereinander reiten konnte. Dunk ritt voran, Bennis folgte ihm. Ei stand mit seinem Strohhut auf einem Felsvorsprung über ihnen.

Vor dem kleinen Stall aus Lehmflechtwerk, der am Fuße des Turms stand und halb von purpurfarbenem Moos verborgen wurde, zügelten sie die Pferde. Der Hengst des alten Mannes hatte seinen Stand neben Maester. Der Wein war offensichtlich schon von Ei und Sam Stoops in den Turm geschafft worden. Hühner scharrten im Hof. Ei trottete heran. »Habt Ihr herausgefunden, was mit dem Fluss passiert ist?«

»Die Rote Witwe hat einen Damm gebaut.« Dunk stieg ab und reichte Ei Donners Zügel. »Lass ihn nicht überstürzt trinken.«

»Nein, Ser. Bestimmt nicht.«

»*Bursche!*«, rief Ser Bennis. »Mein Pferd kannst du auch gleich nehmen.«

Ei warf ihm einen anmaßenden Blick zu. »Ich bin nicht Euer Knappe.«

Eines Tages wird er wegen seines großen Mauls gehörige Schwierigkeiten bekommen, dachte Dunk. »Du nimmst sein Pferd, oder es hagelt Ohrfeigen.«

Ei setzte eine düstere Miene auf, tat jedoch, was ihm aufgetragen wurde. Während er nach dem Zaumzeug griff, zog Ser Bennis allerdings die Nase hoch und spuckte. Roter Speichel traf den Jungen zwischen zwei Zehen. Er warf dem braunen Ritter einen eisigen Blick zu. »Ihr habt auf meinen Fuß gespuckt, Ser.«

Bennis kletterte aus dem Sattel. »Gut. Nächstes Mal spucke ich dir ins Gesicht. Widerworte lasse ich dir nicht durchgehen.«

Dunk bemerkte die Wut in den Augen des Jungen. »Kümmere dich um die Pferde, Ei«, sagte er, ehe die Sache schlimmer wurde. »Wir müssen mit Ser Eustace sprechen.«

Der einzige Eingang von Standfast bestand in einer Tür aus Eiche und Eisen, die sich zwanzig Fuß über ihnen befand. Die unteren Stufen bestanden aus glattem schwarzen Stein mit flachen Kuhlen in der Mitte, so abgetreten waren sie. Weiter oben wurden sie von einer steilen Holzstiege abgelöst, die man bei Gefahr wie eine Zugbrücke hochkurbeln konnte. Dunk scheuchte die Hühner zur Seite und nahm zwei Stufen bei jedem Schritt.

Standfast war größer, als es schien. Die tiefen Gewölbe und Keller dehnten sich in den Hügel hinein aus, auf dem der Turm stand. Über der Erde durfte Ser Eustace vier Stockwerke sein Eigen nennen. Die oberen beiden hatten Fenster und Balkone, die unteren beiden nur Schießscharten. Im Inneren war es kühler, doch so dunkel, dass Dunks Augen sich zunächst daran gewöhnen mussten. Sam Stoops' Frau kniete vor dem Herd und fegte die Asche heraus. »Ist Ser Eustace oben oder unten?«, fragte Dunk sie.

»Oben, Ser.« Die alte Frau war so gekrümmt, dass ihre Schultern den Kopf überragten. »Er ist gerade von einem Besuch bei den Jungen in den Brombeeren zurückgekehrt.«

Die Jungen waren Eustace Osgreys Söhne: Edwyn, Harrold,

Addam. Edwyn und Harrold waren Ritter gewesen, Addam ein junger Knappe. Sie waren vor fünfzehn Jahren auf dem Feld des Roten Grases gefallen, am Ende der Schwarzfeuer-Rebellion. »Einen guten Tod sind sie gestorben, sie haben tapfer für den König gekämpft«, erzählte Ser Eustace Dunk oft, »und ich habe sie nach Hause gebracht und zwischen den Brombeeren begraben.« Auch seine Frau hatte er dort beerdigt. Wann immer der alte Mann ein neues Weinfass anstach, ging er hinunter und brachte jedem seiner Jungen ein Trankopfer dar. »Auf den König!«, rief er dann laut, ehe er trank.

Ser Eustace' Schlafgemach befand sich im obersten Stockwerk des Turmes, das Solar darunter. Dort würde Dunk ihn finden, während er sich zwischen Truhen und Fässern die Zeit vertrieb. Die dicken grauen Wände des Solars waren mit verrosteten Waffen und erbeuteten Bannern behängt, Trophäen aus Schlachten, die vor vielen Jahrhunderten geschlagen worden waren und an die sich außer Ser Eustace niemand mehr erinnerte. Die Hälfte der Banner war verschimmelt, und alle waren ausgeblichen und mit einer dicken Staubschicht überzogen, so dass von den einst strahlenden Farben nur Grau und Grün geblieben waren.

Ser Eustace putzte gerade mit einem Lumpen den Schmutz von einem zerschlagenen Schild, als Dunk die Treppe hinaufstieg. Ihm folgte Bennis mit seinem Körpergeruch. Die Augen des alten Ritters schienen beim Anblick von Dunk aufzuleuchten »Mein guter Riese«, grüßte er, »und der tapfere Ser Bennis. Kommt, schaut Euch dies an. Ich habe es auf dem Boden der Truhe gefunden. Ein wahrer Schatz, wenn auch sträflich vernachlässigt.«

Es handelte sich um einen Schild, beziehungsweise das, was davon übrig war, und das war nicht viel. Gut die Hälfte war abgehackt, die andere grau und voller Risse. Die Eisenbeschläge waren verrostet, auf dem Holz sah man Wurmlöcher. An einigen Stellen hing zwar noch Farbe, doch zu wenig, um ein Wappen zu erkennen.

»M'lord«, sagte Dunk. Die Osgreys waren schon seit Jahrhunderten keine Lords mehr, dennoch ließ sich Ser Eustace gern so anreden, da in diesem Titel die ruhmreiche Vergangenheit seines Hauses widerhallte. »Was ist das?«

»Des Kleinen Löwen Schild.« Der alte Mann rieb am Rand, und Rost löste sich. »Ser Wilbert Osgrey trug es in der Schlacht, in der er fiel. Sicherlich kennt Ihr die Geschichte.«

»Nein, M'lord«, sagte Bennis. »Zufällig kennen wir sie nicht. Der *Kleine* Löwe, sagtet Ihr? Nun, war er ein Zwerg oder so etwas?«

»Ganz gewiss nicht.« Der Schnurrbart des alten Ritters zitterte. »Ser Wilbert war ein hoch gewachsener und starker Mann, und dazu ein großer Ritter. Den Namen bekam er als Kind, da er der jüngste von fünf Brüdern war. In seinen Tagen gab es noch sieben Könige in den Sieben Königslanden, und Highgarden und Casterly Rock führten häufig Krieg gegeneinander. Die grünen Könige herrschten, die Gärtner. Sie stammten vom Blute des alten Garth Grünhand ab, und eine grüne Hand auf weißem Feld schmückte ihr königliches Wappen. Gyles der Dritte führte seine Banner nach Osten gegen den Sturmkönig, und Wilberts Brüder gingen mit ihm, denn in jenen Zeiten flatterte der gescheckte Löwe stets neben der grünen Hand, wenn der König der Weite in die Schlacht zog.

Doch während der Abwesenheit von König Gyles sah der König vom Rock die Stunde gekommen, sich ein Stück der Weite unter die Krallen zu reißen, also sammelte er ein Heer von Westermännern und fiel über uns her. Die Osgreys waren die Marschälle der Nordmark, daher war es die Aufgabe des Kleinen Löwen, sich ihnen entgegenzustellen. Der vierte König Lancel führte die Lannister an, möchte ich meinen, oder vielleicht der Fünfte. Ser Wilbert versperrte König Lancel den Weg und gebot ihm Halt. ›*Zieht nicht weiter*‹, sagte er. ›*Ihr seid hier nicht erwünscht. Ich verbiete Euch, den Fuß in die Weite zu setzen.*‹ Doch der Lannister ließ seine Banner vorrücken.

Sie fochten einen halben Tag lang, der goldene Löwe und der gescheckte. Der Lannister war mit einem valyrischen Schwert bewaffnet, gegen das gewöhnlicher Stahl nichts ausrichten kann, und deshalb wurde der Kleine Löwe hart bedrängt, und sein Schild war bald zertrümmert. Am Ende blutete er aus einem Dutzend schwerer Wunden, er hielt nur noch den Stumpf seiner gebrochenen Klinge in der Hand und stürzte sich kopfüber auf seinen Widersacher. König Lancel trennte seinen Leib mit einem Hieb fast in zwei Hälften, berichten die Sänger, doch im Sterben fand der Kleine Löwe unter dem Arm des Königs eine Lücke in der Rüstung und versenkte den Dolch darin. Als ihr König starb, kehrten die Westermänner um, und die Weite war gerettet.« Der alte Mann strich so sanft über die Überreste des Schildes, als hielte er ein Kind.

»Ja, M'lord«, krächzte Bennis, »einen solchen Mann könnten wir heute gebrauchen. Dunk und ich haben uns Euren Fluss ein wenig angeschaut, M'lord. Knochentrocken, und das nicht von der Dürre.«

Der alte Mann legte den Schild beiseite. »Erzählt.« Er nahm Platz und bedeutete ihnen mit einer Geste, sich ebenfalls zu setzen. Während der braune Ritter berichtete, lauschte er aufmerksam, hielt das Kinn hoch und die Schultern zurück, so aufrecht wie eine Lanze.

In seiner Jugend musste Ser Eustace ein Bild von einem Ritter gewesen sein, groß und breit und stattlich. Zeit und Trauer hatten ihre Spuren hinterlassen, dennoch war er noch immer ungebeugt, ein grobknochiger, breitschultriger Mann mit breiter Brust, und seine Gesichtszüge waren so stark und scharf wie die eines alten Adlers. Sein kurz geschorenes Haar hatte die Farbe von Milch, doch der dicke Schnauzbart, der seinen Mund verdeckte, war aschgrau. Die Brauen zeigten die gleiche Farbe, die Augen dagegen waren hellgrau und voller Kummer.

Und sie schienen noch trauriger zu werden, als Bennis den

Damm erwähnte. »Seit tausend Jahren und länger kennt man diesen Fluss als das Gescheckte Wasser«, sagte der alte Ritter. »Als Junge habe ich dort geangelt und meine Söhne ebenso. Alysanne badete an heißen Sommertagen wie diesem gern in den seichten Stellen.« Alysanne war seine Tochter gewesen, die im Frühling gestorben war. »Am Ufer des Gescheckten Wassers habe ich zum ersten Mal ein Mädchen geküsst. Sie war eine Kusine, die jüngste Tochter meines Onkels, eine Osgrey vom Laubsee. Jetzt sind sie alle tot, sogar sie.« Sein Bart zitterte. »Dies können wir nicht dulden, Sers. Die Frau bekommt mein Wasser nicht. Sie bekommt mein Gescheckte Wasser nicht.«

»Der Damm ist recht fest gebaut, M'lord«, warnte Ser Bennis. »Zu fest, als dass ich und Ser Dunk ihn innerhalb einer Stunde einreißen könnten, auch nicht, wenn uns der kahle Junge hilft. Wir würden Seile und Hacken und Äxte brauchen und ein Dutzend Männer. Und die nur zur Arbeit, nicht zum Kämpfen.«

Ser Eustace starrte den Schild des Kleinen Löwen an.

Dunk räusperte sich. »M'lord, da ist noch etwas. Als wir bei den Arbeitern waren, nun ...«

»Dunk, belästigt M'lord nicht mit solchen Bagatellen«, fiel ihm Bennis rasch ins Wort. »Ich habe einem Narren eine Lehre erteilt, das war alles.«

Ser Eustace blickte ihn scharf an. »Was für eine Lehre?«

»Mit dem Schwert. Ein wenig Blut auf der Wange, mehr war es nicht, M'lord.«

Der alte Ritter sah ihn lange an. »Das ... das war sehr unüberlegt, Ser. Die Frau hat das Herz einer Spinne. Drei ihrer Gemahle hat sie ermordet. Und all ihre Brüder starben noch in den Windeln. Fünf waren es. Oder sogar sechs, ich erinnere mich nicht. Sie standen zwischen ihr und der Burg. Jedem Bauern, der ihr Missfallen erregt, würde sie die Haut vom Rücken peitschen lassen, daran hege ich keinen Zweifel, doch wenn Ihr einen verletzt habt ... nein, eine solche Beleidigung nimmt sie nicht tatenlos hin. Macht keinen Fehler. Sie wird kommen und Euch holen, so wie auch Lem.«

»Dake, M'lord«, sagte Ser Bennis. »Ich bitte um Verzeihung, denn Ihr habt ihn gekannt und ich nicht, aber er hieß Dake.«

»Wenn es M'lord gefällt, könnte ich nach Goldengrove reiten und Lord Rowan von diesem Damm berichten«, sagte Dunk. Rowan war der Lehnsherr des alten Ritters. Die Rote Witwe saß ebenfalls auf seinem Land.

»Rowan? Nein, dort finden wir keine Hilfe. Rowans Schwester hat Lord Wymans Vetter Wendell geheiratet, er ist also mit der Roten Witwe verwandt. Abgesehen davon mag er mich nicht. Ser Duncan, morgen müsst Ihr in sämtliche meiner Dörfer reiten und jeden Mann im kampffähigen Alter einziehen. Ich bin zwar alt, aber noch längst nicht tot. Die Frau wird schon bald spüren, dass der gescheckte Löwe noch die Krallen zeigt!«

Zwei, dachte Dunk verdrießlich, *und eine davon bin ich.*

Auf Ser Eustace' Ländereien gab es drei kleine Dörfer, kaum mehr als eine Hand voll Hütten mit Schafhürden und Schweinepferchen. Im größten stand außerdem eine strohgedeckte Septe mit einfachen Kohlezeichnungen der Sieben Götter an den Wänden. Mudge, ein krummer alter Schweinehirt, der einmal in Oldtown gewesen war, leitete an jedem siebten Tag die Andachten. Zweimal im Jahr kam ein echter Septon durch das Dorf und erteilte im Namen der Mutter Vergebung für die Sünden. Das Volk freute sich über die Vergebung, hasste die Besuche des Septons jedoch trotzdem, da es ihn durchfüttern musste.

Der Anblick von Dunk und Ei schien ihnen auch nicht mehr Freude zu bereiten. Dunk war im Dorf als Ser Eustace' neuer Ritter bekannt, dennoch bot man ihm nicht einmal einen Becher Wasser an. Die meisten Männer waren auf den Feldern, daher versammelten sich vor allem Frauen und Kinder vor den Hütten, dazu einige Großväter, die für die Arbeit zu gebrechlich waren. Ei trug das Banner der Osgreys, den gescheckten Löwen in Grün und Gold, steigend auf seinem weißen Feld. »Wir kommen von Standfast in Ser Eustace' Auftrag«, erklärte Dunk den Dorfbewohnern. »Jedem gesunden Mann zwischen fünfzehn und fünfzig wird hiermit befohlen, sich morgen am Turm einzufinden.«

»Gibt es Krieg?«, fragte eine dünne Frau, die zwei Kinder hinter ihren Röcken versteckte und an deren Brust ein Säugling hing. »Ist der schwarze Drache zurückgekehrt?«

»Diese Sache hat nichts mit Drachen zu tun, weder mit schwarzen noch mit roten«, berichtigte Dunk. »Es geht um eine Angelegenheit zwischen dem gescheckten Löwen und den Spinnen. Die Rote Witwe hat unser Wasser gestohlen.«

Die Frau nickte, blickte jedoch fragend, als Ei den Hut abnahm und sich Luft ins Gesicht fächelte. »Der Junge hat kein Haar. Ist er krank?«

»Das ist nur *rasiert*«, antwortete Ei. Er setzte den Hut wieder auf, drehte Maester um und ritt langsam davon.

Der Junge ist heute ziemlich reizbar. Seit ihrem Aufbruch hatte er kaum ein Wort gesprochen. Dunk gab Donner leicht die Sporen zu spüren und holte das Maultier bald ein. »Bist du wütend, weil ich mich gestern gegen Ser Bennis nicht auf deine Seite gestellt habe?«, fragte er den mürrischen Knappen, während sie zum nächsten Dorf weiterritten. »Ich mag den Mann auch nicht lieber als du, aber er *ist* ein Ritter. Du solltest höflich mit ihm sprechen.«

»Ich bin Euer Knappe, nicht seiner«, gab der Junge zurück. »Er ist dreckig, sagt gemeine Sachen und kneift mich ständig.«

Wenn er auch nur eine Ahnung hätte, wer du wirklich bist, würde er sich lieber in die Hose pissen, anstatt dich auch nur anzurühren. »Mich hat er auch immer gekniffen.« Dunk hatte es vergessen, bis Eis Worte es ihm in Erinnerung riefen. Ser Bennis und Ser Arlan hatten zu einer Truppe Ritter gehört, die ein dornischer

Händler angeheuert hatte, damit sie ihn von Lannisport zum Pass des Prinzen brachten. *Er kniff mich immer so fest unter den Armen, dass blaue Flecken zurückblieben. Seine Finger fühlten sich an wie eine Eisenzange, aber ich habe es Ser Arlan nie erzählt.* Einer der anderen Ritter war in der Nähe von Stoney Sept verschwunden, und es ging das Gerücht, dass Bennis ihn im Streit aufgeschlitzt hatte. »Wenn er dich noch einmal kneift, sag es mir, und ich werde der Sache ein Ende machen. Bis dahin wird es dich nicht viel Mühe kosten, dich um sein Pferd zu kümmern.«

»Irgendwer muss das ja machen«, stimmte Ei zu. »Bennis striegelt es nie. Er mistet auch nie seinen Stall aus. Nicht einmal einen Namen hat er dem Tier gegeben.«

»Manche Ritter geben ihren Pferden eben keinen Namen«, sagte Dunk. »Wenn die Tiere dann in der Schlacht verenden, fällt der Abschied nicht so schwer. Pferde kann man immer bekommen, doch es ist hart, einen treuen Freund zu verlieren.« *So in der Art hat es der alte Mann gesagt, doch hat er den Rat selbst nicht beherzigt. Er hat jedem Pferd einen Namen gegeben.* Und Dunk ebenfalls. »Wir werden sehen, wie viele Männer am Turm auftauchen … aber ob nun fünf oder fünfzig, du wirst auch sie versorgen müssen.«

Ei wirkte entrüstet. »Ich soll gewöhnlichem *Volk* dienen?«

»Nicht dienen. Helfen. Wir müssen Kämpfer aus ihnen machen.« *Wenn die Witwe uns genug Zeit lässt.* »So uns die Götter wohlgesonnen sind, werden manche schon ein wenig Erfahrung im Kampf haben, doch die meisten werden so grün hinter den Ohren sein wie Sommergras und eher daran gewöhnt, eine Hacke zu halten und keinen Spieß. Trotzdem kommt vielleicht der Tag, an dem unser Leben von ihren Fähigkeiten im Kampf abhängt. Wie alt warst du, als du zum ersten Mal ein Schwert in der Hand gehalten hast?«

»Ich war klein, Ser. Das Schwert war aus Holz.«

»Die einfachen Jungen kämpfen ebenfalls mit Holzschwertern,

nur sind es lediglich Stöcke und abgebrochene Äste. Ei, diese Männer mögen dir wie Dummköpfe erscheinen. Sie kennen nicht die richtigen Namen für die Teile der Rüstung oder die Wappen der großen Häuser, sie wissen nicht, welcher König das Recht des Lords auf die erste Nacht abgeschafft hat … Behandele sie dennoch mit Achtung. Du bist ein Knappe von edlem Blute, doch bist du immer noch ein Junge. Die meisten von ihnen werden erwachsene Männer sein. Jeder Mann hat seinen Stolz, auch wenn er von niederer Geburt ist. In ihren Dörfern würdest du dich auch nicht zurecht finden. Und solltest du daran zweifeln, dann hack doch mal eine Reihe auf dem Feld auf und scher ein Schaf, oder sag mir die Namen der Kräuter und Wildblumen in Wats Wald.«

Der Junge dachte einen Moment nach. »Ich könnte sie in der Waffenkunst der großen Häuser unterrichten und ihnen erzählen, wie Königin Alysanne König Jaehaerys überzeugte, das Recht der ersten Nacht abzuschaffen. Und sie könnten mir beibringen, aus welchen Kräutern man Gift herstellen kann und ob diese grünen Beeren genießbar sind.«

»Das könnten sie«, stimmte Dunk zu, »doch ehe du von König Jaehaerys anfängst, solltest du ihnen zunächst beibringen, einen Speer zu halten. Und iss ja nichts, was Maester nicht auch frisst.«

Am nächsten Tag fand sich ein Dutzend kampfwilliger Männer in Standfast ein und versammelte sich zwischen den Hühnern. Einer war zu alt, zwei waren zu jung, und ein magerer Junge stelle sich als mageres Mädchen heraus. Diese schickte Dunk zurück in ihre Dörfer, es blieben somit acht: drei Wats, zwei Wills, ein Lem, ein Pate und der Große Rob, der Schwachsinnige. *Ein armseliger Haufen*, dachte sich Dunk bedrückt. Die stattlichen Bauernburschen, die in den Liedern stets und ausgerechnet die Herzen der hochgeborenen Maiden eroberten, waren nirgendwo in Sicht. Ein Mann war dreckiger als der andere. Lem war wenigstens fünfzig Jahre alt, und Pate hatte Triefaugen; die beiden verfügten als Einzige über Erfahrung. Mit Ser Eustace und seinen Söhnen waren sie während der Schwarzfeuer-Rebellion in den Kampf gezogen. Die anderen sechs waren so unbedarft, wie Dunk befürchtet hatte. Alle acht hatten Läuse. Zwei der Wats waren Brüder. »Vermutlich kannte eure Mutter keinen anderen Namen«, spottete Bennis gackernd.

Was die Waffen betraf, so hatten sie eine Sense mitgebracht, drei Hacken, ein altes Messer und ein paar kurze Knüppel. Lem hatte einen angespitzten Stock, der vielleicht als Spieß durchgehen mochte, und einer von den Wills verkündete, dass er sehr gut Steine werfen könne. »Sehr gut, sehr gut«, sagte Bennis darauf, »wir haben ein verdammtes Trébuchet.« Daraufhin wurde der Mann nur noch Treb genannt.

»Kann irgendwer von euch mit dem Langbogen umgehen?«, fragte Dunk.

Die Männer scharrten mit den Füßen auf den Boden, während die Hühner um sie herum pickten. Pate mit den verheulten Augen antwortete schließlich. »Bitte um Verzeihung, Ser, aber M'lord erlaubt uns keine Langbögen. Osgreys Wild gehört dem gescheckten Löwen, nicht Leuten wie uns.«

»Bekommen wir Schwerter und Helme und Kettenhemden?«, wollte der jüngste der drei Wats wissen.

»Nun, natürlich«, sagte Bennis, »sobald ihr einen der Ritter dieser Witwe umgebracht und seine verdammte Leiche geplündert habt. Und steckt dem Pferd auch den Arm in den Hintern, denn dort verstecken die Ritter ihr Silber.« Er kniff Wat in den Arm, bis der Junge vor Schmerz aufheulte, dann marschierte er mit dem ganzen Haufen zu Wats Wald, um Spieße zu schneiden.

Als sie zurückkehrten, verfügten sie über acht Spieße unterschiedlichster Länge mit feuergehärteten Spitzen und über einfache Schilde aus ineinander verflochtenen Ästen. Ser Bennis hatte für sich ebenfalls einen Spieß angefertigt, und nun zeigte er ihnen, wie man mit der Spitze zustach und den Schaft zum Parieren einsetzte … und wohin man zielen musste, um zu töten. »Bauch und Kehle sind die besten Stellen, finde ich.« Er klopfte sich mit der Faust auf die Brust. »Hier ist das Herz, und damit kann man die Sache auch erledigen. Nur leider sind da die Rippen im Weg. Der Bauch ist hübsch weich. Durch Aufschlitzen stirbt man langsam, ist aber ein sicherer Tod. Habe bisher keinen Mann gesehen, der noch lange lebte, wenn ihm die Därme aus dem Bauch hingen. Nun, wenn irgendwelche Narren euch den Rücken zukehren, stecht ihr zwischen die Schulterblätter oder durch die Nieren. Die sitzen hier. Keiner macht es lange, nachdem seine Nieren durchbohrt wurden.«

Es gab einige Verwirrung, als Bennis ihnen weiter erklären wollte, was sie zu tun hätten, weil sich drei Wats in der Gruppe befanden. »Wir sollten sie nach ihren Heimatdörfern nennen, Ser«, schlug Ei vor, »so wie Ser Arlan von Pennytree, Euer alter Herr.« Der Einfall an sich war nicht schlecht, nur hatten auch die Dörfer keine Namen. »Nun«, sagte Ei, »dann benennen wir sie nach dem, was sie anbauen, Ser.« Das eine Dorf stand inmitten von Bohnenfeldern, eines pflanzte überwiegend Gerste an, und das dritte erntete Kohl, Karotten, Zwiebeln, Rüben und Melonen. Da niemand Kohl oder Rübe heißen wollte, einigte man sich zum Schluss auf Melonen. Sie hatten also viermal Gerste, zwei Melonen und zwei Bohnen. Die Brüder Wat waren beide Gerste, aus diesem Grund war eine weitere Unterscheidung vonnöten. Der jüngere Bruder erwähnte, dass er einmal in den Dorfbrunnen gefallen sei, und so nannte Bennis ihn den »Nassen Wat«, und damit war das auch erledigt. Die Männer freuten sich, weil sie »Lordsnamen« erhielten, außer dem Großen Rob, der sich nicht entsinnen konnte, ob er Bohne oder Gerste war.

Nachdem also jeder einen Namen und einen Spieß hatte, trat Ser Eustace aus dem Turm und hielt eine Ansprache. Der alte Ritter stand vor der Tür, trug sein Kettenhemd und seinen Panzer unter einem langen Wappenrock, der einst weiß gewesen und nun vergilbt war. Vorn und hinten zeigte er den gescheckten Löwen, der aus kleinen Rauten in Grün und Gold genäht war. »Männer«, sagte er, »ihr könnt euch an Dake erinnern. Die Rote Witwe hat ihn in einen Sack gesteckt und ersäuft. Sie hat ihm das Leben genommen, und jetzt will sie uns auch das Wasser wegnehmen, das Gescheckte Wasser, das unsere Felder versorgt … aber das wird sie nicht!« Er hob das Schwert über den Kopf. »Für Osgrey!«, sagte er eindringlich. »Für Standfast!«

»*Osgrey!*«, wiederholte Dunk. Ei und die Rekruten nahmen den Ruf auf. »*Osgrey! Osgrey! Für Standfast!*«

Dunk und Bennis drillten die kleine Kompanie zwischen den Schweinen und Hühnern, während Ser Eustace vom Balkon oben zuschaute. Sam Stoops hatte alte Säcke mit schmutzigem Stroh gefüllt. Die wurden ihre Gegner. Die Rekruten übten mit ihren Spießen, während Bennis sie anbrüllte. »Stechen, drehen und zurückziehen. Stechen, drehen und zurück, aber *holt das verdammte Ding heraus!* Ihr werdet es rasch für den Nächsten brauchen. Zu langsam, Treb, einfach zu langsam. Wenn du nicht schneller wirst, solltest du doch lieber Steine werfen. Lem, leg dein Gewicht in den Stoß. Und rein und raus, rein und raus. Vögelt sie mit dem Spieß, so geht das, rein und raus, stecht sie ab, stecht sie ab, *stecht sie ab.*«

Nachdem die Säcke durch ein halbes Tausend Stöße mit dem Spieß in Fetzen gerissen waren und sich das Stroh auf dem Boden verteilt hatte, legte Dunk seine Rüstung an und nahm ein Holzschwert zur Hand, denn er wollte sehen, wie sich die Männer angesichts eines lebendigen Gegners verhielten.

Nicht besonders gut, diese Erfahrung machte er. Nur Treb war schnell genug, um mit dem Spieß an Dunks Schild vorbeizugelangen, und das auch nur ein einziges Mal. Dunk wehrte einen lahmen Stoß nach dem anderen ab und schob ihre Spieße zur

Seite. Wäre sein Schwert aus Stahl und nicht aus Kiefernholz gewesen, hätte er jeden von ihnen ein halbes Dutzend Mal getötet. »Ihr seid *tot*, sobald ich an der Spitze vorbeikomme«, warnte er sie und schlug auf ihre Arme und Beine ein, damit sie den Ernst der Übung begriffen. Treb und Lem und der Nasse Wat lernten wenigstens, wie man zurückwich. Der Große Rob ließ seinen Speer fallen und rannte davon, und Bennis musste ihm hinterher jagen. Als Rob zurückgebracht wurde, heulte er. Am Ende des Nachmittags waren die Männer mit blauen Flecken übersät, und ihre schwieligen Hände waren voller frischer Blasen. Dunk selbst hatte keine Beulen davongetragen, war jedoch schweißgebadet, als Ei ihm aus der Rüstung half.

Bei Sonnenuntergang führte Dunk die kleine Kompanie in den Keller und zwang sie zu baden, auch die, die erst letzten Winter ein Bad genommen hatten. Anschließend gab es Eintopf mit Karotten, Zwiebeln und Gerste, den Sam Stoops' Frau gekocht hatte. Die Männer waren hundemüde, doch ihrem Gerede nach würden sie bald doppelt so tödlich sein wie ein Ritter der Königsgarde. Sie konnten es kaum abwarten, ihren Heldenmut unter Beweis zu stellen. Ser Bennis stachelte sie weiter an, indem er Geschichten über die Freuden des Soldatenlebens zum Besten gab; hauptsächlich übers Plündern und über die Frauen. Die beiden erfahrenen Kerle stimmten ihm zu. Lem hatte nach der Schwarzfeuer-Rebellion ein Messer und ein paar feine Stiefel nach Hause mitgebracht, berichtete er; die Stiefel waren ihm zwar zu klein, aber er hatte sie sich an die Wand gehängt. Und Pate konnte gar nicht aufhören, von den Marketenderinnen des Drachen zu schwärmen.

Sam Stoops hatte ihnen acht Strohmatratzen ins Gewölbe gebracht, und nachdem sie sich den Bauch voll geschlagen hatten, gingen sie schlafen. Bennis warf Dunk einen verzweifelten Blick zu. »Ser Nutzlos hätte ein paar mehr Bauernmädel vögeln sollen, während er noch Saft in den heute alten traurigen Eiern hatte«, sagte er. »Hätte er damals ein paar anständige Bastarde gezeugt, hätten wir jetzt vielleicht ein paar richtige Soldaten.«

»Sie sind nicht schlechter als andere Bauern, die eingezogen werden.« Dunk hatte unter Ser Arlan einige kennen gelernt.

»Ja«, sagte Ser Bennis. »In vierzehn Tagen können sie sich vielleicht gegen einen anderen Haufen Bauern wehren. Aber gegen Ritter?« Er schüttelte den Kopf und spuckte aus.

Der Brunnen von Standfast befand sich in einem der hinteren Keller, in einem feuchten Gewölbe, und war mit Stein und Erde ummauert. Dort wusch und schrubbte und klopfte Sam Stoops' Frau die Wäsche, ehe sie diese aufs Dach zum Trocknen brachte. Der große Waschzuber aus Stein wurde ebenfalls zum Baden benutzt. Das Wasser musste man Eimer um Eimer aus dem Brunnen hochziehen und in einem großen Eisenkessel über dem Herd erhitzen, den Kessel in den Zuber entleeren und das Ganze dann wiederholen. Man brauchte vier Eimer, um den Kessel zu füllen, und drei Kessel für den Zuber. Bis der nächste Kessel heiß war, wurde das Wasser vom ersten bereits wieder lauwarm. Ser Bennis hatte man sagen hören, das sei ihm verdammt noch mal zu viel Aufwand, und deshalb plage er sich lieber mit Läusen und Flöhen und röche wie vergammelter Käse.

Dunk hatte wenigstens Ei als Hilfe, wenn er, so wie heute Abend, unbedingt ein Bad nehmen musste. Mürrisch und schweigsam zog der Junge das Wasser hoch und sagte auch kaum ein Wort, während es heiß wurde. »Ei?«, fragte Dunk, als der letzte Kessel erhitzt wurde. »Stimmt etwas nicht?« Da Ei nichts darauf erwiderte, sagte er: »Hilf mir mit dem Kessel.«

Gemeinsam schleppten sie ihn vom Herd zum Zuber und passten auf, sich nicht zu verbrühen. »Ser«, fragte der Junge, »was, glaubt Ihr, hat Ser Eustace vor?«

»Den Damm niederzureißen und die Männer der Witwe zu bekämpfen, wenn sie uns daran hindern wollen.« Er sprach laut, damit man ihn über das Platschen des Wassers hinweg verstehen konnte, während sie es in den Zuber gossen. Dampf stieg in einer weißen Wolke auf, und sein Gesicht rötete sich.

»Sie haben Schilde aus geflochtenem Holz, Ser. Eine Lanze oder ein Armbrustbolzen gehen da glatt durch.«

»Vielleicht finden wir noch Rüstungsteile für sie, wenn es so weit ist.« Das konnten sie jedenfalls nur hoffen.

»Möglicherweise kommen sie zu Tode, Ser. Der Nasse Wat ist noch ein halber Junge. Will Gerste soll heiraten, wenn der Septon wieder vorbeischaut. Und der Große Rob kann den linken nicht vom rechten Fuß unterscheiden.«

Dunk ließ den letzten Kessel auf den gestampften Erdboden poltern. »Roger von Pennytree war jünger als der Nasse Wat, als er auf dem Feld des Roten Grases fiel. In den Diensten deines Vaters standen Männer, die gerade erst geheiratet hatten, und andere sollten niemals Gelegenheit erhalten, ein Mädchen zu küssen. Hunderte, vielleicht tausende, konnten ihren linken wahrlich nicht vom rechten Fuß unterscheiden.«

»Das war etwas anderes«, beharrte Ei. »Das war Krieg.«

»Dies auch. Das Gleiche, nur in kleinerer Form.«

»Kleiner und *dümmer*, Ser.«

»Das zu beurteilen liegt weder bei dir noch bei mir«, wies ihn Dunk zurecht. »Sie haben die Pflicht, in den Krieg zu ziehen, wenn Ser Eustace zu den Waffen ruft ... und zu sterben, wenn es sein muss.«

»Dann hätten wir ihnen gar nicht erst Namen geben sollen, Ser. Denn so wird es nur umso trauriger, wenn sie sterben.« Er verzog das Gesicht. »Wir können meinen Stiefel benutzen ...«

»Nein.« Dunk stellte sich auf ein Bein und zog sich den ersten seiner eigenen Stiefel aus.

»Ja, aber mein Vater ...«

»Nein.« Der zweite Stiefel folgte dem ersten.

»Wir ...«

»Nein.« Dunk zog sich das verschwitze Hemd über den Kopf und warf es Ei zu. »Bitte Sam Stoops' Frau, es für mich zu waschen.«

»Ja, Ser, aber ...«

»Nein, habe ich gesagt. Brauchst du erst eine Ohrfeige, damit du hörst?« Er band seine Hose auf. Darunter war er nackt; für Unterwäsche war es zu heiß. »Es ist schön, dass du dir solche Sorgen um Wat und Wat und Wat und die anderen machst, aber der Stiefel ist nur für äußerste Notfälle bestimmt.« *Wie viele Augen hat Lord Blutrabe? Tausend und eins.* »Was hat dir dein Vater gesagt, als er dich mir zum Knappen gegeben hat?«

»Ich sollte mein Haar kurz scheren oder färben und niemandem meinen wahren Namen verraten«, sagte der Junge mit unverkennbarem Widerwillen.

Ei diente Dunk seit eineinhalb Jahren, obwohl es ihm manchmal schon wie zwanzig vorkam. Sie waren gemeinsam über den Prinzenpass gezogen und hatten die tiefen Sande von Dorne durchquert, den roten und den weißen. In einem Boot mit Staken hatte sie den Greenblood hinunter nach Planky Town hinter sich gebracht, von wo sie sich an Bord der *Weißen Dame* einschifften, um nach Oldtown zu fahren. Sie hatten in Ställen, Gasthäusern und Gräben geschlafen, hatten mit heiligen Brüdern, Huren und Mimen das Bett geteilt und waren hundert Puppentheatern gefolgt. Ei hatte Dunks Pferd gestriegelt, sein Langschwert geschärft und die Rüstung vor Rost bewahrt. Er war ein guter Gefährte, und der Heckenritter betrachtete ihn beinahe schon wie einen kleinen Bruder.

Der er allerdings nicht ist. Dieses Ei war von Drachen ausgebrütet worden, nicht von Hühnern. *Ei* war vielleicht der Knappe eines Heckenritters, doch bei Aegon aus dem Hause Targaryen handelte es sich um den vierten und jüngsten Sohn von Maekar, Prinz von Summerhall, der selbst wiederum vierter Sohn des verstorbenen König Daeron des Guten war, des Zweiten seines Namens, der fünfundzwanzig Jahre auf dem Eisernen Thron gesessen hatte, bis ihn die Große Frühlingskrankheit dahingerafft hatte.

»Soweit das Volk Bescheid weiß, kehrte Aegon Targaryen mit seinem Bruder Daeron nach dem Turnier auf dem Wasen von Ashford nach Summerhall zurück«, erinnerte Dunk den Jungen. »Dein Vater wollte nicht bekannt werden lassen, dass du mit einem Heckenritter durch die Sieben Königreiche ziehst. Erzähl mir also nichts mehr über deinen Stiefel.«

Zur Antwort bekam er nur einen Blick. Ei hatte große Augen, und wegen des geschorenen Schädels wirkten sie noch größer. In der Düsternis des von Lampen erhellten Kellers sahen sie schwarz aus, in besserem Licht gaben sie jedoch ihre wahre Farbe preis; tief und dunkel und purpurn. *Valyrische Augen*, dachte Dunk. In Westeros hatten nur wenige außer den Drachen diese Augenfarbe oder Haar, das wie getriebenes Gold aussah, in das silberne Strähnen verwoben wurden.

Während sie den Greenblood hinunterstakten, hatten die Waisenmädchen zum Schabernack immer Ei über den rasierten Kopf gestreichelt, weil das Glück bringen sollte. Der Junge glühte dabei röter als ein Granatapfel. »Mädchen sind so *dumm*«, murrte er ständig. »Das Nächste, das mir auf den Kopf fasst, fällt in den Fluss.« Dunk musste ihm sagen: »Dann wirst du meine Hand am Kopf spüren. Und zwar bekommst du so eine Ohrfeige, dass dir die Ohren einen ganzen Mond lang klingeln.« Das verstärkte jedoch nur seinen Trotz. »Besser Glocken als dumme *Mädchen*«, beharrte er, warf jedoch keines in den Fluss.

Dunk stieg in den Zuber und ließ sich langsam ins Wasser, das ihn schließlich bis zum Kinn bedeckte. Oben war es noch kochend heiß, unten dagegen schon kühler. Er biss die Zähne zusammen, um nicht aufzuschreien. Denn sonst würde der Junge lachen. Ei *mochte* kochend heißes Badewasser.

»Braucht Ihr noch heißes Wasser, Ser?«

»Dies genügt mir.« Dunk rieb sich die Arme und schaute zu, wie sich der Schmutz in grauen Wolken löste. »Hol mir die Seife. Ach, und die Bürste mit dem langen Stiel.« Der Gedanke an Eis fehlendes Haar erinnerte ihn daran, wie verfilzt sein eigenes war. Er holte tief Luft und glitt unter Wasser, um es einzuweichen. Als er prustend wieder auftauchte stand Ei mit der Seife und der Pferdehaarbürste neben dem Zuber. »Du hast Haare auf der Wange«, bemerkte Dunk, während er ihm die Seife abnahm. »Zwei. Dort, unter dem Ohr. Schneid sie dir ab, wenn du das nächste Mal deinen Kopf rasierst.«

»Ja, Ser.« Der Junge schien über die Entdeckung glücklich zu sein.

Ohne Zweifel glaubt er, ein wenig Bart würde ihn zum Mann machen. Dunk hatte das Gleiche gedacht, als er bei sich den ersten Flaum auf der Oberlippe entdeckt hatte. *Ich habe versucht, mich mit meinem Dolch zu rasieren und mir beinahe die Nase aufgeschlitzt.* »Jetzt geh, und leg dich schlafen!«, befahl er Ei. »Bis morgen früh brauche ich dich nicht mehr.«

Es dauerte eine Weile, sich Dreck und Schweiß abzuschrubben. Danach legte Dunk die Seife zur Seite, streckte sich aus, so gut es ging, und schloss die Augen. Das Wasser war inzwischen abgekühlt. Nach der sengenden Hitze des Tages bot es eine willkommene Entspannung. Er ließ sich einweichen, bis Füße und Hände schrumpelten und das Wasser grau und kalt geworden war. Nur widerwillig stieg er aus dem Zuber.

Obwohl er und Ei dicke Strohmatratzen im Keller hatten, schlief Dunk lieber oben auf dem Dach. Dort war die Luft frischer, und manchmal kam ein wenig Wind auf. Vor Regen brauchte man sich nicht zu fürchten. Denn das nächste Mal, wenn es regnete, würde er der Erste draußen sein.

Ei schlief schon, als Dunk auf dem Dach eintraf. Dunk legte sich auf den Rücken, schob die Hände unter den Kopf und starrte in den Himmel. Überall glommen Sterne, tausende und abertausende. Sie erinnerten ihn an die Nacht vor der Eröffnung des Turniers auf dem Wasen von Ashford. In jener Nacht hatte er einen fallenden Stern, eine Sternschnuppe gesehen. Sternschnuppen sollten eigentlich Glück bringen, daher hatte er Tanselle gesagt, sie möge ihm eine auf seinen Schild malen, doch Ashford hatte ihm überhaupt kein Glück gebracht. Noch vor Ende des Turniers hatte er beinahe eine Hand und einen Fuß verloren, und drei gute Männer büßten ihr Leben für ihn ein. *Immerhin habe ich einen Knappen erhalten. Ei begleitet mich, seit ich von Ashford aufgebrochen bin. Das war das einzige Gute, das mir seitdem widerfahren ist.*

Er hoffte nur, heute Nacht würden keine Sterne vom Himmel fallen.

In der Ferne ragten rote Berge auf, und unter den Füßen hatte er weißen Sand. Dunk grub, stach einen Spaten in den ausgetrockneten Boden und warf den feinen Sand über die Schulter. Er grub ein Loch. *Ein Grab,* dachte er, *ein Grab für die Hoffnung.* Ein Trio dornischer Ritter stand daneben, beobachtete ihn und verspottete ihn mit leiser Stimme. Ein wenig abseits warteten die Händler mit ihren Maultieren und Karren und Schlitten. Sie wollten weiterziehen, konnten jedoch nicht aufbrechen, ehe er den Braunen begraben hatte. Seinen alten Freund würde er nicht den Schlangen und Skorpionen und Sandhunden überlassen.

Das Tier war auf der langen wasserlosen Strecke zwischen dem Prinzenpass und Vaith verendet, während Ei noch auf seinem Rücken saß. Die Vorderbeine gaben einfach nach, es kniete sich hin, wälzte sich auf die Seite und starb. Der Kadaver lag jetzt neben dem Loch. Er war bereits steif. Bald würde er zu stinken beginnen.

Dunk weinte beim Graben, sehr zur Belustigung der dornischen Ritter. »Wasser ist sehr kostbar in der Wüste«, sagte einer, »Ihr solltet es nicht verschwenden, Ser.« Der andere kicherte und fragte: »Warum weint Ihr? Es war doch nur ein Pferd, und dazu ein armseliges.«

Brauner, dachte Dunk und grub, *es hieß Brauner, und es hat mich jahrelang auf seinem Rücken getragen und nicht ein einziges Mal gebockt oder gebissen.* Der alte Gaul hatte neben den schlanken Sandrössern der Dornischen mit ihren eleganten Köpfen, langen Hälsen und wehenden Mähnen armselig ausgesehen, doch hatte er alles gegeben, was er zu geben hatte.

»Weinst du etwa um einen alten Gaul?«, fragte Ser Arlan mit seiner alten Stimme. »Was denn, Bursche, du hast nicht einmal um mich geweint, der dich schließlich auf den Rücken des Braunen gesetzt hat.« Er lachte kurz, weil er Dunk durch die Bemerkung nicht verletzen wollte. »Das ist Dunk der Dummkopf, stur wie eine Burgmauer.«

»Um mich hat er auch keine Träne vergossen«, beschwerte sich Baelor Bruchspeer aus dem Grab, »obwohl ich sein Prinz war, die Hoffnung von Westeros. Die Götter hatten einen so frühen Tod für mich nicht vorgesehen.«

»Mein Vater war erst neununddreißig«, sagte Prinz Valarr. »Er wäre ein großer König geworden, der größte seit Aegon dem Drachen.« Er betrachtete Dunk mit kalten blauen Augen. »Warum haben die Götter ihn genommen und *Euch* nicht?« Der junge Prinz hatte das hellbraune Haar seines Vaters, doch eine silbergoldene Strähne zog sich hindurch.

Ihr seid tot, wollte Dunk schreien, *Ihr seid alle drei tot, warum lasst Ihr mich nicht in Ruhe?* Ser Arlan war an einer Erkältung gestorben, Prinz Baelor durch einen Hieb seines Bruder während Dunks Urteil der Sieben, sein Sohn Valarr im Zuge der Großen Frühlingskrankheit. *Ich habe daran keine Schuld. Wir waren in Dorne und wussten nichts davon.*

»Du bist verrückt«, sagte der alte Mann zu ihm. »Wir werden kein Loch für dich buddeln, wenn du dich bei dieser Torheit umbringst. Im tiefen Sand muss ein Mann sein Wasser horten.«

»Fort mit Euch, Ser Duncan!«, rief Valarr. »Fort!«

Ei half ihm beim Graben. Der Junge hatte keinen Spaten, nur die Hände, und der Sand rutschte so schnell wieder ins Grab nach, wie sie ihn hinauswarfen. Es war, als schöpften sie ein Loch ins Meer. *Ich muss weitergraben,* mahnte sich Dunk, obwohl Rücken und Schultern längst von den Mühen schmerzten. *Ich muss ihn tief vergraben, damit ihn die Sandhunde nicht finden. Ich muss …*

»… sterben?«, fragte der Große Rob, der Einfältige, vom Boden des Grabes. Wie er da lag, so still und kalt, mit der klaffenden roten Wunde im Bauch, sah er überhaupt nicht mehr groß aus.

Dunk hielt inne und starrte ihn an. »Du bist nicht tot. Du schläfst unten im Keller.« Er blickte Ser Arlan Hilfe suchend an. »Sagt es ihm, Ser«, flehte er, »sagt ihm, er soll aus dem Grab steigen.«

Nur war es nicht Ser Arlan von Pennytree, der über ihm stand, sondern Ser Bennis vom Braunen Schild. Der braune Ritter kicherte nur. »Dunk der Dummkopf«, sagte er, »schlitzt die Bäuche langsam auf, aber sicher. Habe noch nie einen Mann gesehen, der es überlebt hat, wenn ihm die Gedärme aus dem Leib hingen.« Roter Schaum trat auf seine Lippen. Er drehte sich um und spuckte aus, und der weiße Sand saugte den Speichel auf. Treb stand hinter ihm mit einem Pfeil im Auge und weinte rote Tränen. Und dort war auch der Nasse Wat, dessen Kopf fast in zwei Hälften gespalten war, und der alte Lem und der rotäugige Pate und die anderen. Sie haben Bitterblatt mit Bennis gekaut, dachte Dunk zunächst, ehe ihm deutlich wurde, dass Blut aus ihren Mündern troff. *Tot,* dachte er, *alle tot,* und der braune Ritter wieherte. »Ja, also macht Euch am besten an die Arbeit. Es gibt schließlich genug Gräber auszuheben, Dummkopf. Acht für sie, eins für mich und eins für den alten Ser Nutzlos und dann noch ein letztes für Euren kahlköpfigen Jungen.«

Der Spaten glitt Dunk aus den Händen. »Ei!«, rief er. »Lauf! Wir müssen *fliehen*!« Doch der Sand gab unter ihren Füßen nach. Als der Junge aus dem Loch klettern wollte, brach der bröckelnde Rand ein. Dunk schaute zu, wie der Sand über Ei zusammenschlug und ihn begrub, während er den Mund zum Schrei öffnete. Dunk wollte sich zu ihm vorkämpfen, aber der Sand stieg um ihn an, zog ihn ins Grab, füllte ihm Mund, Nase, Augen …

Bei Tagesanbruch machte sich Ser Bennis daran, den Rekruten beizubringen, wie man eine Schildmauer bildet. Er stellte die acht Schulter an Schulter auf, so dass sich ihre Schilde berührten und die Spitzen der Spieße wie lange Holzzähne hervorragten. Dann stiegen Dunk und Ei auf und griffen sie an.

Maester weigerte sich, näher als zehn Fuß an die Speere heranzulaufen, und blieb abrupt stehen, doch Donner war für diese Aufgabe ausgebildet. Das große Schlachtross galoppierte los und gewann immer mehr an Geschwindigkeit. Hühner flohen gackernd und flatternd vor seinen Hufen. Ihre Panik musste ansteckend wirken. Erneut war der Große Rob der Erste, der den Spieß fallen ließ und rannte, wodurch in der Mitte der Mauer eine Lücke entstand. Anstatt diese zu schließen, ergriffen Standfasts andere Krieger ebenfalls die Flucht. Donner trabte über die Schilde, die sie fallen gelassen hatten, ehe Dunk ihn zügeln konnte. Unter den eisenbeschlagenen Hufen knackte und splitterte das verwobene Holz. Ser Bennis entfuhr eine Flut von Flüchen, während Hühner und Bauern in alle Richtungen davonstoben. Ei rang mannhaft darum, sein Lachen zu unterdrücken, verlor den Kampf jedoch.

»Genug.« Dunk brachte Donner zum Stehen, öffnete die Schnalle seines Helms und nahm ihn ab. »Wenn Ihr sie so in die Schlacht ziehen lasst, werden sie alle niedergemetzelt.« *Und Ihr und ich höchstwahrscheinlich ebenfalls.* Obwohl es früher Morgen war, herrschte bereits große Hitze, und Dunk fühlte sich so verschwitzt, als hätte er am Abend zuvor überhaupt nicht gebadet. Sein Kopf pochte, und er konnte den Traum der letzten Nacht nicht vergessen. *Es ist doch gar nicht so passiert,* wollte er sich einreden. *So war es doch gar nicht.* Der Braune war auf dem langen Ritt durch die Dürre nach Vaith verendet, der Teil stimmte. Er und Ei ritten gemeinsam auf einem Tier, bis Eis Bruder ihnen Maester gab. Der Rest allerdings …

Ich habe gar nicht geweint. Vielleicht wollte ich, aber ich habe nicht. Er hatte das Pferd tatsächlich begraben wollen, aber die Dornischen waren nicht bereit gewesen zu warten. »Sandhunde müssen auch fressen und ihre Jungen füttern«, hatte ihm einer der dornischen Ritter erklärt, während er Dunk half, Zaumzeug und Sattel von dem toten Pferd zu nehmen. »Sein Fleisch nährt die Hunde oder nährt den Sand. In einem Jahr werden die Knochen blank sein. Wir sind in Dorne, mein Freund.« Bei der Erinnerung daran keimte in Dunk die Frage auf, wer sich wohl von Wats Fleisch ernähren würde und von Wats und Wats. *Vielleicht gibt es im Gescheckten Wasser auch gescheckte Fische.*

Er lenkte Donner zurück zum Turm und stieg ab. »Ei, hilf Ser Bennis, sie einzusammeln und zurückzutreiben.« Er drückte Ei seinen Helm in die Hände und ging auf die Treppe zu.

Ser Eustace empfing ihn in seinem düsteren Solar. »Das war nicht gut.«

»Nein, M'lord«, erwiderte Dunk. »Sie nutzen uns nichts.« *Ein verschworenes Schwert schuldet seinem Lehnsherrn Pflichterfüllung und Gehorsam, doch dies ist Wahnsinn.*

»Sie haben es zum ersten Mal gemacht. Ihre Väter und Brüder waren genauso unbeholfen oder sogar noch schlimmer, als sie mit ihrer Ausbildung begannen. Meine Söhne haben mit ihnen geübt, ehe sie dem König zu Hilfe kamen. Jeden Tag, gute zwei Wochen lang. Das hat sie zu Soldaten gemacht.«

»Und in der Schlacht, M'lord?«, fragte Dunk. »Wie haben sie sich dort geschlagen? Wie viele sind mit Euch heimgekehrt?«

Der alte Ritter schaute ihn lange an. »Lem«, sagte er schließlich, »und Pate und Dake. Dake war für die Vorräte zuständig. Diese Aufgabe hat er wie kein anderer erledigt. Wir mussten nie mit leerem Magen marschieren. Drei sind heimgekehrt, Ser. Drei und ich.« Sein Schnurrbart zitterte. »Vielleicht dauert es länger als zwei Wochen.«

»M'lord«, sagte Dunk, »die Frau könnte schon morgen mit all ihren Männern hier sein.« *Es sind gute Burschen,* dachte er, *aber sie werden schon bald tote Burschen sein, wenn wir sie gegen die Ritter von Coldmoat schicken.* »Es muss doch eine andere Möglichkeit geben.«

»Eine andere Möglichkeit.« Ser Eustace strich vorsichtig über den Schild des Kleinen Löwen. »Von Lord Rowan und auch von diesem König habe ich keine Gerechtigkeit zu erwarten …« Er packte Dunk am Unterarm. »Da fällt mir ein, dass es in vergangenen Zeiten, als die grünen Könige herrschten, einen Blutpreis gab, den man zahlen konnte, wenn man das Tier oder den Bauern eines Mannes getötet hatte.«

»Einen Blutpreis?«, fragte Dunk zweifelnd.

»Eine andere Möglichkeit, habt Ihr gesagt. Ich habe einige Münzen zurückgelegt. Nur ein Kratzer auf der Wange, würde Ser Bennis sagen. Ich könnte dem Mann einen Silberhirschen zahlen und dieser Frau drei für die Beleidigung. Ich könnte und täte es … wenn sie den Damm einreißen würde.« Der alte Mann runzelte die Stirn. »Ich kann nicht zu ihr gehen. Nicht nach Coldmoat.« Eine fette schwarze Fliege summte um seinen Kopf und ließ sich auf seinem Arm nieder. »Die Burg gehörte einst uns. Wusstet Ihr das, Ser Duncan?«

»Ja, M'lord.« Sam Stoops hatte es ihm erzählt.

»Tausend Jahre lang vor der Eroberung waren wir die Marschälle der Nordmark. Zwanzig niedere Lords hielten uns die Lehnstreue, und wir verfügten über hundert Ritter mit Land. Vier Burgen besaßen wir damals und Wachtürme auf den Bergen, von denen wir gewarnt wurden, wenn sich Feinde im Anmarsch befanden. Coldmoat war unser größter Sitz. Lord Perwyn Osgrey hat ihn erbaut. Perwyn der Stolze wurde er genannt.

Nach dem Feld des Feuers wurden aus den Königen von Highgarden Kämmerer, und die Osgreys verloren an Einfluss. Aegons Sohn König Maegor schließlich nahm uns Coldmoat, als Lord Ormond Osgrey sich gegen die Unterdrückung der Sterne und Schwerter aussprach, wie die Armen Gefährten und die Söhne des Kriegers genannt wurden.« Seine Stimme war heiser geworden. »In den Stein über dem Tor von Coldmoat ist ein gescheckter Löwe gemeißelt. Mein Vater hat ihn mir gezeigt, als er mich zum ersten Mal zu einem Besuch bei Reynard Webber mitnahm. Ich habe ihn wiederum meinen Söhnen gezeigt. Addam ... Addam diente in Coldmoat, als Page und Knappe, und ... und zwischen ihm und der Tochter von Lord Wyman entwickelte sich eine gewisse Zuneigung. Eines Winters legte ich also meine edelste Tracht an und ging zu Lord Wyman, um ihm eine Heirat vorzuschlagen. Seine Ablehnung bekundete er zwar höflich, doch während ich ihn verließ, hörte ich ihn mit Ser Lucas Inchfield lachen. Seit jenem Tag bin ich nicht mehr nach Coldmoat zurückgekehrt außer einmal, als diese Frau einen von meinen Männern entführt hat. Als sie mir sagte, ich solle den armen Lem auf dem Grunde des Burggrabens suchen –«

»Dake«, unterbrach ihn Dunk. »Bennis sagt, es sei Dake gewesen.«

»Dake?« Die Fliege kroch ihm über den Ärmel und hielt inne, um sich die Beine zu putzen, wie Fliegen das eben tun. Ser Eustace verscheuchte sie und rieb sich die Lippe unter seinem Schnurrbart. »Dake. Das habe ich doch gesagt. Ein zuverlässiger Kerl, ich erinnere mich gut an ihn. Er hat uns mit Vorräten versorgt, während des Krieges. Wir mussten nie mit leerem Magen marschieren. Als Ser Lucas mir mitteilte, was man dem armen Dake angetan hatte, legte ich einen heiligen Eid ab, niemals wieder einen Fuß in diese Burg zu tun, es sei denn, um sie in Besitz zu nehmen. Ihr seht also, ich kann nicht hingehen, Ser Duncan. Nicht, um den Blutpreis zu zahlen, und auch aus keinem anderen Grunde. Ich *kann nicht.*«

Dunk verstand. »Ich könnte hingehen, M'lord. Ich habe keinen Eid geschworen.«

»Ihr seid ein guter Mann, Ser Duncan. Ein tapferer Ritter und ein treuer dazu.« Ser Eustace legt die Hand auf Dunks Arm. »Ich wünschte, die Götter hätten mir meine Alysanne gelassen. Ihr seid ein Mann von der Sorte, wie ich stets hoffte, einen für sie zu finden. Ein treuer, wahrer Ritter, Ser Duncan. Ein treuer, wahrer Ritter.«

Dunk wurde rot. »Ich werde Lady Webber mitteilen, was Ihr gesagt habt, über den Blutpreis, aber …«

»Ihr werdet Ser Bennis damit Dakes Schicksal ersparen. Ich weiß es. Ich bin kein schlechter Menschenkenner, und Ihr seid guter Stahl. Ihr werdet ihnen Einhalt gebieten, Ser. Schon allein Euer Anblick. Wenn die Frau sieht, dass Standfast einen solchen Recken sein Eigen nennt, wird sie den Damm von selbst einreißen.«

Dunk wusste nicht, was er darauf erwidern sollte. Er kniete. »M'lord. Ich werde morgen gehen und mein Bestes geben.«

»Morgen.« Die Fliege summte wieder heran und landete auf Ser Eustace' linker Hand. Er hob die Rechte und schlug sie tot. »Ja. Morgen.«

»*Noch* EIN Bad?«, fragte Ei entsetzt. »Ihr habt gerade erst gestern eins genommen.«

»Und danach habe ich einen Tag in der Rüstung verbracht und

im eigenen Schweiß geschwommen. Schließ den Mund, und füll den Kessel.«

»Ihr habt in der Nacht gebadet, in der Ser Eustace uns in seine Dienste aufgenommen hat«, zählte Ei auf. »Und erst letzte Nacht, dazu jetzt. Das sind *drei Mal*, Ser.«

»Ich muss mit einer hochgeborenen Dame verhandeln. Soll ich vor ihrem Hohen Stuhl erscheinen und so eklig stinken wie Ser Bennis?«

»Ihr müsstet Euch in einer Wanne mit Maesters Mist wälzen, um so übel zu riechen wie er, Ser.« Ei füllte den Kessel. »Sam Stoops sagt, der Kastellan von Coldmoat ist so groß wie Ihr. Lucas Inchfield ist sein Name, aber man nennt ihn Longinch, der Größe wegen. Glaubt Ihr, dass er so groß ist wie Ihr, Ser?«

»Nein.« Es waren Jahre vergangen, seit Dunk jemanden gesehen hatte, der so groß war wie er. Er nahm den Kessel und hängte ihn über das Feuer.

»Werdet Ihr gegen ihn kämpfen?«

»Nein.« Dunk wünschte sich fast das Gegenteil. Er war vielleicht nicht der beste Kämpe im Reich, doch machten Größe und Kraft viele Mängel wett. *Nicht den Mangel an Verstand jedoch.* Mit Worten konnte er nicht gut umgehen und mit Frauen noch schlechter. Dieser Riese Lucas Longinch machte ihm weniger Angst als die Aussicht, der Roten Witwe gegenübertreten zu müssen. »Ich werde lediglich mit der Roten Witwe sprechen.«

»Was werdet Ihr zu ihr sagen, Ser?«

»Dass sie den Damm einreißen muss.« *Ihr müsst den Damm einreißen, M'lady, oder sonst …* »Ich werde sie bitten, den Damm niederzureißen, meine ich.« *Bitte, gebt uns das Gescheckte Wasser zurück.* »Wenn es ihr gefällt.« *Ein wenig Wasser, wenn Ihr mögt, M'lady.* Ser Eustace würde nicht wollen, dass er darum bettelte. *Wie soll ich es dann ausdrücken?*

Bald dampfte und blubberte das Wasser. »Hilf mir, es in den Zuber zu schütten!«, verlangte Dunk von dem Jungen. Gemeinsam hievten sie den Kessel vom Herd und schleppten ihn durch den Keller zu dem hölzernen Zuber. »Ich weiß nicht, wie man mit hochgeborenen Damen redet«, gestand er beim Umgießen. »In Dorne hätten wir beide beinahe aufgrund meiner Worte zu Lady Vaith das Leben verloren.«

»Lady Vaith war verrückt«, erinnerte Ei ihn, »dennoch hättet Ihr Euch ein wenig galanter benehmen können. Die Damen mögen es, wenn Ihr galant seid. Wenn Ihr die Rote Witwe so retten müsstet, wie ihr dieses Puppenspielermädchen vor Aerion gerettet habt …«

»Aerion ist in Lys, und die Witwe will nicht gerettet werden.« Über Tanselle wollte er nicht sprechen. *Tanselle Zuhoch hieß sie, aber für mich war sie nicht zu hoch.*

»Also«, sagte der Junge, »manche Ritter singen ihren Damen galante Lieder vor, oder sie spielen die Laute.«

»Ich habe keine Laute.« Dunk wirkte verdrießlich. »Und in der Nacht in Planky Town, als ich zu viel getrunken habe, hast du gesagt, ich würde wie ein Ochse in der Schlammsuhle singen.«

»Das hatte ich vergessen, Ser.«

»Wie konntest du es vergessen?«

»Ihr habt mir befohlen, es zu vergessen, Ser«, gab Ei unschuldig zurück. »Ihr habt gesagt, es würde eine Ohrfeige setzen, wenn ich es noch einmal erwähnte.«

»Ich werde nicht singen.« Obwohl er eine gute Stimme hatte, war das einzige Lied, das er bis zum Ende kannte, »Der Bär und die Jungfrau hehr«. Er bezweifelte allerdings, dass er Lady Webber damit für sich gewinnen würde. Der Kessel dampfte wieder. Sie schleppten ihn zum Zuber und kippten ihn hinein.

Ei holte Wasser, um den Kessel ein drittes Mal zu füllen, dann kletterte er auf den Brunnen. »In Coldmoat solltet Ihr besser nichts essen und trinken, Ser. Die Rote Witwe hat alle ihre Gemahle vergiftet.«

»Ich will sie auch nicht heiraten. Sie ist eine hochgeborene

Dame, und ich bin Dunk aus Flea Bottom, schon vergessen?« Er runzelte die Stirn. »Wie viele Gemahle hatte sie schon, weißt du das?«

»Vier«, sagte Ei, »aber keine Kinder. Wann immer sie niederkommt, erscheint des Nachts ein Dämon und holt ihre Nachkommenschaft. Sam Stoops' Weib sagt, sie habe ihre ungeborenen Kinder an den Herrn der Sieben Höllen verkauft, damit er sie in seinen schwarzen Künsten unterweist.«

»Hochgeborene Damen geben sich nicht mit schwarzen Künsten ab. Sie tanzen und singen und beschäftigen sich mit Stickereien.«

»Vielleicht tanzt sie mit Dämonen und bestickt ihre Kleidung mit bösen Zaubersymbolen«, malte sich Ei voller Wonne aus. »Und woher wollt Ihr wissen, was hochgeborene Damen tun und was nicht, Ser? Lady Vaith ist die einzige, die Ihr je kennen gelernt habt.«

Das war unverschämt, entsprach nichtsdestoweniger der Wahrheit. »Möglicherweise kenne ich keine hochgeborenen Damen, doch kenne ich dafür einen Jungen, der es geradezu auf eine Ohrfeige anlegt.« Dunk rieb sich den Nacken. Nach einem Tag im Kettenhemd waren die Muskeln jedes Mal hart wie Holz. »Du kennst einige Königinnen und Prinzessinnen. Haben die etwa mit Dämonen getanzt und schwarze Künste betrieben?«

»Lady Shiera schon. Lord Blutrabes Buhle. Sie badet in Blut, um ihre Schönheit zu erhalten. Und einmal hat mir meine Schwester Rhae einen Liebestrunk in den Wein geschüttet, damit ich sie heirate und nicht meine Schwester Daella.«

Ei sprach über solchen Inzest, als wäre es das Natürlichste der Welt. *Für ihn ist es das.* Bei den Targaryens heirateten Brüder schon seit Jahrhunderten ihre Schwestern, um das Blut des Drachen rein zu bewahren. Obwohl der letzte lebende Drache noch vor Dunks Geburt gestorben war, blieben die Drachenkönige an der Macht. *Vielleicht nehmen die Götter es ihnen nicht übel, wenn sie ihre Schwestern heiraten.* »Hat der Trunk gewirkt?«, fragte Dunk.

»Hätte er«, sagte Ei, »aber ich habe ihn ausgespuckt. Ich will keine Frau, ich will Ritter der Königsgarde werden und dem König dienen und ihn verteidigen. Angehörige der Königsgarde müssen einer Heirat abschwören.«

»Das ist sehr edel, doch wenn du älter bist, wirst du möglicherweise lieber ein Mädchen haben als einen weißen Mantel.« Dunk dachte dabei an Tanselle Zuhoch und das Lächeln, das sie ihm bei Ashford geschenkt hatte. »Ser Eustace sagte, ich sei von der Sorte Mann, mit der er seine Tochter gerne verheiratet hätte. Sie hieß Alysanne.«

»Sie ist tot, Ser.«

»Ich weiß, dass sie tot ist«, sagte Dunk verärgert. »Wenn sie noch leben würde, sagte er. Wenn sie noch lebte, würde er sie gern mit mir verheiraten. Oder mit jemandem, der so ähnlich ist wie ich. Ich fühlte mich durchaus geehrt. Bisher hat mir noch kein Lord seine Tochter angeboten.«

»Seine *tote* Tochter. Und die Osgreys mögen vor langer Zeit Lords gewesen sein, doch Ser Eustace ist nur ein Ritter mit Landbesitz.«

»Ich weiß, was er ist. Willst du eine Ohrfeige?«

»Also«, sagte Ei, »lieber eine Ohrfeige als eine *Frau.* Vor allem lieber als eine tote Frau. Das Wasser ist heiß.«

Sie schleppten den Kessel zum Zuber, und Dunk zog das Hemd über den Kopf. »In Coldmoat werde ich mein dornisches Gewand tragen.« Es war aus Sandseide, das feinste Stück, dass er besaß, und es war mit seiner Ulme und einer Sternschnuppe bemalt.

»Wenn Ihr es während des Ritts tragt, wird es ganz verschwitzt sein, Ser«, meinte Ei. »Tragt das, welches Ihr gestern anhattet. Ich nehme das andere für Euch mit, und Ihr könnt Euch umziehen, wenn Ihr die Burg erreicht.«

»*Bevor* ich die Burg erreiche. Ich würde wie ein Narr aussehen, wenn ich mich auf der Zugbrücke umziehen würde. Und wer hat gesagt, dass du mitkommst?«

»Ein Ritter schindet mehr Eindruck, wenn er von einem Knappen begleitet wird.«

Das stimmte allerdings. Der Junge hatte einen Sinn für diese Dinge. *Sollte er auch. Er hat zwei Jahre als Page in King's Landing gedient.* Dennoch widerstrebte es Dunk, ihn in Gefahr zu bringen. Er hatte keine Ahnung, wie man ihn auf Coldmoat willkommen heißen würde. Wenn diese Rote Witwe so gefährlich war, wie es hieß, mochte er leicht in einem Krähenkäfig enden wie diese beiden Männer an der Straße. »Du bleibst hier und hilfst Bennis mit den Bauern«, trug er Ei auf. »Und sieh mich nicht so störrisch an.« Er trat sich die Hosen von den Beinen und stieg in das dampfende Wasser. »Geh jetzt schlafen, und lass mich in Ruhe baden. Du kommst nicht mit, und dabei bleibt es.«

Ei war schon auf und verschwunden, als Dunk erwachte, weil ihm die Morgensonne ins Gesicht schien. *Bei den guten Göttern, wie kann es um diese Zeit so heiß sein?* Er setzte sich auf, reckte sich, gähnte, stieg dann aus dem Bett und taumelte verschlafen hinunter in den Keller zum Brunnen, wo er eine dicke Talgkerze anzündete, sich kaltes Wasser ins Gesicht spritzte und sich anzog. Als er ins Sonnenlicht hinaustrat, wartete Donner bereits gesattelt und gezäumt am Stall. Ei wartete ebenfalls, mit Maester, dem Maultier.

Der Junge hatte seine Stiefel angezogen. Endlich einmal sah er aus wie ein richtiger Knappe in seinem grün und golden gescheckten Wams und der weißen, engen Wollhose. »Die Hose war im Schritt gerissen, aber Sam Stoops' Frau hat sie für mich genäht«, verkündete er.

»Die Sachen haben Addam gehört«, sagte Ser Eustace, während er seinen eigenen grauen Hengst aus dem Stall führte. Ein gescheckter Löwe zierte den ausgefransten Seidenmantel, der dem alten Mann von den Schultern hing. »Das Wams ist ein wenig muffig, weil es in der Truhe lag, aber es sollte seinen Zweck erfüllen. Ein Ritter schindet mehr Eindruck, wenn er von einem Knappen begleitet wird, daher habe ich beschlossen, dass Euch Ei nach Coldmoat begleiten wird.«

Reingelegt von einem Zehnjährigen. Dunk blickte Ei an und formte mit den Lippen das Wort *Ohrfeige.* Der Junge grinste.

»Für Euch habe ich auch etwas, Ser Duncan. Kommt!« Ser Eustace zog einen Mantel hervor und schüttelte ihn mit Schwung auf.

Es war weiße Wolle, die mit Rauten aus grünem Satin und goldenem Tuch gesäumt war. Ein Wollmantel war das Letzte, was er bei dieser Hitze brauchte, doch als Ser Eustace ihn ihm um die Schultern legte, sah Dunk den Stolz auf seinem Gesicht und konnte nicht ablehnen. »Danke, M'lord.«

»Er steht Euch gut. Ich wünschte, ich könnte Euch mehr geben.« Der Schnurrbart des alten Mannes zuckte. »Ich habe Sam Stoops in den Keller geschickt, um die Sachen meiner Söhne durchzustöbern, aber Edwyn und Harrold waren kleinere Männer, schmaler in der Brust und kürzer an den Beinen. Nichts von dem, was sie hinterlassen haben, wird Euch passen, muss ich leider sagen.«

»Der Mantel genügt schon, M'lord. Ich werde ihm keine Schande bereiten.«

»Daran zweifele ich nicht.« Er tätschelte sein Pferd. »Ich dachte, ich könnte Euch ein Stück des Weges begleiten, wenn Ihr nichts dagegen einzuwenden habt.«

»Nein, M'lord.«

Ei führte sie den Hügel hinunter und saß aufrecht auf Maester. »Muss er denn diesen unförmigen Strohhut tragen?«, fragte Ser Eustace Dunk. »Er sieht damit ein wenig dumm aus, oder was meint Ihr?«

»Nicht so dumm, als würde sich seine Kopfhaut pellen, M'lord.« Schon zu dieser Stunde, da die Sonne kaum über den Horizont schaute, war es heiß. *Am Nachmittag werden die Sättel so heiß sein, dass sie Blasen werfen.* Im feinen Putz des toten Sohnes sah Ei zwar elegant aus, doch bis zum Einbruch der Nacht würde er ein gekochtes Ei sein. Dunk konnte sich wenigstens umziehen; er hatte sein gutes Hemd in der Satteltasche und sein altes grünes auf dem Leib.

»Wir nehmen den Westweg«, verkündete Ser Eustace. »In den letzten Jahren wird er zwar wenig benutzt, doch ist es die kürzeste Verbindung zwischen Standfast und Coldmoat.« Der Weg führte sie zunächst um den Hügel und an den Gräbern vorbei, wo der alte Ritter seine Gemahlin und seine Söhne in einem Brombeergebüsch beerdigt hatte. »Meine Jungen haben die Beeren so gern gepflückt. Als sie noch klein waren, kamen sie oft mit verschmiertem Gesicht und Kratzern auf den Armen zu mir, und da wusste ich sofort, wo sie gesteckt hatten.« Er lächelte liebevoll. »Euer Ei erinnert mich an Addam. Ein tapferer Junge für sein Alter. Addam versuchte, seinen Bruder zu beschützen, als die Schlacht über sie hereinbrach. Ein Flussmann mit sechs Eicheln auf dem Schild schlug ihm den Arm mit einer Axt ab.« Seine traurigen grauen Augen suchten Dunks Blick. »Euer alter Herr, dieser Ritter von Pennytree … hat er in der Schwarzfeuer-Rebellion gekämpft?«

»Ja, M'lord. Ehe er mich bei sich aufnahm.« Dunk war damals drei oder vier Jahre alt gewesen und halb nackt durch die Gassen von Flea Bottom gelaufen, hatte eher wie ein Tier als wie ein Kind vor sich hin vegetiert.

»War er für den roten oder den schwarzen Drachen?«

Rot oder schwarz? Eine gefährliche Frage, selbst heute noch. Seit den Tagen von Aegon dem Eroberer zeigte das Wappen des Hauses Targaryen den dreiköpfigen Drachen, rot auf Schwarz. Daemon der Thronbewerber hatte diese Farben auf seinem Banner umgekehrt, und viele Bastarde folgten diesem Beispiel. *Ser Eustace ist mein Lehnsherr*, mahnte sich Dunk. *Er hat das Recht zu fragen.* »Er kämpfte unter Lord Hayfords Banner, M'lord.«

»Grüne Schrägbalken über Gold, ein grüner Wellenbalken?«

»Könnte sein, M'lord. Ei wird es wissen.« Der Bursche kannte die Hälfte aller Ritterwappen von Westeros auswendig.

»Lord Hayford war ein berühmter *Königsanhänger.* König Daeron hat ihn kurz vor der Schlacht zu seiner Hand ernannt. Butterwell hatte seine Aufgabe so schlecht erfüllt, dass viele seine Loyalität in Zweifel zogen, aber Lord Hayford war treu.«

»Ser Arlan war an seiner Seite, als er fiel. Ein Lord mit drei Türmen auf dem Schild schlug ihn nieder.«

»An diesem Tag sind auf beiden Seiten viele gute Männer gefallen. Das Gras war vor der Schlacht noch nicht rot. Hat Euch Ser Arlan das erzählt?«

»Ser Arlan sprach nicht gern über die Schlacht. Sein Knappe ist in ihr gefallen. Roger von Pennytree lautete sein Name, der Sohne von Ser Arlans Schwester.« Allein den Namen auszusprechen weckte Schuldgefühle in Dunk. *Ich habe ihm seinen Platz gestohlen.* Nur Prinzen und große Lords hatten die Mittel, zwei Knappen zu halten. Wenn Aegon der Unwerte sein Schwert dem Erben Daeron und nicht seinem Bastard Daemon gegeben hätte, wäre es vielleicht nie zur Schwarzfeuer-Rebellion gekommen, und Roger von Pennytree würde noch leben. *Er wäre sicherlich Ritter, ein richtiger Ritter. Ich wäre am Galgen geendet, oder man hätte mich zur Nachtwache geschickt, wo ich bis an mein Lebensende auf der Mauer Wache laufen würde.*

»Eine große Schlacht ist eine entsetzliche Angelegenheit«, sagte der alte Ritter, »doch inmitten von Blut und Gemetzel gibt es auch Schönheit, Schönheit, die einem das Herz brechen mag. Ich werde nie vergessen, wie die Sonne leuchtete, als sie über dem Feld des Roten Grases unterging … Zehntausend Männer waren gefallen, und überall stöhnten und klagten die Verwundeten, doch darüber färbte sich der Himmel golden und rot und orange, so wunderschön, und es trieb mir die Tränen in die Augen, denn meine Söhne würden diesen Anblick nie wieder genießen dürfen.« Er seufzte. »Die Sache stand knapper, als man es heute glauben möchte. Wenn Blutrabe nicht …«

»Ich habe immer gehört, Baelor Bruchspeer habe die Schlacht entschieden«, sagte Dunk. »Er zusammen mit Prinz Maekar.«

»Der Hammer und der Amboss?« Der Schnurrbart des alten Mannes zuckte. »Die Sänger lassen vieles aus. Daemon war an diesem Tag der *Krieger* in Person. Niemand konnte gegen ihn bestehen. Er zerschmetterte Lord Arryns Vorhut und erschlug den Ritter der Neunsterne und den Wilden Wyl Waynwood, ehe er auf Ser Gwayne Corbray von der Königsgarde traf. Fast eine Stunde lang umtanzten sie sich auf ihren Pferden und droschen aufeinander ein, während um sie herum Männer starben. Es heißt, wann immer Blackfyre und Lady Forlorn zusammenkrachten, konnte man es meilenweit hören. Zur Hälfte war es ein Lied, zur Hälfte ein Schrei, heißt es. Aber als die Lady am Ende ermüdete, stieß Daemon Blackfyre durch Ser Gwaynes Helm, und Ser Gwayne blieb blind und blutend liegen. Daemon stieg ab und sorgte dafür, dass sein gefallener Gegner nicht zertrampelt wurde, und er befahl Redtusk, ihn zu den Maestern hinter den Linien zu bringen. Das war sein tödlicher Fehler, denn die Zähne des Raben hatten die Spitze des Trauerbergs erobert, Blutrabe sah die königliche Standarte seines Halbbruders dreihundert Schritt entfernt und Daemon und seine Söhne darunter. Zunächst erschlug er Aegon, den älteren der Zwillinge, denn er wusste, Daemon würde den Jungen nicht im Stich lassen, solange sein Körper noch warm wäre, auch wenn die weißen Schäfte wie Hagel niedergingen. Und das tat er auch nicht, obwohl ihn sieben Pfeile durchbohrten, die gleichermaßen von Magie wie von Blutrabes Bogen getrieben wurden. Der junge Aemon nahm Blackfyre auf, als die Klinge seinem sterbenden Vater aus den Händen glitt, und so erschlug Blutrabe auch ihn, den jüngeren der Zwillinge. Damit verschwanden der schwarze Drache und seine Söhne.

Danach ereignete sich noch vieles, ich weiß. Einiges habe ich selbst gesehen … die Flucht der Rebellen, Bitterstahl in wilder Jagd vornweg … sein Kampf mit Blutrabe, der zweitwichtigste nach dem, den Daemon mit Gwayne Corbray ausfocht … Prinz Baelors Hammerschlag gegen die Rebellen, die Schreie der Dornischen, wenn sie die Luft mit Speeren füllten … Am Ende des Tages jedoch spielte das alles keine Rolle. Der Krieg war mit Daemons Tod beendet.

So knapp … Wäre Daemon über Gwayne Corbray hinweggeritten und hätte ihn seinem Schicksal überlassen, hätte er vielleicht Maekars linke Flanke aufbrechen können, ehe Blutrabe die Anhöhe einnahm. Der Tag hätte den schwarzen Drachen gehört, die Hand wäre erschlagen gewesen und der Weg nach King's Landing frei. Daemon hätte längst auf dem Eisernen Thron sitzen können, bevor Prinz Baelor mit den Sturmlords und den Dornischen dort eingetroffen wäre.

Die Sänger mögen weiter von ihrem Hammer und ihrem Amboss berichten, Ser, doch es war Blutrabe, der die Sache mit einem weißen Pfeil und einem schwarzen Zauberspruch entschied. Jetzt regiert er uns sehr gut, versteht mich nicht falsch. König Aerys ist sein Geschöpf. Es würde mich nicht verwundern, wenn Blutrabe auch Seine Gnaden verzaubert hat, um den König seinem Willen zu unterwerfen. Kein Wunder, dass wir verflucht sind.« Ser Eustace schüttelte den Kopf und verfiel in brütendes Schweigen. Dunk fragte sich, wie viel davon Ei mit angehört hatte, doch konnte er ihn nicht fragen. *Wie viele Augen hat Lord Blutrabe?*, dachte er.

Inzwischen war der Tag sehr heiß geworden. *Sogar die Fliegen sind geflohen,* fiel Dunk auf. *Fliegen haben mehr Verstand als Ritter. Sie bleiben der Sonne fern.* Er fragte sich, ob man ihm und Ei auf Coldmoat etwas anbieten würde. Ein Krug kühlen braunen

Bieres ließe sich gut vertragen. Dunk freute sich bereits angesichts dieser Aussicht, als ihm einfiel, dass Ei ihm erzählt hatte, die Rote Witwe habe ihre Ehemänner vergiftet. Der Durst verging ihm sofort. Es gab Schlimmeres als eine trockene Kehle.

»Es gab eine Zeit, da besaß das Haus Osgrey alle Ländereien im Umkreis vieler Meilen, von Nunny im Osten bis nach Cobble Cover«, sagte Ser Eustace. »Coldmoat gehörte uns und die Hufeisenberge, die Höhlen im Tollkühnen Berg, die Dörfer Dosk und Little Dosk und Brandybottom, beide Ufer des Laubsees … Osgrey-Töchter heirateten Florents, Swanns und Tarbecks, sogar Hightowers und Blackwoods.«

Der Rand von Wats Wald kam in Sicht. Dunk beschattete die Augen mit einer Hand und betrachtete das Grün blinzelnd. Jetzt beneidete er Ei um seinen Schlapphut. *Zumindest haben wir dort ein wenig Schatten.*

»Wats Wald erstreckte sich einst bis nach Coldmoat«, erzählte Ser Eustace. »Ich erinnere mich nicht, wer Wat war. Vor der Eroberung konnte man in seinem Wald allerdings noch Auerochsen finden und große Elche von mehr als zwanzig Handbreit Größe. Es gab dort mehr Rotwild, als ein Mann in seinem Leben jagen konnte, doch außer dem König und dem gescheckten Löwen war die Jagd allen verboten. Noch zu Zeiten meines Vaters standen die Bäume auf beiden Seiten des Flusses, doch die Spinne hat den Wald gerodet, um Weiden für ihre Kühe und Schafe und Pferde anzulegen.«

Ein dünnes Rinnsal Schweiß lief Dunk über die Brust. Er erwischte sich bei dem inständigen Wunsch, sein Lehnsherr möge schweigen. *Es ist zu heiß zum Reden. Es ist zu heiß zum Reiten. Es ist einfach verdammt zu heiß für alles.*

Im Wald stießen sie auf den Kadaver einer großen braunen Baumkatze, in dem es von Maden wimmelte. »Igitt«, sagte Ei und lenkte Maester in weitem Bogen drum herum. »Das stinkt ja schlimmer als Ser Bennis.«

Ser Eustace zügelte sein Pferd. »Eine Baumkatze. Ich wusste nicht, dass in diesem Wald noch welche leben. Was sie wohl getötet hat?« Da niemand antwortete, fuhr er fort: »Ich werde hier umkehren. Bleibt nur immer auf dem Westweg, der führt Euch genau nach Coldmoat. Habt Ihr die Münzen?« Dunk nickte. »Gut. Holt mir mein Wasser zurück, Ser.« Der alte Ritter trabte den Weg zurück, den er gekommen war.

Nachdem er verschwunden war, sagte Ei: »Ich habe darüber nachgedacht, wie Ihr mit Lady Webber sprechen solltet, Ser. Am besten gewinnt Ihr sie mit galanten Komplimenten.« Der Junge sah so kühl und frisch in seinem gescheckten Wams aus wie Ser Eustace in seinem Mantel.

Bin ich der Einzige, der schwitzt? »Galante Komplimente«, wiederholte Dunk. »Was für galante Komplimente?«

»Ihr wisst schon, Ser. Sagt Ihr, wie hübsch sie aussieht.«

Dunk hatte da seine Zweifel. »Sie hat vier Gemahle überlebt, eigentlich muss sie so alt sein wie Lady Vaith. Wenn ich ihr sage, sie sei schön, obwohl sie in Wirklichkeit alt und warzig ist, wird sie mich für einen Lügner halten.«

»Ihr müsst einfach etwas finden, das zutrifft. So macht es mein Bruder Daeron. Selbst die hässlichsten Huren können schönes Haar oder wohlgeformte Ohren haben, sagt er.«

»Wohlgeformte Ohren?« Dunks Zweifel wuchsen.

»Oder hübsche Augen. Sagt Ihr, dass ihr Kleid die Farbe ihrer Augen zur Geltung bringe.« Der Bursche dachte einen Moment lang nach. »Solange sie nicht nur das eine Auge hat, wie Lord Blutrabe.«

Mylady, dieses Kleid bringt die Farbe Eures Auges zur Geltung. Dunk hatte gehört, wie Ritter und kleine Lords den Damen solche Höflichkeiten zuraunten. *Gute Lady, dieses Kleid ist wunderschön. Es bringt die Farbe Eurer beiden lieblichen Augen zur Geltung.* Manche der Damen waren alt und dürr gewesen oder fett und im Gesicht gerötet, pockennarbig und reizlos, doch alle trugen Kleider und hatten zwei Augen, und soweit sich Dunk erinnerte, hatten ihnen die blumigen Worte gefallen. *Welch liebliches Kleid, Mylady. Es bringt die liebliche Schönheit Eurer wunderschönen Augen zur Geltung.* »Das Leben eines Heckenritters ist einfacher als das eines Galans«, sagte Dunk verdrossen. »Wenn ich das Falsche sage, wird sie mich mit Steinen in einen Sack stecken und in ihren Burggraben werfen.«

»Ich bezweifele, dass sie einen so großen Sack hat, Ser«, erwiderte Ei. »Wir könnten stattdessen meinen Stiefel benutzen.«

»Nein«, knurrte Dunk, »können wir nicht.«

Als sie Wats Wald hinter sich ließen, befanden sie sich ein gutes Stück flussaufwärts des Dammes. Das Wasser stand hier so hoch, dass Dunk das kühle Bad hätte nehmen können, von dem er geträumt hatte. *Tief genug, um einen Mann zu ersäufen,* dachte er. Am anderen Ufer zweigte der Fluss in einen Graben westwärts ab. Der Graben zog sich an der Straße entlang und versorgte viele kleinere Kanäle, die sich zwischen den Feldern verloren. *Sobald wir den Fluss überquert haben, sind wir im Machtbereich der Witwe.* Dunk fragte sich, auf was er sich da eingelassen hatte. Er war nur ein Mann, und ein Junge von zehn Jahren stand ihm als Rückendeckung zur Verfügung.

Ei fächelte sich Luft ins Gesicht. »Ser? Warum haben wir angehalten?«

»Haben wir nicht.« Dunk trieb sein Pferd mit den Hacken in den Fluss, und das Wasser spritzte hoch. Ei folgte auf dem Maultier. Das Wasser stieg Donner bis an den Bauch, ehe es wieder flacher wurde. Tropfend kamen sie auf der Seite der Witwe ans Ufer. Vor ihnen erstreckte sich der Graben gerade wie ein Speer und glänzte grün und golden in der Sonne.

Mehrere Stunden später erblickten sie die Türme von Coldmoat vor sich, und Dunk hielt an, legte sein gutes dornisches Hemd an und lockerte das Langschwert in der Scheide. Die Klinge sollte nicht feststecken, falls er sie ziehen musste. Ei rüttelte ebenfalls am Griff seines Dolches und machte unter dem Strohhut eine ernste Miene. Seite an Seite ritten sie weiter, Dunk auf dem großen Schlachtross, der Junge auf seinem Maultier, und das Osgrey-Banner flatterte lustlos an seiner Stange.

Coldmoat war in gewisser Weise eine Enttäuschung nach allem, was Ser Eustace davon erzählt hatte. Verglichen mit Storm's End oder Highgarden oder anderen Sitzen von Lords, die Dunk gesehen hatte, war es eine bescheidene Burg … doch immerhin eine Burg, kein befestigter Wachturm. Die krenelierten zinnenbewehrten Außenmauern ragten dreißig Fuß in die Höhe, an jeder Ecke stand ein Turm, der anderthalb mal so groß war wie Standfast. Von jedem Türmchen und jeder Spitze hingen die schwarzen Banner der Webbers herab, und auf jedem war die gefleckte Spinne auf silbernem Netz zu sehen.

»Ser?«, sagte Ei. »Das Wasser. Schaut, wo es hinfließt.«

Der Graben entlang der Straße endete unter der Ostmauer von Coldmoat und ergoss sich in den Burggraben. Beim Plätschern des fallenden Wassers knirschte Dunk mit den Zähnen. *Sie wird mein Gescherktes Wasser nicht bekommen.* »Los«, sagte er zu Ei.

Über dem Bogen des Haupttors hing eine Reihe Spinnenbanner schlaff in der stillen Luft, darüber war ein älteres Wappen tief in den Stein geschlagen. Wind und Wetter von Jahrhunderten hatten ihm zugesetzt, doch war es immer noch deutlich zu erkennen: ein aufsteigender Löwe in Rauten. Das Tor stand offen. Während sie über die Zugbrücke klapperten, bemerkte Dunk, wie tief das Wasser im Burggraben gefallen war. *Um wenigstens sechs Fuß,* schätzte er.

Zwei Männer mit Spießen versperrten ihnen am Fallgatter den Weg. Einer hatte einen schwarzen Bart, der andere nicht. Der Bärtige wollte den Zweck ihres Besuches wissen. »Mylord von Osgrey hat mich geschickt, um mit Lady Webber zu verhandeln«, erklärte Dunk ihm. »Ich heiße Ser Duncan der Hohe.«

»Nun, dass es nicht Bennis ist, habe ich schon gesehen«, sagte die bartlose Wache. »Wir hätten ihn auch schon von weitem gerochen.« Ihm fehlte ein Zahn, und auf sein Herz war die gefleckte Spinne genäht.

Der Bärtige blinzelte Dunk misstrauisch an. »Niemand wird von der Lady empfangen, solange Longinch nicht die Erlaubnis gibt. Ihr kommt mit mir. Euer Stallbursche kann bei den Pferden bleiben.«

»Ich bin ein Knappe, kein Stallbursche«, beschwerte sich Ei. »Bist du blind oder nur dumm?«

Der Bartlose brach in Gelächter aus. Der Bärtige setzte dem Jungen die Spitze seines Spießes an die Kehle. »Sag das vielleicht noch mal.«

Dunk brachte den Wächter mit einem festen Blick dazu, den Speer zu senken. Dann verpasste er Ei eine Kopfnuss. »Du hältst den Mund und kümmerst dich um die Pferde«, befahl er und stieg ab. »Ich werde Ser Lucas aufsuchen.«

Der Bärtige wies den Weg. »Er ist im Hof.«

Sie gingen unter dem eisernen Fallgatter und den mörderischen Gusslöchern hindurch, ehe sie in den Außenhof gelangten. In den Zwingern bellten Hunde, und Dunk hörte Gesang durch die Bleiglasfenster einer siebeneckigen Holzsepte. Vor der Schmiede beschlug ein Schmied ein Schlachtross und ließ sich von seinem Lehrling helfen. In der Nähe schoss ein Knappe Pfeile auf Zielscheiben, und ein sommersprossiges Mädchen mit langem Zopf tat es ihm Schuss um Schuss gleich. Eine Übungspuppe drehte sich ruckartig, denn ein halbes Dutzend Ritter in gepolsterten Wämsern stachen abwechselnd auf sie ein.

Ser Lucas Longinch fanden sie zwischen den Beobachtern der Waffenübung, wo er sich mit einem großen fetten Septon unterhielt, der noch übler schwitzte als Dunk, einem runden weißen Teigkloß von einem Mann, dessen Robe so feucht war, als hätte er sie gerade beim Baden getragen. Inchfield wirkte neben ihm wie eine Lanze, steif und gerade und sehr groß … wenn auch nicht so groß wie Dunk. *Sechs Fuß und sieben Zoll*, schätzte Dunk, *und jeder Zoll ist stolzer als der darunter.* Obwohl er schwarze Seide und Silbertuch trug, sah Ser Lucas so kühl aus, als mache er einen Spaziergang auf der Mauer im Norden.

»Mylord«, grüßte die Wache ihn. »Der hier kommt vom Hühnerturm und möchte eine Audienz bei der Lady.«

Der Septon drehte sich zuerst um und johlte vor Freude, so dass Dunk sich fragte, ob er betrunken sei. »Und was ist dies? Ein Heckenritter? Ihr habt große Hecken in der Weite.« Er schlug ein Segenszeichen. »Möge der Krieger stets an Eurer Seite kämpfen. Ich bin Septon Sefton. Ein unglücklicher Name, doch immerhin meiner. Und Ihr?«

»Ser Duncan der Hohe.«

»Ein bescheidener Kerl«, sagte der Septon zu Ser Lucas. »Wäre ich so groß wie er, würde ich mich Ser Sefton der Riese nennen. Ser Sefton der Turm. Ser Sefton mit den Ohren in den Wolken.« Sein Mondgesicht war gerötet, und auf seiner Robe entdeckte Dunk Weinflecken.

Ser Lucas betrachtete Dunk eingehend. Bei ihm selbst handelte es sich um einen älteren Mann; wenigstens vierzig, vielleicht schon fünfzig, eher sehnig als muskulös und mit einem bemerkenswert hässlichen Gesicht ausgestattet. Die Lippen waren dick, die gelben Zähne standen schief, die Nase war breit und fleischig, und die Augen traten vor. *Und er ist wütend*, spürte Dunk, noch bevor der Mann sagte: »Heckenritter sind im besten Falle Bettler mit Klingen, im schlimmsten Gesetzlose. Verschwindet. Von Eurer Sorte wollen wir niemanden hier haben.«

Dunks Gesicht verdüsterte sich. »Ser Eustace Osgrey schickt mich von Standfast, um mit der Lady der Burg zu verhandeln.«

»Osgrey?« Der Septon sah Longinch an. »Osgrey vom gescheckten Löwen? Ich dachte, das Haus Osgrey wäre längst erloschen.«

»So gut wie. Der alte Mann ist der Letzte. Wir lassen ihm einen bröckelnden Turm ein paar Meilen östlich von hier.« Ser Lucas betrachtete Dunk stirnrunzelnd. »Wenn Ser Eustace mit der Lady sprechen möchte, soll er kommen.« Er kniff die Augen zusammen. »Ihr wart zusammen mit Bennis beim Damm. Wagt es nicht zu leugnen. Ich sollte Euch hängen.«

»Die Sieben mögen uns retten.« Der Septon wischte sich den Schweiß mit dem Ärmel von der Stirn. »Ein Räuber ist er? Und ein so großer dazu? Ser, schwört Euren Verbrechen ab, und die Mutter wird sich Eurer erbarmen.« Der Septon unterbrach seine fromme Rede mit einem Furz. »O je! Vergebt mir den Wind, Ser. Das liegt nur an den Bohnen und dem Gerstenbrot.«

»Ich bin kein Räuber«, erklärte Dunk den beiden so würdevoll, wie er nur konnte.

Doch Longinch focht diese Beteuerung nicht an. »Strapaziert meine Geduld nicht, Ser … wenn Ihr denn ein *Ser* seid. Lauft zurück zu Eurem Hühnerturm, und sagt Ser Eustace, er solle Ser Bennis Braunstink ausliefern. Wenn er uns die Mühe erspart, ihn von Standfast zu holen, wird die Lady vielleicht zu Milde geneigt sein.«

»Ich werde mit der Lady über Ser Bennis und den Vorfall am Damm sprechen und auch darüber, dass sie unser Wasser stiehlt.«

»Stiehlt?«, sagte Ser Lucas. »Sagt das der Lady ins Gesicht, und Ihr werdet noch vor Sonnenuntergang in einem Sack schwimmen. Seid Ihr noch sicher, dass Ihr sie sehen möchtet?«

Dunk war sich nur einer Sache sicher: Am liebsten wollte er Lucas Inchfield die Faust in die krummen Zähne dreschen. »Ich habe Euch gesagt, was ich möchte.«

»Oh, lasst ihn doch mit ihr sprechen«, drängte der Septon. »Welchen Schaden kann das schon anrichten? Ser Duncan hat unter dieser garstigen Sonne einen langen Ritt hinter sich gebracht, also mag der Kerl sagen, was er zu sagen hat.«

Erneut betrachtete Ser Lucas Dunk. »Unser Septon ist ein frommer Mann. Kommt. Ich würde Euch danken, wenn Ihr Euch kurz fasst.« Er schritt über den Hof, und Dunk musste sich beeilen, ihm zu folgen.

Die Türen der Septe hatten sich geöffnet, und die Teilnehmer der Andacht strömten die Treppe hinunter. Es waren Ritter und Knappen, ein Dutzend Kinder, mehrere alte Männer, drei Septas in weißen Roben mit Kapuzen … und eine fleischige Dame von hoher Geburt, die ein Kleid aus dunkelblauem Damast mit myrischer Spitze und so langer Schleppe trug, dass selbige hinter ihr über den Boden schleifte. Dunk schätzte sie auf vierzig. Unter einem silbernen Netz war ihr kastanienrotes Haar hochgesteckt, doch am rötesten war ihr Gesicht.

»Mylady«, sagte Ser Lucas, als sie vor ihr und ihren Septas stehen blieben, »dieser Heckenritter behauptet, er bringe eine Nachricht von Ser Eustace Osgrey. Wollt Ihr ihn anhören?«

»Wenn Ihr wünscht, Ser Lucas.« Sie bedachte Dunk mit einem harten Blick, bei dem diesem nur einfiel, was Ei über ihre Zauberkünste gesagt hatte. *Ich glaube, sie badet wohl kaum in Blut, um ihre Schönheit zu bewahren.* Die Witwe war stämmig und breit, hatte einen eigenartig spitzen Kopf, was ihr Haar nicht ganz verstecken konnte. Ihre Nase war zu groß, ihr Mund zu klein. Sie besaß zwei Augen, wie er mit Erleichterung feststellte, doch längst hatte er jeden Gedanken an Galanterien vergessen. »Ser Eustace bat mich, mit Euch über die jüngsten Schwierigkeiten an Eurem Damm zu sprechen.«

Sie blinzelte. »Am … Damm, sagt Ihr?«

Eine Menschentraube versammelte sich um sie. Dunk spürte die unfreundlichen Blicke. »Der Fluss«, sagte er, »das Gescheckte Wasser. Mylady haben einen Damm gebaut …«

»Oh, das habe ich bestimmt nicht«, erwiderte sie. »Ich war den ganzen Morgen bei der Andacht, Ser.«

Dunk hörte Ser Lucas kichern. »Ich wollte nicht sagen, dass Mylady den Damm persönlich gebaut haben, nur dass … ohne

Wasser wird unsere Ernte verderben ... bei den Bauern stehen Bohnen und Gerste auf dem Feld und Melonen ...«

»Tatsächlich? Ich mag Melonen sehr.« Ihr kleiner Mund verzog sich zu einem fröhlichen Bogen. »Welche Sorte Melonen?«

Dunk blickte unbehaglich in den Kreis der Gesichter und spürte, wie sein eigenes heiß wurde. *Hier stimmt doch etwas nicht. Longinch macht mich zum Narren.* »M'lady, könnten wir unser Gespräch vielleicht an einem ... ruhigeren Ort fortsetzen?«

»Ein Silberstück darauf, dass der große Dummkopf sie ins *Bett* kriegen will!«, scherzte jemand, und um sie herum erhob sich Gelächter. Die Lady duckte sich, halb vor Furcht, halb vor Scham, und hob beide Hände schützend vors Gesicht. Eine der Septas trat rasch an ihre Seite und legte ihr tröstend den Arm um die Schulter.

»Was gibt hier Anlass zur Belustigung?« Kalt und fest schnitt eine Stimme durch das Gelächter. »Will denn niemand den Scherz mit uns teilen? Ser Ritter, belästigt Ihr gar meine Schwägerin?«

Die Stimme mit ihren strengen Fragen kam von dem Mädchen, das er zuvor beim Bogenschießen gesehen hatte. Es trug einen Köcher Pfeile an der Hüfte und hielt einen Langbogen, der so groß war wie sie selbst, was nicht viel heißen wollte. Wenn Dunk ein Zoll an sieben Fuß fehlte, so brauchte sie noch einen, um auf fünf Fuß zu kommen. Er hätte ihre Hüfte mit den Händen umfassen können. Das rote Haar hatte sie zu einem Zopf gebunden, der ihr um die Oberschenkel fiel, und sie hatte ein Grübchen am Kinn, eine Stupsnase und Sommersprossen auf den Wangen.

»Vergebt uns, Lady Rohanne.« Bei dem Sprecher handelte es sich um einen ziemlich jungen Lord, der den Caswell-Zentauren auf dem Wams trug. »Dieser große Flegel hat Lady Helicent für Euch gehalten.«

Dunk blickte von einer Lady zur anderen. »Ihr seid die Rote Witwe?«, platzte es aus ihm heraus. »Aber Ihr seid zu –«

»Jung?« Das Mädchen warf den Langbogen dem schlaksigen Burschen zu, mit dem Dunk sie beim Bogenschießen gesehen hatte. »Ich bin fünfundzwanzig, wie es der Zufall will. Oder wolltet Ihr *klein* sagen?«

»– hübsch. Ich wollte hübsch sagen.« Dunk wusste nicht, wie ihm das Wort in den Sinn kam, aber er war froh darüber. Ihm gefiel ihre Nase, das Rotblond ihres Haares, und auch die kleinen, doch wohlgeformten Brüste unter dem Lederwams. »Ich dachte, Ihr wäret … Ich meine … Es heißt, Ihr seiet bereits vierfache Witwe, daher …«

»Mein erster Gemahl starb, als ich zehn war. Er war zwölf, der Knappe meines Vaters, und er wurde auf dem Feld des Roten Grases niedergeritten. Meine Gemahle verweilen nie lange bei mir, fürchte ich. Der letzte ist erst im Frühling gestorben.«

Das sagte man stets über diejenigen, die während der Großen Frühlingskrankheit vor zwei Jahren gestorben waren. *Er ist im Frühling gestorben.* Viele Zehntausend waren im Frühling gestorben, darunter ein weiser alter König und zwei junge vielversprechende Prinzen. »Ich … ich möchte Euch mein Beileid für den Verlust aussprechen, M'lady.« *Ein Kompliment, du Dummkopf, schenk ihr ein Kompliment.* »Ich wollte sagen … Euer Kleid…«

»Kleid?« Sie schaute zu ihren Stiefeln und ihrer Hose hinunter, an dem lockeren Leinengewand und dem Lederwams. »Ich trage kein Kleid.«

»Euer Haar, meinte ich … Es ist so weich und …«

»Und woher wollt Ihr das wissen, Ser? Falls Ihr mein Haar jemals berührt habt, sollte ich mich daran doch erinnern können.«

»Nicht weich«, sagte Dunk jämmerlich, »rot, meinte ich. Euer Haar ist sehr rot.«

»*Sehr* rot, Ser? Oh, nicht so rot wie Euer Gesicht, hoffe ich.« Sie lachte, und die Umstehenden lachten mit ihr.

Alle außer Ser Lucas Longinch. »Mylady«, unterbrach er, »dieser Mann ist einer von den Söldnern aus Standfast. Er begleitete Bennis vom Braunen Schild, als dieser unsere Grabenbauer am Damm angriff und Wolmer das Gesicht aufschlitzte. Der alte Osgrey hat ihn geschickt, um mit Euch zu verhandeln.«

»In der Tat, M'lady. Ich heiße Ser Duncan der Hohe.«

»Ser Duncan der Beschränkte würde besser passen«, sagte der bärtige Ritter, der den dreifachen Blitz von Leygood trug. Wieder wurden gejohlt. Sogar Lady Helicent hatte sich ausreichend erholt, um zu kichern.

»Ist die Höflichkeit auf Coldmoat mit meinem Hohen Vater gestorben?«, fragte das Mädchen. *Nein, kein Mädchen, eine erwachsene Frau.* »Wie konnte Ser Duncan wohl ein solcher Fehler unterlaufen, frage ich mich?«

Dunk warf Inchfield einen bösen Blick zu. »Die Schuld liegt bei mir.«

»Tatsächlich?« Die Rote Witwe betrachtete Dunk von Kopf bis Fuß, wobei ihr Blick am längsten auf seiner Brust liegen blieb. »Ein Baum und eine Sternschnuppe. Dieses Wappen habe ich noch nie gesehen.« Sie berührte sein Gewand und zog einen Ast der Ulme mit zwei Fingern nach. »Und gemalt, nicht gestickt. Die Dornischen bemalen ihre Seide, habe ich gehört, aber Ihr seht nicht aus wie ein Dornischer.«

»Nicht alle Dornischen sind klein, M'lady.« Dunk spürte ihre Finger durch die Seide. Auch auf ihren Händen sah er Sommersprossen. *Ich wette, sie hat am ganzen Körper welche.* Sein Mund war eigenartig trocken. »Ich habe ein Jahr in Dorne verbracht.«

»Wachsen dort alle Eichen so hoch?«, fragte sie, während ihre Finger einen Ast um sein Herz herum nachzogen.

»Es soll eine Ulme darstellen, M'lady.«

»Das werde ich mir merken.« Ernst nahm sie die Hand zurück. »Im Hof ist es zu heiß und staubig für eine Unterhaltung. Septon, führt Ser Duncan in mein Audienzzimmer.«

»Es ist mir ein Vergnügen, Schwägerin.«

»Unser Gast wird durstig sein. Lasst ihm einen Krug Wein bringen.«

»Muss ich?« Der fette Mann strahlte. »Nun, wenn es Euch gefällt.«

»Ich werde mich zu Euch gesellen, sobald ich mich umgekleidet habe.« Sie schnallte Gürtel und Köcher ab und reichte beides ihrem Begleiter. »Und Maester Cerrick soll ebenfalls dabei sein. Ser Lucas, geht und bittet ihn zu kommen.«

»Ich werde ihn sofort zu Euch bringen, Mylady«, sagte Lucas Longinch.

Sie warf ihrem Kastellan einen kühlen Blick zu. »Nicht notwendig. Ich weiß, Ihr müsst Euch in der Burg um viele Pflichten kümmern. Es genügt, wenn Ihr Maester Cerrick zu mir schickt.«

»M'lady«, rief Dunk ihr hinterher. »Mein Knappe wartet am Tor. Darf er sich ebenfalls zu uns gesellen?«

»Euer Knappe?« Wenn sie lächelte, wirkte sie wie ein Mädchen von fünfzehn und nicht wie eine fünfundzwanzigjährige Frau. *Ein hübsches Mädchen, das lacht und Unfug treibt.* »Wenn es Euch gefällt, gewiss.«

»Trinkt nicht von dem Wein, Ser«, flüsterte Ei ihm zu, während sie mit dem Septon im Audienzzimmer warteten. Der Steinboden war mit süß duftenden Binsen bedeckt, an den Wänden hingen Teppiche mit Darstellungen von Turnierszenen und Schlachten.

Dunk schnaubte. »Sie braucht mich nicht zu vergiften«, flüsterte er zurück. »Sie hält mich nämlich für einen großen Flegel mit Erbsenbrei zwischen den Ohren.«

»Wie es der Zufall will, mag meine Schwägerin Erbsenbrei«, sagte Septon Sefton, während er mit einem Krug Wein und drei Bechern wieder auftauchte. »Ja, ja, ich habe es mit angehört. Ich bin zwar fett, aber nicht taub.« Er füllte zwei Becher mit Wein und den dritten mit Wasser. Diesen reichte er Ei, der ihm einen misstrauischen Blick zuwarf und den Becher zur Seite stellte. Der Septon beachtete das nicht. »Ein wunderbarer Tropfen vom Arbor«, erklärte er Dunk. »Sehr gut, und das Gift gibt ihm das richtige Bouquet.« Er zwinkerte Ei zu. »Ich selbst spreche dem Rebensaft nur selten zu, aber so ist es mir zu Ohren gekommen.« Er reichte Dunk den Becher.

Der Wein war stark und süß, doch Dunk nippte nur vorsichtig daran, und das erst nachdem der Septon seinen Becher mit drei riesigen, schmatzenden Schlucken geleert hatte. Ei verschränkte die Arme und rührte weiterhin sein Wasser nicht an.

»Sie mag wirklich Erbsenbrei«, sagte der Septon, »und Euch auch, Ser. Ich kenne meine Schwägerin. Als ich Euch im Hof entdeckte, hoffte ich fast, Ihr wäret ein Freier, der aus King's Landing gekommen ist und um die Hand von Mylady anhalten will.«

Dunk runzelte die Stirn. »Woher wisst Ihr, dass ich aus King's Landing bin, Septon?«

»Die Leute in King's Landing haben so eine bestimmte Art zu sprechen.« Der Septon trank, spülte sich den Mund mit dem Wein, schluckte und seufzte vergnügt. »Ich habe dort viele Jahre lang gedient, bei unserem Hohen Septon in der Großen Septe von Baelor.« Er seufzte. »Ihr würdet die Stadt nach dem Frühling nicht wiedererkennen. Die Brände haben sie verändert. Ein Viertel ist vollkommen verschwunden, ein anderes steht leer. Selbst die Ratten sind fort. Das ist das Seltsamste. Ich hätte nie geglaubt, je eine Stadt ohne Ratten zu sehen.«

Davon hatte Dunk auch schon gehört. »Wart Ihr während der Großen Frühlingskrankheit dort?«

»O ja! Eine entsetzliche Zeit, Ser, entsetzlich. Kräftige Männer wachten des Morgens gesund auf und waren am Abend schon tot. So viele starben so rasch, dass keine Zeit blieb, sie zu bestatten. Stattdessen stapelte man sie in der Drachengrube, und als sie zehn Fuß hoch lagen, befahl Lord Rivers den Pyromantikern, sie zu verbrennen. Das Licht des Feuers flackerte in allen Fenstern, wie in alten Zeiten, als die Drachen noch unter der Kuppel nisteten. Bei Nacht sah man den Schein in der ganzen Stadt, das dunkelgrüne Glühen des Seefeuers. Die Farbe Grün ist mir bis zum heutigen Tag unheimlich. Es heißt, der Frühling sei in Lannisport schlimm gewesen und schlimmer noch in Oldtown, aber in King's Landing hat er vier von zehn dahingerafft. Weder jung noch alt, weder reich noch arm, weder groß noch bescheiden wurden verschont. Unseren guten Hohen Septon erwischte es, die Stimme der Götter auf Erden, und dazu ein Drittel der Höchst Frommen und fast allesamt Schweigenden Schwestern. Seine Gnaden König Daeron, die süße Matarys und den verwegenen Valarr, die Hand … oh, es war eine entsetzliche Zeit. Am Ende betete die halbe Stadt zum Fremden.« Er nahm den nächsten Schluck. »Und wo wart Ihr, Ser?«

»In Dorne«, erwiderte Dunk.

»Dankt der Mutter für diese Gnade.« Die Große Frühlingskrankheit hatte Dorne nicht erreicht, vielleicht, weil die Dornischen die Grenzen und Häfen geschlossen hatten, so wie auch die Arryns ihr Grünes Tal, die ebenfalls verschont geblieben waren. »All dieses Gerede über den Tod könnte einem den Wein verleiden, aber in solchen Zeiten gibt es sonst kaum Freuden. Trotz aller Gebete dauert die Dürre an. Der Königswald ist reiner Zunder, und Tag und Nacht wüten dort die Brände. Bitterstahl und die Söhne von Daemon Schwarzfeuer brüten in Tyrosh Komplotte aus, und Dagon Greyjoys Kraken durchstreifen das Meer der Abenddämmerung wie Wölfe und wagen sich nach Süden bis zum Arbor vor. Sie haben die halben Schätze der Schönen Insel verschleppt, heißt es, und hundert Frauen dazu. Lord Farman repariert seine Verteidigungsanlagen, obwohl mir das so vorkommt wie der Mann, der seine schwangere Tochter in einen Keuschheitsgürtel zwängt, während ihr Bauch schon so rund ist wie meiner. Lord Bracken siecht dahin, sein ältester Sohn ist ebenfalls im Frühling gestorben. Dementsprechend tritt Ser Otho die Nachfolge an. Die Blackwoods werden das Untier von Bracken niemals als Nachbar anerkennen. Das bedeutet Krieg.«

Dunk wusste über die alte Feindschaft zwischen den Blackwoods und den Brackens Bescheid. »Wird der Lehnsherr nicht einen Frieden schmieden?«

»Aber, nein«, sagte Septon Sefton. »Lord Tully ist ein achtjähriger Junge und von Frauen umgeben. Riverrun wird wenig tun, und König Aerys noch weniger. Solange nicht irgendein Maester ein Buch darüber schreibt, wird die Angelegenheit der königlichen Aufmerksamkeit möglicherweise vollkommen entgehen. Lord Rivers wird keinen Bracken zu sich vorlassen. Und erinnert Euch bitte, unsere Hand wurde als halber Blackwood geboren. Wenn er überhaupt eingreifen wird, dann nur, um seinem Vetter zu helfen, das Untier in die Enge zu treiben. Die Mutter hat Lord Rivers am Tage seiner Geburt mit einem Zeichen versehen, und Bitterstahl tat das Gleiche auf dem Feld des Roten Grases.«

Dunk wusste, er spielte auf Blutrabe an. Brynden Rivers war der eigentliche Name der Hand. Seine Mutter war eine Blackwood gewesen, der Vater König Aegon der Vierte.

Der fette Mann trank seinen Wein und schwatzte weiter. »Was Aerys betrifft, so begeistern sich Seine Gnaden mehr für alte Schriftrollen und verstaubte Prophezeiungen als für Lords und Gesetze. Er bemüht sich nicht einmal, einen Thronfolger zu zeugen. Königin Aelinor betet täglich in der Großen Septe und ersucht die Mutter Oben darum, sie mit einem Kind zu segnen, und doch bleibt sie Jungfrau. Aerys wohnt in eigenen Gemächern, und es heißt, er nimmt lieber ein Buch als eine Frau mit in sein Bett.« Er füllte seinen Becher nach. »Verlasst Euch drauf, Lord Rivers regiert uns mit seinen Zaubersprüchen und Spionen. Niemand stellt sich gegen ihn. Prinz Maekar schmollt in Summerhall und hegt Groll gegen seinen königlichen Bruder. Prinz

Rhaegal ist so fromm wie wahnsinnig, und seine Kinder sind … nun, Kinder. Freunde und Günstlinge von Lord Rivers sitzen in allen Ämtern, die Lords des Kleinen Rates küssen ihm die Hand, und dieser neue Grand Maester ist so begeistert von der Zauberei wie er selbst. Der Red Keep befindet sich in der Hand seiner Rabenzähne, und niemand sucht den König ohne seine Erlaubnis auf.«

Dunk sank vor lauter Unbehagen in seinem Stuhl zusammen. *Wie viele Augen hat Lord Blutrabe? Eintausend Augen und eins.* Er hoffte, die Hand des Königs habe nicht auch eintausend Ohren und eins. Manches von dem, was der Septon erzählte, klang nach Hochverrat. Er blickte Ei an und wollte sehen, wie der dieses Gerede aufnahm. Der Junge rang mit aller Macht darum, den Mund zu halten.

Der Septon drückte sich hoch und stand auf. »Meine Schwägerin wird wohl noch eine Weile brauchen. Wie es bei großen Damen so ist, entsprechen die ersten zehn Kleider, die sie anprobiert, oft nicht ihrer Laune. Trinkt Ihr noch Wein?« Ohne auf ein Antwort zu warten, füllte er beide Becher.

»Die Dame, mit der ich sie verwechselt habe«, fragte Dunk, um dem Gespräch eine Wendung zu geben, »ist sie Eure Schwester?«

»Wir sind alle Kinder der Sieben, Ser, doch davon abgesehen … zum Glück nicht. Lady Helicent war die Schwester von Ser Rolland Uffering, Lady Rohannes viertem Gemahl, der im Frühling gestorben ist. Mein Bruder war sein Vorgänger, Ser Simon Staunton, der das große Unglück hatte, an einem Hühnerknochen zu ersticken. In Coldmoat wimmelt es von Gespenstern, muss man sagen. Die Gemahle sterben, doch ihre Verwandten bleiben, um Myladys Wein zu trinken und ihre Süßigkeiten zu naschen, wie eine Plage dicker rosa Heuschrecken, die in Samt und Seide aufgeputzt sind.« Er wischte sich den Mund. »Doch sie muss wieder heiraten, und zwar bald.«

»Sie muss?«, fragte Dunk.

»Das Testament ihres Hohen Vaters verlangt es. Lord Wyman wollte Enkel, die seine Linie fortsetzen. Als er krank wurde, beabsichtigte er, sie an Longinch zu verheiraten, damit er nach seinem Tode einen starken Mann an ihrer Seite wusste, doch Rohanne widersetzte sich. Seine Lordschaft nahm in seinem Testament Rache. Wenn sie bis zum zweiten Todestag ihres Vaters ledig bleibt, fällt Coldmoat mitsamt Ländereien an seinen Cousin Wendell. Vielleicht habt Ihr ihn im Hof gesehen. Ein kleiner Mann mit Kropf, der unter Blähungen leidet. Nun, ich sollte da den Mund nicht zu voll nehmen, denn mich plagen die Winde selbst. Mag es sein, wie es will. Ser Wendell ist habgierig und dumm, doch seine Hohe Gemahlin ist Lord Rowans Schwester … und verdammenswert fruchtbar, das kann man nicht leugnen. Sie gebiert so häufig wie er furzt. Die Söhne sind so miserabel wie er, die Töchter schlimmer, und alle haben schon begonnen, die Tage zu zählen. Lord Rowan hat das Testament bestätigt, und daher bleibt Mylady nur noch bis zum nächsten Neumond Zeit.«

»Warum hat sie so lange gewartet?«, fragte sich Dunk laut.

Der Septon zuckte mit den Schultern. »Um der Wahrheit die Ehre zu geben, gab es einen Mangel an Freiern. Meine Schwiegerschwester ist nicht hässlich anzuschauen, wie Euch aufgefallen sein dürfte, und eine stattliche Burg sowie ausgedehnte Ländereien erhöhen ihren Liebreiz. Man sollte meinen, die jüngeren Söhne angesehener Häuser und landlose Ritter müssten sie umschwärmen wie Fliegen. Doch dem ist nicht so. Die vier verstorbenen Gemahle schrecken sie ab, und es heißt auch, sie sei unfruchtbar … wenngleich niemals in ihrer Gegenwart, solange jemand nicht den Wunsch verspürt, einen Krähenkäfig von innen zu sehen. Sie hat zwei Kinder geboren, einen Jungen und ein Mädchen, doch beide haben ihren Namenstag nicht erlebt. Diejenigen, die nicht von dem Gerede über Gift und Zauberei vertrieben werden, wollen sich nicht mit Longinch einlassen. Lord Wyman hat ihm auf dem Totenbett den Auftrag erteilt, seine Tochter vor unwürdigen Freiern zu schützen, und Longinch hat *alle* Freier verstanden. Jeder Mann, der um ihre Hand anhalten will, muss sich zunächst seinem Schwert stellen.« Er hatte seinen Wein ausgetrunken und stellte den Becher ab. »Trotzdem kann man nicht sagen, dass es keine Bewerber gegeben hätte. Cleyton Caswell und Simon Leygood waren die beharrlichsten, obgleich sie mehr nach dem Land als der Erbin zu schmachten schienen. Wenn ich wetten sollte, würde ich mein Gold auf Gerold Lannister setzen. Er muss zwar noch seine Aufwartung machen, doch man sagt, er habe goldenes Haar und einen wachen Verstand, und er sei über sechs Fuß groß ...«

»Und Lady Webber ist von seinen Briefen sehr eingenommen.« Die betreffende Dame stand in der Tür neben einem freundlichen jungen Maester mit großer Hakennase. »Ihr würdet Euren Einsatz verlieren, Schwager. Gerold wird den Vergnügungen in Lannisport und der Pracht von Casterly Rock niemals freiwillig entsagen, nicht für den Titel eines kleinen Lords. Als Lord Tybolts Bruder und Berater besitzt er einen Einfluss, wie er ihn als mein Gemahl nie erlangen könnte. Was die anderen betrifft, Ser Simon müsste mein halbes Land verkaufen, um seine Schulden zu bezahlen, und Ser Cleyton zittert wie Espenlaub, wann immer Longinch sich herablässt, in seine Richtung zu blicken. Außerdem ist er hübscher als ich. Und Ihr, Septon, habt den größten Mund von Westeros.«

»Ein großer Bauch erfordert einen großen Mund«, sagte Septon Sefton unerschüttert. »Sonst wird er schnell kleiner.«

»*Ihr* seid die Rote Witwe?«, fragte Ei erstaunt. »Ich bin fast so groß wie Ihr!«

»Vor nicht ganz einem halben Jahr hat ein anderer Junge die gleiche Feststellung gemacht. Ich habe ihn auf die Streckbank geschickt, damit er größer wird.« Nachdem sich Lady Rohanne auf ihren Hohen Stuhl auf dem Podest gesetzt hatte, zog sie ihren Zopf nach vorn über die linke Schulter. Er war so lang, dass das

Ende wie eine schlafende Katze in ihrem Schoß lag. »Ser Duncan, ich hätte Euch im Hof nicht foppen sollen, während Ihr versuchtet, Euch höflich zu benehmen. Ihr wart nur so rasch errötet … Gab es denn in dem Dorf, in dem Ihr aufgewachsen seid, keine Mädchen, die Euch neckten?«

»Das Dorf heißt King's Landing.« Flea Bottom erwähnte er nicht. »Dort gibt es Mädchen, aber …« Die Art von Neckereien, die in Flea Bottom stattfanden, endeten manchmal darin, dass einem ein Zeh abgeschnitten wurde.

»Vermutlich hatten sie Angst, Euch zu necken.« Lady Rohanne strich sich über den Zopf. »Ohne Zweifel haben sie Eure Größe gefürchtet. Denkt nicht schlecht über die Lady Helicent, bitte ich Euch. Meine Schwägerin ist ein einfaches Geschöpf, und sie meint es nicht böse. Ihre Frömmigkeit in Ehren, doch sie könnte sich ohne ihre Septas nicht einmal ankleiden.«

»Sie hat nichts getan. Es war mein Irrtum.«

»Ihr lügt höchst galant. Ich weiß, es war Ser Lucas. Der Mann hat einen grausamen Humor, und Ihr habt ihn beleidigt.«

»Wie?«, fragte Dunk verwirrt. »Ich habe ihm nichts getan.«

Sie lächelte mit soviel Reiz, dass er wünschte, sie besäße weniger davon. »Ich habe Euch bei ihm stehen sehen. Ihr seid eine Handbreit größer. Es ist schon eine Weile her, seit Ser Lucas jemanden kennen gelernt hat, auf den er nicht herunterschauen kann. Wie alt seid Ihr, Ser?«

»Fast zwanzig, wenn es Mylady gefällt.« Dunk mochte den Klang von *Zwanzig*, obwohl er wenigstens ein Jahr oder vielleicht zwei jünger war. Niemand wusste es genau, und er selbst am allerwenigsten. Wie alle anderen musste er eine Mutter und einen Vater gehabt haben, doch hatte er sie nicht gekannt, nicht einmal ihre Namen, und in Flea Bottom hatte es keinen geschert, wann er geboren worden war und von wem.

»Seid Ihr so kräftig, wie es den Anschein hat?«

»Wie kräftig erscheine ich denn, M'lady?«

»Oh, stark genug, um Ser Lucas zu verärgern. Er ist mein Kastellan, wenn auch nicht aufgrund meiner eigenen Entscheidung. Wie Coldmoat ist er ein Erbe von meinem Vater. Seid Ihr auf dem Schlachtfeld zu Eurer Ritterschaft gelangt, Ser Duncan? Eure Sprache erweckt den Eindruck, dass Ihr euch keiner edlen Geburt erfreut, wenn Ihr mir die Bemerkung erlaubt.«

Ich bin von Gossenblut. »Ein Heckenritter mit Namen Ser Arlan von Pennytree nahm mich zu seinem Knappen, als ich noch ein Junge war. Er lehrte mich den Ritterdienst und das Handwerk des Krieges.«

»Und dieser Ser Arlan hat Euch auch zum Ritter geschlagen?«

Dunk scharrte mit den Füßen. Bei einem seiner Stiefel war das Schnürband offen, bemerkte er. »Sonst wollte es niemand tun.«

»Wo ist dieser Ser Arlan jetzt?«

»Er starb.« Dunk hob den Blick. Den Stiefel konnte er später zuschnüren. »Ich habe ihn auf einem Berg begraben.«

»Ist er tapfer in einer Schlacht gefallen?«

»Es hat geregnet. Er zog sich eine Erkältung zu.«

»Alte Männer sind empfindlich, ich weiß. Das habe ich bei meinem zweiten Gemahl erfahren. Bei unserer Heirat war ich dreizehn. Er wäre an seinem nächsten Namenstag fünfundfünfzig geworden, hätte er ihn nur erlebt. Als er schon ein halbes Jahr unter der Erde war, schenkte ich ihm einen Sohn, doch der Fremde hat auch ihn geholt. Die Septone sagten, sein Vater wolle ihn an seiner Seite haben. Was meint Ihr, Ser?«

»Nun«, antwortete Dunk zögernd, »es könnte sein, M'lady.«

»Unfug«, sagt sie, »der Junge war einfach zu schwach. So ein winziges Ding. Er hatte kaum genug Kraft zum Saugen. Und doch. Seinem Vater haben die Götter fünfundfünfzig Jahre geschenkt. Da möchte man meinem, sie hätten mehr als drei Tage für seinen Sohn übrig.«

»Ja.« Mit Göttern kannte sich Dunk nun gar nicht aus. Gelegentlich ging er in die Septe, um zum Krieger zu beten, damit der seinen Waffen Kraft verlieh, ansonsten jedoch kümmerte er sich wenig um die Sieben.

»Es tut mir Leid, dass Euer Ser Arlan gestorben ist«, sagte sie, »und noch mehr, dass Ihr in die Dienste von Ser Eustace getreten seid. Nicht alle alten Männer gleichen einander, Ser Duncan. Ihr würdet gut daran tun, nach Pennytree heimzukehren.«

»Ich habe keine andere Heimat als den Ort, an dem ich mein Schwert verschworen habe.« Dunk hatte Pennytree nie gesehen; er wusste nicht einmal, ob es in der Weite lag.

»Dann verschwört es hier. Die Zeiten sind unsicher. Ich brauche Ritter. Ihr seht aus, als besäßet Ihr einen gesunden Appetit, Ser Duncan. Wie viele Hühner könnt Ihr essen? Auf Coldmoat bekämt Ihr warmes rosafarbenes Fleisch und süße Fruchtkuchen. Euer Knappe sieht auch so aus, als könne er eine bessere Ernährung vertragen. Er ist so dürr, dass ihm das Haar ausgefallen ist. Wir stecken ihn in ein Zimmer mit anderen Jungen seines Alters. Das wird ihm gefallen. Mein Waffenmeister kann ihm das Handwerk des Krieges beibringen.«

»Ich bilde ihn aus«, sagte Dunk abwehrend.

»Und wer sonst? Bennis? Der alte Osgrey? Die Hühner?«

In der Tat hatte Dunk Ei an manchen Tagen Hühner scheuchen lassen. *Dadurch wird er flinker,* dachte er, aber wenn er ihr das jetzt erzählte, würde sie nur lachen. Ihre Stupsnase und ihre Sommersprossen lenkten ihn ab. Dunk musste sich in Erinnerung rufen, aus welchem Grund Ser Eustace ihn hergeschickt hatte. »Mein Schwert habe ich Mylord von Osgrey verschworen, M'lady«, sagte er. »So ist das nun einmal.«

»Belassen wir es dabei, Ser. Sprechen wir über weniger angenehme Angelegenheiten.« Lady Rohanne zupfte an ihrem Zopf. »Wir nehmen keine Angriffe auf Coldmoat oder sein Volk hin. Sagt mir also, aus welchem Grunde ich Euch nicht in einen Sack nähen lassen soll.«

»Ich bin als Unterhändler gekommen«, erinnerte er sie, »und

ich habe Euren Wein getrunken.« Den vollen, süßen Geschmack hatte er noch im Mund. Bislang hatte sie ihn nicht vergiftet. Vielleicht machte ihn der Wein so verwegen. »Und keiner Eurer Säcke ist groß genug für mich.«

Zu seiner Erleichterung lächelte sie über den Scherz, den Ei gemacht hatte. »Ich habe allerdings einige, die für Bennis reichen würden. Maester Cerrick sagt, Wolmers Gesicht war fast bis auf den Knochen aufgeschlitzt.«

»Ser Bennis hat bei diesem Mann die Geduld verloren, M'lady. Ser Eustace hat mich geschickt, um den Blutpreis zu zahlen.«

»Den Blutpreis?« Sie lachte. »Er ist ein alter Mann, das weiß ich, aber ich hätte nicht gedacht, dass er so alt sei. Glaubt er, wir würden noch im Zeitalter der Helden leben, als das Leben eines Mannes nicht mehr wert war als ein Beutel Silber?«

»Der Mann wurde nicht getötet, M'lady«, erinnerte Dunk sie. »Niemand wurde, soweit ich gesehen habe, getötet. Er hat einen Schnitt im Gesicht davongetragen, das ist alles.«

Ihre Finger tanzten müßig über den Zopf. »Wie viel gedenkt Ser Eustace denn für Wolmers Wange zu zahlen, bitte schön?«

»Einen Silberhirschen. Und drei für Euch, M'lady.«

»Ser Eustace ist ein Geizhals, wenn er meine Ehre so niedrig einschätzt, wenngleich drei Silberstücke besser sind als drei Hühner. Er sollte mir lieber Bennis zur Züchtigung ausliefern.«

»Würde dabei der Sack zum Einsatz kommen, von dem Ihr gesprochen habt?«

»Möglicherweise.« Sie rollte den Zopf mit einer Hand auf. »Osgrey kann sein Silber behalten. Nur mit Blut kann man für Blut zahlen.«

»Nun«, sagte Dunk, »es mag so sein, M'lady, aber wieso fragen wir nicht den Mann, den Bennis verletzt hat, ob er lieber einen Silberhirschen oder Bennis in einem Sack sehen möchte?«

»Oh, gewiss würde er das Silber wählen, wenn er nicht beides bekommen könnte. Daran zweifele ich nicht, Ser. Doch liegt die

Entscheidung nicht bei ihm. Es geht jetzt um Löwen und Spinne, nicht um die Wange irgendeines Bauern. Ich will Bennis, und ich werde Bennis bekommen. Niemand reitet auf mein Land, verwundet einen von meinen Leuten, verschwindet dann und lacht am Ende über mich.«

»Mylady sind auf das Standfast-Land geritten und haben einem von Ser Eustace' Leuten Schaden zugefügt«, sagte Dunk, ehe er nachgedacht hatte.

»Habe ich das?« Erneut zupfte sie an ihrem Zopf. »Wenn Ihr den Schafsdieb meint, so war der Mann dafür berüchtigt. Ich habe mich zweimal bei Osgrey beschwert, dennoch unternahm er nichts. Dreimal bitte ich nicht. Das Gesetz des Königs gewährt mir das Recht über Kerker und Galgen.«

Nun antwortete Ei. »Auf Eurem Land«, widersprach der Junge. »Das Gesetz des Königs gewährt Lords das Recht über Kerker und Galgen auf ihrem eigenen Land.«

»Kluger Junge«, sagte sie. »Wenn du dich so gut auskennst, wirst du auch wissen, dass Rittern auf Lehensbesitz nicht das Recht zukommt, ohne Erlaubnis des Lehnsherrn zu strafen. Ser Eustace hält Standfast in Lord Rowans Namen. Bennis hat den Königsfrieden gebrochen, als er Blut vergoss, und er muss sich dafür verantworten.« Sie blickte Dunk an. »Wenn Ser Eustace mir Bennis ausliefert, werde ich dem Kerl die Nase aufschlitzen, und damit wäre die Sache erledigt. Wenn ich kommen und ihn mir holen muss, gilt dieses Versprechen jedoch nicht mehr.«

Dunk befiel plötzlich ein flaues Gefühl in der Magengrube. »Ich werde es Ser Eustace berichten, doch wird er Ser Bennis nicht herausgeben.« Er zögerte. »Schließlich war der Damm die Ursache des ganzen Ärgers. Wenn Mylady damit einverstanden wären, ihn niederzureißen –«

»Unmöglich«, verkündete der junge Maester an Lady Rohannes Seite. »Die Bewohnerschaft von Coldmoat umfasst zwanzig Mal so viele Menschen wie die von Standfast. Die Weizen-, Mais-

und Gerstenfelder von Mylady drohen zu vertrocknen. Dazu kommen ein halbes Dutzend Obstgärten mit Äpfeln, Aprikosen und drei verschiedenen Sorten Birnen. Einige Kühe stehen kurz vorm Kalben, fünfhundert Kopf Schafsvieh müssen versorgt werden, und Mylady züchtet die besten Pferde in der Weite. Ein Dutzend Stuten können jeden Moment fohlen.«

»Ser Eustace hat ebenfalls Schafe«, sagte Dunk. »Auf den Feldern stehen Melonen, Bohnen und Gerste, und …«

»Ihr füllt den Burggraben mit dem Wasser!«, mischte sich Ei laut ein.

Auf den Burggraben wollte ich noch zu sprechen kommen, dachte Dunk.

»Der Graben ist wichtig für die Verteidigung von Coldmoat«, widersprach der Maester. »Wollt Ihr Lady Rohanne in unsicheren Zeiten wie diesen ohne Schutz lassen?«

»Also«, entgegnete Dunk langsam, »ein trockener Graben ist immer noch ein Graben. Und M'lady hat starke Mauern und genug Männer, die sie verteidigen.«

»Ser Duncan«, sagte Lady Rohanne, »ich war zehn Jahre alt, als der schwarze Drache sich erhob. Ich flehte meinen Vater an, kein zu großes Wagnis einzugehen oder zumindest meinen Gemahl hier zu lassen. Wer sollte mich beschützen, wenn beide Burgherren fort waren? Da führte er mich auf die Wehrgänge und zeigte mir Coldmoats starke Bollwerke. ›Halte sie stets in gutem Zustand‹, sagte er, ›und sie werden für deine Sicherheit sorgen. Wenn du deine Burgbefestigung nicht vernachlässigst, wird dir niemand etwas zuleide tun.‹ Als Erstes zeigte er auf den Graben.« Sie strich sich mit dem Ende ihres Zopfes über die Wange. »Mein erster Gemahl blieb auf dem Feld des Roten Grases. Mein Vater fand andere für mich, doch der Fremde holte sie alle. Ich vertraue den Männern nicht mehr, gleichgültig, ob es *genug* sind. Ich vertraue Stein und Stahl und Wasser. Ich vertraue einem Burggraben, Ser, und meiner wird nicht austrocknen.«

»Was Euer Vater sagte, ist schön und gut«, meinte Dunk, »doch gibt es Euch nicht das Recht, das Osgrey-Wasser zu nehmen.«

Sie zupfte an ihrem Zopf. »Ich nehme an, Ser Eustace hat Euch erzählt, der Fluss gehöre ihm.«

»Seit tausend Jahren«, sagte Dunk. »Er heißt sogar das Gescheckte Wasser. Das ist offenkundig.«

»Sicherlich stimmt das.« Sie zupfte erneut; einmal, zweimal, dreimal. »Und es gibt einen Fluss, der Mander heißt, doch die Manderlys wurden schon vor tausend Jahren von seinen Ufern vertrieben. Highgarden heißt immer noch Highgarden, doch der letzte Gärtner starb auf dem Feld des Feuers. Casterly Rock ist voller Lannisters, und weit und breit sieht man keinen Casterly. Die Welt verändert sich, Ser. Das Gescheckte Wasser entspringt in den Hufeisenbergen, und die gehörten vollständig mir, als ich sie mir das letzte Mal angeschaut habe. Das Wasser befindet sich demnach also auch als Quelle auf meinem Besitz. Maester Cerrick, zeigt es ihm.«

Der Maester stieg vom Podest herab. Er konnte nicht viel älter sein als Dunk, doch die graue Robe und die Kette verliehen ihm einen Anschein von Ernst und Weisheit, der über sein Alter hinwegtäuschte. In den Händen hielt er ein altes Pergament. »Seht selbst, Ser«, sagte er, während er es entrollte und Dunk hinhielt.

Dunk der Dummkopf, stur wie eine Burgmauer. Er spürte, wie sich seine Wangen erneut röteten. Vorsichtig nahm er das Pergament von dem Maester in Empfang und starrte die Schrift an. Ihm war kein Wort verständlich, aber er erkannte das Wachssiegel unter der verzierten Unterschrift, den dreiköpfigen Drachen des Hauses Targaryen. *Des Königs Siegel.* Er betrachtete einen königlichen Erlass. Dunk bewegte den Kopf von einer Seite zur anderen, damit sie glaubten, er lese. »Hier ist ein Wort, das kann ich nicht entziffern«, murmelte er nach einem Augenblick. »Ei, komm sieh es dir an, du hast schärfere Augen als ich.«

Der Junge eilte an seine Seite. »Welches Wort, Ser?« Dunk

zeigte darauf. »Das? Oh.« Ei las schnell, dann hob er den Blick und nickte Dunk zu.

Der Fluss gehört ihr. Sie hat es Schwarz auf Weiß. Dunk fühlte sich, als hätte man ihm einen Hieb in den Bauch versetzt. *Das Siegel des Königs.* »Dabei … dabei muss es sich um einen Irrtum handeln. Die Söhne des alten Mannes sind in Diensten des Königs gestorben, weshalb sollte Seine Gnaden ihm da den Fluss nehmen?«

»Wäre König Daeron nicht ein so nachsichtiger Mann gewesen, hätte Ser Eustace zusätzlich noch seinen Kopf verloren.«

Einen Herzschlag lang begriff Dunk nicht. »Was meint Ihr.«

»Sie meint«, antwortete Maester Cerrick, »dass Ser Eustace Osgrey ein Rebell und ein Verräter ist.«

»Ser Eustace entschied sich für den schwarzen Drachen, nicht für den roten, weil er hoffte, ein Schwarzfeuer-König würde ihm die Ländereien und Burgen zurückgeben, die die Osgreys unter den Targaryens verloren hatten«, erklärte Lady Rohanne. »Vor allem ging es ihm um Coldmoat. Seine Söhne zahlten für den Verrat mit ihrem Blut. Als er ihre Gebeine nach Hause brachte und seine Tochter den Männern des Königs als Geisel aushändigte, warf sich seine Gemahlin vom Dach des Standfast-Turmes. Hat Euch Ser Eustace das erzählt?« Sie lächelte traurig. »Nein, ich glaube nicht.«

»Der schwarze Drache.« *Du hast dein Schwert einem Verräter verschworen, Dummkopf. Du hast das Brot eines Verräters gegessen und unter dem Dach eines Rebellen geschlafen.* »M'lady«, er suchte nach Worten, »der schwarze Drache … das war vor fünfzehn Jahren. Wir leben jetzt, und es herrscht eine Dürre. Selbst wenn Ser Eustace damals ein Rebell gewesen ist, braucht er heute Wasser.«

Die Rote Witwe erhob sich und strich ihre Röcke glatt. »Dann sollte er am besten beten, dass es regnet.«

In diesem Moment fiel Dunk ein, was Osgrey ihm gesagt hatte, als sie sich im Wald trennten. »Wenn Ihr ihm seinen Anteil am

Wasser schon nicht um seinetwillen gebt, dann um seines Sohnes willen.«

»Seines Sohnes?«

»Addam. Er hat Eurem Vater als Page und Knappe gedient.«

Lady Rohannes Gesicht war wie versteinert. »Kommt näher.«

Er wusste nicht, was er tun sollte, außer zu gehorchen. Das Podest verlieh ihr einen Fuß zusätzlich an Größe, und trotzdem ragte Dunk über ihr auf. »Kniet«, sagte sie. Er tat es.

In den Schlag, den sie ihm versetzte, legte sie ihre ganze Kraft, und sie war stärker, als es den Anschein erweckte. Seine Wange brannte, und er schmeckte Blut von einer aufgeplatzten Lippe, doch hatte sie ihn nicht wirklich verletzt. Einen Augenblick lang konnte Dunk nur daran denken, wie er sie an ihrem langen roten Zopf packen, sie über sein Knie legen und ihr den Hintern versohlen würde, wie einem frechen Kind. *Wenn ich das mache, wird sie schreien, und zwanzig Ritter stürzen herein und bringen mich augenblicklich um.*

»Ihr wagt es, mich in *Addams* Namen zu bitten?« Ihre Nasenflügel bebten. »Entfernt Euch von Coldmoat, Ser. Sofort.«

»Ich wollte Euch nicht -«

»*Geht,* oder ich werde einen Sack finden, der groß genug für Euch ist, und wenn ich ihn eigenhändig nähen müsste. Sagt Ser Eustace, er solle mir morgen Bennis vom Braunen Schild bringen, ansonsten komme ich und hole ihn mir mit Feuer und Schwert. Habt Ihr verstanden? *Mit Feuer und Schwert!*«

Septon Sefton nahm Dunks Arm und zerrte den jungen Ritter eiligst aus dem Zimmer. Ei folgte ihnen dichtauf. »Das war höchst töricht, Ser«, flüsterte der fette Septon und führte sie zur Treppe. »*Höchst* töricht. Addam Osgrey zu erwähnen …«

»Ser Eustace hat mir gesagt, sie habe den Jungen gemocht.«

»Gemocht?« Der Septon schnaufte schwer. »Sie liebte den Jungen und er sie. Zwar ging die Sache nie über einen Kuss hinaus, doch … nach dem Feld des Roten Grases hat sie um ihn geweint, nicht um den Gemahl, den sie kaum kannte. Sie gibt Ser Eustace die Schuld an seinem Tod, und das mit Recht. Der Junge war zwölf.«

Dunk wusste, was es hieß, solche Schmerzen zu erleiden. Wann immer jemand vom Ashford-Wasen sprach, dachte er an die drei guten Männer, die gestorben waren, um seinen Fuß und seine Hand zu retten, und stets schmerzte die Erinnerung. »Sagt M'lady, ich habe sie nicht verletzen wollen. Bittet sie in meinem Namen um Verzeihung.«

»Ich werde tun, was ich kann, Ser«, sagte Septon Sefton, »doch sagt Ser Eustace, er möge ihr Bennis bringen, und zwar *schnell.* Sonst wird es ihm schlecht ergehen. Sehr schlecht.«

Erst nachdem die Mauern und Türme von Coldmoat im Westen hinter ihnen verschwunden waren, wandte sich Dunk an Ei und fragte: »Was stand nun eigentlich auf dem Dokument geschrieben?«

»Es war eine Urkunde, mit der Rechte verliehen wurden, Ser. An Lord Wyman Webber, vom König. Für seine treuen Dienste in der Rebellion wurden Lord Wyman und seinen Nachkommen alle Rechte am Gescheckten Wasser übertragen, von den Quellen in den Hufeisenbergen bis zum Ufer des Laubsees. Außerdem hieß es dort, Lord Wyman und seine Nachkommen erhielten das Recht, Rotwild, Wildschweine und Kaninchen in Wats Wald zu jagen, wann immer es ihnen gefällt, und jedes Jahr zwanzig Bäume zu schlagen.« Der Junge räusperte sich. »Die Rechte sind jedoch zeitlich begrenzt. In dem Dokument stand, dass, sollte Ser Eustace ohne männlichen Erben sterben, Standfast und damit auch Lord Webbers Privilegien an die Krone zurückfallen würden.«

Sie waren tausend Jahre lang die Marschälle der Nordmark. »Sie haben dem alten Mann also nur den Turm gelassen, damit er darin sterben kann.«

»Und den Kopf«, sagte Ei. »Seine Gnaden haben ihm den Kopf gelassen, Ser. Obwohl er ein Rebell war.«

Dunk sah den Jungen an. »Hättest du ihm den Kopf abschlagen lassen?«

Ei musste darüber nachdenken. »Manchmal am Hof habe ich dem König im Kleinen Rat gedient. Um solche Dinge haben sie sich oft gestritten. Onkel Baelor meinte, Milde sei der beste Weg, mit einem ehrenhaften Feind umzugehen. Wenn ein besiegter Mann glaube, ihm werde Gnade gewährt, werde er das Schwert niederlegen und das Knie beugen. Sonst kämpfe er bis zum Tode und metzele weitere Treue und Unschuldige nieder. Aber Lord Blutrabe meinte, wenn man Rebellen begnadige, pflanze man lediglich den Samen der nächsten Rebellion.« In seiner Stimme schwang Zweifel mit. »Warum hat sich Ser Eustace gegen König Daeron erhoben? Er war ein guter König, wie ein jeder beteuert. Er hat Dorne ins Reich geholt und die Dornischen zu unseren Freunden gemacht.«

»Da musst du wohl Ser Eustace selbst fragen, Ei.« Dunk glaubte, die Antwort zu kennen, aber die wollte der Junge gewiss nicht hören. *Er wollte eine Burg mit einem Löwen über dem Torhaus, doch bekommen hat er nur Gräber zwischen den Brombeeren.* Wenn man einem Mann das Schwert verschwor, versprach man ihm sowohl Dienst und Gehorsam als auch die Bereitschaft, für ihn zu kämpfen, nicht in seinen Angelegenheiten herumzuschnüffeln und seine Loyalität nicht infrage zu stellen … aber Ser Eustace hatte Dunk zum Narren gehalten. *Er hat mir gesagt, seine Söhne seien im Kampf für den König gefallen, und er ließ mich in dem Glauben, der Fluss gehöre ihm.*

Die Nacht überraschte sie in Wats Wald.

Das war Dunks Schuld. Er hätte den kürzesten Weg nach Hause einschlagen sollen, doch stattdessen ritt er mit Ei nach Norden, um noch einen Blick auf den Damm zu werfen. Im Stillen rang er mit dem Gedanken, das Ding mit bloßen Händen einzureißen. Aber die Sieben und Ser Lucas Longinch hatten bereits Vorsorge für ihren Empfang getroffen. Als sie den Damm erreichten, wurde er von zwei Männern mit Armbrüsten und dem Spinnenwappen auf der Kleidung bewacht. Einer saß da und ließ die Füße in das gestohlene Wasser baumeln. Dunk wäre ihm am liebsten allein dafür an die Kehle gegangen, doch der Mann hörte sie kommen und hob die Armbrust. Sein Gefährte war sogar noch schneller und legte gleich einen Bolzen ein. Dunk konnte also nicht viel mehr tun, als sie böse anzustarren.

Danach mussten sie den ganzen Weg wieder zurückreiten. Dunk kannte sich in diesem Land nicht so gut aus wie Ser Bennis, und sich in einem so kleinen Wald wie Wats zu verirren wäre eine Demütigung gewesen. Zu der Zeit, da sie schließlich durch den Fluss preschten und das Wasser aufwühlten, stand die Sonne bereits tief am Horizont, und die ersten Sterne wagten sich hervor, zusammen mit Wolken von Mücken. Unter den hohen schwarzen Bäumen fand Ei schließlich die Sprache wieder. »Ser? Dieser fette Septon sagt, mein Vater schmolle in Summerhall.«

»Worte sind wie der Wind.«

»Mein Vater schmollt nicht.«

»Nun«, sagte Dunk, »er könnte schmollen. *Du* schmollst bestimmt.«

»Nein, Ser.« Er runzelte die Stirn. »Schmolle ich?«

»Manchmal. Nicht sehr oft eigentlich. Sonst bekämst du mehr Ohrfeigen von mir.«

»Ihr habt mir gerade am Tor eine Kopfnuss verpasst.«

»Das reicht nicht an eine Ohrfeige heran. Wenn ich dir jemals eine richtige verpasse, wirst du es schon merken.«

»Von der Roten Witwe habt *Ihr* eine richtige bekommen.«

Dunk betastete die geschwollene Lippe. »Kein Grund zur Schadenfreude.« *Allerdings hat deinem Vater noch niemand eine Ohr-*

feige versetzt. Vielleicht schmollte Prinz Maekar deswegen so leicht. »Als der König Lord Blutrabe zu seiner Hand ernannte, weigerte sich dein Hoher Vater, weiter dem Rat anzugehören, und kehrte King's Landing den Rücken«, erinnerte er Ei. »Seit anderthalb Jahren sitzt er auf Summerhall. Wie würdest du es nennen, wenn nicht schmollen?«

»Ich würde es nennen: erzürnt sein«, verkündete Ei überheblich. »Seine Gnaden hätten meinen Vater zur Hand machen müssen. Er ist sein *Bruder* und dazu seit Baelors Tod der beste Feldherr im Reiche. Lord Blutrabe ist nicht einmal ein richtiger Lord, der Titel ist nur törichte *Höflichkeit*. Er ist nicht nur ein Zauberer, sondern außerdem von niederer Geburt.«

»Ein Bastard, ja, aber nicht von niederer Geburt.« Blutrabe mochte vielleicht kein richtiger Lord sein, doch waren beide Eltern Adlige. Seine Mutter war eine der vielen Gespielinnen von König Aegon dem Unwerten gewesen. Aegons Bastarde wurden zum Fluch der Sieben Königreiche, nachdem der alte König gestorben war. Er hatte die gesamte Meute auf seinem Totenbett legitimiert, nicht nur die Großen Bastarde wie Blutrabe, Bitterstahl und Daemon Schwarzfeuer, bei deren Müttern es sich um Damen gehandelt hatte, sondern auch die niederen, die er mit Huren und Schankmädchen, den Töchtern von Händlern und jedem hübschen Bauernmädel hatte, das ihm zufällig unter die Augen geraten war. *Feuer und Blut* lauteten die Worte des Hauses Targaryen, aber Dunk hatte Ser Arlan einmal sagen hören, Aegons hätten lauten müssen *Wasch sie, und bring sie in mein Bett.*

»König Aegon hat Blutrabe vom Ruch des Bastards reingewaschen«, erinnerte er Ei, »und das Gleiche mit all den anderen gemacht.«

»Der alte Hohe Septon hat meinem Vater erzählt, die Gesetze des Königs seien eine Sache und die der Götter eine andere«, beharrte der Junge stur. »Legitime Kinder werden im Ehebett gezeugt und vom Vater und der Mutter gesegnet, doch Bastarde entstehen aus Lust und Schwäche, sagte er. König Aegon hat befohlen, dass seine Bastarde keine Bastarde seien, aber ihr Wesen konnte er nicht ändern. Der Hohe Septon hat gesagt, allen Bastarden sei der Verrat angeboren … Daemon Schwarzfeuer, Bitterstahl, selbst Blutrabe. Lord Rivers sei listiger als die beiden anderen, doch am Ende werde er sich ebenfalls als Verräter erweisen. Der Hohe Septon riet meinem Vater, dem Mann niemals zu vertrauen und auch keinem anderen Bastard, ob er nun von hoher oder niederer Geburt sei.«

Zum Verrat geboren, dachte Dunk. *Aus Lust und Schwäche entstanden. Niemals vertrauenswürdig, ob von hoher oder niederer Geburt.* »Ei«, sagte er, »hast du eigentlich noch nie darüber nachgedacht, dass auch ich ein Bastard sein könnte?«

»Ihr, Ser?« Das traf den Jungen hart. »Ihr seid kein Bastard.«

»Ich könnte einer sein. Ich habe meine Mutter nicht kennen gelernt und weiß nicht, was aus ihr geworden ist. Vielleicht war ich ein zu großes Kind, so dass sie bei meiner Geburt gestorben ist. Höchstwahrscheinlich jedoch war sie eine Hure oder eine Dirne. In Flea Bottom trifft man selten auf hochgeborene Damen. Und wenn sie mit meinem Vater verheiratet war… nun, was ist dann aus *ihm* geworden?« Dunk wurde nicht gern an das Leben erinnert, das er geführt hatte, bevor er von Ser Arlan aufgenommen worden war. »Es gab da ein billiges Gasthaus, an das ich immer Ratten, Katzen und Tauben verkaufte. Der Koch hat stets gesagt, mein Vater sei ein Dieb oder ein Beutelschneider. ›Höchstwahrscheinlich habe ich ihn am Galgen gesehen‹, sagte er zu mir, ›aber vielleicht haben sie ihn auch zur Mauer geschickt.‹ Als ich Ser Arlans Knappe war, habe ich den alten Ritter gefragt, ob wir nicht eines Tages dorthin ziehen könnten und auf Winterfell oder einer anderen Burg im Norden unsere Dienste anbieten könnten. Ich hatte die Vorstellung, auf der Mauer einen alten Mann zu treffen, einen richtig großen, der mir ähnlich sähe. Allerdings sind wir nicht bis dorthin herumgekommen. Ser Arlan meinte, im Norden gebe es keine Hecken und die Wälder seien voller Wölfe.« Er schüttelte den Kopf. »Lange Rede, kurzer Sinn: Höchstwahrscheinlich bist du der Knappe eines Bastards.«

Dieses eine Mal fehlten Ei die Worte. Die Dunkelheit um sie herum nahm zu. Leuchtkäfer bewegten sich gemächlich durch die Bäume, und ihre kleinen Lichter ähnelten vorbeiziehenden Sternen. Am Himmel standen ebenfalls Sterne, mehr, als jemand je zu zählen hoffen durfte, selbst wenn er so lange lebte wie König Jaehaerys. Dunk brauchte nur den Blick zu heben, um vertraute Freunde zu entdecken: den Hengst und das Schwein, die Königskrone und die Laterne des Alten Weibs, die Galeere, den Geist und die Mondmaid. Doch im Norden gab es Wolken, und so blieb das blaue Auge des Eisdrachen, das nach Norden zeigte, verborgen.

Der Mond war bereits aufgegangen, als sie Standfast erreichten, das sich dunkel und steil auf seinem Hügel erhob. Hinter den oberen Fenstern des Turms war schwaches gelbes Licht zu sehen. An den meisten Abenden ging Ser Eustace gleich nach dem Abendessen zu Bett, heute jedoch nicht, schien es. *Er wartet auf uns,* wurde Dunk bewusst.

Bennis vom Braunen Schild wartete ebenfalls. Er saß auf den Stufen zum Turm, kaute Bitterblatt und schliff sein Langschwert im Mondlicht. Das leise Kratzen, das der Stein auf dem Stahl hervorrief, trug weit. Wie sehr auch Ser Bennis seine Kleidung und sich selbst vernachlässigen mochte, seine Waffen pflegte er.

»Der Dummkopf kommt nach Hause«, sagte Bennis. »Ich habe schon mein Schwert gewetzt, um loszuziehen und Euch vor der Roten Witwe zu retten.«

»Wo sind die Männer?«

»Treb und der Nasse Wat halten auf dem Dach Wache, falls die Witwe vorbeischauen sollte. Der Rest hat sich jammernd in die

Betten verkrochen. Vollkommen erledigt. Ich habe sie hart rangenommen. Den großen Tölpel habe ich ein bisschen bluten lassen, das macht ihn verrückt. Er kämpft besser, wenn er verrückt ist.« Er zeigte beim Lächeln die roten und braunen Zähne. »Eine hübsche aufgesprungene Lippe habt Ihr da. Nächstes Mal solltet Ihr nicht jeden Stein umdrehen. Was hat die Frau gesagt?«

»Sie beabsichtigt, das Wasser zu behalten. Und Euch will sie auch, weil Ihr diesen Grabenbauer am Damm verletzt habt.«

»Habe ich mir schon gedacht.« Bennis spuckte aus. »Was für eine Aufregung wegen so eines Bauern. Er sollte mir dankbar sein. Frauen mögen Männer mit Narben.«

»Dann werdet Ihr es Mylady nicht verübeln, wenn sie Euch die Nase aufschlitzt.«

»Verflucht. Wenn ich eine aufgeschlitzte Nase wollte, hätte ich das längst selbst gemacht.« Er zeigte mit dem Daumen aufwärts. »Ser Nutzlos findet Ihr in seinen Gemächern, wo er darüber brütet, wie großartig er einst war.«

Ei mischte sich ein. »Er hat für den schwarzen Drachen gekämpft.«

Dunk hätte dem Jungen eine Ohrfeige versetzen können, doch der braune Ritter lachte nur. »Natürlich. Schaut ihn Euch nur an. Erscheint er Euch wie einer, der zu den Siegern gehört?«

»Nicht mehr als Ihr. Sonst wärt Ihr ja nicht bei uns.« Dunk wandte sich an Ei. »Kümmere dich um Donner und Maester, und anschließend kommst du zu uns nach oben.«

Als Dunk durch die Falltür hinaufstieg, saß der alte Mann in seinem Schlafgewand am Kamin, obwohl darin kein Feuer brannte. Er hielt den Becher seines Vaters in der Hand, einen schweren Silberpokal, der noch vor der Eroberung für einen Lord Osgrey gefertigt worden war. Ein gescheckter Löwe zierte das Gefäß, eine Einlegearbeit aus Jade und Gold, wobei allerdings einige Jadestücke bereits fehlten. Beim Klang von Dunks Schritten blickte der alte Mann auf und blinzelte, als wäre er aus einem Traum erwacht. »Ser Duncan. Ihr seid zurück. Hat Euer Anblick Lucas Inchfield beeindruckt, Ser?«

»Nicht, solange ich zugegen war, M'lord. Ich habe ihn eher erzürnt.« Dunk berichtete die Ereignisse, so gut er konnte, überging jedoch den Teil mit Lady Helicent, weil er dabei aussah wie ein Narr. Auch die Ohrfeige hätte er ausgelassen, doch die aufgeplatzte Lippe war zu doppelter Größe angeschwollen, und Ser Eustace musste sie natürlich auffallen.

»Eure Lippe …«

Dunk berührte sie vorsichtig. »Die Lady hat mir eine Ohrfeige versetzt.«

»Sie hat Euch *geschlagen*?« Ser Eustace öffnete den Mund und schloss ihn wieder. »Sie hat meinen Gesandten geschlagen, der im Zeichen des gescheckten Löwen zu ihr gekommen ist? Sie hat es gewagt, Hand an Eure Person zu legen?«

»Ja, Hand anlegen, so könnte man es ausdrücken, Ser. Es hat schon zu bluten aufgehört, ehe wir die Burg verlassen haben.« Er ballte die Hand zur Faust. »Sie will Ser Bennis, nicht Euer Silber, und den Damm will sie auch nicht niederreißen. Außerdem hat sie mir ein Pergament mit Unterschrift und Siegel des Königs gezeigt. Demzufolge gehört der Fluss ihr. Und …« Er zögerte. »Sie sagte, Ihr hättet Euch … Ihr seiet …«

»… mit dem schwarzen Drachen gezogen?« Ser Eustace schien in sich zusammenzusinken. »Ich fürchtete so etwas. Wenn Ihr meine Dienste verlassen wollt, so habt Ihr meine Erlaubnis, ich werde Euch nicht aufhalten.« Der alte Ritter starrte in seinen Becher, obwohl Dunk nicht klar war, was er dort sah.

»Ihr habt mir erzählt, Eure Söhne seien im Kampf für den König gefallen.«

»Sind sie auch. Für den *rechtmäßigen* König, Daemon Schwarzfeuer. Den König, der das Schwert trug.« Der Schnurrbart des alten Mannes zitterte. »Die Männer des roten Drachen nennen sich *Loyalisten*, aber wir, die den schwarzen wählten, waren einst ebenso loyal. Wenngleich heute … Alle Männer, die an meiner Seite marschierten, um Prinz Daemon auf den Eisernen Thron zu setzen, sind verschwunden wie der Morgentau am Mittag. Vielleicht habe ich sie nur geträumt. Oder Lord Blutrabe und seine Rabenzähne haben sie in Angst versetzt. Sie können nicht alle tot sein.«

Dunk vermochte die Wahrheit dieses Satzes nicht zu leugnen. Bis zu diesem Augenblick hatte er niemanden kennen gelernt, der für den Thronräuber gekämpft hatte. *Und doch müsste ich eigentlich. Es waren tausende. Das halbe Reich focht für den roten Drachen, und die andere Hälfte für den schwarzen.* »Beide Seiten haben tapfer gekämpft, sagte Ser Arlan stets.« Er glaubte, das würde der alte Ritter gern hören wollen.

Ser Eustace umklammerte den Weinbecher mit beiden Händen. »Wenn Daemon über Gwayne Corbray hinweggeritten wäre … wenn Fireball nicht am Vorabend der Schlacht erschlagen worden wäre … wenn Hightower und Tarbeck und Oakheart und Butterwell uns mit ganzer Macht unterstützt hatten, anstatt in jedes Lager einen Fuß zu pflanzen … wenn Manfred Lothston sich als treu und nicht als abtrünnig erwiesen hätte … wenn Stürme nicht Lord Brackens Überfahrt mit den myrischen Armbrustschützen verzögert hätte … wenn Quickfinger nicht mit den gestohlenen Dracheneiern erwischt worden wäre … so viele Wenn, Ser … dann wäre die Sache anders ausgegangen, hätte zu einem ganz anderen Ausgang geführt. Dann würden wir die Loyalisten genannt, und die roten Drachen würden in der Erinnerung Männer sein, die den Usurpator Daeron den Falschgeborenen auf seinem gestohlenen Thron halten wollten und dabei scheiterten.«

»So mag es sein, M'lord«, sagte Dunk, »aber die Dinge sind nun einmal nicht so gekommen. Es ist vor vielen Jahren geschehen, und Ihr wurdet begnadigt.«

»Ja, wir wurden begnadigt. Solange wir das Knie beugten und

eine Geisel stellten, um unsere zukünftige Loyalität zu sichern, vergab Daeron allen Verrätern und Rebellen.« Seine Stimme klang verbittert. »Ich habe mir meinen Kopf mit dem Leben meiner Tochter erkauft. Alysanne war sieben, als sie nach King's Landing gebracht wurde, und zwanzig, als sie starb, und da war sie eine Schweigende Schwester. Ich bin einmal nach King's Landing gereist, um sie zu besuchen, doch sie wollte mit mir, ihrem eigenen Vater, nicht sprechen. Die Gnade eines Königs ist ein vergiftetes Geschenk. Daeron Targaryen ließ mich am Leben, doch er nahm mir Stolz, Träume und Ehre.« Seine Hand zitterte, und er vergoss roten Wein auf seinen Schoß, doch der alte Mann beachtete es nicht. »Ich hätte mit Bitterstahl ins Exil gehen oder neben meinen Söhnen und meinem geliebten König sterben sollen. Das wäre ein Tod gewesen, der eines gescheckten Löwen würdig wäre, eines Mannes, der von stolzen Lords und mächtigen Kriegern abstammt. Daerons Gnade hat mich gedemütigt.«

In seinem Herzen ist der schwarze Drache nie gestorben, erkannte Dunk.

»Mylord?«

Das war Eis Stimme. Der Junge war hereingekommen, während der alte Mann von seinem Tod sprach. Der alte Ritter blinzelte ihn an, als sehe er ihn zum ersten Mal. »Ja, Bursche? Was gibt es?«

»Wenn ich mir erlauben darf … die Rote Witwe hat behauptet, Ihr hättet nur rebelliert, weil Ihr ihre Burg in Euren Besitz bringen wolltet. Aber das stimmt doch nicht, oder?«

»Die Burg?« Er wirkte verwirrt. »Coldmoat … Coldmoat … wurde mir von Daemon versprochen, ja, aber … es ging nicht um Gewinn, nein …«

»Warum dann?«, fragte Ei.

»Warum?« Ser Eustace runzelte die Stirn.

»Warum wart Ihr ein Verräter? Wenn es nicht um die Burg ging?«

Ser Eustace betrachtete Ei lange Zeit, ehe er antwortete. »Du bist noch ein Junge. Du verstehst es bestimmt nicht.«

»Nun«, meinte Ei, »vielleicht doch.«

»Verrat … ist nur ein Wort. Wenn zwei Prinzen um einen Thron kämpfen, auf dem nur einer sitzen kann, müssen große Lords und gemeine Leute ihre Entscheidung treffen. Und nach der Schlacht werden die Gewinner als treue Männer und die Besiegten als Verräter und Rebellen bezeichnet. Das war mein Schicksal.«

Ei dachte darüber nach. »Ja, Mylord. Nur … König Daeron war ein guter Mann. Warum habt Ihr Euch trotzdem für Daemon entschieden?«

»Daeron …« Ser Eustace lallte fast, und Dunk erkannte, dass er betrunken war. »Daeron war spindeldürr, hatte hängende Schultern und einen kleinen Bauch, der beim Gehen schwabbelte. Daemon stand aufrecht und stolz, sein Bauch war flach und hart wie ein Eichenschild. Und er konnte *kämpfen*. Mit der Axt, der Lanze und dem Morgenstern war er so gut wie jeder andere Ritter, doch mit dem *Schwert* war er der Krieger aller Krieger. Wenn Prinz Daemon Blackfyre in Händen führte, gab es niemanden, der ihm das Wasser hätte reichen können … nicht Ulrick Dayne mit Dawn, nein, und auch nicht der Drachenritter mit Dark Sister.

Man kann einen Mann nach seinen Freunden einschätzen, Ei. Daeron umgab sich mit Maestern, Septonen und Sängern. Stets flüsterten ihm Frauen ins Ohr, und sein Hof war voll von Dornischen. Wie auch nicht, er hatte sich eine Dornische ins Bett geholt und seine eigene Schwester an den Prinzen von Dorne verkauft, obwohl sie Daemon liebte. Daeron trug den gleichen Namen wie der Junge Drache, doch als das dornische Weib ihm einen Sohn schenkte, benannte er ihn nach Baelor, dem schwächsten König, der je auf dem Eisernen Thron gesessen hatte.

Daemon hingegen … Daemon war nicht frommer, als ein König sein muss, und alle großen Ritter des Reiches versammelten sich um ihn. Es würde Lord Blutrabe gefallen, wenn ihre Namen vergessen wären, daher hat er verboten, Lieder über sie zu singen, doch *ich* erinnere mich an sie. Robb Reyne, Gareth der Graue, Ser Aubrey Ambrose, Lord Gormon Peake, der Schwarze Byren Flowers, Redtusk, Fireball … *Bitterstahl*! Ich frage dich, hat es je eine so edle Gemeinschaft gegeben, eine solche Truppe von Helden?

Warum, Bursche? Du fragst mich, warum? Weil Daemon der bessere Mann war. Der alte König hat das ebenfalls erkannt. Er gab das Schwert Daemon. *Blackfyre*, das Schwert von Aegon dem Eroberer … Er legte das Schwert in Daemons Hände, an dem Tag, an dem er ihn zum Ritter schlug, einen Jungen von zwölf Jahren.«

»Mein Vater sagt, das habe er getan, weil Daemon ein Schwertkämpfer war und Daeron nicht«, wandte Ei ein. »Warum soll man ein Pferd einem Mann geben, der nicht reiten kann? Das Schwert war nicht das Königreich, sagt er.«

Die Hand des alten Ritters zuckte so heftig, dass erneut Wein aus dem Silberbecher verschüttet wurde. »Dein Vater ist ein Dummkopf.«

»Ist er *nicht*«, sagte der Junge.

Osgrey verzog das Gesicht wütend. »Du hast eine Frage gestellt, und ich habe sie dir beantwortet, aber deine Unverschämtheit werde ich mir nicht bieten lassen. Ser Duncan, ihr solltet den Jungen öfter verprügeln. Seine Höflichkeit lässt sehr zu wünschen übrig. Wenn es sein muss, erledige ich das selbst …«

»Nein«, unterbrach Dunk ihn. »Das werdet Ihr nicht. Ser.« Er hatte eine Entscheidung getroffen. »Es ist dunkel. Wir brechen beim ersten Licht auf.«

Ser Eustace sah ihn verzweifelt an. »Ihr brecht auf?«

»Wir verlassen Standfast. Wir treten aus Euren Diensten.« *Ihr habt uns belogen. Mögt Ihr es nennen, wie Ihr wollt, es war nicht ehrenhaft.* Er knöpfte seinen Mantel auf, rollte ihn zusammen und legte ihn dem alten Mann in den Schoß.

Osgrey kniff die Augen zusammen. »Hat diese Frau Euch angeboten, Euch in ihre Dienste zu nehmen? Verlasst Ihr mich, um bei der Hure ins Bett zu steigen?«

»Ich weiß nicht, ob sie eine Hure ist«, erwiderte Dunk, »oder eine Hexe oder eine Giftmischerin oder auch nichts von alledem. Doch das ist auch gleichgültig. Wir ziehen in die Hecken, nicht nach Coldmoat.«

»In die Gräben, meint Ihr. Ihr verlasst mich und streift wie Wölfe durch die Wälder, um ehrlichen Männern auf der Straße aufzulauern.« Seine Hand zitterte. Der Becher glitt ihm aus den Fingern, der Wein floss heraus, während der Becher über den Boden rollte. »Dann geht. Geht. Ich will Euch nicht mehr sehen. Ich hätte Euch niemals aufnehmen sollen. *Geht*!«

»Wie Ihr sagt, Ser.« Dunk winkte, und Ei folgte.

Diese letzte Nacht wollte Dunk so weit wie möglich entfernt von Eustace Osgrey verbringen, daher schliefen sie im Keller bei den übrigen Männern von Standfasts kläglichem Heer. Es wurde eine ruhelose Nacht. Lem und der rotäugige Pate schnarchten, der eine laut, der andere beharrlich. Feuchter Dunst füllte den Keller, stieg durch die Falltür aus den tiefer gelegenen Gewölben nach oben. Dunk warf sich auf dem kratzenden Bett hin und her, döste im Halbschlaf und erwachte jäh. Die Stiche, die er im Wald davongetragen hatte, juckten entsetzlich, und im Stroh saßen zudem die Flöhe. *Bald bin ich fort von hier, bin diesen alten Mann los und Ser Bennis und die anderen auch.* Vielleicht war es an der Zeit, Ei nach Summerhall zu bringen, damit er seinen Vater besuchen konnte. Am Morgen, wenn sie fort von hier waren, würde er den Jungen danach fragen.

Allerdings schien der Morgen noch weit entfernt. Dunk schwirrte der Kopf von Drachen, roten und schwarzen … von gescheckten Löwen, alten Schilden, abgestoßenen Stiefeln … von Flüssen und Burggräben und Dämmen, von Dokumenten, die mit dem großen Siegel des Königs versehen waren und die er nicht lesen konnte.

Und auch von *ihr*, der Roten Witwe, Rohanne von Coldmoat. Er sah ihr sommersprossiges Gesicht, ihre schlanken Arme, ihren roten Zopf. Das rief Schuldgefühle in ihm wach. *Ich sollte von Tanselle träumen. Tanselle Zuhoch wurde sie genannt, aber für mich war sie nicht zu hoch.* Sie hatte das Wappen auf seinen Schild gemalt, und er hatte sie vor Prinz Aerion Leuchtflamme gerettet, doch sie verschwand noch vor dem Urteil der Sieben. *Sie konnte es nicht ertragen, mich sterben zu sehen*, redete sich Dunk oft ein, aber was wusste er schon? Er war so stur wie eine Burgmauer. Allein, dass er an die Rote Witwe dachte, bewies das schon. *Tanselle hat mich angelächelt, doch haben wir uns nie im Arm gehalten, nie geküsst, nicht einmal flüchtig auf die Lippen.* Rohanne hatte ihn wenigstens berührt; die geschwollene Lippe war der Beweis. *Sei nicht dumm. Für jemanden wie sie bist du nicht bestimmt. Sie ist zu klein, zu schlau und viel zu gefährlich.*

Endlich schlief er ein und träumte. Er rannte über eine Lichtung im Herzen von Wats Wald, lief auf Rohanne zu, und sie schoss Pfeile auf ihn ab. Jeder, den sie abschoss, fand sein Ziel und traf ihn in die Brust, und dennoch war der Schmerz seltsam süß. Er hätte sich umdrehen und fliehen sollen, doch lief er stattdessen auf sie zu, lief so langsam, wie man im Traum stets läuft, als hätte sich die Luft in Honig verwandelt. Der nächste Pfeil flog heran, dann wieder einer. Ihr Köcher schien nicht leer zu werden. Ihre Augen waren grau und grün und übermütig. *Euer Kleid bringt die Farbe Eurer Augen so schön zu Geltung,* wollte er sagen, doch sie trug gar kein Kleid, hatte überhaupt nichts an. Auf ihren kleinen Brüsten breiteten sich blasse Sommersprossen aus, und die Brustwarzen waren rot und hart wie kleine Beeren. Mit den Pfeilen sah er aus wie ein großes Stachelschwein, während er auf sie zustolperte. Trotzdem fand er irgendwie die Kraft, ihren Zopf zu packen. Mit einem Ruck zog er sie zu sich heran und küsste sie mit Hingabe.

Unvermittelt erwachte er von einem Ruf.

Im dunklen Keller herrschte Verwirrung. Überall wurden Flüche und Beschwerden laut, und die Männer stolperten übereinander, während sie nach Spießen und Hosen tasteten. Niemand hatte eine Ahnung, was geschah. Ei fand die Talgkerze, zündete sie an und sorgte so für ein wenig Licht. Dunk war der Erste auf der Treppe. Er wäre beinahe mit Sam Stoops zusammengestoßen, der nach unten stürmte, wie ein Blasebalg schnaufte und unzusammenhängendes Zeug stammelte. Dunk musste ihn an beiden Schultern halten, damit er nicht stürzte. »Sam, was ist passiert?«

»Der Himmel«, wimmerte der alte Mann. »Der *Himmel*!« Mehr war aus ihm nicht herauszubringen, also stiegen sie alle hinauf aufs Dach, um es sich anzuschauen. Ser Eustace war bereits oben, stand im Morgenrock an der Brustwehr und starrte in die Ferne.

Die Sonne ging im Westen auf.

Es dauerte einen Moment, bis Dunk begriff, was das bedeutete. »Wats Wald brennt«, sagte er mit gedämpfter Stimme. Unten aus dem Turm hörte er Bennis' Flüche, eine Abfolge solcher Unflätigkeiten, dass selbst Aegon der Unwerte errötet wäre. Sam Stoops begann zu beten.

Sie waren zu weit entfernt, um die Flammen zu erkennen, doch das rote Glühen nahm den halben Horizont im Westen ein, und darüber verblassten die Sterne. Die Königskrone war halb verschwunden hinter einem Schleier aus Rauch.

Feuer und Schwert, hat sie gesagt.

Das Feuer loderte die ganze Nacht. Niemand in Standfast fand Schlaf. Bald konnte man den Rauch riechen und die Flammen in der Ferne wie Mädchen in roten Röcken tanzen sehen. Alle fragten sich, ob das Feuer sie einschließen würde. Dunk stand hinter der Brustwehr, seine Augen brannten, und er hielt Ausschau nach Reitern. »Bennis«, sagte er, als der braune Ritter Bitterblatt kauend nach oben kam. »Sie will Euch. Vielleicht solltet Ihr gehen.«

»Was, fliehen?« Er wieherte. »Auf *meinem* Pferd? Da könnte ich genauso gut auf einem der Hühner davonfliegen.«

»Dann gebt auf. Sie wird Euch nur die Nase aufschlitzen.«

»Mir gefällt meine Nase, wie sie ist, Dummkopf. Soll sie versuchen, mich zu holen, wir werden schon sehen, wer aufgeschlitzt wird.« Er saß mit gekreuzten Beinen an eine Zinne gelehnt und zog einen Wetzstein aus seiner Tasche, um sein Schwert zu schärfen. Ser Eustace stand vor ihm. Mit gesenkten Stimmen berieten sie, wie der Kampf zu führen sei. »Longinch wird uns am Damm erwarten«, hörte Dunk den alten Ritter sagen, »doch stattdessen werden wir ihre Ernte niederbrennen. Feuer für Feuer.« Ser Bennis hielt das für genau das Richtige, und vielleicht sollten sie auch noch die Mühle anstecken. »Sie steht sechs Meilen hinter der Burg, Longinch wird dort nicht nach uns suchen. Brennen wir die Mühle nieder, und bringen wir den Müller um, das kostet sie einiges.«

Ei lauschte ebenfalls. Er hustete und blickte Dunk mit großen Augen an. »Ser, Ihr müsst sie aufhalten.«

»Wie denn?«, fragte Dunk. *Die Rote Witwe wird sie aufhalten. Sie und dieser Lucas Longinch.* »Sie spucken nur laute Töne, Ei. Sonst würden sie sich in die Hose machen. Wir haben nichts mehr damit zu tun.«

Das Morgengrauen kam mit dunstverhangenem Himmel und einer Luft, die in den Augen brannte. Dunk beabsichtigte, früh aufzubrechen, obwohl er nach der schlaflosen Nacht nicht wusste, wie weit sie kommen würden. Er und Ei aßen zum Frühstück gekochte Eier, während Bennis die anderen draußen drillte. *Sie sind Osgrey-Männer und wir nicht,* sagte er zu sich. Er aß vier Eier. So viel war ihm Ser Eustace schuldig, fand er. Ei aß zwei. Die Eier spülten sie mit Bier hinunter.

»Wir sollten zur Schönen Insel ziehen, Ser«, sagte der Junge, während sie packten. »Wenn die Eisenmänner dort auf Raubzug unterwegs sind, wird Lord Farman nach Schwertern Ausschau halten.«

Der Gedanke war gut. »Warst du schon mal auf der Schönen Insel?«

»Nein, Ser«, sagte Ei, »aber es heißt, es sei wirklich schön dort. Lord Farmans Sitz ist ebenfalls schön. Er heißt nämlich Faircastle.«

Dunk lachte. »Also gut, auf nach Faircastle!« Er hatte das Gefühl, als sei ihm eine große Last von den Schultern genommen worden. »Ich sehe nach den Pferden«, sagte er, nachdem er seine Rüstung zum Bündel geschnürt und mit einem Hanfseil gesichert hatte. »Geh aufs Dach, und hol unsere Schlafsäcke, Knappe.« Das Letzte, wonach ihm an diesem Morgen der Sinn stand, war eine weitere Auseinandersetzung mit dem gescheckten Löwen. »Wenn du Ser Eustace siehst, rede nicht mit ihm.«

»Sehr wohl, Ser.«

Draußen hatte Bennis seine Rekruten mit ihren Spießen und Schilden in einer Reihe aufgestellt und brachte ihnen bei, im Gleichschritt zu marschieren. Der braune Ritter schenkte Dunk nicht die geringste Beachtung, während er über den Hof ging. *Er wird den ganzen Haufen in den Tod führen. Die Rote Witwe kann jeden Moment eintreffen.* Ei stürzte aus dem Turm und polterte die hölzernen Stufen mit dem Schlafzeug hinunter. Über ihm stand Ser Eustace steif auf dem Balkon und stützte sich auf die Brüstung. Als sein Blick auf Dunk traf, bebte sein Schnurrbart, und der alte Ritter wandte sich rasch ab. Der Rauch hing dunstig in der Luft.

Bennis hatte seinen Schild über den Rücken gebunden, ein langes Stück unbemalten Holzes, das mit unzähligen Schichten

Firnis überzogen und mit Eisen verstärkt war. Es zeigte kein Wappen, nur eine Bosse in der Mitte, eine bucklige Verzierung, die Dunk an ein großes, geschlossenes Auge erinnerte. *So blind wie er selbst.* »Wie wollt Ihr gegen sie kämpfen?«, fragte Dunk.

Ser Bennis betrachtete seine Soldaten, sein Mund war rot vom Bitterblatt. »Den Hügel können wir mit so wenigen Spießen nicht halten. Wir müssen uns in den Turm zurückziehen.« Er deutete auf die Tür. »Es gibt nur einen Eingang. Wir ziehen die Holztreppe ein, und dann können sie uns nicht mehr erreichen.«

»Solange sie nicht selbst eine Treppe bauen. Möglicherweise bringen sie auch Seile und Haken mit und schwärmen über das Dach in den Turm. Oder sie schießen einfach ihre Armbrüste auf Euch ab, während Ihr die Tür verteidigt.«

Die Melonen, Bohnen und Gersten hörten sich alles an, was sie besprachen. Ihre tapferen Sprüche waren fortgeweht, obwohl sich nicht das leiseste Lüftchen regte. Sie standen da, umklammerten ihre gespitzten Stöcke und sahen Dunk, Bennis und einander an.

»Dieser Haufen wird Euch keine Hilfe sein«, sagte Dunk und deutete mit dem Kopf auf die jämmerliche Osgrey-Armee. »Die Ritter der Roten Witwe werden sie in Stücke schneiden, wenn Ihr sie in offenem Gelände aufziehen lasst, und im Innern des Turms sind ihre Spieße ohne Wert.«

»Sie können Sachen vom Dach werfen«, sagte Bennis. »Treb ist gut im Steinewerfen.«

»Er würde vielleicht ein oder zwei werfen können, nehme ich an«, sagte Dunk, »ehe die Schützen der Witwe ihn mit Bolzen durchbohren.«

»Ser?« Ei stand neben ihm. »Ser, wenn wir aufbrechen wollen, sollten wir das am besten gleich tun, falls nämlich die Witwe kommt.«

Der Junge hatte Recht. *Wenn wir noch länger verweilen, sitzen wir in der Falle.* Dennoch zögerte Dunk. »Lasst sie gehen, Bennis.«

»Was, ich soll unsere mutigen Burschen aufgeben?« Bennis betrachtete die Bauern und lachte wiehernd. »Dass ihr nicht auf dumme Gedanken kommt«, warnte er sie. »Ich schlitze jeden auf, der abhauen will.«

»Versucht das, und ich schlitze Euch auf.« Dunk zog sein Schwert. »Geht heim, ihr alle«, sagte er zu den Bauern. »Geht zurück in eure Dörfer und schaut, ob sich das Feuer auf eure Häuser und Felder ausbreitet.«

Niemand rührte sich. Der braune Ritter starrte ihn an, sein Mund mahlte. Dunk beachtete ihn nicht. »Geht«, sagte er den Bauern erneut. Es war, als hätte ihm ein Gott die Worte in den Mund gelegt. *Nicht der Krieger. Gibt es einen Gott für Narren?* »GEHT!«, wiederholte er und brüllte diesmal. »Nehmt eure Spieße und Schilde, aber *geht*, oder ihr werdet den morgigen Tag nicht mehr erleben. Wollt ihr eure Frauen noch einmal küssen? Eure Kinder noch einmal im Arm halten? *Geht heim*! Seid ihr alle taub geworden?«

Waren sie nicht. Ein wildes Durcheinander erfasste die Hühner. Der Große Rob trat auf eine Henne, als er davonlief, und Pate hätte beinahe Will Bohne den Spieß in den Bauch gerammt, aber sie rannten los. Die Melonen liefen in eine Richtung, die Bohnen in eine andere, die Gerste in die dritte. Ser Eustace schrie ihnen von oben hinterher, doch niemand beachtete ihn. *Wenigstens ihm gegenüber sind sie taub,* dachte Dunk.

Als der alte Ritter aus seinem Turm trat und die Treppe hinunterstieg, standen nur noch Dunk und Ei und Bennis zwischen den Hühnern. »Kommt zurück!«, rief Ser Eustace seinem fliehenden Heer nach. »Ihr habt nicht meine Erlaubnis, euch zu entfernen. *Ihr habt nicht meine Erlaubnis!*«

»Sinnlos, M'lord«, stellte Bennis fest. »Die sind weg.«

Ser Eustace drehte sich zu Dunk um, und sein Schnurrbart zitterte vor Zorn. »Ihr hattet kein Recht, sie fortzuschicken. *Kein Recht!* Ich habe ihnen gesagt, sie sollten nicht davonlaufen, ich habe es ihnen *verboten*. Ich habe Euch *verboten*, sie zu entlassen.«

»Wir haben Euch nicht gehört, Mylord.« Ei nahm den Hut ab und fächelte den Rauch fort. »Die Hühner haben so laut gegackert.«

Der alte Mann sank auf die unterste Stufe von Standfast. »Was hat Euch diese Frau geboten, dass Ihr mich an sie ausliefert?«, fragte er Dunk mit rauer Stimme. »Wie viel Gold gibt sie Euch dafür, mich zu verraten, meine Jungen fortzuschicken und mich hier allein zu lassen?«

»Ihr seid nicht allein, M'lord.« Dunk schob sein Schwert in die Scheide. »Ich habe unter Eurem Dach geschlafen und heute Morgen Eure Eier gegessen. Ich schulde Euch noch einen Dienst. Ich werde mich nicht mit eingekniffenem Schwanz fortschleichen. Mein Schwert ist bei Euch.« Er berührte den Griff.

»Ein Schwert.« Der alte Ritter erhob sich langsam auf die Beine. »Was kann ein Schwert gegen diese Frau ausrichten?«

»Es kann versuchen, sie von Eurem Land fern zu halten.« Dunk wünschte, er wäre seiner selbst so sicher gewesen, wie er sich anhörte.

Der Schnurbart des alten Ritters zitterte bei jedem Atemzug. »Ja«, sagte er schließlich. »Es ist besser, verwegen zu handeln als sich hinter Steinmauern zu verstecken. Besser wie ein Löwe sterben als wie ein Kaninchen. Wir waren tausend Jahre lang die Marschälle der Nordmark. Ich brauche meine Rüstung.« Er ging die Treppe hinauf.

Ei schaute Dunk an. »Ich wusste gar nicht, dass Ihr einen Schwanz habt, Ser«, sagte der Junge.

»Willst du eine Ohrfeige?«

»Nein, Ser. Wollt Ihr Eure Rüstung?«

»Die«, erwiderte Dunk, »und noch etwas anderes.«

Zunächst war im Gespräch, dass auch Ser Bennis mitkommen sollte, doch am Ende befahl Ser Eustace ihm zu bleiben und den Turm zu halten. Sein Schwert würde keinen großen Unterschied ausmachen angesichts der Übermacht, der sie gegenübertraten, und sein Anblick würde die Witwe nur erzürnen.

Der braune Ritter musste nicht lange überzeugt werden. Dunk half ihm, die Eisenhaken zu lösen, die die obere Treppe hielten. Bennis kletterte hinauf, band das alte graue Hanfseil los und zog mit aller Kraft daran. Quietschend und ächzend schwang die Holztreppe nach oben, und nun befanden sich zehn Fuß Luft zwischen der obersten Steinstufe und dem einzigen Eingang des Turms. Sam Stoops und seine Frau waren beide im Inneren. Die Hühner würden für sich selbst sorgen müssen. Ser Eustace saß unten auf seinem grauen Wallach und rief hinauf: »Wenn wir nicht bis Einbruch der Nacht zurück sind …«

»… reite ich nach Highgarden, M'lord, und berichte Lord Tyrell, wie diese Frau Euren Wald niedergebrannt und Euch ermordet hat.«

Dunk ritt hinter Ei und Maester den Hügel hinunter. Der alte Mann folgte ihnen, seine Rüstung klapperte leise. Eine Windböe ließ seinen Mantel flattern.

Wo Wats Wald gestanden hatte, fanden sie nun eine rauchende Ödnis vor. Das Feuer war von selbst heruntergebrannt, als sie dort eintrafen, doch hier und da loderte es noch an einigen Stellen, flammenden Inseln in einem Meer von Asche. Überall ragten die Stämme verkohlter Bäume wie schwarze Speere in den Himmel. Andere Bäume waren umgefallen und lagen quer über dem Westweg, ihre Äste verbrannt oder abgebrochen, und schwach schwelte die Glut in ihren hohlen Herzen. Auch auf dem Waldboden gab es noch heiße Stellen, an anderen hing Rauch wie heißer grauer Dunst in der Luft. Ser Eustace bekam einen Hustenanfall, und einen Augenblick lang fürchtete Dunk, der alte Mann müsse umkehren, doch schließlich fing er sich wieder.

Sie ritten am Kadaver eines Rothirschs vorbei und später an den Überresten eines Dachses. Nichts lebte mehr, außer den Fliegen. Fliegen konnten alles überleben, schien es.

»So muss das Feld des Feuers ausgesehen haben«, sagte Ser Eustace. »Dort hat unser ganzer Kummer begonnen, vor zweihundert Jahren. Der letzte der grünen Könige ging auf dem Felde unter, im Kreise der schönsten Blumen der Weite. Mein Vater sagte, das Drachenfeuer habe so heiß gebrannt, dass Schwerter in Händen geschmolzen seien. Später wurden die Klingen eingesammelt, und der Eiserne Thron wurde daraus geschmiedet. Highgarden stellte keine Könige mehr, sondern lediglich Haushofmeister, und die Osgreys verloren ihren Einfluss, bis die einstigen Marschälle der Nordmark zu Rittern mit Landbesitz heruntergekommen waren, durch Lehen an die Rowans gebunden.«

Dunk hatte dazu nichts zu sagen, also ritten sie eine Weile schweigend dahin, bis Ser Eustace hustete und sagte: »Ser Duncan, erinnert Ihr Euch an die Geschichte, die ich Euch erzählt habe?«

»Vermutlich schon, Ser«, antwortete Dunk. »An welche?«

»Die vom Kleinen Löwen.«

»Ich erinnere mich. Er war der jüngste von fünf Söhnen.«

»Gut.« Abermals hustete er. »Nachdem er Lancel Lannister erschlagen hatte, kehrten die Westermänner um. Ohne den König gab es keinen Krieg. Versteht Ihr, was ich damit sagen will?«

»Ja«, sagte Dunk widerwillig. *Könnte ich eine Frau töten?* Nun hätte sich Dunk gewünscht, er wäre wirklich so stur wie eine Burgmauer. *Dazu darf es nicht kommen. Ich darf es dazu nicht kommen lassen.*

Einige grüne Bäume standen noch dort, wo der Westweg das Gescheckte Wasser kreuzte. Ihre Stämme waren an einer Seite verkohlt und schwarz. Direkt dahinter glitzerte das Wasser dunkel. *Blau und grün,* dachte Dunk, *aber das Gold ist verschwunden.* Der Rauch hatte die Sonne verhüllt.

Ser Eustace hielt am Ufer an. »Ich habe ein heiliges Gelübde abgelegt. Diesen Fluss werde ich nicht überqueren. Nicht, solange das Land dahinter *ihr* gehört.« Der alte Ritter trug Kettenhemd und Panzer unter seinem vergilbten Mantel. Sein Schwert hing an der Hüfte.

»Wenn sie nun nicht kommt, Ser?«, fragte Ei.

Mit Feuer und Schwert, dachte Dunk. »Sie wird kommen.«

Und sie kam, innerhalb einer Stunde. Zuerst hörten sie die Pferde, dann das leise metallische Klirren der Rüstungen, das immer lauter wurde. Der Rauch erschwerte es, die Entfernung richtig einzuschätzen, bis der Bannerträger durch die verwehten Schleier stieß. Seine Fahnenstange war mit einer weiß und rot bemalten eisernen Spinne gekrönt, und das schwarze Banner der Webbers hing schlaff darunter. Als er sie auf der anderen Seite des Flusses entdeckte, blieb er am Ufer stehen. Ser Lucas Inchfield erschien einen Augenblick später. Er war bis an die Zähne bewaffnet.

Erst jetzt erschien Lady Rohanne, deren rabenschwarze Stute mit einem Geflecht aus silbriger Seide bedeckt war, das wie ein Spinnennetz aussah. Der Mantel der Witwe war aus dem gleichen Stoff genäht. Er bauschte sich an Schultern und Handgelenken und war leicht wie Luft. Auch sie trug Harnisch, grün emaillierte Schuppen, ziseliertes Gold und Silber. Die Rüstung passte ihr wie ein Handschuh, und man hätte denken mögen, sie sei in Sommerlaub gekleidet. Der lange rote Zopf hing auf ihren Rücken hinab und schwang beim Reiten hin und her. Septon Sefton folgte ihr mit rotem Gesicht auf einem großen grauen Wallach. Auf der anderen Seite ritt ihr junger Maester Cerrick auf einem Maultier.

Weitere Ritter bildeten ihr Gefolge, ein halbes Dutzend, die von ebenso vielen Knappen begleitet wurden. Zum Schluss kam noch eine Kolonne berittener Armbrustschützen, die sich zu beiden Seiten der Straße aufstellten, als sie das Gescheckte Wasser erreichten und Dunk am anderen Ufer warten sahen. Insgesamt waren es dreiunddreißig Kämpfer, den Septon, den Maester und die Witwe selbst nicht mitgezählt. Einer der Ritter fiel Dunk besonders ins Auge; ein gedrungenes kahles Fass von einem Mann in Kettenhemd und Leder mit wütender Miene und hässlichem Kropf.

Die Rote Witwe ließ ihre Stute zum Rand des Wassers gehen. »Ser Eustace, Ser Duncan«, rief sie über den Fluss, »wir haben das Feuer in der Nacht gesehen.«

»Gesehen?«, rief Ser Eustace zurück. »Ja, Ihr habt es gesehen … nachdem Ihr es gelegt habt.«

»Das ist eine schändliche Unterstellung.«

»Für eine schändliche Tat.«

»In der vergangenen Nacht habe ich in meinem Bett geschlafen, umgeben von meinen Damen. Die Rufe von der Mauer haben mich geweckt, wie alle anderen auch. Alte Männer stiegen die steilen Stufen zu den Türmen hinauf, um einen Blick zu erhaschen, und Säuglinge an der Brust sahen das rote Licht und weinten vor Angst. Das ist alles, was ich über Euer Feuer weiß, Ser.«

»Es war Euer Feuer, Frau«, beharrte Ser Eustace. »Mein Wald ist verschwunden. *Verschwunden,* sage ich!«

Septon Sefton räusperte sich. »Ser Eustace«, donnerte er, »im Königswald brennt es auch allerorten, und sogar im Regenforst. Die Dürre hat unsere Wälder in Zunder verwandelt.«

Lady Rohanne hob den Arm und zeigte auf ihr Land. »Schaut Euch meine Felder an, Osgrey. Wie trocken sie sind. Ich wäre eine Närrin, hätte ich das Feuer gelegt. Wenn der Wind gedreht hätte, wären die Flammen über den Fluss gesprungen und hätten meine halbe Ernte vernichtet.«

»Hätten?«, schrie Ser Eustace. »Mein Wald hat gebrannt, und Ihr habt ihn angezündet. Höchstwahrscheinlich habt Ihr einen Hexenzauber verwendet, um den Wind zu lenken, so wie Ihr mit Euren dunklen Künsten auch Eure Gemahle und Brüder ermordet habt!«

Lady Rohannes Gesicht wurde härter. Dunk hatte diesen Ausdruck schon einmal gesehen, auf Coldmoat, kurz bevor sie ihm die Ohrfeige versetzt hatte. »Schwatzt nur«, sagte sie zu dem alten Mann, »ich werde keine Worte mehr an Euch verschwenden, Ser. Rückt Bennis vom Braunen Schild heraus, oder wir kommen und holen ihn uns.«

»Das werdet Ihr nicht tun«, verkündete Ser Eustace mit schriller Stimme. »Das werdet Ihr *niemals* tun.« Sein Schnurrbart zuckte. »Geht nicht weiter. Diese Seite des Flusses gehört mir, und Ihr seid hier nicht erwünscht. Ihr werdet nicht meine Gastfreundschaft genießen. Kein Brot und Salz, nicht einmal Schatten und Wasser. Ihr kommt als Eindringlinge. Ich verbiete Euch, den Fuß auf Osgrey-Land zu setzen.«

Lady Rohanne zog ihren Zopf über die Schulter. »Ser Lucas«, war alles, was sie sagte. Longinch gab ein Zeichen, die Armbrustschützen stiegen von den Pferden, spannten mit Winden ihre Sehnen und legten Bolzen auf. »Also, Ser«, rief die Lady, »was habt Ihr mir gerade verboten?«

Dunk hatte genug gehört. »Wenn Ihr den Fluss ohne Erlaubnis überquert, brecht Ihr den Königsfrieden.«

Septon Sefton drängte sein Pferd einen Schritt vor. »Der König wird es nicht erfahren, und er wird sich auch nicht drum scheren«, rief er. »Wir sind alle Kinder der Mutter, Ser. Um ihretwillen, tretet zur Seite.«

Dunk runzelte die Stirn. »Ich kenne mich mit den Göttern nicht so gut aus, Septon … aber sind wir nicht auch Kinder des Kriegers?« Er rieb sich den Nacken. »Wenn Ihr versucht, den Fluss zu überqueren, werde ich Euch aufhalten.«

Ser Lucas der Longinch lachte. »Hier steht ein Heckenritter, der sich aufführt wie ein Igel, Mylady«, sagte er zu der Roten Witwe. »Ein Wort von Euch, und wir sprenkeln ihn mit einem Dutzend Bolzen. Auf diese Entfernung werden sie seine Rüstung durchschlagen, als wäre sie aus Spucke.«

»Nein. Wartet, Ser.« Lady Rohanne betrachtete ihn über den

Fluss hinweg. »Ihr seid zwei Männer und ein Knabe. Wir sind dreiunddreißig. Wie wollt Ihr uns aufhalten?«

»Nun«, sagte Dunk. »Ich werde es Euch verraten. Aber nur Euch.«

»Wie Ihr wünscht.« Sie drückte ihrer Stute die Hacken in die Flanken und ritt in die Mitte des Flusses. Als das Wasser dem Pferd bis zum Bauch reichte, hielt sie an und wartete. »Hier bin ich. Kommt näher, Ser. Ich verspreche, Euch nicht in einen Sack zu nähen.«

Ser Eustace packte Dunk am Arm, ehe der etwas erwidern konnte. »Geht zu ihr«, sagte der alte Ritter, »aber denkt an den Kleinen Löwen.«

»Wie Ihr sagt, M'lord.« Dunk ließ Donner ins Wasser traben. Er hielt neben Lady Rohanne. »M'lady.«

»Ser Duncan.« Sie hob den Arm und legte zwei Finger auf seine geschwollene Lippe. »War ich das, Ser?«

»Sonst hat mir in letzter Zeit niemand eine Ohrfeige versetzt, M'lady.«

»Das war gemein von mir. Ein Verstoß gegen die Gastfreundschaft. Der gute Septon hat mich schon gescholten.« Sie blickte über das Wasser zu Ser Eustace. »Ich kann mich kaum mehr an Addam erinnern. Das ist schon mein halbes Leben her. Doch erinnere ich mich, dass ich ihn geliebt habe. Die anderen habe ich nicht geliebt.«

»Sein Vater hat ihn in den Brombeeren bei seinen Brüdern begraben«, sagte Dunk. »Er mochte die Brombeeren.«

»Ich weiß. Oft hat er welche für mich gepflückt, und wir haben sie zusammen mit Sahne gegessen.«

»Der König hat den alten Mann trotz der Sache mit Daemon begnadigt«, sagte Dunk. »Es ist an der Zeit, dass Ihr ihm wegen Addam verzeiht.«

»Gebt mir Bennis, und ich werde es mir durch den Kopf gehen lassen.«

»Euch Bennis zu geben steht mir nicht zu.«

Sie seufzte. »Es wäre mir lieber, wenn ich Euch nicht töten müsste.«

»Mir wäre es auch lieber, wenn ich nicht sterben müsste.«

»Dann gebt mir Bennis. Wir schneiden ihm die Nase ab, geben ihn Euch wieder, und damit wäre die Sache erledigt.«

»Nein, wäre sie nicht«, erwiderte Dunk. »Da ist immer noch die Sache mit dem Damm und die mit dem Feuer. Werdet Ihr uns die Brandstifter ausliefern?«

»Im Wald waren Leuchtkäfer«, gab sie darauf zurück. »Vielleicht haben die mit ihren kleinen Laternen das Feuer gelegt.«

»Keine Sticheleien mehr, M'lady«, warnte Dunk sie. »Dazu ist nicht mehr die rechte Zeit. Reißt den Damm nieder, und gebt Ser Eustace das Wasser als Ausgleich für den Wald. Das ist nur gerecht, oder?«

»Das wäre es, wenn ich tatsächlich den Wald angesteckt hätte. Was ich nicht habe. Ich war in Coldmoat und lag in meinem Bett.« Sie blickte ins Wasser. »Was sollte uns aufhalten, den Fluss einfach zu überqueren? Habt Ihr Fußangeln zwischen den Steinen versteckt? Verbergen sich in der Asche Bogenschützen? Sagt mir, was uns Eurer Meinung nach aufhalten könnte.«

»Ich.« Er zog einen Handschuh aus. »In Flea Bottom war ich immer größer und stärker als die anderen Jungen, also habe ich sie blutig geprügelt und bestohlen. Der alte Mann hat mir beigebracht, das nicht zu tun. Es sei falsch, meinte er, und außerdem hätten manche kleine Jungen große Brüder. Hier, schaut Euch dies an.« Dunk zog den Ring von seinem Finger und streckte ihn ihr entgegen. Sie musste den Zopf loslassen, um ihn zu nehmen.

»Gold?«, fragte sie, als sie das Gewicht wog. »Was ist das, Ser?« Sie drehte den Ring in der Hand. »Ein Siegel. Gold und Onyx.« Sie kniff die grünen Augen zusammen, während sie das Siegel eingehend betrachtete. »Wo habt Ihr das gefunden, Ser?«

»In einem Stiefel. Eingewickelt in einen Lappen und in die Schuhspitze gestopft.«

Lady Rohannes Finger schloss sich darum. Sie blickte zu Ei und zum alten Ser Eustace. »Ihr habt ein großes Wagnis auf Euch genommen, indem Ihr mir den Ring gezeigt habt, Ser. Aber was bringt es uns? Wenn ich meine Männer über den Fluss schicke …«

»Nun«, sagte Dunk, »dann muss ich kämpfen.«

»Und sterben.«

»Höchstwahrscheinlich«, sagte er, »und dann würde Ei dorthin zurückkehren, woher er stammt, und dort erzählen, was hier geschehen ist.«

»Nicht, wenn er ebenfalls umkommt.«

»Ich glaube, Ihr werdet kaum einen zehnjährigen Jungen töten«, sagte er und hoffte, damit Recht zu behalten. »Nicht *diesen* jedenfalls. Ihr habt dreiunddreißig Mann, sagt Ihr. Männer reden. Vor allem dieser fette da. Gleichgültig, wie tief Ihr die Gräber aushebt, die Geschichte würde die Runde machen. Und dann, also … vielleicht tötet der Biss einer gesprenkelten Spinne einen Löwen, doch ein Drache ist eine andere Tierart.«

»Ich wäre lieber des Drachen Freund.« Sie probierte den Ring auf ihrem Finger. Er war zu groß, selbst für ihren Daumen. »Drache oder nicht, ich muss Bennis vom Braunen Schild haben.«

»Nein.«

»Ihr messt sieben Fuß Sturheit.«

»Weniger einen Zoll.«

Sie gab ihm den Ring zurück. »Ich kann nicht mit leeren Händen nach Coldmoat zurückkehren. Es würde heißen, die Rote Witwe habe ihr Gift verloren, dass ich zu schwach sei, um für Gerechtigkeit zu sorgen, dass ich das gemeine Volk nicht beschützen könne. Ihr versteht mich nicht, Ser.«

»Möglicherweise doch.« *Besser als Ihr ahnt.* »Ich erinnere mich daran, dass ein kleiner Lord in den Sturmlanden Ser Arlan in seine Dienste nahm, damit dieser ihm half, gegen einen anderen kleinen Lord Krieg zu führen. Als ich den alten Mann fragte, worum der Streit gegangen wäre, hat er geantwortet: »Um gar nichts, Junge. Das war nur ein bepisster Wettkampf.«

Lady Rohanne starrte ihn entsetzt an, doch einen halben Herzschlag später verwandelt sich ihre Miene in ein Lächeln. »Ich habe schon tausend leere Höflichkeitsfloskeln gehört, aber Ihr seid der Erste, der in meiner Gegenwart das Wort *bepisst* verwendet.« Ihr sommersprossiges Gesicht wurde ernst. »Mit solchen bepissten Wettbewerben messen die Lords ihre Stärke, und weh jedem, der dabei eine Schwäche enthüllt. Eine Frau muss zweimal so heftig pissen, wenn sie ihre Herrschaft behalten will. Und sollte diese Frau dazu noch *klein* sein … Lord Stackhouse trachtet nach meinen Hufeisenbergen, Ser Clifford Conklyn hat einen alten Anspruch auf den Laubsee, und diese miesen Durwells leben vom Viehdiebstahl … und unter meinem eigenen Dach habe ich Longinch. Jeden Tag wache ich auf und frage mich, ob er mich unter Anwendung von Gewalt heiraten wird.« Ihre Hand umfasste den Zopf fest, als wäre es ein Seil und sie hinge über einem Abgrund. »Er will das, ich weiß es. Nur aus Angst vor meinem Zorn hält er sich zurück, genauso wie Conklyn und Stackhouse und die Durwells Vorsicht walten lassen, wenn es um die Rote Witwe geht. Falls einer von denen nur einen Moment lang glauben würde, ich sei schwach und weich geworden …«

Dunk steckte den Ring wieder an den Finger und zog seinen Dolch.

Die Witwe riss angesichts des blanken Stahls die Augen auf. »Was tut Ihr da?«, fragte sie. »Habt Ihr den Verstand völlig verloren? Ein Dutzend Armbrüste sind auf Euch gerichtet.«

»Ihr wolltet Blut für Blut.« Er setzte sich den Dolch an die Wange. »Man hat Euch das Falsche berichtet. Nicht Bennis hat diesen Gräber verletzt, sondern ich.« Er drückte sich die Schneide des Stahls ins Gesicht und zog ihn nach unten. Als er das Blut von der Klinge schüttelte, spritzten ihr einige Tropfen ins Gesicht. *Noch mehr Sprossen*, dachte er. »So, die Rote Witwe hat ihr Recht bekommen. Eine Wange für eine Wange.«

»Ihr seid wirklich verrückt.« Wegen des Rauchs füllten sich ihre Augen mit Tränen. »Wärt Ihr von besserer Geburt, so würde ich Euch heiraten.«

»Ja, M'lady. Und wenn Schweine Flügel hätten und Schuppen und Feuer spucken könnten, wären sie so gut wie Drachen.« Dunk schob den Dolch zurück in die Scheide. Sein Gesicht hatte zu pochen begonnen. Das Blut rann ihm über die Wange und tropfte ihm in die Halsberge. Bei dem Geruch schnaubte Donner und stampfte im Wasser. »Gebt mir den Mann, der den Wald angezündet hat.«

»Niemand hat den Wald angezündet«, sagte sie, »doch wenn es einer von meinen Männern getan hätte, so nur deshalb, um mir zu gefallen. Wie könnte ich Euch einen solchen Mann ausliefern?« Sie blickte zu ihrer Eskorte zurück. »Am besten zöge Ser Eustace seine Anschuldigungen zurück.«

»Da werden die Schweine eher Feuer spucken, M'lady.«

»In diesem Fall muss ich meine Unschuld vor den Augen von Göttern und Menschen verteidigen. Sagt Ser Eustace, ich verlange eine Entschuldigung … oder ein Gottesurteil. Die Wahl liegt bei ihm.« Sie wendete ihr Pferd und ritt zu ihren Männern zurück.

Der Fluss würde der Kampfplatz sein.

Septon Sefton watete durch das Wasser und sprach ein Gebet, in dem er den Vater Oben beschwor, auf diese beiden Männer zu schauen und sie gerecht zu beurteilen, und auch den Krieger bat, dem Mann Kraft zu verleihen, der für das Recht einstehe, zuletzt die Mutter um Gnade für den Lügner anflehte, damit ihm seine Sünden vergeben würden. Nachdem er mit seinem Gebet fertig war, wandte er sich ein letztes Mal an Ser Eustace. »Ser, ich bitte Euch, zieht Eure Anschuldigung zurück.«

»Nein«, beharrte der alte Mann mit bebendem Schnurrbart.

Der fette Septon wandte sich an Lady Rohanne. »Schwägerin, wenn Ihr es getan habt, gesteht Eure Schuld, und bietet dem guten Ser Eustace Schadenersatz für den Wald. Ansonsten muss Blut fließen.«

»Mein Recke wird meine Unschuld vor den Augen der Götter und Menschen beweisen.«

»Ein Urteil durch den Kampf ist nicht die einzige Möglichkeit«, gab der Septon zu bedenken, der bis zur Hüfte im Wasser stand. »Lasst uns nach Goldengrove gehen, bitte ich Euch beide, und die Sache Lord Rowan zum Urteil vorlegen.«

»*Niemals*«, erklärte Ser Eustace. Die Rote Witwe schüttelte den Kopf.

Ser Lucas Inchfield blickte Lady Rohanne an, sein Gesicht war dunkel vor Zorn. »Ihr *werdet* mich heiraten, wenn diese Mummenschanz vorbei ist. Wie es Euer Vater gewünscht hat.«

»Mein Hoher Vater kannte Euch nicht so gut wie ich«, gab sie zurück.

Dunk ging neben Ei auf ein Knie und gab dem Jungen den Siegelring in die Hand; vier dreiköpfige Drachen, zwei und zwei, das Wappen von Maekar, Prinz von Summerhall. »Zurück in den Stiefel«, sagte er. »Doch wenn ich sterben sollte, gehst du zum nächsten Freund deines Vaters und lässt dich nach Summerhall zurückbringen. Versuch nicht, die Weite auf eigene Faust zu durchqueren, sonst suche ich dich noch als Geist heim und verpasse dir eine Ohrfeige.«

»Sehr wohl, Ser«, sagte Ei, »aber es wäre mir lieber, wenn Ihr nicht stürbet.«

»Es ist zu heiß zum Sterben.« Dunk setzte den Helm auf, und

Ei half ihm, ihn fest mit der Halsberge zu verbinden. Das Blut klebte ihm auf dem Gesicht, obwohl Ser Eustace ein Stück von seinem Mantel abgerissen hatte, damit er die Blutung stillen konnte. Dunk erhob sich und trat zu Donner. Der meiste Rauch hatte sich verzogen, fiel ihm auf, während er sich in den Sattel schwang, doch der Himmel war immer noch dunkel. *Wolken,* dachte er, *dunkle Wolken.* Die hatte er schon lange nicht mehr gesehen. *Vielleicht ist das ein Omen. Aber ist es eins für ihn oder für mich?* Mit Omen kannte sich Dunk nicht sehr gut aus.

Auf der anderen Seite des Flusses stieg Ser Lucas ebenfalls auf. Sein Pferd war ein kastanienbrauner Renner; ein prächtiges Tier, schnell und stark, jedoch nicht so groß wie Donner. Was dem Pferd an Größe fehlte, machte es immerhin durch Rüstung wett. Longinch selbst trug einen schwarz emaillierten Panzer und ein silbernes Kettenhemd. Auf seinem Helm hockte eine bösartige Onyxspinne, doch der Schild zeigte sein eigenes Wappen: einen rautierten Schräglinksbalken auf hellgrauem Feld. Dunk beobachtete, wie Ser Lucas ihn seinem Knappen reichte. *Er will ihn nicht benutzen.* Als ihm ein anderer Knappe eine Streitaxt reichte, wusste er warum. Die Axt war lang und tödlich, mit umbundenem Heft, schwerem Kopf und einem hässlichen Sporn an der Rückseite, doch sie war zweihändig zu führen. Longinch musste seiner Rüstung als Schutz vertrauen. *Ich bin gezwungen, ihn diese Entscheidung bereuen zu lassen.*

Seinen eigenen Schild trug er am linken Arm, den Schild, auf den Tanselle Ulme und Sternschnuppe gemalt hatte. Ein Kinderreim hallte in seinem Kopf wider. *Eiche und Eisen, beschützt mich wacker, sonst wartet die Heimstatt im Gottesacker.* Er zog das Langschwert aus der Scheide. Das Gewicht der Waffe in seiner Hand beruhigte ihn.

Er trat Donner die Fersen in die Flanken und trieb das große Schlachtross ins Wasser. Auf der anderen Seite tat Ser Lucas das Gleiche. Dunk hielt sich rechts, um sich Longinch mit der Linken zu stellen, die durch den Schild geschützt war. Das wollte ihm Ser Lucas nicht so einfach zugestehen. Er drehte rasch seinen Renner, und so stießen sie in einem Wirrwar aus grauem Stahl und grünem Spritzwasser aufeinander. Ser Lucas schlug mit der Streitaxt zu. Dunk musste sich im Sattel drehen, um den Hieb mit dem Schild abzufangen. Die Wucht des Schlags schoss ihm durch den Arm und ließ seine Zähne zusammenkrachen. Zur Antwort schwang er das Schwert, seitlich, so dass er den anderen Ritter unter den erhobenen Arm traf. Stahl glitt kreischend über Stahl, und der Kampf hatte begonnen.

Der Longinch trieb seinen Renner im Kreis und versuchte, auf Dunks ungeschützte Seite zu gelangen, doch Donner wirbelte herum und schnappte nach dem anderen Pferd. Ser Lucas teilte einen krachenden Hieb nach dem anderen aus und stand in den Steigbügeln, um sein ganzes Gewicht und seine gesamte Kraft hinter die Axt zu legen. Dunk fing einen Schlag nach dem anderen mit dem Schild ab. Halb geduckt unter dem Eichenholz hackte er auf Inchfields Arme und Seite und Beine ein, aber der Panzer hielt jedem Hieb stand. Sie drehten sich im Kreis und wieder im Kreis, und das Wasser schwappte über ihre Beine. Longinch griff erneut an, und Dunk verteidigte sich und hielt nach der verwundbaren Stelle des Gegners Ausschau.

Endlich fand er sie. Jedesmal wenn Ser Lucas die Axt zu einem weiteren Hieb hob, klaffte unter seinem Arm eine Lücke in der Rüstung. Dort schützten ihn zwar Kettenhemd und Leder, doch kein Plattenpanzer. Dunk hielt den Schild hoch und wartete auf den richtigen Moment für seine Attacke. *Bald. Bald.* Die Axt krachte auf den Schild, wurde wieder losgerissen und in die Höhe gehoben. *Jetzt!* Er gab Donner die Sporen, trieb ihn dichter an Ser Lucas heran und stach mit dem Langschwert zu, um dessen Spitze durch die Öffnung zu stoßen.

Aber die Lücke verschwand so rasch, wie sie sich geöffnet hatte. Die Schwertspitze kratzte über eine Schmuckplatte, und

Dunk, der sich weit vorgelehnt hatte, verlor fast das Gleichgewicht. Die Axt ging nieder, glitt über den Eisenrand von Dunks Schild, schmetterte gegen die Seite seines Helms und streifte Donner am Hals.

Das Schlachtross wieherte, stellte sich auf die Hinterbeine und verdrehte die Augen, bis das Weiße zu sehen war, während der kupfrige Geruch von Blut die Luft erfüllte. Der Hengst trat mit den beschlagenen Hufen aus, als Longinch näher kam. Ein Huf traf Ser Lucas ins Gesicht, der andere an der Schulter. Dann landete das schwere Schlachtross auf dem Renner.

All dies ereignete sich während eines Herzschlags. Ineinander verschlungen stürzten die beiden Pferde und wirbelten Schlamm und Wasser auf. Dunk versuchte, sich aus dem Sattel zu befreien, doch ein Fuß hing im Steigbügel fest. Er fiel mit dem Gesicht nach vorn und holte ein letztes Mal verzweifelt Luft, ehe das Wasser durch die Augenschlitze des Helms eindrang. Der Fuß blieb weiter gefangen, und er spürte ein heftiges Reißen, da Donner in seinem Ringen beinahe sein Bein ausgekugelt hätte. Plötzlich war er frei, drehte sich um und sank. Einen Augenblick lang schlug er hilflos ins Wasser. Die Welt wurde blau und grün und braun.

Das Gewicht der Rüstung zog ihn nach unten, bis seine Schulter auf Grund schlug. *Wenn das unten ist, geht es in die andere Richtung nach oben.* Dunk tastete mit den eisenbewehrten Händen Steine und Sand ab, und irgendwie gelang es ihm, aufzustehen. Ihn schwindelte, Schlamm troff an ihm herab, Wasser lief aus den Atemlöchern des verbeulten Helms, aber er stand. Tief holte er Luft.

Sein ramponierter Schild hing noch an seinem linken Arm, die Scheide hingegen war leer, und das Schwert war verschwunden. Aus dem Helm tropfte neben Wasser auch Blut. Als er sein Gewicht verlagern wollte, schoss ihm vom Knöchel aus ein heftiger Schmerz durch das Bein. Beide Pferde hatten sich wieder aufgerappelt, sah er. Er drehte den Kopf, blinzelte mit einem Auge durch den Schleier aus Blut und suchte nach seinem Gegner. *Verschwunden,* dachte er, *ertrunken, oder Donner hat ihm den Schädel eingetreten.*

Genau vor ihm stieg Ser Lucas aus dem Wasser und hielt das Schwert in der Hand. Er landete einen wilden Hieb auf Dunks Hals, und nur der dicken Halsberge war es zu verdanken, dass der Kopf auf den Schultern blieb. Dunk hatte keine Klinge, mit der er sich wehren konnte, nur den Schild. Er wich zurück, Longinch folgte und schrie und schlug zu. Mit dem Ellbogen fing der Heckenritter einen harten Hieb ab. Ein Schnitt an der Hüfte ließ ihn vor Schmerz grunzen. Während er zurückwich, kippte unter seinem Fuß ein Stein, und er sank auf ein Knie und war bis zur Brust im Wasser. Zwar brachte er den Schild hoch, doch traf Ser Lucas diesmal mit solcher Wucht, dass die dicke Eiche in der Mitte entzweibrach. Die Splitter flogen Dunk ins Gesicht. Seine Ohren klingelten, der Mund war voller Blut, aber wie von Ferne hörte er Ei schreien: »Packt ihn, Ser, packt ihn, packt ihn, er ist *genau vor Euch!*«

Dunk warf sich nach vorn. Ser Lucas holte mit dem Schwert zum nächsten Hieb aus. Dunk stieß ihn von den Füßen ins hüfthohe Wasser. Erneut verschluckte sie der Fluss, nur diesmal war Dunk vorbereitet. Er hielt Longinch weiter mit einem Arm fest und drückte ihn auf den Grund. Blasen stiegen aus Inchfields verbeultem und verdrehtem Visier auf, dennoch wehrte sich der Ritter weiter. Er fand einen Stein und hämmerte auf Dunks Kopf und Hände ein. Dunk tastete an seinem Schwertgurt entlang. *Habe ich den Dolch auch verloren?,* fragte er sich. Nein, dort war er. Seine Hand schloss sich um den Griff, Dunk riss ihn hoch und trieb ihn langsam durch das brodelnde Wasser, durch die Eisenringe und das gehärtete Leder unter dem Arm von Lucas dem Longinch, und während er zuletzt zustieß, drehte er die Klinge. Ser Lucas wand sich, doch die Kraft verließ ihn. Dunk schob ihn von sich fort und ließ sich treiben. Seine Lungen brannten. Ein Fisch tauchte vor seinem Gesicht auf, lang und weiß und schlank. *Was ist das?*, fragte er sich. *Was ist das? Was ist das?*

Er erwachte in der falschen Burg.

Als er die Augen aufschlug, wusste er nicht, wo er war. Es war angenehm kühl. Im Mund schmeckte er Blut, und über seinen Augen lag ein Tuch, ein schweres Tuch, das stark nach einer Salbe roch. Und nach Gewürznelken, dachte er.

Dunk griff sich ins Gesicht und zog das Tuch weg. Über ihm flackerte Fackellicht. Auf den Balken unter der hohen Decke spazierten Raben umher und krächzten ihn an. *Wenigstens bin ich nicht blind.* Er befand sich im Turm eines Maesters. Die Wände standen voller Regale mit Kräutern und Tränken in irdenen Gefäßen oder Fläschchen aus grünem Glas. Ein langer Tisch neben ihm war mit Pergamenten, Büchern und eigenartigen Bronzewerkzeugen bedeckt, die sämtlich mit dem Kot der Raben verdreckt waren.

Sich aufzusetzen erwies sich sogleich als schwerer Fehler. Ihm wurde schwindlig, und sein linkes Bein schmerzte höllisch, sobald er es nur leicht belastete. Der Knöchel war in Leinen geschlungen, sah er, und auch Brust und Schultern waren mit Leinen verbunden.

»Liegt still.« Über ihm erschien ein Gesicht, jung und spitz, mit dunkelbraunen Augen und einer Hakennase. Dunk kannte dieses Gesicht. Der Mann, dem es gehörte, war in Grau gekleidet und trug eine Kette locker um den Hals, die Kette eines Maesters, die aus vielen Metallen besteht. Dunk fasste ihn am Handgelenk. »Wo …?«

»Coldmoat«, sagte der Maester. »Ihr wart zu schwer verletzt, um nach Standfast zurückzukehren, daher befahl Lady Rohanne uns, Euch hierher zu bringen. Trinkt dies.« Er setzte Dunk einen Becher mit … etwas … an die Lippen. Der Trank schmeckte bitter, aber wenigstens spülte er den Blutgeschmack fort.

Dunk zwang sich, den Becher zu leeren. Anschließend ballte er die Finger der Schwerthand zur Faust, dann die der anderen. *Meine Hände sind heil und meine Arme.* »Was … was ist verletzt?«

»Was nicht?« Der Maester schnaubte. »Ein gebrochener Knöchel, ein verstauchtes Knie, ein gebrochenes Schlüsselbein, Prellungen … Euer Oberkörper ist überwiegend grün und gelb, Euer rechter Arm purpurrot und schwarz. Ich fürchtete schon, der Schädel wäre ebenfalls gebrochen, doch habe ich mich wohl getäuscht. Quer über Euer Gesicht habt Ihr einen Schnitt. Der wird eine Narbe hinterlassen, Ser. Ach, und Ihr wart ertrunken, als wir Euch aus dem Wasser zogen.«

»Ertrunken?«

»Ich hätte nie geglaubt, dass ein Mann so viel Wasser schlucken kann, nicht einmal ein Riese wie Ihr, Ser. Schätzt Euch glücklich, dass ich von den Eisenmännern abstamme. Die Priester des Ertrunkenen Gottes wissen, wie man einen Mann ertränkt und wie man ihn zurückholt, und ich habe ihren Glauben und ihre Sitten studiert.«

Ich bin ertrunken. Dunk versuchte sich abermals aufzusetzen, allerdings fehlte es ihm an Kraft. *Ich bin im Wasser ertrunken, weil ich nicht einmal bis zum Hals herauskam.* Er lachte, dann stöhnte er vor Schmerz. »Ser Lucas?«

»Tot. Hattet Ihr daran Zweifel?«

Nein. Dunk zweifelte an vielen Dingen, nur daran nicht. Er erinnerte sich, wie am Ende die Kraft aus den Gliedern Longinchs gewichen war, ganz plötzlich. »Ei«, brachte er hervor. »Ich brauche Ei.«

»Hunger ist ein gutes Zeichen«, sagte der Maester, »zunächst jedoch müsst ihr schlafen, nicht essen.«

Dunk schüttelte den Kopf und bedauerte es umgehend. »Ei ist mein Knappe …«

»Tatsächlich? Ein tapferer Bursche und viel stärker, als er aussieht. Er hat Euch aus dem Fluss gezogen und half uns, Euch der Rüstung zu entledigen. Dann fuhr er auf dem Karren mit, auf dem wir Euch hergebracht haben. Er wollte nicht schlafen, sondern saß neben Euch und hielt Euer Schwert auf dem Schoß, falls jemand versuchen sollte, Euch etwas anzutun. Er verdächtigte sogar *mich*, und er bestand darauf, dass ich alles selbst probierte, ehe ich es Euch einflößte. Ein seltsames Kind, aber aufopfernd treu.«

»Wo ist er?«

»Ser Eustace bat den Jungen, ihm bei der Hochzeit aufzuwarten. Sonst hatte er niemanden an seiner Seite. Es wäre unhöflich gewesen, sich zu verwehren.«

»Hochzeit?« Dunk begriff nicht.

»Ihr könnt es nicht wissen, natürlich. Coldmoat und Standfast haben sich nach dem Kampf ausgesöhnt. Lady Rohanne erbat die Erlaubnis vom alten Ser Eustace, sein Land zu überqueren und Addams Grab zu besuchen, und er gewährte ihr die Bitte. Sie kniete vor den Brombeeren und weinte, und er war so gerührt, dass er zu ihr ging und sie tröstete. Die ganze Nacht redeten sie über den jungen Addam und den edlen Vater von Mylady. Lord Wyman und Ser Eustace waren bis zur Schwarzfeuer-Rebellion gute Freunde. Seine Lordschaft und Mylady haben sich heute Morgen in Coldmoat von unserem guten Septon Sefton vermählen lassen. Eustace Osgrey ist nun Lord von Coldmoat, und sein gescheckter Löwe flattert neben der Webber-Spinne an jedem Turm und jeder Mauer.

Dunks Welt drehte sich langsam um ihn herum. *Dieser Trunk. Er lässt mich wieder einschlafen.* Er schloss die Augen, und der Schmerz wich aus seinem Körper. Die Raben krächzten und kreischten einander an, und er hörte das Geräusch seines Atems und noch ein anderes … ein leiseres Rauschen, stetig, schwer, tröstlich. »Was ist das?«, murmelte er schläfrig. »Dieses Geräusch …?«

»Das?« Der Maester lauschte. »Das ist nur der Regen.«

Er sah sie erst an dem Tag wieder, an dem er sich verabschiedete.

»Das ist töricht, Ser«, beschwerte sich Septon Sefton, als Dunk auf Krücken über den Hof humpelte. »Maester Cerrick sagt, Ihr seid noch nicht halb gesund, und dieser Regen … Ihr werdet Euch eine Erkältung zuziehen, wenn Ihr nicht gleich wieder ertrinkt. Wartet wenigstens, bis der Regen aufhört.«

»Das kann Jahre dauern.« Dunk war dem fetten Septon dankbar, der ihn fast jeden Tag besucht hatte … angeblich, um für ihn zu beten, doch hauptsächlich, um Geschichten und Klatsch zu erzählen. Er würde seine Gewitztheit, die lebhafte Zunge und die fröhliche Gesellschaft vermissen, aber das änderte nichts an seiner Entscheidung. »Ich muss gehen.«

Der Regen prasselte auf sie nieder, tausend kalte graue Peitschenhiebe auf den Rücken. Sein Mantel war bereits durchnässt. Es handelte sich um den weißen Wollmantel, den Ser Eustace ihm gegeben hatte, mit dem grüngolden gesäumten Rand. Der alte Ritter hatte ihn gedrängt, ihn erneut anzunehmen, als Abschiedsgeschenk. »Für Euren Mut und Eure treuen Dienste, Ser«, hatte er gesagt. Die Spange, die den Mantel an der Schulter hielt, war ebenfalls ein Geschenk; eine Ebenholzspinne mit silbernen Beinen. Rote Granate bildeten die Flecken auf dem Rücken. Er war sozusagen in Versöhnung gekleidet.

»Ich hoffe, es geht nicht um eine verrückte Jagd nach Bennis«, sagte Septon Sefton. »Ihr seid so angeschlagen, dass ich um Euch fürchten würde, wenn er Euch in diesem Zustand fände.«

Bennis, dachte Dunk verbittert, *der verfluchte Bennis*: Während

Dunk sich wacker am Fluss geschlagen hatte, fesselte Bennis Sam Stoops und seine Frau und plünderte Standfast von oben bis unten. Mit allem von Wert, was er finden konnte, bei Kerzen, Kleidung und Waffen angefangen bis hin zu Osgreys altem Silberbecher und einer kleinen Zahl Münzen, die der alte Mann im Solar hinter einem verschimmelten Wandbehang aufbewahrte, hatte er sich davongemacht. Eines Tages, so hoffte Dunk, würde er Ser Bennis vom Braunen Schild treffen, und dann … »Bennis wird sich hüten.«

»Wohin geht Ihr?« Der Septon schnaufte. Obwohl Dunk auf Krücken ging, war er zu fett, um mitzuhalten.

»Auf die Schöne Insel. Harrenhal. Zum Dreizack. Überall gibt es Hecken.« Er zuckte mit den Schultern. »Ich wollte schon immer zur Mauer.«

»Zur Mauer?« Jäh blieb der Septon stehen. »Ich verzweifle noch an Euch, Ser Duncan!«, rief er und stand mit ausgebreiteten Armen im Schlamm, während der Regen auf ihn niederprasselte. »Betet, Ser, betet an das Alte Weib, damit es Euch den Weg erleuchten möge!« Dunk ging weiter.

Sie wartete im Stall auf ihn, bei den gelben Heuballen, in einem Kleid, so grün wie der Sommer. »Ser Duncan«, sagte sie, als er durch die Tür eintrat. Ihr roter Zopf hing vorn herab, und das Ende strich über ihren Oberschenkel. »Gut, Euch wieder auf den Beinen zu sehen.«

Ihr habt mich niemals auf dem Rücken gesehen, dachte er. »M'lady. Was führt Euch in den Stall? Es ist ein feuchter Tag für einen Ausritt.«

»Das Gleiche könnte ich zu Euch sagen.«

»Hat Ei es Euch verraten?« *Dafür bin ich ihm eine Ohrfeige schuldig.*

»Glücklicherweise, sonst hätte ich Euch Männer hinterhergeschickt, die Euch zurückholen. Es war grausam von Euch, dass Ihr Euch ohne Abschied einfach davonstehlen wolltet.«

Sie hatte ihn nicht besucht, während er sich in Maester Cerricks Obhut befand, nicht ein einziges Mal. »Das Grün steht Euch gut, M'lady«, sagte er. »Es bringt die Farbe Eurer Augen zur Geltung.« Unbeholfen verlagerte er das Gewicht auf die Krücke. »Ich bin wegen meines Pferdes hier.«

»Ihr müsst nicht gehen. Hier gibt es Platz für Euch, wenn Ihr Euch erholt habt. Hauptmann meiner Wache. Und Ei kommt zu den anderen Knappen. Niemand wird erfahren, wer er ist.«

»Danke, M'lady, aber nein.« Donner stand in einem Abteil ein Dutzend Schritte weiter. Dunk humpelte auf ihn zu.

»Bitte, denkt darüber nach, Ser. Es sind gefährliche Zeiten, selbst für Drachen und ihre Freunde. Bleibt, bis Ihr kuriert seid.« Sie ging neben ihm. »Ser Eustace würde es ebenfalls gefallen. Er mag Euch gern.«

»Sehr gern«, stimmte Dunk zu. »Wenn seine Tochter nicht tot wäre, hätte er sie mir zur Frau gegeben. Dann könntet Ihr jetzt meine Hohe Mutter sein. Ich hatte niemals eine Mutter, und schon gar keine Hohe Mutter.«

Einen kurzem Moment wirkte Lady Rohanne so, als würde sie ihm eine weitere Ohrfeige verpassen. *Vielleicht tritt sie mir einfach die Krücke weg.*

»Ihr seid wütend auf mich, Ser«, sagte sie stattdessen. »Ihr müsst mir erlauben, Euch den Schaden zu ersetzen.«

»Nun«, erwiderte er, »Ihr könntet mir helfen, Donner zu satteln.«

»Ich hatte etwas anderes im Sinn.« Sie streckte die Hand nach ihm aus, eine sommersprossige Hand, mit starken und schlanken Fingern. *Bestimmt hat sie überall Sommersprossen.* »Wie gut kennt Ihr Euch mit Pferden aus?«

»Ich reite eins.«

»Ein altes Schlachtross, das für den Kampf gezüchtet wurde, langsam und von dumpfem Gemüt. Kein Pferd, um vom einen Ort zum anderen zu reiten.«

»Wenn ich von einem Ort zum anderen will, muss ich auf ihm reiten oder auf ihnen.« Dunk zeigte auf seine Füße.

»Ihr habt große Füße«, bemerkte sie. »Und große Hände. Ich denke, alles an Euch muss groß sein. Zu groß für die meisten Zelter. Auf ihnen seht Ihr aus wie auf einem Pony, dem Ihr auf dem Rücken hockt. Dennoch würde Euch ein schnelleres Tier gute Dienste leisten. Ein großer Renner, in dem ein bisschen dornisches Sandross steckt, der Ausdauer wegen.« Sie zeigte auf das Abteil gegenüber von Donner. »Ein Pferd wie sie.«

Sie war ein braunes Vollblut mit hellen Augen und langer Mähne. Lady Rohanne holte eine Karotte aus dem Ärmel hervor und strich dem Pferd über den Kopf, während es fraß. »Die Karotte, nicht meine Finger«, sagte sie zu dem Pferd, ehe sie sich wieder an Dunk wandte. »Ich nenne sie Flamme, aber Ihr könnt ihr jeden Namen geben, der Euch gefällt. Wenn Ihr wollt, nennt sie Ersatz.«

Einen Augenblick lang war er sprachlos. Er betrachtete das Vollblut mit wachsender Begeisterung. Es war ein prächtiges Tier. Ein besseres Pferd, als der alte Mann je besessen hatte. Man brauchte sich nur diese langen, schlanken Glieder anzuschauen, dann wusste man, wie schnell sie war.

»Ich habe sie auf Schönheit und auf Schnelligkeit gezüchtet.«

Er wandte sich wieder Donner zu. »Ich kann sie nicht annehmen.«

»Warum nicht?«

»Das Pferd ist zu gut für mich. Schaut es nur an.«

Röte kroch auf Rohannes Gesicht. Sie packte ihren Zopf und drehte ihn zwischen den Fingern. »Ich musste heiraten, Ihr wisst das. Das Testament meines Vaters … oh, seid kein solcher Narr.«

»Was sollte ich sonst sein? Ich bin stur wie eine Burgmauer und außerdem ein Bastard.«

»Nehmt das Pferd. Ich weigere mich, Euch ohne ein Andenken an mich ziehen zu lassen.«

»Ich werde mich schon an Euch erinnern, M'lady. Keine Angst.«

»*Nehmt sie!*«

Dunk packte sie am Zopf und zog ihr Gesicht an seines heran. Mit der Krücke und wegen ihres Größenunterschieds wirkte die Bewegung unbeholfen und beinahe wäre er gestürzt, ehe er seine Lippen auf die ihren drücken konnte. Er küsste sie voll Leidenschaft. Sie schlang ihm eine Hand um den Hals und eine um seinen Rücken. In diesem einen Moment lernte er mehr über das Küssen, als er je durchs Zuschauen erfahren hatte. Aber als sie schließlich voneinander abließen, zog er seinen Dolch. »Ich weiß, was ich von Euch als Andenken möchte, M'lady.«

Ei wartete am Torhaus auf ihn, saß auf einem stattlichen Fuchs und hielt Maester am Zügel. Als Dunk auf Donner angetrabt kam, wirkte der Junge überrascht. »Sie wollte Euch doch auch ein neues Pferd schenken, Sir.«

»Selbst hochgeborene Damen bekommen nicht alles, was sie wollen«, sagte Dunk, und gemeinsam ritten sie über die Zugbrucke hinaus. »Ich wollte kein Pferd.« Das Wasser im Burggraben stand so hoch, dass es über das Ufer zu treten drohte. »Ich habe mir ein anderes Andenken ausgesucht. Eine Locke ihres roten Haares.« Er griff unter den Mantel, zog den Zopf hervor und lächelte.

Im Eisenkäfig an der Kreuzung hielten sich die Leichen noch immer umschlungen. Sie sahen einsam und verloren aus. Sogar die Fliegen hatten sie verlassen und die Krähen ebenfalls. Nur ein paar Fetzen Haut und Haar waren auf den Knochen geblieben.

Dunk hielt stirnrunzelnd an. Sein Knöchel schmerzte beim Reiten, doch das beachtete er kaum. Schmerz gehörte zur Ritterschaft wie Schwerter und Schilde. »Wo geht es nach Süden?«, fragte er Ei. Das war schwer zu sagen, wenn die Erde in Regen und Schlamm versank und der Himmel grau über ihr lastete wie ein Granitfels.

»Dort ist Süden, Ser.« Ei zeigte in die Richtung. »Und das ist Norden.«

»Summerhall liegt im Süden. Dort wartet dein Vater.«

»Die Mauer ist im Norden.«

Dunk sah ihn an. »Ein weiter Weg.«

»Ich habe ein frisches Pferd, Ser.«

»Das hast du.« Dunk musste lächeln. »Und warum möchtest du die Mauer sehen?«

»Also«, begann Ei, »ich habe gehört, sie sei groß.«

Orson Scott Card

Alvin der Schöpfer

DIE LEGENDE VON ALVIN DEM SCHMIED

Der siebente Sohn (1988)
Der rote Prophet (1989)
Der magische Pflug (1990)
Der Reisende (1997)
Heartfire, 1998 (noch keine deutsche Ausgabe)
The Crystal City, 2003 (noch keine deutsche Ausgabe)

In der Legende von Alvin dem Schmied, einem quasi historischen Blick auf ein alternatives Amerika, das es so nie gegeben hat, beschreibt Orson Scott Card, wie die Welt aussehen könnte, hätte der Unabhängigkeitskrieg nie stattgefunden und würde Magie wirklich funktionieren.

Amerika ist in mehrere Provinzen unterteilt, und die Spanier und Franzosen sind in der Neuen Welt noch immer stark vertreten. Die aufstrebenden Naturwissenschaften und der Skeptizismus in Europa haben dazu geführt, dass zahlreiche Menschen mit »Talenten« – also magischen Fähigkeiten – nach Nordamerika auswandern und die Magie, über die sie verfügen, dort einbringen. Die Bücher zeichnen das Leben Alvins nach, dem siebenten Sohn eines siebenten Sohnes – ein Umstand, der ihn sofort als Person mit großer Macht kennzeichnet. Alvins Bestimmung ist es, ein Schöpfer zu werden, eine Art Adept der Magie, die es seit tausend Jahren nicht mehr gegeben hat. Doch für jeden Schöpfer gibt es einen Unschöpfer – ein Wesen von großer übernatürlicher böser Macht. Alvins Widersacher versucht, dessen Bruder Calvin gegen ihn einzusetzen.

Im Verlauf seiner Abenteuer erkundet Alvin seine Welt und stößt auf Probleme wie Sklaverei oder die fortwährende Feindschaft zwischen Siedlern und Indianern, die in der westlichen Hälfte des Kontinents herrschen. Die Serie scheint auf die letzte Konfrontation zwischen Alvin und dem Unschöpfer hinzusteuern, deren Ausgang das Schicksal der neuen Welt, wenn nicht sogar der ganzen, bestimmen wird.

Orson Scott Card

Die Yazoo Queen

Alvin sah zu, wie Captain Howard eine weitere Gruppe von Passagieren an Bord willkommen hieß, eine wohlhabende Familie mit fünf Kindern und drei Sklaven.

»Das ist der Nil Amerikas«, sagte der Captain. »Aber Kleopatra selbst ist nie so prachtvoll gereist, wie Ihr es auf der *Yazoo Queen* tun werdet.«

Prachtvoll für die Familie, dachte Alvin. Aber wohl kaum für die Sklaven – obwohl sie als Haussklaven besser dran waren als die über zwei Dutzend Entflohenen, die den ganzen Nachmittag unter der brennenden Sonne aneinander gekettet am Ufer verbracht hatten.

Alvin hatte ein Auge auf sie gehabt, seit er und Arthur Stuart um elf Uhr hier am Flusshafen von Carthage City eingetroffen waren. Arthur Stuart war ganz versessen darauf, die Umgebung zu erkunden, und Alvin ließ ihn ziehen. Die Stadt, die sich selbst als das Phönizien des Westens rühmte, bot jede Menge Sehenswürdigkeiten für einen Jungen in Arthurs Alter, auch wenn es sich um einen farbigen Jungen handelte. Da die Stadt am nördlichen Ufer des Hio lag, würde man ihm misstrauische Blicke zuwerfen und ihn vielleicht für einen entlaufenen Sklaven halten. Aber es gab jede Menge freie Schwarze in Carthage City, und Arthur Stuart war nicht dumm. Er würde auf der Hut sein.

Es gab freilich auch jede Menge Sklaven in Carthage. Das Gesetz besagte, dass ein schwarzer Sklave aus dem Süden auch in einem freien Staat Sklave blieb. Und die größte Schande war, dass entlaufene Sklaven wie diejenigen, die nun zusammengekettet am Ufer saßen, den weiten Weg über den Hio in die Freiheit geschafft hatten, nur um dann von Sklavensuchern ergriffen und in Ketten zu den Peitschen und anderen Schrecken der Gefangenschaft zurückgeschleppt zu werden. Zu wütenden Besitzern, die an ihnen ein Exempel statuierten. Kein Wunder, dass so viele Hand an sich selbst legten oder es zumindest versuchten.

Alvin sah bei ziemlich vielen Angehörigen dieser Gruppe von fünfundzwanzig Entflohenen Verletzungen, doch viele der Wunden hatten die Sklaven sich wohl selbst zugefügt. Sklavensucher verletzten normalerweise nicht das fremde Eigentum, für dessen Rückführung sie bezahlt wurden. Nein, diese Wunden an Handgelenken und Bäuchen waren wahrscheinlich ein Anzeichen dafür, dass diesen Menschen die Freiheit wichtiger war als das schiere Leben.

Alvin beobachtete die Entflohenen, weil er herausfinden wollte, ob sie auf dieses Schiff oder ein anderes gebracht würden. Normalerweise wurden Ergriffene über den Fluss gebracht und dann über Land nach Hause getrieben – es gab zu viele Geschichten über Sklaven, die über Bord gesprungen und dann mit ihren Ketten auf den Grund gesunken waren, als dass die Sklavensucher darauf versessen gewesen wären, ihre Beute auf dem Fluss zu transportieren.

Doch dann und wann hatte Alvin ein paar Gesprächsfetzen von den Sklaven aufgefangen – nicht viele, denn Unterhaltungen konnten ihnen die Peitsche einbringen, und nicht laut genug für ihn, um einzelne Wörter zu verstehen, doch die Melodie ihrer Sprache klang nicht wie Englisch, weder wie nördliches noch südliches oder Sklavenenglisch. Es war wahrscheinlich auch keine afrikanische Sprache. Da die Briten gnadenlos Krieg gegen den Sklavenhandel führten, schaffte man heutzutage nicht mehr viele Sklaven über den Atlantik.

Vielleicht sprachen sie also Spanisch oder Französisch. Wie dem auch sein mochte, sie waren wahrscheinlich nach Nueva Barcelona unterwegs, oder New Orleans, wie die Franzosen es noch immer nannten.

Was bei Alvin einige Fragen aufwarf. In erster Linie diese: Wie konnte sich ein Haufen entflohener Sklaven aus Barcelona zum Staat Hio durchschlagen? Das musste eine lange Wanderung gewesen sein, besonders, wenn sie kein Englisch sprachen. Alvins Frau, Peggy, war im Hause eines Abolitionisten aufgewachsen: ihr Vater, Horace Guester, hatte entflohene Sklaven über den Fluss geschmuggelt. Alvin wusste ganz genau, wie gut die Untergrund-Eisenbahn funktionierte. Ihre Fühler reichten bis ganz nach unten in die neuen Herzogtümer Mizzippy und Alabam, doch Alvin hatte nie gehört, dass irgendwelche Spanisch oder Französisch sprechenden Sklaven diesen langen, dunklen Weg in die Freiheit eingeschlagen hätten.

»Ich habe schon wieder Hunger«, sagte Arthur Stuart.

Alvin drehte sich um und sah, dass der Junge – nein, der junge Mann, er war schon so groß und seine Stimme so tief – hinter ihm stand, die Hände in den Taschen, und die *Yazoo Queen* betrachtete.

»Ich überlege«, sagte Alvin, »ob wir uns dieses Schiff nicht nur ansehen, sondern an Bord gehen und eine Weile damit fahren sollten.«

»Wie weit?«, fragte Arthur Stuart.

»Fragst du, weil du hoffst, dass es eine lange oder eine kurze Reise wird?«

»Das Schiff fährt eindeutig nach Barcy.«

»Ja, wenn der Nebel auf dem Mizzippy es lässt«, sagte Alvin.

Arthur Stuart machte ein dämliches Gesicht. »Ja, klar, denn der Nebel wird sich sofort um dich zusammenziehen.«

»Kann schon sein«, sagte Alvin. »Wasser und ich, wir sind noch nie gut miteinander ausgekommen.«

»Vielleicht früher mal, als du ein kleines Kind warst«, sagte Arthur Stuart. »Heutzutage tut der Nebel, was du ihm aufträgst.«

»Glaubst du«, sagte Alvin.

»Du hast mir dein wahres Ich gezeigt.«

»Ich habe dir etwas mit Kerzenrauch gezeigt«, sagte Alvin, »und dass ich das *kann*, bedeutet noch lange nicht, dass jeder Nebel oder Rauch, den du siehst, tut, was ich sage.«

»Aber auch nicht, dass er es nicht tut«, sagte Arthur Stuart grinsend.

»Ich will nur herausfinden, ob das ein Sklavenschiff ist oder nicht.«

Arthur Stuart schaute in die Richtung, in die Alvin sah, zu den entlaufenen Sklaven hinüber. »Warum befreist du sie nicht einfach?«, fragte er.

»Und wohin sollen sie dann fliehen?«, entgegnete Alvin. »Sie werden bewacht.«

»So scharf nun auch wieder nicht«, sagte Arthur Stuart. »Und die Krüge der so genannten Wachen sind auch nicht mehr ganz so voll.«

»Die Sklavensucher haben noch immer ihre *Beutel.* Schon nach kurzer Zeit hätten sie sie wieder zusammengetrieben, und dann hätten sie noch mehr Ärger.«

»Also wirst du nichts dagegen tun?«

»Arthur Stuart, ich kann nicht jedem Sklaven im Süden die Ketten abstreifen.«

»Ich hab gesehen, wie du Eisen geschmolzen hast, als wäre es Butter«, sagte Arthur Stuart.

»Also läuft ein Trupp Sklaven davon und lässt Pfützen aus Eisen zurück, die früher ihre Ketten waren«, sagte Alvin. »Was glauben die Behörden? Dass da ein kleiner Schmied mit einem winzigen Blasebalg und einer Tonne Kohlen war und ein Feuer angezündet hat, um die Ketten zu schmelzen? Und danach davongelaufen ist und die ganze Kohle in seinen Taschen mitgenommen hat?«

Arthur Stuart sah ihn trotzig an. »Also geht es nur darum, dass du dich nicht gefährdest.«

»Schätze schon«, sagte Alvin. »Du weißt ja, was für ein Feigling ich bin.«

Noch vor einem Jahr hätte Arthur Stuart die Augen zusammengekniffen und sich entschuldigt, doch nachdem seine Stimme sich verändert hatte, kam das Wort »Entschuldigung!« nun nicht mehr so leicht über seine Lippen. »Du kannst auch nicht jeden heilen«, sagte er, »doch das hält dich nicht davon ab, *einige* zu heilen.«

»Es ist sinnlos, sie zu befreien, solange sie nicht frei bleiben können«, sagte Alvin. »Und was glaubst du, wie viele von ihnen würden davonlaufen, und wie viele würden sich im Fluss ertränken?«

»Warum sollten sie das tun?«

»Weil sie so gut wie ich wissen, dass es hier in Carthage City für einen entlaufenen Sklaven keine Freiheit gibt. Diese Stadt mag zwar die größte am Hio sein, aber wenn es um die Sklaverei geht, gehört sie eher zum Süden als zum Norden. Hier kauft und verkauft man sogar Sklaven, heißt es, auf Sklavenmärkten, die insgeheim in Kellern veranstaltet werden, und die Behörden wissen davon und tun nichts dagegen, weil man so viel Geld damit verdienen kann.«

»Also kannst du nichts tun.«

»Ich habe ihre Handgelenke und Fußknöchel geheilt, wo die Fesseln sich tief eingegraben haben. Ich habe sie in der Sonne abgekühlt und das Wasser gesäubert, das sie zu trinken bekommen, damit es sie nicht krank macht.«

Nun endlich schaute Arthur Stuart ein wenig verlegen drein – wenn auch noch immer trotzig. »Ich habe nie behauptet, dass du nicht *nett* bist«, sagte er.

»Zu dieser Zeit und an diesem Ort«, sagte Alvin, »kann ich nicht mehr als nett sein. Und ich habe nicht vor, diesem Captain mein Geld zu geben, wenn er die Sklaven mit seinem Schiff nach Süden bringt. Ich werde keine Passage auf einem Sklavenschiff bezahlen.«

»Er wird den Preis für unsere Passage nicht mal bemerken.«

»Oh, doch, das wird er«, sagte Alvin. »Dieser Captain Howard ist ein Bursche, der am Geruch erkennen kann, wie viel Geld man in der Tasche hat.«

»Das kannst nicht mal *du*«, sagte Arthur Stuart.

»Er hat ein Gespür für Geld«, sagte Alvin. »Vermute ich zumindest. Er hat einen Lotsen, der das Schiff steuert, und einen Maschinisten, der den Kessel unter Dampf hält, und einen Zimmermann, der sich um das Schaufelrad und die Schäden kümmert, die am Boot entstehen, wenn es auf der Fahrt den Mizzippy hinab zu nah ans linke Ufer kommt. Warum ist er also Captain? Wegen des Geldes. Er weiß, wer Geld hat und wie man es den Besitzern abschwatzen kann.«

»Und was glaubt er wohl, wie viel Geld *du* hast?«

»Genug, um einen großen jungen Sklaven zu besitzen, aber nicht genug, um mir einen leisten zu können, der mir gegenüber nicht so einen großen Mund hat.«

Arthur Stuart funkelte ihn wütend an. »Du besitzt mich nicht.«

»Ich hab dir gesagt, Arthur Stuart, ich wollte dich auf dieser Reise nicht dabei haben und will es noch immer nicht. Ich verabscheue es, dich mit in den Süden zu nehmen, weil ich dann so tun muss, als wärst du mein Eigentum, und ich weiß nicht, was schlimmer ist … dass du vorgeben musst, ein Sklave zu sein, oder ich vorgeben muss, ein Mensch zu sein, der einen Sklaven besitzt.«

»Ich gehe mit, und damit ist die Sache erledigt.«

»Das hast du immer wieder gesagt«, sagte Alvin.

»Und du musst dich nicht daran stören, denn du könntest mich zwingen, hier zu bleiben, wennes wolltest.«

»Sag nicht ›wennes‹, das treibt Peggy in den Wahnsinn.«

»Sie ist nicht hier, und du sagst es selbst.«

»Eigentlich sollte die jüngere Generation besser als die ältere sein.«

»Tja, dann bist du ein elender Versager, das musst du eingestehen, denn du bildest mich schon viele Jahre lang aus, und ich kann kaum eine Kerze flackern lassen oder einen Stein knacken.«

»Ich glaube, du machst dich ganz gut, und du würdest dich noch viel besser machen, wenn du deinen Geist hineingeben würdest.«

»Ich werde meinen Geist hineingeben, bis sich mein Kopf wie eine Kanonenkugel anfühlt.«

»Ich hätte wohl sagen sollen, sei mit ganzem Herzen dabei. Es kommt nicht darauf an, die Kerze oder den Stein zu *bezwingen* – oder meinetwegen auch die eisernen Ketten. Es kommt nicht darauf an, sie zu *zwingen*, das zu tun, was du willst, sondern, sie dazu zu *bringen*.«

»Ich sehe nicht, dass du dich herablässt, Eisen zu bequatschen, dass es sich verbiegt, oder totes Holz, dass es Zweige sprießen lässt, aber genau das tut es.«

»Du siehst oder hörst vielleicht nicht, wie ich es tue, aber ich tue es trotzdem. Aber Steine oder Kerzen verstehen keine Worte, sie verstehen den Plan in meinem Herzen.«

»Klingt für mich so, als würde ich mir etwas wünschen.«

»Nur, weil du noch nicht gelernt hast, wie man es macht.«

»Was heißt, dass du kein besonders guter Lehrer sein tust.«

»Peggy auch nicht, sonst würdest du nicht ›sein tust‹ sagen.«

»Der Unterschied ist, ich weiß, dass ich das nicht sagen darf, wenn sie in der Nähe ist und es hören kann«, sagte Arthur Stuart, »aber ich kann keine Delle in einer Blechtasse auswölben, ob du nun dabei bist oder nicht.«

»Du könntest es, würde dir genug daran liegen«, sagte Alvin.

»Ich will mit diesem Schiff fahren.«

»Auch, wenn es ein Sklavenschiff ist?«

»Wenn wir nicht damit fahren, ist es trotzdem noch ein Sklavenschiff«, sagte Arthur Stuart.

»Was bist du doch für ein Idealist.«

»Du fährst auf dieser *Yazoo Queen*, mein Herr und Meister, und kannst dafür sorgen, dass diese Sklaven es auf dem Weg zurück in die Hölle schön bequem haben.«

Alvin kam zu dem Schluss, dass der Spott in Arthurs Stimme ärgerlich, aber nicht ganz ungerechtfertigt sei. »Das könnte ich«, sagte er. »Kleine Segnungen können wie große wirken, wenn man nur sie hat.«

»Also kauf den Fahrschein, denn dieses Schiff wird ganz früh am Morgen ablegen, und wir wollen doch an Bord sein, oder?«

Alvin gefiel die Mischung aus Beiläufigkeit und Eifer in Arthur Stuarts Worten nicht. »Du hast doch nicht irgendeinen Plan geschmiedet, um diese armen Seelen während der Fahrt zu befreien, oder? Denn du weißt ja, dass sie über Bord springen werden und kein einziger von ihnen schwimmen kann. Darauf kannst du wetten. Also wäre es glatter Mord, sie zu befreien.«

»Ich habe keinen solchen Plan geschmiedet.«

»Ich will dein Versprechen, dass du sie nicht befreien wirst.«

»Ich werde keinen Finger rühren, um ihnen zu helfen«, sagte Arthur Stuart. »Wann immer ich will, kann ich mein Herz so hart wie deins machen.«

»Hoffentlich glaubst du nicht, bei solch einem Gerede würde ich mich über deine Gesellschaft freuen«, sagte Alvin. »Vor allem, weil du genau weißt, dass ich es nicht verdient habe. Ich glaube zumindest, dass du es weißt.«

»Du sagst mir, du machst dein Herz *nicht* hart, wenn du so etwas siehst und nichts unternimmst?«

»Könnte ich mein Herz verhärten«, sagte Alvin, »wäre ich ein schlechterer Mensch, aber ein glücklicherer.«

Dann ging er zu der Bude hinüber, in der der Zahlmeister der *Yazoo Queen* saß. Er kaufte eine billige Fahrkarte nach Nueva Barcelona und eine Dienstbotenpassage für seinen Boy. Es machte ihn schon wütend, die Wörter nur aussprechen zu müssen, aber er log mit seinem Gesicht und Tonfall, und der Zahlmeister schien nicht zu bemerken, dass etwas nicht stimmte. Vielleicht waren aber auch alle Sklavenbesitzer ein wenig wütend auf sich selbst, so dass sich Alvin von den anderen kaum zu unterscheiden schien.

In Wahrheit war Alvin so versessen darauf, diese Reise anzutreten, wie man es nur sein konnte. Er mochte Maschinen, all die Scharniere, Kolben, Eisenknie, das Metall, das so heiß wie in einer Schmiede war, den Dampf, der sich in den Kesseln staute. Er mochte das große Schaufelrad, das sich drehte wie das der Mühle seines Vaters, mit dem er aufgewachsen war, nur dass hier das Rad das Wasser schob und nicht das Wasser das Rad. Er mochte es, die Anspannung des Stahls zu spüren – das Drehmoment, die Verdichtung, die Hebelkraft, die Beugung und Abkühlung. Er schickte seine Ameisenjungfer aus und wanderte in den Maschinen herum, damit er sie so gut kennen lernte wie den eigenen Körper.

Der Maschinist war ein anständiger Mann, der sich gut um seine Maschinen kümmerte, doch von einigen Dingen konnte er nichts ahnen. Kleine Risse im Metall, Stellen, an denen die Belastung zu groß war, Stellen, die nicht gut genug geschmiert waren und an denen sich Reibung aufbaute. Als Alvin klar war, wie es sein sollte, begann er das Metall zu lehren, wie es sich selbst heilen, die winzigen Risse versiegeln, sich glätten konnte, damit nicht so viel Reibung entstand. Das Schiff hatte Carthage noch keine zwei Stunden verlassen, als er die Maschinen so perfekt hatte, wie eine Dampfmaschine nur sein konnte, und dann kam es nur darauf an, damit zu fahren. Sein Körper ritt – wie die aller anderen – auf dem sanft schaukelnden Deck, und seine Ameisenjungfer glitt durch die Maschinen und fühlte, wie sie schoben und zogen.

Doch schon bald bedurften sie seiner Aufmerksamkeit nicht mehr, und so traten sie ganz in sein Hinterstübchen zurück, während er interessiert verfolgte, was sich so zwischen den Passagieren abspielte.

In den Kabinen der Erste Klasse wohnten Leute mit Geld, und deren Bedienstete waren ganz in der Nähe untergebracht. Dann gab es Leute wie Alvin, die nur über beschränkte Mittel verfügten, die aber für die der Zweiten Klasse ausreichten, in der vier Passagiere in einem Raum untergebracht waren. Und *deren* Diener, so sie überhaupt welche hatten, waren gezwungen, wie die Besatzung unter Deck zu schlafen, aber noch beengter. Nicht, weil es nicht genug Platz gab, sondern weil die Besatzungsmitglieder murren würden, wenn ihre Betten so schlecht wären wie die der Schwarzen.

Und dann gab es noch die Zwischendeck-Passagiere, die gar keine Betten hatten, sondern nur Bänke. Einige würden nur kurz an Bord bleiben, eine Tagesreise oder so war es schon ganz vernünftig, auf dem Zwischendeck zu fahren. Aber viele von ihnen waren ganz einfach arme Leute, die ein ziemlich fernes Ziel hatten, etwa Thebes oder Corinth oder sogar Barcy, und sollten ihre Hintern auf den Bänken wund werden, war es nicht der erste Schmerz, den sie in ihrem Leben erlitten hatten, und es würde auch nicht der letzte sein.

Doch da es Alvin so wenig Mühe machte, hielt er es gewissermaßen für seine Pflicht, die Bänke entsprechend den Hintern zu formen, die auf ihnen saßen. Und es bereitete ihm auch keine große Mühe, die Läuse und Bettwanzen in die Kabinen der Ersten Klasse hinauf zu schaffen. Alvin hielt es für eine Art erzieherische Maßnahme, den Wanzen einen Geschmack vom Leben der Oberschicht zu verschaffen. So gutes Blut musste für eine Laus der reinste Leckerbissen sein, und sie sollten doch einmal davon kosten können, bevor ihr kurzes Leben endete.

Das alles vereinnahmte Alvins Geisteskraft für eine beträchtliche Weile. Nicht, dass er solchen Dingen je seine volle Aufmerksamkeit widmete – das wäre zu gefährlich, in ihrer Welt, wo er Feinde hatte, die ihn töten wollten, und in der Fremde sich fragen würden, was in seiner Tasche war, die er nie aus den Augen ließ. Also achtete er auf alle Herzfeuer auf dem Schiff, und falls ihm eins üble Absichten entgegen bringen sollte, würde er es rechtzeitig wissen.

Aber so lief es nicht immer. Er spürte keine Seele irgendwo in der Nähe, als sich eine Hand auf seine Schulter legte und er vor Schreck fast über Bord gesprungen wäre.

»Verdammt, was hast du – Arthur Stuart, schleich dich gefälligst nicht so an andere Leute an!«

»Es ist nicht schwer, sich anzuschleichen, wenn die Dampfmaschine solch einen Lärm macht«, sagte Arthur, doch er grinste wie der alte Davy Crockett, so stolz war er auf sich.

»Warum beherrscht du ausgerechnet die eine Fertigkeit, die mir den größten Kummer bereitet?«, fragte Alvin.

»Ich denke, es kann nicht schaden, wenn ich weiß, wie ich mein … Herzfeuer verbergen kann.« Er sprach das Wort ganz leise aus, da es nicht angebracht war, über das Schöpfen zu sprechen, wenn andere Leute es zufällig hören und neugierig werden konnten.

Alvin brachte die Fertigkeit bereitwillig all jenen bei, die sie ernst nahmen, doch er stellte sie nicht vor wissbegierigen Fremden zur Schau, besonders wenn sich einige vielleicht an Geschichten über den entlaufenen Lehrling eines Schmieds erinnerten, der einen magischen goldenen Pflug gestohlen hatte. Es spielte keine Rolle, dass diese Geschichte zu drei Vierteln aus Erfindung und zu neun Zehnteln aus Lüge bestand. Sie konnte Alvin töten oder ihm mindestens einen Schlag auf den Kopf einbringen und dafür sorgen, dass er beraubt wurde. Denn dieser eine Teil der Geschichte traf zu. Er trug einen lebenden Pflug in dem Beutel herum, den er nicht verlieren wollte, besonders nicht, nachdem er ihn jetzt schon sein halbes Leben lang durch ganz Amerika getragen hatte.

»Niemand auf diesem Schiff außer mir kann dein Herzfeuer sehen«, sagte Alvin. »Du lernst also nur, es zu verbergen, um es vor der einen Person zu verbergen, vor der du es nicht verbergen solltest.«

»Das ist doch einfach nur dumm«, sagte Arthur Stuart. »Wenn es einen Menschen gibt, vor dem ein Sklave sich verbergen muss, dann vor seinem Herrn.«

Alvin funkelte ihn böse an. Arthur grinste zurück.

Eine Stimme dröhnte über das Deck. »Schön, mal jemanden kennen zu lernen, der mit seinen Dienern nachsichtig umgeht!«

Alvin drehte sich um und sah einen ziemlich kleinen Mann mit einem breiten Lächeln und einem Gesicht, das darauf schließen ließ, dass er von sich überzeugt war.

»Ich heiße Travis«, sagte der Bursche. »William Barret Travis, Rechtsanwalt, geboren, aufgewachsen und ausgebildet in den Kronkolonien und jetzt auf der Suche nach Menschen, die hier draußen am Rand der Zivilisation Rechtsbeistand brauchen.«

»Die Leute an beiden Ufern des Hio halten sich gern für grundsätzlich zivilisiert«, sagte Alvin, »aber andererseits waren sie auch noch nicht in Camelot, um den König zu sehen.«

»Habe ich mir nur eingebildet, dass Ihr Euren Boy dort mit ›Arthur Stuart‹ angesprochen habt?«

»Das war nur ein Witz über den Namen des Jungen«, sagte Alvin, »aber ich schätze mittlerweile, dass der Name zu ihm passt.« Die ganze Zeit über dachte Alvin: Was will dieser Mann, dass er sich die Mühe macht, mit einem sonnengebräunten, starkarmigen und dickköpfig aussehenden Wicht wie mir zu sprechen?

Er spürte, dass Arthur Stuart Atem schöpfte, um etwas zu sagen, doch er wollte sich auf keinen Fall mit der Torheit befassen müssen, die dem Jungen wahrscheinlich durch den Kopf gehen würde. Also legte er ihm energisch die Hand auf die Schulter, und sie drückte die Luft aus ihm heraus, ohne dass es zu mehr als einem Seufzer kam.

»Wie ich sehe, habt Ihr breite Schultern«, sagte Travis.

»Wie die meisten Leute«, sagte Alvin. »Zwei davon, schön passend, eine pro Arm.«

»Man könnte Euch fast für einen Schmied halten, aber Schmiede haben immer eine gewaltige Schulter, und die andere sieht eher aus wie die eines normalen Mannes.«

»Abgesehen von denen, die ihre linke Hand genauso oft wie die rechte benutzen, damit sie nicht das Gleichgewicht verlieren.«

Travis kicherte. »Tja, dann ist das Rätsel ja gelöst. Ihr *seid* ein Schmied.«

»Wenn ich einen Blasebalg habe und Holzkohle und Eisen und einen guten Topf.«

»Ich schätze nicht, dass Ihr das in Eurem Beutel mit Euch herumtragt?«

»Sir«, sagte Alvin, »ich war einmal in Camelot, und ich erinnere mich nicht daran, dass es dort von guten Manieren zeugt, nach so kurzer Bekanntschaft schon von dem Beutel eines Mannes zu sprechen oder auch von seinen Schultern.«

»Ja, natürlich, niemand hat mehr gute Manieren, sage ich immer, und ich entschuldige mich. Ich wollte Euch nicht zu nahe treten. Aber wisst Ihr, ich werbe Männer an, die besondere Fähigkeiten aufweisen und trotzdem noch keinen festen Platz im Leben gefunden haben. Wandersleute, könnte man sagen.«

»Es gibt viele Wandersleute«, sagte Alvin, »und nicht alle sind das, was sie zu sein behaupten.«

»Aber deshalb habe ich Euch ja auf diese Weise angesprochen, mein Freund«, sagte Travis. »Weil Ihr Euch mit verdammt gar nichts gebrüstet habt. Und auf dem Fluss ist es schon eine ziemlich gute Empfehlung, jemanden zu treffen, der sich nicht brüstet.«

»Dann seid Ihr neu am Fluss«, sagte Alvin, »denn viele Leute, die nicht prahlen, haben Angst, identifiziert zu werden.«

»Identifiziert«, sagte Travis. »Nicht erkannt. Also habt Ihr eine gewisse Ausbildung genossen.«

»Nicht so viel, wie es bedürfte, um aus einem Schmied einen Gentleman zu machen.«

»Ich rekrutiere«, sagte Travis. »Für eine Expedition.«

»Und Schmiede werden besonders dringend gebraucht?«

»Starke Männer, die gut mit Werkzeug aller Art umzugehen verstehen.«

»Aber ich habe schon Arbeit«, sagte Alvin. »Und einen Auftrag in Barcy.«

»Also ist Euch nicht daran gelegen, in neue Länder hinauszuziehen, die jetzt in den Händen blutdürstiger Wilder sind und die Ankunft von Christen erwarten, die das Land von ihren schrecklichen Opferriten säubern?«

Alvin verspürte augenblicklich einen Ansturm von Zorn, in den sich Furcht mischte, und wie er es immer tat, wenn ihn ein so starkes Gefühl überkam, lächelte er strahlender denn je und bewahrte die Ruhe, so gut er vermochte. »Ich schätze, dazu müsstet Ihr den Nebel bezwingen und zum westlichen Flussufer vorstoßen«, sagte er. »Und die Roten dort sollen ja ziemlich gute Augen und Ohren haben und nur auf Weiße warten, die glauben, sie könnten den Krieg an friedliche Orte tragen.«

»Oh, Ihr versteht mich falsch, mein Freund«, sagte Travis. »Ich spreche nicht von den Prärien, auf denen einst Trapper wandelten und auf die die Roten nun keinen Weißen mchr lassen.«

»Welche Wilden habt Ihr dann im Sinn?«

»Die im Süden, mein Freund, im Süden und Westen. Die verderbten Mexika-Stämme, diese abscheuliche Rasse, die hoch oben auf ihren Stufenbergen Menschen bei lebendigem Leib das Herz herausreißt.«

»Das ist wirklich eine lange Reise«, sagte Alvin. »Und eine

törichte. Glaubt Ihr, ein paar Engländer mit einem Rechtsanwalt an der Spitze könnten erobern, was die Macht Spaniens nicht beherrschen konnte?«

Mittlerweile lehnte sich Travis neben Alvin auf die Reling und schaute auf das Wasser hinaus. »Die Mexika sind heruntergekommen. Werden von den anderen Roten, die sie beherrschen, gehasst, sind davon abhängig, dass Spanien sie mit zweitklassigen Waffen beliefert – ich sage Euch, das Reich ist reif für die Eroberung. Außerdem … wie groß kann die Armee denn sein, die sie ins Feld schicken, nachdem sie über all diese Jahrhunderte so viele Menschen auf ihren Altären getötet haben?«

»Wer einen Krieg sucht, den niemand ihm gebracht hat, ist ein Narr.«

»Ja, ein Narr, eine ganze Narrenschar. Die Art von Narren, die so reich wie Pizarro sein wollen, der den großen Inka mit einer Handvoll Männer besiegt hat.«

»Oder so tot wie Cortez?«

»Sie sind jetzt alle tot«, sagte Travis. »Oder glaubt Ihr, dass Ihr ewig leben werdet?«

Alvin war hin und her gerissen, dem Burschen zu sagen, er sollte sich trollen und einen anderen belästigen, und ihn auszuhorchen und mehr darüber herauszufinden, was er vorhatte. Aber dann kam er zum Schluss, dass es auf lange Sicht nicht angeraten war, zu vertraulich mit ihm zu werden. »Ich schätze, ich habe Eure Zeit lang genug verschwendet, Mr. Travis. Andere sind bestimmt interessierter als ich, denn ich habe nicht das geringste Interesse.«

Travis lächelte um so breiter, doch Alvin sah, dass sein Puls schneller ging und sein Herzfeuer loderte. Ein Mann, der nicht gern ein Nein hörte, es aber hinter einem Lächeln verbarg.

»Tja, es ist trotzdem schön, sich einen Freund zu machen«, sagte Travis und streckte die Hand aus.

»Nehmt es mir nicht übel«, sagte Alvin, »und danke dafür, dass

Ihr mich für einen Mann haltet, den Ihr an Eurer Seite haben wollt.«

»Ich nehme es Euch wirklich nicht übel«, sagte Travis, »und ich werde Euch zwar nicht mehr fragen, aber wenn Ihr es Euch anders überlegt, werde ich Euch mit offenem Herzen und bereitwilliger Hand begrüßen.«

Sie wechselten einen Händedruck und schlugen sich auf die Schultern, und Travis ging seines Weges, ohne einen Blick zurück zu werfen.

»Sieh an, sieh an«, sagte Arthur Stuart. »Was wettest du darauf, dass es keine Invasion und kein Krieg ist, sondern nur ein Überfallkommando, das sich etwas von dem Gold der Mexika unter den Nagel reißen will?«

»Schwer zu sagen«, erwiderte Alvin. »Aber für einen Mann, der etwas plant, das König und Kongress verboten haben, spricht er ziemlich freimütig. Weder die Kronkolonien noch die Vereinigten Staaten hätten große Geduld mit ihm, würde er erwischt werden.«

»Ach, ich weiß nicht«, sagte Arthur Stuart. »Das Gesetz ist eine Sache, aber was, wenn König Arthur sich in den Kopf gesetzt hat, dass er mehr Land und mehr Sklaven braucht und nicht in den Krieg gegen die U.S.A. ziehen will, um beides zu bekommen?«

»Die Überlegung ist nicht schlecht«, sagte Alvin.

»Sie ist sogar ziemlich klug, glaube ich«, sagte Arthur Stuart.

»Es tut dir gut, dass du mit mir reist«, sagte Alvin. »Endlich kriegst du etwas Vernunft in den Schädel.«

»Ich habe zuerst daran gedacht«, sagte Arthur Stuart.

Als Antwort nahm Alvin einen Brief aus seiner Tasche und zeigte ihn dem Jungen.

»Er ist von Miz Peggy«, sagte Arthur und las ihn kurz. »O je, sag mir jetzt nicht, du hättest gewusst, dass dieser Bursche an Bord sein wird.«

»Ich hatte ganz bestimmt nicht die geringste Ahnung«, sagte Alvin. »Ich dachte, meine Nachforschungen würden in Nueva

Barcelona beginnen. Aber jetzt habe ich eine ganz gute Vorstellung, auf *wen* wir achten müssen, wenn wir dort ankommen.«

»Sie spricht von einem Mann namens Austin«, sagte Arthur Stuart.

»Aber er wird Leute unter sich haben«, sagte Alvin. »Er muss losziehen und Männer rekrutieren, wenn er eine Armee aufstellen will.«

»Und er ist zufällig dir über den Weg gelaufen.«

»Er hat zufällig gehört, wie du frech zu mir warst«, sagte Alvin, »und hat sich gedacht, ich wäre kein guter Herr und damit vielleicht ein geborener Mitläufer.«

Arthur Stuart faltete den Brief zusammen und gab ihn Alvin zurück. »Und was, wenn der König tatsächlich eine Invasion Mexikos vorbereitet?«

»Wenn er gegen die Mexika kämpft«, sagte Alvin, »kann er nicht gegen die freien Staaten kämpfen, nicht wahr?«

»Dann sind die Sklavenstaaten vielleicht nicht so versessen darauf, es auf einen Kampf ankommen zu lassen«, sagte Arthur Stuart.

»Aber eines Tages wird der Krieg mit Mexiko beendet sein«, sagte Alvin, »wennet überhaupt einen Krieg gibt. Und wenn er beendet ist, hat der König entweder verloren und ist stinksauer und beschämt und auf Ärger aus, oder er hat gewonnen, und in diesem Fall wird er eine Truhe voll Mexika-Gold haben und sich eine ganze Flotte kaufen können, wenner will.«

»Miz Peggy wäre nicht glücklich, dass du so oft ›wenner‹ und ›wennet‹ sagst.«

»Krieg ist eine schlimme Sache, wenn man es auf einen absieht, der einem nichts getan hat und es auch nicht vorhat.«

»Aber wäre es nicht gut, mit all diesen Menschenopfern Schluss zu machen?«

»Die Roten, die um Befreiung von den Mexika beten, haben wohl nicht gerade Sklavenhalter als ihre neuen Herren im Sinn.«

»Aber Sklaverei ist doch besser als der Tod, oder?«

»Deine Mutter war nicht dieser Ansicht«, sagte Alvin. »Und jetzt ist Schluss mit solchem Gerede. Es macht mich einfach nur traurig.«

»Der Gedanke an Menschenopfer? Oder an Sklaverei?«

»Nein. Dich reden zu hören, als wäre das eine besser als das andere.« Und während diese düstere Stimmung auf ihm lag, ging Alvin zu dem Raum, den er bislang für sich allein gehabt hatte, legte den goldenen Pflug auf die Koje und rollte sich um ihn zusammen, um nachzudenken und ein wenig zu dösen und zu träumen und herauszufinden, ob er verstehen würde, was das alles bedeutete – dass dieser Travis so kühn von seinem Projekt sprach und dass Arthur Stuart so blind war, während so viele Menschen doch so viel geopfert hatten, damit er weiterhin frei bleiben konnte.

Erst, als sie Thebes erreichten, wurde Alvins Kabine ein weiterer Passagier zugeteilt. Er war an Land gegangen, um sich die Stadt anzusehen – die als die größte am amerikanischen Nil gepriesen wurde –, und als er zurückkam, schlief ein Mann in der Koje, in der Alvin geschlafen hatte.

Was lästig, aber verständlich war. Es war das beste Bett, die untere Koje auf der Seite, die den Sonnenschein in der Kühle des Morgens und nicht in der Hitze des Nachmittags bekam. Und Alvin hatte ja keine Besitztümer in der Kabine zurückgelassen, um das Bett als das seine zu kennzeichnen. Als er das Schiff verließ, hatte er den Beutel mitgenommen, und darin befand sich all seine weltliche Habe. Wenn man nicht das Baby berücksichtigte, das seine Frau in sich trug – und das sie, wenn man genau darüber nachdachte, genauso konstant mit sich herum trug wie Alvin diesen goldenen Pflug.

Also weckte Alvin den Burschen nicht. Er drehte sich einfach um und ging, um nach Arthur Stuart oder einem ruhigen Plätzchen zu suchen, an dem er das Mittagessen verzehren konnte, das er mit an Bord gebracht hatte. Arthur hatte darauf bestanden, an Bord zu bleiben, und dagegen hatte Alvin nichts einzuwenden, aber er wollte verdammt sein, wenn er sich vor der Mahlzeit auf die Suche nach ihm machte. Es war ja wohl kein Geheimnis, dass das Schiffshorn das Signal für alle gegeben hatte, an Bord zurückzukehren. Also hätte Arthur Stuart nach Alvin Ausschau halten sollen, doch er tat es nicht.

Obwohl Alvin keinen Zweifel daran hatte, wo er steckte. Er konnte in den meisten Fällen Arthurs Herzfeuer sofort ausfindig machen und bezweifelte, dass der Junge es vor ihm verbergen konnte, wenn er ihn wirklich finden wollte. Und so wusste er, dass sich der Junge unten in den Sklavenquartieren aufhielt, an einem Ort, wo ihn niemand fragen würde, was er dort zu suchen habe oder wo sein Herr sei. Was er vorhatte, war allerdings eine ganz andere Sache.

Fast in dem Augenblick, da Alvin seinen Beutel öffnete, um das Maisbrot und den Käse und Apfelwein herauszuholen, den er aus der Stadt mitgebracht hatte, sah er, dass Arthur den Niedergang zum Deck hinaufstieg. Nicht zum ersten Mal fragte Alvin sich, wie viel genau der Junge tatsächlich vom Schöpfen verstand.

Arthur Stuart war kein Lügner von Natur aus, doch er konnte mehr oder weniger ein Geheimnis bewahren, und war es nicht einfach möglich, dass er noch nicht dazu gekommen war, Alvin zu sagen, dass er wusste, wie man das machte? War es möglich, dass der Junge diesen Augenblick ausgesucht hatte, an Deck zu kommen, weil er *wusste*, dass Alvin aus der Stadt zurück war und sich anschickte, etwas zu essen?

Alvin hatte gerade zum ersten Mal in die Scheibe Brot und den Käse gebissen, als Arthur Stuart sich neben ihm auf die Bank niederließ. Alvin hätte im Speisesaal essen können, doch dort hätte er Missfallen erregt, hätte er geduldet, dass sein »Diener« sich neben ihn setzte. Auf Deck ging das niemanden etwas an. Einige andere Sklavenbesitzer sahen deshalb vielleicht auf ihn herab, aber Alvin interessierte nicht besonders, was Sklavenbesitzer von ihm hielten.

»Wie war es?«, fragte Arthur Stuart.

»Brot schmeckt wie Brot.«

»Um Himmels willen, ich meine nicht das Brot!«

»Der Käse ist ziemlich gut, obwohl er aus Milch gemacht wurde, die von den mickrigsten, schäbigsten, hagersten, winzigsten, halb blinden, mit Sägemehl gefütterten Kühen mit krummen Rücken, knochigen Hüften und übler Laune stammt, die je schwankend am Rand des Grabes gestanden haben.«

»Du willst also sagen, dass sie sich hier nicht auf gehobene Milchwirtschaft spezialisiert haben.«

»Ich will sagen, wenn Thebes die größte Stadt am amerikanischen Nil sein soll, könnten sie vielleicht mal damit anfangen, den Sumpf trockenzulegen. Ich meine, der Hio und der Mizzippy fließen hier zusammen, weil die Gegend sehr tief liegt, und da sie sehr tief liegt, wird sie oft überflutet. Man muss kein Gelehrter sein, um darauf zu kommen.«

»Ich habe sowieso noch nie von einem Gelehrten gehört, der tiefes Gelände von hohem unterscheiden kann.«

»Tja, Arthur Stuart, es steht nirgendwo geschrieben, dass Gelehrte dumm wie Schlamm sein müssen, um sich … nun ja … mit Schlamm auszukennen.«

»Ach, ich weiß. Aber irgendwo soll es einen Gelehrten geben, der sowohl über Bücherwissen als auch gesunden Menschenverstand verfügt. Er ist nur einfach noch nicht nach Amerika gekommen.«

»Was wohl Beweis für die Sache mit dem gesunden Menschenverstand ist, wenn das ein Land ist, in dem man eine große Stadt mitten in einem Sumpf errichtet.«

Sie kicherten gemeinsam, und dann waren ihre Münder zu voll, als dass sie noch hätten sprechen können.

Als das Essen alle war – und Arthur hatte mehr als die Hälfte davon gegessen und erweckte den Eindruck, noch nicht satt zu sein – fragte Alvin ihn und tat dabei ganz beiläufig: »Was war denn unten bei den Dienern im Laderaum so interessant?«

»Die Sklaven, meinst du?«

»Ich versuche, wie ein Mensch zu sprechen, der einen Sklaven besitzt«, erklärte Alvin ganz leise. »Und du solltest versuchen, wie ein Mensch zu sprechen, der jemandem gehört. Oder auf Reisen in den Süden nicht mitkommen.«

»Ich wollte herausfinden, welche Sprache diese über zwei Dutzend aneinander geketteten entlaufenen Sklaven sprechen.«

»Und?«

»Ist kein Französisch, das hat mir ein Cajun gesagt. Ist kein Spanisch, das hat mir ein Bursche gesagt, der in Kuba aufgewachsen ist. Keine Seele kennt ihre Sprache.«

»Tja, wenigstens wissen wir, was sie nicht sprechen.«

»Ich weiß mehr als das«, sagte Arthur Stuart.

»Ich höre.«

»Der Bursche aus Kuba hat mich zur Seite genommen und gesagt: ›Ich will dir was sagen, Junge, ich glaub, ich habe ihre Sprache schon mal gehört‹, und ich sage: ›Was sprechen sie denn?‹, und er sagt: ›Ich glaube, das sind gar keine entlaufenen Sklaven!‹«

»Warum glaubt er das?«, fragte Alvin. Doch tief im Innern fiel ihm auf, wie Arthur Stuart genau die Worte wiederholte, die der Bursche gesagt hatte, und den Akzent, und er erinnerte sich daran, wie es war, als Arthur Stuart jede Stimme nachahmen konnte, die er je gehört hatte, ein perfekter Imitator. Und nicht nur menschliche Stimmen, auch Vogelrufe und Tierschreie und ein weinendes Baby und den Wind in den Bäumen oder das Kratzen eines Schuhs auf Lehm. Aber das war gewesen, bevor Alvin ihn tief im Inneren verändert hatte, sogar seinen Geruch, damit die Sklavensucher ihn nicht mehr mit seinem *Beutel* in Verbindung bringen konnten. Er hatte die kleinsten, verborgensten Teile in ihm verändern müssen. Das hatte ihn einen Teil seines Talents gekostet, und es war schon schlimm, einem Kind so etwas anzutun. Aber es hatte ihm auch seine Freiheit bewahrt. Alvin konnte nicht bedauern, es getan zu haben. Aber er konnte bedauern, was es gekostet hatte.

»Er sagt, ich hab ihre Sprache schon mal gehört, vor langer Zeit, als ich einem Massa gehörte, der nach Mexiko ging.«

Alvin nickte weise, obwohl er keine Ahnung hatte, was das vielleicht bedeuten mochte.

»Und ich sag zu ihm: ›Wie kommt es, dass Schwarze die Sprache der Mexika lernen?‹ Und er sagt: ›Überall in Mexiko sind Schwarze, noch aus alten Zeiten.‹«

»Das klingt logisch«, sagte Alvin. »Die Mexika haben die Spanier erst vor fünfzig Jahren rausgeworfen. Ich schätze, sie haben sich inspirieren lassen, als Tom Jefferson Cherriky vom König befreien konnte. Die Spanier müssen bis dahin jede Menge Sklaven nach Mexiko gebracht haben.«

»Ja, klar«, sagte Arthur Stuart. »Ich hab mich also gefragt, warum haben die Mexika nicht diese afrikanischen Sklaven zuerst genommen, wenn sie schon so viele Menschen opfern? Und er sagt: ›Schwarze schmutzig, Mexika sie nicht kochen können für Mexika-Gott.‹ Und dann hat er nur noch gelacht.«

»Ich schätze, es kann ein Vorteil sein, wenn manche Leute glauben, man sei von Natur aus unrein.«

»Habe eine Menge Prediger in Amerika sagen hören, Gott glaubt, *alle* Menschen wären im Herzen schmutzig.«

»Arthur Stuart, ich weiß, dass das falsch ist, weil du in deinem ganzen Leben keine *Menge* Prediger so was hast sagen hören.«

»Tja, ich hab *von* Predigern gehört, die so was gesagt haben. Was erklärt, warum unser Gott keine Menschenopfer haben will. Keiner von uns ist würdig, ob nun weiß oder schwarz.«

»Abgesehen davon glaube ich nicht, dass Gott diese Meinung von seinen Kindern hat«, sagte Alvin, »und du glaubst es auch nicht.«

»Ich glaube, was ich glaube«, sagte Arthur Stuart. »Ist nicht immer dasselbe wie du.«

»Ich bin nur froh, dass du überhaupt angefangen hast zu denken«, sagte Alvin.

»Als Hobby«, sagte Arthur Stuart. »Ich will es nicht gewerbsmäßig oder so anfangen.«

Alvin kicherte, und Arthur Stuart lehnte sich zurück und genoss es.

»Also«, dachte Alvin nun laut, »wir haben fünfundzwanzig Sklaven, die mal den Mexika gehörten. Aber jetzt fahren sie auf genau demselben Schiff den Mizzippy runter, auf dem auch ein Mann fährt, der Soldaten für einen Feldzug *gegen* Mexiko rekrutiert. Das ist ja ein geradezu wunderbarer Zufall.«

»Scouts?«, fragte Arthur Stuart.

»Das halte ich für wahrscheinlich. Vielleicht sind sie aus demselben Grund angekettet, aus dem du vorgibst, ein Sklave zu sein. Damit die Leute sie für Sklaven halten, während sie in Wirklichkeit etwas ganz anderes sind.«

»Oder jemand ist dumm genug und glaubt, dass angekettete Sklaven gute Führer durch ein unbekanntes Land sind.«

»Du meinst also, vielleicht sind sie nicht zuverlässig.«

»Ich meine, vielleicht glauben sie, dass es kein schlechter Tod ist, sich in der Wüste zu verirren und zu verhungern, wenn sie ein paar weiße Sklavenhalter mitnehmen können.«

Alvin nickte. Dem Jungen war also doch klar, dass Sklaven vielleicht den Tod vorziehen würden. »Tja, ich spreche kein Mexika und du auch nicht.«

»Noch nicht«, sagte Arthur Stuart.

»Wüsste nicht, wie du es lernen kannst«, sagte Alvin. »Sie lassen niemanden in ihre Nähe.«

»Noch nicht«, sagte Arthur Stuart.

»Ich hoffe, in deinem Kopf geistert kein verdammt törichter Plan herum, von dem du mir nichts erzählen willst.«

»Hab nichts dagegen, es dir zu erzählen. Ich hab schon dafür gesorgt, dass ich ihnen Essen bringen und den Toiletteneimer leeren kann. Vor Morgengrauen, wenn keiner unter Deck versessen darauf ist.«

»Sie werden rund um die Uhr bewacht. Wie willst du dich da mit ihnen unterhalten?«

»Jetzt hör aber auf, Alvin, du weißt, dass mindestens einer von ihnen Englisch sprechen kann. Wie sollten sie sonst jemanden irgendwohin führen können?«

»Oder einer von ihnen spricht Spanisch, und einer der Sklavenhalter spricht es auch. Hast du daran schon mal gedacht?«

»Deshalb hab ich ja den Burschen aus Kuba dazu gebracht, mir Spanisch beizubringen.«

Das war Prahlerei. »Ich war nur sechs Stunden in der Stadt, Arthur Stuart.«

»Na ja, er hat mir nicht *alles* beigebracht.«

Das brachte Alvin erneut zu der Frage, ob Arthur Stuart mehr von seinem Talent behalten hatte, als er sich je hatte anmerken lassen. In sechs Stunden eine Sprache lernen? Natürlich gab es keine Garantie dafür, dass der kubanische Sklave so gut Spanisch sprechen konnte, genauso wenig, dass er gut Englisch sprechen konnte. Aber was, wenn Arthur Stuart ein Talent für Sprachen hatte? Was, wenn er nie ein Imitator gewesen war, sondern stattdessen ein natürlicher Sprecher aller Sprachen? Es gab Geschichten von solchen Leuten – von Männern und Frauen, die eine Sprache hörten und sie sofort wie ein Einheimischer sprechen konnten.

Hatte Arthur Stuart solch ein Talent? Und bekam er es nun, da er vom Jungen zum Mann wurde, richtig in den Griff? Einen Augenblick lang ertappte Alvin sich bei dem Gedanken, dass er neidisch war. Und dann musste er über sich lachen – man stelle sich vor, ein Bursche mit *seinem* Talent und neidisch auf einen anderen! Ich kann Felsen wie Wasser fließen lassen, ich kann Wasser hart wie Stahl und klar wie Glas machen, ich kann Eisen in lebendes Gold verwandeln, und ich bin eifersüchtig, weil ich nicht auch Sprachen erlernen kann, wie eine Katze lernt, auf den Füßen zu landen? Die Sünde der Undankbarkeit, nur eine von vielen, die mich in die Hölle bringen wird.

»Worüber lachst du?«, fragte Arthur Stuart.

»Mir ist gerade klar geworden, dass du kein kleiner Junge mehr bist. Ich vertraue darauf, dass du irgendeine Möglichkeit finden wirst, mich wissen zu lassen, dass du Hilfe benötigst, falls du welche benötigst – zum Beispiel, wenn dich jemand erwischt, wie du dich mit diesen Mexika-Sklaven unterhältst, und dich auspeitschen will.«

»Klar. Und wenn dieser Messer schwingende Mörder, der in deinem Bett schläft, Ärger macht, wirst du sicher eine Möglichkeit finden, mich wissen zu lassen, was du auf deinem Grabstein stehen haben willst?« Arthur Stuart grinste ihn an.

»Messer schwingender Mörder?«, fragte Alvin.

»So heißt es unter Deck. Aber ich schätze, du wirst ihn einfach selbst fragen, und er wird dir alles darüber erzählen. So handhabst du das normalerweise doch immer, nicht wahr?«

Alvin nickte. »Ich werde wohl ohne Umschweife fragen, was ich wissen will.«

»Und bislang hast du dich noch nicht damit umgebracht«, sagte Arthur Stuart.

»Mein Durchschnitt liegt bislang ziemlich gut«, sagte Alvin bescheiden.

»Hast aber auch nicht immer herausgefunden, was du wissen wolltest.«

»Aber ich finde immer irgendwas Nützliches heraus«, erklärte Alvin. »Zum Beispiel, wie leicht es ist, ein paar Leute gegen sich aufzubringen.«

»Wenn ich nicht wüsste, dass du ein anderes hast, würde ich sagen, *das* ist dein Talent.«

»Leute gegen mich aufzubringen?«

»Manchmal werden sie schon ziemlich sauer, wenn du nur Guten Tag sagst«, sagte Arthur Stuart.

»Wohingegen nie jemand böse auf dich wird.«

»Ich bin eben ein netter Kerl.«

»Nicht immer«, sagte Alvin. »Du hast eine prahlerische Ader an dir, die manchmal ärgerlich sein kann.«

»Nicht für meine Freunde«, sagte Arthur grinsend.

»Nein«, gestand Alvin ein. »Aber sie treibt deine Familie in den Wahnsinn.«

Als Alvin seine Kabine betrat, war der »Messer schwingende Mörder« aus seinem Nickerchen erwacht und woanders. Alvin spielte mit dem Gedanken, sich in dasselbe Bett zu legen, das er schließlich zuerst genommen hatte. Aber damit würde er wahrscheinlich einen Streit vom Zaun brechen, und das war ihm die Sache einfach nicht wert. Wenn er genau darüber nachdachte, war er froh, überhaupt ein Bett zu haben, und da sich zwei Männer vier Kojen in der Kabine teilen konnten, hatte es wenig Sinn, jemanden mit Gezänk darüber zu ärgern, wer welche zuerst genommen hatte.

Als Alvin allmählich einschlief, schickte er seine Sinne aus, wie er es immer tat, und suchte Peggy, vergewisserte sich an ihrem Herzfeuer, dass es ihr gut ging. Und das Baby, das schön in ihr wuchs, hatte jetzt einen Herzschlag. Es würde nicht wie bei der ersten Schwangerschaft kommen, als das Baby zu früh geboren wurde, so dass es keinen Atem schöpfen konnte. Er würde nicht zusehen, wie es sein Leben in ein paar verzweifelten Minuten dahinkeuchte, blau anlief und in seinen Armen starb, während sein Geist aufgeregt in ihm nach einer Möglichkeit suchte, es in Ordnung zu bringen, damit es leben konnte. Was brachte es schon, der siebente Sohn eines siebenten Sohns zu sein, wenn man sein eigenes erstgeborenes Kind nicht heilen konnte?

Alvin und Peggy hatten sich danach in den ersten Tagen aneinander geklammert, doch im Lauf der folgenden Wochen entfernte sie sich immer weiter von ihm, wich ihm aus, bis ihm schließlich klar wurde, dass sie ihn mied, damit sie kein neues Baby machen konnten. Daraufhin sprach er mit ihr, darüber, dass man nicht davor davonlaufen konnte, eine Menge Leute verloren Babys und auch halb erwachsene Kinder, man musste es einfach noch einmal versuchen, ein weiteres bekommen und noch eins, um Trost zu finden, wenn man an die kleine Leiche in dem Grab dachte.

»Ich bin mit zwei Gräbern vor den Augen aufgewachsen«, sagte sie, »und weiß, wie meine Eltern mich angeschaut und meine toten Schwestern gesehen haben, die denselben Namen wie ich trugen.«

»Tja, du bist eine Fackel, also weißt du besser, als Kinder es wissen sollten, was in den Menschen vorgeht. Unser Baby wird höchstwahrscheinlich keine Fackel sein. Es wird nur wissen, wie sehr wir es lieben und wie sehr wir es gewollt haben.«

Er wusste nicht genau, ob er sie wirklich überzeugt hatte, ein weiteres Baby zu haben, oder sie es nur noch einmal versuchen wollte, um ihn glücklich zu machen. Und auch während dieser Schwangerschaft zog sie, genau wie beim ersten Mal, durch das Land auf und ab und arbeitete für die Beendigung der Sklaverei und versuchte, Freiheit ohne Krieg zu schaffen. Während Alvin in Vigor Church oder Hatrack River blieb und die, die dazu bereit waren, die Grundlagen des Schöpfens lehrte.

Bis sie dann einen Auftrag für ihn hatte, wie jetzt. Ihn auf einem Dampfschiff den Fluss hinab nach Nueva Barcelona schickte, während er sich insgeheim wünschte, sie wäre bei ihm zu Hause geblieben, und er hätte sich um sie kümmern können.

Da sie eine Fackel war, wusste sie natürlich ganz genau, was er sich wünschte; das war überhaupt kein Geheimnis. Also musste ihr Grund, von ihm getrennt zu sein, wichtiger sein als sein Bedürfnis, bei ihr zu sein, und damit konnte er leben.

Doch es konnte ihn nicht davon abhalten, am Rand des Schlafes nach ihr zu sehen und mit ihrem strahlenden Herzfeuer und dem des Babys in seinem Geist einzuschlafen.

Er erwachte im Dunkeln und wusste, dass etwas nicht stimmte. Es war ein Herzfeuer ganz in der Nähe von ihm; dann hörte er das leise Atmen eines sich verstohlen bewegenden Mannes. Mit seiner Ameisenjungfer griff er in den Mann und nahm wahr, was er tat – er griff über Alvin nach dem Beutel, der in seiner Armbeuge steckte.

Ein Raub? Wenn der Mann das im Sinn hatte, war die Fahrt auf einem Flussschiff eine verdammt schlechte Gelegenheit dafür. Falls er nicht ein so guter Schwimmer war, dass er mit einem schweren goldenen Pflug in den Armen das Ufer erreichen konnte.

Der Mann trug ein Messer in einer Scheide am Gürtel, doch seine Hand lag nicht darauf, also suchte er keinen Ärger.

Deshalb sprach Alvin so leise, wie er nur konnte. »Wenn Ihr Essen sucht, die Tür ist auf der anderen Seite der Kabine.«

Ach, was machte das Herz des Mannes daraufhin einen Satz! Und sein erster Gedanke war, nach dem Messer zu greifen – und darin war er schnell. Alvin wurde klar, dass es keine große Rolle spielte, ob seine Hand auf dem Messer lag oder nicht, er war stets bereit, diese Klinge einzusetzen.

Aber der Bursche riss sich sofort zusammen, und Alvin konnte einigermaßen nachvollziehen, was er dachte. Es war stockfinster, und soweit dieser Bursche es wusste, konnte Alvin nicht besser sehen als er selbst.

»Ihr habt geschnarcht«, sagte der Mann. »Ich wollte Euch anstoßen, damit Ihr Euch auf die Seite dreht.«

Alvin wusste, dass das rundheraus gelogen war. Als Peggy vor Jahren erwähnt hatte, dass sein Schnarchen sie störe, hatte er herausgefunden, was die Menschen schnarchen ließ, und seinen Gaumen in Ordnung gebracht, damit er dieses Geräusch nicht mehr machte. Er hatte sich vorgenommen, sein Talent nicht zu seinem Vorteil zu benutzen, doch er ging davon aus, dass das Kurieren seines Schnarchens eine Wohltat für andere Menschen war. *Er* hatte immer durchgeschlafen.

Trotzdem ließ er es bei der Lüge bewenden. »Tja, vielen Dank. Aber ich habe einen ziemlich leichten Schlaf, und Ihr müsst nur ›Dreht Euch um!‹ sagen, und ich tue es. Behauptet zumindest meine Frau.«

Und dann hatte der Bursche die Unverfrorenheit, genau das einzugestehen, was er eigentlich vorgehabt hatte. »Wisst Ihr, Fremder, was auch immer Ihr in diesem Sack habt, Ihr drückt es so fest an Euch, dass man schon neugierig werden kann, was wohl so wertvoll sei.«

»Ich habe gelernt, dass die Leute genauso neugierig werden, wenn ich ihn *nicht* an mich drücke, und dass sie sich dann etwas freier fühlen, im Dunkeln danach zu tasten, um es sich näher anzusehen.«

Der Mann kicherte. »Dann werdet Ihr mir wohl nicht viel darüber erzählen.«

»Ich beantworte immer höfliche Fragen«, sagte Alvin.

»Aber da es nicht höflich ist, Euch zu fragen, was in diesem Sack ist«, sagte der Mann, »werdet Ihr solche Fragen wohl überhaupt nicht beantworten.«

»Ich freue mich, einen höflichen Menschen kennen zu lernen.«

»Höflichkeit und ein Messer, das nicht am Griff abbricht … das hat immer dafür gesorgt, dass ich Frieden mit der Welt halte.«

»Mir hat die Höflichkeit immer genügt«, sagte Alvin. »Obwohl ich eingestehen muss, dass mir dieses Messer besser gefallen hätte, als es noch eine Feile war.«

Der Mann zog das Messer und war mit einem Satz an der Tür. »Wer seid Ihr, und was wisst Ihr über mich?«

»Ich weiß nichts über Euch, Sir«, sagte Alvin. »Aber ich bin Schmied, und ich erkenne eine Feile, aus der man ein Messer gemacht hat. Eher ein Schwert, wenn Ihr mich fragt.«

»Ich habe mein Messer an Bord dieses Schiffes noch nicht gezogen.«

»Das freut mich zu hören. Aber als ich hereinkam und *Ihr* geschlafen habt, war es noch hell genug, um die Größe und Form der Scheide zu erkennen, in der Ihr es aufbewahrt. Niemand macht ein Messer, das am Griff so dick ist. Aber für eine Feile war es genau richtig proportioniert.«

»So etwas kann man nicht mit einem einzigen Blick erkennen«, sagte der Mann. »Ihr habt etwas gehört. Jemand hier hat geredet.«

»Die Leute reden immer, aber nicht über Euch«, sagte Alvin. »Ich kenne mich in meinem Gewerbe aus, wie Ihr Euch wohl in dem Euren. Ich heiße Alvin.«

»Alvin Smith, was? Alvin der Schmied.«

»Ich schätze mich glücklich, einen Namen zu haben. Und ich würde darauf wetten, dass Ihr auch einen habt.«

Der Mann kicherte und steckte das Messer weg. »Jim Bowie.«

»Klingt für mich nicht wie ein Gewerbename.«

»Ein schottisches Wort. Bedeutet hellhaarig.«

»Euer Haar ist dunkel.«

»Aber ich schätze, der erste Bowie war ein blonder Wikinger, dem gefiel, was er sah, während er in Schottland vergewaltigte und plünderte. Also blieb er.«

»Eins seiner Kinder muss diesen Wikingergeist wieder entdeckt und den Weg über ein anderes Meer gefunden haben.«

»Ich bin ein Wikinger durch und durch«, sagte Bowie. »Und

was dieses Messer betrifft, habt Ihr richtig geraten. Ich war vor ein paar Jahren mal Zeuge eines Duells in einer Schmiede in der Nähe von Natchez. Als beide vorbeischossen, wurde die Lage etwas brenzlig – ich schätze, die Leute waren gekommen, um Blut zu sehen, und wollten nicht enttäuscht wieder von dannen ziehen. Ein Bursche schaffte es, mir eine Kugel durch mein Bein zu jagen, also dachte ich, ich hätte nichts mehr mit der Sache zu tun, bis ich sah, dass Major Norris Wright auf einen Jungen eindrosch, der halb so groß und so alt war wie er. Das fuchste mich. Es fuchste mich so sehr, dass ich völlig vergaß, dass ich verletzt war und wie ein abgestochenes Schwein blutete. Ich drehte durch und schnappte mir eine Feile des Schmieds und stach sie Wright mitten ins Herz.«

»Man muss schon ziemlich stark sein, um so was zu schaffen.«

»Oh, es war mehr als das. Ich habe sie nicht zwischen den Rippen ins Herz gestochen, sondern glatt *durch* eine Rippe. Wenn wir Wikinger durchdrehen, haben wir die Kraft von Riesen.«

»Gehe ich Recht in der Annahme, dass das Messer, das Ihr bei Euch tragt, dieselbe Feile ist?«

»Ein Messerschmied in Philadelphia hat sie für mich umgeformt.«

»Er hat sie geschliffen, nicht geschmiedet«, sagte Alvin.

»Das stimmt.«

»Euer Glücksmesser.«

»Ich bin noch nicht tot.«

»Schätze, dazu gehört eine Menge Glück, wenn Ihr die Gewohnheit habt, über Schlafende hinweg zu greifen, um an ihre Beutel heran zu kommen.«

Das Lächeln auf Bowies Gesicht erstarb. »Kann nichts dafür, wenn ich neugierig bin.«

»Ach, ich weiß, ich habe dieselbe Schwäche.«

»Jetzt seid Ihr an der Reihe«, sagte Bowie.

»Womit?«

»Eure Geschichte zu erzählen.«

»Meine? Ach, ich habe nur ein ganz gewöhnliches Abschälmesser, aber ich bin ausgiebig durch die Wildnis gewandert, und es war mir immer nützlich.«

»Ihr wisst, dass ich das nicht gefragt habe.«

»Aber das habe ich gesagt.«

»Ich habe Euch von meinem Messer erzählt, also erzählt Ihr mir von Eurem Beutel.«

»Ihr erzählt allen von Eurem Messer«, sagte Alvin, »und müsst es deshalb nicht so oft benutzen. Aber ich erzähle niemandem von meinem Sack.«

»Das macht die Leute nur noch neugieriger«, sagte Bowie. »Und manche könnten sogar argwöhnisch werden.«

»Das passiert von Zeit zu Zeit«, sagte Alvin. Er setzte sich auf, schwang die Beine über die Seite der Koje und stand auf. Er hatte diesen Bowie schon eingeschätzt und wusste, dass er mindestens vier Zoll größer war, lange Arme und die starken Schultern eines Schmieds hatte. »Aber ich lächle so nett, dass ihr Argwohn einfach verfliegt.«

Darüber lachte Bowie laut. »Na schön, Ihr seid ein großer Bursche! Und Ihr habt vor niemandem Angst.«

»Ich habe vor vielen Leuten Angst«, sagte Alvin. »Besonders vor Männern, die einem Mann eine Feile durch eine Rippe stoßen und sein Herz durchbohren können.«

Bowie nickte. »Tja, das ist nichts Besonderes. Zu meiner Zeit hatten viele Leute Angst vor mir. Aber je mehr Angst sie hatten, desto unwahrscheinlicher war es, dass sie es eingestanden. Ihr seid der Erste, der tatsächlich ausspricht, dass er Angst vor mir hat. Habt Ihr deshalb also am meisten Angst? Oder gerade am wenigsten?«

»Ich sag Euch was. Ihr haltet Eure Hände von meinem Beutel fern, und wir müssen es nie herausfinden.«

Bowie lachte erneut – aber das Grinsen glich eher dem Schnauben einer Wildkatze beim Anblick ihrer Beute als einem richtigen Lächeln. »Ihr gefallt mir, Alvin Smith.«

»Freut mich zu hören.«

»Ich kenne einen Mann, der auf der Suche nach Burschen wie Euch ist.«

Dieser Bowie gehörte also zu Travis' Gesellschaft. »Wenn Ihr von Mr. Travis sprecht, so sind wir bereit überein gekommen, dass er seines Weges geht und ich meines.«

»Ach«, sagte Bowie.

»Habt Ihr Euch gerade erst in Thebes mit ihm zusammengetan?«

»Ich habe Euch von meinem Messer erzählt«, sagte Bowie, »aber ich werde Euch nichts von meinen Geschäften erzählen.«

»Ich erzähle Euch von meinen«, sagte Alvin. »Meine Absicht ist es, wieder einzuschlafen und den Traum zu finden, in dem ich war, bevor Ihr mich am Schnarchen hindern wolltet.«

»Ja, das ist ein guter Einfall«, sagte Bowie. »Und da ich heute Nacht auch noch nicht geschlafen haben, weil Ihr so geschnarcht habt, werde ich es wohl auch noch mal versuchen, bevor die Sonne aufgeht.«

Alvin legte sich wieder hin und rollte sich um seinen Sack zusammen. Er wandte Bowie den Rücken zu, behielt aber seine Ameisenjungfer in ihm und wusste daher von jeder Bewegung, die er machte. Der Mann stand lange da und beobachtete Alvin, und daran, wie sein Herz schlug und das Blut durch seine Adern strömte, erkannte Alvin, dass er aufgebracht war. Wütend? Verängstigt? Schwer zu sagen, wenn man einem Mann nicht ins Gesicht sehen konnte, und oft nicht mal dann. Aber sein Herzfeuer flammte, und Alvin vermutete, dass der Bursche irgendeine Entscheidung traf, die ihn betraf.

Er wird nicht so schnell einschlafen, wenn er sich dermaßen aufregt, dachte Alvin. Also griff er in den Burschen und beruhigte ihn allmählich, bis sein Herz langsamer schlug und sein Atem ruhiger ging. Die meisten Leute glaubten, dass ihre Gefühle den Körper dermaßen in Aufregung versetzten, doch Alvin wusste, dass es genau andersherum war. Der Körper führte, und die Emotionen folgten.

Nach ein paar Minuten war Bowie so entspannt, dass er gähnte. Und kurz darauf schlief er tief und fest. Das Messer hatte er noch umgeschnallt, und die Hand war nie weit von ihm entfernt.

Dieser Travis hatte ja ein paar bemerkenswerte Freunde.

Arthur Stuart fühlte sich viel zu anmaßend. Aber wenn man *weiß*, dass man sich zu anmaßend vorkommt, und gleicht es aus, indem man besonders aufmerksam ist, richtet es keinen Schaden an, anmaßend zu sein, nicht wahr? Vielleicht davon abgesehen, dass die Anmaßung einen sich sicherer fühlen lässt, als man es in Wirklichkeit ist.

Genau das nannte Miz Peggy »kreisförmige Argumentation«, und sie führte ihn zu nichts. Nirgendwo hin. Überhaupt. Eines dieser Wörter. Wie auch immer die Regel lautete. Wenn er an Miz Peggy dachte, lauschte er immer auf seine eigenen Worte und fand Fehler bei sich. Doch was würde es ihm schon nutzen, richtig zu sprechen? Dann würde er nur ein Mischling sein, der irgendwie gelernt hatte, wie ein Gentleman zu sprechen – eine Art dressierter Affe, so würden sie ihn sehen. Ein Hund, der auf den Hinterläufen lief. Kein *wirklicher* Gentleman.

Wahrscheinlich war er deshalb so anmaßend. Wollte immer etwas beweisen. Wenn auch nicht Alvin gegenüber.

Nein, *besonders* Alvin gegenüber. Denn Alvin behandelte ihn noch immer wie einen kleinen Jungen, obwohl er jetzt ein Mann war. Behandelte ihn wie einen Sohn, aber er war niemandes Sohn.

All diese Gedanken taten ihm natürlich überhaut nicht gut, wenn es seine Aufgabe war, den übel riechenden Toiletteneimer auszuleeren und dabei ganz langsam und bequem vorzugehen, damit er Zeit hatte herauszufinden, wer von ihnen Englisch oder Spanisch sprach.

»Quien me compreende?«, flüsterte er. »Wer versteht mich?«

»Todos te compreendemos, pero calle la boca«, flüsterte der dritte Mann. Wir alle verstehen dich, aber halte den Mund. »Los blancos piensan que hay solo uno que hable un poco de ingles.«

Herrje, sprach der schnell, und gar nicht mit dem Akzent, den der Kubaner hatte. Aber als Arthur das Gefühl der Sprache in den Kopf bekam, war es trotzdem gar nicht so schwer, alles herauszubekommen. Sie alle sprachen Spanisch, gaben aber vor, nur einer von ihnen spreche ein wenig Englisch.

»Quieren fugir de ser esclavos?« Wollt ihr aus der Sklaverei entkommen?

»La unica puerta es la muerta.« Die einzige Tür ist der Tod.

»Al otro lado del rio«, sagte Arthur, »hay rojos que son amigos nuestros.« Auf der anderen Seite des Flusses sind Rote, die Freunde von uns sind.

»Sus amigos no son nuestros«, antwortete der Mann. Deine Freunde sind nicht unsere.

Ein anderer Mann in der Nähe, der alles mithören konnte, nickte zustimmend. »Y ya no puedo nadar.« Und ich kann sowieso nicht schwimmen.

»Los blancos, que van a hacer?« Was werden die Weißen tun?

»Piensan en ser conquistadores.« Diese Männer hielten eindeutig nicht viel von den Plänen ihrer Herren. »Los Mexicos van comer sus corazones.« Die Mexika werden ihre Herzen essen.

»Tu hablas como cubano«, warf ein anderer Mann ein. Du sprichst wie ein Kubaner.

»Soy americano«, sagte Arthur Stuart. »Soy libre. Soy …« Er hatte noch nicht das spanische Wort für »Bürger« gelernt. »Soy igual.« Ich bin gleichberechtigt. Aber eigentlich nicht, dachte er. Ich bin noch immer eher wie ihr.

Mehrere der Mexika-Schwarzen rümpften darüber die Nase. »Ya hay visto tu dueño.« Arthur verstand nur »dueño«, Besitzer.

»Es amigo, no dueño.« Er ist mein Freund, nicht mein Herr.

Oh, das hielten sie für lächerlich. Aber natürlich lachten sie stumm, und ein paar schauten zu der Wache hinüber, die an die Wand gelehnt stand und döste.

»Me de promesa.« Versprecht mir. »Cuando el ferro quiebra, no se maten. No salguen sin ayuda.« Wenn das Eisen bricht, tötet euch nicht. Vielleicht bedeutete es auch, lasst euch nicht umbringen. Auf jeden Fall lauft nicht ohne Hilfe davon. Zumindest glaubte Arthur, das zu sagen. Sie sahen ihn mit völligem Unverständnis an.

»Voy quebrar el ferro«, wiederholte Arthur.

Einer von ihnen streckte spöttisch die Hände aus. Die Ketten rasselten. Mehrere Männer schauten zu dem Wachposten.

»No con la mano«, sagte Arthur. »Con la cabeza.«

Sie sahen einander mit offensichtlicher Enttäuschung an. Arthur wusste, was sie dachten – dieser Junge ist verrückt. Er glaubt, er kann mit seinem Kopf Eisen brechen. Aber er wusste nicht, wie er es besser erklären sollte.

»Mañana«, sagte er.

Sie nickten ergeben. Kein einziger von ihnen glaubte ihm.

So viel zu den Stunden, die er damit verbracht hatte, Spanisch zu lernen. Vielleicht bestand die Schwierigkeit aber auch nur darin, dass sie einfach nichts über das Schöpfen wussten und sich nicht vorstellen konnten, dass ein Mensch mit seinem Verstand Eisen brach.

Arthur Stuart wusste, dass er es schaffen konnte. Es war eine von Alvins einfachsten Lektionen, doch erst auf dieser Reise war Arthur richtig klar geworden, was Alvin meinte. Damit, in das Metall zu kommen. Die ganze Zeit über hatte Arthur geglaubt, er könne es bewerkstelligen, indem er sich mit seinem Verstand wirklich sehr anstrengte. Aber so war es überhaupt nicht. Es war ganz einfach. Er musste nur etwas mit seinem Verstand anstellen. So ähnlich, wie er sich Sprachen aneignete. Er bekam den Geschmack der Sprache auf die Zunge und wusste dann, wie sie sich anfühlte. Irgendwie wusste er sogar, dass es *la mano* und nicht *el* hieß, obwohl *mano* mit *o* endete. Er wusste einfach, dass es so sein musste.

In Carthage City hatte er einem Mann, der süßes Brot verkaufte, 25 Cent gegeben, und der Mann ging einfach, ohne ihm sein Wechselgeld zu geben. Anstatt ihn anzuschreien – welchen Sinn hätte das gehabt, dort auf dem Uferdamm, ein Mischling, der einen Weißen anschrie? –, dachte Arthur einfach an die Münze, die er den ganzen Morgen über in der Hand gehalten hatte, daran, wie *warm* sie war, wie richtig sie sich in seiner eigenen Hand anfühlte. Es war, als verstünde er das Metall der Münze, wie er die Musik einer Sprache verstand. Und als er daran dachte, dass sie warm war, sah er in seinem Geist, dass sie wärmer wurde.

Er ermutigte sie, dachte, dass sie immer wärmer wurde, und plötzlich schrie der Mann auf und schlug auf die Hosentasche, in die er den Quarter gesteckt hatte.

Die Münze verbrannte ihn.

Er versuchte, sie aus der Tasche zu ziehen, doch sie verbrannte ihm die Finger, und schließlich warf er seine Jacke ab, streifte die Hosenträger von den Schultern und ließ vor allen Leuten die Hosen herunter. Kippte die Münze aus seiner Tasche auf den Bürgersteig, auf dem sie zischte und das Holz zum Qualmen brachte.

Dann konnte der Mann nur noch an die wunde Stelle an seinem Bein denken, an der die Münze ihn verbrannt hatte. Arthur Stuart ging zu ihm und dachte dabei die ganze Zeit über, dass der Quarter wieder kalt wurde. Er bückte sich und hob ihn vom Bürgersteig auf. »Schätze, Ihr hättet mir mein Wechselgeld geben sollen«, sagte er.

»Mach, dass du weg kommst, du schwarzer Teufel«, sagte der Mann. »Du bist ein Zauberer, das bist du! Eine Münze zu verfluchen, das ist dasselbe wie Diebstahl!«

»Schrecklich komisch, das von einem Mann zu hören, der mir fünfundzwanzig Cent für ein Stück Brot im Wert von fünf Cent abknöpfen wollte.«

Mehrere Passanten fielen ein. »Ihr wolltet den Quarter des Jungen behalten, was?«

»Dagegen gibt es Gesetze, selbst wenn der Junge schwarz ist.«

»Die zu bestehlen, die sich nicht wehren können!«

»Zieh deine Hosen hoch, du Narr!«

Kurz darauf bekam Arthur Stuart das Wechselgeld für seinen Quarter und wollte dem Mann seinen Nickel geben, doch der ließ Arthur nicht in seine Nähe kommen.

Tja, ich hab's versucht, dachte Arthur. Ich bin kein Dieb.

Aber ich bin ein Schöpfer.

Kein großes Schlottern dabei, wie bei Alvin, aber verdammich, ich hab 'nen Quarter heiß gedacht, und er hätte sich fast den Weg aus der Tasche des Mannes gebrannt.

Wenn mir das gelingt, kann ich auch lernen, es ganz zu schaffen; das dachte er, und deshalb fühlte er sich an diesem Abend auch so anmaßend. Denn er hatte täglich mit allen Metallen geübt, die er in die Hände kriegte. Es wäre natürlich sinnlos, das Eisen so heiß zu machen, dass es schmolz – diese Sklaven würden es ihm nicht danken, wenn er sie von ihren Ketten befreite und dabei ihre Fuß- und Handgelenke verbrannte.

Nein, er hatte vor, das Metall weich, aber nicht heiß zu machen. Das war viel schwieriger, als es nur aufzuheizen. Oft ertappte er sich, wie er sich wieder unter Druck setzte, versuchte, dem Metall Weichheit aufzuzwingen. Doch wenn er sich dann wieder entspannte und das Gefühl für das Metall wie ein Lied in seinen Kopf bekam, kriegte er den Bogen dafür allmählich wieder raus. Er machte seine eigene Gürtelschnalle so weich, dass er sie in jede Form verbiegen konnte, die ihm einfiel. Doch nach ein paar Minuten wurde ihm klar, dass er sie als Gürtelschnalle haben wollte, da sie ja schließlich seine Hosen oben halten musste.

Messing war leichter als Eisen, da es sowieso schon weicher war. Und Arthur Stuart war keineswegs schnell. Er hatte gesehen, wie Alvin einen Gewehrlauf weich gemacht hatte, während jemand auf ihn schießen wollte. *So* schnell war Alvin. Aber Arthur Stuart musste zuvor alles sorgfältig abwägen. Fünfundzwanzig Sklaven, jeder mit einem Eisenring um den Fußknöchel und einem weiteren um das Handgelenk. Er musste sich vergewissern, dass alle warten würden, bis auch der Letzte befreit war. Falls einige von ihnen zu früh flüchteten, würde man sie alle wieder ergreifen.

Natürlich konnte er Alvin bitten, ihm zu helfen. Aber er hatte Alvins Antwort bereits erhalten. Lass die Sklaven in Ruhe, zu dieser Entscheidung war Alvin gekommen. Aber Arthur dachte nicht daran. Das Schicksal dieser Männer lag in seinen Händen. Er war jetzt ein Schöpfer, wenn auch kein besonders guter, und er musste selbst entscheiden, wann er etwas unternehmen und wann er etwas auf sich beruhen lassen sollte. Er vermochte nicht, was Alvin vermochte – Menschen zu heilen, Tiere das tun zu lassen, was er wollte, und Wasser in Glas zu verwandeln. Aber verdammich, er konnte Eisen weich machen, und deshalb würde er diese Männer befreien.

Morgen Abend.

Am nächsten Morgen fuhren sie vom Hio in den Mizzippy, und zum ersten Mal seit Jahren bekam Alvin Tenskwa Tawas Nebel über dem Fluss zu sehen.

Es war, als würden sie in eine Wand fahren. Sonniger Himmel, kein Wölkchen, und wenn man nach vorn schaute, kam es einem wirklich nicht bedeutsam vor, nur ein wenig Dunst über dem Fluss. Aber ganz plötzlich konnte man nicht weiter als einhundert Meter sehen – das aber nur, wenn man den Fluss hinauf oder hinab fuhr. Wenn man aufs rechte Ufer zuhielt, war es, als wäre man blind, dann konnte man nicht einmal den Bug des eigenen Schiffes sehen.

Das war das Hindernis, das Tenskwa Tawa errichtet hatte, um die Roten zu schützen, die nach dem Scheitern von Ta-Kumsaws Krieg gen Westen gezogen waren. Alle Roten, die nicht unter dem Gesetz des Weißen Mannes leben wollten, alle Roten, die vom Krieg genug hatten, waren über den Fluss in den Westen gegangen, und dann hatte Tenskwa Tawa … die Tür hinter ihnen geschlossen.

Alvin hatte von Trappern, die in den Westen gezogen waren, Geschichten gehört. Sie erzählten von Bergen, die so steinig, zerklüftet und hoch waren, dass sie bis in den Juni mit Schnee bedeckt waren. Von Orten, an denen die Erde selbst heißes Wasser fünfzig Fuß hoch oder noch höher in den Himmel spuckte. Von so großen Büffelherden, dass sie einen Tag und eine Nacht lang an einem vorbeiziehen konnten und man am nächsten Morgen den Eindruck hatte, es seien noch immer genauso viele Tiere wie gestern. Grasland und Wüsten, Kiefernwälder und Seen, die wie Juwelen funkelten, waren zwischen Bergen eingebettet, die so hoch waren, dass man keine Luft mehr bekam, wenn man ihre Gipfel erklomm.

Und das alles war jetzt das Land der Roten, das Weiße nie wieder betreten konnten. Dafür sorgte dieser Nebel.

Außer Alvin. Er wusste, wenn er wollte, konnte er diesen Nebel zerstreuen und übersetzen. Nicht nur das, er würde auch nicht getötet werden. Tenskwa Tawa hatte es gesagt, und kein Roter würde gegen das Gesetz des Propheten verstoßen.

Ein Teil von ihm wollte ans Ufer übersetzen, warten, dass das Flussschiff weiterfuhr, sich ein Kanu besorgen, über den Fluss paddeln und nach seinem alten Freund und Lehrer suchen. Es wäre schön, mit ihm über alles zu sprechen, was in der Welt vor sich ging. Über die Gerüchte eines bevorstehendes Krieges zwischen den Vereinigten Staaten und den Kronkolonien – oder vielleicht zwischen den freien Staaten und den Sklavenstaaten innerhalb der U.S.A. Über Gerüchte eines Krieges mit Spanien um die Herrschaft über die Mündung des Mizzippy oder eines Krieges zwischen den Kronkolonien und England.

Und jetzt dieses Gerücht über Krieg mit den Mexika. Was würde Tenskwa Tawa davon halten? Vielleicht hatte er selbst genug Sorgen – vielleicht versuchte er in diesem Augenblick, eine Allianz aus Roten zu schmieden, damit sie nach Süden zogen und ihre Ländereien gegen Männer verteidigten, die ihre Gefangenen auf die Spitzen ihrer Stufenpyramiden schleppten und ihnen die Herzen herausrissen, um ihren Gott gnädig zu stimmen.

Zumindest gingen Alvin diese Gedanken durch den Kopf, als er sich auf die Reling der rechten Seite des Schiffes lehnte – die Steuerbord-Seite, wie sie hieß, auch wenn er nicht verstand, warum Schiffer andere Begriffe für rechts und links hatten. Er stand einfach da, schaute in den Nebel und sah nicht mehr als andere Menschen, als er etwas bemerkte, nicht mit den Augen, sondern mit diesem inneren Blick, der Herzfeuer sah.

Da waren ein paar Männer auf dem Wasser, genau in der Mitte des Flusses, wo sie oben nicht von unten unterscheiden konnten. Sie drehten sich unentwegt um ihre eigene Achse und hatten große Angst. Alvin brauchte nur einen Moment, um zu begreifen, was dort vor sich ging. Zwei Männer auf einem Floß, aber sie hatten keine Suchanker unter dem Floß, und es war zudem einseitig beladen. Also keine Schiffer. Es musste ein selbst gebautes Floß sein, und als ihre Pinne gebrochen war, hatten sie nicht gewusst, wie sie das Floß weiterhin flussabwärts steuern sollten. Sie waren also der Gnade der Strömung ausgeliefert und wussten nicht, was einen Meter von ihnen entfernt passierte.

Und dabei war die *Yazoo Queen* nicht gerade leise. Doch der Nebel dämpfte auch sämtliche Geräusche. Und selbst, wenn sie das Flussschiff gehört hätten – hätten sie gewusst, was das für ein Geräusch war? Für verängstigte Menschen hörte es sich vielleicht an, als treibe irgendein Ungeheuer über den Fluss.

Doch was konnte Alvin nun unternehmen? Wie konnte er behaupten, etwas zu sehen, was kein anderer ausmachen konnte? Und die Strömung des Flusses war zu stark und verschlungen für ihn, um sie zu beherrschen und das Floß näher heran steuern zu können.

Es war an der Zeit für eine Lüge. Alvin drehte sich um und rief: »Habt Ihr das gehört? Habt Ihr sie gesehen? Ein Floß ohne Pinne auf dem Fluss! Männer auf einem Floß, sie haben um Hilfe gerufen, werden da draußen herumgeschleudert!«

Sofort beugten sich auf dem Steuermannsdeck sowohl der Captain als auch der Steuermann über die Reling. »Ich sehe gar nichts!«, rief der Steuermann.

»Jetzt nicht mehr«, sagte Alvin. »Aber ich habe sie noch vor einem Moment ganz deutlich gesehen, sie sind nicht weit weg!«

Captain Howard sah, worauf das hinauslief, und es gefiel ihm ganz und gar nicht. »Ich werde die *Yazoo Queen* nicht tiefer in diesen Nebel steuern, als sie es schon ist! Auf keinen Fall! Sie werden halt ein Stück flussabwärts ans Ufer gespült, das geht uns nichts an!«

»Gesetz des Flusses!«, rief Alvin. »Menschen in Not!«

Das ließ den Steuermann innehalten. So lautete das Gesetz. Man musste Hilfe leisten.

»Ich sehe keine Menschen in Not«, rief Captain Howard.

»Dann wendet das große Schiff nicht!«, sagte Alvin. »Gebt mir das kleine Ruderboot, und ich hole sie!«

Das gefiel dem Captain auch nicht, aber der Steuermann war

ein anständiger Kerl, und kurz darauf war Alvin im Wasser und hatte die Hände auf den Riemen liegen.

Doch bevor er weit gekommen war, sprang Arthur Stuart über die Reling und fiel in das kleine Boot. »Das war die unbeholfenste Bewegung, die ich je gesehen habe«, sagte Alvin.

»Das werde ich mir nicht entgehen lassen«, sagte Arthur Stuart.

Ein anderer Mann tauchte an der Reling auf und winkte ihm zu. »Habt es doch nicht so eilig, Mr. Smith!«, rief Jim Bowie. »Zwei starke Männer sind bei so einer Sache besser als einer!« Und dann sprang auch er – und machte seine Sache gut, wenn man bedachte, dass er mindestens zehn Jahre älter als Alvin und gute zwanzig Jahre älter als Arthur Stuart war. Doch als er landete, fiel er nicht der Länge nach hin, und Alvin fragte sich, was dieser Mann für ein Talent hatte. Er hatte angenommen, es sei das Töten, doch vielleicht war das Töten nur eine Nebenbeschäftigung. Der Mann schien fliegen zu können.

Da waren sie also, jeder von ihnen an einem Ruderpaar, während Arthur Stuart im Heck saß und die Augen zusammenkniff. »Wie weit sind sie von uns weg?«, fragte er.

»Die Strömung hat sie vielleicht weiter weg getrieben«, sagte Alvin. »Aber sie sind da.«

Und als Arthur weiterhin skeptisch dreinschaute, bedachte Alvin ihn mit einem solchen Blick, dass Arthur Stuart endlich kapierte. »Ich glaube, ich sehe sie«, sagte er und stärkte damit Alvins Lüge.

»Ihr versucht doch nicht, den Fluss zu überqueren, damit wir von den Roten umgebracht werden?«, sagte Jim Bowie.

»Nein, Sir«, sagte Alvin. »Das habe ich nicht vor. Ich habe diese Jungs so deutlich wie am helllichten Tag gesehen und will ihren Tod nicht auf meinem Gewissen haben.«

»Und wo sind sie jetzt?«

Natürlich wusste Alvin das, und er ruderte so schnell zu ihnen hinüber, wie er nur konnte. Doch Jim Bowie wusste nicht, wo sie waren, und er ruderte ebenfalls, aber nicht ganz in dieselbe Richtung wie Alvin. Und da sie beide ihre Rücken dem Floß zuwandten, konnte Alvin nicht einmal behaupten, es zu sehen. Er konnte nur versuchen, kräftiger als Bowie in die Richtung zu rudern, in die er fahren wollte.

Bis Arthur Stuart die Augen verdrehte und sagte: »Würdet ihr bitte aufhören, so zu tun, als würde einer von euch dem anderen glauben, und in die richtige Richtung rudern?«

Bowie lachte. Alvin seufzte.

»Ihr habt nichts gesehen«, sagte Bowie. »Denn ich habe Euch beobachtet, wie Ihr in den Nebel hinaus geschaut habt.«

»Deshalb seid Ihr auch mitgekommen.«

»Musste herausfinden, was Ihr mit diesem Boot vorhabt.«

»Ich will zwei Jungs auf einem Floß retten, das sich ohne Pinne auf der Strömung dreht.«

»Ihr meint das ernst?«

Alvin nickte, und Bowie lachte erneut. »Tja, da soll mich doch der Teufel holen!«

»Das ist eine Sache zwischen Euch und Eurem Teufel«, sagte Alvin. »Weiter flussabwärts, bitte.«

»Was für ein Talent habt Ihr, Mann?«, fragte Bowie. »Könnt Ihr durch Nebel sehen?«

»Scheint so, nicht wahr?«

»Ich glaube nicht«, sagte Bowie. »Ich glaube, hinter Euch selbst steckt viel mehr, als man auf den ersten Blick erkennt.«

Arthur Stuart musterte Alvins wuchtigen Schmiedkörper. »Ist das möglich?«

»Und du bist kein Sklave«, stellte Bowie fest.

Als er *das* sagte, lachte er nicht. Es war gefährlich, wenn irgendwer das wusste.

»Bin einer«, sagte Arthur Stuart.

»Kein Sklave gäbe so eine Antwort, du armer Narr«, sagte

Bowie. »Du hast ein so freches Mundwerk, dass du wohl nie den Geschmack der Peitsche gespürt hast.«

»Oh, es *war* ein guter Einfall, mich auf dieser Reise zu begleiten«, sagte Alvin.

»Keine Angst«, sagte Bowie. »Ich hab selbst Geheimnisse. Ich kann die Euren bewahren.«

Du *kannst* es – aber wirst du es auch? »Kein großes Geheimnis«, sagte Alvin. »Ich muss ihn einfach wieder zurück in den Norden bringen und später mit einem anderen Dampfschiff zurückkommen.«

»Eure Arme und Schultern verraten mir, dass Ihr wirklich Schmied seid«, sagte Bowie. »Aber es gibt keinen Schmied, der ein Messer in einer Scheide sieht und sagen kann, dass es früher mal eine Feile war.«

»Ich bin gut in meinem Beruf«, sagte Alvin.

»Alvin Smith, Ihr solltet wirklich unter einem anderen Namen reisen.«

»Warum?«

»Ihr seid der Schmied, der vor einigen Jahren ein paar Sklavensucher getötet hat.«

»Sucher, die die Mutter meiner Frau ermordet haben.«

»Oh, kein Geschworenengericht würde Euch verurteilen«, sagte Bowie. »Genauso wenig, wie ich dafür verurteilt worden bin, dass ich getötet habe. Sieht so aus, als hätten wir viel gemeinsam.«

»Weniger, als Ihr vielleicht denkt.«

»Derselbe Alvin Smith, der sich mit einem eigenartigen Gegenstand von seinem Lehrmeister entfernt hat.«

»Eine Lüge«, sagte Alvin. »Und er weiß es.«

»Oh, dessen bin ich mir sicher. Aber genau das erzählt man sich.«

»Man darf solche Geschichten nicht glauben.«

»Ja, ich weiß«, sagte Bowie. »Ihr lasst das Rudern etwas langsamer angehen, nicht wahr?«

»Ich bin mir nicht sicher, ob wir dieses Floß überholen sollten, während wir noch dieses Gespräch führen.«

»Ich wollte Euch nur auf meine stille, ruhige Art sagen, dass ich zu wissen glaube, was Ihr in Eurem Sack habt. Wenn die Gerüchte stimmen, habt Ihr ein starkes Talent.«

»Was besagen diese Gerüchte denn? Dass ich fliegen kann?«

»Dass Ihr Eisen in Gold verwandeln könnt, das besagen sie.«

»Wäre das nicht schön«, sagte Alvin.

»Aber Ihr streitet es nicht ab, nicht wahr?«, sagte Bowie.

»Ich kann Eisen in nichts anderes als Hufeisen und Scharniere verwandeln.«

»Aber Ihr habt es einmal getan, nicht wahr?«

»Nein, Sir«, sagte Alvin. »Ich habe Euch doch gesagt, dass diese Geschichten erlogen sind.«

»Ich glaube Euch nicht.«

»Dann nennt Ihr mich einen Lügner, Sir«, sagte Alvin.

»Oh, Ihr seid doch nicht etwa gekränkt, oder? Denn irgendwie gelingt es mir, alle meine Duelle zu gewinnen.«

Alvin antwortete nicht, und Bowie musterte Arthur Stuart lange und scharf. »Ah«, sagte er dann. »So ist das also.«

»Was?«, sagte Arthur Stuart.

»Du hast keine Angst vor mir«, sagte Bowie mit übertrieben starkem Akzent.

»Hab ich«, sagte Arthur Stuart.

»Du hast Angst vor dem, was ich weiß, aber du hast keine Angst, dass ich deinen ›Herrn‹ in einem Duell besiegen könnte.«

»Entsetzliche Angst«, sagte Arthur Stuart.

Es dauerte nur einen Herzschlag, doch dann baumelten Bowies Riemen, und sein Messer war aus der Scheide, und sein Körper wirbelte herum, und sein Messer fuhr mit der Spitze genau auf Alvins Kehle zu.

Abgesehen davon, dass es kein Messer mehr war. Sondern nur noch ein Griff.

Das Lächeln wich ziemlich langsam von Bowies Zügen, als ihm klar wurde, dass sein kostbares Messer, das er aus einer Feile hatte schleifen lassen, keine Klinge mehr aufwies.

»Was habt Ihr getan?«, fragte er.

»Eine ziemlich komische Frage«, sagte Alvin, »wenn man bedenkt, dass sie von einem Mann kommt, der mich gerade töten wollte.«

»Ich wollte Euch Angst einjagen, mehr nicht«, sagte Bowie. »Ihr hättet das mit meinem Messer nicht tun müssen.«

»Ich habe nicht das Talent, die Absichten eines anderen zu erkennen«, sagte Alvin. »Und jetzt dreht Euch um und rudert.«

Bowie drehte sich um und ergriff wieder die Riemen. »Dieses Messer war mein Glück.«

»Dann schätze ich, habt Ihr es gerade verloren«, sagte Alvin.

Arthur Stuart schüttelte den Kopf. »Ihr solltet besser darauf achten, gegen wen Ihr zieht, Mr. Bowie.«

»Ihr seid der Mann, den wir wollen«, sagte Bowie. »Mehr wollte ich nicht sagen. Ihr hättet nicht mein Messer verschandeln müssen.«

»Wenn Ihr beim nächsten Mal jemanden auf Eure Seite ziehen wollt«, sagte Alvin, »richtet nicht das Messer auf ihn.«

»Und droht nicht, seine Geheimnisse zu verraten«, sagte Arthur Stuart.

Nun schaute Bowie zum ersten Mal eher besorgt denn verdrossen drein. »Ich habe nie gesagt, dass ich Eure Geheimnisse *kenne*. Ich hatte nur ein paar Vermutungen, mehr nicht.«

»Tja, Arthur Stuart, Mr. Bowie hat gerade festgestellt, dass er hier draußen mitten auf dem Fluss ist, im Nebel, auf einer gefährlichen Rettungsfahrt, mit zwei Leuten, deren Geheimnisse er zu enthüllen droht.«

»Wenn man in solch einer Lage ist, hält man schon mal inne«, sagte Arthur Stuart.

»Ich werde nicht ohne Kampf über Bord gehen«, sagte Bowie.

»Ich habe nicht vor, Euch zu verletzen«, sagte Alvin. »Denn wir beide sind nicht gleich, Ihr und ich. Ich habe einmal einen Mann getötet, in Trauer und Zorn, und es seitdem bedauert.«

»Ich auch«, sagte Bowie.

»Das ist der stolzeste Augenblick Eures Lebens. Ihr habt die Waffe gerettet und sie Euer Glück genannt. Wir sind uns überhaupt nicht ähnlich.«

»Ich schätze, nicht.«

»Und wenn ich Euch tot sehen will«, sagte Alvin, »muss ich Euch nicht aus diesem Boot werfen.«

Bowie nickte. Und nahm dann die Hände von seinem Ruder. Seine Hände flatterten plötzlich um seine Wangen, den Mund.

»Ihr kriegt keine Luft, nicht wahr?«, sagte Alvin. »Niemand hindert Euch daran. Tut es einfach, Mann! Atmet ein, atmet aus. Das tut Ihr doch schon Euer ganzes Leben lang.«

Bowie erstickte nicht gerade. Es war nur so, dass er seinen Körper nicht mehr seinem Willen unterwerfen konnte.

Alvin machte damit nicht weiter, bis der Mann blau anlief oder so. Nur so lange, bis Bowie sich wirklich hilflos fühlte. Und dann erinnerte er sich wieder daran, wie man atmete, einfach so, und sog tief die Luft ein.

»Nachdem wir nun die Tatsache geklärt haben, dass Euch hier auf diesem Boot von mir keine Gefahr droht«, sagte Alvin, »können wir jetzt ein paar Kerle retten, die auf einem selbst gebauten Floß sitzen, das keinen Suchanker hat.«

In diesem Moment verwandelte sich das Weiß des Nebels vor ihnen in ein flaches Boot, das keine fünf Fuß von ihnen entfernt war. Ein weiterer Streich mit den Rudern, und sie prallten dagegen. Und erst da bekamen die Männer auf dem Floß mit, dass jemand nach ihnen suchte.

Arthur Stuart kletterte bereits auf den Bug des Bootes, hielt sich am Tau fest und sprang auf das Floß, um es festzumachen.

»Lob sei dem Herrn«, sagte der kleinere der beiden Männer.

»Ihr kommt genau zur richtigen Zeit«, sagte der große und half Arthur, das Tau zu befestigen. »Wir haben ein unzuverlässiges Floß erwischt, und in diesem Nebel haben wir nicht gerade viel von der Landschaft gesehen. Wie man's auch nimmt, eine zweitklassige Fahrt.«

Alvin lachte. »Schön zu sehen, dass Ihr Euren Mut bewahrt habt.«

»Oh, wir haben beide gebetet und Hymnen gesungen«, sagte der schlaksige Mann.

»Wie groß seid Ihr?«, sagte Arthur Stuart, als der Mann sich hoch über ihn aufrichtete.

»Etwa einen Kopf höher als meine Schultern«, sagte der Mann, »aber nicht lang genug für meine Hosenträger.«

Der Bursche hatte durchaus etwas. Man musste ihn einfach mögen.

Was Alvin sofort argwöhnisch machte. Wenn das das Talent des Mannes war, konnte man ihm nicht vertrauen. Und das Verwünschte daran war, obwohl man ihm nicht vertraute, musste man ihn trotzdem mögen.

»Was seid Ihr, Anwalt?«, fragte Alvin.

Mittlerweile hatten sie das Boot vor das Floß manövriert, um es hinter sich her schleppen zu können, wenn sie zum Flussboot zurückkehrten.

Der Mann richtete sich zu voller Größe auf und verbeugte sich dann, die unbeholfenste Bewegung, die Alvin je gesehen hatte. Er schien nur aus Knien und Ellbogen zu bestehen, überall Winkel, selbst im Gesicht, nichts Weiches war an ihm, ein so knochiger Bursche, wie man ihn sich nur denken konnte. Kein Zweifel, er war hässlich. Brauen wie die eines Affen, so weit ragten sie über die Augen hervor. Und doch ... er bot keinen unangenehmen Anblick. Wenn er lächelte, schien er einen freundlich willkommen zu heißen.

»Abraham Lincoln aus Springfield, zu Euren Diensten, Gentlemen«, sagte er.

»Und ich bin Cuz Johnston aus Springfield«, sagte der andere Mann.

»Cuz für Cousin«, sagte Abraham. »So nennen ihn alle.«

»*Jetzt*«, sagte Cuz.

»Wessen Cousin?«, fragte Arthur Stuart.

»Nicht meiner«, sagte Abraham. »Aber er sieht aus wie ein Cousin, nicht wahr? Er ist der Inbegriff eines Vetters, die Quintessenz der Vetternschaft. Als ich ihn also Cuz nannte, habe ich nur das Offensichtliche beim Namen genannt.«

»Eigentlich bin ich der Sohn der zweiten Frau seines Vaters von ihrem ersten Ehemann«, sagte Cuz.

»Womit wir verschwägerte Stieffremde sind«, sagte Abraham.

»Ich bin euch besonders dankbar, dass ihr uns aufgelesen habt, Jungs«, sagte Cuz, »weil nämlich der alte Abe hier jetzt nicht die ärgerlichste Lügengeschichte zu Ende erzählen muss, die ich je gehört habe.«

»Es war keine Lügengeschichte«, sagte der alte Abe. »Ich habe sie von einem Mann namens Geschichtentauscher. Sie stand in seinem Buch, und er hat nie etwas hineingeschrieben, wenn es nicht wahr war.«

Old Abe – der nicht älter als dreißig sein konnte – war schnell von Begriff. Er sah den Blick, den Alvin mit Arthur Stuart wechselte.

»Also kennt Ihr ihn?«, fragte Abe.

»Er ist in der Tat ein ehrlicher Mann«, erwiderte Alvin. »Was für eine Geschichte hat er Euch erzählt?«

»Von einem Kind, das vor vielen Jahren geboren wurde«, sagte Abe. »Eine tragische Geschichte von einem Bruder, tödlich getroffen von einem Baumstamm, der von einer Flut flussabwärts getragen wurde und auf ihn traf, während er seine Mutter rettete, die in einem Wagen in der Mitte des Flusses steckte und einem Kind das Leben schenkte. Doch obwohl er so gut wie tot war, blieb er auf diesem Fluss so lange am Leben, dass das Kind der siebente Sohn eines siebenten Sohnes war, als es geboren wurde, und alle Söhne noch lebten.«

»Eine hochherzige Geschichte«, sagte Alvin. »Ich habe sie in seinem Buch selbst gesehen.«

»Und glaubt Ihr sie?«

»Ja«, sagte Alvin.

»Ich habe nie behauptet, dass sie nicht stimmte«, sagte Cuz. »Ich habe nur gesagt, dass es nicht die Geschichte sei, die ein Mann hören will, wenn er inmitten des Mizzippy-Nebels auf einem flachwichsigen Flachboot den Fluss hinabgewirbelt wird.«

Abe Lincoln überhörte die fast schon poetische Sprache seines Gefährten. »Also habe ich unserem Cuz hier erzählt, dass der Fluss uns gar nicht mal so schlecht behandelt hat, verglichen damit, was ein viel kleinerer Fluss den Leuten in dieser Geschichte angetan hat. Und dann taucht *Ihr* plötzlich auf und rettet uns – also war der Fluss doch glattweg freundlich zu ein paar zweitklassigen Floßmachern.«

»Ihr habt das Floß selbst gebaut?«, fragte Alvin.

»Pinne gebrochen«, sagte Abe.

»Hattet Ihr keine Ersatzpinne?«, sagte Alvin.

»Hab nicht gewusst, dass ich eine brauche. Aber wenn wir nur mal ans Ufer gespült worden wären, hätte ich noch eine machen können.«

»Ihr könnt gut mit Euren Händen umgehen?«

»Eigentlich nicht«, sagte Abe. »Aber ich bin bereit, es immer wieder zu versuchen, bis es richtig gerät.«

Alvin lachte. »Tja, jetzt ist es an der Zeit, das noch mal mit diesem Floß zu versuchen.«

»Würde ich gern, wenn Ihr mir zeigt, was wir falsch gemacht haben. Ich kann hier nichts sehen, was nicht gute Floßbaukunst ist.«

»Das, was unter dem Floß ist, fehlt. Oder besser gesagt, was da sein sollte, aber nicht da ist. Man braucht einen Suchanker am Heck, damit der hintere Teil auch hinten bleibt. Und darüber hinaus muss man das Floß vorn schwer beladen, damit es sich dreht, so wie man es will.«

»Mann, ich will verdammt sein«, sagte Abe. »Zweifellos bin ich nicht aus dem Holz für einen Schiffer geschnitzt.«

»Das sind die meisten Leute nicht«, sagte Alvin. »Bis auf meinen Freund Mr. Bowie hier. Er kann sich einfach nicht von einem Boot fern halten, wenn er mal die geringste Gelegenheit zum Rudern hat.«

Bowie lächelte knapp und verkniffen und nickte Abe und seinem Gefährten zu. Mittlerweile schaukelte das Floß hinter ihnen her, und mehr, als es durch das Wasser zu schleppen, konnten Alvin und Bowie nicht tun.

»Vielleicht«, sagte Arthur Stuart, »könntet ihr beide euch *hinten* auf das Floß stellen, damit es sich vorn nicht so tief ins Wasser gräbt und leichter ziehen lässt.«

Verlegen taten Abe und Cuz wie geheißen. Und der dichte Nebel in der Flussmitte machte sie fast unsichtbar und dämpfte alle Geräusche, die sie machten, so dass eine weitere Unterhaltung fast unmöglich war.

Es dauerte eine ganze Weile, bis sie das Dampfschiff eingeholt hatten, doch der Steuermann, der ja ein guter Kerl war, war trotz Captain Howards Erzürnung über den Zeitverlust nur langsam weitergefahren, und plötzlich wurde der Nebel dünner, und der Lärm der Schaufelräder war plötzlich unmittelbar neben ihnen zu vernehmen, während sich die *Yazoo Queen* aus dem Nebel schälte.

»Da soll man mich doch rupfen und braten«, rief Abe. »Da habt Ihr ja ein schönes Dampfboot!«

»Ist nicht unsres«, sagte Alvin.

Arthur Stuart bemerkte, wie schnell Bowie auf Deck war und

sich von dem Boot entfernte, wobei er alle Hände abschüttelte, die ihm auf die Schulter schlugen, als sei er ein Held. Nun, Arthur konnte ihm keine Vorwürfe machen. Aber Bowie war bestimmt noch eine Gefahr für sie beide, ganz gleich, welchen Schrecken Alvin ihm auf dem Wasser eingejagt hatte.

Als das Beiboot an der *Yazoo Queen* vertäut war und auch das Floß neben ihr auf dem Wasser auf und ab schaukelte, plapperten die Passagiere munter durcheinander. Sie wollten offensichtliche Dinge wissen, zum Beispiel, wie es Alvin und den anderen gelungen war, das Floß im berühmten Mizzippy-Nebel zu finden.

»Wie ich schon gesagt habe«, erklärte Alvin ihnen. »Sie waren ganz in der Nähe, und trotzdem mussten wir sie suchen.«

Abe Lincoln vernahm das mit einem Grinsen und widersprach nicht, aber Arthur Stuart sah, dass er kein Narr war. Er wusste, dass das Floß keineswegs in der Nähe des Flussboots gewesen war. Und er wusste, dass Alvin genau auf die *Yazoo Queen* zugesteuert hatte, als hätte er sie sehen können.

Doch was bedeutete ihm das? Kurz darauf erzählte er allen, die es hören wollten, was für einen verdammt miesen Job er beim Bau dieses Floßes geleistet hatte und wie schwindlig ihnen geworden war, als sie sich unentwegt im Nebel gedreht hatten. »Das hat mich zu solch einem Knoten zusammen geschnürt, dass wir beide einen halben Tag brauchten, bis wir heraus hatten, wie ich die Arme von den Beinen lösen und den Kopf wieder unter den Achselhöhlen hervorholen konnte.« So komisch war es wirklich nicht gewesen, aber als er es auf solch eine Weise erzählte, lachten die anderen. Obwohl diese Geschichte wahrscheinlich keine Aufnahme in das Buch des Geschichtentauschers finden würde.

Nun, an diesem Abend legten sie an einer dicht besiedelten Flussstadt an, und auf der *Yazoo Queen* herrschte ein solches Kommen und Gehen, dass Arthur Stuart seinen Plan aufgab, die fünfundzwanzig Mexika-Sklaven in dieser Nacht zu befreien.

Stattdessen gingen er und Alvin an diesem Abend zu einem Vortrag, der im Speisesaal des Flussbootes gehalten wurde. Der Redner war kein anderer als Cassius Marcellus Clay, der für seine Einstellung gegen das Sklaventum berühmt war und auf seinem verrückten Vorgehen beharrte, mitten im Sklavenland Reden gegen die Sklaverei zu halten. Aber als Arthur Stuart ihm dann zuhörte, wurde ihm klar, wie der Mann damit durchkommen konnte. Er nannte keine Namen und bezeichnete die Sklaverei auch nicht als schreckliche Sünde. Stattdessen sprach er darüber, wie viel Schaden die Sklaverei den Besitzern und ihren Familien zufügte.

»Was richtet ein Mann an, wenn er seine Kinder in dem Glauben erzieht, dass sie nie mit eigenen Händen arbeiten müssten? Was wird geschehen, wenn er alt ist und diese Kinder, die nie gelernt haben, anständig zu arbeiten, sein Geld ausgeben, ohne ans Morgen zu denken?

Und wenn eben diese Kinder gesehen haben, wie ihre Mitmenschen, ganz gleich, wie dunkel ihre Haut auch sein mag, verächtlich behandelt werden, wie ihre Arbeit nicht anerkannt und ihnen die Freiheit verweigert wird – werden sie dann zögern, ihren alternden Vater als Sache ohne Wert zu behandeln, der fallen gelassen werden kann, wenn er nicht mehr nützlich ist? Denn warum sollten Kinder nicht lernen zu glauben, dass Menschen entweder nützlich oder unnütz sind, wenn Menschen wie Ware behandelt werden, und alle fallen lassen, die zur zweiten Kategorie gehören?«

Arthur Stuart hatte im Lauf der Jahre schon viele Abolitionisten reden hören, doch der hier war eine Klasse für sich. Denn statt einen Mob von Sklavenbesitzern aufzustacheln, ihn zu teeren und federn – oder Schlimmeres –, brachte er sie dazu, nachdenklich dreinzuschauen und sich unbehaglich anzusehen, wobei sie wahrscheinlich an ihre eigenen Kinder dachten und daran, was für unnütze Maden im Speck sie zweifellos waren.

Unter dem Strich würde Clay jedoch kaum etwas erreichen. Was würden sie schon tun, ihre Sklaven freilassen und in den Norden ziehen? Das wäre wie die Geschichte in der Bibel, in der Jesus dem reichen jungen Mann sagt: Verkaufe all dein Hab und Gut, verschenke das Geld an die Armen, und folge mir. Der Wohlstand dieser Männer wurde in Sklaven gemessen. Sie aufzugeben hieß, arm zu werden oder zumindest zu den mittelmäßigen Männern zu gehören, die für die Arbeit, die sie verrichten ließen, bezahlen mussten. Sie mussten den Rücken eines Mannes sozusagen dann mieten, statt ihn zu besitzen. Keiner von ihnen hatte den Mut dazu, zumindest keiner, den Arthur Stuart hier sah.

Aber er stellte fest, dass Abe Lincoln mit leuchtenden Augen dasaß und Clay ganz genau zuhörte. Besonders, als Clay darüber sprach, dass einige die Schwarzen nach Afrika zurückschicken wollten. »Wie viele von euch wären froh, wenn ihr hörtet, dass man *euch* nach England oder Schottland oder Deutschland zurückschicken wollte, oder woher auch immer eure Vorfahren gekommen sind? Reich oder arm, geknechtet oder frei, wir sind jetzt Amerikaner, und man kann Sklaven, deren Großeltern auf diesem Boden geboren wurden, nicht einfach nach Afrika zurückschicken, denn das ist genauso wenig ihre Heimat, wie es China oder Indien ist.«

Abe nickte zustimmend, und Arthur Stuart hatte den Eindruck, dass der schlaksige Bursche bis dahin wahrscheinlich gedacht hatte, genau das wäre eine Möglichkeit, das Problem mit den Schwarzen zu lösen: sie zurück nach Afrika zu schicken.

»Und was ist mit den Mulatten? Den hellhäutigen Schwarzen, in denen sich zu gleichen Teilen das Blut von Europa und Afrika vereinigt? Soll man diese Leute spalten wie eine Leiter, deren Sprossen man herausschlägt, und die einzelnen Stücke dann zwischen den Ländern ihrer Vorfahren aufteilen? Nein, ob es uns gefällt oder nicht, wir sind an dieses Land gemeinsam wie durch ein Joch gefesselt. Wenn man einen Schwarzen versklavt, versklavt man sich selbst ebenfalls, denn Ihr seid nun mit ihm verbunden, wie er mit Euch verbunden ist, und Euer Charakter wird durch seine Fesseln genau so geformt wie sein eigener. Wenn wir die Schwarzen unterwürfig machen, machen wir selbst uns damit zu Tyrannen. Wenn die Schwarzen aus Furcht vor uns zittern, machen wir uns dadurch zu einem schrecklichen Ungeheuer. Glaubt Ihr etwa, Eure Kinder würden Euch nicht in diesem Zustand sehen und Euch ebenfalls fürchten? Ihr könnt den Sklaven nicht ein Gesicht und Eurer Familie ein anderes zeigen und erwarten, dass beide Gesichter glaubwürdig sind.«

Als die Rede vorüber war, gingen Arthur und Alvin kurz zur Reling und schauten auf das Floß hinab, bevor sie dann in ihre jeweiligen Kabinen zurückkehrten. »Wie kann jemand diese Rede hören«, sagte Arthur Stuart, »und nach Hause gehen und seine Sklaven nicht freilassen?«

»Nun, zum einen«, sagte Alvin, »lasse ich *dich* nicht frei.«

»Weil du nur so tust, als wäre ich ein Sklave«, flüsterte Arthur.

»Dann könnte ich auch so tun, als ließe ich dich frei, und das wäre ein gutes Beispiel für die anderen.«

»Nein, das kannst du nicht«, sagte Arthur Stuart, »denn was würdest du dann mit mir anstellen?«

Alvin lächelte nur kurz und nickte, und Arthur Stuart kam zur Sache. »Ich habe nicht gesagt, dass es leicht werden wird. Aber wenn alle so handelten …«

»Aber alle werden es nicht tun«, sagte Alvin. »Würden sie ihre Sklaven freilassen, wären sie plötzlich arm, und wenn sie sie nicht freilassen, bleiben sie reich. Wer hat denn jetzt die ganze Macht im Sklavenland? Sie, solange sie ihre Sklaven behalten.«

»Also besteht keine Hoffnung.«

»Es muss mit einem Mal geschehen, per Gesetz, nicht nach und nach. Solange es gestattet ist, irgendwo Sklaven zu halten, werden schlechte Menschen sie besitzen und daraus Vorteile ziehen. Man muss es völlig verbieten. Das kriege ich einfach nicht in Peggys Kopf hinein. All ihre Überzeugungskraft wird am Ende zu nichts führen, weil jemand in dem Augenblick, in dem er seine Sklaven freilässt, jeglichen Einfluss unter denen verliert, die ihre Sklaven behalten haben.«

»Der Kongress kann die Sklaverei in den Kronkolonien nicht verbieten, und der König kann sie nicht in den Staaten verbieten. Ganz egal, was man tut, man wird also einen Ort haben, an dem es Sklaven gibt, und einen anderen, an dem es keine gibt.«

»Es wird Krieg geben«, sagte Alvin. »Früher oder später. Wenn die freien Staaten der Sklaverei überdrüssig sind und die Sklavenstaaten noch abhängiger von ihr werden, wird es eine Revolution auf der einen Seite der Grenze oder der anderen geben. Ich glaube nicht, dass es Freiheit geben wird, solange der König nicht gestürzt wurde und seine Kronkolonien Staaten der Union geworden sind.«

»Das wird niemals geschehen.«

»Ich glaube doch«, sagte Alvin. »Aber das Blutvergießen wird schrecklich sein. Denn die Menschen kämpfen am erbittertsten, wenn sie nicht einmal sich selbst einzugestehen wagen, dass ihre Sache ungerecht ist.« Er spuckte ins Wasser. »Geh zu Bett, Arthur Stuart.«

Aber Arthur konnte nicht schlafen. Cassius Clays Rede auf dem Flussboot hatte die Leute unter Deck aufgewühlt, und einige waren ziemlich wütend auf Clay, weil er es geschafft hatte, dass die Weißen sich schuldig fühlten. »Denk an meine Worte«, sagte ein Bursche aus Kenituck. »Wenn sie sich erst mal schuldig fühlen, können sie sich nur wieder besser fühlen, indem sie sich einreden, wir hätten es *verdient*, Sklaven zu sein, und wenn wir es verdient haben, Sklaven zu sein, müssen wir sehr schlecht sein und die ganze Zeit über bestraft werden.«

Das kam Arthur Stuart ziemlich verdreht vor, aber andererseits war er nur ein Baby gewesen, als seine Mutter ihn in die Freiheit getragen hatte, und so wusste er in einer Streiterei darüber, wie die Sklaverei wirklich war, wohl kaum, wovon er sprach.

Doch selbst als die Dinge sich schließlich beruhigten, konnte Arthur nicht schlafen, und schließlich stand er auf und kletterte die Leiter hinauf auf Deck.

Die Nacht war mondhell hier am Ostufer, an dem der Nebel nur ein tief hängender Dunst war und man hinaufschauen und Sterne sehen konnte.

Die fünfundzwanzig Mexika-Sklaven schliefen auf dem Achterdeck; einige von ihnen murmelten im Schlaf. Auch der Wachtposten schlief.

Ich wollte euch diese Nacht befreien, dachte Arthur. Aber jetzt würde es zu lange dauern. Ich wäre bis zum Morgen nie im Leben fertig.

Und dann kam ihm in den Sinn, dass dem vielleicht gar nicht so war. Vielleicht konnte er es schneller schaffen, als er glaubte.

Also setzte er sich in einen Schatten, und nach ein paar misslungenen Versuchen bekam er die Fußfessel des ihm am nächsten sitzenden Sklaven in den Sinn und spürte das Metall, wie er damals die Münze gespürt hatte. Machte es weicher, wie er seine Gürtelschnalle weicher gemacht hatte.

Die Schwierigkeit war nur, der eiserne Ring war dicker und hatte mehr Metall in sich als die Münze oder die Schnalle. Als er einen Teil aufgeweicht hatte, war ein anderer schon wieder hart geworden, und so ging es weiter. Er kam sich vor wie dieser Bursche aus einer Geschichte, die Peggy ihnen vorgelesen hatte, ein gewisser Sisyphus, der seine Zeit im Hades damit verbringen musste, einen Stein einen Berg hinauf zu rollen, doch bei jedem Schritt aufwärts rutschte er zwei Schritte zurück, und nachdem er sich den ganzen Tag lang abgemüht hatte, war er weiter vom Gipfel entfernt als am Anfang.

Und dann hätte er fast laut geflucht, wie dumm er doch gewesen war.

Er musste nicht den ganzen Ring weich machen. Was würden sie denn tun, ihn wie einen Ärmel abstreifen? Er musste ihn nur am Scharnier aufweichen, wo das Metall am dünnsten und schwächsten war.

Er versuchte es, und es wurde schön weich, als ihm etwas auffiel.

Die Scharniere waren nicht verbunden. Die eine Seite war nicht an der anderen befestigt. Der Stift war nicht da.

Er nahm eine Fußfessel nach der anderen in seinen Geist und stellte fest, dass es bei allen so war. Alle Scharnierstifte fehlten. Die Sklaven waren bereits frei.

Er stand auf, ging aus den Schatten und trat neben die Sklaven.

Sie schliefen nicht. Sie machten unauffällige Handbewegungen, um Arthur zu bedeuten, zu verschwinden und sie in Ruhe zu lassen.

Also kehrte er in die Schatten zurück.

Wie auf ein Zeichen öffneten alle Sklaven ihre Fußfesseln und legten die Ketten behutsam auf das Deck. Dabei entstand natürlich ein gewisser Lärm, aber der Wachtposten rührte sich nicht. Und auch kein anderer auf dem stillen Schiff.

Dann standen die Schwarzen auf und kletterten auf der dem Ufer abgewandten Seite über die Reling.

Sie würden ertrinken. Niemand brachte Sklaven das Schwimmen bei oder duldete, dass sie es selbst lernten. Also wählten sie den Tod.

Aber Arthur hörte nicht einmal ein Plätschern.

Als alle Sklaven vom Deck verschwunden waren, stand er auf und ging zu einem anderen Teil der Reling. Die Schwarzen hatten das Schiff tatsächlich verlassen – und befanden sich alle auf dem

Floß. Und nun luden sie behutsam Abe Lincolns Fracht in das Beiboot. Das Boot war nicht groß, aber es war auch nicht viel Fracht, und so dauerte es nicht lange.

Was für einen Unterschied machte es, dass sie Abes Eigentum nicht stahlen? Sie alle waren sowieso Diebe, da sie sich selbst stahlen, indem sie flohen. So lautete zumindest die gültige Auffassung. Als würde ein Mensch einem anderen etwas stehlen, indem er frei war.

Sie legten sich auf das Floß, alle fünfundzwanzig, bildeten einen veritablen Menschenhaufen, und indem die, die am Rand lagen, ihre Hände als Paddel benutzten, schoben sie sich in die Strömung. Sie trieben in den Nebel, dem Ufer der Roten entgegen.

Jemand legte eine Hand auf seine Schulter, und er wäre fast aus seiner Haut gefahren.

Es war natürlich Alvin.

»Man sollte uns hier nicht sehen«, sagte Alvin leise. »Gehen wir unter Deck.«

Also ging Arthur Stuart voraus zu den Sklavenquartieren, und kurz darauf unterhielten sie sich flüsternd in der Kombüse, wo es bis auf das Licht einer einzigen Laterne, die Alvin niedrig gedreht hatte, dunkel war.

»Ich hab mir gedacht, dass du so einen verdammten törichten Plan hast«, sagte Alvin.

»Und ich dachte, du würdest sie in der Sklaverei belassen, als würde es dir nichts ausmachen, aber ich hätte es besser wissen müssen«, sagte Arthur Stuart.

»Das hatte ich auch vor«, sagte Alvin. »Ich weiß nicht, ob es daran lag, dass Jim Bowie zu viel vermutet hat oder dass er mich mit diesem Messer töten wollte – denn, Arthur Stuart, er hat *nicht* rechtzeitig innegehalten. Wäre eine Klinge an diesem Messer gewesen, wäre sie tief in meine Kehle eingedrungen. Vielleicht hat mich die Todesangst denken lassen, dass ich nicht mit dem

Wissen vor Gott treten wollte, dass ich fünfundzwanzig Männer hätte befreien können, mich aber dafür entschieden habe, sie in der Sklaverei zu belassen. Andererseits liegt es vielleicht auch an Mr. Clays Predigt heute Abend. Sie hat mich gründlich bekehrt.«

»Sie hat auch Mr. Lincoln bekehrt«, sagte Arthur Stuart.

»Könnte sein«, sagte Alvin. »Obwohl er nicht wie einer aussieht, der je andere Menschen besitzen wollte.«

»Ich weiß, warum du es tun musstest«, sagte Arthur Stuart.

»Und warum?«

»Weil du wusstest, dass ich es sonst getan hätte.«

Alvin zuckte mit den Achseln. »Tja, ich habe gewusst, dass du es auf jeden Fall versuchen würdest.«

»Ich hätte es schaffen können.«

»Aber sehr langsam.«

»Es hätte hingehauen, nachdem mir klar wurde, dass ich nur die Scharniere aufweichen musste.«

»Schätze schon«, sagte Alvin. »Aber eigentlich habe ich mich für diese Nacht entschieden, weil das Floß da war. Ein Geschenk für uns, meinst du nicht auch? Wäre eine Schande gewesen, es nicht zu benutzen.«

»Und was passiert, wenn sie das Ufer der Roten erreichen?«

»Tenskwa Tawa wird sich um sie kümmern. Ich habe ihnen ein Andenken mitgegeben, dass sie dem ersten Roten zeigen sollen, dem sie begegnen. Wenn er es sieht, wird er sie sofort zum Propheten geleiten, wo auch immer er sich aufhält. Und wenn *er* es sieht, wird er ihnen sicheres Geleit gewähren. Oder sie vielleicht dort leben lassen.«

»Oder vielleicht braucht er sie, damit sie ihm helfen, gegen die Mexika zu kämpfen. Falls sie nach Norden ziehen.«

»Vielleicht.«

»Was war das für ein Andenken?«, fragte Arthur Stuart.

»Ein paar davon«, sagte Alvin und hielt einen winzigen, schimmernden Würfel hoch, der aussah wie das klarste Eis, das er jemals gesehen hatte, oder vielleicht wie Glas, aber Glas schimmerte ja nicht.

Arthur Stuart nahm es in die Hand und erkannte, was es war. »Das ist Wasser. Ein Würfel Wasser.«

»Ein *harter* Würfel Wasser. Ich habe ihn heute aus Flusswasser gemacht, als ich fast mein Blut im Fluss vergossen hätte. Auch das ist nötig, um sie zu machen. Etwas von mir selbst muss in das Wasser gehen, um es hart wie Stahl zu machen. Du kennst das Gesetz. Der Schöpfer ist derjenige …«

»Der Schöpfer ist derjenige, der ein Teil dessen ist, was er schöpft«, sagte Arthur Stuart.

»Geh jetzt schlafen«, sagte Alvin. »Wir dürfen niemanden wissen lassen, dass wir diese Nacht wach waren. Ich kann sie alle nicht ewig schlafen lassen.«

»Darf ich den behalten?«, sagte Arthur Stuart. »Ich glaube, ich sehe etwas darin.«

»Du kannst alles darin sehen, wenn du nur lange genug schaust«, sagte Alvin. »Aber nein, du darfst ihn nicht behalten. Wenn du glaubst, dass das, was ich in meinem Beutel habe, wertvoll ist, bedenke nur, was die Leute alles tun würden, um einen festen Block aus Wasser zu haben, der ihnen wahre Visionen von nahen und fernen Dingen zeigt, aus der Vergangenheit und Gegenwart.«

Arthur streckte die Hand aus und reichte Alvin den Würfel.

Doch Alvin nahm ihn nicht, sondern lächelte nur, und der Würfel wurde plötzlich flüssig und tropfte zwischen Arthur Stuarts Finger hindurch. Arthur betrachtete die Pfütze auf dem Tisch und kam sich erbärmlicher denn je zuvor vor.

»Es ist nur Flusswasser«, sagte Alvin.

»Und ein klein wenig Blut.«

»Nein«, sagte Alvin. »Das habe ich zurückgeholt.«

»Gute Nacht«, sagte Arthur Stuart. »Und … danke, dass du sie befreit hast.«

»Was hätte ich denn tun sollen, Arthur, nachdem du dein Herz daran gehängt hattest? Ich habe sie betrachtet und gedacht, jemand hat sie einst so sehr geliebt, wie deine Mutter dich geliebt hat. Sie ist gestorben, damit du frei bist. Ich musste nicht dafür sterben. Nur ein paar Unannehmlichkeiten in Kauf nehmen. Mich in Gefahr bringen, aber nicht in große.«

»Aber du hast gesehen, was ich getan habe, nicht wahr? Ich habe es weich gemacht, ohne dass es heiß wurde.«

»Das hast du gut gemacht, Arthur Stuart. Das kann ich nicht abstreiten. Du bist jetzt ein Schöpfer.«

»Kein besonders guter.«

»Wann immer es zwei Schöpfer gibt, wird der eine ein besserer sein als der andere. Aber um zu verhindern, dass der eine hochnäsig wird, sollte man sich daran erinnern, dass es immer einen dritten gibt, der besser als sie beide ist.«

»Wer ist denn besser als du?«, fragte Arthur Stuart.

»Du«, sagte Alvin. »Denn mir ist eine Unze Mitgefühl allemal mehr wert als ein Pfund Tricks. Und jetzt geh schlafen.«

Erst da spürte Arthur, dass er sehr, sehr müde war. Was auch immer ihn zuvor wach gehalten hatte, jetzt war es weg. Er schaffte es kaum noch zu seiner Koje, bevor er einschlief.

Oh, am Morgen gab es einen großen Aufruhr. Jeder verdächtigte jeden. Einige Leute dachten, es wären die Männer von dem Floß gewesen, denn warum sonst sollten die Sklaven ihre Fracht zurückgelassen haben? Bis jemand darauf hinwies, dass die Entflohenen zusammen mit der Fracht auf dem Floß nicht genug Platz gehabt hätten.

Dann fiel der Verdacht auf den Wachtposten, der geschlafen hatte, doch den meisten war klar, dass das nicht stimmte. Denn warum war er nicht mit ihnen davongelaufen, wenn er sie freigelassen hatte, statt schlafend auf dem Deck zu liegen, bis ein Besatzungsmitglied Alarm schlug, als es bemerkte, dass die Sklaven verschwunden waren?

Erst jetzt, als sie verschwunden waren, wurde klar, wer der Besitzer der Sklaven war. Alvin hatte gedacht, Mr. Travis hätte seine Hand im Spiel, doch am heftigsten bedauerte Captain Howard selbst den Verlust. Das war eine Überraschung. Doch es erklärte, warum die Männer, die nach Mexiko wollten, ausgerechnet dieses Schiff für ihre Fahrt den Fluss hinab ausgewählt hatten.

Zu Alvins Überraschung musterten sowohl Travis als auch Howard immer wieder ihn und den jungen Arthur Stuart, als vermuteten sie die Wahrheit. Ihm wurde klar, dass ihn das eigentlich nicht überraschen durfte. Wenn Bowie ihnen erzählt hatte, was auf dem Fluss mit seinem Messer passiert war, würden sie sich natürlich fragen, ob ein Mann, der solch eine Macht über Eisen hatte, auch die Scharnierstifte aus den Fußfesseln entfernt hatte.

Langsam löste die Menge sich auf. Captain Howard und Travis blieben an Deck. Und als Alvin und Arthur den Anschein erweckten, ebenfalls gehen zu wollen, kam Howard geradewegs auf sie zu. »Ich will mit Euch sprechen«, sagte er, und er klang ganz und gar nicht freundlich.

»Worüber?«, fragte Alvin.

»Über Euren Boy«, sagte Howard. »Ich habe gesehen, wie er bei der Morgenwache ihre Toilettenkübel geleert hat. Ich habe gesehen, wie er mit ihnen gesprochen hat. Und da keiner von ihnen Englisch sprach, hat mich das argwöhnisch gemacht.«

»Pero todos hablaban español«, sagte Arthur Stuart.

Travis verstand ihn offensichtlich und schaute niedergeschlagen drein. »Sie *alle* haben Spanisch gesprochen? Verlogene Stinktiere.«

Na klar, als ob Sklaven ihren Besitzern Ehrlichkeit schuldig wären.

»Das ist so gut wie ein Geständnis«, sagte Captain Howard. »Er hat gerade eingestanden, dass er ihre Sprache spricht und Dinge von ihnen erfahren hat, die nicht einmal ihr Herr wusste.«

Arthur wollte protestieren, doch Alvin legte eine Hand auf seine Schulter. »Mein Boy hier«, sagte er, »hat erst vor kurzem gelernt, Spanisch zu sprechen, und natürlich die Gelegenheit ergriffen, sich darin zu üben. Wenn Ihr keine Beweise dafür habt, dass diese Fußfesseln mithilfe eines Toiletteneimers geöffnet wurden, könnt Ihr den Jungen wohl aus der Sache herauslassen.«

»Ich nehme auch nicht an, dass er selbst die Scharniere geöffnet hat«, sagte Captain Howard. »Ich gehe davon aus, dass er für jemanden als Spion gearbeitet und den Schwarzen von dem Plan erzählt hat.«

»Ich hab niemand von keinem Plan erzählt«, sagte Arthur Stuart hitzig.

Alvin verstärkte seinen Griff. Kein Sklave würde so mit einem Weißen sprechen, und ganz bestimmt nicht mit einem Captain.

Hinter Travis und Howard erklang eine andere Stimme. »Schon in Ordnung, Junge«, sagte Bowie. »Du kannst es ihnen sagen. Wir müssen es jetzt nicht mehr geheim halten.«

Mit einem flauen Gefühl im Magen fragte Alvin sich, was für ein Feuerwerk er jetzt zünden musste, um alle so lange abzulenken, dass er und Arthur Stuart mit heiler Haut davonkamen.

Doch Bowie sagte keineswegs das, was Alvin erwartet hatte. »Ich habe den Jungen dazu gebracht, mir zu sagen, was er von ihnen erfahren hat. Sie heckten irgendein böses Ritual der Mexika aus. Sie wollten vorgeben, unsere Führer zu sein, und einem von uns eines Nachts dann das Herz herausreißen. Ein verräterischer Haufen, und so kam ich zu dem Schluss, dass wir ohne sie besser dran sind.«

»*Ihr* kamt zu dem Schluss!«, knurrte Captain Howard. »Was für ein Recht hattet *Ihr*, zu diesem Schluss zu kommen?«

»Es ging um unsere Sicherheit«, sagte Bowie. »Ihr habt mir den Befehl über die Scouts gegeben, und das sollten unsere Scouts sein. Aber es war von Anfang an eine verdammt törichte Idee. Was glaubt Ihr denn, warum die Mexika diese Jungs am Leben gelassen haben, statt ihnen die Herzen aus dem Leib zu reißen? Es war eine Falle. Von Anfang an war es eine Falle. Aber wir sind nicht darauf hereingefallen.«

»Wisst Ihr, wie viel sie gekostet haben?«, fragte Captain Howard.

»*Euch* haben sie gar nichts gekostet«, sagte Travis.

Diese Bemerkung nahm Captain Howard einen Teil seiner Empörung. »Es geht ums Prinzip! Sie einfach freizulassen …«

»Aber das habe ich doch gar nicht getan«, sagte Bowie. »Ich habe sie über den Fluss geschickt. Was glaubt Ihr, was ihnen auf dem anderen Ufer passieren wird – *falls* sie es durch den Nebel schaffen?«

Der Captain murrte noch, aber dann lachte auch er darüber, und die Sache war erledigt.

In seiner Kabine wartete Alvin, dass Bowie zurückkam. »Warum?«, fragte er.

»Ich habe Euch doch gesagt, dass ich ein Geheimnis für mich behalten kann«, sagte Bowie. »Ich habe beobachtet, wie Ihr und der Junge es getan habt, und ich muss schon sagen, es war beeindruckend, wie Ihr ihre Eisen gebrochen habt, ohne auch nur Hand an sie zu legen. So ein Talent habe ich noch nie gesehen. Oh, Ihr seid in der Tat ein Schöpfer.«

»Dann schließt Euch mir an«, sagte Alvin. »Lasst diese Männer zurück. Seht Ihr denn nicht, dass über ihren Köpfen das Verderben schwebt? Die Mexika sind keine Narren. Ihr reist mit Todgeweihten.«

»Könnte schon sein«, sagte Bowie, »aber sie brauchen, was ich kann, und Ihr braucht es nicht.«

»O doch, ich brauche es«, sagte Alvin. »Denn ich kenne nicht viele Männer in dieser Welt, die ihr Herzfeuer vor mir verbergen können. Das ist Euer Talent, nicht wahr? Völlig zu verschwinden, wenn Ihr nicht gesehen werden wollt. Denn ich habe nicht bemerkt, dass Ihr uns beobachtet habt.«

»Und doch habe ich Euch geweckt, als ich neulich nach Euerm Beutel gegriffen habe«, sagte Bowie grinsend.

»Als Ihr danach gegriffen habt?«, sagte Alvin. »Oder als Ihr ihn zurückgestellt habt?«

Bowie zuckte mit den Achseln.

»Ich danke Euch, dass Ihr uns geschützt und die Schuld auf Euch genommen habt.«

Bowie kicherte. »Das ist keine große Schuld. In Wirklichkeit war Travis es Leid, sich um die Schwarzen zu kümmern. Es hat ihm zu viel Mühe gemacht. Lediglich Howard war darauf versessen, sie uns mitzugeben, und er wird uns nicht mal begleiten, nachdem er uns an der Küste von Mexika abgesetzt hat.«

»Ich könnte Euch ausbilden. So, wie ich Arthur Stuart ausgebildet habe.«

»Das glaube ich nicht«, sagte Bowie. »Es ist schon so, wie Ihr gesagt habt. Wir sind zu verschieden.«

»Nicht so verschieden, dass Ihr Euch nicht ändern könntet, wenn Ihr es wirklich wolltet.«

Bowie schüttelte nur den Kopf.

»Nun, dann werde ich Euch auf die einzige Art und Weise danken, die nützlich für Euch ist«, sagte Alvin.

Bowie wartete. »Und?«

»Es ist schon geschehen«, sagte Alvin. »Ich habe sie gerade zurückgebracht.«

Bowie griff nach der Scheide an seinem Gürtel. Sie war nicht leer. Er zog das Messer heraus, und es hatte wieder eine Klinge. Sie hatte sich nicht im Geringsten verändert.

Man hätte glauben können, Bowie würde sein lange verschollenes Baby wiegen.

»Wie habt Ihr die Klinge wieder angebracht?«, fragte er. »Ihr habt das Messer nicht berührt.«

»Sie war die ganze Zeit da«, sagte Alvin. »Ich habe sie nur ein wenig … verteilt.«

»Damit ich sie nicht sehen konnte?«

»Und damit sie nichts schneiden konnte.«

»Aber jetzt kann sie wieder schneiden?«

»Ich glaube, Ihr werdet sterben, wenn Ihr euch mit den Mexika einlasst, Mr. Bowie. Aber ich möchte, dass Ihr ein paar Ungeheuer mitnehmt, die Menschen opfern.«

»Das werde ich tun«, versprach Bowie. »Aber ich werde nicht sterben.«

»Ich hoffe, dass ich mich irre und Ihr Recht behaltet, Mr. Bowie«, sagte Alvin.

»Und ich hoffe, dass Ihr ewig leben werdet, Alvin der Schöpfer«, sagte der Messer schwingende Mörder.

An diesem Morgen verließen Alvin und Arthur Stuart das Boot, und auch Abe Lincoln und Cuz, und alle vier reisten gemeinsam nach Nueva Barcelona weiter und tauschten dabei die ganze Zeit über unmögliche Geschichten. Aber das ist eine andere Erzählung, nicht mehr diese.

Robin Hobb

Die Zauberschiffe

DIE LEGENDE VOM WEITSEHER

Der Adept der Assassinen (2002)
Des Königs Meuchelmörder (1999)
Die Magie der Assassinen (2000)

DIE ZAUBERSCHIFFE

Der Ring der Händler (1999)
Viviaces Erwachen (2000)
Der blinde Krieger (2002)
Die Stunde des Piraten (2000)
Die vergessene Stadt (2001)
Herrscher der drei Reiche (2001)

DIE ZWEITEN CHRONIKEN VON FITZ DEM WEITSEHER

Der lohfarbene Mann (2003)
Der goldene Narr (2004)
Fool's End (2004) (noch nicht erschienen)

Robin Hobb siedelt ihre erste Trilogie in den Sechs Herzogtümern an. Es ist die Geschichte von FitzChivalry Weitseher. Allein die Kenntnis dieses unehelichen Sohnes genügt, um Prinz Chivalrys Streben nach dem Thron zu vereiteln. Er dankt ab und sein Titel fällt an seinen jüngeren Bruder Verity. Der jüngste Prinz, Regal, hegt ebenfalls ehrgeizige Pläne und würde sich des Bastards am liebsten entledigen. Aber der alte König Shrewd erkennt den Wert von FitzChivalry und lässt ihn zu einem Meuchelmörder ausbilden. Denn das Leben eines illegitimen Sprosses kann man ohne weiteres riskieren, wohingegen ein legitimer Nachfolger nicht in Gefahr gebracht werden darf. Außerdem kann man einem Bastard auch Aufgaben übertragen, die möglicherweise den Namen eines Thronfolgers beschmutzen würden.

So wird FitzChivalry in den geheimen Künsten eines königlichen Meuchelmörders ausgebildet. Er zeigt dabei eine Vorliebe für das Wit, ein magisches Tier, das in den Sechs Herzogtümern nicht gerade viel Ansehen genießt. Man toleriert jedoch dieses heimliche Laster des jungen Assassinen, denn die Freundschaft mit einem solchen Tier könnte sich für seinen Beruf als recht nützlich erweisen. Als sich herausstellt, dass er möglicherweise die erbliche Magie der Weitseher besitzt, die Gabe, wird er sowohl zur Waffe des Königs als auch zu einem ernsten Hindernis für Prinz Regals Ambitionen. Als sich die Rivalität um den Thron verschärft und die Outislanders und ihre Rote-Schiffe-Piraten die Sechs Herzogtümer mit Krieg überziehen, entdeckt FitzChivalry, dass das Schicksal des Königreichs unter Umständen vom Verhalten eines jungen Bastards und des Hofnarren des Königs abhängen kann. Mit wenig mehr gewappnet als seiner Loyalität und der noch unausgebildeten Gabe der alten Magie, folgt FitzChivalry den verblassenden Spuren von König Verity – der einst das Bergkönigreich durchquerte und in das Reich der sagenhaften Altvorderen reiste in der Hoffnung, eine alte Allianz wiederzubeleben.

Die Schauplätze des Zyklus *Die Zauberschiffe* sind Jamaillia, Bingtown und die Pirateninseln, an der Küste weit südlich von den Sechs Herzogtümern. Der Krieg im Norden legt den Handel lahm, die Lebensgrundlage von Bingtown, und die Zauberschiffhändler erleben schwere Zeiten, trotz ihrer mit Vernunft begabten magischen Schiffe. Früher einmal garantierte allein schon der Besitz eines der Zauberschiffe, die aus magischem Hexenholz gebaut werden, den Wohlstand einer Händlerfamilie. Nur ein Zauberschiff kann den Tücken des Regenwildflusses trotzen und so den Handel mit den legendären Regenwildhändlern gewährleisten. Diese Regenwildhändler gewinnen ihre geheimnisvollen magischen Güter aus den versunkenen und rätselhaften Ruinen der Altvorderen. Althea Vestrit erwartet, dass ihre Familie sich an die Tradition hält und ihr das Zauberschiff der Familie vererbt, dessen Intelligenz beim Tode ihres Vaters erwacht. Statt dessen geht die *Viviace* an ihre Schwester Keffria und deren hinterhältigen Gatten Kyle. Das stolze Zauberschiff wird von ihm als Frachtschiff für den verachteten, aber sehr lukrativen Sklavenhandel missbraucht.

Althea wird vertrieben und ist auf sich allein gestellt. Sie beschließt, ihren eigenen Weg zu gehen, dabei aber das Zauberschiff ihrer Familie zurückzugewinnen. Ihr ehemaliger Schiffskamerad Brashen Trell, die geheimnisvolle Holzschnitzerin Amber und die *Paragon*, ein berüchtigtes, wahnsinniges Zauberschiff, sind die einzigen Verbündeten, auf die sie sich bei ihren Abenteuern verlassen kann. Piraten, ein Sklavenaufstand, wandernde Seeschlangen und eine frisch geschlüpfte Drachenkönigin sind nur einige der Hindernisse, die sie bewältigen muss, bis sie erkennt, dass Zauberschiffe mehr sind als sie scheinen, und möglicherweise eigene Träume haben, denen sie folgen.

Die Trilogie *Die Zweiten Chroniken von Fitz dem Weitseher* ist noch nicht ganz abgeschlossen. In ihr nimmt Robin Hobb die Geschichte von Fitz und dem Narren wieder auf. Etwa fünfzehn Jahre sind seit dem Rote-Schiffe-Krieg verstrichen. Königin Kettricken ist entschlossen, den Thron für ihren Sohn Dutiful zu sichern, indem sie eine Ehe zwischen dem Prinzen und Elliana, der Tochter ihrer alten Feinde in den Outislands, arrangiert. Aber in den Sechs Herzogtümern flammen Unruhen auf. Die Witted sind der ständigen Verfolgungen müde und versuchen, die Herrschaft der Weitseher zu stürzen, in dem sie einen uralten Fluch wieder erwecken, der das Blut des jungen Prinzen Dutiful vergiftet. Und die Narcheska Elliana fordert für ihre Hand einen hohen Preis: Dutiful muss ihr den Kopf von Icefyre bringen, dem legendären Drachen von Aslevjal Island. Im Süden führen derweil die

Bingtownhändler ihren Krieg gegen die Chalcedianer weiter und versuchen die Sechs Herzogtümer für die Vernichtung dieses Feindes zu gewinnen. Bingtowns temperamentvolle Verbündete, die Drachenkönigin Tintaglia, hat ihre eigenen Gründe, ihnen dabei zu helfen; Pläne nämlich, die nicht nur zur Wiederbelebung der Drachenrasse führen sollen, sondern auch zur Rückkehr der Altvorderen an die Verwunschene Küste.

Die folgende Erzählung von Robin Hobb geht chronologisch dem sechsbändigen Zyklus *Die Zauberschiffe* voran.

Robin Hobb

Heimkehr

Tag sieben des Fischmondes
Im vierzehnten Jahr der Regentschaft des Hochherrschaftlichen und Erhabenen Satrapen Esclepius

Am heutigen Tag wurden mir ohne Erklärung und gegen jedes Recht fünf Kisten und drei Truhen weggenommen. Dies geschah während der Beladung des Schiffes *Venture*, welches vom Satrapen Esclepius in der edlen Absicht ausgerüstet wurde, die Verwunschenen Ufer zu kolonialisieren. Der Inhalt der Kisten ist Folgender: Ein makelloser Block aus weißem Marmor, groß genug, um daraus eine Büste zu gewinnen, zwei Blöcke aarthianische Jade, ebenfalls ausreichend für Büsten, ein schöner Speckstein, in Größe und Breite einem erwachsenen Mann entsprechend, sieben große Kupferbarren von besonderer Güte, drei Silberbarren von ausreichender Güte, und drei Fässer mit Wachs. Eine Kiste enthält Waagen sowie Werkzeuge für die Bearbeitung des Metalls und der Steine, außerdem Messinstrumente. In den Truhen befinden sich zwei seidene Gewänder, eines blau, das andere rosa, die von der Schneiderin Wista geschaffen wurden und ihren Stempel tragen. Dazu ein Ballen grünes gewalktes Tuch, der für ein Gewand genügt. Weiterhin zwei Stolen, eine aus weißer Wolle, die andere aus blauem Leinen, verschiedene Hosen aus Sommer- und Wintertuch. Außerdem drei Paar Schuhe, eines davon aus Seide und mit Rosenknospen besetzt. Sieben Unterröcke, drei aus Seide, einer aus Leinen und drei aus Wolle. Ein Mieder, aus zartem Fischgrät und Seide. Drei Bände Poesie, geschrieben von mir persönlich. Eine Miniatur von Soiji, die mich darstellt, Lady Carillion Carrock, geborene Waljin, und die von meiner Mutter, Lady Arston Waljin anlässlich meines vierzehnten Geburtstages in Auftrag gegeben wurde. Außerdem befindet sich Kleidung und Bettzeug für ein Baby darin, weiter Ausstattung für ein vierjähriges Mädchen und zwei Jungen, sechs und zehn Jahre alt. Einschließlich der Winter- und Sommerkleidung für formelle Anlässe.

Ich notiere diese Beschlagnahmung, damit die Diebe bei meiner Rückkehr nach Jamailliastadt ihrer gerechten Strafe zugeführt werden können. Der Diebstahl ereignete sich folgendermaßen: Als unser Schiff für unsere Abreise beladen wurde, hielt man große Teile der Ladung, die den verschiedenen Adligen an Bord gehörte, auf dem Pier zurück. Kapitän Triops klärte uns darüber auf, dass unsere Habe bis auf weiteres in der Obhut des Satrapen bleiben würde. Ich traue diesem Mann nicht, denn er begegnet weder mir noch meinem Ehegatten mit der gebotenen Ehrerbietung. Aus diesem Grund schreibe ich dies nieder. Wenn ich im nächsten Frühjahr nach Jamailliastadt zurückkehre, wird mein Vater, Lord Crion Waljin, meine Beschwerde vor den Gerichtshof des Satrapen bringen, da mein Gatte keinerlei Neigung zeigt, es selbst zu tun. All dies bin ich bereit zu beeiden.

Lady Carillion Waljin Carrock

Tag zehn des Fischmondes
Im vierzehnten Jahr der Regentschaft des Hochherrschaftlichen und Erhabenen Satrapen Esclepius

Die Zustände auf dem Schiff sind unerträglich. Erneut greife ich zur Feder, um die herrschende Brutalität und Ungerechtigkeit aufzuzeichnen, damit die dafür Verantwortlichen später angemessen bestraft werden. Obwohl ich aus dem Hause Waljin stamme und mich somit vornehmer Herkunft erfreue und darüber hinaus mein fürstlicher Ehemann nicht nur edelster Abstammung ist, sondern Träger des Titels Lord Carrock, mutet man uns Quartiere zu, die um keinen Deut besser sind als die Verschläge, in denen man gewöhnliche Emigranten und Spekulanten unterbringt. Ein stinkender Verhau im Frachtraum des Schiffes. Nur die niedersten Kriminellen, die in den untersten Laderäumen in Ketten liegen, leiden noch mehr als wir.

Die Bohlen des Bodens sind zersplittert, und als Wände dienen die rohen Planken des Schiffsrumpfs. Es spricht einiges dafür, dass die vorigen Bewohner dieses Lochs Ratten waren. Wir werden wie Vieh behandelt. Es gibt kein separates Quartier für meine Zofe, also muss ich erdulden, dass sie fast an unserer Seite schläft! Um meine Kinder vor den gewöhnlichen Bälgern der anderen Emigranten zu bewahren, habe ich drei Damastbehänge geopfert und damit einen geschützten Raum abgetrennt. Die anderen Passagiere begegnen mir ohne jede Achtung, und ich hege den begründeten Verdacht, dass sie heimlich unsere Essensvorräte plündern. Wenn sie mich verhöhnen, verlangt mein Ehemann von mir, sie einfach zu übersehen. Das hat natürlich verheerende Auswirkungen auf das Verhalten meiner Dienerin. Heute morgen hat meine Zofe, die mir in unserem so drastisch verkleinerten Haushalt auch als Kindermädchen dient, beinah grob mit dem jungen Petrus geredet. Sie hat ihn aufgefordert, ruhig zu sein und seine ständigen Fragen zu unterlassen. Als ich sie deshalb tadelte, wagte sie es doch tatsächlich, die Brauen zu heben und mich herausfordernd anzusehen.

Mein Besuch an Deck war ebenfalls reine Zeitverschwendung. Da oben herrscht ein Durcheinander aus Tauen, Segeln und ungehobelten Männern, und es wurde anscheinend keinerlei Vorsorge getroffen, dass die mitreisenden Ladies und ihre Kinder ungestört frische Luft schöpfen können. Das Meer selbst war langweilig. Man konnte nur in der Ferne irgendwelche Inseln sehen, die darüber hinaus auch noch zum größten Teil unter Nebelbänken verborgen lagen. Ich finde hier nichts, was mich aufheitern könnte, während dieses widerliche Schiff mich immer weiter von den hohen weißen Türmen Jamailliastadts, der Sa geweihten, hinwegträgt.

Ich habe keine Freunde an Bord des Schiffes, die mich amüsieren oder in meiner Schwermut trösten könnten. Lady Duparge hat mir zwar einmal ihre Aufwartung gemacht, aber aufgrund des deutlichen Unterschieds unserer gesellschaftlichen Stellung gestaltet sich eine Konversation recht schwierig. Lord Duparge verfügt über kaum mehr als seinen Titel, zwei Schiffe und einen Besitz, der an das Gerfenmoor grenzt. Die Ladies Critton und Anxory scheinen sich mit ihrer jeweiligen Gesellschaft zu begnügen und haben sich noch gar nicht bei mir vorgestellt. Sie sind zwar beide zu jung, als dass sie bereits wesentliche Bildungsgüter zu teilen hätten, aber ihre Mütter hätten sie besser erziehen sollen, was ihre gesellschaftlichen Verpflichtungen gegen Höhergestellte betrifft. Die beiden hätten nach unserer Rückkehr nach Jamailliastadt aus meiner Freundschaft durchaus Nutzen ziehen können. Dass sie belieben, sich nicht um meine Gunst zu bemühen, spricht wahrlich nicht für ihre Geistesgaben. Vermutlich würden sie mich freilich ohnehin langweilen.

Ich leide elendiglich in dieser abstoßenden Umgebung. Warum mein Ehemann sich entschieden hat, Zeit und Geld in dieses Unternehmen zu investieren, vermag ich nicht nachzuvollziehen. Sicherlich wären Männer mit einer abenteuerlustigeren Natur unserem gefeierten Satrapen bei diesem Unterfangen weit dienlicher. Außerdem ist mir rätselhaft, wieso unsere Kinder und ich meinen Gatten unbedingt begleiten mussten. Vor allem auch in Anbetracht meiner gesegneten Umstände. Ich glaube nicht, dass mein Ehemann auch nur einen Gedanken an die Anstrengungen verschwendet hat, die eine solche Reise einer Frau zumutet, die ein Kind unter dem Herzen trägt. Wie immer hat er es auch diesmal nicht für nötig befunden, seine Entscheidungen mit mir zu besprechen. Ebenso wenig, wie ich ihn etwa bei meinen künstlerischen Betätigungen um Rat fragen würde. Dennoch: Mein Ehrgeiz muss einmal mehr leiden, damit er den seinen befriedigen kann! Meine lange Abwesenheit wird nämlich die Vollendung meines Kunstwerkes ›Schwebende Klänge aus Stein und Metall‹ empfindlich hinauszögern. Der Bruder des Satrapen wird untröstlich sein, weil mit meiner Installation sein dreißigster Geburtstag hätte gefeiert werden sollen.

Tag fünfzehn des Fischmondes
Im vierzehnten Jahr der Regentschaft des Hochherrschaftlichen und Erhabenen Satrapen Esclepius

Ich war ja so dumm. Nein. Ich wurde getäuscht. Es ist keine Dummheit, jemandem zu vertrauen, bei dem man mit jedem Recht Vertrauenswürdigkeit erwarten darf. Als mein Vater meine Hand sowie mein Schicksal Lord Jathan Carrock anvertraute, glaubte er, seine Tochter an einen Mann von großem Reichtum und tadellosem Ruf zu verheiraten. Mein Vater pries Sas Namen, dass meine künstlerischen Erfolge einen Freier von derart erhabenem Rang angezogen hatten. Als ich das Schicksal beweinte, das mich an einen um so vieles älteren Mann band, riet mir meine Mutter, mich einfach damit abzufinden, meine Kunst weiterzuverfolgen und meinen Ruf als Künstlerin unter dem Schutze seines Einflusses zu festigen. Ich achtete ihre Weisheit. In diesen vergangenen zehn Jahren, in denen meine Jugend und meine Schönheit im Schatten meines Gatten verblassten, gebar ich ihm drei Kinder und trage nun unter meinem Herzen den aufblühenden Keim eines weiteren Sprosses. Ich war Zierde und Segen für ihn, und dennoch hat er mich so schnöde hintergangen. Wenn ich an all die Stunden denke, die ich aufgewendet habe, seinen Haushalt zu führen, Stunden, die ich meiner Kunst hätte widmen können, dann brodelt es in meinem Blut vor Bitterkeit.

Heute habe ich ihn zunächst angefleht und schließlich, getrieben von der Pflicht meinen Kindern gegenüber, regelrecht von ihm verlangt, dass er den Kapitän dazu zwänge, uns bessere Quartiere zu geben. Daraufhin hat er unsere drei Kinder mit der Zofe auf das Deck geschickt. Unter vier Augen hat er mir gestanden, dass wir keineswegs freiwillig in dieses Kolonialsierungsvorhaben des Satrapen investiert hätten. Stattdessen wären wir Exilanten, denen man die Gnade gewährt hätte, der Entehrung zu entfliehen. Wir hätten alles zurückgelassen, Besitzungen, unser Heim, alle wertvolle Habe, Pferde, Vieh … Das alles sei nun an den Satrapen gefallen, ebenso wie diese Kisten und Truhen, die man uns bei der Einschiffung abgenommen hat. Mein vornehmer und ehrenwerter Gatte entpuppte sich als nichtswürdiger Verräter an unserem freundlichen und geliebten Satrapen und Verschwörer gegen den von Sa gesegneten Thron.

Selbst dieses Eingeständnis musste ich ihm Stück für Stück abringen. Er hatte immer gesagt, ich solle mich nicht um Politik kümmern, weil dies allein seine Aufgabe wäre. Er meinte, eine Frau sollte es ihrem Ehemann überlassen, ihr Leben zu regeln. Er versichert, dass er längst wieder zu einem Vermögen gekommen sein würde, wenn im nächsten Frühjahr die Schiffe kämen, die unsere Siedlung mit Nachschub versorgten. Dann könnten wir an den Hof Jamailliastadts zurückkehren. Ich jedoch stellte unablässig weiter meine albernen weiblichen Fragen. Ob etwa all unsere Besitzungen beschlagnahmt seien, wollte ich wissen. Wirklich alle? Er erwiderte, nur so habe er den Namen Carrock schützen können. Er ermögliche damit seinen Eltern und dem jüngeren Bruder, ehrenvoll weiterzuleben, ohne von dem Skandal beschmutzt zu werden. Seinem Bruder bliebe dazu noch ein kleineres Besitztum als Erbe. Am Hof des Satrapen würde man davon ausgehen, dass Lord Jathan Carrock sich entschieden habe, sein ganzes Vermögen in dieses kühne koloniale Unternehmen einzubringen. Nur das engste Umfeld des Herrschers wusste, dass dieser Carrock in Ungnade gefallen und sein Besitz konfisziert worden war. Sogar für dieses geringe Entgegenkommen hatte Jathan viele Stunden lang auf den Knien gebettelt und sich erniedrigt und den Satrapen um Gnade angefleht.

Mein Gatte zeichnete die Szene recht ausführlich, als versuchte er, mich damit zu beeindrucken. Aber seine Knie kümmerten mich nicht. »Was ist mit Distelhain?«, fragte ich ihn. »Was ist mit meinem Landgut am Fjord und dem Ertrag, den seine Bewirtschaftung abwirft?« Ich hatte dieses Gut als Mitgift in die Ehe eingebracht. War es auch nur ein bescheidener Besitz, so hatte ich doch vor, dieses Gut Narissas Aussteuer hinzuzufügen, wenn sie sich verheiratete.

»Dahin«, erwiderte er. »Alles dahin.«

»Aber warum denn?«, verlangte ich zu wissen. »Ich habe mich schließlich nicht gegen den Satrapen verschworen. Warum werde auch ich bestraft?«

Verärgert wies mich mein Gatte zurecht, dass ich als seine Frau selbstverständlich sein Schicksal zu teilen habe. Ich konnte die Gründe hierfür nicht einsehen, und er vermochte sie nicht zu erklären. Er beendete das Gespräch schließlich mit den Worten, dass eine so dumme Frau wie ich solche Dinge niemals verstehen würde. Er wies mich an, meinen Mund zu halten und nicht herumzuplappern und so meine Ignoranz zu enthüllen. Als ich einwand, dass ich keine Närrin sei, sondern eine bekannte Künstlerin, teilte er mir kalt mit, jetzt wäre ich die Gattin eines Kolonialisten und solle mir meine künstlerischen Ambitionen aus dem Kopf schlagen.

Ich biss mir fast die Zunge blutig, um ihn nicht vor Zorn anzuschreien. Aber tief in meinem Inneren wütet mein Herz ob dieser Ungerechtigkeit. Distelhain … Dort waren meine kleinen Schwestern und ich durchs Wasser gewatet, hatten Lilien gepflückt und so getan, als wären wir Gottheiten und die Blumen unsere weißen und goldenen Zepter … Alles vertan und verloren, und das nur wegen Jathan Carrocks verräterischer Machenschaften.

Freilich waren auch mir Gerüchte über eine aufgedeckte Verschwörung gegen den Satrapen zu Ohren gekommen. Ich schenkte ihnen jedoch keine Beachtung. Mich, so dachte ich, betrifft das ja nicht. Und ich hätte gewiss das Exil für eine milde und gerechte Strafe gehalten, zappelten nicht meine unschuldigen Kinder und ich in demselben Netz wie die Verschwörer. Den Worten meines Gatten zufolge wurde diese ganze Expedition aus der konfiszierten Habe der Verräter finanziert. Sämtliche entehrten Adligen hatte man gezwungen, einer Companie beizutreten, die zum größten Teil aus Spekulanten und Abenteurern bestand. Schlimmer noch, die aus dem Land verbannten Verbrecher im Frachtraum, Diebe und Huren und Schläger, erhalten nach unserer Ankunft ihre Freiheit zurück und dürfen sich zu uns gesellen. Das wird die Gemeinschaft sein, in der meine empfindsamen Kinder aufwachsen.

Unser gepriesener Satrap hat uns jedoch die Möglichkeit eingeräumt, uns zu rehabilitieren. Unser Herrlicher und Höchst Gnädiger Satrap hat jedem Mann dieser Companie zweihundert Leffer Land gewährt. Er kann seinen Besitz irgendwo an den Verwunschenen Ufern oder an den Ufern des Regenwildflusses beanspruchen, der die Grenze Jamaillias zum barbarischen Chalced bildet. Der Satrap hat uns angewiesen, unsere erste Siedlung am Regenwildfluss zu gründen. Für diese Lage hat er sich aufgrund der alten Legenden über die Könige der Altvorderen und ihrer Kurtisanen-Herrscherinnen entschlossen. Vor langer Zeit, so erzählen die Legenden, säumten ihre fabelhaften Städte den Fluss. Sie bestäubten ihre Haut mit gemahlenem Gold und trugen Juwelen über den Augen. Jedenfalls berichtet das die Überlieferung. Jathan behauptete, es wäre gerade eine alte Schriftrolle übersetzt worden, in denen die genaue Lage ihrer Siedlungen festgehalten worden war. Ich betrachte dies jedoch mit Skepsis.

Als Gegenleistung für das Angebot, aus eigener Kraft ein neues Vermögen zu erwerben und unseren Ruf wiederherzustellen, erwartet Unser Glorreicher Satrap Esclepius nur, dass wir ihm die Hälfte von allem abtreten, was wir hier finden oder herstellen. Dafür hält der Satrap seine schützende Hand über uns, lässt für unser Wohlergehen tüchtig beten und wird natürlich zweimal jährlich seine Steuerschiffe zu unserer kleinen Siedlung entsenden, nur damit sie sich davon überzeugen, dass es uns wohl ergeht und wir aufblühen. Das garantiert unserer Companie eine Bulle, welche der Satrap mit eigener Hand unterzeichnet hat.

Die Lords Anxory, Critton und Duparge teilen unser Schicksal, aber als geringere Lords sind sie natürlich ungleich weniger tief gefallen. Auf den beiden anderen Schiffen unserer kleinen Flotte befinden sich noch weitere Adlige, die ich jedoch allesamt nicht besonders gut kenne. Wohl bin ich hocherfreut darüber, dass keiner unserer teuren Freunde unser Schicksal teilen muss, dennoch beklage ich, allein ins Exil zu gehen. Auf Trost durch meinen Ehemann zähle ich nicht, da er dieses Ungemach überhaupt erst über uns gebracht hat. Bei Hofe bleibt nur wenig ein Geheimnis. Vielleicht hat sich ja aus diesem Grund keiner meiner Freunde zum Hafen gewagt, um mir Lebewohl zu sagen.

Meine Mutter und meine Schwestern konnten nur wenig Zeit erübrigen, mir beim Packen zu helfen und sich zu verabschieden. Sie weinten freilich, als sie mich im Haus meines Vaters umarmten. Doch nicht einmal sie haben mich zu diesem schmutzigen Pier begleitet, wo die Fähre in die Verbannung meiner harrte. Warum, bei Sa, haben sie mir nicht die Wahrheit über das Schicksal eröffnet, das mich erwartet?

Bei diesem Gedanken überkam mich Hysterie. Ich zitterte und weinte und schrie sogar gelegentlich, ohne es verhindern zu können. Selbst jetzt noch beben meine Finger so stark, dass kaum mehr leserliche Buchstaben über die Seiten taumeln. Alles habe ich verloren, mein Heim, meine liebenden Eltern, und, was mich am meisten niederschmettert, meine Kunst, die Freude meines Lebens. All die begonnenen Werke, die ich zurücklassen musste, werden nunmehr niemals vollendet werden, was mich mehr schmerzt als ein tot geborenes Kind. Ich lebe nur noch für den Tag, an dem ich in das prächtige Jamailliastadt zurücksegeln darf. Und während ich dies jetzt schreibe, sehne ich mich danach, als Witwe zu segeln, Sa möge mir gnädig sein. Ich werde Jathan Carrock niemals vergeben. Mir wird schon übel bei dem Gedanken, dass meine Kinder den Namen dieses Verräters tragen müssen.

Tag vierundzwanzig des Fischmondes
Im vierzehnten Jahr der Regentschaft des Hochherrschaftlichen und Erhabenen Satrapen Esclepius

Dunkelheit erfüllt meine Seele. Die Reise in die Verbannung dauert schon eine Ewigkeit. Der Mann, den ich Gatte nennen muss, befiehlt mir, unseren Haushalt gewissenhafter zu führen. Dabei kann ich mich kaum aufraffen, die Feder zu ergreifen. Die Kinder weinen, streiten und klagen unaufhörlich. Und meine Zofe unternimmt keinerlei Anstalten, sie zu unterhalten. Ihre Verachtung mir gegenüber wächst täglich. Ich würde ihr die verächtliche Miene aus dem Gesicht schlagen, besäße ich noch die Kraft dazu. Trotz meiner Schwangerschaft lässt sie es zu, dass die Kinder an mir zerren und unentwegt meine Aufmerksamkeit fordern. Dabei weiß doch jeder, wie sehr eine Frau in meinem Zustand der Schonung und Harmonie bedarf. Als ich gestern Nachmittag eine Weile ruhen wollte, ließ sie die Kinder neben mir schlafen, während sie sich an Bord mit einem gemeinen Seemann vergnügte. Narissas Weinen riss mich aus dem Schlummer, und ich musste aufstehen und für sie singen, bis sie sich beruhigte. Sie klagte über Magenschmerzen und Sodbrennen. Kaum war sie wieder eingeschlafen, als Petrus und Carlmin aufwachten und irgendeinen kindischen Jungenstreit anzettelten, der mir ganz und gar den Mut nahm. Ich war vollkommen erschöpft und am Rande einer Nervenkrise, als meine Zofe endlich zurückkehrte. Als ich sie schalt, dass sie ihre Pflichten vernachlässige, erwiderte sie frech, dass ihre eigene Mutter neun Kinder großgezogen habe, und das ohne Hilfe von Bediensteten. Als ob eine solch gewöhnliche Schinderei erstrebenswert für mich wäre! Gäbe es jemand anders, der ihre Pflichten übernehmen könnte, würde ich sie auf der Stelle entlassen.

Und wo hält sich Lord Carrock derweil auf? Natürlich an Deck, wo er mit eben den Adligen palavert, die ihn ins Unglück gestürzt haben.

Das Essen wird immer schlechter, und das Wasser schmeckt faulig. Aber unser feiger Kapitän will kein Land anlaufen, um die Vorräte aufzufrischen. Meine Zofe hat mir berichtet, sie wüsste von ihrem Seemann, dass die Verwunschenen Ufer ihren Namen zu Recht trügen. Jedem, der dort landete, würde ebenso Schlimmes widerfahren wie all denen, die einst dort gelebt hätten. Kann denn selbst jemand wie Kapitän Triops einen solchen abergläubischen Unsinn für bare Münze nehmen?

Tag siebenundzwanzig des Fischmondes
Im vierzehnten Jahr der Regentschaft des Hochherrschaftlichen und Erhabenen Satrapen Esclepius

Wir werden von einem Sturm heimgesucht. Das Schiff stinkt nach dem Erbrochenen der elenden Kreaturen in seinen Eingeweiden. Das ständige Rollen des Schiffes rührt das faulige Wasser in seiner Bilge auf, so dass wir den stechenden Gestank einatmen müssen. Der Kapitän lässt uns nicht an Deck. Die Luft hier unten ist feucht und stickig, und von den Sparren tropft Wasser auf uns herab. Ich bin gewisslich längst tot und zur Strafe in irgendein abscheuliches Jenseits verbannt worden.

Trotz der allgegenwärtigen Nässe gibt es kaum genug zu trinken und auch kein Wasser zum Waschen. Kleidung und Bettzeug, die von Erbrochenem beschmutzt wurden, müssen mit Seewasser gesäubert werden. Dadurch bleibt der Stoff steif und bekommt hässliche Salzränder. Meiner kleinen Narissa geht es von allen Kindern an Bord am schlechtesten. Sie erbricht zwar nicht mehr, aber sie hat sich heute kaum auf ihrem Strohsack gerührt, das arme kleine Geschöpf. Bitte, Sa, lass dieses schreckliche Rollen und Schwanken bald enden!

Tag neunundzwanzig des Fischmondes
Im vierzehnten Jahr der Regentschaft des Hochherrschaftlichen und Erhabenen Satrapen Esclepius

Mein Kind ist tot. Narissa, meine einzige Tochter, ist verschieden. Sa, erbarme dich mein und suche mit deinem Gericht den verräterischen Lord Jathan Carrock heim. Seine bösen Taten haben all mein Leid verursacht! Mein kleines Mädchen wurde in eine grobe Leinwand geschlagen und mitsamt zwei anderen Toten ins Meer geworfen. Die Seeleute haben nicht einmal in ihrer Arbeit innegehalten, um den Dahingerafften die letzte Ehre zu erweisen. Ich glaube, ich verlor in diesem Moment ein bisschen die Beherrschung. Lord Carrock hat mich gepackt und festgehalten, als ich versuchte, Narissa in die Fluten zu folgen. Ich habe mich gegen seinen Griff gewehrt, aber er war zu stark. Ich bleibe in diesem Leben gefangen, das zu ertragen sein Verrat mich verdammt hat.

Tag sieben des Pflugmondes
Im vierzehnten Jahr der Regentschaft des Hochherrschaftlichen und Erhabenen Satrapen Esclepius

Mein Kind ist immer noch tot. – Was für eine Narretei, so etwas niederzuschreiben, und dennoch erscheint mir ihr Tod so unglaublich. Narissa, Narissa! Du kannst doch nicht für immer gegangen sein. Sicher ist das hier ein monströser Traum, aus dem ich nur rasch aufzuwachen brauche!

Als ich weinend dasaß, hat mir mein Gatte heute dieses Buch hingeworfen. »Schreib ein Gedicht, wenn dich das trösten kann. Oder vergrabe dich in deiner Kunst, bis du dich wieder besser fühlst. Tu, was du willst, aber hör endlich auf zu weinen!« Das waren seine Worte. Als ob er einem brüllenden Kind eine Süßigkeit anbietet. Als ob die Kunst einen vom Leben trennen würde, wo sie uns doch im Gegenteil Hals über Kopf hineinstößt! Jathan verachtet mich für meinen Gram und behauptet, mein hemmungsloses Trauern würde unsere Söhne verängstigen und das Kleine in meinem Leib gefährden. Als ob ihn das wirklich berührte! Hätte er sich um uns gesorgt, wie es einem Ehemann und Vater ansteht, hätte er sich nicht gegen den Satrapen verschworen und uns zu diesem Schicksal verdammt!

Aber um seinen Groll zu besänftigen, werde ich mich hinsetzen und eine Weile schreiben, wie eine gute Ehefrau.

Ein ganzes Dutzend der Passagiere und zwei Matrosen sind am Ausfluss gestorben. Von den einhundertsechzehn Menschen, welche zu dieser Reise aufbrachen, sind jetzt noch zweiundneunzig am Leben. Das Wetter hat sich beruhigt, aber das warme Sonnenlicht an Deck spottet nur meiner Trauer. Ein Dunstschleier liegt über dem Meer, und im Westen rauchen die weit entfernten Berge.

Tag achtzehn des Pflugmondes
Im vierzehnten Jahr der Regentschaft des Hochherrschaftlichen und Erhabenen Satrapen Esclepius

Ich habe nicht den Mut zu schreiben, aber es gibt nichts, womit ich meinen müden Geist sonst ablenken könnte. Ich, die einst die geistreichste Prosa und glühende Gedichte schuf, mühe mich jetzt bei jedem Wort, das ich zu Papier bringe.

Vor einigen Tagen erreichten wir die Mündung des Flusses. Ich habe das Datum nicht festgehalten, so tief war mein Gram. Die Männer jubelten freilich, als wir die Mündung sahen. Einige sprachen von Gold, andere von legendären Städten, die man plündern könne. Wieder andere fantasierten von jungfräulichen Wäldern und weitem Ackerland, das uns bereits erwarte. Ich war der Meinung, dies verhieße wenigstens das Ende unserer Reise, doch sie dauert immer noch an.

Zuerst half uns die Flut noch bei unserer Fahrt flussaufwärts. Jetzt jedoch muss die Mannschaft für jede Schiffslänge, die wir vorankommen, rudern. Die Gefangenen wurden von ihren Ketten befreit und als Ruderer in winzigen Booten eingesetzt. Sie rudern ein Stück flussaufwärts, setzen Anker und ziehen uns dann gegen die Strömung weiter. Nachts ankern wir und lauschen dem Rauschen des Wassers und den Lauten unsichtbarer Geschöpfe des Dschungels, der sich bis zum Ufer erstreckt. Täglich wird die Szenerie fantastischer und bedrohlicher. Die Bäume am Ufer sind doppelt so hoch wie der Mast unseres Schiffes, und diejenigen dahinter sind noch viel höher. Wenn der Fluss sich verengt, werfen sie ihre tiefen Schatten über uns. Man sieht kaum mehr als einen nahezu undurchdringlichen Wall aus Vegetation. Unsere Suche nach einem freundlichen Gestade scheint verrückt zu sein. Ich kann keine Anzeichen davon erkennen, dass hier jemals Menschen gelebt haben. Die einzigen Kreaturen scheinen bunte Vögel und große Echsen zu sein, die sich auf den dicken

Baumwurzeln am Ufer sonnen. Und in den Wipfeln der Bäume kreischt und raschelt es unablässig. Es gibt weder saftigen Weiden noch feste Strände, nur mooriges Ufer und wuchernde Vegetation. Andere, riesige Baumwurzeln erheben sich wie Stelzen aus dem Wasser, und von ihnen baumeln wie Schmuckgehänge Lianen, die bis in das kreidige Wasser zurückreichen. An einigen dieser Kletterpflanzen wachsen Blüten, die sogar in der Nacht weiß leuchten. Sie hängen fleischig und prall herunter, und der Wind trägt ihren süßen Aasgeruch zu uns herüber. Stechende Insekten quälen uns, und die Ruderer leiden unter schmerzhaftem Ausschlag. Das Flusswasser ist nicht genießbar. Schlimmer noch, es zerstört Fleisch und selbst Holz. Es weicht die Ruder auf und ruft Geschwüre auf der Haut hervor. Lässt man es eine Weile in Gefäßen stehen, kann man die oberste Schicht irgendwann trinken. Doch der Bodensatz frisst rasch Löcher in die Eimer. Und wer von diesem Wasser trinkt, klagt bald über Kopfschmerzen und wilde Träume. Einer der Verbrecher faselte etwas von »entzückenden Schlangen« und stürzte sich anschließend über Bord. Zwei Matrosen wurden wegen ihrer sinnlosen Plapperei sogar in Eisen gelegt.

Ein Ende dieser schrecklichen Reise ist nicht abzusehen. Unsere beiden Begleitschiffe haben wir längst aus den Augen verloren. Kapitän Triops sollte uns sicher an einer Stelle absetzen, die für eine Siedlung und Ackerbau geeignet erscheint. Die Hoffnung der Companie auf freie, sonnige Weiden und sanfte Hügel sinkt jedoch mit jedem Tag, der verstreicht. Der Kapitän meint, dass dieses Flusswasser schlecht für den Rumpf seines Schiffes wäre. Er will uns mitten im Sumpf absetzen und behauptet, dass die Bäume am Ufer vielleicht ja nur den Blick auf höher liegendes Land und Wälder verstellen. Unsere Männer widersprechen und verweisen auf die Bulle, die uns der Satrap verliehen hat. Sie rollen sie immer wieder auf und zeigen auf die Versprechungen, die man uns darin gemacht hat. Und jedes Mal hält Triops mit den schriftlichen Befehlen dagegen, die der Satrap ihm mitgegeben hat. In ihnen ist die Rede von Wegmarken, die dann gar nicht existieren, von fährbaren Kanälen, die aber viel zu flach und steinig sind, und von Städten an Stellen, wo sich nur der Dschungel erstreckt. Sas Priester haben diese Übersetzung angefertigt, und sie lügen nicht. Aber irgendetwas kann trotzdem nicht stimmen.

Auf dem Schiff brodelt es. Es gibt häufig Streitereien, und selbst die Mannschaft murrt über ihren Kapitän. Ich werde von einer schrecklichen Unrast gepeinigt und bin oft den Tränen nahe. Petrus leidet unter Alpträumen, und Carlmin, der schon immer ein verschlossenes Kind war, ist jetzt beinahe vollständig verstummt.

Ach, Jamailliastadt, Ort meiner Geburt, sehe ich deine sanften Hügel und schlanken Türme je wieder? Mutter, Vater, trauert ihr schon um mich, als wäre ich für immer verloren?

Diesen dicken Klecks hat Petrus verursacht, als er auf meinen Schoß kletterte und sich beklagte, weil er sich langweilte. Meine Zofe ist mittlerweile vollkommen nutzlos. Sie verdient nicht einmal das Essen, das sie verzehrt, und kaum ist sie gesättigt, schleicht sie davon und streunt wie eine rollige Katze über das Deck. Gestern habe ich ihr angedroht, sie auf der Stelle hinauszuwerfen, würde sie durch ihre unmoralischen Leidenschaften schwanger. Sie hat es gewagt, mir ins Gesicht zu sagen, dass sie das nicht kümmere. Ihre Tage unter unserer Fuchtel wären ohnehin gezählt. Hat diese dumme Schlampe vergessen, dass sie noch weitere fünf Jahre bei uns dienen muss?

Tag zweiundzwanzig des Pflugmondes
Im vierzehnten Jahr der Regentschaft des Hochherrschaftlichen und Erhabenen Satrapen Esclepius

Es ist genauso gekommen, wie ich befürchtet habe. Ich kauere auf einer großen Wurzel, und als Schreibtisch dient mir eine Kiste, Teil meiner nunmehr spärlichen Habseligkeiten. Der Baum, an dem ich lehne, hat den Umfang eines Wachturms. Ein Gewirr von Wurzeln, von denen manche so dick sind wie ein Fass, verankern ihn fest im sumpfigen Boden. Ich hocke auf dieser Wurzel, um mein Kleid vor der feuchten Erde zu schützen, die mit Grasbüscheln bedeckt ist. Auf dem Schiff und in der Mitte des Flusses spendete uns wenigstens die Sonne ihr tröstendes Licht. Hier überschattet uns der schwere Baldachin der Blätter und taucht uns in ewiges Zwielicht.

Kapitän Triops hat uns mitten im Sumpf ausgesetzt. Er behauptete, dass sein Schiff Wasser aufnehme und ihm nur die Wahl bleibe, Ballast abzuwerfen und diesem zersetzenden Wasser so schnell wie möglich zu entkommen. Als wir uns weigerten, das Schiff zu verlassen, hat uns die Mannschaft gewaltsam von Bord getrieben. Nachdem sie einen unserer Männer über Bord geworfen haben und der hilflos von der Flut mitgerissen wurde, war unser Widerstand gebrochen. Die Tiere, von denen wir uns ernähren sollten, haben sie behalten. Einer unserer Männer hatte die Voliere mit den Botenvögeln gepackt und verzweifelt um sie gekämpft. In dem Gewühl zerbrach der Käfig, und alle Vögel flogen davon. Die Mannschaft schleuderte achtlos die Kisten mit Werkzeugen, Samen und Nahrung über Bord, die wir brauchen, um damit unsere Kolonie aufzubauen. Sie tat es allerdings nur, damit das Schiff leichter würde, nicht, weil die Seeleute uns helfen wollten. Viele der Kisten landeten in tiefem Wasser, wo wir sie nicht bergen konnten. Von denen, die in flacheres Wasser fielen, retteten die Männer alle, an die sie gelangten. Die anderen versanken langsam im Schlamm. Wir zählen jetzt hier an diesem gottverlassenen Ort zweiundsiebzig Seelen, vierzig davon sind kräftige Männer.

Die gewaltigen Bäume überragen uns turmhoch. Der Boden unter unseren Füßen schwankt wie eine Puddingkruste, und dort, wo die Männer hintreten, um unsere Habseligkeiten aufzusammeln, sickert augenblicklich Wasser in ihre Fußstapfen.

Die reißende Strömung treibt das Schiff und unseren treulosen Kapitän rasch außer Sicht. Einige schlagen vor, wir sollten in der Nähe des Flusses bleiben, damit wir nach den beiden anderen Schiffen Ausschau halten können. Sie sind fest davon überzeugt, dass ihre Besatzungen uns helfen würden. Ich dagegen bin der Meinung, dass wir tiefer in den Wald vordringen müssen. Dort können wir nach festerem Boden suchen und vielleicht auch Schutz vor den stechenden Insekten finden. Aber ich bin ja nur eine Frau und habe nicht viel zu bestimmen. Die Männer beratschlagen zur Zeit und treffen eine Entscheidung, wer unsere kleine Companie anführen soll. Jathan Carrock war vorgetreten und hatte seinen Führungsanspruch erhoben. Er weist unter allen hier Anwesenden die vornehmste Abstammung auf. Aber die anderen, ehemalige Gefangene, Händler und Spekulanten schrien ihn nieder. Sie erwiderten, der Name seines Vaters habe hier keinen Wert mehr. Sie verhöhnten ihn sogar. Offenbar kennen alle das »Geheimnis«, dass wir in Jamaillia in Ungnade gefallen sind. Ich mochte das nicht mit ansehen und ging verbittert weg.

Ich selbst befinde mich in einer verzweifelten Lage. Meine unwürdige Zofe hat das Schiff nicht mit uns verlassen, sondern ist bei ihrem Seemann an Bord geblieben, zweifellos als seine Hure. Ich wünsche ihr, dass sie bekommt, was sie verdient! Jetzt klammern sich Petrus und Carlmin an mich, klagen darüber, dass das Wasser ihre Schuhe durchnässt hat und die Feuchtigkeit an ihren Füßen brennt. Ich weiß nicht, wann ich je wieder einen ungestörten Moment für mich haben werde. Und ich verfluche die Künstlerin in mir. Denn jedes Mal, wenn ich zu den Sonnenstrahlen hinaufsehe, die vereinzelt durch das Gewirr der Zweige und Blätter dringen, erkenne ich die wilde Schönheit dieses Ortes. Würde ich meinem Gefühl nachgeben, so fürchte ich, könnte meine Umgebung ebenso verführerisch auf mich wirken wie der begehrliche Blick eines urwüchsigen Mannes …

Wie komme ich nur auf solche Gedanken! Ich will einfach nur nach Hause.

Und irgendwo weit über uns prasselt der Regen auf die Blätter herab.

Tag vierundzwanzig des Pflugmondes
Im vierzehnten Jahr der Regentschaft des Hochherrschaftlichen und Erhabenen Satrapen Esclepius

Ich bin lange vor Tagesanbruch aus dem Schlaf hochgeschreckt und wurde aus einem sehr lebhaften Traum gerissen. Ich träumte gerade von einem fremdartigen Straßenfest, als ich das Gefühl hatte, die Erde unter uns würde zur Seite wegkippen. Als die Sonne schon weit oben an dem unsichtbaren Himmel stehen musste, zitterte der Boden erneut unter unseren Füßen. Der Erdstoß breitete sich wie eine Welle durch die Regenwildnis um uns herum aus. Ich habe schon anderswo Beben erlebt, aber in dieser unwirtlichen Gegend kommen mir die Erdstöße stärker und bedrohlicher vor. Man kann sich sehr leicht ausmalen, wie der moorige Boden uns ebenso leicht verschlingt, wie ein gelber Karpfen einen Brotkrumen schluckt.

Obgleich wir tiefer ins Landesinnere vordringen, bleibt der Boden unter unseren Füßen sumpfig und tückisch. Heute fand ich mich Aug in Auge mit einer Schlange wieder, die sich von einem Gewirr aus grünen Zweigen herabhängen ließ. Mein Herz schien in einem Schraubstock gefangen, gebannt sowohl durch die Schönheit des Tieres als auch durch meine Furcht. Nach einer kurzen Betrachtung meiner Person zog sie sich mit einer unglaublichen Leichtigkeit zurück und setzte ihre Reise in den verschlungenen Zweigen über uns fort. Was würde ich nur darum geben, dieses Land ebenso mühelos durchqueren zu können!

Tag siebenundzwanzig des Pflugmondes
Im vierzehnten Jahr der Regentschaft des Hochherrschaftlichen und Erhabenen Satrapen Esclepius

Ich schreibe dies, während ich in einem Baum hocke wie einer dieser bunten Papageien, die sich mit mir den Platz auf dem Ast teilen. Ich komme mir albern vor, fühle mich jedoch gleichzeitig beschwingt, trotz des Hungers, des Durstes und der Erschöpfung, die an mir zehren. Vielleicht ist dieser Rausch eine Nebenwirkung des Hungers.

Wir mühen uns jetzt seit fünf Tagen mühselig über den weichen Boden und durch das dichte Unterholz. Wir lassen den Fluss hinter uns und suchen trockeneren Boden. Einige aus unserer Gruppe protestieren gegen diese Entscheidung und wenden ein, dass uns hier das versprochene Nachschubschiff nicht finden kann, wenn es im Frühling kommt. Ich schweige, bezweifle insgeheim jedoch, dass je noch einmal ein Schiff aus Jamailliastadt diesen Fluss hinaufsegeln wird.

Auch der Marsch ins Landesinnere verbessert unser Los nicht. Der Boden unter uns schwankt nach wie vor, und es bleibt feucht. Wenn unsere Gruppe eine Stelle passiert hat, lässt sie eine tiefe Spur aus aufgewühltem Schlamm und stehendem Wasser zurück. Die Feuchtigkeit verätzt uns die Füße und zerfrisst den

Stoff meiner Röcke. Wir Frauen gehen mittlerweile alle mit geschürzten Röcken.

Wir haben alles zurückgelassen, was wir nicht mitnehmen konnten. Jeder von uns trägt so viel wie er kann, ganz gleich, ob Mann, Frau oder Kind. Die Kleinen werden rasch müde. Und ich spüre, wie das Kind, das in mir wächst, mit jedem Schritt schwerer wird.

Die Männer haben ein Konzil gebildet, das über uns bestimmen soll. Jeder Mann, der dort hineingewählt wurde, verfügt über eine gleichberechtigte Stimme. Ich halte diese Missachtung der natürlichen Ordnung für gefährlich, aber die entrechteten Adligen entraten jeder Möglichkeit, ihr Geburtsrecht auf Herrschaft durchzusetzen. Jathan hat mir unter vier Augen nahe gelegt, widerspruchslos hinzunehmen, was hier geschieht. Seiner Meinung nach würde unsere Companie schon bald erkennen, dass einfache Bauern, Taschendiebe und Abenteurer nicht befähigt seien, uns zu führen. Bis dahin müssten wir uns ihren Regeln fügen. Das Konzil hat die schwindenden Lebensmittelvorräte in einen gemeinsamen Hort gesammelt. Und jeden Tag wird eine lächerliche Ration an uns ausgegeben. Darüber hinaus hat das Konzil beschlossen, dass jeder Mann die gleiche Arbeit zu leisten hat. Daher steht Jathan mit seinen Gefährten Wache wie ein gewöhnlicher Soldat. Die Männer wachen zu zweit, weil ein einzelner Wächter zu leicht dem merkwürdigen Wahn zum Opfer fallen könnte, der an diesem Ort lauert. Wir sprechen nicht viel darüber, aber wir alle leiden unter seltsamen Träumen, und einige aus unserer Companie scheinen mit ihren Gedanken meistens woanders zu sein. Sie schieben die Schuld daran dem vielen Wasser zu. Sie schlagen vor, kleine Suchtrupps loszuschicken, die nach einem guten, trockenen Platz für unsere Siedlung suchen sollen.

Ich habe kein Vertrauen in diese wackeren Pläne. Diesen wilden Ort kümmern weder unsere Regeln noch unser Konzil.

Bisher haben wir nur wenig gefunden, wovon wir uns ernähren könnten. Die Vegetation ist sehr fremdartig, und die einzigen Lebewesen, die wir gesehen haben, bewegen sich hoch oben in den Ästen. Dennoch erkennt man Schönheit in dieser ungezähmten, üppigen Wildnis, wenn man ein Auge dafür hat. Die Sonnenstrahlen, die den Baldachin der Bäume durchdringen, beleuchten mit ihrem sanften Licht die federartigen Moose, die in dichten Büscheln von den Kletterpflanzen herabhängen. In einem Moment verwünsche ich sie, weil wir uns durch ihr zähes Netz kämpfen müssen, doch im nächsten wirken sie auf mich wie dunkelgrüne Spitze. Gestern verweilte ich trotz meiner Müdigkeit und Jathans Ungeduld an einer Stelle, um die Schönheit einer blühenden Kletterpflanze zu bewundern. Als ich sie untersuchte, stellte ich fest, dass jede trompetenförmige Blüte eine kleine Menge Regenwasser enthielt. Es schmeckte süßlich nach dem Nektar der Blume. Sa möge mir vergeben, aber meine Kinder und ich stillten erst unseren Durst aus vielen dieser Blüten, bevor ich den anderen von meiner Entdeckung berichtete. Wir fanden auch schmackhafte Pilze, die wie Gesimse an den Baumstämmen wachsen, und eine Kletterpflanze, die rote genießbare Beeren hervorbringt. Aber all dies kann schwerlich genügen.

Dass wir uns heute Abend im Trockenen schlafen legen werden, ist ebenfalls mein Verdienst. Ich fürchtete eine weitere Nacht, die ich auf feuchtem Boden verbringen müsste, und nach der ich nass und mit juckendem Ausschlag am ganzen Körper aufwachen würde. Oder die ich auf unseren Habseligkeiten zusammengekauert zubringen sollte, während diese langsam im Schlamm versanken. Als an diesem Abend die Schatten länger wurden, bemerkte ich Vogelnester, die wie schwingende Taschen von einigen Ästen herabhingen. Ich weiß sehr gut, wie geschickt Petrus auf Möbel und sogar an Vorhängen emporklettern kann. Ich suchte einen Baum, der einige kräftige Äste auf gleicher Höhe aufwies, und forderte meinen Sohn auf, auszuprobieren, ob er sie erreichen könne. Er hielt sich an den Kletterpflanzen fest, die von dem Baum herunterhingen, während er sich mit den Füßen von der rauen Rinde abstieß. Schon bald saß er hoch über uns auf einem sehr dicken Ast, ließ die Füße baumeln und lachte über uns, die wir zu ihm hinaufstarrten.

Ich bat Jathan, seinem Sohn zu folgen, und die Damastvorhänge mitzunehmen, die ich bisher getragen hatte. Andere erkannten rasch meinen Plan. Jetzt hängen Schlaflager aller Art wie bunte Früchte in den dichten Zweigen. Einige Mitstreiter ruhen auf breiteren Ästen oder gar in Astgabeln, andere in Hängematten. Es ist eine gefährliche Rast, aber wenigstens bleiben wir trocken.

Alle waren voll des Lobes für mich. »Meine Frau war schon immer sehr klug«, erklärte Jathan, als wolle er mir mein Verdienst abspenstig machen. »Ich habe einen eigenen Namen«, erinnerte ich ihn. »Ich war lange Carillion Waljin, bevor ich Lady Carrock wurde! Einige meiner besten Kunstwerke aus dieser Zeit, wie zum Beispiel ›Schwebende Bassins‹ und ›Schwimmende Laternen‹, erforderten solche Kenntnisse von Balance und Statik! Der Unterschied liegt im Maßstab, nicht in den Prinzipien.« Bei meinen Worten rangen einige Frauen in unserer Gruppe nach Luft. Sie hielten mich für eine Angeberin, aber Lady Duparge rief aus: »Sie hat Recht! Ich habe Lady Carrocks Arbeiten schon immer bewundert!«

Einer dieser ungehobelten Männer besaß die Frechheit hinzuzufügen: »Sie wird als Händler Carrocks Weib genauso klug sein, denn wir werden unter uns keine Lords und Ladies mehr dulden!«

Das war ein ernüchternder Einwurf, und dennoch fürchtete ich, dass er damit Recht haben könnte. Geburtsrecht und Herkunft zählen hier wenig. Unsere Companie hat ja selbst Gemeinen eine Stimme im Konzil gewährt, Männern, die über weit weniger Bildung verfügen als Lady Duparge und ich. Sogar ein

Taschendieb hat mehr über unsere Pläne zu bestimmen als wir selbst.

Und was hat mein Ehemann dazu zu sagen? »Du hast mich beschämt, als du die allgemeine Aufmerksamkeit auf dich gezogen hast. Wie eitel von dir, mit deinen ›künstlerischen Errungenschaften‹ zu prahlen. Kümmere dich lieber um die Bedürfnisse deiner Kinder, und lobe dich nicht selbst.« Mit diesen barschen Worten wies er mich zurecht.

Was soll aus uns werden? Welchen Nutzen hat es, wenn wir trocken schlafen können, während unsere Mägen leer bleiben und unsere Kehlen ausdörren? Ich bedauere das Kind in mir so sehr. Die Männer riefen zwar immer »Vorsicht!«, als sie mich mit einer an Seilen befestigten Schlinge auf diesen Ast hochzogen. Doch alle Vorsicht in der Welt kann mein Baby nicht vor der Wildheit seines Geburtsorts retten. Ich vermisse meine Narissa, dennoch glaube ich, dass sie ein gnädigeres Ende gefunden hat als das, welches dieser merkwürdige Wald für uns bereithalten mag.

Tag neunundzwanzig des Pflugmondes
Im vierzehnten Jahr der Regentschaft des Hochherrschaftlichen und Erhabenen Satrapen Esclepius

Ich habe heute Abend wieder eine Echse gegessen. Es beschämt mich, dies zuzugeben. Das erste Mal tat ich es, ohne mehr Gedanken darauf zu verschwenden als eine Katze, die einen Vogel schlägt. Während einer Pause bemerkte ich das winzige Geschöpf auf einem Farnwedel. Es war so grün wie ein Smaragd und saß ebenso regungslos da. Nur seine glitzernden Augen und das kaum sichtbare Pulsieren an seinem Hals verrieten es. Ich schlug so rasch zu wie eine Schlange. Ich fing es und presste seinen weichen

Bauch an meinen Mund. Dann biss ich zu. Es schmeckte bitter, ranzig und gleichzeitig süß. Ich würgte es herunter, mitsamt den Knochen, als wäre es eine dampfende Scheibe Lachsfilet von der Tafel des Satrapen. Anschließend vermochte ich kaum zu fassen, was ich da getan hatte. Ich erwartete, dass mir übel würde, aber dem war nicht so. Dennoch fühlte ich mich so beschämt, dass ich niemandem davon erzählen konnte. Diese Art Nahrung scheint für einen zivilisierten Menschen unpassend, ganz zu schweigen von der Art und Weise, wie ich sie zu mir nahm. Ich redete mir ein, das Kind in meinem Bauch verlangte danach, und es wäre nur eine vorübergehende Verwirrung, in die mich der nagende Hunger gestürzt hatte. Ich beschloss, es nie wieder zu tun, und verbannte den Vorfall aus meinem Kopf.

Doch heute Abend tat ich es wieder. Diesmal war es ein schlankes, graues Kerlchen, von derselben Farbe wie die Baumrinde, auf der es saß. Es sah meine Hand, die auf ihn zuschoss, und versteckte sich rasch in einer Spalte in der Rinde, aber ich zog es an seinem Schwanz heraus. Dann hielt ich es zwischen Daumen und Zeigefinger in die Luft. Zunächst wehrte es sich heftig, doch als es die Sinnlosigkeit seines Kampfes bemerkte, gab es auf. Ich betrachtete es genau, weil ich dachte, ich würde es dann loslassen können. Es war ein wunderschönes Geschöpf. Seine Augen glänzten, seine Klauen waren winzig, und der lange Schwanz zuckte heftig hin und her. Sein Rücken war grau und rau wie die Baumrinde, aber sein kleiner weicher Bauch hatte die Farbe von Sahne. Der weiche, geschwungene Hals schimmerte blau, und ein blasser Streifen derselben Farbe zierte seinen Bauch. Die Schuppen dort waren winzig und glatt, als ich meine Zunge dagegen drückte. Ich fühlte das heftige Klopfen seines winzigen Herzens und roch seine Furcht, während es mit seinen winzigen Klauen gegen meine aufgesprungenen Lippen hieb. Irgendwie kam mir das alles vertraut vor. Dann schloss ich die Augen und biss zu. Ich hielt beide Hände vor den Mund, damit mir nicht auch nur der kleinste Bissen verloren ging. Anschließend hatte ich einen Blutfleck auf der Hand, den ich rasch ableckte. Niemand hatte etwas bemerkt.

Sa, unser aller süßer Herr, was wird aus mir? Was bringt mich zu einem solchen Verhalten? Sind es die Entbehrungen des Hungers, oder steckt mich die Wildheit dieses Ortes an? Ich kenne mich kaum mehr selbst. Die Träume, die mich des Nachts heimsuchen, sind wahrlich nicht die einer jamaillianischen Lady. Die Wasser dieser Erde verätzen meine Hände und greifen meine Füße an, die so rau sind wie Mais, wenn sie wieder heilen. Bei der Vorstellung, wie mein Gesicht und mein Haar aussehen, überfällt mich Furcht.

Tag zwei des Grünenden Mondes
Im vierzehnten Jahr der Regentschaft des Hochherrschaftlichen und Erhabenen Satrapen Esclepius

Gestern Nacht ist ein Junge gestorben. Sein Tod hat uns alle erschüttert. Er ist heute Morgen einfach nicht mehr aufgewacht. Es war ein gesunder Bursche von ungefähr zwölf Jahren. Sein Name war Durgan, und obwohl er nur der Sohn eines einfachen Kaufmanns war, teile ich den Gram seiner Eltern. Petrus hatte sich ziemlich mit ihm angefreundet und leidet offenbar sehr unter dem Tod dieses Jungen. Gestern hat er mir zugeflüstert, dass sich das Land an ihn erinnert habe. Als ich wissen wollte, was er mit seinen Worten meine, vermochte er es mir nicht genauer zu erklären. Aber er äußerte die Vermutung, dass Durgan gestorben sein könnte, weil dieser Ort ihn ablehne. Seine Worte ergaben für mich keinen Sinn, aber er wiederholte sie so hartnäckig, bis ich nickte und sagte, dass er vielleicht Recht habe. Gnädiger Sa, lass nicht zu, dass der Wahnsinn von meinem Sohn Besitz ergreift! Es ängstigt mich so. Vielleicht ist es gut, dass mein Junge nun nicht länger die Gesellschaft eines so gewöhnlichen Burschen sucht, dennoch schien Durgan stets gut aufgelegt und lachte gern. Beides werden wir vermissen.

So rasch die Männer auch schaufelten, das Grab füllte sich ebenso schnell wieder mit schlammigem Wasser. Schließlich mussten wir seine Mutter wegführen, während sein Vater den Leichnam seines Sohnes dem Wasser und dem Schlamm überantwortete. Als wir Sas Frieden für ihn erflehten, strampelte das Kind in mir wütend. Das machte mir Angst.

Tag acht des Grünenden Mondes (Glaube ich. Marthi Duparge behauptet, es wäre bereits der neunte.)
Im vierzehnten Jahr der Regentschaft des Hochherrschaftlichen und Erhabenen Satrapen Esclepius

Wir haben einen Flecken trockenen Boden gefunden. Der größte Teil unserer Companie wird hier einige Tage rasten, während eine ausgesuchte Schar von Männern einen besseren Platz suchen soll. Unser Zufluchtsort ist nichts weiter als eine festere Insel mitten im Sumpf. Wir haben gelernt, dass eine bestimmte Art von Nadelgewächs auf einen festeren Boden hindeutet, und an dieser Stelle wächst es sehr dicht. Es ist so harzig, dass es sogar brennt, obwohl es grün ist. Sein dichter Qualm ist beißend und erstickt uns beinahe, aber er hält die stechenden Insekten ab.

Jathan ist einer der Kundschafter. Die Geburt unseres Kindes steht bald bevor, und eigentlich hätte er bei mir bleiben und mir helfen sollen, unsere Jungen zu versorgen. Er erwiderte jedoch, dass er mitgehen müsse, um seinen Führungsanspruch innerhalb unserer Companie zu festigen. Lord Duparge ist ebenfalls zum Kundschafter bestimmt worden. Da Lady Marthi ebenfalls ein

Kind erwartet, hat Jathan vorgeschlagen, dass wir beide uns ja gegenseitig helfen könnten. Eine so junge Frau wie Marthi dürfte bei einer Geburt kaum eine große Hilfe sein, dennoch ist mir ihre Gesellschaft lieber als gar keine. Wir Frauen sind enger zusammengerückt, seit die Entbehrung uns zwingt, unsere dürftigen Vorräte unter unseren Kindern aufzuteilen.

Eine andere Frau, die Gattin eines Korbflechters, hat eine Methode erfunden, Matten aus den reichlich vorhandenen Kletterpflanzen anzufertigen. Ich habe mich daran gemacht, es ebenfalls zu erlernen, da ich sonst nicht viel tun kann. Ich bin so schwerfällig geworden. Die Matten dienen uns als Schlafmatten oder können zu mehreren zusammengeflochten werden, so dass sie sich als Schutzdächer eignen. Die Bäume in unserer unmittelbaren Nähe haben sehr glatte Rinden, und selbst die untersten Äste sitzen sehr hoch. Also müssen wir versuchen, uns so gut wie möglich auf dem Boden einzurichten. Einige Frauen halfen uns. Es war sehr angenehm und fast heimelig, zusammenzusitzen, zu plaudern und etwas mit den Händen zu schaffen. Die Männer lachten uns aus, als wir unsere geflochtenen Wände errichteten, und meinten spöttisch, was solch zerbrechliche Barrieren wohl abhalten sollten. Ich kam mir zunächst albern vor, doch als es dunkel wurde, fanden wir Trost in unserer wackeligen Hütte. Sewet, die Korbflechterin, hat eine wunderschöne Stimme, und mir traten die Tränen in die Augen, als sie ihr Jüngstes mit dem Lied ›Lobe Sa in deiner Drangsal‹ in den Schlaf sang. Es kommt mir fast wie ein Lebensalter vor, seit ich das letzte Mal Musik gehört habe. Wie lange müssen meine Kinder ohne Kultur und ohne Lehrer leben, außer der gnadenlosen Schulung durch diesen wilden Ort?

Obwohl ich Jathan Carrock verachte, weil er uns das Exil aufgebürdet hat, vermisse ich ihn heute Nacht.

Tag zwölf oder dreizehn des Grünenden Mondes
Im vierzehnten Jahr der Regentschaft des Hochherrschaftlichen und Erhabenen Satrapen Esclepius

Gestern Nacht schlug der Wahnsinn in unserem Lager zu. Es begann damit, dass eine Frau sich in der Finsternis plötzlich erhob. »Horcht! Horcht! Hört denn niemand ihren Gesang?« Ihr Ehemann versuchte sie zu beruhigen, aber dann rief ein Junge, er habe die Lieder schon seit mehreren Nächten gehört. Daraufhin stürmte er in die Nacht hinaus, als wüsste er genau, wohin er sich wenden müsse. Seine Mutter lief hinter ihm her. Daraufhin riss sich die erste Frau von ihrem Gatten los und stürzte ebenfalls in die Sümpfe hinaus. Drei andere folgten ihr, doch nicht, um sie zurückzuholen. »Wartet!«, schrien sie. »Wartet, wir kommen mit euch!«

Ich erhob mich und umklammerte meine beiden Söhne, für den Fall, dass der Wahnsinn auch sie ergreifen sollte. Ein seltsames Licht erhellt den Dschungel des Nachts. Die Leuchtkäfer sind uns vertraut, nicht jedoch diese merkwürdige Spinne, die einen Tropfen glühenden Speichel in der Mitte ihres Netzes hinterlässt. Winzige Insekten fliegen geradewegs hinein wie Motten in eine Kerzenflamme. Es gibt auch hängendes Moos, das blass und kalt glüht. Ich wage nicht, mir vor meinen Jungen anmerken zu lassen, wie sehr mich das alles gruselt. Statt dessen belog ich sie und behauptete, ich zitterte so wegen der Kälte und der Sorge um die armen, umnachteten Elenden, die sich sicherlich im Sumpf verirren würden. Noch viel mehr Unbehagen bereitete es mir, als mein kleiner Carlmin davon schwärmte, wie wundervoll der Dschungel in der Nacht wäre und wie süß doch die nachtblühenden Blumen dufteten. Er behauptete, dass er sich daran erinnern könne, wie ich Kekse gebacken hätte, die ich mit diesen Blumen gewürzt hätte. Solche Blumen gibt es in ganz Jamaillia nicht, aber als Carlmin davon sprach, stand mir augenblicklich das Bild dieser kleinen braunen Kekse vor Augen. Sie waren weich in der Mitte und knusprig braun am Rand. Selbst während ich dies hier niederschreibe, erinnere ich mich daran, wie ich den Teig zu Blüten geformt habe, bevor ich ihn in heißem, blubberndem Fett buk.

Dabei habe ich niemals so etwas gebacken, das schwöre ich.

Bis zur Mitte des nächsten Tages fanden wir kein Lebenszeichen von denen, die dem Wahnsinn verfallen waren. Ein Suchtrupp wurde ihnen hinterher geschickt, aber die Männer kehrten nass, von Insekten zerstochen und niedergeschlagen zurück. Der Dschungel hat die Ärmsten verschluckt. Die Frau hat einen kleinen Jungen zurückgelassen, der fast den ganzen Tag nach ihr geschrien hat.

Ich habe niemandem von der Musik erzählt, die mich in meinen Träumen heimsucht.

Tag vierzehn oder fünfzehn des Grünenden Mondes
Im vierzehnten Jahr der Regentschaft des Hochherrschaftlichen und Erhabenen Satrapen Esclepius

Unsere Kundschafter sind immer noch nicht zurückgekehrt. Tagsüber, vor unseren Kindern, lassen wir uns nichts anmerken, aber in der Nacht reden Marthi Duparge und ich über unsere Befürchtungen, während meine Jungen schlafen. Unsere Männer hätten längst zurückkehren müssen, wenn auch nur, um uns mitzuteilen, dass sie keinen besseren Ort gefunden hätten als diese sumpfige Insel.

Letzte Nacht weinte Marthi und sagte, dass der Satrap uns vorsätzlich in den Tod geschickt habe. Ich war bestürzt. Sas Priester haben diese uralten Schriftrollen übersetzt, und Männer, die sich Sa geweiht haben, können nicht lügen. Vielleicht haben sie sich jedoch geirrt. Und dieser verheerende Irrtum kann uns das Leben kosten.

Hier gibt es keinen Überfluss, sondern nur Fremdheit, die uns am Tage auflauert und des Nachts um unsere behelfsmäßigen Hütten streift. Beinah in jeder Nacht schrecken Leute schreiend aus Alpträumen auf, an die sie sich anschließend nicht mehr erinnern können. Eine junge, leichtlebige Frau wird seit zwei Tagen vermisst. Auf den Straßen von Jamailliastadt ließ sie sich für ihre Hurendienste mit Gold bezahlen. Sie hat ihr Gewerbe hier weitergeführt und sich von den Männern, die zu ihr gingen, mit Lebensmitteln bezahlen lassen. Wir wissen nicht, ob sie ebenfalls in die Sümpfe gelaufen ist oder von einem aus unserer Companie ermordet wurde. Daher schweben wir in der quälenden Ungewissheit, ob wir einen Mörder in unserer Mitte beherbergen oder ob dieses schreckliche Land bloß ein weiteres Opfer gefordert hat.

Wir Mütter leiden am meisten, denn unsere Kinder verlangen mehr von uns als die kargen Rationen, die man uns zuteilt. Die Vorräte vom Schiff sind längst aufgebraucht. Ich suche täglich nach Nahrung, und meine Söhne begleiten mich. Vor ein paar Tagen stieß ich auf einen Hügel mit lockerer Erde. Als ich ihn näher untersuchte, entdeckte ich Eier mit braun gefleckter Schale. Es waren beinahe fünfzig an der Zahl. Einige Männer weigerten sich, sie zu kosten. Sie wollten keine Schlangen- oder Echseneier essen. Wir Mütter dagegen hegten keine solchen Bedenken. Außerdem stieß ich auf eine lilienartige Pflanze, die ich jedoch nur mit Mühe aus dem sumpfigen Boden ziehen kann. Stets werde ich dabei mit dem ätzenden Wasser bespritzt, und ihre Wurzeln sind lang und faserig. Doch daran hängen kleine Klümpchen, kaum größer als eine Perle, die ein angenehm pfeffriges Aroma entfalten. Sewet hat die Wurzeln verarbeitet und Körbe und jüngst sogar eine grobe Decke daraus geflochten. Das kommt uns sehr gelegen. Unsere Röcke sind längst bis hinauf zu den Waden zerfetzt, und unsere Schuhe sind so dünn wie Papier. Alle waren überrascht, wie ich diese kleinen Lilienperlen entdecken konnte. Und einige Leute fragten mich, woher ich gewusst habe, dass sie essbar sind.

Die Antwort darauf musste ich schuldig bleiben. Irgendwie kamen mir die Blumen bekannt vor. Ich kann nicht sagen, was mich veranlasste, sie mitsamt den Wurzeln aus der Erde zu ziehen, oder was mich gar dazu brachte, die perlenförmigen Klümpchen abzupflücken und in den Mund zu stecken.

Die Männer, die bei uns geblieben sind, beschweren sich ständig darüber, dass sie nachts wachen und unsere Feuer in Gang halten müssen. Ich glaube, wir Frauen arbeiten in Wahrheit genauso schwer wie sie. Es ist sehr ermüdend, unter diesen widrigen Umständen die Sicherheit unserer Kinder zu gewährleisten, sie zu füttern und sauber zu halten. Und ich muss zugeben, dass ich von Chellia viel darüber gelernt habe, wie ich besser mit meinen Jungen zurechtkomme. Chellia hat in Jamailliastadt als einfache Wäscherin gearbeitet, und dennoch ist sie hier zu meiner Freundin geworden. Wir teilen uns die kleine Hütte, die wir für die fünf Kinder und uns selbst errichtet haben. Ihr Mann Ethe ist ebenfalls als Kundschafter hinausgezogen. Dennoch hat sie ihr fröhliches Wesen behalten und hält ihre drei Kinder an, ihr bei den täglichen Verrichtungen fleißig zur Hand zu gehen. Unsere Ältesten schicken wir gemeinsam hinaus, um trockenes Holz für die Feuer zu sammeln. Aber wir schärfen ihnen ein, nur so weit zu gehen, wie sie die Geräusche des Lagers noch hören können. Petrus und Olpey beklagen sich, dass es hier in der Nähe kein trockenes Holz mehr gibt. Chellias Töchter Piet und Likea passen auf Carlmin auf, während Chellia und ich das Wasser aus den Trompetenblüten sammeln und alle Pilze ernten, derer wir habhaft werden können. Wir haben eine Rinde entdeckt, aus der wir einen würzigen Tee gewinnen, und ihr Mus hilft auch, unseren Hunger ein wenig zu lindern.

Ich bin froh über Chellias Gesellschaft. Sowohl Marthi als auch ich werden ihre Hilfe benötigen, wenn die Zeit der Wehen naht. Doch ihr Olpey ist etwas älter als mein Petrus und verführt meinen Sohn zu kühnen und leichtsinnigen Taten. Gestern waren die beiden bis zum Einbruch der Dunkelheit unterwegs und sind dennoch nur mit je einem Armvoll Feuerholz zurückgekehrt. Sie berichteten von einer entfernten Musik, der sie gefolgt wären. Ich bin fest davon überzeugt, dass sie tiefer in den Sumpf vorgedrungen sind, als ratsam ist. Ich habe sie beide ausgeschimpft, und Petrus war auch entsprechend zerknirscht. Olpey jedoch fragte seine Mutter schneidend, was er denn sonst wohl tun sollte? Hier im Sumpf hocken und Wurzeln schlagen? Es bestürzte mich, wie er zu seiner Mutter sprach. Ich bin sicher, dass er der Auslöser für Petrus' Alpträume ist, denn Olpey erzählt gern wilde Geschichten, in denen es von Blut saugenden Echsen und schmarotzenden Gespenstern nur so wimmelt, die wie die Nachtnebel umherschweben. Ich will nicht, dass Petrus sich von diesem abergläubischen Unsinn anstecken lässt, aber was kann ich dagegen unternehmen? Die Jungen müssen Holz suchen, und ich kann mein Kind nicht allein losschicken. Allen älteren Jungen unserer Companie wurden solche Aufgaben übertragen. Es betrübt mich, mit anzusehen, dass Petrus, der Spross zweier berühmter Geschlechter, eine solch niedere Arbeit zusammen mit ganz gewöhnlichen Kindern tun muss. Es steht zu befürchten, dass er völlig verdorben ist, lange bevor wir nach Jamailliastadt zurückkehren können.

Warum ist Jathan nicht längst wieder bei uns? Was ist aus unseren Männern geworden?

Tag neunzehn oder zwanzig des Grünenden Mondes
Im vierzehnten Jahr der Regentschaft des Hochherrschaftlichen
und Erhabenen Satrapen Esclepius

Heute kamen drei schmutzbedeckte Männer und eine Frau in unser Lager. Als ich die Unruhe hörte, hüpfte mein Herz vor freudiger Erregung in meiner Brust, denn ich dachte, unsere Kundschafter seien zurückgekehrt. Statt dessen musste ich zu meinem Schrecken feststellen, dass diese kleine Gruppe von einem der beiden anderen Schiffe kam.

Sein Kapitän, die Mannschaft und alle Passagiere fanden sich eines Abends unversehens im Fluss wieder, nachdem das Schiff einfach auseinander gebrochen war. Ihnen blieb nicht einmal die Zeit, ihre Nahrungsmittel aus dem sinkenden Schiff zu retten. Und sie verloren mehr als die Hälfte der Menschen. Von denen, die das rettende Ufer erreichten, verfielen viele dem Wahnsinn. In den ersten Tagen nach der Katastrophe setzten sie ihrem Leben selbst ein Ende oder verschwanden in der Wildnis.

Viele starben auch in diesen ersten Nächten, weil sie kein festes Land finden konnten. Ich hielt mir die Ohren zu, als sie berichteten, wie Menschen stürzten und wahrhaftig im Schlamm ertranken. Einige wieder wachten schwachsinnig und im Delirium auf, nachdem sie nachts von merkwürdigen Träumen heimgesucht worden waren. Andere erholten sich, viele jedoch wanderten in die Sümpfe hinaus und wurden nie wieder gesehen. Diese vier hier waren die Vorhut derer, die ihr nacktes Leben retten konnten. Schon einige Minuten später tauchten die anderen auf. Sie gingen in Dreier- und Vierergruppen, waren zerlumpt, von Insekten zerstochen und von ihrem zu langen Aufenthalt im Flusswasser schrecklich zugerichtet. Es sind insgesamt zweiundsechzig Menschen. Einige wenige sind entehrte Adlige, die anderen Gemeine, die auf ein neues Leben hofften. Die Spekulanten, die in der Erwartung, ein gewaltiges Vermögen zu gewinnen, viel

Geld in diese Expedition gesteckt hatten, scheinen am verbittertsten zu sein.

Der Kapitän überlebte nicht einmal die erste Nacht. Die Seeleute, die es schafften, sind entsetzt und verwirrt über ihr plötzliches Exil. Einige von ihnen separieren sich von den »Kolonialisten«, wie sie uns verächtlich nennen. Andere hingegen scheinen zu begreifen, dass sie sich uns anschließen müssen, wenn sie nicht untergehen wollen.

Von unserer Companie wiederum sonderten sich einige ab und murrten, dass wir kaum genug Schutz und Nahrung für uns selbst hätten. Die meisten jedoch teilten bereitwillig das Wenige, das wir hatten. Ich hätte niemals erwartet, hier auf Menschen zu treffen, die noch verzweifelter sind als wir. Und ich glaube, dass die Neuankömmlinge einen Gewinn für uns bedeuten, für Marthi und mich vielleicht sogar am meisten. Denn in ihrer Gruppe befindet sich auch Ser, eine erfahrene Hebamme. Außerdem ist ein Reetdecker unter ihnen, der Schiffszimmermann und eine Handvoll Männer, die sich auf die Jagd verstehen. Die Matrosen sind gesunde und kräftige Burschen, und möglicherweise anstellig genug, um sie nützlich einsetzen zu können.

Von unseren Kundschaftern indes gibt es immer noch kein Lebenszeichen.

Tag sechsundzwanzig des Grünenden Mondes
Im vierzehnten Jahr der Regentschaft des Hochherrschaftlichen und Erhabenen Satrapen Esclepius

Meine Zeit kam, und ich gebar meine Tochter. Ich habe sie nie zu Gesicht bekommen. Die Hebamme brachte sie sofort weg. Marthi, Chellia und auch Ser, sie alle behaupteten, meine Tochter wäre tot geboren worden. Aber ich bin sicher, dass ich sie einmal weinen hörte. Ich war völlig erschöpft und einer Ohnmacht nahe, aber ich weiß sehr genau, was ich gehört habe. Mein Baby hat nach mir gerufen, bevor es gestorben ist.

Chellia widerspricht dem energisch und versichert mir, mein kleines Mädchen wäre bei der Geburt blau und regungslos gewesen. Ich wollte von ihr wissen, warum ich es nicht einmal halten durfte, bevor sie es der Erde zurückgaben. Die Hebamme meinte, auf diese Weise würde ich weniger trauern. Aber sie wird ganz blass, wann immer ich sie danach frage. Marthi spricht gar nicht darüber. Fürchtet sie den Moment, wenn ihre Zeit kommt, oder enthalten die Frauen mir etwas vor? Warum, Sa, hast du mir meine beiden Töchter so grausam genommen?

Jathan wird es erfahren, wenn er zurückkehrt. Vielleicht hätte ich mich nicht so quälen müssen, wenn er die letzten Tage an meiner Seite gewesen wäre und mir beigestanden hätte. Vielleicht hätte mein kleines Mädchen dann auch leben dürfen. Aber er war nicht bei mir und ist es immer noch nicht. Wer kümmert sich jetzt um meine Jungen, sucht Nahrung für sie und sorgt dafür, dass sie am Abend sicher zurückkehren, während ich hier liegen muss und von einem Baby blute, das nicht leben durfte?

Tag eins des Weizenmondes
Im vierzehnten Jahr der Regentschaft des Hochherrschaftlichen und Erhabenen Satrapen Esclepius

Ich habe mich von meinem Wochenbett erhoben. Ich fühle mich, als wäre mein Herz zusammen mit meinem Kind begraben worden. Habe ich sie für nichts und wieder nichts so lange und durch all diese Strapazen hindurch getragen?

Unser Lager ist durch die Zahl der Neuankömmlinge so überfüllt, dass man sich kaum einen Weg durch die verschachtelten

Schutzhütten bahnen kann. Der kleine Carlmin, der während meines Wochenbettes von mir getrennt war, folgt mir jetzt wie ein kleiner, dünner Schatten überall hin. Petrus hat sich eng mit Olpey angefreundet und hört nicht mehr auf meine Worte. Wenn ich ihn bitte, in der Nähe des Lagers zu bleiben, trotzt er mir und wagt sich noch weiter in die Sümpfe hinaus. Chellia rät mir, ihn gehen zu lassen. Die Jungen sind die Lieblinge aller hier im Lager, weil sie hängende Büsche voller saurer, kleiner Beeren entdeckt haben. Die winzigen Früchte sind strahlend gelb und schmecken säuerlich wie Erbrochenes, aber selbst eine solch widerliche Nahrung ist hungernden Menschen wie uns höchst willkommen. Trotzdem ergrimmt es mich, dass alle meinen Sohn darin bestärken, mir den Gehorsam zu verweigern. Hören sie denn nicht die wilden Geschichten, welche die Jungen erzählen? Darin ist die Rede von merkwürdiger Musik, die in der Ferne zu hören ist. Die Jungen prahlen damit, dass sie die Quelle dieser Musik finden werden, und mein Mutterherz weiß unfehlbar, dass es nichts Natürliches und Gutes ist, was sie da immer tiefer in diesen verfluchten Dschungel lockt.

Die Zustände im Lager verschlimmern sich mit jedem Tag. Die Pfade bestehen nur noch aus Schlamm und werden immer breiter und sumpfiger. Zu viele von uns unternehmen nichts, um unser Los zu verbessern. Sie leben, so gut sie können, in den Tag hinein, treffen keine Vorkehrungen für das Morgen und verlassen sich auf uns andere, dass wir Nahrung beschaffen. Einige sitzen da und starren nur ins Leere, andere beten und weinen. Erwarten sie tatsächlich, dass Sa selbst herabsteigt und sie errettet? Letzte Nacht wurde eine ganze Familie tot aufgefunden. Alle fünf. Sie lagen auf einer dürftigen Schicht aus Matten um einen Baum herum. Es gibt kein Anzeichen, was sie umgebracht haben könnte. Und niemand spricht aus, was wir alle fürchten: dass in dem Wasser der Wahnsinn schlummert oder er vielleicht aus dem Boden emporsteigt und als unirdische Musik in unsere Träume sickert.

Ich schrecke oft aus Träumen hoch, in denen ich in einer fremden Stadt wandle, mich für jemand anders halte und an einem anderen Ort lebe. Wenn ich meine Augen öffne, den Schlamm, die Insekten und den Hunger sehe, sehne ich mich manchmal danach, sie einfach wieder zu schließen und in meinen Traum zurückzugleiten. Hat vielleicht genau dieses Schicksal die hilflose Familie ereilt? Als wir sie fanden, hatten alle fünf die Augen weit geöffnet. Wir haben ihre Leichen dem Fluss übergeben. Das Konzil hat ihre wenigen Habseligkeiten eingezogen und sie unter uns verteilt. Viele jedoch murren, dass das Konzil diese Überbleibsel nur den eigenen Freunden zugewiesen habe, nicht denen, die ihrer am dringendsten bedürfen. Die Unzufriedenheit mit diesem Konzil der Wenigen, die uns allen ihre Regeln auferlegen, wächst.

Und auch unser zweifelhafter Zufluchtsort lässt uns allmählich im Stich. Selbst das geringe Gewicht unserer geflochtenen Hütten verwandelt die dünnen Grassoden in Schlamm. Ich habe immer verächtlich über die gesprochen, die im Schmutz lebten, und gesagt, ›Sie vegetieren dahin wie Vieh‹. In Wahrheit jedoch leben selbst die wilden Tiere des Dschungels wesentlich würdevoller als wir. Ich beneide die Spinnen um ihre Netze, die im Sonnenlicht über unseren Köpfen schimmern. Ich beneide die Vögel, deren Nester über unseren Köpfen schaukeln, weit außerhalb der Reichweite von Schlamm und Schlangen. Ich beneide sogar die spreizfüßigen Sumpfkaninchen, wie unsere Jäger diese kleinen Tiere nennen, die so geschickt über das verfilzte Schilf und die treibenden Blätter der seichten Stellen laufen. Am Tag saugt die Erde bei jedem Schritt, den ich tue, an meinen Füßen. In der Nacht sinken unsere Matten in die Erde, und wir wachen durchnässt auf. Wir müssen dringend eine Lösung finden, aber die anderen sagen nur: »Warte. Unsere Kundschafter kommen bald zurück und führen uns an einen besseren Ort.«

Ich glaube, der einzige bessere Ort, den sie gefunden haben, ist an Sas Busen. Dorthin werden wir bald alle gehen. Werde ich jemals die friedliche Jamailliastadt wiedersehen, jemals wieder in einem Garten voller schöner Blumen wandeln, jemals wieder die Freiheit genießen, mich satt zu essen und zu trinken, ohne mich um das Morgen sorgen zu müssen? Ich verstehe diese Versuchung, meinem Leben zu entkommen, indem ich mich den Träumen von einem besseren Ort hingebe. Nur meine Söhne halten mich noch in dieser Welt fest.

Tag sechzehn des Weizenmondes
Im vierzehnten Jahr der Regentschaft des Hochherrschaftlichen und Erhabenen Satrapen Esclepius

Was das wache Bewusstsein nicht wahrnimmt, weiß mein Herz längst. In einem Traum bewegte ich mich wie der Wind durch die Regenwildnis, glitt über den weichen Boden und strich durch die schwankenden Äste der Bäume. Unbehelligt von Schlamm und ätzendem Wasser erkannte ich plötzlich die vielschichtige Schönheit unserer Umgebung. Ich balancierte wie ein Vogel trippelnd auf einem Farnwedel. Ein Geist der Regenwildnis flüsterte mir zu: »Versuche, sie zu beherrschen, und sie wird dich verschlingen. Werde ein Teil von ihr und lebe.«

Ich weiß nicht, ob mein wacher Verstand etwas von all dem glaubt. Mein Herz schreit nach den weißen Türmen von Jamailliastadt, nach dem leisen Glucksen des Wassers in seinem Hafen, nach seinen schattigen Arkaden und sonnenüberfluteten Plätzen. Ich hungere nach der Musik und der Kunst, nach Wein und Poesie, nach Nahrung, die ich nicht dem dichten Gewirr dieses widerspenstigen Dschungels entreißen muss. Ich hungere nach verfeinerter Schönheit an diesem brutalen Ort.

Heute habe ich weder Wasser noch Nahrung gesammelt. Stattdessen opferte ich zwei Seiten dieses Tagebuches, um Skizzen von

Unterkünften zu entwerfen, die diesem unbarmherzigen Platz Rechnung tragen. Außerdem habe ich Hängebrücken gezeichnet, die unsere Heime verbinden könnten. Dafür ist es allerdings erforderlich, Bäume zu fällen und zurechtzuschneiden. Als ich meine Entwürfe herumzeigte, haben einige Leute mich verspottet und meinten, diese Arbeit wäre von einer so kleinen Zahl von Menschen nicht zu bewältigen. Andere wiesen mich darauf hin, dass unsere Werkzeuge hier sehr rasch rosten. Ich entgegnete, dass wir sie dann schnellstens einsetzen sollten, um Unterkünfte zu errichten, die uns nicht im Stich lassen, wenn unsere Werkzeuge gänzlich zerstört sind.

Viele haben meine Entwürfe zwar wohlwollend betrachtet, sich dann jedoch achselzuckend abgewendet. Welchen Sinn hätte es, sagten sie, eine so mühevolle Arbeit zu beginnen, wenn unsere Kundschafter jeden Tag zurückkehren könnten und uns an einen besseren Ort führten? Wir könnten schließlich nicht für immer in diesen Sümpfen leben, meinten sie. Da hätten sie Recht, hielt ich ihnen vor. Wenn wir uns nicht rührten, würden wir in diesen Sümpfen nämlich bald sterben. Ich verzichtete darauf, meine schlimmste Befürchtung auszusprechen, um das Schicksal nicht herauszufordern: nämlich meine Überzeugung, dass es endlose Ligen weit nichts als Sumpf unter diesen Bäumen gebe und dass unsere Kundschafter vielleicht nie mehr zurückkehren würden.

Die meisten Leute kehrten meinen bissigen Worten einfach nur den Rücken, zwei Männer jedoch blieben stehen und tadelten mich. Welche anständige jamaillianische Frau würde es wagen, ihre Stimme vor Wut Männern gegenüber zu erheben? Es waren Gemeine, deren Frauen hinter ihnen standen und eifrig nickten. Ich konnte meine Tränen nicht zurückhalten und auch meine Stimme nicht daran hindern, zu zittern, als ich von ihnen zu wissen verlangte, für was für eine Sorte Mann sie sich wohl hielten, wenn sie meine Kinder in den Dschungel nach Nahrung schickten, während sie untätig herumsäßen und darauf warteten, dass jemand anderes ihrem Leben eine Wendung gäbe? Sie hoben nur die Hände und bedeuteten mir mit Gesten, dass ich eine Schande wäre, kaum mehr wert als ein Straßenmädchen. Dann ließen mich alle einfach stehen.

Es kümmert mich nicht. Ich werde ihnen beweisen, dass sie sich irren.

Tag vierundzwanzig des Weizenmondes
Im vierzehnten Jahr der Regentschaft des Hochherrschaftlichen und Erhabenen Satrapen Esclepius

Ich bin zwischen Erleichterung und Trauer hin und hergerissen. Mein Baby ist tot, Jathan ist immer noch nicht zurückgekehrt, und dennoch empfinde ich heute mehr Triumph als bei jeder Lobpreisung meiner Kunstwerke. Chellia, Marthi und der kleine Carlmin haben sich an meiner Seite abgeplagt. Sewet, die Flechterin, hat Verbesserungen an meinen Probestücken vorgenommen. Piet und Likea haben an meiner Statt Nahrung gesammelt. Carlmin hat mich mit der Geschicklichkeit seiner kleinen Hände verblüfft und seine Entschlossenheit zu helfen hat mir das Herz gewärmt. Durch seine Mühe hat sich Carlmin als wahrer Spross meiner Seele erwiesen.

Wir haben den Boden einer großen Hütte mit einem Kreuzgeflecht aus Matten ausgestattet, die wir über einen Untergrund aus Schilf und dünnen Zweigen gelegt haben. So wird unser Gewicht besser verteilt, und wir schwimmen so sanft über dem sumpfigen Boden wie die verfilzten Schilfrohre auf den Gewässern neben uns. Während die anderen Unterkünfte jeden Tag tief einsinken und versetzt werden müssen, steht unsere Hütte bereits vier Tage, ohne dass sie eingesackt wäre. Nachdem wir zufrieden feststellen konnten, dass unser Heim hält, haben wir heute mit weiteren Verbesserungen begonnen. Ohne jedes Werkzeug haben wir junge Bäume niedergerissen und sie von ihren Zweigen befreit. Stücke ihrer Stämme, die wir mit den Lilienwurzeln zu einer horizontalen Leiter verflochten haben, bilden die Basis für die Hängewege um unsere Hütte. Und einige Lagen geflochtener Matten, die wir morgen hinzufügen, werden diese wackligen Wege weiter verstärken. Ich bin fest davon überzeugt, dass der Kniff darin besteht, das Gewicht der Schritte über die größtmögliche Fläche zu verteilen, so wie es die Kaninchen mit ihren gespreizten Füßen tun. Wir haben den Hängeweg über den feuchtesten Teil hinter unserer Hütte gespannt und ihn wie ein Spinnennetz zwischen zwei Bäumen befestigt, so gut wir es vermochten. Das ist sehr schwierig, denn die Bäume haben einen gewaltigen Umfang, und außerdem ist ihre Rinde sehr glatt. Zweimal misslang unser Versuch, den Hängeweg festzuzurren, und die herumlungernden Gaffer verlachten uns höhnisch. Beim dritten Mal jedoch hielt unser Werk. Wir sind nicht nur mehrmals sicher darüber gegangen, sondern konnten sogar auf diesem schwankenden Hängeweg stehen und über den Rest der Siedlung hinwegschauen. Es war zwar kein sonderlich luftiger Aussichtsort, denn der Hängeweg befindet sich nur in Hüfthöhe über dem Boden, aber dennoch gewährte er mir einen Überblick über unser Elend. Der spärliche Raum wird durch Trampelpfade und eine willkürliche Anhäufung von Hütten mehr schlecht als recht genutzt. Einer der Seeleute kam zu uns herüber und inspizierte unsere Anstrengungen. Er stand da, wippte auf den Ballen hin und her und kaute auf einem Zweig herum. Dann besaß er tatsächlich die Unverfrorenheit, mehr als die Hälfte unsere Knoten neu zu knüpfen. »Jetzt wird es halten, Madam«, sagte er danach zu mir. »Aber nicht sehr lange und schwerlich bei starker Beanspruchung. Wir brauchen eine bessere Takelage, um den Steg zu befestigen. Seht nach oben. Dort müssen wir hin und uns an all diese Äste takeln.«

Ich schaute empor in die schwindelnden Höhen, wo der Astwuchs der Bäume begann. Ohne Flügel, erklärte ich dem Seemann, kommt keiner von uns so hoch hinauf. Er grinste. »Ich kenne einen Mann, der es wohl schaffen könnte. Falls jemand der Meinung ist, dass sich die Mühe lohnt.« Dann verabschiedete er sich mit einer dieser lächerlichen Verbeugungen, die bei Seemännern üblich zu sein scheint, und schlenderte hüftwiegend davon.

Wir müssen bald etwas unternehmen, weil diese bebende Insel jeden Tag kleiner wird. Der Boden ist von den vielen Füßen aufgeweicht, und überall steht Wasser. Ich muss verrückt sein, dass ich es überhaupt in Angriff nehme. Ich bin Künstlerin, keine Ingenieurin und schon gar keine Baumeisterin. Aber da niemand anderes vortritt, bleibt es an mir hängen, es zu wagen. Wenn ich scheitere, habe ich es wenigstens versucht.

Tag fünf oder sechs des Früchtemondes
Im vierzehnten Jahr der Regentschaft des Hochherrschaftlichen und Erhabenen Satrapen Esclepius

Heute ist eine meiner Brücken zusammengestürzt. Drei Männer sind in den Sumpf gefallen, und einer hat sich ein Bein gebrochen. Natürlich hat er die Schuld an seinem Missgeschick mir zugeschoben und erklärt, so etwas käme davon, wenn eine Frau versuchte, sich mit ihren Strickkünsten an Bauwerken zu vergehen. Seine Frau stimmte in seine Beschuldigungen ein. Ich gab jedoch nicht klein bei. Stattdessen entgegnete ich ihnen, dass ich niemanden aufgefordert hätte, meine Hängewege zu betreten, und dass jeder, der nichts zu ihrer Konstruktion beigetragen habe und dennoch seinen Fuß darauf setze, das Schicksal wohl verdiente, mit dem Sa ihn für seine Faulheit und Undankbarkeit heimsuche.

»Ketzerin!«, keifte jemand, aber ein anderer schrie ihn nieder. »Die Wahrheit ist Sas Schwert!« Ich fühlte mich genügend gerechtfertigt. Die Zahl meiner Mitarbeiter ist so groß, dass ich sie in zwei Gruppen teilen kann. Sewet übertrage ich die Leitung der einen. Wehe dem Mann, der es wagt, meine Entscheidung infrage zu stellen! Ihre Fähigkeiten als Flechterin sprechen für sich.

Morgen hoffen wir damit beginnen zu können, die ersten Träger für meine Große Plattform in die Bäume zu hieven. Es ist gut möglich, dass ich höchst spektakulär scheitere. Diese Stämme sind sehr schwer, und wir haben keine echten Seile, um sie zu heben, sondern nur Taue aus geflochtenen Kletterpflanzen. Dieser Seemann hat einige grob gezimmerte Flaschenzüge für uns gebaut. Er und mein Petrus haben den glatten Stamm eines Baumes bezwungen, bis dort hinauf, wo sich die gewaltigen Äste über uns wölben. Sie haben Schritt um Schritt Pflöcke in den Stamm geschlagen, doch mein Herz bebt, wenn ich sie in dieser schwindelnden Höhe sehe. Retyo, der Seemann, behauptet, dass seine Flaschenzüge unsere Kraft so verstärken würden, dass wir alle Lasten bewältigen können. Dies möchte ich denn doch erst noch sehen. Ich fürchte, dass unsere geflochtenen Seile durch die groben Flaschenzüge nur um so schneller ausfransen. Ich sollte längst schlafen und liege dennoch wach und überlege, ob wir genügend Seile haben, um unsere Baumstämme hinaufzuziehen. Und werden unsere selbst gemachten Strickleitern der täglichen Beanspruchung durch die Arbeiter standhalten? Was habe ich da nur angefangen? Falls jemand aus einer solchen Höhe abstürzt, ist ihm der Tod gewiss. Dennoch, der Sommer wird bald enden, und wenn die Winterregen einsetzen, brauchen wir einen trockenen Zufluchtsort.

Tag zwölf oder dreizehn des Früchtemondes
Im vierzehnten Jahr des Satrapen Esclepius

Fehlschlag über Fehlschlag. Ich habe kaum den Mut, davon zu berichten. Retyo, der Seemann, behauptet allerdings, wir müssten es schon als Erfolg bewerten, dass niemand verletzt wurde. Und als unsere erste Plattform abstürzte, sank sie nur in den weichen Boden, brach jedoch nicht auseinander. Retyo meinte unverzagt, dies beweise nur die Stabilität der Plattform. Er ist ein sehr findiger junger Mann und höchst gewitzt und klug, trotz seines Mangels an Bildung. Ich habe ihn heute gefragt, ob er verbittert darüber wäre, dass er vom Schicksal gezwungen worden sei, eine Kolonie in der Regenwildnis zu gründen, statt über die Meere zu segeln. Er zuckte mit den Schultern und grinste. Er meinte, er wäre schon Kesselflicker gewesen und habe einen Bauernhof gepachtet, bevor er zur See gefahren sei. Also wisse er nicht, welches sein rechtmäßiges Schicksal sei. Von daher fühle er sich berechtigt, jedes anzunehmen und es zu seinem Vorteil zu nutzen. Ich wünschte, ich hätte seinen Mut.

Die Müßiggänger in unserer Companie gaffen nur und verspotten uns. Ihr Misstrauen zersetzt meine Kraft genauso, wie das trübe Wasser meine Haut verätzt. Und gerade die, welche am lautesten über unsere Lage klagen, tun am wenigsten dafür, sie zu verbessern. »Wartet«, wiederholen sie nur. »Wartet auf die Rückkehr unserer Kundschafter. Sie werden uns zu einem besseren Platz führen.« Dabei wird unsere Lage von Tag zu Tag schlechter. Wir laufen in Lumpen umher, auch wenn Sewet täglich Versuche anstellt, welche Fasern sie aus den Kletterpflanzen herausziehen oder aus dem Mark des Schilfrohrs reiben kann. Wir finden kaum noch genug Nahrung, um uns täglich am Leben zu halten, und haben keinerlei Reserven für den Winter. Die Faulpelze essen genauso viel wie diejenigen, die schwer arbeiten. Meine Jungen plagen sich jeden Tag an unserer Seite und erhalten dennoch dieselben kleinen Rationen wie die, welche faul herumliegen und nur lamentieren. Petrus hat einen Ausschlag an seinem Hals, der sich rasch ausbreitet. Der wurde gewiss durch die unzureichende Ernährung und die ständige Feuchtigkeit verursacht.

Chellia empfindet bestimmt ebenso. Ihre kleinen Töchter Piet und Likea sind kaum mehr als Haut und Knochen. Denn im Gegensatz zu den Jungen, die essen, während sie sammeln, müssen sie sich mit dem bescheiden, was man ihnen am Ende eines Tages reicht. Olpey hat sich in letzter Zeit merkwürdig verändert. So sehr, dass selbst Petrus Angst vor ihm bekommt. Mein Sohn geht zwar noch jeden Tag mit ihm in den Wald hinaus, aber er kommt häufig lange vor Olpey nach Hause. Als ich gestern Nacht aufwachte, hörte ich Olpey leise im Schlaf singen. Es war eine Melodie und eine Sprache, die ich noch nie gehört habe, das schwöre ich, und es war unheimlich, wie vertraut sie mir dennoch war.

Heute regnet es stark. Unsere Hütten halten das meiste ab. Ich bemitleide all diejenigen, welche sich nicht die Mühe gemacht haben, sich Schutz zu verschaffen, und wundere mich gleichzeitig über ihren Mangel an Voraussicht. Zwei Frauen kamen mit ihren drei kleinen Kindern zu unserer Hütte. Marthi und Chellia wollten sie zunächst nicht hineinlassen, weil es zu voll bei uns würde, aber wir konnten das erbärmliche Zittern ihrer Babys nicht ertragen. Also ließen wir sie ein, aber ich ermahnte sie streng, dass sie uns dafür morgen beim Bau der Plattform helfen müssten. Wenn sie das tun, zeigen wir ihnen, wie sie sich selbst eine Hütte bauen können. Lassen sie sich nicht darauf ein, müssen sie wieder gehen. Vielleicht müssen wir die Leute zwingen, für ihr eigenes Wohl zu handeln.

Tag siebzehn oder achtzehn des Früchtemondes
Im vierzehnten Jahr des Satrapen Esclepius

Wir haben die erste Große Plattform hinaufgezogen und gesichert. Sewet und Retyo haben Strickleitern geflochten, die von dort bis zum Boden hinabbaumeln. Es war ein Augenblick großen Triumphes für mich, hier unten zu stehen und zu der Plattform hinaufzuschauen, die sicher an den Ästen der Bäume befestigt ist. Das Gewirr der Äste und Zweige verbirgt sie beinahe vor unseren Blicken. Das ist mein Werk, dachte ich. Retyo, Crorin, Finsk und Tremartin sind die Männer, die den größten Teil des Hebens und Sicherns erledigt haben, doch der Entwurf der Plattform, die Art, wie sie leicht auf den Ästen balanciert und nur dort aufliegt, wo ihr Gewicht gestützt wird, sowie die Bestimmung der Stelle, an der sie befestigt wurde, all das war mein Werk. Ich fühlte mich sehr stolz.

Allerdings hielt mein Hochgefühl nicht lange an. Eine Strickleiter hinaufzusteigen, die bei jedem Schritt nachgibt und immer stärker schwankt, je höher man kommt, ist nichts für verzagte Herzen und für eine schwache Frau. Auf halber Höhe versagten mir die Kräfte. Ich klammerte mich an der schwankenden Leiter fest, und Retyo musste zu meiner Rettung kommen. Es beschämt mich, dass ich, eine verheiratete Frau, ihm die Arme um den Hals schlang, als wäre ich ein kleines Kind. Und zu meiner Bestürzung hat er mich nicht etwa nach unten gebracht, sondern darauf bestanden, mich nach oben zu tragen, damit ich den Ausblick von unserer Plattform genießen könne.

Es war erregend und gleichzeitig enttäuschend. Wir standen hoch über dem sumpfigen Land, das so lange an unseren Füßen gesaugt hatte, dennoch weit unterhalb des dichten Baldachins aus Blättern, der nur das stärkste Sonnenlicht hindurchlässt. Ich betrachtete den täuschend solide wirkenden Boden aus Blättern, Zweigen und Lianen. Obwohl andere gewaltige Stämme und Äste unsere Sicht beeinträchtigten, konnte ich plötzlich in einige Richtungen weit in den Wald hineinsehen. Er schien nirgendwo zu enden. Trotzdem stachelte es meinen Ehrgeiz an, als ich die Äste der angrenzenden Bäume sah, die unsere beinahe berührten. Unsere nächste Plattform wird von drei dicht nebeneinander stehenden Bäumen gestützt werden. Und eine Hängebrücke wird von Plattform eins zu Plattform zwei führen. Chellia und Sewet sind bereits dabei, die Sicherheitsnetze zu flechten, die unsere jüngeren Kinder davor schützen sollen, von Plattform eins in die Tiefe zu stürzen. Wenn sie damit fertig sind, werde ich sie damit beauftragen, neue Hängebrücken und dazu Netze zu flechten, welche die Brücken seitlich einhegen.

Die älteren Kinder erklettern unsere Baumhäuser am schnellsten und gewöhnen sich auch am raschesten daran. Sie laufen bereits schrecklich leichtsinnig von der Plattform hinaus auf die großen Äste, die sie stützen. Nachdem ich sie immer wieder zur Vorsicht ermahnt habe, belehrte mich Retyo freundlich eines Besseren. »Das ist ihre neue Welt«, erklärte er. »Sie dürfen sie nicht fürchten. Sie werden genauso trittsicher darauf herumlaufen wie Seeleute in die Wanten klettern. Diese Äste hier sind breiter als die Bürgersteige so mancher Stadt, deren Hafen ich angelaufen habe. Das Einzige, was dich davon abhält, auf diesen Ast zu treten, ist das Wissen, wie tief du fallen könntest. Denk statt dessen an das feste Holz unter deinen Füßen.«

Unter seiner Führung und von seinem sicheren Arm gestützt, wagte ich mich tatsächlich auf einen der Äste hinaus. Als wir eine Strecke zurückgelegt hatten und der Ast unter unseren Schritten zu schwanken begann, verlor ich jedoch rasch meinen Mut und floh zurück auf die Plattform. Als ich hinabschaute, konnte ich die Hütten unserer schmutzigen kleinen Sieldung tief unter mir kaum erkennen. So sind wir in eine andere Welt hinaufgestiegen. Hier oben ist es heller, auch wenn das Licht diffus ist, und wir befinden uns viel dichter an den Früchten und den Blumen.

Bunte Vögel kreischen, als wollten sie uns das Recht streitig machen, hier zu verweilen. Ihre Nester baumeln wie Körbe von den Zweigen herunter. Ich betrachte ihre hängenden Heime und überlege, ob ich ihr Beispiel nicht nutzen kann, um mir selbst ein sicheres »Nest« zu bauen. Ich habe schon das Gefühl, dass dieses neue Territorium rechtmäßig mir zusteht, bedingt durch meinen Ehrgeiz und meine Kunst, als würde ich eines meiner schwebenden Kunstwerke bewohnen. Kann ich mir denn eine Stadt aus hängenden Hütten vorstellen? Selbst diese kahle Plattform besitzt bereits Balance und Grazie.

Morgen werde ich mich mit Retyo dem Seemann und Sewet der Flechterin zusammensetzen. Ich erinnere mich an die Lastnetze, mit denen man schwere Fracht vom Pier an Deck der Schiffe hievt. Könnte man nicht eine Plattform in ein solches Netz platzieren, es dann mit einem Dach versehen, damit es vor Blicken geschützt ist, das ganze an einen starken Ast hängen und so hier oben eine ebenso luftige wie intime Kammer gewinnen? Doch wie sollen wir von solchen Wohnnestern aus Zugang zu den Großen Plattformen bekommen? Ich lächle, während ich das niederschreibe. Ich frage mich nicht einmal mehr, ob es getan werden kann, sondern nur, wie.

Olpey und Petrus leiden unter einem Ausschlag, der von ihrer Kopfhaut bis zu ihrem Hals und noch weiter hinunter reicht. Sie kratzen sich ständig und jammern. Ihre Haut fühlt sich so rau an wie Schuppen. Mir fällt nichts ein, diese Krankheit zu lindern und ich fürchte, dass sie auch auf andere übergreift. Ich habe schon viele Kinder beobachtet, die sich heftigst kratzen.

Tag sechs oder sieben des Goldmondes
Im vierzehnten Jahr des Satrapen Esclepius

Heute haben sich zwei bedeutsame Ereignisse zugetragen. Dennoch bin ich so erschöpft und traurig, dass ich sie kaum niederschreiben kann. Als ich gestern Nacht in meinem pendelnden Vogelnest von einem Heim einschlief, fühlte ich mich sicher und fast gelassen. Heute Abend jedoch ist das alles bereits wieder zunichte gemacht.

Zunächst hat mich Petrus gestern Nacht geweckt. Zitternd krabbelte er unter die Matten neben mich, als wäre er wieder mein kleiner Junge. Er flüsterte mir zu, dass Olpey ihm Angst einflöße. Er sänge Lieder aus der Stadt, und er müsste mir unbedingt davon erzählen, obwohl er Olpey versprochen habe, darüber Stillschweigen zu bewahren.

Petrus und Olpey waren offenbar auf ihrer ausgedehnten Nahrungssuche auf eine unnatürlich kubische Erhebung im Wald gestoßen. Sie hatte Petrus Unbehagen eingeflößt, und er wollte sich ihr zunächst nicht nähern. Mein Sohn konnte mir nicht sagen, was ihn abhielt. Olpey dagegen fühlte sich wie magisch zu dem Kubus hingezogen. Tag für Tag bedrängte er Petrus, dass sie dorthin zurückkehren sollten. An den Tagen, an denen Petrus allein nach Hause kam, tat er das aus dem Grund, dass er Olpey dort zurückgelassen hatte. Challias Sohn erforschte das Gebilde. Und irgendwann hatte er nach langem Stochern und Graben einen Zugang gefunden. Die Jungen waren bereits mehrmals dort eingedrungen. Petrus beschrieb den Hügel als einen vergrabenen Turm, obwohl mir das keinen Sinn zu ergeben schien. Er sagte, die Wände seien geborsten, und Feuchtigkeit sickere hinein, ansonsten aber wäre der Turm zum größten Teil unberührt. Es gab dort Wandbehänge und alte Möbel, einige noch benutzbar, andere verrottet. Und es gab noch viel mehr Anzeichen dafür, dass dort früher einmal Menschen gelebt hätten. Doch

Petrus zitterte, als er sprach, und sagte, er glaube nicht, dass es Menschen wie wir gewesen wären. Und er sagte, die Musik komme von dort.

Petrus war nur eine Ebene weit in den Turm hinabgestiegen, aber Olpey hatte ihm verraten, dass er noch viel tiefer reiche. Mein Sohn hatte Angst, im Dunkeln weiterzugehen, aber dann war es Olpey wie durch Magie gelungen, den Turm mit Licht zu erfüllen. Olpey hatte Petrus wegen seiner Angst verspottet und Geschichten von unermesslichen Reichtümern und merkwürdigen Gegenständen tief im Inneren des Turms erzählt. Er behauptete, Geister sprächen zu ihm und verrieten ihm ihre Geheimnisse, einschließlich der Orte, an denen kostbare Schätze zu finden wären. Schließlich fantasierte Olpey sogar, dass er früher einmal in dem Turm gelebt habe, vor langer Zeit, als er ein alter Mann gewesen war.

Ich wartete nicht bis zum nächsten Morgen. Ich weckte Chellia, und nachdem sie meinen Bericht gehört hatte, weckte sie Olpey. Der Junge war wütend und zischte, dass er Petrus nie wieder vertrauen würde. Der Turm wäre sein Geheimnis, und alle die Schätze darin gehörten ihm, und er müsste nicht teilen. Obwohl es mitten in der Nacht und stockfinster war, floh Olpey und lief über einen der Äste, welche die Kinder als Pfade benutzten. Dann verschwand er, und wir wussten nicht, wohin.

Als schließlich der Morgen durch die schützenden Zweige sickerte, folgten Chellia und ich Petrus durch den Wald zu dem Turmhügel. Retyo und Tremartin begleiteten uns, und auch der kleine Carlmin, der sich geweigert hatte, bei Chellias Töchtern zu bleiben. Als ich die kantige Erhebung sah, die aus dem Sumpf ragte, verlor ich den Mut. Aber ich wollte nicht, dass Retyo mich für feige hielt, also riss ich mich zusammen und ging weiter.

Die Spitze des Turms war unter einer dicken Moosschicht verborgen und von Kletterpflanzen bedeckt, aber sein Umriss war zu regelmäßig für etwas Natürliches und stach aus dem Dschungel hervor. Die Jungen hatten an einer Seite die Kletterpflanzen und das Moos beseitigt und ein Fenster in einer Steinwand freigelegt. Retyo entzündete die Fackel, die er mitgebracht hatte, und wir kletterten einer nach dem anderen vorsichtig ins Innere. Die Vegetation hatte die Mauer mit ihren Wurzeln und Ranken durchdrungen. Auf dem schmutzigen Boden konnten wir die schlammigen Spuren der Füße unserer Jungen erkennen. Vermutlich haben die beiden diesen Ort schon viel länger erforscht, als Petrus zugibt. Ein Bettgestell stand mit Stofffetzen geschmückt in einer Ecke des Raumes. Insekten und Mäuse hatten den Betthimmel zu Fetzen zerfressen.

Trotz des Dämmerlichts und des Verfalls gab es noch einen Widerhall von Lieblichkeit in diesem Raum. Ich packte einen Fetzen von einem verrotteten Vorhang und rieb damit eine Stelle von einem Fries frei. Eine Staubwolke stieg auf, doch die Verblüffung erstickte meinen Husten. Meine Künstlerseele erglühte, als ich die elegant geformten und bemalten Fliesen sah, die ich freigelegt hatte. Mein Mutterherz jedoch blieb beinahe stehen, als ich die Bilder darauf sah. Die Gestalten der gemalten Kreaturen waren groß und dünn, Menschen, die wie stangenförmige Insekten dargestellt waren. Dennoch schien das nicht bloße Laune des Künstlers gewesen zu sein. Einige hielten Musikinstrumente in den Händen, vielleicht waren es auch Waffen. Das konnten wir nicht erkennen. Im Hintergrund ernteten Menschen ein Schilfbeet am Fluss ab wie Bauern ein Feld. Eine Frau auf einem großen goldenen Thron überblickte das alles und schien hocherfreut darüber zu sein. Ihr Gesicht war ernst und dennoch freundlich. Ich hatte das Gefühl, als hätte ich sie schon einmal gesehen. Ich hätte sie noch länger angestarrt, aber Chellia verlangte, dass wir nach ihrem Sohn suchten.

Mit einer Strenge, die ich gar nicht empfand, forderte ich Petrus auf, uns zu zeigen, wo er mit Olpey gespielt hatte. Er erbleichte, als ihm klar wurde, dass ich die Wahrheit erraten hatte. Wir verließen das Schlafzimmer über eine kurze Treppe nach unten. Unten an ihrem Absatz befanden sich zwei Fenster mit dickem Glas, aber als Retyo seine Fackel hochhielt, beleuchtete ihr flackerndes Licht fette weiße Würmer, die sich in der von außen dagegen gepressten Erde rührten. Wir betraten eine große Halle. Unter unseren Füßen zerfielen Teppiche in feuchte Fetzen. Wir gingen an Türen vorbei, von denen einige geschlossen waren, andere dagegen offene Durchgänge mit gähnenden schwarzen Mäulern. Petrus indes führte uns weiter. Schließlich gelangten wir an die Spitze einer Treppe, die weit großartiger war als die erste. Als wir diese breite Treppe in einen finsteren Abgrund hinunterstiegen, war ich froh, Retyo an meiner Seite zu haben. Seine Ruhe stärkte meinen schwindenden Mut. Die uralte Kälte des Steines drang durch meine zerschlissenen Schuhe und kroch mir über die Beine bis ins Rückgrat, als wollte sie nach meinem Herzen greifen. Unsere Fackel beleuchtete kaum mehr als unsere verängstigten Gesichter. Wir hörten auf zu flüstern, und in der Stille vernahmen wir geisterhafte Echos. Wir gelangten erst an einen, dann zu einem zweiten Absatz, doch Petrus sagte weder ein Wort noch zögerte er, uns weiter in die Tiefe zu führen. Es kam mir vor, als wären wir vom Schlund einer gewaltigen Bestie verschluckt und gelangten nunmehr in ihren Bauch.

Als wir schließlich den Fuß der Treppe erreichten, vermochte unsere einsame Fackel die Schwärze um uns herum nicht mehr zu durchdringen. Die Flamme blakte in der Zugluft eines gewaltigen Raumes, und trotz der Dunkelheit war mir klar, dass gegen diese Halle selbst der große Ballsaal im Palast des Satrapen bescheiden wirken würde. Langsam tastete ich mich vor, doch plötzlich löste sich Carlmin furchtlos von meiner Hand und verschwand aus dem Lichtkreis der Fackel. Ich rief ihn zurück, aber die einzige Antwort waren seine Schritte, während er sich hastig von uns entfernte. »Oh, so lauf ihm doch nach!«, rief ich Retyo zu, aber gerade, als der sich dazu anschickte, erhellte sich der

Raum um uns schlagartig, als hätte eine ganze Horde von Geistern gleichzeitig ihre Laternen angezündet. Ich schrie vor Schreck auf und stand dann wie betäubt da.

Mitten in der Halle richtete sich ein gewaltiger grüner Drache auf die Hinterläufe auf. Die Krallen an seinen Tatzen gruben sich tief in den Steinboden ein, und sein peitschender Schweif schlängelte sich durch das halbe Geviert. Seine smaragdfarbenen Schwingen öffneten sich weit gespreizt und stützten die Decke hoch über uns. Sein Reptilienhals endete in einem Kopf von der Größe eines Ochsenkarrens. In den glänzenden, silbernen Augen glitzerte wache Verständigkeit. Seine kleineren Vorderläufe umklammerten den Griff eines großen Korbes. Er war kunstvoll mit Bögen aus Jade und Bändern aus Elfenbein verziert. In dem Korb lehnte sich gelassen eine Frau zurück. Sie strahlte eine beinahe übernatürliche Hoheit aus. Sie war nicht schön, aber die Macht, die der Künstler in ihr zum Ausdruck brachte, ließ so etwas wie bloße Schönheit vergessen. Sie war weder jung noch begehrenswert. Sie war eine Frau, die ihre Blüte lange überschritten hatte, aber die Linien, die der Bildhauer ihr ins Gesicht gemeißelt hatte, schienen Furchen der Weisheit auf ihrer Stirn zu sein und Fältchen des Denkens in ihren Augenwinkeln. Über ihren Augenbrauen und auf ihren hohen Wangenknochen saßen Juwelen, die das Schuppenmuster des Drachen nachzuahmen schienen. Das war keine seelenlose Darstellung von Sas weiblichem Wesensanteil. Ich wusste ohne jeden Zweifel, dass diese Statue erschaffen worden war, um eine irdische Frau zu ehren, und das erschütterte mich bis ins Mark. Der geschmeidige Hals des Drachen war so gearbeitet, dass seine Kopfhaltung ihm erlaubte, die Frau zu betrachten. Und sogar das Reptilienantlitz bezeigte derjenigen Ehrfurcht, die er in den Klauen trug.

Ich hatte noch nie ein solches Frauenbildnis zu Gesicht bekommen. Zwar hatte ich fremde Legenden von Kurtisanen-Herrscherinnen und machtvollen Königinnen gehört, aber es schienen immer Erfindungen irgendwelcher barbarischen und wilden Völker zu sein, die von verführerischen Weibern mit bösen Absichten kündeten. Diese Frau hier strafte all diese Legenden Lügen. Eine Weile hatte ich nur Augen für sie. Dann kam ich wieder zu mir und besann mich auf meine Pflichten.

Der kleine Carlmin stand in einiger Entfernung von uns und lächelte selig. Er presste seine kleine Hand gegen die Täfelung einer Säule. Seine Haut schimmerte in diesem unnatürlichen Licht wie Eis. Seine winzige Gestalt setzte die Halle in den richtigen Größenbezug, und plötzlich sah ich all das, was die Frau und der Drache bisher verborgen hatten.

Das Licht strömte aus blassen Sternen und aus fliegenden Drachen von der Decke. Es kroch aus Kletterpflanzen auf den Wänden und umrahmte vier Durchgänge, hinter denen dunkle Korridore lagen. Ausgetrocknete Brunnen und Statuen waren überall auf dem gewaltigen, staubigen Boden verteilt. Dies hier war ein riesiges, überdachtes Forum, ein Ort, an dem sich die Menschen versammelten und plauderten oder einfach nur müßig zwischen den Brunnen und Statuen flanierten. Kleinere Säulen trugen verschlungene Kletterpflanzen mit Blättern aus Elfenbein und Blüten aus Karneolen. Die Skulptur eines fliegenden Fisches trotzte dem trockenen Becken unter ihr. Modernde Schuttreste, die überall in der Halle herumlagen, deuteten auf frühere Holzaufbauten, Bänke oder Bühnen hin. Doch weder Staub noch Zerfall konnte die eisige Schönheit dieses Ortes ersticken. Ausmaß und Eleganz dieser Halle raubten mir den Atem und weckten eine verzagte Ehrfurcht in mir. Menschen, die einen solchen Raum zu erschaffen imstande waren, gingen nicht einfach so unter. Welches Schicksal hatte die Lebewesen ereilt, deren Magie einen Saal erhellen konnte, noch viele Jahre nach ihrem Ende? Bedrohte uns vielleicht dieselbe Gefahr, die auch sie vernichtet hatte? Was war es gewesen? Warum waren sie verschwunden?

Waren sie überhaupt verschwunden?

Wie in der Kammer oben fühlte es sich an, als wären die Bewohner einfach gegangen und hätten all ihre Kunstwerke zurückgelassen. Erneut verrieten die schlammigen Spuren auf dem Boden, dass die Kinder schon einmal hier gewesen waren. Die meisten Spuren führten zu einer bestimmten Tür.

»Ich wusste nicht, wie gewaltig dieser Saal ist.« Petrus' hohe Stimme klang seltsam schrill in dem riesigen Raum. Er starrte die Lady und ihren Drachen an. Dann drehte er sich langsam um seine eigene Achse und blickte zur Decke empor. »Wir mussten hier Fackeln benutzen. Wie hast du sie erleuchtet, Carlmin?« Petrus schien das Wissen seines kleines Bruders Unbehagen zu verursachen.

Aber Carlmin antwortete nicht. Mein kleiner Sohn trabte eilig durch die riesige Halle, als würde er zu einem Vergnügen gelockt. »Carlmin!«, schrie ich, und meine Stimme erweckte hunderte geisterhafter Echos. Noch während ich mich von dem Schreck erholte, verschwand er in einem der Gänge. Von da leuchtete es merkwürdig dämmrig. Ich rannte ihm hinterher, und die anderen folgten mir. Als ich das Forum überquert hatte, war ich außer Atem. Dann aber jagte ich Carlmin durch einen staubigen Korridor nach.

Als ich ihm in ein dämmriges Gemach folgte, flackerte plötzlich Licht um mich herum auf. Mein Sohn saß am Kopfende einer langen Tafel mit Gästen in exotischen Gewändern. Sie lachten, und es spielte Musik. Ich blinzelte, und da säumten plötzlich nur leere Stühle die Längsseiten des Tisches. Das Fest war zu staubigen Flecken auf den Kristallkelchen und Tellern vergangen, doch die Musik spielte weiter, gedämpft und verzerrt. Ich kannte sie. Aus meinen Träumen.

Carlmins Stimme klang hohl, als er einen Kelch zum Toast erhob. »Auf meine Lady!« Er lächelte liebevoll, indes sein kindlicher Blick auf für uns verborgene Augen traf. Als er den Kelch an die Lippen setzte, packte ich sein Handgelenk und schleuderte das Glas aus seiner Hand. Es zerbarst auf dem staubigen Boden.

Carlmin starrte mich mit einem Blick an, der mich nicht erkannte. Obwohl er in letzter Zeit ein gutes Stück gewachsen war, riss ich ihn in meine Arme und drückte ihn fest an mich. Sein Kopf sank gegen meine Schulter, und er schloss zitternd die Augen. Die Musik verstummte. Retyo nahm mir Carlmin ab. »Wir hätten dem Jungen nicht erlauben sollen, mitzukommen«, erklärte er ernst. »Je schneller wir diesen Ort und seine sterbende Magie verlassen, desto besser.« Er sah sich unbehaglich um. »Gedanken, die nicht die meinen sind, zupfen an mir, und ich höre Stimmen. Ich habe das Gefühl, als wäre ich schon einmal hier gewesen, und weiß doch, dass das nicht sein kann. Wir sollten diese Stadt den Geistern überlassen, die darin umgehen.« Er schien sich ein wenig zu schämen, dass er seine Furcht offen zugab, aber ich war froh, dass einer von uns sie laut aussprach.

Dann schrie Chellia, dass wir Olpey nicht hier lassen und ihn dem Zauber anheim geben könnten, dem auch Carlmin verfallen war. Sa möge mir vergeben, aber ich hatte nur den Wunsch, meine eigenen Kinder zu packen und zu fliehen. Aber Retyo, der die Fackel und meinen Sohn trug, führte uns weiter. Sein Freund Tremartin zertrümmerte einen Stuhl auf dem Boden und ergriff eines der Beine. Er hielt es wie einen Knüppel. Niemand fragte ihn, was ein Knüppel gegen die Spinnweben der uralten Erinnerungen ausrichten könnte, die an uns nagten. Petrus übernahm erneut die Führung. Als ich zurücksah, bemerkte ich, wie die Lichter in der Kammer erloschen.

Wir durchquerten eine weitere Halle und kamen dann eine Treppe hinab, die in einen kleineren Saal führte. Zierliche Statuen in kleinen Nischen säumten die Wände, und vor ihnen staken staubverkrustete Kerzenstummel in ihren Haltern. Viele der Figuren stellten Frauen dar, gekrönt und geehrt wie Könige. Ihre gemeißelten Roben schimmerten von winzigen, eingelassenen Juwelen, und mit Perlen bestickte Netze hielten ihr Haar.

Das unnatürliche Licht war blau und unstet. Es flackerte und drohte ständig zu erlöschen. Es machte mich merkwürdig schläfrig. Ich glaubte, ein Flüstern zu hören, und einmal, als ich an einer Tür vorbeiging, hörte ich in der Ferne zwei Frauen singen. Ich schüttelte mich vor Furcht, und Retyo schaute zurück, als habe auch er sie gehört. Keiner von uns sprach ein Wort, sondern wir hasteten nur einfach weiter. Einige Durchgänge erstrahlten in hellem Licht, als wir hindurchtraten. Andere blieben starrsinnig dunkel und schienen die Unzulänglichkeit unserer Fackel zu verhöhnen. Ich weiß nicht, was von beidem mir mehr Angst einflößte.

Schließlich fanden wir Olpey in einem kleinen Raum. Er saß auf einem mit prachtvollen Schnitzereien verzierten Stuhl vor dem Frisiertisch eines Edelmannes. Das Gold war vom Holz des Spiegels abgeblättert und lag in Flocken umher. Der Spiegel selbst war blind vom Alter, und schwarze Flecken blühten darin. Muschelkämme und der Handgriff einer Bürste lagen unordentlich davor auf dem Tisch. Olpey hielt eine kleine Kiste auf dem Schoß und hatte sich viele Medaillons um den Hals gehängt. Er hielt den Kopf zur Seite geneigt, aber seine Augen waren weit geöffnet. Als wir näher kamen, griff er zu einem Duftflakon und tat, als würde er sich mit dem längst vertrockneten Parfum betupfen, während er den Kopf nach rechts und links wendete und sein verschwommenes Spiegelbild betrachtete. Seine affektierten Bewegungen imitierten die Toilette eines arroganten und eingebildeten Mannes.

»Hör auf!«, zischte seine Mutter entsetzt. Er schrak jedoch nicht zusammen, und mich beschlich unwillkürlich das Gefühl, am Ende wären wir hier die Geister. Challia packte ihren Sohn und schüttelte ihn. Das riss ihn aus seinem Traum, aber es war ein Erwachen voller Entsetzen. Er schrie, als er seine Mutter erkannte, blickte wild um sich und sank dann ohnmächtig zusammen. »Helft mir, ihn hier herauszuschaffen!«, bat die arme Chellia.

Tremartin legte sich Olpeys Arm um die Schultern und zog den Jungen mit, als wir flohen. Die Lichter erloschen hinter uns, wenn wir einen Bereich verließen, beinahe als wenn die uns verfolgende Dunkelheit immer nur einen Schritt entfernt bliebe. Einmal ertönte plötzlich laute Musik und wurde leiser, als wir weiterflohen. Als wir schließlich aus dem Fenster wieder an die frische Luft kletterten, wirkte der Sumpf auf uns wie ein gesunder Ort voller Licht und Frische. Erschreckt stellte ich fest, dass fast der ganze Tag verstrichen war, während wir unten in der Stadt gewesen waren.

Carlmin erholte sich an der frischen Luft rasch. Tremartin redete scharf auf Olpey ein und schüttelte ihn, wodurch der Junge wieder zur Besinnung kam. Aber er war wütend, riss sich von Tremartin los und wollte nicht vernünftig mit uns sprechen. Abwechselnd verdrießlich oder trotzig weigerte er sich zu erklären, warum er sich in der Stadt versteckt oder was er dort getrieben hatte. Zudem stritt er vehement ab, ohnmächtig geworden zu sein. Petrus begegnete er mit eiskalter Wut und bestand heftig auf den Besitz der juwelenbesetzten Medaillons, die er um den Hals trug. Sie glitzerten von Edelsteinen in allen Farben, und dennoch würde ich mir ebenso wenig eines von ihnen um den Hals legen, wie ich die Umarmung einer Schlange begrüßen würde. »Sie gehören mir!«, rief er immer wieder. »Mein Liebster hat sie mir geschenkt, vor langer Zeit, und jetzt nimmt sie mir niemand mehr weg!«

Es bedurfte Chellias ganzer Geduld und mütterlicher Schlichen, Olpey zu überreden, mit uns zurückzukommen. Selbst dann trottete er nur widerwillig hinter uns her. Als wir den Rand des Lagers erreicht hatten, war das schwindende Tageslicht beinahe erloschen, und die Insekten fielen über uns her.

Die aufgeregten Stimmen auf den Plattformen hoch über uns summten wie ein aufgeschreckter Bienenstock. Wir kletterten die Leitern hoch, und ich war so erschöpft, dass ich nur an mein Nest und mein Bett dachte. Doch als wir die Plattform schließlich erreichten, grüßten uns laute Schreie. Die Kundschafter waren zurückgekehrt! Als ich meinen Ehemann sah, abgemagert, bärtig und zerlumpt, tat mein Herz einen Satz. Der kleine Carlmin stand da und starrte seinen Vater an wie einen Fremden. Petrus jedoch sprang vor und begrüßte ihn. Retyo verabschiedete sich ernst von mir und verschwand von meiner Seite in der Menge.

Zunächst erkannte Jathan nicht einmal mehr seinen Sohn. Dann hob er den Blick und musterte die Menge. Nachdem dieser Blick zweimal über mich hinweggeglitten war, trat ich mit Carlmin an der Hand vor. Ich glaube, er erkannte mich eher an meiner Miene als an meinem Äußeren. Langsam kam er auf mich zu. »Carillion, bist du das? Barmherziger Sa, hab Erbarmen mit uns allen!« Ich vermute, dass meine Erscheinung ihm nicht gerade gefiel. Warum mich das so schmerzte, weiß ich nicht, und ebenso unklar ist mir, warum es mich beschämte, dass er zwar meine Hand nahm, mich aber nicht umarmte. Der kleine Carlmin stand neben mir und starrte seinen Vater entgeistert an.

Doch genug mit dem Suhlen im Selbstmitleid! Ich will den Bericht der Kundschafter zusammenfassen. Sie haben nur noch mehr Sumpf gefunden. Der Regenwildfluss ist die Hauptwasserader eines riesigen Netzwerks von Flüssen und Gewässern, die auf dem Weg ins Meer in vielen Flussläufen durch ein breites Tal mäandern. Das Wasser fließt sowohl unter als auch über Land. Die Männer haben keinen festen Boden gefunden, nur Morast und Sümpfe. Seit sie uns verließen, haben sie kein einziges Mal den Horizont gesehen. Von den zwölfen, die aufgebrochen waren, sind nur sieben zurückgekehrt. Einer ist im Treibsand versunken, ein zweiter in der Nacht verschwunden, und drei andere erlagen dem Fieber. Auch Ethe, Chellias Ehemann, ist nicht zurückgekehrt.

Die Kundschafter konnten nicht sagen, wie weit ins Landesinnere sie vorgedrungen seien. Die Bäume haben sämtliche Bemühungen vereitelt, sich an den Sternen zu orientieren. Am Ende scheinen sie wohl in einem großen Kreis gegangen zu sein, denn irgendwann fanden sie sich am Flussufer wieder.

Auf ihrem Rückweg sind sie den Überlebenden des dritten Schiffes begegnet. Die wurden flussabwärts von der Stelle ausgesetzt, an der wir im Stich gelassen wurden. Ihr Kapitän gab seine Mission auf, als das Wrack des anderen Schiffes an ihm vorbeischwamm. Allerdings war er barmherziger als unser Schiffsführer, denn er ließ ihre gesamte Ausrüstung an Land bringen und gab ihnen sogar eines der Schiffsboote. Aber die Ausgesetzten kämpften mit immensen Schwierigkeiten, und die meisten wollten lieber nach Hause zurückkehren. Die großartige Nachricht war, dass sie noch über vier Botenvögel verfügten. Einen hatten sie losgeschickt, kurz nachdem sie an Land abgesetzt wurden. Ein anderer wurde nach einem Monat mit einem Bericht über ihre Fährnisse freigelassen.

Das Wissen unserer Kundschafter zerstörte bei ihnen freilich jede noch verbliebene Hoffnung. Deshalb beschlossen sie, ihre Bemühungen um die Gründung einer Siedlung aufzugeben. Sieben ihrer jungen Männer sind nun mit unseren Kundschaftern zurückgekehrt, um uns bei der Evakuierung zu helfen. Sollten wir uns ihnen anschließen, werden sie einen dritten Botenvogel nach Jamailliastadt schicken und um ein Rettungsschiff bitten. Dann sollen wir uns flussabwärts bis zur Küste durchschlagen und dort der Rettung harren.

Als Chellia, Retyo und ich zurückkehrten, beklagten sich einige aus unserer Companie verbittert, dass bestimmt kein Schiff zur Rettung käme. Trotzdem hatten sich alle ans Packen gemacht. In diesem Moment tauchte Chellia mit ihrem juwelengeschmückten Sohn auf. Als sie versuchte, der Menge, die zu groß war, als dass alle sie hätten hören können, ihre Geschichte zu erzählen, brach beinahe ein Tumult aus. Einige Männer wollten sich trotz der einbrechenden Dunkelheit sofort zu dem versunkenen Turm auf den Weg machen. Andere wollten die Juwelen mit eigenen Augen sehen, und als der junge Olpey sich weigerte, sie von irgendjemandem berühren zu lassen, gab es ein Handgemenge. Der Junge riss sich los, sprang von der Plattform und hüpfte wie ein Affe von Ast zu Ast, bis die Dunkelheit ihn verschluckte. Ich bete, dass er heute Nacht in Sicherheit ist, fürchte jedoch insgeheim, dass er jetzt völlig dem Wahnsinn verfallen ist.

Eine andere Form des Irrsinns hat unsere Leute ergriffen. Ich verkrieche mich mit meinen beiden Söhnen in meiner Schutzhütte. Draußen auf der Plattform zerreißen Schreie die Nacht. Ich höre Frauen inständig flehen, dass wir von hier fortgehen sollen, und Männer, die antworten ja, ja, das tun wir schon, aber erst wollen wir sehen, welche Schätze die Stadt uns bietet. Ein Botenvogel mit einem Juwel am Bein würde sehr schnell ein Schiff herbeiholen, spotten sie gar. Ihre Augen glänzen fiebrig, und sie haben ihre Stimmen laut erhoben.

Mein Ehemann ist nicht bei mir. Trotz unserer langen Trennung befindet er sich mitten unter den Streitenden, statt bei seiner Frau und seinen Söhnen zu sein. Ist ihm überhaupt aufgefallen, dass meine Schwangerschaft zu Ende ist und meine Arme dennoch leer sind? Ich bezweifle es.

Wohin Chellia und ihre Töchter gegangen sind, weiß ich nicht. Sie ist zusammengebrochen, als sie erfuhr, dass ihr Ethe nicht zurückgekehrt ist. Ihr Mann ist tot und Olpey vielleicht für immer verloren oder verrückt. Ich habe Angst um sie und trauere mit ihr. Ich dachte, die Rückkehr der Kundschafter würde mich mit Freude erfüllen. Jetzt kann ich schwer sagen, was ich empfinde. Aber ich weiß, dass es weder Freude noch Erleichterung ist.

Tag sieben oder acht des Goldmondes
Im vierzehnten Jahr des Satrapen Esclepius

Er kam mitten in der Nacht zur mir, und trotz meines schweren Herzens und ungeachtet dessen, dass unsere beiden Söhne dicht neben mir schliefen, gewährte ich ihm, was er wollte. Etwas in mir hungerte nach einer zärtlichen Berührung, ein anderer Teil jedoch verspottete mich deswegen. Denn er kam erst zu mir, nachdem er seine wichtigeren Angelegenheiten erledigt hatte. Er sprach wenig und befriedigte sich in der Dunkelheit. Kann ich ihm das verdenken? Ich weiß, dass ich nur noch Haut und Knochen bin. Und diese Haut ist rau und mein Haar trocken wie Stroh. Derselbe Ausschlag, der meine Kinder befallen hat, kriecht jetzt wie eine Schlange mein Rückgrat hinauf. Ich fürchtete, dass er mich dort berühren würde, vor allem, weil mich das daran erinnert hätte, dass der Ausschlag da war, aber es bestand kein Grund zu dieser Sorge. Er verschwendete keine Zeit auf Zärtlichkeiten. Ich starrte an seiner Schulter vorbei in die Finsternis. Und dachte nicht an meinen Ehemann, sondern an Retyo, einen einfachen Seemann, der mit dem Akzent des Hafenviertels spricht.

Was ist aus mir geworden?

Nachmittag

Nunmehr bin ich wieder Lord Jathan Carrocks Ehefrau, und er hat über mein Leben zu verfügen. Er hat unser Schicksal besiegelt. Da Olpey verschwunden ist und weder Retyo noch Tremartin aufzufinden sind, erklärte Jathan, dass die Entdeckung der verborgenen Stadt durch seinen Sohn ihm das Vorrecht auf alle Schätze gäbe, die darin zu finden seien. Petrus soll ihn und die anderen Männer zu dem versunkenen Turm führen. Sie wollen die Stadt nach Schätzen durchkämmen, die uns den Weg zurück in die Gnade des Satrapen erkaufen werden. Es erfüllt ihn offenbar mit Stolz, behaupten zu können, Petrus habe den Turm entdeckt und die Carrocks dürften deshalb Anspruch auf einen größeren Anteil der Schätze erheben. Es kümmert ihn nicht, dass Olpey noch immer verschwunden ist und Chellia und ihre Töchter aufgelöst sind vor Gram. Er spricht nur davon, wie dieser Schatz unsere glorreiche Rückkehr an den Hof bewerkstelligen wird. Er scheint all die Ligen Sumpf und Meer vergessen zu haben, die zwischen Jamailliastadt und uns liegen.

Ich habe ihm gesagt, dass die Stadt ein gefährlicher Ort sei und er sich nicht hineinwagen solle, wenn er nur an Beute denke. Ich warnte ihn vor der gefährlichen Magie, den Lichtern, die aufflammen und wieder erlöschen, vor den Stimmen und der Musik, die man in der Ferne hört. Er jedoch tut das alles als »überspannte weibische Phantasie« ab. Er rät mir, mich weitab von der Gefahr hier in meiner »kleinen Affenschaukel« zu verkriechen, bis er zurückkehre. Daraufhin sprach ich ganz offen mit ihm. Die Companie, sagte ich, hat weder genug Lebensmittelreserven noch die Kraft, um den langen Marsch zur Küste zu unternehmen. Wenn wir uns nicht besser vorbereiteten, würden wir unterwegs sterben, ob mit oder ohne Schatz. Ich glaube, erklärte ich, wir sollten hier bleiben, bis wir besser vorbereitet seien oder bis uns ein Schiff abhole. Zudem bräuchten wir uns ja nicht mit der Niederlage abzufinden. Wir könnten durchaus mit einer Siedlung Erfolg haben, wenn wir alle Männer einsetzten, Nahrung zu sammeln, und eine Möglichkeit suchten, das Regenwasser aufzufangen und als Trinkwasser zu verwenden. Unsere Baumstadt könnte prachtvoll und wunderschön werden. Er schüttelte bei meinen Worten den Kopf, als wäre ich ein Kind, das von Feen in blumigen Lauben daherplappert. »Du denkst wie immer nur an deine Kunst«, erwiderte er. »Selbst in Lumpen gehüllt und hungernd, erkennst du die Wirklichkeit noch nicht.« Er setzte noch hinzu, dass er sehr bewundere, wie ich mich in seiner Abwesenheit beschäftigt hätte. Doch da er nun zurückgekehrt sei, würde er das Schicksal seiner Familie wieder in seine Hände nehmen.

Ich hätte ihn am liebsten angespuckt.

Petrus wollte die Männer nicht führen. Er glaubt, dass der Turm Olpey verschluckt hat und wir ihn nie mehr wiedersehen. Er spricht mit großer Furcht von der unterirdischen Stadt. Carlmin hat seinem Vater auf dessen Fragen geantwortet, dass er noch nie in einer versunkenen Stadt gewesen wäre. Dann setzte er sich hin und lutschte am Daumen. Das hat er nicht mehr gemacht, seit er zwei Jahre alt war.

Jathan lachte jedoch nur über Petrus' Warnungen. »Ich bin ein anderer Mann als dieser sanftmütige Adlige, der Jamailliastadt verlassen musste. Die Kobolde deiner dummen Mutter machen mir keine Sorgen.« Als ich scharf erwiderte, dass ich auch eine andere Frau wäre als die, die er auf sich allein gestellt in der Wildnis zurückgelassen habe, erwiderte er steif, das sähe er nur zu gut. Er hoffe nur, meinte er, dass die Rückkehr in die Zivilisation meinen Anstand wieder herstellen würde. Dann zwang er Petrus, sie zu den Ruinen zu führen.

Kein Schatz, wie groß er auch sein mochte, könnte mich dazu bringen, dorthin zurückzukehren. Nicht einmal, wenn Diamanten auf dem Boden ausgestreut wären und Perlenketten von der Decke baumelten. Ich habe die Gefahren nicht bloß fantasiert, und ich hasse Jathan dafür, dass er ihnen Petrus wieder aussetzt.

Ich werde den Tag mit Marthi verbringen. Ihr Ehemann ist unversehrt zurückgekehrt, aber nur, um sie für die Schatzsuche erneut zu verlassen. Im Gegensatz zu mir ist sie aber hocherfreut über seine Pläne und glaubt, dass sie wieder in die höfische Gesellschaft zurückkehren und wohlhabend werden können. Es fällt mir schwer, diesem Unsinn zuzuhören. »Mein Baby wird in

Sas geweihter Stadt aufwachsen«, behauptet sie. Die Frau ist dürr wie ein Strick, und ihr Bauch sieht aus wie ein Knoten, der hineingeschlungen wurde.

Tag acht oder neun des Goldmondes
Im vierzehnten Jahr des Satrapen Esclepius

Welch ein lächerliches Datum für uns. Hier gibt es keinen goldenen Erntemond, und der Satrap bedeutet mir ebenfalls nichts mehr.

Gestern hat Petrus den Männern das Turmfenster gezeigt, ist dann jedoch weggelaufen, als sie hineingestiegen sind. Sein Vater schrie ihm wütend nach. Mein Sohn kam blass und am ganzen Körper zitternd zu mir zurück. Er sagt, dass die Gesänge aus dem Turm so laut geworden seien, dass er kaum einen klaren Gedanken fassen könne, wenn er in seiner Nähe sei. Und manchmal habe er in den schwarzen Steinkorridoren merkwürdige Gestalten gesehen. Sie tauchten blitzartig auf, wie das flackernde Licht, sagt er.

Ich gebot ihm zu schweigen, weil seine Worte Marthi aufregten. Trotz Jathans Plänen treffe ich Vorkehrungen für den Winter. Ich habe das Dach unserer beiden Hängehütten mit einer zweiten Schicht gedeckt. Dafür benutzte ich breite Blätter, die ich mit Lianen befestigte. Ich glaube, unsere Schutzhütten, vor allem die kleineren Hängehütten und die Brücken, die sie mit der Großen Plattform verbinden, benötigen Verstärkung gegen den Winter und den Regen. Marthi war keine große Hilfe. Ihre Schwangerschaft macht sie ungelenk und teilnahmslos, aber das eigentlich Entmutigende ist, dass sie an unsere baldige Rückkehr nach Jamaillia glaubt. Die meisten Frauen warten jetzt nur noch darauf, dass der Tag der Abreise endlich anbricht.

Einige der Schatzjäger sind gestern Nacht zurückgekehrt. Sie haben von dieser gewaltigen versunkenen Stadt berichtet. Sie ist ganz anders als Jamailliastadt und vernetzt wie ein Labyrinth. Vielleicht lagen einige Bereiche schon immer unter der Erde, denn in den tiefstgelegenen Räumen gibt es weder Fenster noch Türen. Die oberen Stockwerke der Gebäude beherbergten offenbar die Wohnräume, während die unteren für Geschäfte, Warenhäuser und Märkte genutzt wurden. Zum Fluss hin ist bereits ein großer Teil der Stadt zusammengebrochen. In einigen Räumen sind die Wände feucht, und der Verfall hat die Möbel zerfressen. Andere Räume jedoch haben der Zeit widerstanden, und in ihnen sind Teppiche, Wandbehänge und Gewänder gut erhalten. Die Rückkehrer brachten Geschirr und Stühle mit, Teppiche und Juwelen, Statuen und Werkzeuge. Einer trug einen Umhang, der wie fließendes Wasser schimmerte und sich weich und geschmeidig um ihn legte. Die Männer haben sogar eine Amphore mit Wein entdeckt, die noch versiegelt in einem der Warenhäuser stand. Der Wein ist goldfarben und so stark, dass sie beinahe sofort betrunken waren. Sie kehrten lachend und mit nach Alkohol stinkendem Atem zurück. Sie forderten uns auf, ihnen in die Stadt zu folgen und gemeinsam mit ihnen den Wohlstand zu feiern, der uns in den Schoß gefallen war. Das wilde Funkeln in ihren Augen gefiel mir gar nicht.

Andere dagegen kehrten gehetzt und ängstlich zurück. Sie wollten nicht von ihren Erlebnissen sprechen. Dafür schmiedeten sie sofort Pläne, gleich am nächsten Tag im Morgengrauen aufzubrechen. Sie wollten den Fluss entlangmarschieren und zu den anderen stoßen, die dort warteten.

Jathan ließ sich gar nicht blicken.

Diejenigen, die von der Beute besessen sind, reden laut und trunken von altem Wein und verrückten Träumen. Sie fangen bereits an, die Schätze zu horten. Zwei Männer sind verletzt. Sie haben sich wegen einer Vase geprügelt. Wohin wird die Gier uns bringen? Ich fühle mich so einsam mit meinen trübsinnigen Fantasien.

Die Stadt ist kein erobertes Feindesland, das man einfach ausplündern kann. Sie ähnelt eher einem verlassenen Tempel, dem man die Achtung erweisen muss, mit der man jedem unbekannten Gott begegnen sollte. Sind nicht alle Götter nur Facetten von Sas Allgegenwärtigkeit? Doch es ist zu spät, diesen Gedanken auszusprechen. Niemand würde auf mich hören. Eine schreckliche Vorahnung überfällt mich. Diese Orgie der Plünderung wird schlimme Folgen haben.

Meine Baumsiedlung war heute Morgen so gut wie ausgestorben. Die meisten Bewohner sind vom Schatzfieber infiziert in die unterirdische Stadt gegangen. Nur die Gebrechlichen, Alten und Frauen mit den kleinsten Kindern sind in unserem Dorf geblieben. Ich sehe mich um und werde von Trauer erfüllt, denn ich habe den Tod meiner Träume vor Augen. Soll ich eloquenter argumentieren, dramatischer und poetischer formulieren, wie ich es einmal für angemessen hielt? Nein. Ich sage nur, dass ich vollkommen enttäuscht bin. Und dass mich dieses Gefühl bestürzt.

Es ist schwer, mich zu dem zu bekennen, was ich betrauere. Ich zögere, es zu Papier zu bringen, denn die Worte werden überdauern und mich später anklagen. Doch Kunst ist vor allem aufrichtig, und zunächst bin ich Künstlerin, noch vor Gattin, Mutter oder sogar Frau. Also schreibe ich es nieder. Und es spielt dabei keine Rolle, dass es mittlerweile einen Mann gibt, den ich meinem Ehemann vorziehen würde. Das gebe ich unumwunden zu. Es kümmert mich nicht, dass Retyo ein gemeiner Seemann ist, dazu sieben Jahre jünger als ich, keine Bildung hat und keine vornehme Abstammung vorweisen kann, die für ihn spräche. Nicht was er ist, sondern wer er ist, lässt ihm mein Herz zufliegen und zieht meine Blicke auf ihn. Ich würde ihn noch heute Nacht in mein Bett nehmen, wenn ich das tun könnte, ohne die Zukunft meiner Söhne aufs Spiel zu setzen. Das schreibe ich in aller Deutlichkeit. Kann es Schande sein, wenn ich sage, dass ich Retyo weit mehr schätze als meinen Ehemann, wo dieser Ehemann doch so deutlich gezeigt hat, dass er die Achtung anderer Männer in seiner Umgebung höher schätzt als die Liebe seiner Frau?

Nein. Doch was mein Herz heute verzagen lässt, ist, dass die Rückkehr meines Mannes, die Entdeckung der Schätze in der versunkenen Stadt und das Gerede über eine Rückkehr nach Jamailliastadt das Leben zerstören, das ich hier aufgebaut habe. Das grämt mich zutiefst. Und es fällt mir schwer, darüber nachzudenken. Wann habe ich mich so sehr verändert? Das Leben hier ist rau und hart. Die Schönheit dieses Landes ist mit der Schönheit einer sich sonnenden Schlange zu vergleichen. Sie droht ebenso, wie sie lockt. Ich bilde mir ein, das Leben hier meistern zu können, wenn ich ihm tiefe Demut entgegenbringe. Ohne es zu merken, habe ich begonnen, Stolz auf meine Fähigkeit zu empfinden, hier überleben und einen kleinen Teil der Wildheit dieser Landschaft zähmen zu können. Dabei habe ich auch anderen gezeigt, wie sie es anstellen müssen. Ich habe hier Vieles ins Werk gesetzt, und all das war von großer Bedeutung.

Nun wird mir das alles genommen. Ich bin erneut nur Lord Carrocks Eheweib. Meine Vorsicht wird als weibische Ängstlichkeit abgetan und mein Ehrgeiz, ein schönes Heim zwischen den Bäumen zu errichten, als alberne Laune einer gelangweilten Frau verhöhnt.

Vielleicht hat er Recht. Nein. Ich weiß, dass er in gewissem Sinne Recht hat. Doch irgendwie kümmert mich nicht mehr, was richtig und klug ist. Ich habe ein Leben hinter mir gelassen, in dem ich Kunst schuf, damit andere Menschen sie bewundern. Jetzt ist meine Kunst, wie ich hier bestehe, und sie hält mich jeden Tag am Leben.

Ich glaube nicht, dass ich darüber so einfach hinweggehen darf. Wenn man mir sagt, ich solle all das zurücklassen, was ich hier begonnen habe, ist das mehr, als ich ertragen kann. Und wofür?

Um in eine Welt zurückzukehren, in der ich nicht mehr Bedeutung besitze als ein amüsanter Singvogel in einem kostbaren Käfig.

Marthi war heute bei mir, als Chellia kam und Petrus bat, ihr bei der Suche nach Olpey zu helfen. Petrus hat sie nicht einmal angesehen. Chellia flehte ihn an, doch Petrus hielt sich die Ohren zu. Sie hat ihm zugesetzt, bis er anfing zu weinen und Carlmin Angst bekam. Chellia schrie, als wäre sie verrückt geworden, und beschuldigte Petrus, sich nicht um seinen Freund zu scheren, sondern sich nur für die Reichtümer der Stadt zu begeistern. Sie hob die Hand, als wolle sie meinen Sohn schlagen. Ich trat hastig dazwischen und stieß sie zurück. Chellia stürzte, doch ihre Töchter zogen sie auf die Füße und führten sie weg. »Komm nach Hause, Mutter!«, baten sie sie. »Komm nach Hause!« Als ich mich umdrehte, war Marthi geflüchtet.

Ich sitze allein auf einem Ast über meiner Hängehütte, in der meine Söhne schlafen. Ich schäme mich. Aber meine Kinder sind alles, was ich noch habe. Ist es da falsch, für ihre Sicherheit zu sorgen? Was würde es nützen, wenn ich meine Söhne opferte, um ihren Sohn zu retten? Am Ende verlieren wir sie vielleicht alle.

Tag fünf der Stadt
Jahr eins der Regenwildnis

Ich fürchte, wir haben so viele Heimsuchungen und Drangsale nur überstanden, um jetzt an unserer eigenen Gier zugrunde zu gehen. Gestern Nacht sind in der Stadt drei Männer ums Leben gekommen. Niemand will mir sagen, wie sich das zugetragen hat. Die anderen haben die unversehrten Leichen mit zurückgebracht. Einige behaupten, der Wahnsinn trüge die Schuld daran, andere reden von böser Magie. Aufgrund dieses grausigen Vorfalles haben sich siebzehn Menschen zusammengeschlossen und von uns anderen verabschiedet. Wir haben ihnen Seile, geflochtene Matten und alles mitgegeben, was wir erübrigen konnten, und ihnen alles Gute gewünscht. Ich hoffe, dass sie die andere Siedlung sicher erreichen und man eines Tages in Jamailliastadt erfährt, was uns hier widerfahren ist. Marthi hat die Gruppe angefleht, die Bewohner der anderen Siedlung dazu zu bewegen, noch ein oder zwei Tage zu warten, bevor sie sich auf ihren Marsch zur Küste machen. Sie versicherte ihnen, dass ihr Ehemann sie schon bald zu ihnen bringen werde.

Retyo habe ich seit der Rückkehr meines Mannes nicht mehr gesehen. Ich hätte nicht erwartet, dass er ebenfalls auf Schatzsuche in die Stadt gehen würde, aber es muss wohl so sein. Ich hatte mich daran gewöhnt, ohne Jathan zu leben. Ich habe zwar keinerlei Anspruch auf Retyo, aber dennoch ist er derjenige, den ich weit schmerzlicher vermisse.

Ich habe Marthi erneut besucht. Sie ist blasser geworden und ebenfalls sichtlich vom Ausschlag gezeichnet. Ihre Haut ist so trocken wie die einer Echse. Und die Schwerfälligkeit durch die Schwangerschaft setzt ihr übel zu. Sie fantasiert von den ungeheuren Reichtümern, die ihr Ehemann finden wird, und malt sich aus, wie sie damit vor denen protzen will, die uns verbannt haben. Sie redet sich ein, dass der Satrap sofort ein Schiff senden wird, uns alle nach Jamaillia zurückzuholen, wenn erst der Botenvogel die Hauptstadt erreicht hat. Dort werde sie dann ihr Kind in Reichtum und Geborgenheit gebären. Ihr Ehemann ist kurz aus der Stadt zurückgekommen und hat ihr einen kleinen Korb mit Juwelen gebracht. Marthi hat ihr glanzloses Haar jetzt mit einem juwelenbesetzten Haarnetz geschmückt, und glänzende Armbänder baumeln an ihren schmalen Handgelenken. Ich gehe ihr aus dem Weg, damit ich ihr nicht sage, was für eine Närrin sie sei. Denn das ist sie nicht, jedenfalls nicht in Wahrheit. Nur klammert sie sich mit einer verrückten Hoffnung an etwas vollkommen Aussichtloses. Ich hasse diesen Reichtum, den wir weder essen noch trinken können, denn alle werfen sich ausschließlich darauf und leiden freiwillig Hunger, während sie nur daran denken, noch mehr zusammenzuraffen.

Der verbliebene Rest unserer Companie hat sich in verschiedene Lager gespalten. Die Männer haben Allianzen gebildet und die Stadt unter sich aufgeteilt. Dann fingen Streitereien wegen der Berge von Beute an und darüber, dass sich die Männer gegenseitig des Diebstahls beschuldigten. Sehr rasch ergaben sich daraus Bündnisse. Einige bewachten die Beute, während andere die Stadt weiter nach Schätzen durchstreiften. Jetzt ist es schon so weit gekommen, dass sich die Männer mit Knüppeln und Messern bewaffnen und Posten an den Korridoren aufstellen, die sie für sich in Anspruch nehmen. Die Stadt ist jedoch ein Labyrinth, und es führen viele verschlungene Wege hindurch. Die Männer kämpfen jetzt gegeneinander um ihre Beute.

Meine Söhne und ich bleiben bei den Gebrechlichen, den Alten, sehr jungen und den Schwangeren hier auf der Plattform. Wir bilden unsere eigenen Allianzen. Da die Männer vollkommen damit beschäftigt sind, sich gegenseitig zu bestehlen, sucht niemand mehr nach Nahrung. Die Bogenschützen, die Tiere für uns gejagt haben, jagen jetzt Schätzen hinterher. Die Fallensteller, die Kaninchen erlegten, stellen sich jetzt gegenseitig Fallen. Jathan kehrte kurz zu unserer Hütte zurück, verschlang alles, was von unseren Vorräten übrig war, und brach dann wieder auf. Er lachte nur über meinen Zorn und höhnte, dass ich mir Sorgen über Wurzeln und Samen machte, während es doch Juwelen und Münzen zu sammeln gäbe. Ich war sehr froh, als er wieder in die Stadt zurückkehrte. Soll sie ihn verschlingen! Alle Nahrung, die wir jetzt finden, gebe ich entweder sofort meinen Söhnen oder esse sie selbst. Wenn ich ein Versteck finde, wo ich sie verbergen kann, werde ich es tun.

Da Petrus nicht mehr in die Stadt darf, hat er angefangen,

Nahrung zu suchen. Mit großem Erfolg. Heute kam er mit Schilfrohren zurück, ähnlich denen, welche die Bauern auf dem Mosaik ernteten, das wir in der Stadt gesehen haben. Petrus meinte, dass die Stadtbewohner sie nicht angebaut hätten, wenn sie keinen Nutzen aufwiesen. Wir müssten nur herausfinden, welchen. Es hat mich sehr beunruhigt, dass er behauptete, er erinnere sich daran, dass jetzt die Zeit für ihre Ernte wäre. Als ich ihn zurechtwies, dass er sich an etwas Derartiges auf keinen Fall erinnern könne, schüttelte er den Kopf und murmelte etwas von seinen »Stadterinnerungen«.

Ich hoffe inständig, dass der Einfluss dieses merkwürdigen Ortes bald nachlässt.

Der Ausschlag auf Carlmins Haut hat sich verschlimmert. Er greift mittlerweile auf Wangen und Brauen über. Ich habe einen Umschlag darauf gelegt, in der Hoffnung, dass er das Geschwür eindämme. Mein jüngerer Sohn hat heute kaum ein Wort mit mir gesprochen, und ich habe Angst vor dem, was ihm im Kopf herumgeht.

Mein Leben besteht nur noch aus Warten. Mein Ehemann kann jederzeit aus der Stadt zurückkehren und verfügen, dass jetzt die Zeit für uns gekommen ist, die Reise flussabwärts zu beginnen. Nichts, was ich jetzt noch baue, kann von Dauer sein, weil ich weiß, dass wir bald weggehen werden.

Olpey ist immer noch nicht gefunden worden. Petrus macht sich bittere Vorwürfe. Chellia ist beinah wahnsinnig vor Schmerz. Ich beobachtete sie nur von fern, denn sie spricht nicht mehr mit mir. Sie stellt jeden Mann zur Rede, der aus der Stadt zurückkommt, und löchert ihn mit Fragen nach ihrem Sohn. Die meisten weichen ihr mit einem Schulterzucken aus, andere antworten barsch. Ich weiß, was sie befürchtet, denn mir geht es ebenso. Ich denke, dass Olpey in die Stadt zurückgekehrt ist. Er glaubt, er habe ein Recht auf ihre Schätze, aber da er vaterlos ist und von niederer Geburt, achtet niemand seinen Anspruch. Haben die anderen den Jungen vielleicht gar umgebracht? Ich gäbe viel darum, wenn ich mich nicht so schuldig fühlte wegen Olpey. Was kann ich tun? Nichts. Warum fühle ich mich dann so elend? Was könnte es uns nützen, wenn Petrus bei einem weiteren Besuch der Stadt sein Leben aufs Spiel setzt? Ist es nicht bereits tragisch genug, dass ein Junge verschwunden ist?

Tag acht der Stadt
Jahr eins der Regenwildnis

Jathan ist heute Mittag zurückgekehrt. Beladen mit einem Korb voller Juwelen und merkwürdigen Schmuckstücken, kleinen Werkzeugen aus einem seltsamen Metall und einer Tasche aus Metallgliedern, gefüllt mit seltsam geprägten Goldmünzen. Sein Gesicht war übel zugerichtet. Er verkündete, dass uns dies genügen müsse und eine sinnlose Gier in der Stadt um sich greife. Er erklärte, wir sollten die anderen einholen, die bereits aufgebrochen waren. Es gebe in dieser Stadt keine Reichtümer mehr für uns, und es wäre weiser, mit dem wenigen zu fliehen, was er erbeutet habe, als nach mehr zu streben und hier zu sterben.

Jathan hatte nichts mehr gegessen, seit er uns verlassen hatte. Ich machte ihm einen würzigen Tee aus Baumrinde und ein Mus aus Lilienwurzeln und ermunterte ihn, zu erzählen, was in der unterirdischen Stadt vor sich ging. Erst sprach er nur von unserer Companie und was die Männer getan haben. Verbittert beschuldigte er seine Gefährten des Verrates und Betruges. Einige haben wegen der Schätze sogar Blut vergossen. Ich vermute, dass sie Jathan vertrieben haben und ihn nur mitnehmen ließen, was er tragen konnte. Aber es gibt noch schlechtere Nachrichten. Große Teile der Stadt brechen allmählich zusammen. Als die Männer geschlossene Türen gewaltsam aufbrachen, hatte das katastrophale Folgen. Einige dieser Türen waren nicht verschlossen, sondern wurden vom Druck der Erde hinter ihnen zugehalten. Jetzt quillt langsam Schlamm aus ihnen hervor und überflutet allmählich die Korridore. Einige Gänge sind bereits nahezu unpassierbar. Doch die Männer spielen die Gefahr herunter und versuchen, so viel von den Schätzen zu retten wie möglich, bevor sie für immer begraben sind. Der Schlammstrom scheint die alte Magie der Stadt zu schwächen. Viele Kammern versinken in Dunkelheit. Das Licht flackert hell und erlischt. Die Musik plärrt laut und erstirbt dann zu einem Flüstern.

Als ich wissen wollte, was ihm solche Angst eingeflößt habe, befahl er mir empört, zu schweigen und mich gefälligst auf die Achtung zu besinnen, den ich ihm schuldete. Als ich erwiderte, dass er doch nur fliehen wolle, verhöhnte er mich nur. Seinen Worten zufolge wäre es offensichtlich, dass diese uralte Stadt bald unter dem Druck des auf ihr lastenden Sumpfes zusammenbräche, und er habe nicht die Absicht, dort zu sterben. Ich glaube zwar nicht, dass dies die ganze Wahrheit war, dennoch war ich froh, dass er genug Verstand zeigte, endlich diesen Ort zu verlassen. Jathan ordnete an, die Kinder reisefertig zu machen und alles an Nahrung zusammenzuraffen, was wir hatten.

Zögernd gehorchte ich. Petrus schien erleichtert und beeilte sich, uns beim Packen zu helfen. Carlmin saß nur schweigend da und kratzte sich den Verband von seinem Ausschlag. Ich erneuerte ihn sofort. Ich wollte nicht, dass Jathan die kupfernen Schuppen auf der Haut seines Sohnes bemerkte. Ich hatte vorher bereits versucht, den Schorf wegzukratzen, aber wenn ich das tue, schreit Carlmin vor Schmerzen. Unter dem Ausschlag ist nur rohes Fleisch. Es sieht aus, als würde er Fischschuppen bilden. Ich verdränge alle Gedanken an den Ausschlag auf meinem Rückgrat. Ich schreibe dies hastig nieder. Dann werde ich das kleine Buch einpacken und in meinen Tragekorb legen. Es gibt nicht viel, was ich noch dazulegen kann.

Ich verlasse nur ungern all das, was ich hier erbaut habe. Doch ich kann Petrus' Erleichterung, als sein Vater sagte, wir würden gehen, nicht einfach abtun. Ich wünschte, wir wären niemals in diese Stadt gegangen. Gäbe es diesen verwunschenen Ort nicht, hätten wir vielleicht bleiben und uns hier eine neue Heimat schaffen können. Ich fürchte unsere Reise, aber ich kann nichts dagegen unternehmen. Vielleicht redet Carlmin ja auch wieder, wenn wir ihn von hier fortschaffen.

Später

Ich notiere dies in aller Eile und nehme das Buch dann mit in die Stadt. Sollte meine Leiche jemals gefunden werden, nimmt vielleicht eine barmherzige Seele diese Notizen mit nach Jamaillia zurück und bringt meinen Eltern Kunde, was aus Carillion Waljin geworden ist und wo sie ihr Leben beendet hat. Wahrscheinlicher ist allerdings, dass mein Bericht zusammen mit mir im Schlamm der verborgenen Stadt begraben wird.

Ich war gerade fertig mit Packen, als Chellia zu mir kam. Tremartin war bei ihr. Der Mann war abgemagert und von Kopf bis Fuß mit Schlamm bedeckt. Sie hatten Olpey endlich gefunden, aber der Junge ist vollkommen unzurechnungsfähig. Er hat sich in einem Raum verbarrikadiert und will die Tür nicht öffnen. Retyo und Tremartin hatten die ganze Zeit die Stadt nach Olpey abgesucht. Retyo ist an der Tür geblieben und versucht, den unbarmherzigen Schlamm von ihr fern zu halten, der den Korridor allmählich füllt. Tremartin weiß nicht, wie lange er noch durchhält. Retyo glaubt, dass Petrus Olpey vielleicht dazu überreden könnte, die Tür zu öffnen. Tremartin und Chellia kamen gemeinsam zu uns, um uns um diesen Gefallen zu bitten.

Ich konnte die Verzweiflung in den Augen meiner Freundin

nicht länger übersehen und schämte mich dafür, es überhaupt so lange getan zu haben. Ich wandte mich mit der Bitte an Jathan, uns alle zusammen zu dem Jungen gehen zu lassen und ihn zu überreden versuchen, hinauszukommen. Dann würden wir gemeinsam weggehen. Ich versuchte sogar, ihn mit Vernunft zu überzeugen, als ich darauf hinwies, dass wir in einer größeren Gruppe in der Regenwildnis eher überleben würden, als wenn wir mit unseren Söhnen allein gingen.

Er rief mich weder zur Seite noch senkte er seine Stimme, als er zu wissen verlangte, warum er seinen Sohn und Erben für das Wohl des Babys einer einfachen Wäscherin aufs Spiel setzten solle. Dazu noch einer, die wir nicht einmal als Dienstbotin beschäftigen würden, wären wir noch in Jamaillia. Er tadelte mich, weil ich zugelassen hätte, dass Petrus sich mit solch einem gemeinen Burschen abgegeben habe. Dann sagte er laut und deutlich, ich würde mich sehr irren, wenn ich ihn für einen Narren hielte, der nichts von Retyo wüsste. Es folgten viele abscheuliche Unterstellungen, was für eine Hure ich wäre, einen Gemeinen in das Bett zu holen, das von Rechts wegen einem Lord zustände. Und was mir einfiele, hinter seinem Rücken einen niederen Seemann dabei zu unterstützen, Anspruch auf die Führerschaft der Companie zu erheben.

Ich will nicht noch weitere seiner beschämenden Anschuldigungen wiederholen. In Wahrheit weiß ich nicht einmal, warum er noch die Macht hat, mir Tränen zu entlocken. Zu guter Letzt jedoch trotzte ich ihm. Als er verkündete, ich müsse ihm jetzt folgen oder brauche es nie wieder zu tun, erwiderte ich: »Ich werde dir nie mehr folgen. Ich bleibe hier und helfe Chellia. Mich kümmert nicht, welche Arbeit sie einmal verrichten musste. Hier jedenfalls ist sie meine Freundin geworden.«

Meine Entscheidung hat mich einen hohen Preis gekostet. Jathan nahm Petrus mit sich. Ich sah, wie zerrissen mein Ältester war, aber er wollte mit seinem Vater fliehen. Ich konnte es ihm nicht vorwerfen. Carlmin ließ Jathan dafür zurück. Mein armseliges Urteilsvermögen, so sagte er, habe seinen zweiten Sohn in einen Schwachsinnigen und ein Monstrum verwandelt. Carlmin hatte den Verband losgekratzt. Die Schuppen auf seiner Braue und seinen Wangenknochen waren deutlich zu sehen. Mein kleiner Junge zeigte keinerlei Regung bei den Worten seines Vaters, zuckte nicht einmal mit der Wimper. Ich gab Petrus einen Abschiedskuss und versprach, dass ich ihm sobald als möglich folgen würde. Hoffentlich kann ich dieses Versprechen auch halten. Jathan und Petrus haben so viel von unseren Vorräten mitgenommen, wie sie tragen konnten. Falls Carlmin und ich ihnen folgen, haben wir nicht viele Lebensmittel, bis wir wieder zu ihnen stoßen.

Jetzt packe ich dieses kleine Buch ein und stecke es mit Feder und Tintenfass in die kleine Tragetasche, die Jathan mir gelassen hat. Zusammen mit Material für Fackeln und zum Entzünden von Feuer. Wer weiß, wann ich wieder dazu komme, etwas einzutragen? Wenn ihr das lest, meine Eltern, dann wisset, dass ich euch bis zu meinem Tod geliebt habe.

Tag neun der Stadt, glaube ich.
Jahr eins der Regenwildnis

Wie albern und melodramatisch mir mein letzter Eintrag jetzt vorkommt.

Ich kritzele dies hastig nieder, bevor das Licht wieder erlischt. Meine Freunde warten geduldig auf mich, obwohl Chellia es dumm findet, dass ich jetzt unbedingt etwas niederschreiben will.

Weniger als zehn Tage sind verstrichen, seit ich diese Stadt das erste Mal gesehen habe, aber sie scheint um Jahre gealtert. Die

Spuren vieler schmutziger Füße waren unübersehbar, als wir eintraten, und überall bemerkte ich Zeichen der Verwüstung durch die Schatzsucher. Wie wütende Kinder haben sie alles zerstört, was sie nicht tragen konnten, brachen Fliesen aus Mosaiken, trennten Gliedmaßen von Statuen ab, die zu groß waren, um sie mitzuschleppen, und verschwendeten schöne alte Möbel als Feuerholz. So viel Angst mir die Stadt auch einflößt, betrübt es mich dennoch, mit ansehen zu müssen, wie sie geplündert und verwüstet wird. Sie hat zahllose Jahrzehnte dem Sumpf widerstanden, nur um jetzt innerhalb von Tagen unserer Gier zum Opfer zu fallen.

Auch ihre Magie erstirbt. Nur noch Teile der großen Halle sind erleuchtet. Das Licht aus den Drachen an der hohen Decke ist matt. Die große Statue der Frau vor dem Drachen weist Schäden durch willkürliche Hammerschläge auf. Der Jade- und Elfenbeinschmuck am Korb der Frau ist jedoch noch unversehrt, weil er außerhalb der Reichweite der Plünderer war. Den anderen Kunstwerken in der Halle ist es nicht so gut ergangen. Der Fischbrunnen wurde als Hort entfremdet, in dem jemand seine Beute verwahrt hat. Ein Mann balancierte auf den Schätzen. Er hielt ein Messer in der einen und einen Knüppel in der anderen Hand und schrie, dass er jeden Dieb töten würde, der sich in seine Nähe wagte. Er gebärdete sich so wild, dass wir ihm sofort glaubten. Ich schämte mich für ihn und schaute weg, als wir uns an ihm vorbeidrückten. In der Halle brannten kleine Feuer, und an jedem lag ein Haufen Schätze, der von einem Mann bewacht wurde. In der Ferne hörte ich Stimmengewirr und manchmal auch herausfordernde Schreie und heftiges Hämmern. Mein Blick streifte flüchtig vier Männer, die mit schweren Säcken voller Beute eine Treppe hinunterkamen.

Tremartin entzündete eine unserer Fackeln an einem verlassenen Feuer. Wir verließen die Halle durch denselben Gang wie zuvor. Carlmin hatte seit heute Morgen geschwiegen, doch jetzt summte er eine merkwürdige, verschlungene Melodie, bei der sich meine Nackenhaare sträubten. Ich führte ihn weiter, während Chellias Töchter uns im Dämmerlicht leise weinend folgten. Sie hielten sich an den Händen.

Wir kamen an der zertrümmerten Tür einer Kammer vorbei. Zähes schlammiges Wasser sickerte aus dem Raum. Ich warf einen Blick hinein. Durch einen großen Riss in der Wand drang Schlamm, der die Kammer bereits zur Hälfte gefüllt hatte. Trotzdem war jemand auf der Suche nach Kostbarkeiten hier eingedrungen. Vermoderte Gemälde waren von den Wänden gerissen und dann achtlos in den Schlamm geworfen worden. Wir eilten weiter. An einer Kreuzung von Korridoren sahen wir eine langsam vordringende Schlammflut und hörten von fern ein tiefes Ächzen, als würden Holzbalken langsam nachgeben. Dennoch stand ein Wächter an dieser Kreuzung und warnte uns. Alles in dem Korridor hinter ihm gehöre ihm und seinen Freunden. Seine Augen glühten wie die eines wilden Tieres. Wir versicherten ihm, dass wir nur einen verschollenen Jungen suchten, und eilten hastig weiter. Hinter ihm setzte plötzlich lautes Hämmern ein. Vermutlich schlugen seine Freunde eine weitere Tür ein.

»Wir müssen uns beeilen«, drängte uns Tremartin. »Wer weiß schon, was hinter der nächsten Tür lauert, die sie einreißen? Sie werden erst aufhören, wenn sie den Fluss selbst in die Stadt lassen. Ich habe Retyo allein vor Olpeys Tür zurückgelassen. Und wir fürchten, dass andere kommen und annehmen könnten, dass er einen Schatz bewacht.«

»Ich will nur meinen Jungen. Dann verlasse ich diesen Ort mit Freuden«, erklärte Chellia. Darauf hofften wir in der Tat alle.

Ich kann nur wenig von dem berichten, was wir noch sahen, denn das Licht flackert bereits. Wir sahen Männer, die Schätze mit sich schleppten, die sie nie und nimmer durch die Sümpfe werden tragen können. Wir wurden von einer Frau angegriffen, die mit weit aufgerissenen Augen schrie: »Diebe! Diebe!« Ich stieß sie zu Boden, und wir flüchteten. Als wir weiterliefen, wurde der Boden erst feucht, dann bedeckte ihn Wasser und schließlich Schlamm. Der saugte an unseren Füßen, als wir an dem kleinen Ankleidezimmer vorbeikamen, in dem wir Olpey das erste Mal gefunden hatten. Es war geplündert worden, und jemand hatte den schönen Frisiertisch in Stücke gehackt. Tremartin winkte uns in einen kleinen Seitengang, den ich nicht bemerkt hätte. Von dort führte eine schmale Treppe hinunter. Ich roch abgestandenes Wasser und versuchte, nicht an die feuchten Erdmassen zu denken, die auf uns lasteten, während wir eine weitere kleine Treppe hinabstiegen und in eine große Halle gelangten. Die Türen, an denen wir jetzt vorüberkamen, waren aus Metall. Einige wiesen Spuren von Hammerschlägen auf, aber sie hatten dem Ansturm der Schatzsucher widerstanden.

Als wir an einer weiteren Kreuzung vorüberkamen, hörten wir einen entfernten Knall, wie ein Blitzschlag, und dann Entsetzensschreie aus menschlichen Kehlen. Die unnatürlichen Lichtadern in den Wänden flackerten und erloschen. Einen Moment später hasteten Männer an uns vorbei und flohen in die Richtung, aus der wir gekommen waren. Ein Schwall von Wasser folgte ihnen. Es umspülte unsere Füße und sein Druck wurde schwächer, als es sich ausbreitete. Unmittelbar danach ertönte ein dunkles, unheilvolles Rumpeln. »Kommt!«, befahl uns Tremartin. Wir folgten ihm, obwohl uns klar war, dass wir uns der Gefahr näherten anstatt uns von ihr zu entfernen.

Wir bogen um zwei weitere Ecken. Die Steinwände bestanden jetzt nicht mehr aus grauen Quadern, sondern aus glatten, schwarzen Steinen, die von silbernen Adern durchzogen waren. Wir gingen eine lange Treppe mit flachen Stufen hinunter. Plötzlich verbreiterte sich der Korridor, und die Decke wurde höher. Als hätten wir den Bereich der Dienstboten hinter uns gelassen und wären jetzt in die Gefilde der Privilegierten gelangt. Man hatte sogar die Statuen aus den Nischen in den Wänden geraubt.

Ich rutschte auf dem feuchten Boden aus. Als ich mich mit der Hand an der schwarzen Wand abstützte, sah ich plötzlich überall Menschen um uns herum. Ihre Kleidung und ihr Verhalten waren höchst seltsam. Offenbar war Markttag. Überall brannten Lichter und brandeten Gespräche auf, und es duftete nach frisch Gebackenem. Das Leben der Stadt umhüllte mich. Im nächsten Moment packte Tremartin meinen Arm und riss mich von der Wand weg. »Berührt diesen schwarzen Stein nicht!«, warnte er uns. »Er zieht euch in die Welt der Geister. Kommt, folgt mir.« Weiter entfernt sahen wir das helle Licht eines Feuers, das merkwürdig vertraut im Vergleich zu dem unbehaglich flackernden künstlichen Licht wirkte.

Es war Retyos Fackel. Der Seemann war von Kopf bis Fuß mit Schlamm bedeckt. Er sah uns zwar, hörte jedoch nicht damit auf, mit einem groben hölzernen Paddel Schlamm von einer Tür wegzuschaufeln. Das Wasser floss in einem stetigen Strom den Korridor herunter. Nicht einmal ein Dutzend Männer hätten hoffen dürfen, dagegen anzukommen. Wenn Olpey die Tür nicht bald öffnete, würde er in der Kammer gefangen sein, sobald der Schlamm den ganzen Korridor füllte.

Ich trat in die flache Grube, die Retyo frei hielt. Ungeachtet des Schlamms, der ihn bedeckte, und ohne Rücksicht darauf, dass mein Sohn und meine Freundin mich beobachteten, umarmte ich ihn innig. Hätten wir Zeit gehabt, wäre ich bereitwillig zu dem geworden, das zu sein mein Ehemann mich beschuldigt hatte. In Gedanken war ich vermutlich längst eine untreue Ehefrau. Doch das kümmerte mich wenig. Ich bin meinen Freunden treu geblieben.

Unsere Umarmung war nur kurz, denn wir durften nicht zögern. Wir riefen Olpey durch die Tür, aber er antwortete nicht, bis er seine kleine Schwester weinen hörte. Da forderte er uns ärgerlich auf wegzugehen. Seine Mutter bat ihn inständig herauszukommen. Sie erklärte, dass die Stadt allmählich zusammenbrach und der herankriechende Schlamm ihn bald einschließen würde. Er gehöre hierher, schrie er, habe schon immer hier gelebt und wolle auch hier sterben. Während wir dastanden und bettelten, arbeitete Retyo verbissen weiter und kratzte den heransickernden Schlamm von der Schwelle. Als unser Flehen nicht half, warfen sich Retyo und Tremartin gegen die Tür, aber das solide Holz widerstand Stiefeln und Fäusten, und wir verfügten über keine Werkzeuge. Resigniert flüsterte Tremartin, dass wir Olpey aufgeben müssten. Dabei liefen ihm die Tränen über die Wangen. Der Schlamm floss mittlerweile zu schnell, als dass die beiden Männer ihn noch hätten zurückhalten können, und wir mussten auch an die drei anderen Kinder denken.

Chellia protestierte lautstark, aber ihr schriller Schrei ging in einem hallenden Rumpeln hinter uns unter. Etwas Großes hatte nachgegeben. Die Stärke des Schlammstroms verdoppelte sich nahezu, und jetzt kam er aus beiden Richtungen. Tremartin hob seine Fackel. An beiden Enden des Korridors herrschte gähnende Schwärze. »Öffne die Tür, Olpey!«, flehte ich ihn an. »Sonst ertrinken wir hier draußen alle im Schlamm! Lass uns hinein, um Sas Willen!«

Aber ich glaube nicht, dass er auf meine Worte ansprach, sondern wohl eher auf Carlmins Stimme. Mein Sohn stieß ein barsches Kommando in einer Sprache aus, die ich noch nie vernommen hatte. Darauf hörten wir, wie Riegel zurückgeschoben wurden, und dann schob sich die Tür langsam durch den Schlamm nach außen. Als wir in die Kammer stolperten, stach uns das helle Licht darin in die Augen. Wasser und Schlamm folgten uns sofort auf den prachtvoll gefliesten Boden, aber Retyo und Tremartin zogen die Tür zu. Retyo musste dabei auf die Knie gehen und den Schlamm aus dem Weg schieben. Das brackige Wasser ließ sich jedoch nicht zurückhalten und sickerte unter der geschlossenen Tür hindurch.

Die Kammer war die am besten erhaltene, die ich bisher gesehen hatte. Benommen betrachteten wir den Reichtum, der hier ausgestellt war, und gaben uns kurz der Illusion von Sicherheit inmitten all dieser Fremdheit hin. Auf Regalen aus glänzendem Holz standen kostbare Vasen und kleine Statuetten aus Stein, deren wundervolle Steinmetzarbeit und silberne Ornamente mit der Zeit schwarz angelaufen waren. Eine schmale Wendeltreppe führte nach oben und verschwand im Dunkeln. Jede Stufe war von einer Lichtleiste gesäumt. Allein die Schätze dieses Raumes hätten genügt, um unserer ganzen Companie den Weg zurück in das Wohlwollen des Satrapen zu erkaufen, denn die Kunstwerke waren sowohl kostbar als auch fremdartig. Olpey bückte sich, um einen Teppich vor dem Schlamm in Sicherheit zu bringen. Er fiel sehr geschmeidig in seinen Händen, und als er ihn zusammenrollte, fiel der Staub ab, und strahlende Farben kamen zum Vorschein. Einen Moment sprach keiner von uns. Als Olpey sich wieder aufrichtete, hielt ich den Atem an. Er trug eine Robe, die bei jeder seiner Bewegungen in allen Farben schillerte, und um die Stirn ein Band aus miteinander verbundenen Metallscheiben, die aus sich heraus zu leuchten schienen. Chellia wagte nicht, ihren Sohn zu umarmen. Er blinzelte wie eine Eule, und Chellia fragte ihn zögernd, ob er sie erkenne.

Er antwortete schleppend. »Ich habe dich einmal geträumt.« Er sah sich besorgt im Raum um. »Vielleicht bin ich auch nur in einen Traum getreten. Es ist schwer zu unterscheiden.«

»Er hat diese schwarze Wand zu oft berührt«, knurrte Tremartin. »Sie weckt die Geister und raubt uns den Verstand. Ich habe das selbst vor zwei Tagen bei einem Mann erlebt. Er saß mit dem Rücken an einer Wand, hatte den Kopf dagegen gelehnt, lächelte, gestikulierte mit den Händen und sprach mit Leuten, die nicht da waren.«

Retyo nickte grimmig. »Selbst wenn man sie nicht berührt, braucht man seine ganze Willenskraft, um die Geister in Schach zu halten, wenn man eine Weile im Dunkeln verbracht hat.«

Zögernd fuhr er fort: »Vielleicht ist es für Olpey schon zu spät für eine Rückkehr. Aber wir versuchen es. Wir müssen unseren Verstand wappnen, so gut wir können. Am besten reden wir miteinander. Und die kleinen Kinder sollten wir so schnell wie möglich von hier wegschaffen.«

Ich begriff, was er meinte. Olpey war zu einem kleinen Tisch in der Ecke gegangen. Ein silberner Topf stand neben einem winzigen silbernen Becher. Während wir schweigend zusahen, schenkte er aus dem leeren Krug Luft in den Becher und trank gierig. Dann wischte er sich mit dem Handrücken über den Mund und verzog das Gesicht, als hätte er Schnaps getrunken, der zu stark für ihn war.

»Wenn wir gehen wollen, sollten wir das jetzt tun«, sagte Retyo. Er musste nicht hinzusetzen: »Bevor es zu spät ist.« Diesen Gedanken hatten wir nämlich alle.

Doch es war schon zu spät. Das Wasser strömte jetzt stärker unter der Tür hindurch, und als die Männer sie öffnen wollten, gab sie nicht nach. Selbst als wir Erwachsene uns alle dagegenstemmten, rührte sie sich nicht. Kurz darauf hat das Licht in der Kammer zu flackern begonnen.

Der Druck des Schlammes gegen die Tür wächst, und ihr Holz fängt an zu ächzen. Ich muss mich jetzt kurz fassen. Am oberen Ende der Treppe erwartet uns absolute Finsternis, und die Fackeln, die wir aus der Kammer geborgen haben, werden nicht lange reichen. Olpey ist in eine Art Trance versunken, und Carlmin geht es nicht besser. Er antwortet nur noch murmelnd. Die Männer tragen die Jungen, und Chellia führt ihre beiden Töchter an der Hand. Ich schleppe unseren Vorrat an Fackeln. Wir gehen, so weit wir kommen, und hoffen, einen anderen Weg zu der Halle mit der Drachenfrau zu finden.

Tag … Ich weiß es nicht
Jahr eins der Regenwildnis

Ich muss den Bericht so weiterführen, denn wir haben keine Ahnung, wie viel Zeit verstrichen ist. Mir kommt es vor wie Jahre. Ich zittere und weiß nicht, ob es an der Kälte liegt oder daran, dass ich mich so anstrenge, ich selbst zu bleiben. Zu bleiben, wer ich war. Mein Verstand kann kaum noch unterscheiden, und ich könnte in den Bildern ertrinken, wenn ich es zuließe. Falls dieser Bericht anderen von Nutzen sein soll, muss ich meine Disziplin wiederfinden und meine Gedanken ordnen.

Als wir die Treppe hinaufstiegen, erlosch das letzte bisschen Licht in der Kammer. Tremartin hielt wacker seine Fackel hoch, aber sie erhellte in der uns umgebenden Finsternis kaum mehr als seinen Kopf und seine Schultern. Solch eine absolute Dunkelheit habe ich noch nie erlebt. Tremartin packte Olpey am Handgelenk und forderte den Jungen auf, ihm zu folgen. Hinter ihm ging Retyo, der Carlmin trug, ihm schloss sich Chellia mit ihren beiden zitternden Töchtern an. Ich bildete den Abschluss, beladen mit den Fackeln, die wir zuvor aus Möbeln und Gobelins in der Kammer improvisiert hatten. Dies hatte Olpey ergrimmt. Er hatte Retyo so lange hartnäckig angegriffen, bis dieser ihm eine schallende Ohrfeige versetzt hatte. Der Junge war daraufhin benommen erlahmt, und seine Mutter und seine Schwestern waren entsetzt gewesen. Olpey jedoch ist seither plötzlich gefügig, ja sogar fast anstellig.

Die Treppe führte zu einer Dienstbotenkammer. Zweifellos konnte der privilegierte Adlige im unteren Raum eine Glocke läuten, auf deren Klingeln sein Diener herbeisprang, die Wünsche seines Herren zu befriedigen. Ich sah hölzerne Röhren, vielleicht Wasserleitungen zum Waschen, und mein Blick streifte einen Arbeitstisch, bevor Tremartin uns weitertrieb. Es gab nur einen Ausgang. Draußen wartete in beiden Richtungen des Korridors nur gähnende Schwärze auf uns.

Das Zischen der brennenden Fackel war unnatürlich laut, und das einzige weitere Geräusch war das Tropfen von Wasser. Ich fürchtete die Stille. Denn Musik und geisterhafte Stimmen lauerten an ihrem Rand.

»Die Flamme brennt ganz ruhig«, bemerkte Chellia. »Es gibt keine Zugluft.«

Das war mir entgangen, aber sie hatte Recht. »Es bedeutet nur, dass sich eine Tür zwischen uns und der Außenwelt befindet.« Ich zweifelte selbst an meinen Worten. »Eine, die wir suchen und öffnen müssen.«

»Welche Richtung sollen wir einschlagen?«, wollte Tremartin wissen. Ich hatte schon vor langer Zeit die Orientierung verloren, also schwieg ich.

»Hier entlang«, antwortete Chellia. »Ich glaube, dieser Weg führt in die Richtung zurück, aus der wir gekommen sind. Vielleicht erkennen wir ja etwas wieder, oder das Licht flammt auf.«

Ich hatte keinen besseren Vorschlag. Sie gingen voraus, und ich folgte. Jeder von ihnen hatte jemanden, an dem er sich festhalten konnte, um die Geister der Stadt in Schach zu halten. Mir jedoch blieb nur das Bündel von Fackeln in meinen Armen. Meine Freunde verschwammen rasch zu bloßen Schatten zwischen mir und dem flackernden Licht der Fackel. Wenn ich hochblickte, blendete mich ihr Schein. Und als ich zu Boden sah, bemerkte ich den koboldhaften Tanz der Schatten um meine Beine. Unser keuchender Atem, das Schlurfen unserer Füße auf dem feuchten Boden und das Knistern der Fackel waren zunächst die einzigen Geräusche, die ich wahrnahm. Dann jedoch drangen andere Laute an mein Ohr, jedenfalls glaubte ich sie zu hören. Unregelmäßiges Tropfen von Wasser und einmal ein dumpfes Rumpeln, als hätte in der Ferne etwas dem Druck des Schlammes nachgegeben.

Und Musik. Zuerst schien sie so blass wie verwässerte Tinte, gedämpft von den dicken Steinen und der Zeit. Aber sie griff nach mir. Ich war entschlossen, dem Rat der Männer zu folgen, und wegzuhören. Um meine Gedanken abzuschotten, summte ich ein altes jamaillianisches Wiegenlied. Erst als Chellia zischte: »Carillion!«, bemerkte ich, dass ich die Melodie des geisterhaften Lieds aus den Steinen summte. Ich verstummte und biss mir auf die Lippen.

»Gib mir eine Fackel. Wir sollten lieber eine neue entzünden, bevor diese hier vollkommen heruntergebrannt ist.« Es dauerte eine Weile, bis ich begriff, dass Tremartin diese Worte bereits zweimal zuvor zu mir gesagt hatte. Stumm trat ich vor und hielt ihm unsere Behelfsfackeln hin. Die beiden ersten, die er auswählte, bestanden aus Schals, die wir um Tischbeine geschlungen hatten. Sie entzündeten sich überhaupt nicht. Aus welchem Material diese Schals auch gewoben sein mochten, sie brannten nicht. Die dritte Fackel war ein Kissen, das wir kurzerhand an ein Stuhlbein gebunden hatten. Es entwickelte einen stechenden Qualm, als es sich endlich entzündete, und stank fürchterlich. Aber wir konnten schlecht wählerisch sein und gingen langsam weiter, während wir das brennende Kissen und die allmählich erlöschende Fackel hochhielten. Als sie so weit heruntergebrannt war, dass sie Tremartins Finger zu versengen drohte, musste er sie fallen lassen. Jetzt beleuchtete nur noch der Schein des qualmenden Kissens unseren Weg. Die Dunkelheit bedrängte uns stärker denn je, und der ekelhafte Gestank des Kissens bereitete mir Kopfschmerzen. Ich trottete weiter und dachte daran, wie das lange, grobe Haar an der rauen Haut meiner knochigen Finger hängen geblieben war, als ich die Füllung in das Kissen gestopft hatte, damit es besser federte und länger hielt.

Retyo schüttelte mich grob. Dann lag Carlmin in meinen Armen. Er weinte leise. »Vielleicht solltest du deinen Sohn eine Weile tragen«, sagte der Seemann ohne jeden Vorwurf in der Stimme und bückte sich, um die Fackeln aufzusammeln, die ich fallen gelassen hatte. Die anderen unserer Gruppe waren Schatten in der Dunkelheit und die Fackel kaum mehr als ein rot glühender Klecks. Ich war einfach stehen geblieben. Was wäre wohl aus mir geworden, hätte Retyo mein Fehlen nicht bemerkt? Selbst als wir sprachen, kam es mir vor, als wäre ich zwei Personen.

»Danke«, sagte ich verlegen.

»Ist schon gut«, erwiderte er. »Bleib einfach dicht bei uns.«

Wir gingen weiter. Das Gewicht von Carlmin in meinen Armen zwang mich zum Aufpassen. Nach einer Weile setzte ich ihn ab und ließ ihn neben mir gehen. Ich glaube, das war besser für ihn. Nachdem ich einmal von den Geistern überwältigt worden war, beschloss ich jetzt, wachsamer zu sein. Trotzdem glitten merkwürdige Fetzen von Träumen, Vorstellungen und ferne Stimmen durch meinen Kopf, während ich mit offenen Augen durch die Dunkelheit ging. Der Weg schien kein Ende zu nehmen, und Hunger und Durst setzten uns heftig zu. Das sickernde Wasser schmeckte zwar bitter, aber wir tranken trotzdem in kleinen Schlucken davon.

»Ich hasse diese Stadt«, sagte ich zu Carlmin. Seine kleine Hand in meiner wurde zunehmend kälter, da die versunkene Stadt uns unsere Körperwärme raubte. »Sie ist voller Fallen und Tücken. In den Räumen wartet der Schlamm darauf, sich über uns zu ergießen, und Geister versuchen, uns den Verstand zu rauben.«

Ich hatte ebenso zu mir wie zu ihm gesprochen und keine Antwort erwartet. Plötzlich erwiderte er gedehnt: »Sie ist nicht erbaut worden, um dunkel und leer zu sein.«

»Vielleicht nicht, aber genau das ist sie jetzt. Und die Geister derjenigen, die sie erbaut haben, versuchen, unseren Verstand zu stehlen.«

Ich spürte sein Stirnrunzeln mehr als ich es sah. »Geister? Es sind keine Geister. Und keine Diebe.«

»Was sind sie denn?« Ich stellte diese Frage hauptsächlich, damit er weitersprach.

Carlmin schwieg eine Weile. Ich lauschte auf unsere Schritte und unser Atmen. »Es sind nicht die Personen«, antwortete er dann. »Es ist ihre Kunst.«

In diesem Moment kam mir so etwas wie Kunst abwegig und sinnlos vor. Früher einmal hatte ich mit ihr meine Existenz gerechtfertigt. Jetzt schien sie mir müßig und eine bloße Täuschung, mit der ich die Bedeutungslosigkeit meines Alltags hatte verschleiern wollen. Das Wort beschämte mich beinahe.

»Kunst«, wiederholte er. Er klang ganz und gar nicht wie ein kleiner Junge, als er weitersprach. »Kunst ist etwas, womit wir uns selbst erklären. In dieser Stadt haben wir entschieden, dass der Alltag des Lebens der Menschen hier die Kunst der Stadt sein sollte. Von Jahr zu Jahr sind die Beben stärker geworden und die Stürme aus Staub und Asche nahmen an Intensität zu. Wir haben uns vor ihnen versteckt, unsere Städte eingeschlossen und unter der Erde Zuflucht gesucht. Dennoch wussten wir, dass die Zeit kommen würde, in der wir uns nicht mehr gegen die Natur zur Wehr setzen könnten. Einige wünschten zu gehen, und wir ließen sie gewähren. Niemand wurde zum Bleiben gezwungen. In den Städten, in denen einmal das Leben geblüht hatte, bewegten sich jetzt nur noch wenige Seelen. Eine Weile blieb die Erde ruhig und bebte nur selten, um uns daran zu erinnern, dass unser Leben uns jeden Tag aufs Neue gewährt wurde und uns jeden Moment genommen werden konnte. Viele von uns waren der Meinung, dass dies unser Schicksal war, ein Leben, das wir schon seit vielen Generationen geführt hatten. Also sollten wir auch hier untergehen. Unsere einzelnen Leben würden hier enden, über wie lange sie sich auch erstreckt haben mochten. Nicht jedoch unsere Städte. Nein. Unsere Städte würden überdauern und an uns erinnern. Unserer gedenken … Sie würden uns wieder nach Hause rufen, wenn jemand die Echos weckte, die wir in ihnen verborgen hatten. Wir sind alle hier, all unser Reichtum und unsere Schwierigkeiten, all unsere Freuden und Leiden …« Seine Stimme erstarb, als er nachdachte.

Mir war kalt. »Es ist eine Art von Magie, welche die Geister zurückruft.«

»Keine Magie. Es ist Kunst.« Er klang verärgert.

»Ich höre Stimmen«, unterbrach Retyo uns unsicher. »Redet mit mir!«

Ich legte meine Hand auf seinen Arm. »Ich höre sie auch. Aber sie sprechen jamaillianisch.«

Unsere Herzen schlugen uns bis zum Hals, während unsere kleine Gruppe auf die Quelle der Stimmen zuhastete. Als wir uns an der nächsten Kreuzung nach rechts wendeten, wurden sie deutlicher. Wir schrien und bekamen eine Antwort aus der Dunkelheit. Wir hörten das rasche Trappeln von Füßen, und kurz darauf priesen vier jungen Männer und zwei Frauen unsere qualmende rote Fackel. Die ihren waren ihnen längst ausgegangen. Es handelte sich um Angehörige unserer Companie. Obwohl die sechs große Angst hatten, schleppten sie immer noch Arme voller Beute mit sich. Wir schätzten uns erst überglücklich, dass wir auf sie gestoßen waren, doch dann verwandelten sie unsere Erleichterung in pure Verzweiflung. Der Weg zur Außenwelt war blockiert. Sie waren in der Halle mit der Drachenfrau gewesen, als sie heftiges Pochen aus den Räumen darüber hörten. Es krachte, und dann gaben die Balken über der Treppe stöhnend nach. Als ihr Knirschen lauter wurde, erloschen die Lichter in der Halle, und wässriger Schlamm sickerte die große Treppe herunter. Sie waren sofort vorwärts gestürmt, aber ihr Versuch zu entkommen war von den schlammigen Trümmern vereitelt worden, welche die Treppe bereits blockierten.

Es hatten sich bis dahin vielleicht fünfzig Menschen in der Halle mit der Drachenfrau eingefunden, angezogen von den seltsamen Geräuschen. Als die Lichter schwächer wurden und schließlich gänzlich ausgingen, waren viele in verschiedene Richtungen davongelaufen und hatten jeder für sich versucht zu entkommen. Trotz der Gefahr hatte ihr gegenseitiges Misstrauen verhindert, dass sie gemeinsam kämpften. Sie widerten mich an, woraus ich keinen Hehl machte. Zu meiner Überraschung stimmten die sechs meiner Anklage verlegen zu. Eine Weile standen wir ratlos in der Dunkelheit herum, hörten, wie unsere Fackel zischend abbrannte, und überlegten, was wir tun sollten.

»Findet ihr den Weg zu dieser Drachenhalle zurück?«, fragte ich schließlich, als niemand anders etwas sagte. Ich bemühte mich, mir meine Angst nicht anmerken zu lassen.

Ein Mann behauptete, er kenne den Weg.

»Dann müssen wir dorthin zurückkehren. Und so viele Menschen um uns versammeln, wie wir können. Dann tauschen wir alle Erkenntnisse aus, die wir über dieses Labyrinth gewonnen haben. Das ist unsere einzige Hoffnung, einen Ausweg zu finden, bevor alle Fackeln heruntergebrannt sind. Andernfalls müssen wir vielleicht in diesem Labyrinth umherirren, bis wir sterben.«

Ihr grimmiges Schweigen bedeutete widerwillige Zustimmung. Der junge Mann ging voraus. Wenn wir an geplünderten Räumen vorüberkamen, sammelten wir alles auf, was brennen mochte. Schon bald mussten diejenigen, die sich uns angeschlossen hatten, ihre Beute zurücklassen, damit sie mehr Holz tragen konnten. Ich glaubte schon, dass sie sich eher von uns trennen würden, als ihre Schätze aufzugeben. Aber sie kamen überein, sie in einem Raum zu lagern. Sie markierten ihren Besitzanspruch an der Tür und schrieben wüste Drohungen gegen Diebe darunter. Für mich war das verrückt, denn ich hätte jedes Juwel dieser Stadt begeistert dafür hingegeben, einfach nur das Tageslicht wiedersehen zu dürfen. Danach gingen wir weiter.

Schließlich erreichten wir die Halle mit der Drachenfrau-Statue. Wir erkannten sie mehr an den Echos als an dem Anblick, den das unzulängliche Licht unserer Fackel uns gewährte. In der Mitte der Halle glomm noch ein kleines Feuer, um das sich einige hilflose Menschen versammelt hatten. Wir legten von unserem Holz nach, damit die Flamen wieder aufloderten. Ihr Schein zog noch andere Menschen an, und zusätzlich riefen wir laut, falls uns jemand hören konnte. Schon bald umringten etwa dreißig schmutzige und erschöpfte Menschen unser kleines Signalfeuer. Das Licht der Flammen flackerte über verängstigte Mienen, maskenhafte Gesichter. Viele umklammerten noch immer krampfhaft ihre Beute und beäugten die anderen misstrauisch. Dieser Anblick war beinah noch beängstigender als der Schlamm, der langsam von der Treppe auf uns zukroch. Er war schwer und dick und quoll unaufhaltsam herunter. Unser Versammlungsplatz würde uns nicht mehr lange Schutz bieten.

Wir waren eine jämmerliche Gruppe. Einige dieser Leute waren Lords und Ladys gewesen, andere Taschendiebe und Huren, doch dieser Ort machte uns alle gleich, und wir sahen uns als das, was wir waren: ein Fähnlein Verzweifelter, die vollkommen aufeinander angewiesen waren. Wir hatten uns am Fuß der Statue versammelt. Jetzt stieg Retyo auf den Schwanz des Drachen. »Leise!«, befahl er. »Hört!«

Unser Gemurmel verebbte. Wir hörten das Knistern unseres Feuers und dann das ferne Ächzen von Holz und Steinen und das Tröpfeln und Sickern des wässrigen Schlammes. Es waren Furcht einflößende Geräusche, und ich fragte mich, warum Retyo uns anhielt, ihnen zu lauschen. Als er wieder sprach, war seine Stimme eine Wohltat, denn sie verdrängte das bedrohlichen Stöhnen der wankenden Wände.

»Wir dürfen keine Zeit mit Gedanken an Schätze oder Diebe verschwenden. Das Einzige, was wir aus dieser Stadt retten können, ist unser Leben. Viellcicht. Und auch nur dann, wenn wir alles, was wir über die Stadt wissen, austauschen, damit wir keine Zeit damit vergeuden, Korridore zu erforschen, die nirgendwohin führen. Sind wir uns soweit alle einig?«

Schweigen antwortete seinen Worten. Dann erhob ein schmutziger, bärtiger Mann seine Stimme. »Meine Kameraden und ich erheben Anspruch auf den Korridor, der vom westlichen Bogen abgeht. Wir haben ihn jetzt seit Tagen erforscht. Von dort führen nirgendwo Treppen hinauf, und der Hauptkorridor ist am Ende zusammengebrochen.«

Es waren zwar niederschmetternde Nachrichten, aber Retyo ließ uns keine Zeit, lange darüber nachzugrübeln.

»Gut. Noch jemand?«

Einige traten unbehaglich hin und her.

Sehr ernst sprach Retyo weiter. »Ihr denkt immer noch an Beute und Geheimnisse. Lasst diese Gedanken fahren, oder aber geht mit ihnen unter. Ich suche nur einen Weg nach draußen. Von Bedeutung sind ausschließlich Treppen, die nach oben führen. Kennt jemand von euch eine?«

Schließlich antwortete ihm ein Mann, wenn auch zögernd. »Es gibt zwei Treppen im Ostflügel. Aber … eine Wand hat nachgegeben, als wir dort eine Tür aufgestemmt haben. Wir können nicht mehr dorthin gelangen.«

Das Schweigen vertiefte sich, und selbst das Licht unseres Feuers schien schwächer zu werden.

»Das macht die Sache einfacher«, erklärte Retyo ausdruckslos. »Wir müssen weniger Korridore absuchen. Wir bilden zwei Suchtrupps, beide groß genug, damit sie sich an jeder Kreuzung teilen können. Auf ihrer Suche markieren sie ihren Weg. Inspiziert jede offene Kammer, an der ihr vorbeikommt, und haltet Ausschau nach einer Treppe, die nach oben führt. Das ist zweifellos der einzige Ausweg. Markiert sorgsam jeden Pfad, an dem ihr abbiegt, denn nur so findet ihr zu uns zurück.« Er räusperte sich. »Ich brauche euch ja wohl nicht zu warnen. Wenn sich eine Tür nicht leicht öffnen lässt, lasst von ihr ab.

Wir werden einen Pakt abschließen, und der sieht folgendermaßen aus: Jeder, der einen Ausweg findet, muss sein Leben daransetzen, um zurückzukommen und uns andere hinauszuführen. Denjenigen, die sich auf die Suche begeben, garantieren wir Zurückbleibenden mit diesem Pakt, dass wir das Feuer am Leben erhalten, so gut wir können. Falls ihr keinen Ausweg entdeckt, könnt ihr so zu uns und dem Licht zurückgelangen und einen neuen Versuch wagen.« Er musterte sorgfältig die Gesichter, die sich zum ihm emporreckten. »Aus diesem Grund wird jeder, der geht, alle Schätze zurücklassen, die er gefunden hat. Das ermutigt jeden, der einen Ausweg gefunden hat, zu uns zurückzukehren. Wenn nicht aus Treue, dann eben zu seinem Vorteil.«

Ich hätte nicht gewagt, die anderen so auf die Probe zu stellen, denn ich begriff sofort, was Retyo vorhatte. Die aufgehäuften Reichtümer würden denen, die zurückbleiben und das Feuer hüten mussten, Mut spenden und gleichzeitig jedem, der einen Ausweg fand, den Anreiz geben, zu uns und seinem Schatz zurückzukehren. Einige widersprachen und bestanden darauf, ihre Schätze mitzunehmen. »Tut das«, erwiderte Retyo gelassen. »Aber bedenkt wohl, wofür ihr euch entschieden habt. Niemand von denen, die hier zurückbleiben, schuldet euch noch Hilfe. Solltet ihr wiederkommen und das Feuer verlassen und erloschen vorfinden, hofft nicht, dass wir zu euch zurückkehren, falls wir einen Ausweg finden.«

Drei Männer, die schwer an ihrer Beute trugen, traten zur Seite und begannen einen hitzigen Streit untereinander. In der Zwischenzeit trafen weitere Versprengte in der Halle ein und wurden rasch von dem Pakt in Kenntnis gesetzt. Diese Menschen hatten bereits vergeblich nach einem Ausweg gesucht und erklärten sich ohne zu zaudern mit den Bedingungen einverstanden. Jemand äußerte die Hoffnung, dass vielleicht der Rest unserer Companie uns ausgraben könnte. Seinen verzweifelten Worten antworteten wir anderen mit Schweigen, während wir an die vielen Treppen dachten, die wir bis zu dieser Halle hinabgestiegen waren, und uns die Masse von Schlamm und Erde vorstellten, die sich zwischen uns und der Außenwelt befinden musste. Keiner sagte ein Wort. Als sich schließlich alle bereit erklärt hatten, Retyos Vorschlag anzunehmen, zählten wir durch. Wir waren zweiundfünfzig schmutzige und erschöpfte Frauen, Männer und Kinder.

Vier Trupps machten sich auf den Weg. Sie nahmen den größten Teil unseres Feuerholzes mit, aus dem wir rasch Fackeln improvisiert hatten. Bevor sie gingen, beteten wir, aber ich bezweifelte, dass uns Sa so tief unter der Erde und so weit vom heiligen Jamaillia entfernt hören konnte. Ich blieb bei meinem Sohn und kümmerte mich um das Feuer. Wir wechselten uns ab, streiften durch die nächstgelegenen Räume und schleppten alles mit, was brennen mochte. Die Schatzsucher hatten bereits das meiste Brennbare verbraucht, das leichter zu tragen war, aber wir fanden noch einiges, von massiven Tischen, die wir mit acht Leuten tragen mussten, bis hin zu zerbrochenen und verrotteten Stühlen und Vorhangfetzen.

Die meisten Kinder waren am Feuer geblieben. Außer meinem Sohn und Chellias Töchtern gab es noch vier weitere Kinder. Wir erzählten ihnen abwechselnd Geschichten oder sangen ihnen Lieder vor und versuchten, ihre Gedanken vor den Geistern zu beschützen, die immer näher rückten, je weiter unser kleines Feuer herunterbrannte. Wir trauerten jedem Stück Holz nach, das wir in die Flammen warfen.

Trotz unserer Mühe glitt ein Kind nach dem anderen in die Träume der versunkenen Stadt hinüber. Ich schüttelte Carlmin und kniff ihn sogar, aber ich brachte es nicht über mich, ihn so grob zu misshandeln, dass ich ihn aus diesen Träumen reißen konnte. Denn die Geister zupften auch längst an meinem Verstand, bis mir die fernen Unterhaltungen in einer unbekannten Sprache deutlicher im Ohr klangen als das verzweifelte Murmeln der anderen Frauen. Ich döste ein und kam mit einem Ruck zu mir, als das erlöschende Feuer mich zu meinen Pflichten rief.

»Vielleicht ist es barmherziger, zuzulassen, dass die Kinder sich in den Tod träumen«, meinte eine Frau, während sie mir half, das Ende eines schweren Tisches in die Flammen zu schieben. Sie holte tief Luft. »Vielleicht sollten wir alle zu der schwarzen Wand gehen und uns dagegen lehnen.«

Die Idee war verlockender, als ich zugeben mochte. Chellia kehrte von ihrer Holzsuche zurück. »Ich glaube, wir verbrennen mehr Holz auf dem Weg, als wir zurückbringen«, sagte sie zu mir. »Ich bleibe eine Weile bei den Kindern. Sieh nach, was du an Brennbarem finden kannst.«

Also nahm ich den Stummel ihrer Fackel und machte mich auf die Suche nach Feuerholz. Als ich mit einigen armseligen Holzstücken zurückkehrte, waren die Mitglieder des ersten Suchtrupps zurückgekehrt. Sie waren rasch ans Ende ihrer Möglichkeiten gestoßen und hatten auch ihren Vorrat an Fackeln verbraucht. Sie waren in der Hoffnung zurückgekommen, andere hätten mehr Glück gehabt.

Als der zweite Trupp kurz danach auftauchte, entmutigte mich das noch mehr. Bei ihm befand sich eine Gruppe von siebzehn Menschen, denen die Kundschafter bei ihrer Wanderung durch das Labyrinth begegnet waren. Diesen siebzehn »gehörte« der Teil der Stadt, in der unser Trupp auf sie gestoßen war. Sie hatten schon vor Tagen entdeckt, dass die oberen Stockwerke dieses ganzen Bezirks eingestürzt waren. In all den Tagen, die sie durch ihr »Revier« gestreift waren, hatten die Wege immer nur geradeaus oder nach unten geführt. Jede weitere Erkundung in dieser Richtung würde mehr Fackeln verbrauchen, als wir zur Zeit hatten.

Unser Vorrat an Feuerholz für das Signalfeuer schwand rasch, und wir fanden kaum noch etwas in den geplünderten Räumen, das wir als Fackeln nutzen konnten. Hunger und Durst setzten vielen von uns bereits heftig zu. Und schon bald würden wir uns mit einem noch bedrohlicheren Mangel auseinander setzen müssen. Sobald das Feuer erlosch, würde uns völlige Dunkelheit umgeben. Wenn ich überhaupt daran zu denken wagte, hämmerte mein Herz, und ich hatte Angst, in Ohnmacht zu fallen. Es war schon schwer genug, mich vor der allgegenwärtigen Kunst der Stadt zu schützen. Umgab uns erst einmal ihre Finsternis, dann würde ich der magischen Verlockung nachgeben, das wusste ich.

Ich war jedoch nicht die Einzige, die das erkannte. Stillschweigend ließen wir das Feuer herunterbrennen, bis es etwas kleiner geworden war. Von dem Schlammstrom, der von der großen Treppe herabkroch, wehten Feuchtigkeit und Kälte zu uns herüber. Die Leute schmiegten sich aneinander, sowohl um sich zu wärmen, als auch um sich Trost zu spenden. Ich fürchtete den Moment, an dem zum ersten Mal das Wasser an meinen Füßen lecken würde. Was würde uns wohl zuerst überwältigen? Die totale Finsternis oder der Schlamm?

Ich weiß nicht, wie lange es dauerte, bis die dritte Gruppe zu uns zurückkehrte. Sie hatten drei Treppenhäuser gefunden, die nach oben führten. Aber alle waren weit vor der Oberfläche zusammengebrochen. Und auch der Zustand des Korridors hatte sich mit jedem Schritt immer weiter verschlechtert. Schon bald waren sie durch flache Pfützen gegangen, und der Geruch nach feuchter Erde hatte sie fast überwältigt. Als ihre Fackeln beinah erloschen waren und das Wasser ihnen bis zu den Knien reichte, waren sie umgekehrt. Retyo und Tremartin waren ebenfalls mit dieser Gruppe aufgebrochen. Es mochte selbstsüchtig sein, aber ich war froh, ihn wieder an meiner Seite zu wissen. Auch wenn das bedeutete, dass unsere Hoffnungen jetzt nur noch auf dem vierten und letzten Suchtrupp ruhten.

Retyo wollte Carlmin aus seiner Benommenheit schütteln. »Welchen Nutzen hätte das?«, fragte ich ihn. »Soll er in die Dunkelheit starren und verzweifeln? Lass ihn träumen, Retyo. Wenigstens scheint er keine Alpträume zu haben. Wenn wir es mit ihm ans Tageslicht schaffen, wecke ich ihn und versuche, ihn aus seinen Träumen zurückzuholen. Bis dahin lasse ich ihn in Frieden.« Ich saß da, Retyos Arm um mich geschlungen, und dachte an

Petrus und meinen früheren Ehemann Jathan. Er hatte eine kluge Entscheidung getroffen. Auf eine seltsame Art war ich ihm sogar dankbar, weil er nicht zugelassen hatte, dass ich das Leben unserer beider Söhne opferte. Ich hoffte, dass Petrus und er sicher die Küste erreichten und schließlich nach Jamaillia zurückkehren konnten. Dann würde wenigstens eines meiner Kinder das Erwachsenenalter erreichen.

So warteten wir, während unsere Hoffnungen mit unserem Feuerholz schwanden. Unsere Männer mussten sich immer weiter in die Dunkelheit wagen, um Nachschub zu holen. Schließlich hob Retyo seine Stimme. »Entweder suchen sie noch und hoffen einen Ausweg zu finden, oder sie haben bereits einen gefunden und zuviel Furcht, zu uns zurückzukehren. In beiden Fällen gewinnen wir nichts, wenn wir hier sitzen bleiben. Gehen wir ihnen nach und folgen ihren Markierungen, solange wir noch genug Fackeln haben, sie zu sehen. Entweder finden wir den Fluchtweg, den sie genommen haben, oder wir sterben gemeinsam.«

Wir nahmen selbst den kleinsten Splitter Feuerholz mit. Die Dümmeren unter uns versuchten sogar, ihre Schätze mitzuschleppen. Niemand hielt sie ab, aber viele lachten bitter über soviel hoffnungsvolle Gier. Retyo nahm ohne ein Wort zu sagen Carlmin in die Arme. Es rührte mich, dass mein Sohn ihm so kostbar war. Und zudem war ich so geschwächt vom Hunger, dass ich ihn vermutlich auch nicht selbst hätte tragen können. Tremartin warf sich Olpey über die Schultern. Der Junge war so schlaff, als wäre er ertrunken. Ertrunken in der Kunst, dachte ich. Ertrunken in den Erinnerungen der versunkenen Stadt.

Piet, Chellias ältere Tochter, wehrte sich noch gegen die Träume. Sie stolperte jammervoll neben ihrer Mutter her. Ein junger Mann namens Sterren bot Chellia an, Likea für sie zu tragen. Chellia brach vor lauter Dankbarkeit in Tränen aus.

Und so trotteten wir los. Ein Fackelträger führte uns an, und ein anderer bildete den Abschluss, damit niemand unbemerkt den Einflüsterungen der Stadt zum Opfer fallen konnte und zurückblieb. Ich ging in der Mitte unserer Gruppe. Die Dunkelheit schien an meinen Sinnen zu zupfen und zu zerren. Über den scheinbar endlosen Marsch ist wenig zu berichten. Wir machten keine Pause, weil das Feuer die Fackeln in beängstigender Geschwindigkeit verzehrte. Es war dunkel und nass. Das Murmeln der hungrigen, durstigen und erschöpften Menschen umgab mich, und jenseits dessen lauerte nur die Finsternis. Ich konnte die Korridore, die wir durchwanderten, nicht richtig erkennen, sondern sah nur das undeutliche Licht, dem wir folgten. Stück um Stück gab ich meine hölzerne Last an die Fackelträger weiter. Als ich das letzte Mal vortrat, um eine frische Fackel weiterzureichen, fiel das Licht der noch brennenden auf Wände aus schwarzem Stein, der von feinen Silberadern durchzogen war. Darüber hinaus waren sie mit wunderbaren Silhouetten verziert, die aus einem glänzenden Metall bestanden. Neugierig streckte ich die Hand aus, um eine dieser Gestalten zu berühren. Ich hatte nicht einmal gemerkt, dass Retyo an meiner Seite war. Er packte mein Handgelenk, bevor ich den Umriss berühren konnte. »Nicht«, meinte er warnend. »Ich habe einmal aus Versehen eine gestreift. Sie springen dir in den Kopf, wenn du sie anfasst. Tu das nicht.«

Wir folgten den Zeichen des verschollenen Suchtrupps. Sie hatten die Sackgassen gekennzeichnet und ihren Weg mit Pfeilen markiert. Wir gingen weiter und hofften. Doch zu unserem Entsetzen stießen wir bald auf sie.

Die Menschen hatten sich mitten auf dem Flur zusammengekauert. Ihnen waren die Fackeln ausgegangen, und sie waren einfach stehen geblieben, wie betäubt von der völligen Dunkelheit, unfähig weiter zu gehen oder zu uns zurückzukehren. Einige waren kaum mehr ansprechbar. Andere wimmerten vor Freude, als sie uns sahen, und drängten sich um die Fackel, als würde ihr Licht geradezu in sie hineinströmen.

»Habt ihr einen Weg nach draußen gefunden?«, fragten sie uns, als hätten sie vergessen, dass sie ja eigentlich die Suchenden waren. Als sie begriffen, dass mit ihnen unsere letzte Hoffnung unterging, schien alles Leben aus ihnen zu weichen. »Der Korridor geht endlos so weiter«, sagten sie. »Aber wir haben bis jetzt keinen einzigen Ort gefunden, von dem ein Weg nach oben führt. Keine der Kammern, die wir untersucht haben, hatte Fenster. Wir glauben, dass ein großer Teil der Stadt schon immer unter der Erde gelegen hat.«

Das waren schlimme Nachrichten. Und es war nutzlos, lange darüber nachzudenken.

Also gingen wir gemeinsam weiter. Wir kamen an einigen Abzweigungen vorbei und entschieden uns willkürlich für eine Richtung. Wir hatten nicht mehr genug Fackeln, um jede Möglichkeit auszukundschaften. Jedes Mal, wenn wir an eine Kreuzung kamen, besprachen sich die Männer an der Spitze der Gruppe kurz und trafen dann eine Entscheidung. Wir folgten ihnen, aber jeder von uns fragte sich, ob wir vielleicht einen tödlichen Fehler gemacht hatten. Entfernten wir uns vielleicht gerade von der einen Passage, die uns ans Licht und an die Luft geführt hätte? Wir verzichteten auf die Fackel am Ende des Zuges. Stattdessen hielten sich die Menschen dort an den Händen. Trotzdem schmolz unser Vorrat zusammen, bis wir bald nur noch über drei, dann nur noch über zwei Fackeln verfügten. Eine Frau wimmerte, als die letzte Fackel angezündet wurde. Sie brannte nicht gut. Vielleicht war es auch nur unsere Furcht vor der Dunkelheit, die uns damit schreckte, dass das Licht bereits erlösche. Jedenfalls scharten wir uns dichter um den Fackelträger. Der Flur war breiter geworden und die Decke höher. Selbst jetzt noch fiel das Licht der Fackel gelegentlich auf eine metallene Silhouette oder eine silbrige Ader in der polierten schwarzen Wand, die mich verführerisch anblinkten. Wir marschierten weiter, hoffnungslos, hungrig, durstig und vollkommen erschöpft. Wir kamen nicht schnell voran, doch andererseits wussten wir nicht, ob uns am Ziel etwas anderes erwartete als der Tod.

Die untergegangenen Geister der Stadt zerrten an mir. Die Verlockung, mein armseliges Leben einfach fahren und mich in die verführerische Umarmung der Stadt fallen zu lassen, wurde immer stärker. Fetzen ihrer Musik riefen mich, Unterhaltungen, die wie ein entferntes Murmeln klangen, und mit stieg sogar, so wollte mir scheinen, ein Hauch uralter Düfte in die Nase. War das nicht genau das, wovor Jathan mich immer gewarnt hatte? Wenn ich mein Leben nicht endlich in den Griff bekäme, würde meine Kunst mich noch packen und verzehren. Aber es fiel mir so schwer zu widerstehen. Ich zappelte an ihrem Köder wie ein Fisch am Angelhaken. Ich wusste, dass sie mich längst gefangen hatte, aber ich wollte die Dunkelheit abwarten, bevor ich mich einholen lassen würde.

Die Fackel brannte mit jedem Schritt, den wir taten, weiter herunter. Und jeder Schritt, den wir taten, konnte ein Schritt in die falsche Richtung sein. Der Korridor war noch breiter geworden und mündete schließlich in einer Halle. Ich konnte die glänzenden schwarzen Wände nicht länger sehen, aber ich fühlte, wie sie mich lenkten. Wir kamen an einem Brunnen vorbei, der von Steinbänken umgeben war. Vergeblich suchten wir nach etwas, das unser Feuer am Leben erhalten würde. Hier war alles für die Ewigkeit gebaut. Ich wusste, dass diese Räume die Leichenhallen für alle gewesen waren, die je hier gelebt hatten. Sie waren dem Glauben verfallen gewesen, dass sie für immer hier existieren würden, dass sie mit dem Wasser der Brunnen und den Lichtstrahlen immer wieder durch eine Berührung zum Leben erweckt würden. Ich wusste es so klar, wie ich meinen Namen kannte. Wie auch ich waren sie Opfer des närrischen Gedankens geworden, für immer durch ihre Kunst zu leben. Und jetzt war sie das Einzige, was von ihnen übrig geblieben war.

In diesem Moment traf ich meine Entscheidung. Die Wahrheit

stand so deutlich vor mir, dass ich nicht sicher sein konnte, ob es allein meine eigene Entscheidung sei. Hatte vielleicht ein längst verschiedener Künstler nach mir gegriffen, mich am Ärmel gezupft und gebeten, ein letztes Mal vor uns zu Gesicht und Gehör gebracht zu werden, bevor wir ebenfalls in der Dunkelheit und Stille versanken, die schon ihre Stadt verschlungen hatte?

Ich legte meine Hand auf Retyos Arm. »Ich gehe zur Wand«, verkündete ich schlicht. Ich muss ihm zugute halten, dass er sofort begriff, was ich meinte.

»Du willst uns verlassen?«, fragte er vorwurfsvoll. »Nicht nur mich, sondern auch den kleinen Carlmin? Du willst dich in die Träume flüchten und mich mit ihm allein dem Tod gegenübertreten lassen?«

Ich stellte mich auf die Zehenspitzen und küsste seine bärtigen Wangen. Dann drückte ich meinem Sohn einen Kuss auf den gesenkten Kopf. »Ich werde nicht ertrinken«, versprach ich ihm. Es schien mir plötzlich so einfach. »Ich weiß, wie ich in diesen Wassern schwimmen muss. Ich habe mich seit meiner Geburt in ihnen getummelt, und ich werde ihrem Lauf wie ein Fisch nach oben zu ihrer Quelle folgen. Wie du mir folgst. Wie ihr alle mir folgt.«

»Carillion, ich verstehe dich nicht. Bist du verrückt?«

»Nein. Ich kann es dir nicht besser erklären. Folge mir einfach, und vertraue mir, so wie ich dir gefolgt bin und dir vertraut habe, als wir auf den Ast hinausgetreten sind. Ich werde den Pfad mit Sicherheit finden. Ich werde euch nicht enttäuschen.«

Dann tat ich das Skandalöseste, was ich bis dahin in meinem ganzen Leben getan hatte. Ich packte meine Röcke, die längst bis hinauf zu meiner Wade zerfetzt waren, und riss sie mit einem Ruck von meinem Hüftband. Jetzt stand ich nur noch in der Unterhose da. Ich faltete sie zusammen und schob sie dem staunenden Retyo in die Hände. Die anderen waren stehen geblieben und schauten meiner merkwürdigen Vorführung zu. »Nähre damit die Fackel, gib ihr einen Fetzen nach dem anderen, damit sie weiterbrennt. Und folgt mir.«

»Du willst fast nackt vor uns herlaufen?« Das schien Retyo am meisten zu bekümmern.

Ich lächelte. »Solange meine Röcke brennen, wird niemand die Nacktheit derjenigen bemerken, die sie sich ausgezogen hat, damit sie Licht spenden. Und wenn sie erst verbrannt sind, umhüllt uns alle die Dunkelheit. So wie uns die Kunst dieser Menschen umgibt.«

Dann ließ ich ihn stehen und trat in die Dunkelheit, die uns umgab. Ich hörte, wie er unserem Fackelträger zurief, er solle stehen bleiben. Ich hörte auch andere, die meinten, ich wäre dem Wahnsinn anheim gefallen. Aber für mich fühlte es sich an, als hätte ich mich endlich in den Fluss gestürzt, der schon mein ganzes Leben lang meinem Durst gespottet hatte. Ich ging bereitwillig zu der schwarzen Wand und öffnete meinen Verstand und mein Herz der Kunst der einstigen Stadtbewohner, während ich mich ihr näherte. Als ich den kalten Stein berührte, wandelte ich bereits unter ihnen und lauschte ihrem Klatsch, ihren Straßenmusikanten und ihrem Feilschen.

Wir befanden uns auf einem Marktplatz. Als ich den Stein berührte, erwachte der Markt um mich herum zu prallem Leben. Plötzlich sah mein Geist Licht, obwohl ich die Augen geschlossen hielt. Ich roch den Kochfisch, der in den rauchigen kleinen Feuerkesseln hing, und sah die Spieße mit tropfenden Honigfrüchten auf dem Tablett eines Straßenhändlers. Glasierte Echsen brieten über einem kleinen Feuer. Kinder jagten sich um mich herum. Menschen flanierten über die Straßen. Sie trugen glänzende Kleidung, deren Farben bei jedem Schritt ihrer Träger schillerten. Und was das für Menschen waren! Menschen, die zu einer solch großartigen Stadt passten! Die meisten hätten Jamaillianer sein können, aber zwischen ihnen schritten andere: große, dünne Gestalten, die Schuppen wie Fische hatten oder eine Haut, die wie polierte Bronze glänzte. Ihre Augen schimmerten silbern und kupfern und golden. Die gewöhnlichen Leute machten diesen besonderen Kreaturen Platz. Und zwar eher freudig als aus kalter Ehrfurcht. Händler traten vor ihre Buden und boten ihnen ihre besten Waren an, gaffende Kinder spähten hinter den Hosenbeinen ihrer Mütter hervor und verfolgten ihr majestätisches Defilee. Denn um Herrscher handelte es sich, davon war ich überzeugt.

Mühsam riss ich mein inneres Auge und meine Gedanken von diesem prächtigen Festzug los. Ich versuchte mir ins Gedächtnis zu rufen, wer ich war und warum ich mich eigentlich hier befand. Ich ließ Carlmin und Retyo in mein Bewusstsein ein. Dann sah ich mich gelassen um. Zum Himmel empor!, sagte ich mir. Zum Himmel empor! An die Luft. Zum blauen Himmel. Den Bäumen!

Ich strich mit den Fingern leicht über die Wand, während ich weiterging.

Kunst ist Versenkung, und gute Kunst bedeutet völlige Vereinnahmung. Retyo hatte Recht. Sie versuchte, mich zu ertränken. Aber Carlmin hatte ebenfalls Recht. Es gab nichts Boshaftes in diesem Versuch, nur diese völlige Umhüllung, in die uns Kunst drängt. Ich war eine Künstlerin, und als Ausübende dieser Magie war ich gewöhnt, selbst dann einen klaren Kopf zu behalten, wenn ihr Strom am stärksten und reißendsten floss.

Trotzdem konnte ich mich nur mit Mühe an meinen Worten festklammern. Zum Himmel empor. Ich wusste nicht, ob meine Gefährten mir folgten oder mich meinem Wahnsinn überlassen hatten. Retyo würde mir sicherlich folgen und meinen Sohn mitbringen. Einen Moment später fiel es mir freilich schon schwer, mich überhaupt noch an ihre Namen zu erinnern. Solche Namen und solche Menschen hatten in der Stadt nie existiert, und ich war jetzt eine Bürgerin dieser Stadt.

Ich schritt über ihren belebten Markt. Um mich herum kauften und verkauften Menschen exotische und faszinierende Waren. Ihre Farben, ihre Klänge, selbst ihre Gerüche lockten mich zu bleiben, ich jedoch hielt mich an mein Mantra: Zum Himmel empor!

Es gab keinen Einzigen unter ihnen, der die Außenwelt geliebt hätte. Sie hatten sich einen Bienenstock geschaffen, der zu einem großen Teil unterirdisch war. Hier war es hell und warm und sauber, und sie waren unberührt von Wind und Sturm und Regen. Sie hatten alle Kreaturen hineingeholt, die ihnen gefielen, blühende Bäume, Singvögel in ihren Käfigen und kleine glitzernde Echsen, die an Büschen, die in großen Töpfen wuchsen, angebunden waren. Fische sprangen und blitzten in den Brunnen, aber es gab keine Hunde, die bellend umhergelaufen wären, und es flogen auch keine Vögel über unsere Köpfe hinweg. Nichts war erlaubt, was Unruhe verbreiten könnte. Alles war ordentlich und berechenbar, außer den extravaganten Menschen, die sich zuriefen und lachten und in ihren präzise angelegten Straßen fröhlich pfiffen.

»Zum Himmel empor!«, rief ich ihnen zu. Natürlich hörten sie mich nicht. Ihre Worte summten nutzlos um mich herum, und auch wenn ich sie allmählich verstand, bedeutete mir das, was sie sagten, nichts. Was kümmerte mich die Politik einer Königin, die schon vor tausend Jahren gestorben war, was eine Adelshochzeit oder heimliche Affären, über die genüsslich geklatscht wurde? »Zum Himmel empor«, flüsterte ich, und langsam, langsam strömten mir die Erinnerungen zu, die ich suchte. Denn es gab noch andere in dieser Stadt, für die Kunst »Zum Himmel empor« bedeutete. Es gab einen Turm, ein Observatorium. Es überragte in den nebligen Nächten den Dunst des Flusses, und dort studierten Frauen und Männer die Sterne und lernten vorherzusagen, welche Auswirkungen ihre Konstellationen auf das Leben der Sterblichen haben könnten. Auf dieses Observatorium konzentrierte ich mich und »erinnerte« mich schon bald, wo es sich befand. Sa sei gelobt! Es lag nicht allzu weit von ihrem Marktplatz entfernt.

Einmal wurde ich aufgehalten, denn obwohl meine geschlossenen Augen mir vorgaukelten, dass der Weg vor mir erleuchtet und glatt gepflastert war, beschrieben mir meine suchenden Hände ein Hindernis aus kaltem Stein und feuchter Erde. Ein Mann schrie etwas an meinem Ohr und zog meine Hände zurück. Dunkel erinnerte ich mich an mein anderes Leben. Wie merkwürdig war es, die Augen zu öffnen und nichts als Schwärze zu sehen und zu spüren, wie Retyo meine Hände in seinen hielt. In der Dunkelheit um mich herum hörte ich Leute weinen oder verzweifelt murmeln, dass sie einer Träumerin in den Tod gefolgt wären. Ich konnte nicht das Geringste erkennen. Die Finsternis war undurchdringlich. Ich hatte keine Ahnung, wie viel Zeit vergangen war, aber ich spürte plötzlich den Durst, der meine Kehle würgte. Retyo umklammerte mit seiner Hand noch die meine, und dann begriff ich, dass hinter ihm eine lange Kette von Menschen ging, die sich an den Händen hielten und mir verzagt folgten.

»Gebt nicht auf«, krächzte ich ihnen zu. »Ich kenne den Weg. Wirklich. Folgt mir.«

Später würde mir Retyo gestehen, dass ich diese Worte in einer Sprache ausstieß, die er noch nie gehört hatte. Aber mein beseelter Schrei riss ihn mit. Ich schloss wieder die Augen, und erneut flammte das Leben der Stadt vor mir auf. Ein anderer Weg, es musste einen anderen Weg zu diesem Observatorium geben! Ich ging die bevölkerten Korridore zurück, aber als ich jetzt an den sprudelnden Brunnen vorüberkam, quälten sie mich mit ihrem erinnerten Wasser. Der Duft von Nahrung weckte schmerzliche Erinnerungen, und ich fühlte, wie mein Magen sich vor Sehnsucht verkrampfte. Doch die Worte »Zum Himmel empor!« trieben mich an, und ich ging weiter, noch während ich spürte, wie mein Körper eine immer schwerere Last wurde. An einem anderen, fernen Ort fühlte sich die Zunge in meinem Mund wie Leder an, und mein Magen verkrampfte sich zu einem schmerzhaften Knoten. Hier jedoch wandelte ich durch die Stadt und tauchte in sie ein. Ich verstand jetzt die Worte, die mich umschwirrten, nahm die vertrauten Gerüche wahr und kannte selbst die Lieder, welche die Bänkelsänger an den Straßenecken sangen. Ich war zu Hause, und die Stadt und ihre Kunst erfüllten mich. Dies hier war für mich eine viel vertrautere Heimat, als es Jamailliastadt je gewesen war.

Schließlich fand ich die andere Treppe, die zum Observatorium hinaufführte. Es war die Stiege für die Diener und Reinigungskräfte. Hier schleppten demütige Menschen Liegen und Tabletts mit Weingläsern für die Adligen hinauf, die sich zurücklehnen und die Sterne betrachten wollten. So war es am Ende nur eine schlichte Holztür, die da unter meiner leichten Berührung nach außen schwang. Ich hörte das Murmeln und Aufatmen hinter mir und dann laute Schreie der Lobpreisung, die mir die Augen öffneten.

Schwaches Tageslicht drang bis zu uns hinunter. Die Wendeltreppe war aus Holz und baufällig, aber ich entschied, dass wir ihr trauen sollten. »Zum Himmel empor«, sagte ich zu meinen Leuten, als ich den Fuß auf die erste knarrende Stufe setzte. Ich musste mich anstrengen, mich an meine kostbaren Worte zu erinnern und sie laut auszusprechen. »Zum Himmel empor!« Sie folgten mir.

Je höher wir klommen, desto heller wurde es. Wir blinzelten wie Maulwürfe in dieses ach so süße Dämmerlicht. Als ich schließlich die mit Steinen gepflasterte obere Kammer erreichte, lächelte ich so sehr, dass meine spröden Lippen platzten.

Die dicken Glasfenster des Observatoriums wiesen Risse auf, durch die sich neugierig Kletterpflanzen schoben. Die gewundenen Geschöpfe waren verblasst, nachdem sie das Tageslicht hinter sich gelassen hatten. Dieses Licht, das grünlich und gedämpft durch die Fenster schien. Aber dennoch war es Tageslicht. Die

Kletterpflanzen wurden zu unseren Rettungsleitern in die Freiheit. Viele von uns weinten, obwohl sie keine Tränen mehr zu vergießen hatten, als sie diese letzte schmerzhafte Kletterpartie wagten. Bewusstlose Kinder und benommene Menschen wurden hinauf gereicht. Ich nahm den kleinen Carlmin in die Arme und hielt ihn ins Licht und in die frische Luft.

Regenblumen begrüßten uns, als hätte Sa gewusst, dass wir überleben würden. Es waren genug Blumen, dass jeder von uns seinen Mund befeuchten konnte und wieder zu Verstand kam. Der Wind war kalt, und wir lachten voller Freude, als wir uns ihm zitternd aussetzten. Wir befanden uns auf dem oberen Altan des einstigen Observatoriums. Ich schaute voller Liebe über ein Land, das ich einst gekannt hatte. Mein wunderschönes, breites Flusstal mochte jetzt nur noch ein Sumpf sein, aber es war dennoch meines. Der Turm, der früher einmal alles überragt hatte, war nur noch ein Hügel. Doch um ihn herum kauerten die moosbedeckten Überreste anderer Gebäude und bildeten einen festen und trockenen Untergrund unter unseren Füßen. Es gab nicht viel trockenes Land, weniger als einen Leffer, doch nach all den Monaten im Sumpf kam es uns wie ein gewaltiger Besitz vor. Von hier oben sahen wir überall dort den langsam dahingleitenden Fluss, wo die Sonnenstrahlen sein kreidiges Wasser beleuchteten. Meine Heimat hatte sich gewaltig verändert, aber es war immer noch meine Heimat.

Wir alle, die wir von der Drachenhalle aufgebrochen waren, lebten und waren unversehrt. Die Stadt hatte uns verschlungen, uns hinabgezogen und vereinnahmt. Dann hatte sie uns verändert und wieder losgelassen, uns an einem freundlicheren Ort ausgesetzt, als wir bisher bewohnten. Hier ist der Boden fester, dank der Stadt, die unter uns begraben liegt. Es gibt hier große Bäume mit starken Ästen, auf denen wir neue Plattformen errichten können. Es gibt sogar Nahrung, und zwar eine Menge, für die Verhältnisse der Regenwildnis. Eine Art Kletterpflanze schmückt die Stämme der Bäume wie eine Girlande, und sie trägt schwere, fleischige Früchte. Ich erinnere mich, dass ich diese Früchte in den Marktständen meiner Stadt gesehen habe. Sie werden uns ernähren. Wir haben alles, was wir brauchen, um diese Nacht zu überleben. Morgen ist noch früh genug, weiter zu denken.

Tag sieben von Licht und Luft
Jahr eins der Regenwildnis

Wir haben volle sechs Tage gebraucht, um flussabwärts zu unserer ersten Siedlung zu gelangen. Das Licht und die frische Luft haben den Verstand der meisten von uns wieder gesunden lassen, obwohl die Kinder stärker in sich gekehrt wirken als früher. Auch glaube ich nicht, dass ich mit den innigen Träumen von meinem Leben in der Stadt so ganz allein bin. Ich heiße sie jetzt willkommen. Das Land hat sich seit der Blütezeit der Stadt gewaltig verändert. Früher einmal war hier alles fester Boden, und der Fluss glich einer silbernen Wasserader. Das Land war jedoch auch damals schon ruhelos, und manchmal wurde das Flusswasser milchig und ätzend. Jetzt haben die Bäume Weiden und Äcker zurückerobert, aber ich erkenne immer noch, wie es vorher aussah. Ich weiß auch, welche Bäume gut für Bauholz geeignet sind, aus welchen Blättern wir einen angenehm stimulierenden Tee gewinnen können, welches Schilf sowohl Papier als auch Stoff liefert, wenn es gedroschen und zu Mus verarbeitet worden ist, und … ach, ich erinnere noch viele andere Dinge. Wir werden überleben. Es wird kein üppiges oder einfaches Leben, aber wenn wir wertschätzen können, was das Land uns schenkt, wird es genügen. Und das ist gut so.

Ich habe meine Baumsiedlung beinah vollkommen verlassen

vorgefunden. Nach der Katastrophe, die uns in der Stadt eingeschlossen hatte, gaben die meisten der Zurückgebliebenen auf und flohen. Von den Reichtümern, die sie gesammelt und auf der Plattform aufgehäuft hatten, nahmen sie lediglich einen Bruchteil mit. Nur einige wenige haben ausgeharrt. Marthi und ihr Ehemann gehören zu ihnen. Marthi weinte vor Freude über meine Rückkehr.

Als ich meinem Ärger darüber Ausdruck verlieh, dass die anderen sie einfach im Stich gelassen hätten, erwiderte sie ganz ernsthaft, diese hätten versprochen, Hilfe zu schicken. Sie war überzeugt, dass sie ihr Wort halten würden. Schließlich hätten sie ihre Schätze zurückgelassen.

Was mich angeht, so habe ich meinen Schatz gefunden. Petrus ist letzten Endes doch hier geblieben. Jathan, hartherzig wie er ist, machte sich ohne seinen Sohn auf den Weg, als Petrus im letzten Augenblick seine Meinung geändert und erklärt hatte, er wolle hier auf die Rückkehr seiner Mutter warten. Ich bin froh, dass er es nicht vergeblich tat.

Es hat mich überrascht, dass Marthi und ihr Ehemann geblieben sind, bis sie mir den Grund dafür in meine Arme legte. Sie hat ihr Kind zur Welt gebracht, und um seinetwillen möchten sie hier leben. Der Kleine ist geschmeidig und lebhaft, aber er hat Schuppen wie eine Schlange. In Jamaillia wäre er eine Missgeburt. Er gehört hierher in die Regenwildnis.

So wie wir alle. Jetzt.

Ich glaube, dass mich die Veränderungen, die mit Marthi vorgegangen sind, ebenso erschreckt haben, wie meine Veränderungen sie. Wo sie die Juwelen aus dieser Stadt um Hals und Handgelenke getragen hatte, sind jetzt kleine Geschwüre vorgewachsen. Und als sie mich anstarrte, dachte ich zunächst, sie täte es, weil sie sehen konnte, wie sehr die Erinnerungen der Stadt meine Seele verändert hatten. In Wirklichkeit haben die gefiederten Schuppen um meine Augenlider und um meine Lippen ihren

Blick angezogen. Ich habe keinen Spiegel, also kann ich nicht sagen, wie auffallend sie sind. Ich habe nur Retyos Wort, dass die Linie aus roten Schuppen, die mein ganzes Rückgrat säumt, eher verführerisch als abstoßend wirkt.

Ich sehe diese Schuppen auch an den Kindern und finde sie tatsächlich nicht abschreckend. Fast alle von uns, die in die Stadt hinabgestiegen sind, tragen nun ihr Mal. Entweder ist es ein Ausdruck tief in ihren Augen oder eine zierliche Spur von Schuppen oder vielleicht ein Streifen warziger Haut am Kinn. Die Regenwildnis hat uns mit ihrem Mal gezeichnet und uns zu Hause willkommen geheißen.

Robert Silverberg

Majipoor

DER MAJIPOOR-ZYKLUS

Krieg der Träume (1980)
Die Majipoor-Chroniken (2 Bände, 1985)
Die Wasserkönige von Majipoor (Teil 1 von Valentine Pontifex, 1985)
Die Berge von Majipoor (1995)
Die Zauberer von Majipoor (1998)
Lord Prestimon (2003)
König der Träume (2004)

Die riesige Welt Majipoor, deren Durchmesser mindestens zehnmal so groß ist wie der unseres eigenen Planeten, wurde in ferner Vergangenheit von irdischen Kolonisten besiedelt. Sie suchten ihren Platz zwischen den Piurivar, den vernunftbegabten einheimischen Wesen, die wegen ihrer Fähigkeit, ihre Körperform zu verändern, von den Eindringlingen als »Gestaltwandler« oder »Metamorphen« bezeichnet wurden. Majipoor ist ein außerordentlich schöner Planet mit einem weitgehend milden Klima, auf dem es die erstaunlichsten zoologischen, botanischen und geographischen Phänomene gibt. Alles auf Majipoor ist gigantisch, phantastisch und wundervoll.

Nach Jahrtausenden der Spannungen zwischen den menschlichen Kolonisten und den Metamorphen brach schließlich ein langwieriger Krieg aus, der mit der Niederlage der Einheimischen endete. Sie wurden in einer entfernten Region des Planeten in ein riesiges Reservat verbannt. In dieser Phase kamen auch Völker von anderen Planeten nach Majipoor – die winzigen, gnomenhaften Vroon, die großen, zottigen vierarmigen Skandar, die zweiköpfigen Su-Suheris und einige weitere. Manche dieser

Völker – vor allem die Vroon und die Su-Suheris – besaßen übersinnliche geistige Kräfte und praktizierten verschiedene Formen der Magie. Doch in der jahrtausendelangen Geschichte Majipoors blieben stets die Menschen die dominante Art. Sie vermehrten sich stark und expandierten, und schließlich zählte die menschliche Bevölkerung Majipoors nach Milliarden, die vor allem in riesigen, beeindruckenden Städten von jeweils zehn bis zwanzig Millionen Einwohnern lebten.

Das Regierungssystem, das sich im Laufe dieser Jahre entwickelte, besteht aus einer Art nicht erblicher Doppelmonarchie. Wenn der ältere Herrscher, der Pontifex genannt wird, an die Macht kommt, wählt er einen Coronal als jüngeren Herrscher. Formal wird der Coronal als Adoptivsohn des Pontifex betrachtet, und nach dem Tod des Pontifex nimmt der Coronal dessen Platz als älterer Monarch ein, um seinerseits einen neuen Coronal als Nachfolger zu benennen. Beide Herrscher haben ihre Sitze in Alhanroel, dem größten und bevölkerungsreichsten unter den drei Kontinenten Majipoors. Die kaiserliche Residenz des Pontifex wird Labyrinth genannt. Der ältere Herrscher verlässt sie nur äußerst selten. Der Coronal dagegen lebt in einer gewaltigen Burg auf dem Gipfel des Burgbergs, einer dreißig Meilen hohen Erhebung, deren Atmosphäre von komplizierten Maschinen in einem Zustand ewigen Frühlings gehalten wird. Von Zeit zu Zeit steigt der Coronal aus der prächtigen Burg herunter und unternimmt eine Große Prozession, um die Welt zu bereisen. Diese Umzüge sollen Majipoor an die Macht und Pracht seiner Herrscher erinnern. Eine solche Reise, die angesichts der riesigen Entfernungen in Majipoor mehrere Jahre dauern kann, führt unweigerlich auch nach Zimroel, dem zweiten Kontinent. Dort gibt es an gewaltigen Flüssen und inmitten jungfräulicher Wälder riesige Städte. Nur selten besucht ein Coronal auch den glühend heißen Kontinent Suvrael im Süden, der zum größten Teil aus Ödland oder einer der Sahara ähnlichen Wüste besteht.

Später wurde das Regierungssystem Majipoors durch zwei weitere Ämter ergänzt. Die Entwicklung einer weltumspannenden telepathischen Kommunikation erlaubte nächtliche Aussendungen von Weissagungen und gelegentlich auch therapeutischen Ratschlägen. Dies fiel ins Aufgabengebiet der Mutter des jeweiligen Coronals, die als Herrin der Insel des Schlafs bezeichnet wird. Ihr Sitz befindet sich auf einer Insel, die, beinahe so groß wie ein Kontinent, auf halbem Wege zwischen Alhanroel und Zimroel liegt. Später wurde noch eine zweite telepatische Macht, der König der Träume, eingesetzt. Er benutzt stärkere telepathische Geräte, um Verbrecher und andere Bürger, deren Verhalten von den auf Majipoor geltenden Maßstäben abweicht, zu überwachen und zu bestrafen. Dieses Amt wird innerhalb der Barjazid-Familie in Suvrael vererbt.

Der erste Majipoor-Roman, *Lord Valentine*, erzählt von einer Verschwörung, in deren Verlauf der legitime Coronal Lord Valentine durch einen Schwindler ersetzt wird. Seines Gedächtnisses beraubt, wird Valentine in Zimroel ausgesetzt und lebt als wandernder Gaukler, doch nach und nach kehren die Erinnerungen an seine wahre Bestimmung zurück, und er kann durch einen Feldzug seinen Thron zurückerobern. Im Band *Valentine Pontifex* muss sich der gereifte Valentine, im Grunde seines Herzens ein Pazifist, mit einem Aufstand der Metamorphen beschäftigen, die entschlossen sind, die menschlichen Eroberer von ihrer Welt zu vertreiben. Valentine besiegt sie und stellt mithilfe riesiger Meeresdrachen, deren Intelligenz bislang auf Majipoor nicht bekannt war, den Frieden wieder her.

Die Geschichtensammlung *Die Majipoor-Chroniken* beschreibt verschiedene Szenen aus vielen Zeitabschnitten und sozialen Schichtungen des Lebens auf Majipoor und bietet tiefere Einblicke in zahlreiche Aspekte der riesigen Welt, die in den Romanen nicht beschrieben werden. Der kurze Roman *Die Berge von Majipoor*, der fünfhundert Jahre nach Valentines Amtszeit spielt, versetzt uns in den eisigen Norden, wo schon seit langer Zeit eine Barbarengemeinschaft unter schwierigen Bedingungen überlebt. Die letzten Majipoor-Romane, die Trilogie um Lord Prestimion, spielen tausend Jahre vor Valentine und schildern eine Zeit, in der Majipoor von Zaubermacht beherrscht wird. Nachdem er von einem Usurpator, dem Sohn eines Vorgängers, und einigen Magiern und Kriegsherren um den Thron betrogen wurde, führt der Coronal Lord Prestimion seine Fraktion in einem Bürgerkrieg, in dem er auch nekromantische Kräfte einsetzt, doch noch zum Sieg.

Die hier vorgestellte Geschichte schildert eine Episode, die zeitlich vor allen bisher veröffentlichten Majipoor-Romanen anzusiedeln ist – etwa viertausend Jahre vor Valentine, mehr als dreitausend Jahre vor Prestimion und zehntausend Jahre, nachdem die ersten menschlichen Siedler kamen. Gleichwohl nahm sogar damals die Frühgeschichte Majipoors bereits den Charakter von Legenden an.

Robert Silverberg

Das Buch der Veränderungen

Am frühen Morgen des zweiten Tages seines neuen Lebens als Gefangener stand Aithin Furvain am schmalen Fenster seiner Schlafkammer und blickte auf das blutrote Wasser des Barbirike-Sees hinaus, der weit unter ihm lag. Er hörte, wie der Riegel, der seine Gemächer versperrte, von außen umgelegt wurde, und drehte sich kurz um. Der Banditenhauptmann Kasinibon, der ihn gefangen hielt, kam geschmeidig wie eine Katze herein. Furvain drehte sich wieder zum Fenster.

»Wie ich schon gestern Abend sagte, hat man hier einen wirklich wundervollen Ausblick, nicht wahr?«, erklärte Kasinibon. »Auf ganz Majipoor gibt es nichts, was sich mit diesem roten See messen könnte.«

»Er ist gewiss schön anzuschauen«, sagte Furvain zurückhaltend und ohne irgendeine Regung.

Kasinibon ließ sich die gute Laune nicht verderben. »Ich hoffe, Ihr habt gut geschlafen«, versicherte er Furvains Rücken, »und dass Ihr Eure Gemächer hier bequem findet, Prinz Aithin.«

Irgendein Rest von Höflichkeit, der selbst einem Banditen gegenüber nicht völlig wegfallen durfte, brachte Furvain dazu, sich zu dem Mann umzudrehen. »Gewöhnlich führe ich meinen Titel nicht«, sagte er steif und kalt.

»Aber natürlich. Ich halte es übrigens genau wie Ihr. Ihr müsst wissen, dass ich einer alten Adelsfamilie im Osten entstamme. Kein Hochadel, aber immerhin, wir sind adlig. Andererseits sind diese Titel natürlich auch schrecklich altmodische Dinge.« Kasinibon grinste. Es war ein verschlagenes, beinahe schon verschwörerisches und höhnisches Grinsen, dennoch aber charmant. Furvain brachte es nicht wirklich über sich, den Mann zu hassen. »Ihr habt allerdings meine Frage noch nicht beantwortet. Ist hier alles zu Eurer Zufriedenheit?«

»O ja, gewiss doch. Es ist zweifellos das eleganteste Gefängnis, das man sich nur wünschen kann.«

»Ich würde freilich gern einwenden, dass es sich hier eigentlich nicht um ein Gefängnis, sondern eher um eine Privatresidenz handelt.«

»Das mag ja sein, aber ich bin hier trotzdem gefangen – oder etwa nicht?«

»Darin muss ich Euch wohl Recht geben. Ihr seid derzeit in der Tat ein Gefangener. Mein Gefangener.«

»Vielen Dank«, erklärte Furvain. »Ich weiß Eure Aufrichtigkeit zu schätzen.«

Er blickte wieder zum Barbirike-See hinaus. Schlank wie ein Speer erstreckte sich das Gewässer im Tal unterhalb der grauen Klippen, auf denen Kasinibons festungsähnliche Behausung stand. Lange Reihen von Dünen mit schmalen Graten säumten das Ufer. Auch sie waren rot, und aus dieser Entfernung wirkten sie weich gezeichnet wie Wolken.

Sogar die Luft hatte hier einen roten Schimmer, und selbst die Sonne schien sich ein wenig zu verfärben. Kasinibon hatte Furvain, der allerdings nicht sonderlich an solchen Erklärungen Anteil nahm, schon am Vortag erläutert, dass der See von Barbirike einst mit Myriaden von winzigen Krustentieren bevölkert war, deren zerbrechliche Schalen sich über die Jahrtausende zersetzt und dem Gewässer seine blutrote Farbe verliehen hätten. Auch die roten Sanddünen bestanden daraus. Furvain fragte sich, ob sein königlicher Vater, der eine geradezu überwältigende Begeisterung für starke Farbwirkungen aufgebracht hatte, jemals hier heraus zu diesem Ort gereist war. Gewiss hatte er eine solche Reise unternommen, ganz gewiss.

»Ich habe Euch Stifte und Papier mitgebracht«, sagte Kasinibon. Er legte alles auf dem kleinen Tisch neben Furvains Bett ordentlich bereit. »Wie ich schon sagte, müsste dieser Ausblick eigentlich Eure dichterische Schaffenskraft inspirieren.«

»Das wird er zweifellos tun«, stimmte Furvain immer noch mit distanzierter, unbeteiligter Stimme zu.

»Wollen wir uns heute Nachmittag den See etwas näher ansehen? Ihr und ich?«

»Demnach habt Ihr nicht die Absicht, mich ständig hier eingesperrt zu halten?«

»Aber nein. Wie könnte ich so grausam sein?«

»Nun gut, ich würde mich über einen Ausflug zum See freuen«, erklärte Furvain, abermals so gleichgültig wie zuvor. »Vielleicht regt mich seine Schönheit tatsächlich zu dem einen oder anderen Gedicht an.«

Kasinibon tippte liebevoll auf den Papierstoß. »Vielleicht möchtet Ihr diese Blätter auch verwenden, um die Lösegeldforderung für Euch zu formulieren.«

Furvain kniff die Augen zusammen. »Das werde ich womöglich morgen erledigen. Oder übermorgen.«

»Wie Ihr wünscht. Ihr wisst ja, Eile ist nicht vonnöten. Ihr könnt als mein Gast hier bleiben, solange Ihr wollt.«

»Genauer gesagt, als Euer Gefangener.«

»Auch das«, stimmte Kasinibon zu. »Mein Gast, aber auch mein Gefangener, obgleich ich hoffe, dass Ihr Euch eher als Gast denn als Gefangener fühlt. Ihr wollt mich jetzt bitte entschuldigen, ich muss mich um langweilige Verwaltungsgeschäfte kümmern. Bis heute Nachmittag also.« Er grinste ein letztes Mal und ging.

Furvain war der fünfte Sohn des früheren Coronals Lord Sangamor, dessen bekannteste Leistung der Entwurf der bemerkenswerten, nach ihm benannten Tunnel auf dem Burgberg war. Lord

Sangamor war ein Mann mit starken künstlerischen Neigungen, und die Tunnel, deren Wände aus einer Art künstlichem Stein gebaut waren, der in verschiedenen Farben leuchten konnte, wurden von Kennern als herausragende Kunstwerke betrachtet. Furvain hatte die ästhetischen Neigungen seines Vaters geerbt, jedoch nicht dessen Charakterstärke. In den Augen vieler Menschen auf dem Burgberg war er nichts weiter als ein Taugenichts, ein Müßiggänger oder gar ein Gauner. Seine eigenen Freunde, deren er viele hatte, kamen in Verlegenheit, wenn sie an ihm irgendwelche besonderen Verdienste hervorheben sollten. Zwar war er ein ungewöhnlich gewandter Autor amüsanter Verse und reizender Gefährte für eine Reise oder einen Abend in der Schenke, und auch wenn es um ironische Sticheleien, Rätsel und Scherzfragen ging, wusste er sich gut zu schlagen. Doch sonst ... ja, sonst ...

Der Sohn eines Coronals kann sich aufgrund der überlieferten Verfassung keinerlei Hoffnungen machen, in der Verwaltung des Planeten irgendeine bedeutende Rolle zu spielen. Für ihn ist kein Platz vorgesehen. Er kann nicht selbst den Thron besteigen, weil die Krone stets durch Adoption und nie durch Vererbung weitergegeben wird. Der älteste Sohn des Coronals richtet sich gewöhnlich in einem schönen Anwesen in einer der Fünfzig Städte auf dem Burgberg ein und lebt das behagliche Leben eines Provinzfürsten. Der zweite und der dritte Sohn können auf der Burg bleiben und als Berater des Reichs dienen, falls sie irgendeine Eignung für die komplizierten Regierungsgeschäfte vorzuweisen haben. Ein fünfter Sohn aber, erst spät in der Amtszeit seines Vaters geboren und daher von allen, die vor ihm da waren, aus dem inneren Kreis herausgedrängt, hat gewöhnlich nur die Aussicht, ein zielloses Leben voller unverbindlicher Freuden und Vergnügungen zu führen. Im öffentlichen Leben ist keine Aufgabe für ihn vorgesehen. Zwar ist er der Sohn seines Vaters, doch aus sich selbst heraus ist er nichts. Niemand wird ihm eine besondere Eignung für ernsthafte Pflichten unterstellen, ja, nicht einmal tieferes Nachdenken über derlei Dinge vermuten. Einem solchen Prinzen steht dank seiner Geburt das Recht zu, Zeit seines Lebens auf der Burg eine Suite zu bewohnen und eine großzügige lebenslange Pension zu beziehen. Man nimmt ganz allgemein an, dass solche Männer sich voller Zufriedenheit und bis ans Ende ihrer Tage angenehmen Zerstreuungen hingeben.

Im Gegensatz zu anderen Prinzen von eher unruhigem Wesen hatte Furvain sich sehr gut in diese Aussichten gefügt. Da niemand viel von ihm verlangte, erwartete er auch selbst nicht viel von sich. Die Natur hatte ihm ein gutes Aussehen geschenkt – er war groß und schlank, ein anmutiger und eleganter Mann mit gewelltem blondem Haar und fein gezeichneten Gesichtszügen. Er war ein ausgezeichneter Tänzer und wusste mit klarer, hoher Tenorstimme recht gut zu singen, er schlug sich vortrefflich in den meisten Leibesübungen, die keinen Einsatz von roher Körperkraft erforderten, und wusste sich auch im Schwertkampf und beim Wagenrennen zu behaupten.

Doch vor allem tat er sich beim Verseschmieden hervor. Schier in Strömen floss die Dichtung aus ihm heraus, wie der Regen vom Himmel fällt. Zu jeder Tages- und Nachtzeit, ob er nach einem langen Zechgelage am Vorabend gerade erwacht oder noch mitten beim Zechen selbst war, er konnte jederzeit den Stift zur Hand nehmen und beinahe aus dem Stegreif zu jedem beliebigen Thema eine Ballade, ein Sonett, eine Villanelle oder auch ein lustiges gereimtes Epigramm verfassen, vielleicht auch einige rasch hingeworfene Knittelverse oder sogar ein langes Heldengedicht. Diese eilig heruntergeschriebenen Texte besaßen natürlich keine große geistige Tiefe. Es entsprach auch nicht seiner Art, die Tiefen der menschlichen Seele zu erkunden, ganz zu schweigen davon, solche Einsichten in Form von Gedichten zu verbreiten. Doch jedermann wusste, dass Aithin Furvain sich vor niemandem verstecken musste, wenn es darum ging, leichte, verspielte

Verse zu schmieden, in denen die Freuden des Augenblicks gefeiert wurden, die Freuden des Betts etwa oder der Flasche – Verse, die Witz besaßen, ohne jemals an boshafte Satire zu grenzen, oder die vornehmlich als Collage aus Rhythmus und Klang gedacht waren und nicht viel zu bedeuten hatten.

»Mach uns ein Gedicht, Aithin!«, mochte jemand aus dem Kreis seiner Freunde rufen, wenn sie beim Wein in der Burgschänke hockten. »Ja!«, stimmten die anderen zu. »Ein Gedicht, ein Gedicht!«

»Dann soll mir einer ein Wort geben«, erwiderte Furvain.

Und irgendjemand, vielleicht seine derzeitige Geliebte, rief beispielsweise: »Wurst.«

»Sehr schön. Und du – gib du mir noch ein weiteres Wort. Das Erstbeste, das dir einfallen will.«

»Pontifex«, sagte jemand anders.

»Und noch eins«, verlangte Furvain. »Du da hinten.«

»Steetmoy«, lautete die Antwort eines Freundes, der ganz hinten saß.

Daraufhin starrte Furvain einen Augenblick in seinen Weinkelch, als könne er dort ein Gedicht herausfischen, holte tief Luft und begann gleich darauf ein spöttisches Heldenlied zu rezitieren – mit sauber gebauten Hexametern und einem komplizierten anapästischen Rhythmus –, das von der verzweifelten Sehnsucht eines Pontifex nach Würsten aus Steetmoy-Fleisch handelte, sodass die faulsten und feigsten Angehörigen des königlichen Hofstaats auf eine Jagdexpedition in den Norden Zimroels in die verschneite Heimat dieser gefährlichen weißen Pelzwesen ausgesandt wurden. Ohne abzusetzen sprach er acht oder zehn Minuten lang, bis die Geschichte erzählt war, die – obgleich improvisiert – einen regelrechten Beginn, einen Mittelteil und ein umwerfend komisches Ende hatte, was ihm einen Beifallssturm und eine neue Flasche Wein einbrachte.

Hätte er sich je die Mühe gemacht, sie aufzuheben, dann hätten die gesammelten Werke des Aithin Furvain viele Bände gefüllt. Doch er hatte die Angewohnheit, seine Gedichte so schnell wegzulegen, wie er sie schrieb, und viele von ihnen wurden überhaupt nicht niedergeschrieben. Nur der Umsicht seiner Freunde war es zu verdanken, dass einige von ihnen notiert und kopiert und im Land verteilt wurden. Doch das war ihm nicht wichtig. Gedichte zu erfinden fiel ihm so leicht wie das Atmen, und er sah keinen Grund, seine schnellen Improvisationen aufzubewahren und in besonderen Ehren zu halten. Schließlich waren sie ja von vornherein nicht als große Kunstwerke gedacht wie etwa die Tunnel seines königlichen Vaters.

Der Coronal Lord Sangamor hatte unter dem Pontifex Pelxinai fast dreißig Jahre lang als Majipoors jüngerer Monarch recht erfolgreich geherrscht, bis der ehrwürdige Pelxinai schließlich vom Göttlichen zur Quelle gerufen wurde und Sangamor den Platz des Pontifex einnehmen musste. Diese neue Aufgabe brachte es mit sich, dass er den Burgberg verließ und ins unterirdische Labyrinth umzog, das weit im Süden lag. Es war der von der Verfassung vorgesehene Sitz des älteren Herrschers. Den Rest seines Lebens über würde man ihn kaum noch in der Außenwelt sehen. Aithin Furvain hatte seinen Vater nicht lange nach dessen Einsetzung als Pontifex pflichtschuldigst besucht, wie man es von ihm und seinen Brüdern eben erwartete, doch er beabsichtigte nicht, noch eine weitere derartige Reise zu machen. Das Labyrinth war ein dunkler, bedrückender Ort, der ihm überhaupt nicht zusagte. Auch dem alten Sangamor gefiel es dort wohl nicht besonders, nahm Furvain an, doch wie alle Coronals hatte auch Sangamor von Anfang an gewusst, dass er den letzten Teil seines Lebens dort verbringen würde. Furvain war dagegen nicht verpflichtet, dort zu leben, und er musste den Ort nicht einmal besuchen, wenn er es nicht wollte. So sah Furvain, der seinen Vater bislang ohnehin nicht besonders gut gekannt hatte, keinen Grund, ihn noch ein weiteres Mal zu treffen.

Andererseits hatte er sich bereits weitgehend aus dem Leben auf der Burg gelöst. Schon während Lord Sangamor noch dort regierte, hatte Furvain sich ein zweites Zuhause in Dundilmir eingerichtet, einer Hangstadt weit unten am Fuß des riesigen, wie ein Reißzahn aufragenden Burgbergs. Ein Schulkamerad und alter Freund namens Tanigel hatte sein Erbe als Herzog von Dundilmir angetreten und Furvain dort unten einen Wohnsitz angeboten, ein relativ bescheidenes Anwesen, das die als Feuertal bezeichnete Region überblickte. Furvain wurde so im Grunde Herzog Tanigels Hofnarr, ein freundlicher Gefährte, der auf Verlangen komische Verse zum Besten geben konnte. Es entsprach nicht unbedingt der Tradition, dass der Sohn eines Coronals von einem bloßen Herzog ein Landgut geschenkt bekam, doch Tanigel war bewusst, dass der fünfte Sohn eines Coronals nicht unbedingt über ein großes eigenes Vermögen verfügte, und er wusste auch, dass Furvain des eingefriedeten Lebens auf der Burg überdrüssig war und für seinen Müßiggang eine neue, freiere Umgebung suchte. Furvain, der nicht viel auf Würde gab, hatte Tanigels Vorschlag erfreut angenommen und den größten Teil der folgenden Jahre auf seinem Anwesen in Dundilmir verbracht und mit Tanigel und dessen wohlhabenden, trink- und handfesten Freunden seine Zeit totgeschlagen. Nur bei höchst formellen Anlässen wie zum Geburtstag seines Vaters ließ er sich noch auf der Burg blicken, doch nachdem sein Vater zum Pontifex ernannt und ins Labyrinth umgezogen war, tauchte er dort kaum noch auf.

Selbst das angenehme Leben in Dundilmir wurde ihm nach einer Weile zu eintönig. Furvain war inzwischen in mittleren Jahren und bekam ein Gefühl, das ihn noch nie heimgesucht hatte, eine unbestimmte nagende Unzufriedenheit, die er nicht näher einzuordnen wusste. Es gab natürlich nichts Bestimmtes, worüber er sich hätte beklagen können. Er hatte ein gutes Leben voller Zerstreuungen, angenehme Freunde, die ihn wegen seines an sich unbedeutenden, jedoch vortrefflich ausgeübten Talents bewunderten. Er war bei bester Gesundheit und verfügte über genügend Mittel, um seine laufenden Ausgaben zu bestreiten, die im Grunde gar nicht so groß waren. Er empfand nur selten Langeweile und litt nie Mangel an Gefährten oder Geliebten. Und doch meldete sich hin und wieder ein eigenartiger Schmerz in seiner Seele, ein unerklärliches elendes Gefühl. Es war eine ganz eigenartige neue Stimmung, beunruhigend und nicht zu begreifen.

Vielleicht liegt die Antwort im Reisen, überlegte Furvain. Er war ein Bürger des größten, prächtigsten und schönsten Planeten im ganzen Universum, doch bisher hatte er noch nicht viel davon gesehen. Er kannte nur den Burgberg und selbst dort höchstens ein Dutzend der Fünfzig Städte sowie das liebliche, aber nicht besonders aufregende Glayge-Tal, durch das er auf dem Weg zum neuen Heim seines Vaters im Labyrinth gefahren war. Doch es gab so viele Dinge, die man besichtigen konnte: die legendären Städte im Süden, Orte wie Sippulgar und das goldene Arvyanda, Kertheron mit seinen vielen Türmen, die Pfahldörfer am silbernen Roghoiz-See und hunderte oder gar tausende von anderen Orten, die wie funkelnde Edelsteine über den gewaltigen Kontinent Alhanroel verteilt waren. Außerdem gab es noch den zweiten Hauptkontinent Zimroel, über den er so gut wie nichts wusste. Weit entfernt auf der anderen Seite des Meeres warteten wundervolle Städte, deren Namen nach einem Märchenland klangen. Ein ganzes Menschenleben hätte nicht ausgereicht, all diese Plätze zu besuchen.

Doch am Ende wandte er sich in eine ganz andere Richtung. Herzog Tanigel, der das Reisen liebte, hatte mehrmals davon gesprochen, eine Reise in den Osten zu unternehmen, in das leere und weitgehend unerforschte Gebiet, das zwischen dem Burgberg und den Gestaden des ebenfalls unerforschten Großen Meeres lag. Zehntausend Jahre waren vergangen, seit die ersten menschlichen Siedler sich auf Majipoor niedergelassen hatten, und diese Zeit hätte ausgereicht, um eine Welt von normaler Größe zu füllen. Doch Majipoor war so groß, dass die Siedler selbst nach jahrhundertelangem stetigem Bevölkerungswachstum noch nicht in allen entfernten Regionen Fuß gefasst hatten. Der Weg der Entwicklung hatte vom Herzen Alhanroels aus vor allem nach Westen geführt und dann über das Innere Meer hinweg, das Alhanroel von Zimroel trennte. Von einigen unerschrockenen Wanderern abgesehen, hatte noch niemand den Versuch unternommen, nach Osten vorzustoßen. Es gab dort draußen auf dem Land eine schäbige kleine Stadt namens Vrambikat, die in einem nebligen Tal quasi im Schatten des Berges lag, doch jenseits des Ortes bestanden anscheinend keine weiteren Siedlungen – oder jedenfalls keine, die man auf den Listen der Steuereinnehmer des Pontifex fand. Möglicherweise fand sich noch hier und dort ein Dorf, vielleicht aber auch nicht. Doch diese dünn besiedelte Region barg eine ganze Reihe von Naturwundern, die nur aus den Erinnerungen kühner Forscher bekannt waren. Der rote See von Barbirike oder die Seenplatte, die »Tausend Augen« genannt wurde, ein riesiges mäanderndes Tal, das »Schlangenkluft« hieß, dreitausend Meilen lang oder noch länger und von unergründlicher Tiefe, und noch viele weitere – die Mauer der Flammen, das Juwelennetz, der Springbrunnen des Weins, die Tanzenden Hügel. Ein großer Teil davon war womöglich als reines Märchen zu betrachten, als Erfindung von phantasievollen, aber wenig vertrauenswürdigen Wanderern. Herzog Tanigel regte nun an, eine Expedition in diese geheimnisvollen Gebiete zu unternehmen. »Immer weiter und weiter bis zum Großen Meer!«, rief er. »Wir nehmen den ganzen Hofstaat mit. Wer weiß, was wir dort finden? Und du Furvain – du sollst über alles, was wir sehen, einen Bericht schreiben und alles in einem unvergesslichen Epos festhalten, das für alle Zeiten als Klassiker gelten wird!«

Herzog Tanigel tat sich zwar darin hervor, großartige Vorhaben zu verkünden und bis ins Kleinste auszutüfteln, doch wenn es darum ging, sie zu verwirklichen, war er weitaus weniger gewissenhaft. Einige Monate lang grübelten der Herzog und seine Höflinge über Karten, studierten die Berichte von Forschern, die schon hunderte oder gar tausende von Jahren alt waren, und entwarfen großartige Pläne ihrer eigenen Reisen durch eine Gegend, die im Grunde eine weglose Wildnis war. Furvain ging ganz und gar in diesem Unternehmen auf und träumte oft davon, wie ein großer Vogel über einer noch nicht entdeckten Landschaft von unvorstellbarer Schönheit und Fremdartigkeit zu schweben. Er sehnte den Tag des Aufbruchs herbei. Die Reise in den Osten des Landes, dies wurde ihm nun bewusst, erfüllte ein Bedürfnis, das er bisher noch nie in sich verspürt hatte. Der Herzog setzte unterdessen seine endlosen Planungen für die Reise fort, ohne jemals ein Datum für den Aufbruch bekannt zu geben, bis Furvain schließlich annehmen musste, dass die Expedition wohl niemals stattfände. Dem Herzog war an der Reise gar nicht gelegen, ihn begeisterte nur die Planung. So beschloss Furvain, der noch nie eine weite Strecke allein gereist war und die Vorstellung, einsam zu reisen, sogar unangenehm fand, eines Tages, sich ohne Begleitung in den Osten aufzumachen.

Auch er brauchte freilich einen letzten Anstoß, der schließlich aus gänzlich unerwarteter Richtung kommen sollte.

In der beunruhigenden Zeit voller Zögern und Unsicherheiten, die seinem Aufbruch vorausging, besuchte er auch die Burg, um die Karten einiger Forscher einzusehen, die angeblich in der königlichen Bibliothek aufbewahrt wurden. Doch auf der Burg eingetroffen, verspürte er eine große Unlust, sich in die unergründlichen Weiten der Bibliothek zu begeben, und besuchte stattdessen die berühmten Tunnel seines Vaters, die sich am Westhang des Bergs in einer Felsnadel befanden, die ihrerseits viele hundert Fuß hoch aus dem Hauptberg emporwuchs.

Lord Sangamor hatte die Tunnel in Form einer langen, spiralförmigen Rampe bauen lassen, die sich im Inneren der Felsnadel nach oben wand. In den geheimen Schmieden und Werkstätten der königlichen Künstler, tief unter der Burg des Coronals gelegen, hatten Sangamors Arbeiter den leuchtenden künstlichen Stein erschaffen, aus dem die Tunnel gebaut werden sollten, und ihn zu großen, vielfarbigen Platten geschmolzen. Unter der persönlichen Aufsicht des Coronals hatten dann die Steinmetze diese leuchtenden Platten zu gleichgroßen rechteckigen Fliesen geschnitten, die, in feinen farblichen Stufungen aufeinander abgestimmt, sorgfältig in die Wände und Decken der Kammern eingepasst worden waren.

Wenn man durch diese Gänge lief, wurden die Augen mit flackernden, pulsierenden Lichtern bombardiert – Schwefelgelb in diesem Raum, Safran im nächsten, Topas im folgenden, dann Smaragdgrün, Kastanienbraun und auf einmal ein atemberaubender Ausbruch von Rot, dann wieder sanftere Töne wie Malve, Aquamarin und ein weiches Chartreuse. Es war eine Symphonie von Farben, ein unablässiges Strahlen von buntem Licht.

Furvain verbrachte zwei Stunden in den Gängen und ging mit wachsender Faszination und Freude von Raum zu Raum, bis er es schließlich nicht mehr aushalten konnte. Irgendwo in ihm tat sich plötzlich etwas auf, und ein Schwindelgefühl ließ ihn taumeln. Betäubt stand er inmitten der gewaltigen Ausstrahlung und Kraft der strahlenden Farben. Er zitterte und spürte ein heftiges Pochen in der Brust. Offenbar war ein rascher Rückzug angeraten. Er eilte zum Ausgang. Noch eine halbe Minute in den Gängen, dachte Furvain, und er ginge am Ende in die Knie.

Draußen angekommen, hielt er sich an einer Brüstung fest. Er schwitzte und war benommen, und es dauerte eine Weile, bis er sich beruhigt hatte. Die Heftigkeit seiner Eindrücke überraschte ihn selbst. Das körperliche Unbehagen war bald vorbei, doch es blieb etwas zurück, eine Art ungreifbare Unruhe, die er jedoch nach einer Weile einordnen konnte: Die strahlende Kraft der Tunnel hatte in ihm ein Gefühl von Bewunderung geweckt, die an Ehrfurcht grenzte, das jedoch rasch einem niederschmetternden vernichtenden Gefühl von persönlicher Unzulänglichkeit gewichen war.

Er hatte diese Anlage, die sein Vater gebaut hatte, immer nur für eine hübsche Kuriosität gehalten. Doch heute, nachdem er wieder in jenen seltsamen überempfindlichen, fast geistig übersteigerten Zustand gekommen war, der in der letzten Zeit so typisch für ihn geworden war, hatte ihn eine ganz neue Achtung vor den Werken seines Vaters schier überwältigt. Furvain sah sich von etwas ergriffen, das er nicht anders denn als Demut bezeichnen konnte – ein Gefühl, mit dem er bislang nicht eben gut vertraut war. Doch andererseits, warum sollte er eigentlich keine Demut empfinden? Sein Vater hatte hier etwas Kostbares und Wundervolles hinterlassen. Trotz der anstrengenden Notwendigkeiten und der aufreibenden Pflichten der Staatsgeschäfte hatte Lord Sangamor die Kraft und Inspiration gefunden, ein künstlerisches Meisterwerk zu schaffen.

Wohingegen er selbst ... ja, er selbst ...

Der Eindruck, den die Tunnel bei ihm hinterlassen hatten, wirkte noch bis zum Abend nach. Statt anschließend in die Bibliothek zu gehen, verabredete er sich mit Lady Dolitha, einer früheren Geliebten, zum Abendessen. Sie trafen sich in dem luftigen Restaurant, das genau über dem großen Melikandplatz eingerichtet war. Lady Dolitha war eine zierliche und sehr schöne Frau mit dunklen Haaren, olivbrauner Haut und einem scharfen Verstand. Vor zehn Jahren hatten sie sechs Monate lang eine leidenschaftliche Affäre gehabt. Nach einer Weile hatten ihre oft zügellose Schärfe ihrer Worte, ihre große Bereitschaft, Wahrheiten zu äußern, die man normalerweise für sich behielt, und ihre ausgesprochen sarkastische Weise, diese Gedanken zum Ausdruck zu bringen, sein Verlangen nach ihr abgekühlt. Doch Furvain hatte stets die Gesellschaft kluger Frauen geschätzt und die entsetzliche Wahrheitsliebe, die ihn aus Dolithas Bett vertrieben hatte, machte sie als Freundin wiederum schätzenswert. So hatte er sich auch große Mühe gegeben, ihre Freundschaft zu erhalten, nachdem ihre Liebestreffen beendet waren. Inzwischen stand sie ihm so nahe wie eine Schwester.

Er erzählte ihr von seiner Erfahrung im Tunnel. »Wer hätte auch mit so etwas gerechnet?«, fragte er sie. »Ein Coronal, der zugleich ein großer Künstler ist!«

In Lady Dolithas Augen funkelte jene Ironie und Belustigung, die so typisch für sie war. »Warum glaubst du denn, das eine müsse das andere ausschließen? Die künstlerische Begabung ist ein Geschenk, mit dem man geboren wird. Später kann man sich dann entscheiden, einen Weg zu beschreiten, der zum Thron führt. Die Gabe bleibt jedoch erhalten.«

»Das mag sein.«

»Dein Vater strebte nach der Macht, und das kann die ganze Kraft eines Menschen in Anspruch nehmen. Doch er hat sich entschlossen, auch seine künstlerische Begabung zur Geltung zu bringen.«

»Es ist ein Zeichen seiner Größe, dass er seine Seele weit genug öffnen konnte, um beides zu tun.«

»Oder ein Zeichen dafür, dass er genügend Selbstvertrauen in sich fand. Andere Menschen treffen natürlich andere Entscheidungen, und es sind nicht immer die richtigen.«

Furvain zwang sich, ihren Blick zu erwidern, obwohl er die Augen lieber abgewandt hätte. »Was meinst du damit, Dolitha? Meinst du, es war falsch, dass ich kein Regierungsamt gewählt habe?«

Sie hielt ihre zierliche Hand vor die Lippen, um ihr amüsiertes Lächeln wenigstens teilweise zu verbergen.

»Wohl kaum, Aithin.«

»Was meinst du dann? Komm schon, sag's mir. Es ist nun wirklich kein großes Geheimnis mehr, und selbst mir ist klar, dass ich irgendwo versagt habe – oder etwa nicht? Du glaubst, ich hätte meine Begabung missbraucht, nicht wahr? Ich hätte meine Begabung beim Zechen und Spielen verschwendet und die Leute mit albernen kleinen Reimen unterhalten, während ich mich hätte einschließen und irgendein gewaltiges, tief schürfendes philosophisches Meisterwerk hätte verfassen müssen, irgendetwas Schwermütiges und Schweres und Anspruchsvolles, das alle loben und das niemand lesen will?«

»Oh, Aithin, Aithin ...«

»Irre ich mich?«

»Wie kann ich sagen, was du schreiben solltest? Ich kann nur sagen, dass ich sehe, wie unglücklich du bist, Aithin. Ich sehe es schon lange. Mit dir stimmt etwas nicht, aber inzwischen wird dir das ja auch selbst allmählich klar, oder? Ich vermute, es muss mit deiner Kunst, mit deiner Poesie zu tun haben, denn sonst gibt es ja nicht viel, was dir wirklich wichtig ist, nicht wahr?«

Er starrte sie an. Es entsprach ihr völlig, so etwas von sich zu geben.

»Fahre fort.«

»Viel mehr als dies kann ich eigentlich nicht sagen.«

»Aber es gibt noch etwas, oder? Nun mach schon!«

»Es ist nichts, was ich nicht schon gesagt hätte.«

»Dann sage es noch einmal. Ich bin manchmal sehr begriffsstutzig, Dolitha.«

Er sah das winzige Beben der Nasenflügel, das er erwartet hatte, das winzige Zucken der Zunge hinter den geschlossenen Lippen. Nun war klar, dass er von ihr keine Gnade mehr erwarten konnte. Doch Gnade war ohnehin nicht das, was er an diesem Abend suchte.

»Der Weg, den du beschreitest, ist nicht der richtige Weg«, sagte sie leise. »Ich weiß nicht, welcher Weg für dich der richtige ist, aber es ist klar, dass du nicht auf ihm wandelst. Du musst dein

Leben ändern, Aithin. Du musst etwas Neues und ganz anderes beginnen. Das ist alles. Du bist auf dem bisherigen Weg so weit gegangen, wie es eben möglich ist, und jetzt musst du etwas verändern. Ich dachte schon vor zehn Jahren, auch wenn es dir nicht zu vermitteln war, dass etwas in dieser Art geschehen müsse. Nun, jetzt ist es so weit. Und endlich bemerkst du es auch selbst.«

»Ja, ich glaube, das kann man so sagen.«

»Es ist Zeit, dass du aufhörst, dich zu verstecken.«

»Mich zu verstecken?«

»Vor dir selbst. Vor deinem Schicksal, wie auch immer es aussieht. Vor deinem wahren Wesen. Du kannst dich vor alledem verstecken, Aithin, aber nicht vor dem Göttlichen. Was das Göttliche angeht, so gibt es keinen Ort, an dem du unsichtbar bist. Ändere dein Leben, Aithin. Ich kann dir allerdings nicht sagen, wie.«

Er sah sie verblüfft an.

»Nein, das kannst du natürlich nicht sagen.« Er schwieg eine Weile. »Ich werde damit beginnen, dass ich eine Reise unternehme«, sagte er. »Allein. In eine ferne Gegend, wo es niemanden außer mir selbst gibt und wo ich von Angesicht zu Angesicht mir selbst begegnen kann. Dann sehen wir weiter.«

Am nächsten Morgen schob er jeden Gedanken an die königliche Bibliothek und die Landkarten, die vielleicht oder vielleicht auch nicht dort zu finden waren, endgültig beiseite. Die Zeit des Planens war vorbei, es war Zeit, einfach zu gehen.

Er kehrte nach Dundilmir zurück und verbrachte eine Woche damit, sein Haus in Ordnung zu bringen und alles zu erledigen, was für seine Reise in den Osten getan werden musste. Dann machte er sich ohne Begleitung auf und verriet niemandem, wohin er wollte. Er hatte keine Ahnung, was er dort draußen vorfände, doch er wusste, dass er auf irgendetwas stoßen würde und dass es sich für ihn als wichtig erweisen würde.

Es war, dachte er, ein richtiges Abenteuer und einer Schatzsuche nicht unähnlich. Er suchte nach dem wahren Selbst des Aithin Furvain, das ihm vor langer Zeit irgendwie abhanden gekommen war. Du musst dein Leben ändern, hatte Dolitha gesagt. Ja, genau das wollte er jetzt tun. Etwas musste sich verändern. Bisher hatte er noch nie etwas Ernsthaftes getan. In einer eigenartig aufgeräumten Stimmung machte er sich auf den Weg und achtete genau auf alle Veränderungen in seinem Bewusstsein.

Kaum eine Woche hinter der kleinen, staubigen Stadt Vrambikat wurde er von einer umherstreifenden Gruppe Gesetzloser überfallen und in Kasinibons Festung auf dem Hügel verschleppt.

Er hatte noch nicht darüber nachgedacht, dass in einem solch entlegenen Gebiet im Osten die reine Anarchie herrschen konnte, doch andererseits war es auch keine große Überraschung. Im Großen und Ganzen war Majipoor ein friedlicher Planet, auf dem die Herrscher seit Jahrtausenden mit Billigung der Untertanen regierten. Doch die Entfernungen waren so riesig und der Einfluss von Pontifex und Coronal in manchen Regionen so schwach, dass es gewiss viele Bezirke gab, in denen die Gesetzesmacht nicht mehr als ein leeres Wort war. Wenn es Monate dauerte, zwischen der Coronalsburg und dem weit entfernten Zimroel oder dem von der Sonne verbrannten Suvrael im Süden hin und her zu reisen, konnte dann überhaupt noch die Rede davon sein, dass der Arm des Gesetzes tatsächlich bis in ferne Länder reichte?

Zwar hielten sich die Leute im Allgemeinen an gemeinsame Regeln, weil sonst Mord und Totschlag losbrachen, doch es lag andererseits auch nahe, dass die Menschen in vielen Bezirken mehr oder weniger taten, was sie wollten, während sie nach außen unerschütterlich behaupteten, den Anordnungen der Herrscher Folge zu leisten.

Hier draußen, wo quasi niemand oder kaum jemand lebte und diese Herrscher noch nicht einmal den Versuch unternahmen, Stärke zu zeigen – was für eine Regierung oder was für einen Anschein von Regierung brauchte man hier überhaupt?

Seit er Vrambikat verlassen hatte, war Furvain gemächlich durch die stille Landschaft gereist. Der Burgberg bildete im Westen hinter ihm noch immer eine mächtige Wegmarke, doch allmählich begann er zu schrumpfen, und vor ihm tauchte eine dunkle Hügelkette auf. Die Landschaft schien sich über abertausende Meilen zu erstrecken. Offenes Land wie dieses ohne jeden Hinweis, dass nur eine Menschenseele hier lebte, hatte er bisher noch nie gesehen. Die Luft war klar wie Glas, der Himmel wolkenlos, das Wetter mild wie im Frühling. Weite, wogende Wiesen mit goldenem Gras, das kurze Blätter und kräftige Stängel hatte und üppig wuchs wie ein dicht geflochtener Teppich, lagen vor ihm. Hier und dort strich ein Tier von einer unbekannten Art durchs Gras, ohne Furvain zu beachten. Es war der neunte Tag seiner Reise. Die Einsamkeit war erfrischend. Sie reinigte die Seele. Je tiefer er in dieses stille Land vordrang, desto stärker wurde das Gefühl, innerlich geheilt und gereinigt zu werden.

Gegen Mittag hielt er an einer Stelle an, wo kleine, mit Felsen übersäte Berge aus dem kräftigen gelben Gras ragten. Er ließ sein Reittier ausruhen und fressen. Er hatte ein elegantes Tier mitgenommen, ein lebhaftes und schönes Rennpferd, das eigentlich für solche langsamen Wanderungen nicht gut geeignet war. Er musste oft anhalten, um das Tier wieder zu Kräften kommen zu lassen.

Furvain störte das nicht. Da er sowieso kein bestimmtes Ziel ansteuerte, gab es auch keinen Grund zur Eile.

Sein Geist flog voraus in die Leere und versuchte sich auszumalen, welche Wunder ihn dort erwarten mochten. Die Schlangenkluft beispielsweise – wie mochte sie aussehen, diese gewaltige Spalte mitten in der Welt? Lotrechte Wände, die wie Gold glänzten und so steil abfielen, dass man nicht im Traum daran denken konnte, zum Talgrund vorzustoßen, wo ein grüner Fluss rasch dahinströmte? Ein Fluss wie eine Schlange, die weder Kopf noch Schwanz zu haben schien und ewig zum Meer kroch. Die Große Sichel, dem Vernehmen nach eine schmale, gekrümmte Erhebung aus glänzendem weißem Marmor, eine vom Göttlichen geschaffene Skulptur, erhob sich in einer hellbraunen flachen Wüste völlig einsam einige hundert Fuß hoch – ein zerbrechlich wirkender Bogen, der seufzte und wie eine Harfe zirpte, wenn der Wind über seine Kante fuhr. Ein viertausend Jahre alter Bericht, der aus der Zeit Lord Stiamots stammte, behauptete, wenn man diese Anhöhe vor dem Nachthimmel sah, mit ein oder zwei schimmernden Monden über der Spitze, dann sei dies ein so schöner Anblick, dass sogar ein Skandar-Kutscher weinen müsse.

Die Fontänen von Embolain, wo donnernde Geysire Tag und Nacht alle fünfzig Minuten duftendes rosafarbenes Wasser, das weich wie Seide war, in den Himmel schossen – und dann, eine Jahresreise entfernt, oder vielleicht auch zwei oder drei, die gewaltigen Klippen aus schwarzem Stein, durchzogen von blendend hellen Adern von weißem Quarz, die den Strand des Großen Meeres überragten, jene unpassierbare Wasserfläche, die beinahe die Hälfte des riesigen Planeten bedeckte …

»Aufstehen«, sagte auf einmal eine barsche Stimme. »Du hast hier nichts zu suchen. Weise dich aus.«

Furvain war nun schon so lange in der schweigenden Wildnis allein, dass die knirschende Stimme über sein Bewusstsein hereinbrach wie ein lodernder Meteor über einen sternenlosen Himmel. Er drehte sich um und sah ein paar Schritt hinter sich zwei finster dreinblickende Männer, stämmig und urwüchsig bekleidet, auf einem niedrigen Felsvorsprung stehen. Sie waren bewaffnet. Ein dritter und ein vierter Mann bewachten ein Stück entfernt etwa ein Dutzend Reittiere, die mit einem groben gelben Strick zusammengebunden waren.

Furvain blieb ruhig. »Ich bin hier eingedrungen, sagst du? Aber diese Gegend hier gehört doch niemandem, mein Freund. Oder sie gehört jedem, der gerade hier ist.«

»Dieses Land gehört dem Master Kasinibon«, erklärte der kleinere und mürrischer dreinblickende Mann. Seine Augenbrauen bildeten eine durchgehende schwarze Linie auf der gerunzelten Stirn. Er sprach schwerfällig und mit heiserer Stimme und mit einem Akzent, der fast alle Konsonanten verschluckte. »Du brauchst seine Erlaubnis, um hier zu reisen. Wie ist dein Name?«

»Aithin Furvain aus Dundilmir«, antwortete Furvain freundlich. »Ich wäre euch dankbar, wenn ihr eurem Herrn, den ich leider nicht kenne, sagen könntet, dass ich seinem Land und seinem Besitz keinen Schaden zufügen will und dass ich ein einsamer Reisender bin, der schnell weiterziehen und nichts weiter möchte als Eindrücke ...«

»Dundilmir?«, murmelte der zweite Mann. Eine dicke Augenbraue wurde gehoben. »Das ist doch eine Stadt auf dem Burgberg, wenn ich mich nicht irre. Was hat ein Mann vom Burgberg allein in dieser Gegend zu suchen? Das hier ist nicht die richtige Gegend für einen wie dich.« Und dann, mit höhnischem Bellen: »Wer bist du überhaupt? Der Sohn des Coronals?«

Furvain lächelte. »Wenn du schon fragst«, erwiderte er, »dann kann ich dir auch gleich sagen, dass ich tatsächlich der Sohn des Coronals bin. Oder besser, ich war es bis zum Tode des Pontifex Pelxinai. Der Name meines Vaters ist ...«

Ein rascher Rückhandschlag streckte Furvain zu Boden. Er blinzelte erstaunt. Der Schlag war nicht einmal sehr fest gewesen, höchstens eine Ohrfeige. Es war vor allem die Überraschung, die ihn aus dem Gleichgewicht gebracht hatte. Er konnte sich nicht erinnern, jemals in seinem Leben geschlagen worden zu sein, nicht einmal als Kind.

»... Sangamor«, fuhr er unwillkürlich fort, weil er sich den Satz ohnehin schon zurechtgelegt hatte. »Er war unter Pelxinai der Coronal, und jetzt ist er selbst der Pontifex …«

»Brauchst du deine Zähne noch, Mann? Ich schlage dich noch einmal, wenn du mich weiter verspottest.«

»Ich habe dir nichts als die reine Wahrheit gesagt, mein Freund«, erwiderte Furvain erstaunt. »Ich bin Aithin von Dundilmir, der Sohn Sangamors. Meine Papiere können es beweisen.«

Allmählich dämmerte ihm freilich, dass es womöglich keine sehr gute Idee war, Männern wie diesen seine königliche Abstammung zu offenbaren, doch er hatte bisher noch keinen Gedanken daran verschwendet, dass es irgendwo auf der Welt einen Ort geben könnte, an dem es unklug wäre, seine Herkunft preiszugeben. Aber es war ohnehin zu spät, seine Worte zurückzunehmen. Er konnte nicht verhindern, dass sie seine Papiere überprüften, aus denen hervorging, wer er war. So wollte er lieber davon ausgehen, dass es auch hier draußen niemand wagen würde, einem Sohn des Pontifex, und sei er nur der fünfte, die Bewegungsfreiheit zu rauben. »Ich verzeihe dir den Schlag«, sagte er zu demjenigen, der ihn niedergestreckt hatte. »Du konntest ja nicht wissen, wer ich bin. Ich werde dafür sorgen, dass dir daraus kein Nachteil entsteht. Und jetzt, bitte, bei aller Ehrerbietung für euren Master Kasinibon, ist für mich die Zeit gekommen, meinen Weg fortzusetzen.«

»Im Augenblick führt dein Weg zu Master Kasinibon«, erwiderte der Mann, der ihn geschlagen hatte. »Du kannst ihm persönlich deine Aufwartung machen.«

Sie zerrten ihn grob auf die Füße und winkten ihm, er solle auf sein Reittier steigen, das die anderen beiden – offenbar junge Pferdeknechte – bereits ans Ende der Reihe von Reittieren gebunden hatten. Jetzt erkannte Furvain auch, was er bisher noch nicht bemerkt hatte. Eine kleine Erhebung oben auf dem höchsten Berg genau über ihm war nicht natürlichen Ursprungs, sondern gehörte zu einem niedrigen Gebäude, und als sie auf einem steilen Weg, der eigentlich kaum als Weg zu bezeichnen war – es war nicht mehr als ein von Hufen aufgeschürfter Trampelpfad im Gras –, nach oben stiegen, wurde deutlich, dass es sich bei diesem Gebäude um eine nicht eben kleine Schanzanlage handelte. Eine Festung sogar, die aus dem gleichen glänzenden Stein wie der Berg selbst bestand. Sie war nur zwei Stockwerke hoch, erstreckte sich aber über ein ansehnliches Stück auf dem Bergkamm entlang.

Als der Weg, dem sie folgten, zur Seite abschwenkte, konnte Furvain besser sehen. Auf der Ostseite des Berges war das Gebäude terrassenförmig angelegt und fiel in mehreren Etagen zum Tal hin ab. Über dem Tal bemerkte er zunächst einen roten Schein am Himmel, und als sie die Bergkuppe erreicht hatten, sah er einen schmalen, langen See wie eine rote Wunde im Tal liegen. Es konnte nur der berühmte See von Barbirike sein, der zu beiden Seiten von langgezogenen Dünen von der gleichen hellroten Farbe begrenzt wurde. Master Kasinibon, wer immer dieser gesetzlose Hauptmann auch war, hatte für seine Zitadelle eine der atemberaubendsten Stellen in ganz Majipoor ausgesucht, einen fast unwirklich schönen Ort. Diese Kühnheit musste man durchaus bewundern, dachte Furvain. Der Mann mochte zwar ein Gesetzloser und sogar ein Bandit sein, aber er hatte auch etwas von einem Künstler.

Das Gebäude entpuppte sich schließlich als recht klotzige Anlage, kantig und solide gebaut und eher auf Dauerhaftigkeit denn auf Eleganz ausgerichtet, doch es besaß durchaus eine gewisse rustikale Schönheit. Es bestand aus zwei langen Flügeln, die von einem gedrungenen viereckigen Mittelteil ausgingen, der sich seinerseits in Richtung des Barbirike-Tals ein großes Stück den Hügel hinunter erstreckte. Der Erbauer musste vor allem an die

Verteidigung gedacht haben. Es schien unmöglich, das Gebäude einzunehmen. Von der Westseite konnte man sich dem Gebäude überhaupt nicht nähern, weil das letzte Stück des Berges, den Furvain und seine Häscher gerade erklommen hatten, senkrecht abfiel. Es war eine nackte Felswand, die man unmöglich hinaufsteigen konnte, und die Anlage hatte an dieser Seite nur eine abweisende, fensterlose Fassade. Der Weg von unten herauf bog, nachdem er diese unzugängliche Stelle erreicht hatte, in einer weiten Kurve nach rechts ab und führte über den Bergkamm hinweg ringsherum bis zur Vorderseite des Gebäudes. So war jeder Ankömmling den Waffen der über ihm liegenden Festung schutzlos ausgeliefert. Auf dieser Seite wurde sie zusätzlich von Wachttürmen geschützt, und es gab einen Palisadenzaun, ein Fallgatter und einen beeindruckenden Wall. Das Gebäude hatte nur einen Eingang, der zudem nicht sonderlich groß war. Alle Fenster waren schmale senkrechte Schlitze, die unmöglich anzugreifen, aber im Falle eines Angriffs für die Verteidiger leicht zu halten waren.

Furvain wurde höchst unzeremoniell nach drinnen bugsiert. Er wurde nicht gestoßen und geschoben, er wurde nicht einmal berührt, doch er fühlte sich von einem von Kasinibons Männern bedrängt, der ihm zweifellos ohne Zögern einen gehörigen Stoß versetzen würde, sobald es nötig schien.

Es ging einen langen Flur hinunter, in den linken Flügel und dann eine Treppenflucht hinauf, bis sie eine kleine Wohnung erreichten, die aus Schlafzimmer, Wohnzimmer und einem Zimmer mit Badewanne und Waschbecken bestand. Der Raum war kahl, und die Wände waren aus den gleichen glatten grauen Steinen gemauert wie die Außenwände der Festung. Es gab nicht den geringsten Schmuck. Die Fenster der drei Räume waren, wie alle anderen im Gebäude, kaum mehr als schmale Schießscharten, die auf den See hinausgingen. Die Wohnung war einfach eingerichtet, es gab ein paar kleine Tische, Stühle und ein kleines, wenig einladendes Bett, einen Schrank, einige leere Regale und einen aus Ziegeln gemauerten Kamin. Die Männer brachten ihn mitsamt Gepäck dort unter und ließen ihn allein. Er überprüfte die Tür und stellte fest, dass sie von außen verriegelt war. Also befand er sich in einer Zimmerflucht, die für die Unterbringung unfreiwilliger Gäste gedacht war, überlegte Furvain. Und zweifellos war er nicht der Erste.

Viele Stunden sollten vergehen, bis ihm das Vergnügen zuteil wurde, den Herrn dieses Ortes zu sehen. Furvain verbrachte die Wartezeit damit, von einem Raum zum anderen zu schreiten und sein neues Domizil zu untersuchen, bis er alles gesehen hatte, was freilich nicht sehr lange dauerte. Dann starrte er eine Weile zum See hinaus, doch der liebliche Anblick, so bemerkenswert er auch war, verlor nach einer Weile seinen Zauber. Danach baute er rasch drei gereimte Epigramme, die seine missliche Lage ironisch schilderten, doch in allen drei Fällen war er seltsamerweise unfähig, eine passende Schlusszeile zu finden, und so löschte er sie wieder aus seinem Gedächtnis, ohne sie vollendet zu haben.

Er war nicht einmal sonderlich empört darüber, dass man sich auf diese Weise seiner bemächtigt hatte. Bis jetzt war dies nichts weiter als eine neue Erfahrung, ein eigenartiger Zwischenfall auf seiner Reise in den Osten und eine Episode, mit der er seine Freunde nach seiner Rückkehr unterhalten konnte. Es gab auch keinen Grund, besondere Angst zu haben. Dieser Master Kasinibon war höchstwahrscheinlich irgendein kleiner Adliger vom Burgberg, der seines verhätschelten, eintönigen Lebens in Banglecode, Stee oder Bibiroon, oder woher auch immer er stammte, überdrüssig geworden war und sich in dieser wilden Region niedergelassen hatte, um sich ein eigenes kleines Fürstentum aufzubauen. Vielleicht hatte er sich auch einen kleinen Gesetzesbruch zuschulden kommen lassen oder einen mächtigen Verwandten beleidigt und beschlossen, sich aus der adligen Gesellschaft zurückzuziehen. Wie auch immer, Furvain sah keinen Grund, warum er durch Kasinibons Hände zu Schaden kommen sollte. Wahrscheinlich wollte Kasinibon ihn nur mit seiner Befehlsgewalt über dieses Gebiet beeindrucken und ein bisschen über Furvains Frechheit toben und schimpfen, da dieser es gewagt hatte, ohne Erlaubnis des selbst ernannten Oberherrn dieses Gebiet zu betreten, und dann würde man ihn wieder freilassen.

Die Schatten über dem roten See wurden länger, als die Sonne ihre Reise in Richtung Zimroel fortsetzte. Furvains Unruhe nahm zu, als sich der Tag dem Ende entgegenneigte. Schließlich kam ein Diener, ein Hjort mit ausdruckslosem, aufgedunsenem Gesicht und großen, starren Froschaugen, der ein Tablett mit Essen abstellte und ohne ein weiteres Wort wieder verschwand. Furvain nahm seine Mahlzeit in Augenschein: eine Flasche Rosé, ein Teller mit hellem, zartem Fleisch, eine Schale mit Gemüse, das an geschlossene Blumenknospen erinnerte. Einfaches Essen für einfache Leute, dachte er. Der Wein war allerdings süffig und lieblich, das Fleisch zart und mit einer raffinierten, wohlschmeckenden Sauce verfeinert, und die Knospen, falls sie welche waren, schmeckten angenehm süß und entwickelten zugleich eine prickelnde Schärfe, wenn man sie kaute.

Nicht lange nach dem Mahl ging die Tür wieder auf, und ein kleiner, beinahe zierlich gebauter Mann von etwa fünfzig Jahren mit grauen Augen und schmalen Lippen kam herein, gekleidet in ein grünes Lederwams und gelbe Hosen. Sein prahlerisches Gehabe und sein Auftreten verrieten, dass er hier zu bestimmen hatte. Er trug einen sauber gestutzten Schnurrbart und einen kurzen, spitz zulaufenden Ziegenbart. Das Haar trug er lang, es war von tiefem Schwarz und hier und dort mit weißen Strähnen durchsetzt, ordentlich zurückgekämmt und hinter dem Kopf gebunden. Er hatte etwas Verschlagenes und Schlüpfriges an sich, das Furvain zugleich angenehm und abstoßend fand.

»Ich bin Kasinibon«, verkündete er. Seine Stimme war weich und hell und dennoch befehlsgewohnt. »Ich entschuldige mich für etwaige Versäumnisse in Bezug auf unsere Gastfreundschaft, die uns bisher unterlaufen sein mögen.«

»Mir sind keine aufgefallen«, erwiderte Furvain kühl. »Bisher jedenfalls.«

»Aber Ihr müsst doch gewiss an besseres Essen gewöhnt sein, als ich es hier aufbieten kann. Meine Männer sagten mir, Ihr seid der Sohn Lord Sangamors.« Kasinibon ließ sich zu einem kurzen Lächeln herab, das keinesfalls als Geste der Ehrfurcht aufgefasst werden konnte, von Unterwürfigkeit ganz zu schweigen. »Oder haben sie Euch in dieser Hinsicht missverstanden?«

»Es gab kein Missverständnis. Ich bin in der Tat einer von Sangamors Söhnen. Der Jüngste. Mein Name ist Aithin Furvain. Wenn Ihr meine Papiere sehen wollt …«

»Das ist wohl kaum nötig. Euer Verhalten zeigt schon deutlich genug, wer und was Ihr seid.«

»Und wenn ich nun fragen darf …«, begann Furvain.

Doch Kasinibon sprach einfach weiter und tat es so elegant, dass es beinahe nicht als Unhöflichkeit zu erkennen gewesen wäre. »Spielt Ihr denn eine wichtige Rolle in der Regierung seiner Majestät?«

»Ich spiele dort überhaupt keine Rolle. Ich glaube, Ihr wisst bereits, dass niemandem allein aufgrund seiner Herkunft ein hohes Amt übertragen wird. Die Söhne der Coronals kümmern sich so gut es geht um sich selbst, doch versprochen ist ihnen nichts. Als ich aufwuchs, musste ich erkennen, dass meine Brüder die meisten zur Verfügung stehenden Möglichkeiten bereits ergriffen hatten. Ich lebe von meiner Apanage. Sie ist recht bescheiden«, fügte Furvain hinzu, da ihm klar wurde, dass Kasinibon möglicherweise an Lösegeldforderungen dachte.

»Dann habt Ihr keine offizielle Position? Ist es das, was Ihr mir sagen wollt?«

»Keine.«

»Was tut Ihr dann? Nichts?«

»Nichts, was man als Arbeit bezeichnen könnte, würde ich meinen. Ich verbringe meine Zeit als Gefährte meines Freundes, des Herzogs von Dundilmir. Meine Aufgabe ist es, den Herzog und seinen Hof zu unterhalten. Ich besitze eine gewisse Begabung, Gedichte zu verfassen.«

»Gedichte!«, rief Kasinibon. »Ihr seid ein Dichter? Aber das ist wundervoll!« Ein neuer Glanz trat in seine Augen, ein sehr offener Ausdruck, der seinem Gesicht vorübergehend jede Verschlagenheit nahm, sodass er seltsam jung und verletzlich aussah. »Die Dichtkunst ist meine große Leidenschaft«, fügte er beinahe im Verschwörerton hinzu. »Mein Trost und meine Freude, da ich doch hier im Nichts lebe, so weit von zivilisierten Zerstreuungen entfernt. Tuminok Laskil! Vornifon! Dammiunde! Wenn Ihr nur wüsstet, wie viele ihrer Werke ich auswendig gelernt habe!«

Er baute sich auf wie ein Schuljunge und begann ein Gedicht von Dammiunde zu rezitieren. Es war eines seiner schwülstigsten Werke, ein todernstes, romantisch verklärtes Gedicht über edle Liebende, das Furvain schon als Knabe ausgesprochen lächerlich gefunden hatte. Er hatte Mühe, seinen Gesichtsausdruck zu beherrschen, als Kasinibon einen Auszug aus diesen grotesken Versen zitierte, die von einer wilden Jagd durch die Sümpfe von Kajit Kabulon handelten. Offenbar bemerkte Kasinibon nach einer Weile, dass sein Gast nicht unbedingt die größte Hochachtung für Dammiundes Werk empfand, denn seine Wangen glühten auf einmal vor Verlegenheit, und er brach seinen Vortrag unvermittelt ab. »Etwas altmodisch vielleicht. Aber ich liebe es seit meiner Kindheit.«

»Es ist nicht unbedingt eins meiner Lieblingsgedichte«, gab Furvain zu, »aber Tuminok Laskil dagegen hat ja durchaus …«

»Ah ja, Tuminok Laskil!« Und schon rezitierte Kasinibon eines von Laskils rührseligsten Stücken, das der Dichter aus Ni-moya in seiner frühesten Jugend verfasst hatte. Hier gelang es Furvain nicht einmal, seine Verachtung zu verbergen. Wieder errötete Kasinibon und brach den Vortrag mitten im Satz ab, um hastig zu einem viel späteren Werk zu wechseln, dem schwermütigen »Sonett der Versöhnung«, das er mit überraschender Gewandtheit und Gefühlstiefe vortrug.

Furvain kannte das Gedicht gut, und er liebte es und sprach im Geiste bis zum Ende mit, während Kasinibon es vortrug. Am Ende sah er sich unerwartet berührt, nicht nur durch das Gedicht selbst, sondern auch durch Kasinibons große Bewunderung für das Werk und seinen kunstvollen Vortrag.

»Dies entspricht viel eher meinem Geschmack als die ersten beiden«, sagte Furvain nach kurzem Schweigen. Er hatte das Gefühl, er müsse etwas sagen, um die unbehagliche Stille zu brechen, die sich nach dem wundervollen Gedicht über den Raum gelegt hatte.

Kasinibon schien erfreut. »Ich verstehe. Ihr gebt den tieferen, schwermütigen Werken den Vorzug, nicht wahr? Vielleicht haben die ersten beiden einen falschen Eindruck erweckt. Bitte versteht aber, dass es für mich nicht anders ist als für Euch. Meiner Ansicht nach wird der verstorbene Laskil weit überschätzt. Ich bestreite ja nicht, dass ich eine große Vorliebe für einfache Werke habe, aber ich hoffe doch, Ihr werdet mir glauben, wenn ich sage, dass ich mich der Weisheit wegen der Poesie zuwende, um Trost und Anleitung zu finden, und dass mir dies viel wichtiger ist als die oberflächliche Unterhaltung. Darf ich dann annehmen, dass auch Eure eigenen Werke eher von ernster Natur sind? Ein Mann von Eurem Geist, das ist unverkennbar, muss doch sicher ausgezeichnete Gedichte verfasst haben. Wie seltsam nur, dass ich Euren Namen trotzdem nicht kenne.«

»Ich sagte ja schon, dass es eher eine geringe Gabe ist«, erwiderte Furvain. »Sie ist gering, und meine Verse sind es auch. Leichte Unterhaltung ist das Beste, was ich zuwege bringe. Veröffentlicht ist nichts davon. Meine Freunde denken, ich sollte es tun, doch die unbedeutenden Verse, die ich erschaffe, sind der Mühe kaum wert.«

»Könntet Ihr mir denn den Gefallen tun und einen rezitieren?«

Es war ganz und gar absurd. Da stand er vor diesem Banditenanführer und erörterte Fragen zur Dichtkunst, nachdem ihn die Knechte dieses Mannes widerrechtlich festgenommen hatten. Er steckte nun in dieser klobigen Festung im Niemandsland, und es sah ganz danach aus, als sollte die Gefangenschaft eine langfristige werden. In diesem Augenblick kam ihm natürlich nichts Passendes in den Sinn, abgesehen von den schlimmsten Albernheiten, trivialen Versen, wie sie einem einfältigen Höfling einfallen mochten. Er konnte den Gedanken nicht ertragen, sich diesem fremden Mann gegenüber als der leere, liderliche Erfinder oberflächlicher Verse zu erkennen zu geben, der er war. So wich er aus und behauptete, die Müdigkeit nach den Abenteuern des Tages sei zu schwer, als dass er jetzt noch zu einer ordentlichen Rezitation fähig sei.

»Dann also morgen, wie ich hoffe«, sagte Kasinibon. »Und es wäre mir eine große Freude, wenn Ihr mir nicht nur Eure größten Werke vortragen könntet, sondern wenn Ihr während Eures Aufenthalts unter meinem Dach vielleicht auch einige bemerkenswerte neue Gedichte erschaffen könntet.«

»Ah«, machte Furvain. Er sah Kasinibon lange und durchdringend an. »Und wie lang, glaubt Ihr, könnte mein Aufenthalt hier dauern?«

»Das kommt ganz darauf an«, erwiderte Kasinibon, und das schmierige, verschlagene Funkeln, dieses Mal überhaupt nicht mehr angenehm, kehrte in seine Augen zurück. »Es hängt von der Großzügigkeit Eurer Familie und Freunde ab. Doch darüber können wir morgen noch reden, Prinz Aithin.« Dann deutete er zum Fenster. Auf dem roten See funkelte jetzt das Mondlicht und zeichnete ihn als lang gestreckten roten Einschnitt, der nach Osten verlief, in die Landschaft. »Dieser Ausblick, Prinz Aithin, sollte doch für einen Mann mit Euren poetischen Gaben sicherlich inspirierend sein.«

Furvain antwortete nicht.

Kasinibon sprach unterdessen unbeeindruckt über den Ursprung des Sees, über die unzähligen Tierchen, deren zerfallende Schalen dem Gewässer seine außergewöhnliche Farbe gegeben hatten, wie ein stolzer Gastgeber seinem aufmerksamen Gast eben ein berühmtes Naturwunder der Gegend erklären mag. Doch Furvain hatte in diesem Augenblick wenig übrig für die Schönheit des Sees oder den Einfluss, den seine Bewohner auf sein Aussehen genommen hatten. Kasinibon schien dies erst nach einer ganzen Weile bewusst zu werden.

»Nun«, sagte er schließlich, »ich wünsche Euch eine gute Nacht und erholsamen Schlaf.«

Also war er tatsächlich ein Gefangener, der des Lösegeldes wegen festgehalten wurde. Was für eine hübsche, possenhafte Wendung das doch war! Und wie stimmig, dass ein Mann, der in mittleren Jahren immer noch Dammiundes kindisches, idiotisch verklärtes Gedicht mochte, auf einen Gedanken kam, der genauso gut von Dammiunde selbst hätte stammen können, nämlich Lösegeld für Furvains Freilassung zu verlangen!

Zum ersten Mal, seit er hierher gebracht worden war, empfand Furvain allerdings auch etwas wie Unbehagen. Dies war eine ernste Angelegenheit. Kasinibon mochte ein Schwärmer sein, aber er war kein Dummkopf. Seine uneinnehmbare Felsenfestung war Beweis genug. Irgendwie hatte er es geschafft, sich recht nahe am Burgberg, in einer Entfernung, die man in kaum zwei Wochen überwinden konnte, als Herrscher eines unabhängigen Reichs einzurichten, und wahrscheinlich herrschte er hier unumschränkt, war niemandem in der Welt verantwortlich, und sein

Wort war Gesetz. Offensichtlich hatten seine Männer keine Ahnung, dass sie den Sohn eines Coronals entführten, als sie auf den einsamen Reisenden im goldenen Gras gestoßen waren, doch sie hatten nicht gezögert, ihn zu Kasinibon zu bringen, obwohl Furvain ihnen seine Herkunft offenbart hatte, und Kasinibon selbst schien es nicht für gefährlich zu halten, Lord Sangamors jüngsten Sohn als Gefangenen zu behandeln.

Also ein Gefangener, für den Lösegeld erpresst werden sollte.

Wer sollte es zahlen? Furvain selbst hatte kein großes Vermögen. Herzog Tanigel war natürlich wohlhabend, doch Tanigel würde die Lösegeldforderung vermutlich für einen von Furvains üblichen Scherzen halten, kichern und den Brief wegwerfen. Eine zweite, drängendere Forderung würde vermutlich das gleiche Schicksal treffen, besonders wenn Kasinibon auch noch eine lächerlich hohe Summe als Preis für Furvains Freiheit verlangte. Der Herzog war ein reicher Mann, doch würde er es für angemessen halten, beispielsweise zehntausend Royal zu bezahlen, damit Furvain an seinen Hof zurückkehren konnte? Das war ein sehr hoher Preis für einen nutzlosen Verseschmied.

An wen konnte Furvain sich sonst noch wenden? An seine Brüder? Wohl kaum. Alle vier waren übel gesonnene, geizige Männer, die keinen Heller hergeben würden. In ihren Augen war er ohnehin nur ein nutzloses, leichtfertiges Nichts. Sie würden ihn lieber hier bis in alle Ewigkeit Staub schlucken lassen, als auch nur eine halbe Krone zu schicken, um ihn zu befreien. Sein Vater, der Pontifex? Geld wäre für ihn kein Hindernis. Doch Furvain konnte sich lebhaft vorstellen, wie sein Vater achselzuckend sagte: »Das geschieht Aithin ganz recht. Er hat es bisher im Leben viel zu leicht gehabt, jetzt soll er es auch mal eine Weile schwer haben.«

Andererseits konnte der Pontifex Kasinibons Gesetzlosigkeit kaum hinnehmen. Unschuldige Reisende festnehmen und Lösegeld erpressen? Das verstieß gegen alle gesetzlichen Regeln, die einer so weit gespannten Gemeinschaft wie derjenigen auf Majipoor den Zusammenhalt gaben. Doch dann würde ein Späher des Militärs kommen und sehen, dass die Zitadelle uneinnehmbar war, und sie würden beschließen, keine Menschenleben auf einen Angriff zu vergeuden. Also würde man einen strengen Erlass formulieren und Kasinibon anweisen, seinen Gefangenen freizugeben und davon abzusehen, weitere Reisende zu entführen, doch man würde nichts tun, um den Erlass auch durchzusetzen.

Ich werde bis ans Ende meiner Tage hier festsitzen, dachte Furvain düster. Ich werde noch eine Ewigkeit zwischen diesen hallenden Wänden schreiten und mein Leben als Gefangener in dieser Festung beschließen. Master Kasinibon wird mir den Posten des Hofnarren geben, und dann werden wir die gesammelten Werke von Tuminok Laskil rezitieren, bis ich den Verstand verliere.

Welch unerquickliche Aussicht. Doch es war sinnlos, sich die ganze Nacht darüber den Kopf zu zerbrechen. Furvain schob alle düsteren Gedanken fort und ging zu Bett.

Das dünne und harte Bett war nicht so bequem wie dasjenige, das er in Dundilmir zurückgelassen hatte, aber es war auf jeden Fall besser als der Schlafsack, den er in den letzten zehn Tagen seiner Reise durch den Osten unter einem Baldachin von Sternen auf dem Boden ausgebreitet hatte. Während er langsam eindöste, verspürte Furvain ein Gefühl, das er sehr gut kannte. Ein Gedicht klopfte an die Pforten seines Bewusstseins und machte auf sich aufmerksam, weil es geboren werden wollte. Er konnte es noch nicht sehr deutlich sehen, ein vages, formloses Ding, doch trotz der Unschärfe war jetzt schon klar, dass es, zumindest für seine Verhältnisse, etwas Ungewöhnliches werden würde. Mehr als ungewöhnlich sogar – etwas Einzigartiges bahnte sich an. Es würde, das spürte er schon, ein erstaunliches Werk werden, auch wenn ihm das Thema noch nicht ganz klar war. Etwas Großartiges, da war er sicher, während es weiter in ihm rumorte und beharrlich in den Vordergrund drängte. Etwas Starkes. Etwas, das die Seele, das Herz und den Geist berührte. Etwas, das alle veränderte, die sich ihm näherten.

Er hatte sogar selbst ein wenig Furcht vor dieser Größe und wusste nicht recht, was er davon halten sollte, dass ihm etwas so Gewaltiges einfiel. Es hatte große Kraft und tönte wie Musik, zugleich feierlich und jubilierend. Natürlich war ihm nicht auf einen Schlag das ganze Gedicht eingefallen – lediglich der Umriss war klar, der Inhalt noch nicht. Das Gedicht selbst wollte sich überhaupt nicht herausschälen, oder jedenfalls nicht von selbst, und wenn er es zu greifen versuchte, dann entwich es ihm mit der Gewandtheit eines ungebärdigen Bilantoon. Es tanzte knapp außerhalb seiner Reichweite und verschwand schließlich in dem dunklen Abgrund, der unter seinem Bewusstsein lag. Es wollte einfach nicht zurückkehren, und wenn er noch so lange wach liegen blieb und darauf wartete.

Endlich gab er es auf und versuchte, sich wieder aufs Schlafen einzurichten. Er wusste, dass Gedichte nicht mit Gewalt zu packen waren. Sie kamen nur, wenn sie von selbst kommen wollten, und so war es sinnlos, etwas zu erzwingen. Furvain kam jedoch nicht umhin, sich zu fragen, um welches Thema es gehen sollte. Er hatte keine Ahnung, wovon das Gedicht handelte, und war sicher, dass er auch im Traum keine Eingebung erführe. Es schwang in ihm noch kaum gestalthaft, blieb ohne greifbare Substanz. Er konnte nur sagen, dass es sich um ein starkes Werk handelte, ein Werk von bedeutender Breite und Tiefe, das etwas Majestätisches an sich hatte. In dieser Hinsicht war er sicher, oder jedenfalls so sicher wie möglich. Es musste die große Dichtung sein, die zu schreiben er nach jedermanns Ansicht fähig war. Endlich bot sie sich seinem Geist dar. Sie neckte ihn und lockte ihn. Doch sie zeigte ihm nie mehr als ihre Aura, ihren äußeren Schein, und dann tanzte sie wieder davon, als wollte sie ihn für die Faulheit all der vielen vergangenen Jahre verhöhnen. Eine ironische Tragödie war es – das große verlorene Gedicht des Aithin Furvain. Die

Welt sollte es nie zu sehen bekommen, und er musste ewig um diesen Verlust trauern.

Dann entschied er, dass er einfach dumm sei. Was hatte er schon verloren? Sein müder Geist hatte ihm einen Streich gespielt. Ein Gedicht, das nicht mehr ist als der Schatten eines Schattens, ist überhaupt kein Gedicht. Es war idiotisch, sich vorzustellen, dass er ein Meisterwerk verloren hatte. Wie konnte er wissen, wie gut das Gedicht – vorausgesetzt, er hätte es jemals klar sehen können – überhaupt geworden wäre? Wie konnte er den Wert einer Dichtung beurteilen, die noch nicht einmal entstanden war? Er schmeichelte sich selbst, wenn er glaubte, es habe dort irgendeine Substanz gegeben. Er wusste, dass das Göttliche ihm nicht das Rüstzeug gegeben hatte, das man zum Schöpfen bedeutender Dichtungen brauchte. Er war ein oberflächlicher Müßiggänger und dazu geschaffen, leichte und verspielte Verse zu erfinden, aber keine Meisterwerke. Dieses lockende Gedicht war nichts weiter als ein Phantom, dachte er. Die Selbsttäuschung eines müden Geistes am Rande des Eindämmerns, die halb geträumten Nachwirkungen seiner bizarren Unterhaltung mit einem Master Kasinibon. Furvain glitt langsam in den Schlaf hinüber und schlummerte dieses Mal rasch ein.

Als er aufwachte, gingen ihm immer noch unbestimmte, flüchtige Erinnerungen an das verlorene Gedicht durch den Kopf wie ein Traum, der nicht weichen will, und er wusste zunächst nicht, wo er war. Kahle Steinwände, ein schmales hartes Bett, ein schmaler Fensterschlitz, durch den freilich die Morgensonne mit gnadenloser Kraft einfiel. Dann erinnerte er sich. Er war Gefangener in der Festung von Master Kasinibon. Zuerst wurde er wütend, denn was eine Reise voller persönlicher Entdeckungen werden sollte, eine Reise, um die verunsicherte Seele zu läutern, war von einer Bande plündernder Raufbolde jäh unterbrochen worden. Dann amüsierte er sich wieder über die neue Erfahrung, auf diese Weise geschnappt worden zu sein, und schließlich ärgerte er sich über diesen Eingriff in sein Leben. Doch die Wut, das wusste Furvain, konnte ihm nicht helfen. Er musste ruhig bleiben und die ganze Sache als ein Abenteuer betrachten, als Rohstoff für Anekdoten und Gedichte, mit denen er seine Freunde erfreuen konnte, sobald er wieder daheim in Dundilmir war.

Er badete, zog sich an und verbrachte eine Weile damit, das Spiel der Morgensonne auf der stillen Oberfläche des Sees zu beobachten, der zu dieser frühen Stunde eher purpurrot als scharlachrot wirkte. Dann wurde er wieder wütend und schritt zwischen den Zimmern hin und her, bis der Hjort sein Frühstück brachte.

Am Vormittag stattete Kasinibon ihm den eingangs beschriebenen zweiten Besuch ab, blieb allerdings nur wenige Minuten. Danach zog sich der Morgen unendlich lange dahin, bis der Hjort erneut erschien und das Mittagessen brachte. Eine Weile durchwühlte Furvain seine Erinnerungen nach irgendwelchen Resten des verlorenen Gedichts, doch es war ein hoffnungsloses Unterfangen und löste in ihm nur ein schmerzliches Bedauern aus, das er nicht einmal richtig einordnen konnte. So hatte er nichts weiter zu tun, als den See anzustarren, und obschon der See einen wirklich außergewöhnlichen Anblick bot und eine Art von Schönheit besaß, die sich Stunde um Stunde mit dem wechselnden Sonnenlicht sogar veränderte, konnte Furvain diese Veränderungen doch nur eine gewisse Zeit betrachten, weil selbst eine Schönheit wie diese nach einer Weile keinerlei Begeisterung mehr in ihm wachrufen konnte.

Er hatte mehrere Bücher auf die Reise mitgenommen, stellte allerdings fest, dass er im Augenblick keine Lust hatte, sie zu lesen. Die Worte waren nicht mehr als bedeutungslose Zeichen auf der Seite. Auch konnte er keine Ablenkung in einem selbst verfassten Gedicht finden. Es war, als habe das Verschwinden dieses Meisterwerks aus seiner Phantasie in der vergangenen Nacht ihm zugleich die Fähigkeit genommen, auch nur den kleinsten

Vers zu schmieden. Der Quell, der sein Leben lang so verschwenderisch gesprudelt war, schien schlagartig versiegt. Furvain war leer von Poesie, wie die Wände der Räume bar jeden Schmucks waren. So konnte er in seiner Einsamkeit keinerlei Trost finden. Einsamkeit war bisher noch nie ein großes Schrecknis für ihn gewesen. Nicht, dass er ihr jemals lange ausgesetzt gewesen wäre, doch er war bislang immer fähig gewesen, sich mit Verseschmieden oder Wortspielen abzulenken, wenn es nötig schien. Dies blieb ihm freilich jetzt aus einem Grund, den er selbst nicht verstehen konnte, versagt. Als er noch allein durch das östliche Land gereist war, hatte er die Einsamkeit überhaupt nicht als bedrückend empfunden, sondern umgekehrt sogar als spannende, anregende und lehrreiche neue Erfahrung. Da draußen hatte er allerdings die fremdartige Landschaft bewundern können, dazu die ungewöhnlichen Tiere und Pflanzen, die er jeden Tag zu sehen bekam, und er war viel zu sehr mit der Herausforderung, allein zu reisen, beschäftigt gewesen – er musste sich seine Mahlzeiten selbst kochen, passende Lagerplätze für die Nacht finden und Wasserquellen und andere Dinge ausfindig machen. Hier aber, eingesperrt in diesen öden kleinen Zimmern, sah er sich auf sich selbst zurückgeworfen, und hier war sein einziger Rückhalt die unerschöpfliche Fruchtbarkeit seiner poetischen Phantasie. Doch aus Gründen, die er einfach nicht nachvollziehen konnte, blieb ihm auf einmal der Zugang dorthin versperrt.

Kasinibon kehrte nicht lange nach dem Mittagessen zu ihm zurück.

»Wollen wir dann zum See?«, fragte er.

»Ja, zum See.«

Der Banditenhauptmann führte ihn voll Stolz durch die hallenden Steingänge der Festung. Hinunter und immer weiter hinunter ging es, bis sie schließlich einen Flur auf der untersten Ebene erreichten, an dessen Ende sie auf einen kleinen gewunden Weg traten. Der mit hellem Kies bestreute Pfad schlängelte sich in sanften Kurven bis zum weit unten liegenden roten See hinunter. Furvain war überrascht, dass Kasinibon keinen einzigen seiner Männer mitgenommen hatte – sie waren allein. Kasinibon ging offenbar völlig unbesorgt voraus und hatte anscheinend nicht die geringste Angst, Furvain könne ihn angreifen.

Ich könnte das Messer aus der Scheide reißen und ihm an die Kehle setzen, überlegte Furvain. Und dann müsste er mir schwören, mich freizulassen. Oder ich könnte ihn niederschlagen und seinen Kopf ein paar Mal auf den Boden knallen und dann in der Wildnis verschwinden. Oder …

Es war viel zu verrückt, um in die Tat umgesetzt zu werden. Kasinibon war zierlich gebaut, aber wendig und stark. Zweifellos würde er umgehend dafür sorgen, dass Furvain einen Angriff sehr bereute. Wahrscheinlich hatte er sogar irgendwo in den Büschen Leibwächter postiert. Und selbst wenn Furvain ihn irgendwie überwältigen und fliehen konnte, was nützte ihm das schon? Kasinibons Männer würden ihn jagen und binnen einer Stunde wieder gefangen nehmen.

Ich bin sein Gast, sagte Furvain sich. Er ist mein Gastgeber. Dabei wollen wir es für den Augenblick bewenden lassen.

Zwei Reittiere standen am Ufer des Sees bereit. Eins war das edle, rassige Tier mit den glutroten Augen und dem dunkelbraunen Fell, das Furvain aus Dundilmir mitgebracht hatte, das zweite war ein kurzbeiniges gelbliches Tier, das wie das Zugpferd eines Bauern aussah. Kasinibon sprang in den Sattel und winkte Furvain, seinem Beispiel zu folgen.

»Der See von Barbirike«, erklärte Kasinibon, als sie ritten, »ist beinahe dreihundert Meilen lang, aber an der breitesten Stelle nicht mehr als zweitausend Fuß breit. An beiden Enden wird er von nahezu unbezwingbaren Klippen eingeschlossen. Wir konnten keine Quelle finden, die ihn speist – anscheinend ist der Regen der einzige Ursprung des Wassers.«

Aus der Nähe betrachtet, erinnerte der See mehr denn je an

eine riesige Blutlache. Der rote Farbstoff machte das Wasser völlig undurchsichtig. Von Ufer zu Ufer stellte es sich als undurchdringliche rote Fläche dar, unter deren Oberfläche nichts zu erkennen war. Das gespiegelte Antlitz der Sonne brannte wie eine Flammenkugel auf dem unbewegten Wasser.

»Kann dort drinnen etwas leben?«, fragte Furvain. »Abgesehen von den Schalentieren, die dem Wasser die Farbe geben?«

»O ja«, sagte Kasinibon. »Es ist ja nur Wasser. Wir fischen jeden Tag und fangen eine ganze Menge.«

Ein Weg, der kaum breit genug war, um ihre Pferde nebeneinander laufen zu lassen, trennte das Ufer von den hohen Dünen aus rotem Sand, die entlang des Sees verliefen. Als sie nach Osten ritten, spielte Kasinibon wieder den Fremdenführer und wies Furvain auf verschiedene Besonderheiten der Umgebung hin: eine Pflanze mit kurzen purpurnen und dicken Blättern, eine Sukkulente mit fingerförmigen, plumpen Auswüchsen, die im fast sterilen Sand der Dünen gedeihen konnte und in langen Strähnen die steilen Hänge herunter wuchs.

Dann ein Raubvogel mit gelbem Hals und Knopfaugen, der über ihnen kreiste und ab und zu mit erschreckender Wucht ins Wasser stürzte, um irgendeinen Bewohner des Sees zu schnappen, und kleine pelzige Krabben mit rundlichen Körpern, die wie Mäuse am Ufer umherhuschten und im roten Schlamm nach versteckten Würmern suchten.

Kasinibon nannte Furvain die wissenschaftlichen Namen der Tiere, doch dieser vergaß sie fast sofort wieder. Furvain hatte sich nie die Mühe gemacht, viel über wilde Tiere zu lernen, auch wenn diese Geschöpfe in gewisser Weise durchaus seine Phantasie anregten.

Kasinibon schien diesen Ort jedoch sehr zu mögen und wusste offenbar über alles, was es hier gab, genau Bescheid. Furvain hörte zwar den Abhandlungen höflich zu, fand sie im Grunde aber nur störend und lästig.

Die überwältigende rote Farbe des Barbirike-Tals machte auf Furvain den stärksten Eindruck. Es war eine wahrhaft erstaunliche Art von Schönheit. Es kam ihm vor, als habe sich die ganze Welt rot gefärbt. Über die Kämme der Dünen konnte man nicht hinwegschauen, und so sah er links nichts außer dem roten See und den roten Dünen dahinter und auf der rechten Seite eine hohe rote Barriere, wo sich die Düne gleich neben dem Reitweg erhob. Über ihnen als Kuppel von etwas hellerem Rot der Himmel, der die vom See abgestrahlte Farbe auffing. Rot, rot, rot – Furvain fühlte sich ganz und gar darin eingehüllt, fest umschlossen von einem roten Reich. Er ging völlig darin auf, er ließ sich einhüllen und in Besitz nehmen.

Kasinibon bemerkte schließlich, dass Furvain schon lange schwieg und offenbar tief in Gedanken war. »Was wir hier sehen, ist der reine Stoff, aus dem die Dichtung ist, nicht wahr?«, fragte er mit einer ausholenden Geste, die das Ufer, den Himmel und seine eigene Festung einschloss, die hinter ihnen in der Ferne dunkel auf dem Hügel hockte.

Nach einer halben Meile hielten sie an. Es sah hier genauso aus wie dort, wo sie ihren Ritt begonnen hatten. Vor und hinter ihnen, überall war das gleiche Rot, eine unveränderliche scharlachrote Welt. »Ich schöpfe immer wieder neue Inspirationen daraus, und Euch wird es gewiss nicht anders ergehen. Ihr werdet hier Euer Meisterwerk schreiben. Das ist sicher.«

Die Begeisterung, die in seiner Stimme lag, war nicht misszuverstehen. Er will das Gedicht unbedingt haben, dachte Furvain. Doch die Art, wie der kleine Mann in seine Gedanken eindrang, störte ihn, und er zuckte zusammen, als sein »Meisterwerk« erwähnt wurde. Furvain wollte nichts mehr über Meisterwerke hören, nicht nach den quälenden Eingebungen der letzten Nacht, in dem sein eigenes Bewusstsein ihn wegen seiner Unzulänglichkeiten zu verspotten schien und ihm ein edles Werk vorgaukelte, das zu erschaffen er doch nicht genügend Seelenkraft besaß.

»Ich fürchte, die Poesie lässt mich im Augenblick im Stich«, sagte er kurz angebunden.

»Sie wird schon zurückkehren. Nach allem, was Ihr mir berichtet habt, weiß ich doch, dass Euch das Verfassen von Gedichten sozusagen im Blut liegt. Hat es denn jemals eine längere Zeit gegeben, in der Ihr überhaupt nichts erschaffen habt? Und sei es nur eine Woche gewesen?«

»Wohl nicht. Ich kann es aber nicht genau sagen. Die Dichtung kommt eben, wenn sie kommt, und sie hat ihren eigenen Rhythmus. Ich habe im Grunde kaum darauf geachtet.«

»Eine Woche, zehn Tage, zwei Wochen – die Worte werden schon kommen«, sagte Kasinibon. »Ich bin ganz sicher, dass sie kommen.« Er redete sich in Verzückung. »Aithin Furvains große Dichtung, geschrieben in seiner Zeit als Gast bei Master Kasinibon von Barbirike! Darf ich vielleicht sogar hoffen, dass Ihr mir eine Widmung hineinschreibt? Oder wäre ein solcher Wunsch zu kühn?«

Es wurde unerträglich. Wollte das denn überhaupt nicht enden? Diese Forderungen von aller Welt, er möge seinem unwilligen Geist ein großes Werk entlocken?

»Ich fürchte, ich muss Euch noch einmal widersprechen«, sagte Furvain. »Ich bin euer Gefangener, Kasinibon. Nicht Euer Gast.«

»Wenigstens sagt Ihr dies ohne Groll, wie mir scheint.«

»Was könnte Groll mir nützen? Doch wenn man festgehalten wird, um Lösegeld zu fordern …«

»Lösegeld ist so ein hässliches Wort, Furvain. Ich verlange doch nur, dass Eure Angehörigen die Gebühren bezahlen, die ich fürs Durchqueren meines Gebiets erhebe, da Ihr außerstande scheint, sie selbst zu entrichten. Nennt es meinetwegen Lösegeld, aber der Begriff beleidigt mich.«

»Dann ziehe ich dies natürlich zurück«, sagte Furvain, der nach wie vor seinen Zorn so gut wie möglich hinter mühsam gespielter Munterkeit verbarg. »Ich bin ein Mann von hoher Geburt, Kasinibon. Nichts läge mir ferner, als meinen Gastgeber zu beleidigen.«

Am Abend speisten sie zusammen in einem großen, nur von Kerzen erhellten Saal. Eine ganze Schar schweigsamer Hjorts in bunten Livreen wartete ihnen auf und stelzte mit jener absurden Großartigkeit herein und hinaus, welche die Angehörigen dieses eher unschönen Volks gern annahmen. Es sollte ein üppiges Festmahl werden – zuerst ein Kompott aus Früchten von einer Art, die Furvain nicht kannte, dann pochierter Fisch mit einem köstlichen Geschmack in einer dunklen Soße, die mit Honig gesüßt war, danach mehrere Sorten gegrilltes Fleisch auf gedünstetem Gemüse. Auch die Wahl der Weine, die zu jedem Gang gereicht wurden, war nicht zu beanstanden. Gelegentlich bemerkte Furvain Grüppchen anderer Gesetzloser, die als Schatten weit entfernt durch den Gang am anderen Ende des Raumes huschten, doch niemand kam in ihre Nähe.

Angeregt vom Wein, sprach Kasinibon freimütig über sich selbst. Er schien beinahe verzweifelt darauf aus, die Freundschaft seines Gefangenen zu gewinnen. Er sei, sagte er, auch selbst ein nachgeborener Sohn, nämlich der dritte Sohn des Grafen von Kekkinork. Furvain kannte keine Stadt dieses Namens. »Sie liegt einen Fußmarsch von zwei Stunden vom Großen Meer entfernt«, erklärte Kasinibon. »Meine Vorfahren kamen dorthin, um den schönen blauen Stein, der Meeresspat genannt wird, abzubauen. Der Coronal Lord Pinitor benutzte ihn damals als Schmuck für die Mauern der Stadt Bombifale. Als die Arbeit getan war, beschlossen einige Bergleute, nicht zum Burgberg zurückzukehren. Seitdem leben sie dort in Kekkinork in einem Dorf am Strand des Großen Meeres. Ein freies Volk außerhalb des Einflussbereichs von Pontifex und Coronal. Mein Vater, der Graf, war der sechzehnte Inhaber dieses Titels, der in gerader Abstammungslinie übertragen wurde.«

»Ein Titel, den Lord Pinitor verliehen hat?«

»Ein Titel, den sich der erste Graf selbst verliehen hat«, erklärte Kasinibon. »Wir sind die Nachkommen einfacher Bergleute und Steinmetzen, Furvain. Aber wenn man nur weit genug zurückgeht, muss man natürlich auch fragen, welcher Lord auf dem Burgberg denn von sich behaupten kann, er habe keinen Tropfen Blut von Gemeinen in seinen Adern.«

»Das ist wahr«, stimmte Furvain zu. Allerdings war es auch von Herzen belanglos. Viel wichtiger war ihm der Hinweis, dass der schmächtige bärtige Mann, der mit ihm am Tisch saß, tatsächlich mit eigenen Augen das Große Meer gesehen hatte. Er war in einem entlegenen Gebiet Majipoors, das man allgemein bestenfalls als Legende bezeichnete, zum Manne gereift. Die Vorstellung, dass es dort draußen irgendwo tatsächlich eine nennenswerte Stadt gab, die den Geographen und Schätzern entgangen war, tausende Meilen vom Burgberg entfernt in einer fernen Gegend im Osten Alhanroels gelegen, stellte die Gutgläubigkeit auf eine harte Probe. Dass dieser Ort zudem gar einen Adelsstand von eigenen Gnaden besaß, wahrscheinlich mit Grafen und Marquis und allem, was dazugehörte, und außerdem auch noch sechzehn Generationen lang überlebt hatte – auch das war schwer zu glauben.

Kasinibon füllte ihre Weinschalen auf. Furvain hatte den ganzen Abend über so zurückhaltend wie möglich getrunken, doch Kasinibons Gastfreundschaft war unerbittlich, und mit der Zeit spürte Furvain, wie seine Wangen heiß wurden. Er war am Ende ein wenig benommen, und Kasinibon hatte bereits den glasigen Blick eines Betrunkenen.

Er hatte auf eine weitschweifige, gewundene Weise zu erzählen begonnen, und Furvain konnte kaum folgen, als er etwas über einen erbitterten Familienstreit erfuhr, über einen Streit mit dem älteren Bruder wegen einer Frau, der großen Liebe seines Lebens vielleicht, und über ein Gesuch an den Vater, worauf dieser zugunsten des anderen Bruders entschieden habe. Die Geschichte kam Furvain freilich recht vertraut vor – der Bruder, der alles an sich zog, der ferne, gleichgültige adlige Vater, der den jüngsten Sohn mit beiläufiger Geringschätzung behandelte. Doch da Furvain weder besonderen Ehrgeiz noch viel Temperament besaß, hatten diese Enttäuschungen seine Jugend nicht wirklich überschatten können. Er lebte von je in dem Gefühl, dass er für seinen tatkräftigen Vater und die habgierigen, kämpferischen Brüder mehr oder weniger unsichtbar war. Er rechnete bestenfalls mit Gleichgültigkeit von ihrer Seite und war nicht überrascht, dass er genau dies bekam. So hatte er sich selbst ein halbwegs befriedigendes Leben eingerichtet, das letztlich auf der Überzeugung beruhte, man werde, je weniger man erwartete, umso weniger Unzufriedenheit mit dem Leben entwickeln.

Kasinibon dagegen war aus einem ganz anderen Holz geschnitzt. Er war hitzköpfig und zielstrebig, und seine Auseinandersetzung mit dem Bruder war mit großer Schärfe geführt worden und hatte schließlich sogar zu einem körperlichen Angriff Kasinibons geführt – ob auf den Bruder oder den Vater, wusste Furvain nicht genau zu sagen. Schließlich hatte Kasinibon es jedenfalls für ratsam gehalten, aus Kekkinork zu fliehen, oder vielleicht war er auch vertrieben worden – auch hier war Furvain nicht sicher –, und er war viele Jahre umhergestreift, bis er hier in Barbirike den Ort fand, an dem er eine Befestigung anlegen und sich gegen jeden verteidigen konnte, der es etwa wagte, seine unfreiwillige Unabhängigkeit infrage zu stellen.

»Und hier lebe ich nun seitdem«, schloss er seine Erzählung. »Ich habe mit meiner Familie nichts mehr zu tun und ebenso wenig mit dem Pontifex oder dem Coronal. Ich bin mein eigener Herr und der meines kleinen Königreichs, und wer mein Gebiet durchwandert, muss den Preis dafür bezahlen. Noch etwas Wein, Furvain?«

»Nein, danke.«

Er schenkte ein, als habe er nicht gehört. Furvain wollte schon nach seiner Hand fassen, dann hielt er jedoch inne und ließ Kasinibon die Schale nachfüllen.

»Ich mag Euch, Furvain. Ich kenne Euch kaum, doch ich bin ein ausgezeichneter Menschenkenner und sehe Eure Größe und Tiefe.«

Und ich sehe deinen Rausch, dachte Furvain, doch er hielt den Mund.

»Wenn sie die Gebühr bezahlt haben, dann muss ich Euch wohl ziehen lassen, denn ich bin ein ehrenwerter Mann. Aber ich werde es bedauern. Ich habe hier nur wenig geistige Zerstreuung. Ich habe überhaupt sehr wenig Gesellschaft. Das liegt natürlich daran, dass ich mich selbst für dieses Leben entschieden habe. Dennoch …«

»Ihr müsst sehr einsam sein.«

Furvain fiel auf, dass er in der ganzen Festung bisher noch keine einzige Frau und nicht einmal die Spur einer Frau gesehen hatte. Hier gab es offenbar nur die Hjort-Diener und einige Gefolgsleute Kasinibons, die allesamt Männer waren. Gehörte Kasinibon zu jenen seltenen Männern, die nur eine einzige Frau im Leben lieben konnten? Und war die Frau in Kekkinork, die sein Bruder ihm weggenommen hatte, diese Eine gewesen? Es musste schlimm für ihn sein, hier in dieser Einöde in seiner Festung zu hocken. Kein Wunder, dass er Trost in der Dichtung suchte. Kein Wunder, dass er in seinem fortgeschrittenen Alter immer noch so viel Bewundernswertes in den albernen, kindischen Absonderungen eines Dammiunde oder eines Tuminok Laskil fand.

»Allerdings, ich bin hier sehr einsam. Einsamkeit … die Einsamkeit …« Kasinibon richtete die blutunterlaufenen Augen auf Furvain. Die Augen schimmerten bereits so rot wie die Wasser des Barbirike-Sees. »Aber man lernt, mit der Einsamkeit umzugehen. Man trifft Entscheidungen im Leben, nicht wahr, und auch wenn sie nicht immer die richtigen sind, so sind es doch immerhin die eigenen. Letzten Endes wählen wir, was wir wählen, weil wir … weil …«

Kasinobons Stimme wurde leiser, und schließlich war nur noch ein unverständliches Murmeln zu hören. Furvain glaubte schon, er sei eingeschlafen, doch nein, Kasinibons Augen waren offen, und die Lippen bewegten sich langsam. Er suchte immer noch nach den richtigen Worten, um zu erklären, was er hatte sagen wollen. Furvain wartete, bis klar war, dass der Banditenhauptmann sie heute nicht mehr finden würde. Dann berührte er Kasinibon leicht am Arm. »Ihr müsst mir verzeihen«, sagte er. »Aber es ist schon spät.« Kasinibon nickte nur unbestimmt. Ein livrierter Hjort führte Furvain in seine Gemächer.

In der folgenden Nacht hatte Furvain einen so eindrucksvollen, klaren Traum, dass ihm schon im Schlaf der Gedanke kam, es müsse sich um eine Aussendung der Lady der Insel handeln, die Nacht für Nacht Millionen von Schläfern auf Majipoor besucht, um ihnen Anleitung zu geben und Trost zu spenden. Falls es wirklich eine Aussendung war, dann war es seine erste. Die Herrin der Insel besuchte die Prinzen der Burg nicht sehr häufig im Schlaf, und noch unwahrscheinlicher schien es, dass sie Furvain besuchen sollte, denn es war von Alters her der Brauch, dass die Mutter des jeweiligen Coronals zur Lady der Insel ernannt wurde, und so war während des größten Teils seines bisherigen Lebens seine eigene Großmutter die Herrin der Insel gewesen. Sofern es nicht um eine Angelegenheit von höchster Wichtigkeit ging, drang die Lady niemals in den Geist eines Familienmitglieds ein. Seit Lord Sangamor umgezogen und zu Sangamor Pontifex geworden war, gab es zwar einen neuen Coronal auf der Burg und eine neue Lady auf der Insel des Schlafs, aber trotzdem – eine Aussendung? Ausgerechnet für ihn? Während er sich an diesem Ort befand? Warum?

Als der Traum vorbei war und er langsam wieder einschlief, überlegte er, dass es sich vielleicht doch um keine Aussendung gehandelt hatte, sondern nur um den Ausfluss seines überreizten Bewusstseins, das nach dem Abend mit Master Kasinibon geradezu rastlos arbeitete. Die Vision war viel zu persönlich, viel zu vertraulich gewesen, um das Werk der Fremden zu sein, die jetzt als Herrin der Insel diente. Doch Furvain wusste auch, dass es kein gewöhnlicher Traum war, sondern einer jener eigenartigen Träume, in denen sich manchmal die ganze Zukunft eines Menschen entschied.

Denn im Traum war sein schlafendes Bewusstsein aus Kasinibons tristem Zufluchtsort herausgehoben und über die nächtlichen Ebenen des Ostens getragen worden, weit hinüber bis zu den blauen Klippen von Kekkinork, wo das Große Meer begann, das sich über unendliche und schier unvorstellbare Entfernungen von Alhanroel bis zum Kontinent Zimroel, eine halbe Welt entfernt, erstreckte. Dort, weiter östlich, als er je gewesen war, konnte er das Licht des neuen Tages über dem weiten Meer schimmern sehen – ein warmes Rosa am sandigen Ufer, dann hellgrün und weiter draußen dunkelgrün, bis nur noch das bläuliche Grau unendlicher Tiefen zu sehen war.

Furvain sah den Geist des Göttlichen hoch über dem gewaltigen Ozean schweben: unpersönlich, unergründlich, unendlich, allwissend. Den Geist bestimmte weder Form noch Zeitmaß, doch Furvain erkannte ihn als das, was er war, und der Geist erkannte auch ihn, berührte ihn, nahm Furvain in sich auf, verband sich mit ihm und zeigte dem Dichter einen kleinen Augenblick lang seine eigene ungeheure Größe. In diesem unendlich langen Augenblick wurde ihm das größte aller Gedichte geschenkt.

In einer gewaltigen Kaskade ergoss es sich in ihn. Ein Gedicht, das nur ein Gott erschaffen konnte, ein Werk, das die Bedeutung des Lebens und des Todes, des Schicksals aller Welten und aller Geschöpfe, die auf ihnen lebten, umfassen mochte. So kam es Furvain jedenfalls später vor, als er erwachte und schaudernd, fiebernd und benommen im Bett lag und über die Vision nachdachte, die ihm zuteil geworden war.

Kein Stückchen dieser Vision blieb erhalten. Kein Hinweis, mit dessen Hilfe er sie wiederbeleben konnte. Sie zerplatzte wie eine Seifenblase und verschwand in der Dunkelheit. Wieder hatte er ein wundervolles Gedicht von größter Schönheit und Tiefe gesehen, und wieder war es ihm entrissen worden.

Doch der Traum dieser Nacht erwies sich in seinem Kern ganz anders als der Traum der vergangenen. Jener erste war ein trauriger, grausamer Scherz gewesen, eine bloße Verhöhnung. Er hatte ihn mit einem Gedicht verlockt, ohne ihm wirklich den Zugang zu gewähren – nur die demütigende Erkenntnis, dass irgendwo in ihm irgendeine große Dichtung herumgeisterte, die sich jedoch ewig seinem Zugriff entziehen würde. Dieses Mal aber hatte er das Gedicht selbst gesehen. Er hatte es Vers für Vers und Strophe für Strophe und Gesang für Gesang durchlebt und die ganze Großartigkeit des Werks erfassen können. Der erste Traum hatte ihm gesagt: Deine Gabe ist hohl, und du bist zu nichts weiter fähig, als Belanglosigkeiten zu erschaffen. Der zweite aber gab ihm zu verstehen: Du hast eine gottähnliche Größe in dir, und jetzt musst du streben und einen Weg suchen, um sie ans Licht zu bringen.

Der Inhalt der großartigen Vision war verschwunden, doch Furvain erkannte am folgenden Morgen, dass ein einziger Aspekt geblieben war, als habe er sich unwiderruflich in seinen Geist eingebrannt: der Rahmen oder das Behältnis für das gewaltige Werk war noch vorhanden – die Metrik, das Reimschema, die Art und Weise, wie mit Versen die Strophen und wie aus Strophen die

Gesänge gebildet wurden. Ein leeres Behältnis, ja. Doch wenn ihm nun wenigstens die Form blieb, dann bestand noch Hoffnung, das Ehrfurcht gebietende Werk wieder zu entdecken, das sie ausgefüllt hatte.

Der Aufbau war so außergewöhnlich, dass er ihn nie wieder vergessen würde, doch er wollte kein Wagnis eingehen. Er langte hastig nach einem Stift und einem leeren Blatt und zeichnete sie auf. Statt schon an dieser Stelle zu versuchen, ein Bruchstück des großen Werks einzufangen, benutzte Furvain sinnlose Silben, um die Gedichtform lesbar zu machen, bedeutungslose Platzhalter und Klänge, die den Grundrhythmus eines längeren Abschnitts nachbildeten. Als er fertig war, starrte er die Notizen verwundert an und ging murmelnd immer wieder durch, was er aufgeschrieben hatte. Erst jetzt konnte er bewusst analysieren, was er in einem Vorgang, der dem Schreiben in Trance nicht unähnlich war, aus seinen Traumerinnerungen herausgezogen hatte. Während er die Verse abzählte, fragte er sich, ob irgendein Dichter zuvor schon einmal etwas so Kunstvolles erschaffen hatte und ob überhaupt ein Dichter in der langen Geschichte des Universums jemals fähig sein mochte, ein längeres Werk mit einem derart erlesenen Satzbau zu verfassen.

Es war ein Wunder an Vielschichtigkeit. Im Gedicht gab es nicht die üblichen wechselnden Betonungen, die er so gut kannte, die Jamben und Trochäen und Daktylen, die Spondeen und Anapäste, aus denen Furvain bisher immer ebenso rasch wie mühelos seine Gedichte gebaut hatte. Die traditionellen Reimschemata waren ihm so gut vertraut, dass es anderen Menschen schien, als schriebe er, ohne nachzudenken, als sei ihm das Verfassen von Gedichten ein selbstverständlicher Vorgang wie das Ausatmen und kein bewusster Schöpfungsakt. Diese Struktur aber – er sagte sie immer wieder auf und versuchte, ihr Geheimnis zu ergründen – war anders als alles, was er bisher unter dem Namen der Dichtkunst kennen gelernt hatte.

Zuerst konnte er im Rhythmus überhaupt kein regelmäßiges Muster erkennen und wusste die eigenartige Faszination, die der Entwurf auf ihn ausübte, nicht zu erklären. Dann aber wurde ihm bewusst, dass die Metrik seines geträumten Gedichts eine neuartige Vortragsweise erforderte, die nicht auf dem Wechsel von betonten und unbetonten, sondern vielmehr auf der Länge der Silben beruhte. Zunächst fand Furvain diese neue Vorgabe willkürlich, unverständlich und unregelmäßig, doch nach einer Weile sah er, dass auf diese Weise wunderbare, wandlungsfähige Zeilen in den Händen eines Dichters entstehen konnten, der begabt genug war, um ihre Eigenheiten geschickt zu nutzen. Das Werk würde fast die Kraft einer Anrufung bekommen, und die Zuhörer der kraftvollen Zeilen würden in einen Zauberbann geraten. Auch das Reimschema war wundervoll. Die Strophen hatten jeweils siebzehn Zeilen, in denen es nur drei verschiedene Reime gab. Sie waren zu jeweils fünf Binnencouplets zusammengefasst, die von einem Triolett getrennt und durch vier anscheinend nicht gereimte Zeilen ergänzt wurden, die jedoch Verknüpfungen zu den benachbarten Strophen herstellten.

Konnte man tatsächlich eine Dichtung in einer solchen Gestalt schreiben?, fragte Furvain sich. Aber natürlich, dachte er. Doch welcher Dichter hätte schon die Geduld, lange genug bei der strengen Vorgabe zu bleiben, um tatsächlich ein größeres Werk hervorzubringen? Das Göttliche natürlich. Seinem Wesen nach konnte das Göttliche alles tun. Welche Schwierigkeiten sollte die allmächtige Kraft, die Sterne und Welten geschaffen hatte, schon damit haben, ein paar Silben und Reime in die richtige Ordnung zu bringen? Aber es war mehr als blasphemisch, wenn ein bloßer Sterblicher sich anmaßte, mit dem Göttlichen zu wetteifern. Es war eine verachtenswerte Dummheit. Furvain wusste, dass er mit diesem Reimschema drei oder vier Strophen schreiben konnte, oder vielleicht sogar sieben, die irgendwie den Eindruck erweckten, ein Gedicht zu sein. Aber einen ganzen Gesang? Oder gar eine Reihe von Gesängen, die zusammen ein großes Werk von epischer Breite ergeben würden? Nein, dachte er. Nein, nein. Das brächte ihn um den Verstand. Ein so gewaltiges Vorhaben lief für einen Dichter auf nichts anderes hinaus, als dem Wahnsinn zu verfallen.

Trotzdem, es war ein außergewöhnlicher Traum gewesen. Nach dem ersten Traum hatte er nichts weiter als den Geschmack von Asche im Mund gehabt. Dieser hier zeigte ihm, dass er fähig war, den Strophen eines Gedichts eine unglaublich verfeinerte Form zu geben – nicht das Göttliche, sondern er selbst, denn Furvain war kein besonders religiöser Mann, und er war sicher, dass er dies hier aus seinem eigenen Geist heraus und ohne übernatürliche Hilfe erschaffen hatte.

Es hatte sicher schon die ganze Zeit in ihm geschlummert, dachte er, still in sich gärend, und war schließlich im Schlaf hervorgebrochen. Die Spannung und der Druck seiner Gefangenschaft, dachte er, mussten die Geburt gefördert haben. Er fand es bei weitem nicht mehr so amüsant wie am Anfang, die Tage in Kasinibons Obhut zu verbringen. Es fiel ihm zunehmend schwer, der Situation etwas Komisches abzugewinnen. Er wurde wütend, weil er in Gefangenschaft war, er war höchst unzufrieden und wurde unruhig. All das musste die Gewohnheiten seines Gehirns verändert und seine Gedanken auf neue Bahnen gelenkt haben. Seine inneren Qualen hatten neue Aspekte seines dichterischen Schaffens zum Vorschein gebracht.

Nicht, dass er die geringste Ahnung hatte, wie er die Dichtform, die ihm die vergangene Nacht geschenkt hatte, auf irgendeine Weise sinnvoll anwenden konnte – doch es war immerhin angenehm zu wissen, dass er fähig war, so etwas zu entwickeln. Vielleicht war dies ein Vorbote und seine Fähigkeit, unterhaltsame Verse zu schreiben, kehrte endlich wieder zurück. Furvain wusste, dass er der Welt niemals das unsterbliche Meisterwerk schenken würde, das Kasinibon unbedingt von ihm bekommen wollte. Immerhin, es war schon ein großer Schritt, dass er wenigstens die angenehme geringere Fähigkeit zurückgewann, die ihm wenige Tage vor seiner Gefangennahme noch ständig zur Verfügung gestanden hatte.

Doch die Tage vergingen und Furvain blieb unerklärlicherweise dichterisch völlig unfruchtbar. Weder Kasinibons Drängen noch Furvains eigene Versuche, die Musen zu einer Mitarbeit zu bewegen, waren hilfreich. Sein vormaliges spontanes Talent war in weite Ferne gerückt, und beinahe glaubte er schon selbst, es habe nie existiert.

Die Gefangenschaft bedrückte ihn jetzt sehr. Er war an ein Leben des Müßiggangs und der Vergnügungen gewöhnt, und eine solche erzwungene Untätigkeit hatte er noch nie erlebt. Er sehnte sich danach, seine Reise fortzusetzen.

Kasinibon war unterdessen sehr bemüht, die Rolle des charmanten Gastgebers zu spielen. Er lud Furvain täglich zu Ausritten im scharlachroten Tal ein, er ließ zur abendlichen Tafel die besten Weine aus seinem überraschend gut gefüllten Weinkeller kredenzen, er gab Furvain jedes Buch, das dieser sich wünschte – auch die Bibliothek war gut ausgestattet – und ließ keine Gelegenheit aus, ernsthafte Gespräche über Literatur zu führen.

Doch all dies änderte nichts daran, dass Furvain gegen seinen Willen hier war, in dieses öde, unwirtliche Mausoleum eingesperrt, auf halbem Wege gefangen, nachdem ihn eine Lebenskrise auf die Wanderschaft getrieben und noch bevor er selbst einen Ausweg daraus hatte finden können. Nun musste er sein Dasein als Gefangener eines Gesetzlosen fristen, der zudem recht beschränkt war. Kasinibon erlaubte ihm inzwischen, sich im Gebäude und auf dem Gelände frei zu bewegen – wohin hätte er schon fliehen sollen, falls sich eine solche Möglichkeit überhaupt bot? –, doch die langen, hallenden Flure und die überwiegend leeren Räume waren alles andere als inspirierend.

Überhaupt war Kasinibons Gesellschaft insgesamt wenig anregend, so sehr Furvain sich auch bemühte, das Gegenteil vorzutäuschen. Doch außer Kasinibon gab es niemanden sonst, der Furvain Gesellschaft leisten konnte. Der Räuberhauptmann, der sich voller Hass auf seine Familie hier vergraben hatte und nach langer Vereinsamung abgestumpft war, musste im Grunde ebenso als Gefangener in Barbirike betrachtet werden wie Furvain selbst.

Hinter der glatten Freundlichkeit, hinter der reizenden Verspieltheit lauerte und kochte eine verborgene Wut. Furvain erkannte sie als das, was sie war, und er fürchtete sie.

Er hatte immer noch keine Lösegeldforderung abgeschickt. Es schien ohnehin völlig sinnlos und zudem auch peinlich – was, wenn er die Forderung stellte, und niemand leistete ihr Folge? Doch die sich deutlich abzeichnende Aussicht, dass er womöglich ewig hier bleiben müsse, ließ eine tiefe Verzweiflung in ihm aufkommen.

Besonders schwer zu ertragen war Kasinibons Vorliebe für Gedichte. Anscheinend wollte Kasinibon über nichts anderes reden. Furvain hatte nie viel von Gesprächen über Gedichte gehalten. Er hatte dies lieber den Eingebildeten überlassen, die keinen schöpferischen Funken in sich hatten, sondern eine Art Erfüllung darin fanden, endlose Gespräche über etwas zu führen, das sie aus sich selbst heraus nicht erschaffen konnten, und jenen kulturell bewanderten Zeitgenossen, die es für unschicklich hielten, sich jemals anders als mit einem dünnen Gedichtband unter dem Arm blicken zu lassen, in den sie vielleicht hin und wieder sogar mal einen Blick warfen, um in Lobeshymnen auf einen derzeit gerade beliebten Dichter auszubrechen.

Furvain, der seine Gedichte stets ohne die geringste Anstrengung schuf und der keineswegs hochmütig über das dachte, was er hervorbrachte, fand nichts an solchen Gesprächen. Für ihn waren Gedichte etwas, das man machte, und nicht etwas, über das man plauderte. Wie entsetzlich war es daher, auf diese Weise in der Gefangenschaft eines geschwätzigen Amateurs zu schmoren, der noch dazu ungebildet war.

Wie die meisten Autodidakten hatte Kasinibon keinen guten Geschmack, wenn es um Dichtung ging. Er verschlang alles ohne Unterschied und sah sich von allem und jedem gleichermaßen in den Bann gezogen. Abgegriffene Bilder, bleischwere Reime, wirre Metaphern, lächerliche Gleichnisse – mühelos übersah er solche Mängel, vielleicht bemerkte er sie nicht einmal. Ihm kam es nur auf die Kraft der Gefühle in einem Gedicht an, und wenn er die finden konnte, dann verzieh er dem Verfasser alles andere.

So verbrachte Furvain während der ersten Wochen seines Aufenthalts in der Festung des Banditen die meisten Abende damit, Kasinibon zuzuhören, während dieser seine Lieblingsgedichte vorlas. Seine große Bibliothek, hunderte und aberhunderte abgegriffener Bücher, einige zerfielen sogar schon fast nach Jahren des häufigen Gebrauchs, enthielt offenbar das Werk jedes Dichters, von dem Furvain je gehört hatte, und dazu eine ganze Reihe weiterer, die er nicht kannte. Es war eine derartig umfassende Sammlung, dass bereits die breite Streuung den schlechten Geschmack des Besitzers hinreichend unterstrich. Kasinibons leidenschaftliche Liebe für die Poesie hatte in Furvains Augen etwas von Vielweiberei an sich. »Lasst mich dies hier vorlesen!«, rief Kasinibon etwa mit vor Begeisterung glühenden Augen, und dann rezitierte er im Singsang ein unbezweifelbar großes Werk von Gancislad oder Emmengild. Dann aber, als die letzten prächtigen Zeilen noch in Furvains Kopf nachhallten, sagte er: »Wisst Ihr, woran mich dieses Gedicht erinnert?« Und er langte nach seinem Lieblingsband von Vortrailin und trug mit ähnlicher Begeisterung das geschmackloseste und rührseligste Stück Kitsch vor, das Furvain je gehört hatte. Kasinibon schien unfähig, den Unterschied zu erkennen.

Oft bat er auch Furvain, ein Gedicht auszuwählen, das dieser vortragen sollte, denn er wollte hören, wie ein Kenner des Metiers mit dem Auf und Ab der Verse umzugehen verstand. Furvains Geschmack in Sachen Dichtkunst bevorzugte von je die Art von leichten Versen, die er selbst so hervorragend zu schmieden verstand. Doch wie jeder gebildete Mensch wusste er auch ernstere Werke zu schätzen, und so ließ er sich bei diesen Gelegenheiten nicht die boshafte Freude nehmen, für Kasinibon die verworrensten, absurdesten modernen Dichtungen auszuwählen, die er auf dessen Regalen nur finden konnte – Gedichte, die er selbst kaum verstehen konnte und die folglich auch Kasinibon unlösbare Rätsel aufgeben mussten. Kasinibon schätzte auch diese Werke. »Wundervoll«, murmelte er etwa hingerissen. »Die reine Musik, nicht wahr?«

Ich werde gleich verrückt, dachte Furvain.

Irgendwann im Lauf dieser abendlichen Sitzungen kam unweigerlich der Augenblick, da Kasinibon Furvain drängte, einige seiner eigenen Werke vorzutragen. Furvain konnte nicht mehr, wie am ersten Tag, behaupten, er sei zu müde, um den Bitten Folge zu leisten. Auch konnte er kaum vorbringen, er habe jedes Gedicht vergessen, dass er je geschrieben habe. So fügte er sich schließlich und gab einige Gedichte zum Besten. Kasinibons Applaus war außerordentlich herzlich und offenbar nicht gekünstelt. Ausführlich lobte er nicht nur Furvains elegante Formulierungen, sondern auch dessen Einsichten in die menschliche Natur. Dies war besonders peinlich, denn Furvain war selbst beschämt über die Erbärmlichkeit seiner Themen, die so stilsicher eingekleidet vorgetragen wurden. Furvain brauchte jedes Quäntchen seiner aristokratischen Erziehung, um nicht die Beherrschung zu verlieren und zu brüllen: »Aber seht Ihr nicht, Kasinibon, was für ein hohles Wortgeklingel dies alles ist?«

Das wäre allerdings grausam und auch unhöflich gewesen. Die

beiden Männer gingen nun auf eine beinahe freundschaftliche Weise miteinander um, die von Kasinibons Seite nicht einmal vorgespiegelt war. Einen Freund nennt man nun einmal nicht einfach so einen Narren, dachte Furvain, wenn man erwartet, dass er ein Freund bleiben soll.

Das Schlimmste von allem war Kasinibons unverstellte Sehnsucht, Furvain möge etwas Neues, Bedeutendes schreiben, während er als Gast unter seinem Dach weilte. Er wünschte sich inbrünstig, Furvain werde dort ein Meisterwerk erschaffen, das seinen und Kasinibons Namen in den Archiven der Poesie für alle Ewigkeit miteinander verband. Hinter dieser Sehnsucht, dies spürte Furvain, lag eine wilde Gier. Er nahm an, dass die Atmosphäre nicht unbeschränkt lange so freundschaftlich bleiben würde. Das Drängen würde stärkerem Druck weichen, und Kasinibon würde Furvain ausquetschen, bis dieser endlich das Hauptwerk zuwege brachte, das Kasinibon so dringend entstehen sehen wollte. Furvain antwortete auf alle Fragen nach neuen Schriften ausweichend und erklärte wahrheitsgemäß, dass die Inspirationen ausblieben. Doch Kasinibons Forderungen wurden immer begieriger.

Die Frage des Lösegeldes, die Furvain immer weiter herausgeschoben hatte, musste unbedingt geklärt werden. Furvain sah ein, dass er nicht mehr lange hier bleiben konnte, ohne zu platzen. Doch die einzige Möglichkeit, hier herauszukommen, bestand darin, das Geld eines anderen in Anspruch zu nehmen. Gab es überhaupt jemanden auf der Welt, der bereit war, Geld auszugeben, um ihn zu retten? Er glaubte die Antwort darauf zu kennen, doch er schreckte davor zurück, sich seine Ängste wirklich einzugestehen. Andererseits musste er, wenn er nicht wenigstens fragte, damit rechnen, den Rest seines Lebens Master Kasinibons andachtsvollen, ehrfürchtigen Lesungen der schlimmsten Gedichte lauschen zu müssen, die Menschen je ersonnen hatten, und Kasinibons Drängen abwehren, Furvain möge ihm ein großes, herrliches Gedicht schreiben, das zu schaffen nun einmal nicht in Furvains Fähigkeiten lag.

»Wie viel, meint Ihr, sollte ich als Lösegeld für meine Freiheit verlangen?«, fragte Furvain eines Tages, als sie nebeneinander am Ufer des roten Sees ritten.

Kasinibon sagte es ihm. Es war eine atemberaubend hohe Summe, mehr als doppelt so hoch wie Furvains eigene höchste Schätzung. Doch er hatte gefragt, Kasinibon hatte geantwortet, und er befand sich nicht in der Lage, mit dem Banditen über die Summe feilschen zu können.

Ja, er sollte es wohl zuerst bei Herzog Tanigel versuchen. Furvain wusste, dass es seinen Brüdern egal wäre, ob er noch ewig hier bliebe oder nicht. Sein Vater nahm vielleicht eine mildere Position ein, doch er war weit entfernt im Labyrinth, und ein Gesuch an den Pontifex barg gewisse Gefahren. Denn sollte dabei herauskommen, dass eine Armee des Herrschers nach Barbirike geschickt wurde, um den gefangenen Prinzen zu befreien, dann konnte Kasinibon sich zu unangenehmen und womöglich sogar tödlichen Maßnahmen veranlasst sehen. Furvain ginge das gleiche Wagnis ein, wenn er sich an den neuen Coronal Lord Hunzimar wandte. Genau genommen war es die Aufgabe des Coronals, sich um Banditen im Hinterland zu kümmern. Doch genau davor hatte Furvain auch Angst. Wenn Hunzimar Truppen schickte, um Kasinibon eine Lehre zu erteilen, dann konnte dies ebenfalls hässliche Folgen für Kasinibons Gefangenen haben. Noch wahrscheinlicher war, dass Hunzimar keine besondere Zuneigung zu den Söhnen seines Vorgängers zeigte und überhaupt nichts tat. Nein, Tanigel war Furvains einzige Hoffnung, so schwach sie auch war.

Furvain hatte keine Ahnung, wie groß Herzog Tanigels Vermögen tatsächlich war. Er nahm jedoch an, dass die gewaltige Summe, die als Lösegeld gefordert wurde, nicht höher sein könne als die Kosten für die Feierlichkeiten und Lustbarkeiten einer einzigen Woche am Hof von Dundilmir. Vielleicht ließ Tanigel sich ja herab, ihm zu helfen, weil er angenehme Erinnerungen an glückliche, gemeinsam verbrachte Zeiten hatte. Furvain verbrachte einen halben Tag damit, eine Nachricht an den Herzog zu schreiben und zu überarbeiten. Er gab sich große Mühe, in amüsiertem und sogar schalkhaftem Ton über seine missliche Lage zu berichten, während er zugleich durchblicken ließ, dass es Ernst war und dass Tanigel tatsächlich die geforderte Summe aufbringen musste, wenn er seinen Freund Furvain jemals lebend wiedersehen wollte.

Er übergab Kasinibon den Brief, und dieser schickte einen seiner Männer nach Dundilmir, um ihn abzuliefern.

»Und jetzt«, verkündete Kasinibon, »wollen wir unsere Aufmerksamkeit für den Rest des Abends den Balladen von Garthain Hagavon zuwenden …«

Zu Beginn der vierten Woche seiner Gefangenschaft unternahm Furvain im Traum abermals eine Reise zum Großen Meer, und wieder nahm er Anweisungen vom Göttlichen entgegen, das ihm dieses Mal als großer, breitschultriger Mann mit blondem Haar und fröhlichem Gebaren erschien. Der Mann trug den silbernen Reif des Coronals auf der Stirn. Als Furvain aufwachte, war alles noch in seinem Kopf – jede Silbe, jeder Vers und alle Strophen, die insgesamt wohl ein Drittel eines Gesangs ausmachten, wenn er die Ausmaße des Werks richtig einschätzte. Doch es begann fast sofort wieder zu verblassen. Aus Furcht, es ganz und gar zu vergessen, machte er sich sofort an die Arbeit und schrieb so viel wie möglich nieder, und als er die Zeilen zu Papier brachte, war zu erkennen, dass sie dem außerordentlich verschlungenen Muster von Reim und Rhythmus folgten, das ihm schon vor Wochen vom Göttlichen an die Hand gegeben worden war. Es war in der Tat ein Fragment eben dieser Dichtung.

Ein Fragment, mehr war es nicht. Was Furvain festhalten konnte, begann mitten in einer Strophe und endete einige Seiten später mitten in der nächsten. Es ging um den Krieg, um den Feldzug des großen Lord Stiamot vor Jahrtausenden gegen die rebellischen Ureinwohner Majipoors, die Gestaltwandler oder Metamorphen genannt wurden. Das Stück, das nun vor ihm lag, behandelte Stiamots berühmten Marsch durch die Ausläufer des Bergs Zygnor im nördlichen Alhanroel. Es sollte der Höhepunkt eines langen, opferreichen Kampfes werden. Nach der Hitze eines langen, trockenen Sommers hatte der Feldherr den ganzen Bezirk in Brand gesetzt, um die letzten Banden von Metamorphen-Freischärlern aus ihren Verstecken zu treiben, und die Verse brachen an der Stelle ab, an der Lord Stiamot dem Abkömmling einer Adelsfamilie des Nordens gegenüber stand, der sich weigerte, auf Stiamots Warnung zu hören, das ganze Gebiet werde mit der Fackel angesteckt und jeder Siedler solle sofort das Weite suchen.

Als Furvain mit seiner Niederschrift nicht mehr weiterkam, las er alles noch einmal und war erstaunt und sogar amüsiert. Stil und Versbau, vom bizarren Schema von Reim und Metrik einmal abgesehen, waren zweifellos die seinen. Er erkannte bestimmte Redewendungen und Vergleiche, wie sie ihm häufig einfielen, auch bestimmte Sprachrhythmen, die zweifellos das Werk des Aithin Furvain waren. Doch wie, wenn nicht durch direktes Eingreifen des Göttlichen, war etwas so Vielschichtiges und Tiefes seinem oberflächlichen Geist entsprungen? Es war ein majestätisches Gedicht. Es gab kein anderes Wort dafür. Er las es noch einmal laut vor, genoss die Klänge und die Assonanzen, die Kraft und Stärke der Zeilen und die Form der Strophen, die sich zwingend daraus ergab. Er hatte noch nie etwas geschrieben, was diesem Werk auch nur entfernt ähnelte. Das handwerkliche Geschick dafür hätte er höchstwahrscheinlich besessen, doch er konnte sich nicht vorstellen, von sich aus auf die Idee gekommen zu sein, eine derart wundervolle Großform auch einzusetzen.

Außerdem wurden Einzelheiten aus Stiamots Feldzug erwähnt, die Furvain allem Anschein nach gar nicht wissen konnte. Er hatte zwar von seinen Lehrern wie jeder andere auch etwas über Lord Stiamot erfahren, der als eine der bedeutendsten Gestalten in der Geschichte Majipoors galt. Doch seit diesem Unterricht waren Jahrzehnte vergangen. Hatte er damals wirklich die Namen all dieser Orte gehört? Milimorn, Hamifieu, Bizfern, Kattikawn? Waren es überhaupt wirkliche Orte oder nur Erfindungen von ihm?

Seine eigenen Erfindungen? Nun ja, es war nicht schwer, irgendwelche Namen zu erfinden. Doch in seinem Epos waren zu viele Einzelheiten über Militärmanöver, Nachschublinien, Befehlsketten und Marschordnungen und ähnliche Dinge enthalten, die sehr nach der Arbeit eines anderen Verfassers klangen, der über solche Dinge erheblich besser Bescheid wusste als Furvain. Wie konnte er da behaupten, dieses Gedicht sei von ihm? Doch wenn es nicht von ihm stammte, woher war es dann gekommen? War er wirklich der Bote, durch den das Göttliche dieses Fragment in die Welt gebracht hatte? Furvain sah seinen spärlichen Vorrat an religiösen Glaubenssätzen ob dieses Gedankens auf eine ernste Probe gestellt. Und doch, und doch …

Kasinibon merkte sofort, dass etwas Außergewöhnliches geschehen war. »Ihr habt zu schreiben begonnen, nicht wahr?«

»Ja, ich habe mit einem Gedicht begonnen«, erwiderte Furvain voll Unbehagen.

»Wunderbar! Wann kann ich es sehen?«

Kasinibons Augen blitzten so leidenschaftlich, dass Furvain unwillkürlich einige Schritte zurückwich. »Noch nicht, fürchte ich. Es ist noch viel zu früh, um es jemandem zu zeigen. Zurzeit kann es sehr leicht geschehen, dass ich die Richtung verliere. Ein beiläufiges Wort von jemand anders könnte ausreichen, um mich von meinem Weg abzubringen.«

»Ich schwöre, dass ich es überhaupt nicht kommentieren werde. Ich möchte einfach nur …«

»Nein, bitte.« Furvain war überrascht, wie stahlhart seine eigene Stimme klang. »Ich bin noch nicht sicher, wohin es überhaupt führen wird. Ich muss noch weiter suchen, einschätzen, nachdenken. Und das muss ich für mich allein tun. Ich sage Euch, Kasinibon, ich fürchte wirklich, dass ich alles verliere, wenn ich es Euch jetzt offenbare. Bitte, lasst mich.«

Kasinibon schien es zu verstehen. Er wurde gleich wieder entgegenkommender und meinte beinahe salbungsvoll: »Ja. Aber natürlich. Es wäre doch tragisch, wenn eine ungeschickte Störung von mir Euren Schaffensfluss unterbräche. Ich ziehe meine Bitte zurück. Aber ich hoffe doch sehr, Ihr werdet mir einen Einblick gewähren, sobald Eurer Ansicht nach der Augenblick gekommen ist, in dem Ihr …«

»Aber ja. Sobald der richtige Augenblick gekommen ist«, versprach Furvain.

Er zog sich in seine Gemächer zurück und machte sich, nicht ohne eine gewisse Beklommenheit, wieder ans Werk. Dies war neu für ihn – dass er sich regelrecht hinsetzen musste, um zu arbeiten. Früher hatten die Gedichte immer ihn gefunden – sie waren ohne Umweg aus seinem Bewusstsein in die Fingerspitzen geflossen. Er hatte nie nach ihnen suchen müssen. Jetzt aber setzte Furvain sich verschüchtert an seinen kleinen kahlen Tisch, legte zwei oder drei Stifte bereit, klopfte auf die Kanten des Papierstapels, bis er makellos ausgerichtet war, schloss die Augen und wartete auf eine Inspiration.

Er fand bald heraus, dass die Inspirationen nicht so einfach gerufen werden konnten. Wenigstens nicht, wenn er sich eine Aufgabe wie diese vorgenommen hatte. Seine früheren Methoden versagten. Um aufzufinden, was er jetzt brauchte, musste er regelrecht schürfen. Er musste den Stoff genau im Blick behalten und aufmerksam verarbeiten. Er musste ihn in die Form seines Werks zwingen. Er schrieb, wie es schien, ein Gedicht über Lord Stiamot. Nun gut. Dann musste er sich mit jeder Faser seines Seins diesem uralten Herrscher verschreiben. Er musste über die Zeitalter hinwegblicken und eine Verbindung zu Stiamot herstellen, er musste seine Seele berühren und seinem Weg folgen.

Das war leichter gesagt als getan. Die Unzulänglichkeit seines historischen Wissens machte ihm zu schaffen. Er wusste über Stiamots Leben und Aufstieg nicht mehr als ein Schuljunge, und dieses Wissen, sofern man es überhaupt so nennen konnte, war nach so vielen Jahren verschwommen und vergessen. Wie konnte er sich da anmaßen, die Geschichte dieser großen Auseinandersetzung zu schreiben, in der die Bedrohung durch die Ureinwohner ein für alle Mal behoben und die menschliche Besiedlung Majipoors in größerem Rahmen ermöglicht wurde?

Entsetzt über seine Bildungslücken plünderte er Kasinibons Bibliothek und hoffte, einige historische Werke zu finden. Doch wie es schien, war die Geschichtsschreibung für seinen Entführer kein besonders wichtiges Thema. Furvain fand keine bedeutenden Arbeiten, nur eine kurze Geschichte der Welt, die nicht mehr als ein Kinderbuch zu sein schien. Einer Inschrift auf dem Einband entnahm er, dass es sich tatsächlich um ein Überbleibsel aus Kasinibons Kindheit in Kekkinork handelte. Es enthielt nur wenig Nützliches und bot kaum mehr als eine kurze, stark vereinfachte Zusammenfassung – Lord Stiamots Versuche, mit den Metamorphen einen Frieden auszuhandeln, das Scheitern dieser Versuche und die Entscheidung des Coronals, den Zerstörungen, die von den Metamorphen in den Städten der menschlichen Siedler angerichtet wurden, ein Ende zu setzen und die Gegner im offenen Kampf zu besiegen, um sie aus den von Menschen besiedelten Gebieten zu vertreiben und für alle Zeit im Regenwald des südlichen Zimroel festzusetzen. Dies hatte die Welt in einen generationenlangen Kampf verwickelt, der schließlich im Sieg der Menschen endete und das explosive Bevölkerungswachstum auf Majipoor sowie den Wohlstand dieses ganzen riesigen Reichs erst möglich machte. Stiamot war eine Schlüsselfigur in Majipoors Geschichte. Doch Kasinibons kleines Geschichtsbuch gab diese Geschichte nur in groben Umrissen wieder und erwähnte die Politik Stiamots und die Schlachten, aber kein Wort über ihn als Mann, kein Wort über seine Gedanken und Gefühle, sein Aussehen. Nichts dergleichen.

Dann wurde Furvain bewusst, dass er diese Dinge eigentlich auch nicht wissen musste. Er schrieb ein Gedicht und kein Geschichtswerk oder eine Lebensbeschreibung. Er hatte jede Freiheit, sich alle Einzelheiten auszumalen, wie er wollte, solange er sich nur weitgehend an den überlieferten Ablauf hielt. Ob Lord Stiamot tatsächlich klein oder groß, dick, dünn, fröhlich oder ein sauertöpfischer Grübler war, spielte für einen Dichter, der nur Stiamots Legende erschaffen wollte, keine Rolle. Lord Stiamot war inzwischen eine Sagengestalt geworden, und Sagen, das wusste Furvain, hatten mehr Kraft als bloße Geschichtsschreibung. Die Geschichte konnte so willkürlich sein wie die Dichtkunst, sagte er sich. Ist denn Geschichtsschreibung nicht lediglich eine Frage der Auswahl? Man wählt bestimmte Fakten aus einer Vielzahl von Ereignissen aus, um einen aussagekräftigen Zusammenhang zu finden, der aber nicht unbedingt der Wirklichkeit entspricht. Die Kunst, gewisse Fakten auszuwählen, beinhaltete natürlich zwangsläufig auch, andere Fakten zu verwerfen, etwa solche, die den von einem Historiker als wichtig eingestuften Zusammenhang nicht bestätigten. So wurde die Wahrheit eine verschiebbare Größe – drei verschiedene Historiker, die mit den gleichen Überlieferungen arbeiteten, kamen womöglich zu drei ganz unterschiedlichen »Wahrheiten«.

Die Mythen aber beziehen sich auf die grundlegende Wirklichkeit des Geistes, auf die unendliche Quelle, die man als gemeinsames Bewusstsein eines ganzen Volks verstehen kann, und stoßen zu einer Ebene vor, auf der die Wahrheit keine bloße Möglichkeit ist, sondern eine unerschütterliche Grundlage von allem anderen. In diesem Sinne konnten die Mythen sogar mehr Wahrheit enthalten als die Geschichtsschreibung.

Wenn ein Dichter nun Episoden erfand, die sich an das Wesen der Stiamot-Überlieferung hielten, dann vermochte er die Wahrheit der Geschichte auf eine Weise offen zu legen, die kein Historiker je erreichen konnte. So beschloss Furvain, dass sein Gedicht den Mythos Stiamots und nicht die historische Person behandeln werde. Er hatte die Freiheit zu erfinden, was er wollte, solange er nur der inneren Wahrheit der Geschichte treu blieb.

Danach wurde alles viel leichter, obwohl er keinesfalls hätte sagen können, dass es eine einfache Aufgabe war. Er entwickelte eine Meditationsform, die es ihm erlaubte, am Rande des Schlafs auszuharren und in eine Art Trancezustand zu wechseln. Dann – es ging mit jedem Tag schneller – kam Furvains Führer, der Mann mit dem blonden Haar und dem Diadem des Coronals, und führte ihn durch die Szenen und Ereignisse, die es an diesem Tag aufzuschreiben galt.

Der Name seines Führers, so erfuhr Furvain, lautete Valentine. Er war ein charmanter Mann, geduldig und liebenswürdig und von freundlichem Gemüt, immer ein entspanntes Lächeln auf den Lippen. Der beste Führer, den man sich nur wünschen konnte. Furvain konnte sich nicht an einen Coronal namens Valentine erinnern, und auch Kasinibons altes Geschichtsbuch erwähnte diesen Namen nicht. Offenbar hatte es eine Person dieses Namens nie gegeben. Doch das spielte keine Rolle. Für Furvains Zwecke war es völlig gleichgültig, ob Lord Valentine eine historische Gestalt oder nur eine Phantasieschöpfung war. Er brauchte jemanden, der ihn an der Hand nahm und durchs Schattenreich der Frühgeschichte führte, und genau das tat dieser Führer mit dem blonden Haar. Es war beinahe, als sei dieser Mann die Manifestation der göttlichen Schau, zu deren Künder Furvain werden sollte, in einer leicht wahrnehmbaren Form. Durch die Stimme dieses phantasierten Lord Valentine, so sagte Furvain sich, schreibt der gestaltende Geist des Kosmos das Gedicht in meine Seele.

Unter Valentines Anleitung erfuhr Furvains träumendes Bewusstsein von den Tagen des Lord Stiamot. Es begann mit der Erkenntnis, dass der lange, kräftezehrende Kampf gegen die Metamorphen ein Ende finden musste. Dann folgte eine Reihe von immer blutigeren Schlachten, die im Niederbrennen der nördlichen Landesteile ihren traurigen Höhepunkt fanden. Die letzten Rebellen der Ureinwohner gaben auf, und in Zimroel wurde die Provinz Piurifayne für alle Zeiten als Reservat der Gestaltwandler auf Majipoor eingerichtet. Wenn Furvain Tag für Tag aus seiner Trance erwachte, waren die Einzelheiten dessen, was er erfahren hatte, noch vorhanden, ebenso wie die Balance, die Gestalt und der tragische Rhythmus, den eine große Dichtung braucht. Er sah nicht nur die Ereignisse, sondern auch die erbittert gehegten unvermeidlichen Gegensätze, aus denen sie entstanden waren, bis selbst ein milder Mann wie Stiamot sich zur grausamen Notwendigkeit eines Krieges gezwungen sah. Der Grundriss der Geschichte war vorhanden, Furvain musste sie nur noch niederschreiben, und auf dieser Ebene konnte er nun seine dichterischen Fertigkeiten so zur Geltung bringen, wie er es auch früher stets getan hatte. Die fein gegliederte Ordnung von Strophen und Rhythmen, die er aus den ersten geträumten Begegnungen mit dem Göttlichen mitgebracht hatte, wurde ihm schon bald zur zweiten Natur, und das Gedicht wuchs rasch und wurde jeden Tag weiter ergänzt.

Manchmal ging es sogar ein wenig zu leicht. Seit Furvain den eigenartigen Aufbau des Epos beherrschte, war er in der Lage, Seite um Seite mühelos und fließend niederzuschreiben, und neigte gelegentlich sogar zu unvermuteten Abschweifungen, die den Gang der eigentlichen Erzählung überlagerten und verzerrten. Wenn dies geschah, hielt er inne, riss die störenden Abschnitte heraus und machte an der Stelle weiter, an der er den Hauptweg verlassen hatte. Er hatte bisher seine Gedichte noch nie überarbeiten müssen. Zuerst erschien es ihm wie eine Verschwendung, denn die verworfenen Zeilen waren in jeder Hinsicht so flüssig und eindrucksvoll wie diejenigen, die er behielt. Doch dann sah er ein, dass Sprachgewalt und Klang nicht mehr als bloßes Zubehör der Sache waren, auf die es eigentlich ankam, ging es doch darum, eine ganz bestimmte Geschichte auf eine Weise zu erzählen, die möglichst deutlich ihre wahre Bedeutung zum Vorschein brachte.

Als er dann die Geschichte des Lord Stiamot zu ihrem Abschluss gebracht hatte, stellte Furvain zu seiner Überraschung fest, dass das Göttliche noch lange nicht mit ihm fertig war. Ohne Pause und sogar ohne sich zu fragen, was er überhaupt tat, zog er einen Strich unter die letzte Zeile der Stiamot-Dichtung und begann sofort mit einem neuen Werk. Es setzte in der Mitte einer Strophe beim dreifachen Reim an, behandelte aber ein früheres, ganz anderes Ereignis. Hier ging es um den Plan Lord Melikands, Angehörige nichtmenschlicher Völker nach Majipoor zu bringen und die noch weitgehend unbevölkerte Welt mit Leben zu füllen.

Er setzte die Arbeit daran einige Tage fort. Doch noch bevor der Melikand-Gesang zu Ende geschrieben war, entdeckte Furvain, dass er bereits an einer Passage schrieb, die wiederum eine ganz andere Geschichte erzählte – es ging um die große Versammlung an den Stangard-Fällen am Glayge, wo Dvorn zum ersten Pontifex von Majipoor gesalbt wurde. In diesem Augenblick erkannte Furvain, dass er nicht einfach nur einen Bericht über die Taten des Lord Stiamot schrieb, sondern eine epische Dichtung, die nicht mehr und nicht weniger als die gesamte Geschichte Majipoors umfassen sollte.

Es war ein beängstigender Gedanke. Er konnte nicht glauben, dass er der richtige Mann für eine solche Aufgabe war. Sie war viel zu gewaltig für einen Menschen mit seinen bescheidenen Anlagen. Er glaubte die Gestalt zu erkennen, die eine solche Dichtung haben musste, wenn sie von den vielen Jahrtausenden von der Ankunft der ersten Siedler bis zur Gegenwart handeln sollte, und sie war überaus machtvoll. Nicht ein einziger riesiger Bogen, der alles überspannte, sondern eine Reihe atemberaubender Kurven und Schwindel erregender Wendungen, eine Geschichte voller Wandlungen und Veränderungen, in der immer wieder Gegensätze miteinander versöhnt wurden. Wie die ersten idealistischen Kolonisten in Gewalt und Anarchie untergingen, wie sie von Dvorn, dem Gesetzgeber, der später der erste Pontifex werden sollte, gerettet wurden, wie sie sich, als seien sie von einer Zentrifuge in die Weite geschleudert worden, unter der Führung Lord Melikands über die ganze riesige Welt ausbreiteten. Die großen Städte auf dem Burgberg wurden gebaut, die Besiedlung erstreckte sich bis zu den Kontinenten Zimroel und Suvrael, und schließlich kam es zur unausweichlichen, tragischen Auseinandersetzung mit den Ureinwohnern, den Gestaltwandlern. In dem entsetzlichen Krieg, den Lord Stiamot führte, wurden sie schließlich niedergekämpft. Der Mann des Friedens wurde zu einem Mann des Krieges, besiegte die Ureinwohner und sperrte sie ein. Und von da an wurde die Geschichte weiter gesponnen bis zur Gegenwart, da Milliarden von Menschen friedlich auf der schönsten aller Welten lebten.

Es gab keine schönere Geschichte im ganzen Universum. Doch war er, Aithin Furvain, ein Mann mit kleiner Seele, ein in so vielerlei Hinsicht unzulänglicher Mann, wirklich fähig, sie aufzuschreiben? Er machte sich keine Illusionen über sich selbst. Er sah sich als schlagfertig, faul, liederlich, als Schwächling und als jemand, der jeder Verantwortung aus dem Weg ging und der sein ganzes Leben lang immer den Weg des geringsten Widerstandes gegangen war. Wie konnte ausgerechnet er unter all den anderen Menschen, da er doch keine anderen Vorzüge besaß als eine gewisse Wendigkeit und einige unterhaltsame Fertigkeiten, wie konnte er hoffen, ein so gigantisches Thema in den Grenzen eines einzigen Gedichts zu erfassen? Es war zu viel für ihn. Er konnte es einfach nicht tun. Er bezweifelte, dass es überhaupt jemand vermochte. Aber er war ganz gewiss nicht der Richtige, um es zu versuchen.

Und doch schrieb er es irgendwie nieder. Oder schrieb es sich durch ihn? Egal. Das Werk nahm Zeile um Zeile und Tag um Tag Gestalt an. Man mochte es göttliche Inspiration nennen oder auch einen überbordenden Strom von etwas, das ohne sein Wissen schon seit vielen Jahren in ihm aufgestaut gewesen war. Man konnte es nennen wie man wollte, es war nicht zu leugnen, dass er bereits einen ganzen Gesang und Fragmente von zwei weiteren geschrieben hatte und täglich neue Verse zu Papier brachte.

Diese Dichtung besaß Größe, das war ihm bewusst. Er las sie immer wieder durch und schüttelte den Kopf vor Staunen über die Kraft seines eigenen Werks, über die machtvolle Musik der Poesie und den mitreißenden Fluss der Erzählung. So prachtvoll war es, dass es ihn demütig machte und verwirrte. Er hatte keine Ahnung, wie es möglich war, das zu leisten, was er getan hatte, und er schauderte beim Gedanken daran, dass dieser wundersame Quell der Inspiration eines Tages ebenso schnell versiegen konnte, wie er sich aufgetan hatte, noch bevor die große Aufgabe vollendet war.

Das Manuskript, so unvollständig es auch war, wurde ihm ungeheuer wichtig. Er sah es inzwischen als Symbol seiner Unsterblichkeit. Es störte ihn, dass nur das Original existierte, das noch dazu in einem Raum aufbewahrt wurde, der nur von außen verschließbar war. Er hatte Angst, dem Manuskript könne etwas geschehen, es könne etwa verdorben werden, wenn er versehentlich das Tintenfass umkippte, oder es gestohlen, weil ein rücksichtsloser, bösartiger Bewohner der Festung eifersüchtig auf die Aufmerksamkeit war, die Master Kasinibon von Furvain bekam, oder irgendein unbedarfter Diener könne gar das Werk als Abfall aus dem Zimmer entfernen und vernichten. Deshalb kopierte er es mehrere Male und versteckte die Kopien sorgfältig an verschiedenen Stellen seiner kleinen Suite. Die erste Handschrift versenkte er jeden Abend in der untersten Schublade des Schranks, in dem er seine Kleidung aufbewahrte. Einige Tage später, er wusste selbst nicht den Grund, machte er es sich sogar zur Gewohnheit, die Stifte in einem sternförmigen Muster auf den beschriebenen Blättern anzuordnen, damit er es bemerkte, wenn jemand in dieser Schublade herumschnüffelte.

Noch einmal drei Tage später sah er, dass die Stifte tatsächlich anders lagen. Furvain hatte sie präzise und pedantisch ausgerichtet, und der mittlere Stift bildete immer genau den gleichen Winkel zu den beiden anderen. Dieses Mal aber war der Winkel ein wenig verändert, als habe jemand verstanden, dass die Anordnung zum Entdecken von Eindringlingen gedacht war, habe es jedoch versäumt, die gleiche Genauigkeit wie Furvain walten zu lassen. An diesem Abend wählte er eine neue Figur für die Stifte, und am folgenden Nachmittag sah er, dass sie abermals beinahe, aber doch nicht ganz so, wie er sie angeordnet hatte, wieder hingelegt worden waren.

Dahinter konnte nur Kasinibon selbst stecken, dachte Furvain. Kein Angehöriger von Kasinibons Bande von Gesetzlosen und gewiss kein Diener hätte sich mit den Stiften so viel Mühe gemacht. Er schnüffelt hier herum, während ich nicht im Zimmer bin, dachte Furvain. Er liest heimlich mein Gedicht.

Furvain wandte sich wutentbrannt an Kasinibon und machte ihm Vorhaltungen, weil dieser in seine Privatgemächer eingedrungen war.

Kasinibon machte zu Furvains Überraschung nicht einmal den Versuch, die Anschuldigung zurückzuweisen. »Oh, dann habt Ihr es bemerkt? Aber natürlich. Ich konnte einfach nicht widerstehen.« Seine Augen glänzten vor Aufregung. »Es ist wundervoll, Furvain. Wundervoll. Ich war so bewegt, dass ich kaum erwarten konnte, es Euch zu sagen. Die Episode mit Lord Stiamot und der Metamorphen-Priesterin – als sie vor ihm steht und um ihr Volk weint, bis auch Stiamot weinen muss …«

»Ihr hattet nicht das Recht, in meinem Schrank zu wühlen«, sagte Furvain eisig.

»Warum denn nicht? Ich bin hier der Herr. Ich tue hier, was mir gefällt. Ihr habt nur gesagt, dass Ihr nicht über ein unvollendetes Werk sprechen wollt. Daran habe ich mich gehalten, oder nicht? Habe ich auch nur ein Wort gesagt? Kein einziges! Seit Tagen schon lese ich, was Ihr schreibt, sogar schon fast von Anfang an. Ich verfolge täglich Eure Fortschritte und nehme Anteil an der Erschaffung einer großen Dichtung, und mir sind die Tränen in die Augen geschossen ob ihrer Schönheit, und doch habe ich Euch nie darauf angesprochen … nicht ein einziges Mal …«

Furvains Wut wurde nur noch größer. »Dann schnüffelt Ihr schon länger in meinem Zimmer herum?«, stammelte er verblüfft.

»Jeden Tag. Und schon lange, bevor Ihr dieses Spiel mit den Stiften begonnen habt. Es ist doch so, Furvain – eine klassische Dichtung, eines der größten Meisterwerke der Literatur, wird gerade unter meinem eigenen Dach von einem Mann geschaffen, den ich speise und beherberge. Und nun soll mir die Freude versagt bleiben, dieses Werk wachsen und gedeihen zu sehen?«

»Ich verbrenne es lieber«, erklärte Furvain, »als zu dulden, dass Ihr mir noch einmal nachspioniert.«

»Nun seid doch kein Narr. Schreibt einfach weiter. Ich werde es nicht mehr in die Hand nehmen. Aber Ihr dürft nicht aufhören, falls Ihr daran denken solltet. Das wäre ein Verbrechen gegen die Kunst. Beendet die Melikand-Szene. Schreibt die Geschichte über Dvorn. Und fahrt fort, bis Ihr alles aufgeschrieben habt.« Er lachte verschlagen. »Ihr könnt ja ohnehin nicht aufhören. Das Gedicht hat Euch in seinen Bann geschlagen. Es hat von Euch Besitz ergriffen.«

Furvain starrte ihn böse an. »Wie wollt Ihr das wissen?«

»Ich bin nicht so dumm, wie Ihr glaubt«, erwiderte Kasinibon. Dann lenkte er ein und bat um Verzeihung und versprach noch einmal, seine übermäßige Neugierde auf das Manuskript fortan zu beherrschen. Er schien ehrlich zu bereuen, und er schien sogar zu fürchten, dass er durch sein Eindringen in Furvains Privaträume die Vollendung des Gedichts gefährdet hatte. Er könnte es sich nie verzeihen, sagte er, wenn Furvain dies zum Anlass nähme, das Werk aufzugeben. Doch er würde es andererseits auch Furvain immer vorwerfen. Und dann, wieder energischer: »Ihr werdet damit fortfahren. Ihr werdet es tun. Ihr könnt einfach nicht aufhören!«

Furvain konnte angesichts einer so klugen Einschätzung seines Charakters nicht mehr wütend sein. Es war klar, dass Kasinibon Furvains innere Faulheit genau erkannte, dieses tiefe Bedürfnis, sich auf eine ehrgeizige und anstrengende Arbeit von dieser Größenordnung am liebsten gar nicht erst einzulassen. Doch Kasinibon sah auch das Gedicht, das Furvain in seinen Bann geschlagen hatte. Es hatte ihn mit unerbittlichem Griff gepackt, und selbst ein Müßiggänger wie er konnte diesem starken inneren Drang, der jeden Tag einen neuen Abschnitt der Dichtung ins Leben rief, nicht widerstehen. Dieser Drang kam aus ihm selbst, aus einem Gefilde, das nicht einmal Furvain selbst betreten konnte. Auch war Furvain mehr als bewusst, dass da noch Kasinibons heißes Begehren war, das Werk vollendet zu sehen. Furvain konnte sich dem Anpeitscher Kasinibon, der ein ohnehin schon starkes Verlangen weiter verstärkte, nicht widersetzen. Es kam also nicht in Frage, die Arbeit aufzugeben.

»Ja, ich fahre damit fort«, sagte er widerwillig. »Keine Sorge. Aber bleibt meinem Zimmer fern.«

»Einverstanden.«

Als Kasinibon sich zurückziehen wollte, rief Furvain ihn noch einmal zurück. »Noch etwas. Gibt es etwas Neues aus Dundilmir hinsichtlich meiner Lösegeldforderung?«

»Nein, bisher noch nichts«, erwiderte Kasinibon und verließ rasch den Raum.

Nichts Neues. Damit habe ich gerechnet, dachte Furvain. Tanigel hat die Nachricht weggeworfen. Oder sie lachen jetzt bei Hofe darüber – man stelle sich vor, der arme dumme Furvain, von Banditen gefangen!

Er war sicher, dass Kasinibon keine Antwort von Tanigel bekommen würde. Deshalb schien es geraten, neue Lösegeldforderungen zu formulieren – eine an seinen Vater im Labyrinth, eine an Lord Hunzimar auf der Burg, einige andere vielleicht an andere Leute, falls ihm noch jemand einfiel, der ihm möglicherweise helfen würde – und dann sollte Kasinibon die Boten aussenden.

Unterdessen setzte Furvain seine tägliche Arbeit fort. Der Trancezustand kam jetzt immer einfacher, der geheimnisvolle Lord Valentine erschien, wann immer er gerufen wurde, und führte ihn bereitwillig durch die Zeit in die Morgendämmerung der Welt zurück. Das Manuskript wuchs. Die Stifte wurden nicht wieder angerührt. Nach einer Weile machte Furvain sich nicht mehr die Mühe, sie überhaupt noch hinzulegen.

Jetzt sah der Dichter die Gestalt des Werks deutlich.

Es sollte neun große Abschnitte bekommen, die vor seinem inneren Auge auf einem Bogen angeordnet waren. Die Teile, die Stiamot betrafen, bildeten seinen Scheitel. Der erste Gesang behandelte die Ankunft der ersten menschlichen Siedler auf Majipoor, die voller Hoffnung das sorgenvolle Leben auf der Alten Erde hinter sich gelassen hatten und auf dieser wundervollsten aller Welten ein Paradies erschaffen wollten. Die ersten zögerlichen Erkundungen des Planeten und die Ehrfurcht angesichts seiner Größe und Schönheit wurden behandelt, dann die Gründung der ersten winzigen Vorposten. Im zweiten Gesang wollte Furvain dann das Wachstum der Vorposten zu Dörfern und Städten schildern, den Zank zwischen den Städten, der in den folgenden hundert Jahren herrschte, die sich ausweitenden Kämpfe, die schließlich den Zusammenbruch jeglicher Ordnung nach sich zogen, und das Aufkommen von Aufruhr und Gesetzlosigkeit.

Der dritte Gesang sollte Dvorn gewidmet sein: Wie er sich aus dem Chaos erhob, ein Provinzfürst aus der im Westen gelegenen Stadt Kesmakuran, wie er quer durch Alhanroel marschierte und in jeder Stadt Leute um sich scharte, die ihm halfen, eine verlässliche Herrschaft aufzubauen, unter der die ganze Welt geeint werden konnte. Wie er diese Regierungsform kraft seiner Persönlichkeit, aber auch mit Waffengewalt durchsetzte – die nicht erbliche Monarchie unter der Herrschaft eines Kaisers, der den alten Titel des Pontifex trug: Der »Brückenbauer«, der sich einen königlichen Untergebenen, den Lord Coronal aussuchte, damit dieser als ausführende Gewalt der Regierung dienen und ihm letztlich als Pontifex nachfolgen konnte. Furvain wollte erzählen, wie Dvorn und sein Coronal, Lord Barhold, die Unterstützung von ganz Majipoor gewonnen und das Staatsgebilde errichtet hatten, unter dem die Welt heute noch gedieh.

Dann der vierte Gesang. Ein Zwischenteil, der die Entstehung dessen, was man als das moderne Majipoor bezeichnen konnte, aus der ursprünglich von Dvorn gegründeten Gemeinschaft schildern sollte. Die Konstruktion der Atmosphärenmaschinen, die es möglich machten, den dreißig Meilen hohen Berg zu besiedeln, der später als Burgberg bezeichnet werden sollte, sowie die Gründung der ersten Städte an seinen unteren Hängen. Lord Melikands Einsicht, dass die menschliche Bevölkerung allein nicht ausreichen werde, um eine Welt von der Größe Majipoors nachhaltig zu befrieden, woraufhin er Skandar, Vroon, Hjorts und die anderen außerirdischen Völker einlud, Seite an Seite mit der Menschheit zu leben. Die erbitterten Kämpfe zwischen Menschen und Metamorphen, als die recht geringe Zahl der Ureinwohner sich durch die wachsenden neuen Siedlungen aus ihrem eigenen Gebiet verdrängt sah. Der Beginn der Kriege.

Lord Stiamots Gesang, der bereits vollendet war, sollte als fünfter den Kopfstein des großen Bogens bilden. Widerstrebend erkannte Furvain allerdings, dass Stiamot mehr Platz brauchte. Der Gesang musste zwei- oder sogar dreifach unterteilt werden, um dem Thema gerecht zu werden. Es war nötig, auch Stiamots moralische Bedenken zu schildern, die schreckliche Ironie, der seine Regentschaft ausgesetzt war, da dieser Mann des Friedens gezwungen war, zum Wohl seines Volkes einen garstigen Krieg gegen die Ureinwohner der Welt zu führen, denen nichts anderes vorzuwerfen war als der Wunsch, ihren eigenen Planeten für sich zu behalten. Der von Stiamot in Angriff genommene Bau einer Burg für den Coronal auf dem Berggipfel, ein Symbol für den heldenhaften Sieg, musste den Höhepunkt im mittleren Abschnitt des Gedichts bilden. Danach sollten drei weitere Gesänge folgen, die nacheinander beschrieben, wie allmählich wieder Ruhe einkehrte – die Schilderung Majipoors als gereifte Welt – und schließlich ein visionärer neunter Gesang, der in Furvains Kopf noch keine endgültige Gestalt angekommen hatte. Vielleicht würde er sich um die Behebung der noch bestehenden Unsicherheiten drehen – die Wunde, die der Krieg gegen die Metamorphen in das Fleisch des Planeten geschlagen hatte.

Furvain hatte sogar schon einen Namen für die Dichtung gefunden. Sie sollte *Das Buch der Veränderungen* heißen, denn die Veränderung war das eigentliche Thema, der ewige Fluss der Jahreszeiten, das ständige Auf und Ab der Ereignisse und im Gegensatz dazu die tiefere Bestimmung Majipoors. Könige kamen und gingen und starben, Bewegungen entstanden und verebbten, doch die Gemeinschaft lebte weiter wie ein gewaltiger Fluss und folgte dem Weg, den das Göttliche ihr vorbestimmt hatte. Alle ihre Veränderungen waren nichts weiter als Stationen auf diesem Weg. Ein Weg, der durch Herausforderung und Abwehr gekennzeichnet wurde, durch die ständige Kollision gegensätzlicher Kräfte, damit die unausweichliche Synthese erreicht werde – der notwendige Triumph Dvorns über die Anarchie, der notwendige Triumph Stiamots über die Metamorphen und – eines Tages in der Zukunft – der notwendige Triumph der Sieger über ihren eigenen Sieg. Dies war der Kern, den er herausarbeiten musste. Die Ordnung, die sich aus dem Lauf der Zeit ergab und die zeigte, dass alles, selbst die große, unvermeidliche Sünde der Unterdrückung der Metamorphen, ein Teil eines unerschütterlichen Ganzen war, der unausweichliche Triumph der Ordnung über das Chaos.

Wann immer er nicht unmittelbar am Gedicht arbeitete, bekam Furvain Angst vor der ungeheuren Aufgabe angesichts der Unzulänglichkeit seiner eigenen Fähigkeiten, da er dieses gewaltige Werk schreiben sollte. Tausendmal am Tag kämpfte er das Verlangen nieder, die Dichtung einfach aufzugeben. Doch er konnte nicht anders, er musste weitermachen. Du musst dein Leben ändern, hatte Lady Dolitha ihm damals auf dem Burgberg gesagt. Es schien Jahrhunderte her zu sein. Ja. Ihre strengen Worte hatten die Kraft eines Befehls. Er hatte tatsächlich sein Leben verändert, und sein Leben hatte wiederum ihn verändert. Und so musste er fortfahren, dies war ihm klar, bis er das große Gedicht erschaffen hatte, das er der Welt als Entschädigung für all die vergeudeten Jahre hinterlassen würde.

Auch Kasinibon drängte ihn gnadenlos diesem Ziel entgegen. Er spionierte nicht mehr, fragte nicht einmal mehr nach dem Gedicht, doch er beobachtete Furvain genau und maß die Fortschritte an den hageren Gesichtszügen und den übernächtigten Augen des Dichters. Er wartete, forschte mit Blicken und in stillem Verlangen. Gegen diesen schweigenden Druck konnte Furvain sich nicht zur Wehr setzen.

Er arbeitete weiter, zog sich in seine Gemächer zurück, als sei er im Kloster, und kam abgesehen von den Mahlzeiten nur selten heraus. Er ruhte nie lange und stürzte sich bald wieder in Trance. Es war wie eine Reise durch eine verborgene Region seines eigenen Bewusstseins. Voll böser Vorahnungen streifte er auf beschwerlichen gewundenen Wegen durch die Dunkelheit. Manchmal bekam er stundenlang das Gefühl, seinen Führer verloren zu haben, er kannte das Ziel nicht und empfand alle möglichen Schrecken, er schauderte, zitterte, schwitzte und war in innerem Aufruhr. Doch dann wurde er von einem wundervollen Licht eingehüllt und auf jungfräuliches Weideland geführt, wo es Gesang und Tanz gab, majestätische Klänge und heilige Visionen, und die Worte strömten aus ihm heraus, als seien sie seiner bewussten Beherrschung entzogen.

Die Monate vergingen. Er war jetzt schon im zweiten Jahr mit seiner Aufgabe beschäftigt. Der Stapel des Manuskripts wurde immer höher. Er arbeitete nicht chronologisch, sondern wandte sich dem Teil zu, der am dringendsten seiner Aufmerksamkeit bedurfte. Der einzige Gesang, den er als abgeschlossen betrachten konnte, war der zentrale fünfte, der die Schlüsselszenen über Stiamot enthielt. Der größte Teil des Melikand-Gesangs und der Teil über Dvorn waren fertig, außerdem große Teile der Einleitung, die sich um die erste Besiedlung drehte. Einige andere Abschnitte, die weniger dramatischen vor allem, waren bloße Fragmente, und am neunten Gesang hatte er überhaupt noch nicht gearbeitet. Teile der Stiamot-Geschichte, die frühen und späteren Phasen, waren ebenfalls unvollendet. Es war eine zerfahrene Weise zu arbeiten, doch er wusste nicht, wie er es besser machen sollte. Er war nur sicher, dass alles zu seiner Zeit behandelt werden würde.

Hin und wieder fragte er Kasinibon, ob auf die Lösegeldforderungen bereits Antworten eingegangen wären. »Nein, bisher haben wir noch nichts gehört«, lautete die Antwort unweigerlich. Es spielte kaum eine Rolle. Nichts war wichtig außer der Arbeit.

Als er gerade eben drei Strophen des neunten und letzten Gesangs vollendet hatte, fühlte Furvain sich plötzlich, als stehe er vor einer undurchdringlichen Barriere oder vielleicht auch vor einem unendlich tiefen dunklen Abgrund. Auf jeden Fall erreichte er in der noch unvollendeten großen Aufgabe eine Stelle, wo er nicht mehr weiterkam. Momente, in denen Furvain sich so gefühlt hatte, hatte es auch schon früher gegeben, viele sogar. Doch dies war etwas anderes. Bei jenen anderen Gelegenheiten hatte er einen Widerwillen empfunden, noch weiter zu gehen, woraufhin rasch genug das Gefühl folgte, dass er sich die Schmach ersparen wollte, etwas Unfertiges zu hinterlassen. In diesem Augenblick aber empfand er eine tiefe *Unfähigkeit*, das Gedicht weiter zu schreiben, weil er vor sich nur Schwärze sah.

Hilf mir, betete er, ohne zu wissen zu wem, *und führe mich.*

Doch es kam weder Hilfe noch Führung. Er war allein. Und allein hatte er keine Ahnung, wie er den Stoff, der in den neunten Gesang eingehen sollte, behandeln musste. Die Versöhnung mit den Gestaltwandlern – die Sühne für die große, unvermeidliche Sünde, die sich die Menschheit gegenüber den Ureinwohnern dieser Welt hatte zuschulden kommen lassen – die Absolution, die Buße und sogar die Wiedergutmachung – er hatte keine Ahnung, wie er damit fortfahren solle. Dies war Majipoor, fast zehntausend Jahre nach Dvorn und viertausend Jahre nach Stiamot. Welche Aussöhnung war denn bisher mit den Metamorphen herbeigeführt worden? Welche Beichte und welche Buße hatte es gegeben? Sie waren nach wie vor in ihrer Heimat im Dschungel von Zimroel gefangen, ihre Bewegungsfreiheit auf diesem Kontinent war strengen Regelungen unterworfen, und es war ihnen ganz und gar verboten, sich je auf Alhanroel zu bewegen. Die Welt war einer Lösung des Problems der Gestaltwandler nicht näher als am Tag, an dem die Siedler gelandet waren. Lord

Stiamots Lösung – sie besiegen und auf ewig im Süden Zimroels einsperren und den Rest der Welt den Menschen vorbehalten – war überhaupt keine, sondern nur ein brutaler Behelf, wie auch Stiamot selbst bereits erkannt hatte. Stiamot war bewusst gewesen, dass es zu spät war, die Besiedlung des Planeten wieder rückgängig zu machen. Majipoors Geschichte konnte nicht ungeschehen gemacht werden. Und so hatten für die Milliarden menschlicher Siedler Millionen Ureinwohner ihre Freiheit verlieren müssen.

Wenn Stiamot keine Lösung für das Problem gefunden hat, so überlegte Furvain, wie soll ich dann eine finden?

In diesem Fall konnte er allerdings den neunten Gesang nicht vollenden. Und, noch schlimmer, er kam zu der Überzeugung, dass er auch die früheren unvollendeten Gesänge nicht weiterschreiben konnte. Als er nun sah, dass er sich keine Hoffnung machen könne, das Gebäude mit dem vorgesehenen Schaugiebel zu bekrönen, schien ihn jegliche Inspiration zu verlassen. Wenn er jetzt versuchte, sich zum Weitermachen zu zwingen, würde er vermutlich nur entwerten, was er bisher schon geschrieben hatte, und die Kraft des Werks mit minderwertigen Abschnitten schmälern. Selbst wenn er es irgendwie zu Ende brachte, er hatte in seiner Hoffnungslosigkeit und Verzweiflung das Gefühl, er könne das Gedicht niemals der Welt zeigen. Niemand würde glauben, dass er es geschrieben hätte. Man musste denken, er habe eine Art geistigen Diebstahl begangen, einen Betrug, und man würde ihn verhöhnen, wenn er den wahren Verfasser nicht nennen konnte. Da war es besser, überhaupt kein Gedicht zu veröffentlichen, als die Blamage hinzunehmen, die ihm zuteil werden musste.

Von diesen düsteren Gedanken bis zur Entscheidung, dass er das Manuskript noch am gleichen Tag zerstören müsse, war es nur noch ein kleiner Schritt.

Er holte die verschiedenen Abschriften und Entwürfe aus den

Schränken und Nischen seiner Gemächer in Kasinibons Festung und sammelte sie auf dem Tisch. Sie ergaben einen ordentlichen Stapel. An manchen Tagen, wenn er sich zu müde oder zu leer fühlte, um weiter am Gedicht zu arbeiten, hatte er die Zeit genutzt, um zusätzliche Kopien seiner fertigen Teile herzustellen und damit die Gefahr zu vermindern, dass irgendein Missgeschick ihm die Früchte seiner Arbeit raube. Er hatte auch alle verworfenen Seiten und die gestrichenen und umgeschriebenen Strophen aufgehoben. Es war ein gewaltiger Stapel Papier. Wahrscheinlich würde es Stunden dauern, bis alles verbrannt war.

Ruhig nahm er einen zolldicken Stoß vom Manuskript und breitete ihn im Kamin aus.

Er suchte ein Schwefelholz, riss es an, starrte einen Moment auf das Flämmchen. Immer noch völlig ruhig, hielt er es an die Ecke des Stapels.

»Was macht Ihr da?«, rief Kasinibon. Er stürmte in den Raum und trat mit dem Stiefelabsatz das brennende Streichholz auf der Kaminplatte aus. Der Papierstapel hatte keine Zeit gehabt, Feuer zu fangen.

»Ich verbrenne das Gedicht«, sagte Furvain ruhig. »Oder versuche es zumindest.«

»*Was* macht Ihr?«

»Ich verbrenne es«, wiederholte Furvain.

»Ihr müsst verrückt sein. Ihr seid unter dem Druck der Arbeit übergeschnappt.«

Furvain schüttelte den Kopf. »Nein, ich glaube, ich bin völlig bei Sinnen. Doch ich weiß, dass ich nicht weiterarbeiten kann. Und sobald ich zu dieser Erkenntnis kam, hatte ich den Eindruck, es sei das Beste, die unvollendete Dichtung zu verbrennen.« Leise und ohne jede Gefühlsaufwallung erklärte er Kasinibon, was ihm in der letzten halben Stunde durch den Kopf gegangen war.

Kasinibon hörte zu, ohne zu unterbrechen. Danach schwieg er

längere Zeit. Schließlich blickte er über Furvains Schulter hinweg zum Fenster. Seine Stimme klang nach mühsamer Beherrschung und hohl, und er sprach sehr leise.

»Ich muss Euch etwas gestehen, Furvain. Euer Lösegeld ist vor einer Woche eingetroffen. Euer Freund, der Herzog, hat es bezahlt. Ich hatte Angst, es Euch zu sagen, weil ich wollte, dass ihr zuerst das Gedicht vollendet, und ich wusste, dass Ihr dies nie getan hättet, wenn ich Euch nach Dundilmir hätte zurückkehren lassen. Doch ich sehe ein, dass dies falsch war. Ich habe nicht das Recht, Euch länger hier festzuhalten. Tut, was Euch beliebt, Furvain. Ihr könnt gehen, wenn Ihr wollt. Nur um eines bitte ich Euch – verschont, was Ihr geschrieben habt. Lasst mir eine Kopie hier, wenn Ihr fortgeht.«

»Ich will es zerstören«, sagte Furvain.

Kasinibon erwiderte Furvains Blick. Seine Stimme war jetzt wieder kräftiger, er war wieder der Banditenhauptmann, der mit schneidender Stimme Anweisungen gab. »Nein, das verbiete ich Euch. Gebt es mir freiwillig, sonst werde ich es einfach beschlagnahmen.«

»Dann bin ich also immer noch ein Gefangener«, sagte Furvain lächelnd. »Habt Ihr das Lösegeld wirklich bekommen?«

»Ich schwöre es.«

Furvain nickte. Jetzt war es an ihm, nachdenklich zu schweigen. Er kehrte Kasinibon den Rücken und starrte zum blutroten Wasser des Sees hinaus.

War es wirklich unmöglich, das Gedicht zu vollenden?, fragte er sich.

Er war für einen Augenblick benommen und erkannte, dass irgendeine bisher unbekannte Kraft sich in ihm bewegte. Kasinibons beschämtes Geständnis hatte den Damm brechen lassen. Er hatte nicht mehr das Gefühl, vor einem undurchdringlichen Hindernis zu stehen. Auf einmal war der Weg offen und der neunte Gesang in Reichweite.

Er musste nicht die Antwort auf das Problem der Gestaltwandler finden. Seit Stiamots Tagen hatten über vierzig Jahrhunderte hinweg die Coronals und Pontifices es nicht vermocht, dieses Problem zu lösen – warum sollte dies ausgerechnet einem Dichter wie ihm gelingen? Fragen der Regierungsmacht unterlagen nicht seiner Verantwortung. Das Schreiben von Gedichten dagegen schon. Im *Buch der Veränderungen* hatte er Majipoor einen Spiegel vorgehalten, um der Welt ihre Vergangenheit zu zeigen. Es war nicht seine Aufgabe, auch die Zukunft zu zeigen. Zumindest nicht in plumper Vollständigkeit. Sollte die Zukunft sich doch selbst vollenden aus der Entfaltung der ihr eigenen Zeit.

Angenommen, so überlegte er – angenommen – angenommen – ich beende das Gedicht mit einer Prophezeiung, mit einer kryptischen Vision eines tragischen Königs der kommenden Jahre. Ein König, der wie Stiamot ein Mann des Friedens ist, der Krieg führen muss und große Qualen leiden wird, wenn seine Herrschaft diese Wendung nimmt. Satzfragmente fielen ihm ein: »Ein goldener König ... eine Krone im Staub ... die heilige Umarmung erbitterter Feinde ...« Was hatte das zu bedeuten? Er hatte keine Ahnung. Doch das musste er auch nicht wissen. Er musste es nur niederschreiben. Er wollte die Hoffnung schildern, dass in einem späteren Jahrhundert ein großer Monarch herrschen würde, der in sich die Kräfte von Krieg und Frieden auf die gleiche Weise vereinte, wie Stiamot es getan hatte. Dadurch könnte endlich die Unsicherheit im Reich beendet werden, die unweigerlich entstanden war, als man den einheimischen Geschöpfen ihre Welt weggenommen hatte. Er musste nicht erklären, wie dies geschehen solle. Er brauchte nur zu überzeugen, dass dieses Ziel erreichbar war.

In diesem Augenblick wusste Furvain, dass er nicht nur weiter schreiben konnte, sondern dass er es *musste*. Es war seine Pflicht, und dies war der einzige Ort, an dem er sie erfüllen konnte. Hier unter dem wachsamen Auge seines unerbittlichen Entführers und Wächters. In Dundilmir würde er das Werk nicht vollenden, sondern unweigerlich wieder in die Oberflächlichkeit früherer Tage zurückfallen.

Er drehte sich um, nahm eine Kopie des Manuskripts, die alles bisher Geschriebene enthielt, vom Tisch und hielt sie Kasinibon hin. »Das ist für Euch«, sagte er. »Behaltet sie. Lest sie, wenn ihr wollt. Aber sagt kein Wort dazu, bevor ich Euch nicht die Erlaubnis dazu gebe.«

Kasinibon nahm den Stapel schweigend entgegen, presste ihn an die Brust und verschränkte die Arme davor.

»Schickt das Lösegeld an Tanigel zurück«, sagte Furvain dann. »Meldet dem Herzog, dass er zu früh gezahlt hat. Ich werde noch eine Weile hier bleiben. Und schickt ihm auch dies hier mit.« Er nahm eine Kopie des vollendeten Stiamot-Gesangs aus dem großen Papierstapel, der auf dem Tisch lag. »Damit er sieht, was der faule alte Freund Furvain die ganze Zeit im östlichen Land getrieben hat, was?« Furvain lächelte. »Und nun, Kasinibon, bitte ich Euch sehr – wenn ich mich jetzt wieder meiner Arbeit widmen dürfte?«

Quellenverzeichnis

Diana Gabaldon, »Lord John und der magische Pakt« (»Lord John and the Succubus«). Aus dem Englischen von Barbara Schnell. © Diana Gabaldon 2004.

George R. R. Martin, »Das verschworene Schwert« (»The Sworn Sword«). Aus dem Englischen von Andreas Helweg. © George R. R. Martin 2004.

Orson Scott Card, *»Die Yazoo Queen«* (»The Yazoo Queen«). Aus dem Englischen von Uwe Anton. © Orson Scott Card 2004.

Robin Hobb, »Heimkehr« (»Homecoming«). Aus dem Englischen von Wolfgang Thon. © Robin Hobb 2004.

Robert Silverberg, »Das Buch der Veränderungen« (»The Book of Changes«). Aus dem Englischen von Jürgen Langowski. © Robert Silverberg 2004.

SERIE PIPER

Jo Walton

Der Clan der Klauen

Ein Drachen-Roman. Aus dem Amerikanischen von Andreas Decker. 384 Seiten. Serie Piper

In einem viktorianischen Zeitalter, einer Welt der Kirchenmänner und Könige, Ränkespiele und Intrigen: Nach dem Tod Agornins gerät die Familie in einen Erbschaftsstreit. Daverak, der mächtigste Magnat der Stadt, hat unrechtmäßig das Vermögen des Verstorbenen an sich gerissen und den Leichnam Agornins verspeist. Dessen Sohn Avan zieht Daverak vor Gericht und beschwört damit ein feuriges Duell herauf, das ihn und seine Familie in Lebensgefahr bringt – denn sie alle sind Drachen, bewehrt mit roten Fängen und Klauen …

Jo Waltons großartiger Roman: ungewöhnlich, farbig und von feinem Humor – ausgezeichnet mit dem World Fantasy Award.

05/1977/01/L

Julia Conrad

Die Drachen

Roman. 512 Seiten. Serie Piper

Einst lebten Menschen und Fabeltiere einträchtig nebeneinander in einer Welt voller Wunder und Magie. Doch dann verkündete ein düsterer Stern den Untergang: Der Sonnengott Phuram stürzte das herrschende Dreigestirn der Drachen in den Abgrund. Doch nun, nach langer Zeit des Schreckens, machen sich neun Auserwählte auf den Weg in die Tote Stadt, um Phurams Taten zu rächen. Und der letzte Angriff der Drachen beginnt … Dieser ungewöhnliche und farbenprächtige Bestseller schickt die faszinierendsten Geschöpfe der Fantasy in ihr größtes Abenteuer.

»Epische High-Fantasy, wie man sie sich wünscht!«
Mr. Fantastik

05/1979/01/R